Vampire Academy

Φιλι της Σκιας

Τίτλος Πρωτοτύπου: Shadow Kiss

Μετάφραση: Τατιάνα Μιχαλά
Διόρθωση: Μαρία Κούρου
Σχεδιασμός εξωφύλλου: Λαυρέντης Χωραΐτης
Σχεδιασμός οπισθοφύλλου: Μυρτώ Γουδίνου

Δικαίωμα για την ελληνική γλώσσα:
Π Ανώνυμη Εκδοτική και Εμπορική Εταιρεία
Κατεχάκη 61Α, 115 25 Αθήνα
Τηλ.: 210 330 7003 — Fax: 210 691 2023
E-mail: p-info@imako.gr

ISBN: 978-960-6680-77-9

VAMPIRE ACADEMY

ΦΙΛΙ ΤΗΣ ΣΚΙΑΣ

IntroBooks

1

ΤΑ ΔΑΧΤΥΛΑ ΤΟΥ ΓΛΙΣΤΡΗΣΑΝ πάνω στην πλάτη μου. Το άγγιγμά του, αν και ανεπαίσθητο, προκαλούσε κύματα ανατριχίλας στο κορμί μου. Σιγά σιγά τα χέρια του κύλησαν στο δέρμα μου, πέρασαν απαλά από το πλάι της κοιλιάς μου και αναπαύτηκαν στις καμπύλες των γοφών μου. Τα χείλη του ακούμπησαν ελαφρά το λαιμό μου, ακριβώς κάτω από το αφτί μου. Στη συνέχεια με φίλησε, ξανά και ξανά…

Τα χείλη του από το λαιμό έφτασαν στο μάγουλο και τελικά στο στόμα μου. Φιληθήκαμε αγκαλιάζοντας ο ένας τον άλλο όλο και πιο σφιχτά. Το αίμα μου έμοιαζε να καίει και αισθανόμουν πιο ζωντανή από ποτέ. Τον αγαπούσα… Αγαπούσα τον Κρίστιαν τόσο που…

Τι;...

Τον Κρίστιαν;

Όχι πάλι!

Το κομμάτι του εαυτού μου που είχε ακόμη συναίσθηση κατάλαβε αμέσως τι συνέβαινε και… Θεέ μου, πόσο τσαντίστηκα! Ο υπόλοιπος εαυτός μου όμως βίωνε αυτή την επαφή λες κι εγώ ήμουν αυτή που δεχόταν τα φιλιά και τα χάδια του. Κι εκείνο το κομμάτι του εαυτού μου δεν μπορούσε να ξεφύγει. Είχα γίνει και πάλι ένα με τη Λίζα και κυριολεκτικά ό,τι συνέβαινε σ' εκείνη συνέβαινε και σ' εμένα.

Φτάνει πια, μονολόγησα αυστηρά. *Δεν είναι πραγματικό! Τίποτα από όλα αυτά δεν αφορά εσένα. Βγες από κει μέσα…*

Πώς όμως να υπακούσω στη λογική όταν όλα τα σημεία του κορμιού μου έπαιρναν φωτιά;

Δεν είσαι εκείνη. Δεν τα ζεις εσύ αυτά. Φύγε γρήγορα.

Τα χείλη του… Τίποτε άλλο δεν υπήρχε για μένα στον κόσμο εκτός από τα χείλη του.

Δεν είναι αυτός που νομίζεις. Φύγε.

Τα φιλιά του ήταν τα ίδια. Ακριβώς όπως τα θυμόμουν όταν ήμουν με *εκείνον…*

Όχι, δεν είναι ο *Ντιμίτρι. Φύγε*!

Στο άκουσμα του ονόματος του Ντιμίτρι, ένιωσα σαν κάποιος να μου πέταξε κρύο νερό στο πρόσωπο. Πετάχτηκα έξω απ' το κεφάλι της.

Ανακάθισα στο κρεβάτι νιώθοντας ένα ασφυκτικό πνίξιμο. Προσπάθησα να απομακρύνω τα σκεπάσματα με τα πόδια μου, αλλά κατέληξα να εγκλωβίζομαι ακόμη περισσότερο. Η καρδιά μου χτυπούσε δυνατά στο στήθος μου και προσπαθούσα να πάρω βαθιές αναπνοές για να ηρεμήσω και να επανέλθω στην πραγματικότητά μου.

Τα πράγματα είχαν αλλάξει. Πριν από κάμποσους μήνες, με κρατούσαν ξάγρυπνη οι εφιάλτες της Λίζα. Τώρα, δεν κοιμόμουν εξαιτίας της σεξουαλικής της δραστηριότητας. Και φυσικά οι δύο καταστάσεις διέφεραν όσο η μέρα με τη νύχτα. Είχα καταφέρει να μπλοκάρω τις ρομαντικές της επαφές, τουλάχιστον όταν ήμουν ξύπνια. Αυτή τη φορά όμως η Λίζα και ο Κρίστιαν μου την είχαν φέρει (άθελά τους, φυσικά). Καθώς κοιμόμουν οι άμυνές μου έπεφταν, επιτρέποντας έτσι στα έντονα συναισθήματα να διαπερνούν τον υπερφυσικό δεσμό που με ένωνε με την καλύτερή μου φίλη. Αν παρ' όλα αυτά το ζευγαράκι μας είχε ξαπλώσει στο κρεβάτι για να κοιμηθεί όπως όλος ο κόσμος, δεν θα αντιμετώπιζα τέτοια προβλήματα.

«Αμάν πια» μουρμούρισα και κουνώντας τα πόδια μου στον αέρα γύρισα στο πλάι του κρεβατιού. Δηλαδή δεν μπορούσαν ο Κρίστιαν και η Λίζα να συγκρατηθούν και να αρχίσουν τις περιπτύξεις μετά τις ώρες κοινής ησυχίας;

Το χειρότερο όμως δεν ήταν το ότι με είχαν ξυπνήσει, αλλά το πώς ένιωθα. Ναι, τίποτα απ' όλα αυτά δεν μου είχε συμβεί πραγματικά. Κανείς δεν χάιδεψε το *δικό μου* δέρμα και κανείς δεν φίλησε τα δικά μου χείλη. Κι όμως, το σώμα μου έμοιαζε να υποφέρει με την απώλεια της επαφής. Είχα πολύ καιρό να βρεθώ σε τέτοια κατάσταση. Πονούσα κι αισθανόμουν όλο μου το κορμί να καίει. Ήταν τελείως ηλίθιο, αλλά ξαφνικά αισθανόμουν πως ήθελα απελπισμένα να νιώσω το άγγιγμα ή, έστω, την αγκαλιά κάποιου. Σίγουρα όμως δεν λαχταρούσα το άγγιγμα του Κρίστιαν. Η θύμιση των χειλιών του που ακουμπούσαν τα δικά μου εισέβαλε ξανά στη μνήμη μου. Έζησα ξανά το φιλημά του και θυμήθηκα πως μέσα στον ύπνο μου ήμουν βέβαιη ότι τα χείλη που ακουμπούσαν τα δικά μου ήταν του Ντιμίτρι.

Σηκώθηκα με πόδια τρεμάμενα. Αισθάνθηκα ανήσυχη και… θλιμμένη. Θλιμμένη και εντελώς άδεια. Για να αλλάξω διάθεση, φόρεσα τη ρόμπα και τις παντόφλες μου, βγήκα από το δωμάτιο και κατευθύνθηκα προς τις τουαλέτες στην άκρη του διαδρόμου. Έριξα κρύο νερό στο πρόσωπό μου και κοιτάχτηκα στον καθρέφτη. Το είδωλό μου είχε ανάκατα μαλλιά και κατακόκκινα μάτια. Φαινόμουν άυπνη, αλλά δεν ήθελα να γυρίσω στο κρεβάτι μου. Δεν ήθελα ακόμη να το ρισκάρω και να πέσω για ύπνο. Χρειαζόμουν κάτι να με ξυπνήσει και να διώξει μακριά τα όσα είχα δει στον ύπνο μου.

Έφυγα από το μπάνιο και πήγα κατά τη σκάλα. Τα πόδια μου ακροπατούσαν στα σκαλιά καθώς κατέβαινα. Στον πρώτο όροφο του κοιτώνα μου επικρατούσε ησυχία και γαλήνη. Ήταν σχεδόν απόγευμα, δηλαδή η μέση της νύχτας για τους βρικόλακες, μια και λειτουργούσαν με νυχτερινό πρόγραμμα. Μισοκρύφτηκα πίσω από μια πόρτα και έλεγξα αν υπήρχε κανείς στο σαλόνι. Στο χώρο υπήρχε μόνο ένα αρσενικό Μορόι που καθόταν στη ρεσεψιόν και χασμουριόταν ασταμάτητα φυλλομετρώντας ένα περιοδικό. Όταν έφτασε στο τέλος του περιοδικού, χασμουρήθηκε ξανά, έκανε μια στροφή με την περιστρεφόμενη καρέκλα του, πέταξε το περιοδικό στο τραπέζι πίσω του και έκανε να πιάσει κάτι άλλο για να διαβάσει.

Όσο η πλάτη του ήταν γυρισμένη, πέρασα από μπροστά του σαν αστραπή και κατευθύνθηκα προς τη διπλή πόρτα που οδηγούσε έξω. Παρακαλώντας να μην ακουστεί το τρίξιμο, άνοιξα το ένα φύλλο τόσο ώστε να μπορέσω να γλιστρήσω έξω. Μόλις βρέθηκα έξω, έκλεισα την πόρτα όσο πιο απαλά μπορούσα. Ευτυχώς δεν ακούστηκε τίποτε. Το μόνο που ίσως να ένιωσε ο νυσταγμένος υπάλληλος ήταν ένα απαλό αεράκι. Βγήκα στο φως της ημέρας νιώθοντας σαν νίντζα σε μυστική αποστολή.

Ο κρύος αέρας μου πάγωνε το πρόσωπο κι ήταν ό,τι χρειαζόμουν. Τα κλαδιά των ερημωμένων δέντρων πάλλονταν στο φύσημα του αγέρα και έμοιαζαν με νύχια που άφηναν βαθιές χαραγματιές στον πέτρινο τοίχο του κοιτώνα. Οι ακτίνες του ήλιου που αχνοφαίνονταν μέσα από τα μολυβένια σύννεφα μου υπενθύμιζαν ότι θα έπρεπε να είμαι στο κρεβάτι και να κοιμάμαι. Μισοκοιτάζοντας το φως, έσφιξα ακόμη περισσότερο τη ρόμπα μου και έστριψα πίσω από το κτίριο, σε ένα σημείο ανάμεσα στον κοιτώνα και το γυμναστήριο όπου δεν θα ήμουν τόσο εκτεθειμένη στα στοιχεία της φύσης. Τα απόνερα στο πεζοδρόμιο διαπέρασαν τις παντόφλες μου, αλλά δεν με ένοιαζε.

Ήταν μια τυπική, μίζερη χειμωνιάτικη μέρα στη Μοντάνα, αλλά εγώ μόνο αυτό επιζητούσα. Ο φρέσκος αέρας με βοήθησε να ξυπνήσω και να απομακρύνω σιγά σιγά τα απομεινάρια της ψεύτικης ερωτικής σκηνής που είχα ζήσει. Με βοηθούσε επίσης να παραμείνω στο δικό μου κεφάλι και να μη μεταφερθώ ξανά στο μυαλό της Λίζα. Έτσι τουλάχιστον ασχολούμουν με το κρύο και όχι με το πώς αισθανόμουν όταν με ακουμπούσαν τα χέρια του Κρίστιαν. Κοντοστάθηκα και το βλέμμα μου σταμάτησε σε μια συστάδα δέντρων χωρίς στην πραγματικότητα να εστιάζω σ' εκείνα. Έμεινα έκπληκτη όταν κατάλαβα ότι μέσα μου τρεμόπαιζε μια σπίθα θυμού για τη Λίζα και τον Κρίστιαν. Ωραία θα 'ταν να μπορούσα να κάνω ό,τι στην ευχή ήθελα, σκέφτηκα πικραμένα. Συχνά η Λίζα μου έλεγε πως θα ήθελε πολύ να μπορούσε κι εκείνη να νιώσει ό,τι σκέφτομαι και να βιώσει τις εμπειρίες μου όπως ακριβώς κι εγώ ζούσα τις δικές της. Η αλήθεια όμως ήταν ότι δεν είχε ιδέα πόσο τυχερή ήταν. Δεν ήξερε τι θα πει να εισβάλλουν οι σκέψεις κάποιου άλλου στις δικές σου, ούτε πώς ένιωθα όταν οι εμπειρίες της θόλωναν τις δικές μου. Δεν ήξερε τι σήμαινε το να ζω την υπέροχη ερωτική ζωή της, ειδικά όταν η δική μου ήταν ανύπαρκτη. Δεν καταλάβαινε τι σήμαινε το να με πλημμυρίζει μια αγάπη τόσο δυνατή που μ' έκανε να νιώθω ότι το στήθος μου θα σπάσει, μια αγάπη που μπορούσα μεν να νιώσω αλλά όχι και να εκφράσω. Είχα καταλάβει ότι το να μην εκφράζει κανείς την αγάπη ήταν σαν να συσσωρεύει το θυμό του. Ήταν σαν κάτι μέσα σου να σε τρώει λίγο λίγο, ώσπου στο τέλος να θέλεις να ουρλιάξεις ή να κλοτσήσεις ό,τι βρεις μπροστά σου.

Όχι, η Λίζα δεν καταλάβαινε τίποτε απ' όλα αυτά. Και δεν ήταν υποχρεωμένη να με καταλάβει. Θα συνέχιζε τις ερωτικές της περιπτύξεις, χωρίς να υπολογίζει τι αντίκτυπο είχε όλο αυτό σ' εμένα.

Μετά από λίγο ένιωσα και πάλι την αναπνοή μου να βαραίνει, αυτή τη φορά από θυμό. Το αίσθημα αηδίας που είχα νιώσει με τη βραδινή ρομαντζάδα της Λίζα και του Κρίστιαν είχε πια περάσει και τη θέση του είχαν πάρει ο θυμός και η ζήλια, αισθήματα που πήγαζαν από όσα δεν θα μπορούσα να αποκτήσω… όσα δηλαδή εκείνη ζούσε με τρομακτική ευκολία. Προσπάθησα όσο μπορούσα να καταπιώ το θυμό μου. Δεν ήθελα να νιώθω έτσι απέναντι στην καλύτερή μου φίλη.

«Υπνοβατείς;» ακούστηκε μια φωνή πίσω μου.

Γύρισα έκπληκτη. Πίσω μου στεκόταν ο Ντιμίτρι, ο οποίος με κοίταζε κι έμοιαζε να διασκεδάζει και να απορεί παράλληλα. Κι όπως ήταν φυσικό, ενώ εγώ αγανακτούσα με τα προβλήματα που αδίκως αντιμετώπιζα στην ερωτική ζωή μου, πέτυχα μπροστά μου την πηγή όλων αυτών των προβλημάτων. Δεν τον είχα ακούσει να πλησιάζει. Προφανώς είχα πλέον χάσει την ιδιότητα του νίντζα. Αμ το άλλο; Θα πείραζε δηλαδή αν είχα πάρει και μια βούρτσα για τα μαλλιά μου μαζί; Πέρασα βιαστικά το χέρι μου στα μακριά μαλλιά μου, γνωρίζοντας ότι ήταν πια αργά. Ήμουν σχεδόν βέβαιη πως ήμουν τόσο αναμαλλιασμένη που έμοιαζα σαν τρελή.

«Μπα, απλώς ήθελα να ελέγξω την ασφάλεια στους κοιτώνες» του είπα. «Είναι τραγική!»

Στα χείλη του τρεμόπαιξε ένα χαμόγελο. Το κρύο είχε πια αρχίσει να περονιάζει και άθελά μου άρχισα να σκέφτομαι πόσο ζεστό θα πρέπει να ήταν το μακρύ δερμάτινο παλτό του. Πόσο θα 'θελα να τυλιγόταν ζεστό ζεστό γύρω από τους ώμους μου!

«Θα έχεις ξεπαγιάσει. Θέλεις το παλτό μου;» με ρώτησε, λες και μόλις είχε διαβάσει τις σκέψεις μου.

Έγνεψα όχι, αποφασισμένη να μην του δείξω πως δεν ένιωθα πια τα πόδια μου. «Μια χαρά είμαι. Τι κάνεις εσύ εδώ; Κι εσύ την ασφάλεια ήθελες να ελέγξεις;»

«Μα *εγώ είμαι* η ασφάλεια. Έχω βάρδια». Οι φύλακες της Ακαδημίας έκαναν περιπόλους, ενώ όλοι οι υπόλοιποι κοιμούνταν. Παρόλο που τα Στριγκόι, οι αθάνατοι βρικόλακες που κυνηγούσαν τα θνητά Μορόι όπως η Λίζα, δεν κυκλοφορούσαν στο φως της ημέρας, οι μαθητές που παραβίαζαν τους κανονισμούς —βγαίνοντας φέρ' ειπείν από τους κοιτώνες— αποτελούσαν πρόβλημα μέρα-νύχτα.

«Μπράβο σου! Πολύ καλή δουλειά» του είπα. «Χαίρομαι που μπόρεσα να σε βοηθήσω να τεστάρεις το εκπληκτικό ταλέντο σου στη φύλαξη. Ώρα να πηγαίνω κι εγώ σιγά σιγά».

«Ρόουζ...» είπε πιάνοντάς με από το μπράτσο.

Παρά τον άνεμο και το κρύο, αισθάνθηκα να με διαπερνά ένα ζεστό κύμα. Με άφησε ξαφνιασμένος· λες κι είχε καεί κι εκείνος. «Πες μου ειλικρινά, τι κάνεις εδώ πέρα;»

Η φωνή του έμοιαζε να μου λέει *σταμάτα τις βλακείες* κι έτσι αναγκάστηκα να του απαντήσω όσο πιο ειλικρινά μπορούσα. «Είδα έναν εφιάλτη και χρειαζόμουν λίγο αέρα».

«Κι έτσι αποφάσισες να βγεις έξω. Το ότι παραβιάζεις τους κανόνες δεν σου πέρασε καν από το μυαλό! Ούτε καν να πάρεις το παλτό σου δεν σκέφτηκες!»

«Ναι» του είπα. «Πράγματι».

«Ρόουζ...» είπε με φωνή απελπισμένη αυτή τη φορά «δεν θα αλλάξεις ποτέ. Πάντοτε πράττεις προτού καν σκεφτείς».

«Ψέματα!» διαμαρτυρήθηκα «έχω αλλάξει πολύ».

Η ευχάριστη διάθεσή του ξαφνικά εξαφανίστηκε και φαινόταν να προβληματίζεται όλο και περισσότερο. Με κοίταξε εξεταστικά για αρκετή ώρα. Ώρες ώρες ένιωθα ότι τα μάτια του μπορούσαν να μπουν κατευθείαν στην ψυχή μου. «Δίκιο έχεις. Πράγματι έχεις αλλάξει».

Δεν φάνηκε να χαίρεται λέγοντας ότι είχα αλλάξει. Μάλλον θα σκεφτόταν τα όσα είχαν συμβεί μόλις πριν από τρεις εβδομάδες, όταν εγώ και κάποιοι φίλοι μου πιαστήκαμε αιχμάλωτοι των Στριγκόι. Το ότι είχαμε καταφέρει να ξεφύγουμε ήταν καθαρή τύχη, και μάλιστα δεν κατάφεραν να σωθούν όλοι: Ένας από τους πιο καλούς μου φίλους, ο Μέισον, που ήταν τρελά ερωτευμένος μαζί μου, είχε σκοτωθεί και, παρόλο που είχα καταφέρει να εξολοθρεύσω τους δολοφόνους του, ένιωθα πως δεν θα συγχωρούσα ποτέ τον εαυτό μου για το χαμό του.

Ο θάνατός του με είχε επηρεάσει πολύ αρνητικά και είχε δημιουργήσει μεγάλη απαισιοδοξία σε *ολόκληρη* την Ακαδημία, κυρίως όμως σ' εμένα. Όλοι είχαν αρχίσει να παρατηρούν την αλλαγή στη συμπεριφορά μου. Παρ' όλα αυτά δεν ήθελα να βλέπω τον Ντιμίτρι ταραγμένο και γι' αυτό αποφάσισα να διασκεδάσω τη βαρύτητα της παρατήρησής του με ένα αστειάκι.

«Καλά, μην ανησυχείς. Όπου να 'ναι έχω γενέθλια. Μόλις γίνω δεκαοχτώ λοιπόν, θα θεωρούμαι ενήλικας, έτσι δεν είναι; Είμαι εκατό τοις εκατό σίγουρη πως το πρωί των γενεθλίων μου θα ξυπνήσω ώριμη, σοβαρή και τα λοιπά και τα λοιπά».

Το σκυθρωπό του βλέμμα σαν να ηρέμησε, όπως περίμενα. «Ναι, είμαι σίγουρος ότι αυτό θα συμβεί. Είναι περίπου σε ένα μήνα αν δεν απατώμαι, έτσι;»

«Σε τριάντα μία ακριβώς μέρες» απάντησα με στόμφο.

«Όχι ότι τις μετράς!»

Σήκωσα τους ώμους μου κι εκείνος γέλασε.

«Φαντάζομαι ότι θα έχεις κάνει και λίστα με δώρα γενεθλίων. Έφτασες τις δέκα σελίδες ή όχι ακόμη; Έχεις γράψει τις επιθυμίες σου με τάξη και με σειρά προτεραιότητας;» με ρώτησε ενώ το χαμόγελό του παρέμεινε κολλημένο στο πρόσωπό του. Ήταν ένα από εκείνα τα χαλαρά και χαρούμενα χαμόγελα που σπανίως φώτιζαν το πρόσωπό του.

Ετοιμαζόμουν να κάνω ένα ακόμη αστειάκι, αλλά η εικόνα του Κρίστιαν και της Λίζα ξαναεμφανίστηκε μπροστά μου. Ξαφνικά ένιωσα και πάλι να με πλημμυρίζει αυτό το θλιβερό αίσθημα του κενού. Όλα όσα επιθυμούσα για τα γενέθλιά μου

—καινούργια ρούχα, iPod κ.λπ.— τώρα μου φάνηκαν τελείως πεζά. Όλα αυτά τα υλικά δώρα δεν μου έλεγαν τίποτα πια σε σύγκριση με εκείνο που επιθυμούσα πιο πολύ απ' όλα. Θεέ μου! Πόσο είχα αλλάξει.

«Όχι» του είπα σιγανά «δεν έχω κάνει λίστα».

Έγειρε το κεφάλι του για να με δει καλύτερα και λίγα από τα μακριά μέχρι τον ώμο μαλλιά του έπεσαν στο πρόσωπό του. Είχαν χρώμα καστανό σαν τα δικά μου, αλλά δεν ήταν τόσο σκούρα. Τα δικά μου ήταν τόσο σκούρα που ώρες ώρες έμοιαζαν μαύρα. Προσπάθησε να απομακρύνει τις τούφες που πετάγονταν εδώ κι εκεί χωρίς να καταφέρει και πολλά. «Δεν σε πιστεύω. Κάτι πρέπει να θες, αλλιώς τα γενέθλιά σου θα είναι τελείως βαρετά».

Την ελευθερία μου, σκέφτηκα. Αυτό ήταν το μόνο δώρο που ήθελα. Ήθελα επιτέλους να μπορώ να πάρω ελεύθερα τις αποφάσεις μου. Να είμαι ελεύθερη να αγαπήσω όποιον θέλω.

«Δεν έχει σημασία το τι θέλω» του αποκρίθηκα.

«Μα πες μου, τι...» Ξαφνικά σταμάτησε. Είχε καταλάβει. Πάντοτε με καταλάβαινε. Ήταν κι αυτός ένας από τους λόγους που είχαμε δεθεί τόσο πολύ, παρά τα επτά χρόνια διαφοράς στην ηλικία μας. Είχαμε ερωτευτεί ο ένας τον άλλο το προηγούμενο φθινόπωρο, όταν ο Ντιμίτρι είχε γίνει προπονητής μου. Καθώς η σχέση μας γινόταν όλο και πιο θερμή, καταλάβαμε ότι η ηλικία δεν ήταν το μόνο πρόβλημα που εμπόδιζε τη σχέση μας. Θα γινόμασταν και οι δύο φύλακες της Λίζα μετά την αποφοίτησή της και δεν θα έπρεπε να αφήσουμε τα αισθήματά μας να μας αποσπούν από το έργο μας. Έπρεπε εκείνη να είναι πάντοτε η προτεραιότητά μας.

Φυσικά, άλλο να το λες κι άλλο να το κάνεις. Τα αισθήματα που τρέφαμε ο ένας για τον άλλο δεν θα έπαυαν ποτέ να υπάρχουν. Και οι δυο μας είχαμε στιγμές αδυναμίας, στιγμές που οδηγούσαν σε κλεφτά φιλιά και λόγια που δεν θα έπρεπε να έχουν ειπωθεί.

Όταν κατάφερα να γλιτώσω από τα Στριγκόι, ο Ντιμίτρι παραδέχτηκε ότι με αγαπούσε και λίγο-πολύ ομολόγησε ότι δεν θα μπορούσε να κάνει άλλη σχέση εξαιτίας της αγάπης του για μένα. Παρ' όλα αυτά ήταν σαφές και στους δυο μας ότι δεν μπορούσαμε να είμαστε μαζί. Έτσι, συνεχίσαμε να αποφεύγουμε ο ένας τον άλλο και να διατηρούμε μια τελείως επαγγελματική σχέση.

Σε μια αρκετά επιτυχημένη προσπάθεια να αλλάξει την κουβέντα, μου είπε: «Μπορείς να το αρνείσαι όσο θες, αλλά ξέρω ότι έχεις ξεπαγιάσει. Πάμε μέσα. Θα σε πάω από την πίσω πόρτα».

Ξαφνιάστηκα λίγο με την αντίδρασή του. Ο Ντιμίτρι σπάνια απέφευγε τις άβολες συζητήσεις. Ίσα ίσα που πάντοτε με πίεζε να μιλήσω για θέματα που απέφευγα να αντιμετωπίσω. Αλλά και τι να έλεγε για την προβληματική και άτυχη σχέση μας; Προφανώς δεν ήταν η κατάλληλη μέρα για να αρχίσει αυτή τη συζήτηση. Όντως, τα πράγματα είχαν αρχίσει να αλλάζουν.

«Εγώ πάλι νομίζω ότι εσύ κρυώνεις» του είπα πειραχτικά καθώς περπατούσαμε στην πλευρά του κοιτώνα όπου ζούσαν οι μαθητευόμενοι φύλακες. «Μα καλά, εσύ δεν είσαι από τη Σιβηρία; Δεν θα 'πρεπε να αντέχεις το κρύο;»

«Η Σιβηρία δεν είναι ακριβώς όπως τη φαντάζεσαι».

«Εγώ φαντάζομαι μια παγωμένη ερημιά» του είπα με ειλικρίνεια.

«Ε, τότε, όντως δεν τα φαντάζεσαι σωστά τα πράγματα».

«Σου λείπει;» τον ρώτησα κοιτώντας στα πεταχτά πίσω μου που περπατούσε ο Ντιμίτρι. Ποτέ μου δεν το είχα σκεφτεί ότι μπορεί να του έλειπε η χώρα του. Στο μυαλό μου *όλοι* ήθελαν να ζήσουν στην Αμερική – ή τουλάχιστον δεν θα ήθελαν να ζήσουν στη Σιβηρία.

«Συνεχώς» είπε σκεφτικά. «Κάπου κάπου εύχομαι να...»

«Μπελίκοφ!»

Ο άνεμος μετέφερε τη φωνή που ερχόταν από πίσω μας. Ο Ντιμίτρι μουρμούρισε κάτι και με έσπρωξε ακόμη περισσότερο πίσω από τη γωνία όπου είχα μόλις στρίψει. «Κρύψου».

Χώθηκα πίσω από μια συστάδα γκι που βρισκόταν δίπλα στο κτίριο. Δεν είχαν καρπούς επάνω τους, αλλά παρ' όλα αυτά το πυκνό και μυτερό φύλλωμά τους έγδερνε το γυμνό δέρμα μου. Σε σχέση όμως με το κρύο και την πιθανή ανακάλυψη της νυχτερινής μου περιπλάνησης, μερικές γρατσουνιές δεν ήταν τίποτα.

«Μα καλά, εσύ δεν έχεις βάρδια;» άκουσα τον Ντιμίτρι να λέει λίγο μετά.

«Όχι, αλλά ήθελα να σου μιλήσω». Αναγνώρισα τη φωνή της. Ήταν η Αλμπέρτα, η αρχηγός των φυλάκων της Ακαδημίας. «Δεν σε θέλω για πολύ. Θα πρέπει να αλλάξουμε μερικές βάρδιες όσο θα είσαι μάρτυρας».

«Το φαντάστηκα» είπε. Η φωνή του ακουγόταν παράξενη και καταλάβαινα πως αισθανόταν άβολα. «Θα δυσκολευτούν όλοι οι υπόλοιποι — δεν μπορούσε να συμβεί σε χειρότερη περίοδο».

«Ναι, αλλά τι να κάνουμε; Προφανώς η βασίλισσα έχει το δικό της πρόγραμμα». Η Αλμπέρτα ακουγόταν ενοχλημένη. Προσπαθούσα να καταλάβω τι συνέβαινε. «Η Σελέστ θα κάνει τις βάρδιές σου και θα μοιραστεί με τον Εμίλ τις προπονήσεις σου».

Τις προπονήσεις; Ο Ντιμίτρι δεν θα έκανε προπονήσεις την επόμενη εβδομάδα γιατί... Μα ναι! Είχα επιτέλους καταλάβει! Η επόμενη εβδομάδα ήταν η εβδομάδα πρακτικής άσκησης. Από αύριο θα ξεκινούσαν οι έξι εβδομάδες πρακτικής άσκησης για τους μαθητευόμενους. Δεν θα είχαμε μάθημα και θα ήμασταν υπεύθυνοι για την προστασία κάποιου Μορόι νυχθημερόν, ενώ οι ενήλικες θα έλεγχαν την απόδοσή μας.

Λέγοντας «προπονήσεις» προφανώς θα εννοούσε τις ώρες που ο Ντιμίτρι θα συμμετείχε στη διαδικασία. Αλλά τι να εννοούσε λέγοντας «μάρτυρας»; Μήπως αναφερόταν σε κάτι που είχε να κάνει με την τελική δοκιμασία που θα έπρεπε να περάσουμε στο τέλος της σχολικής χρονιάς;

«Είπαν ότι δεν τους πειράζει να δουλέψουν παραπάνω» συνέχισε η Αλμπέρτα «αλλά εγώ αναρωτιόμουν μήπως θα μπορούσες να κάνεις κάποιες από τις βάρδιές τους προτού φύγεις. Θέλω να είμαστε δίκαιοι μαζί τους».

«Μα φυσικά» είπε με τόνο παγερό.

«Ευχαριστώ, θα διευκολύνεις πολύ την κατάσταση» είπε αναστενάζοντας. «Μακάρι να ήξερα πόσο θα διαρκέσει όλο αυτό. Δεν θέλω να λείψω για πολύ. Πού να φανταζόμουν ότι η ιστορία με τον Ντάσκοφ δεν έχει τελειώσει. Κι όμως, η βασίλισσα άρχισε να μετανιώνει που κρατά φυλακισμένο έναν τόσο σημαντικό γαλαζοαίματο».

Πάγωσα. Και αυτή τη φορά η κατάστασή μου δεν είχε να κάνει με το χειμωνιάτικο κρύο. Ο *Ντάσκοφ*;

«Είμαι σίγουρος ότι θα πάρουν τη σωστή απόφαση» είπε ο Ντιμίτρι. Εκείνη τη στιγμή κατάλαβα ότι απέφευγε να πει πολλά επειδή ήξερε ότι βρισκόμουν εκεί και δεν έπρεπε να ακούσω τη συζήτηση.

«Ελπίζω να μας πάρει λίγες μόνο μέρες όπως μας είπαν. Άκου, είναι τελείως μίζερα εδώ πέρα. Θέλεις να έρθεις στο γραφείο μου για λίγο να κοιτάξουμε το πρόγραμμα;»

«Βεβαίως» της απάντησε. «Μόνο δώσε μου λιγάκι χρόνο. Θέλω να ελέγξω κάτι».

«Εντάξει. Τα λέμε σε λίγο».

Απλώθηκε σιωπή και κατάλαβα ότι η Αλμπέρτα είχε απομακρυνθεί. Ο Ντιμίτρι έστριψε στη γωνία του κτιρίου και στάθηκε μπροστά από το γκι. Πετάχτηκα από την κρυψώνα μου. Το βλέμμα του μου έδειχνε πως ήξερε τι θα επακολουθούσε.

«Ρόουζ…»

«Ντάσκοφ;» απόρησα, προσπαθώντας να μην φωνάξω και μ' ακούσει η Αλμπέρτα. «Εννοούμε τον Βίκτορ Ντάσκοφ;»

Δεν έφερε καμία αντίρρηση. «Ναι. Τον Βίκτορ Ντάσκοφ».

«Κι εσείς οι δύο μιλούσατε για... Εννοείς ότι...» ήμουν τόσο σοκαρισμένη, τόσο έκπληκτη που δυσκολευόμουν να σκεφτώ λογικά. Δεν μπορούσα να το πιστέψω. «Μα νόμιζα ότι ήταν φυλακή! Τι εννοείτε δηλαδή; Δεν τον έχουν δικάσει ακόμη;»

Όλα αυτά ήταν πραγματικά απίστευτα. Ο Βίκτορ Ντάσκοφ, ο άνθρωπος που καταδίωξε τη Λίζα, βασανίζοντάς την ψυχικά και σωματικά με σκοπό να υποτάξει τις δυνάμεις της. Κάθε Μορόι μπορούσε να ελέγξει ένα από τα στοιχεία της φύσης: γη, αέρα, νερό και φωτιά. Η Λίζα όμως έλεγχε ένα σχεδόν άγνωστο πέμπτο στοιχείο: το πνεύμα. Εξαιτίας αυτού μπορούσε να θεραπεύσει τα πάντα, ακόμη και να αναστήσει νεκρούς. Αυτός ήταν και ο λόγος που είχαμε αυτόν τον υπερφυσικό δεσμό, που ορισμένοι αποκαλούσαν «το φιλί της νύχτας». Με είχε ξαναφέρει στη ζωή μετά από ένα τροχαίο στο οποίο σκοτώθηκαν οι γονείς και ο αδελφός της κι έτσι είχαμε δεθεί με τέτοιον τρόπο, που μπορούσα να νιώθω τις σκέψεις και να βιώνω τις εμπειρίες της.

Ο Βίκτορ είχε καταλάβει πολύ πριν από τους υπόλοιπους ότι είχε θεραπευτικές δυνάμεις και ήθελε να την αιχμαλωτίσει και να τη χρησιμοποιήσει ως την Πηγή της Νεότητάς του. Επίσης, δεν είχε διστάσει να σκοτώσει οποιονδήποτε τολμούσε να σταθεί εμπόδιο στα σχέδιά του ή, στην περίπτωση του Ντιμίτρι κι εμένα, να χρησιμοποιήσει άλλους, πιο δημιουργικούς τρόπους για να σταματήσει τους εχθρούς του. Στα δεκαεφτά μου είχα ήδη πάρα πολλούς εχθρούς, αλλά τον Βίκτορ Ντάσκοφ τον απεχθανόμουν όσο κανέναν — τουλάχιστον από όσους βρίσκονταν στη ζωή.

Ο Ντιμίτρι είχε πάρει μια έκφραση που την ήξερα πάρα πολύ καλά. Ήταν η έκφραση που έπαιρνε όταν ένιωθε ότι ήμουν έτοιμη να δείρω κάποιον. «Είναι στη φυλακή, αλλά… δεν τον έχουν δικάσει ακόμη. Οι νομικές διαδικασίες πολλές φορές παίρνουν αρκετό χρόνο».

«Και θα γίνει δίκη τώρα; Κι εσύ πρέπει να πας;» Μιλούσα μέσα από τα δόντια μου προσπαθώντας να διατηρήσω την ψυχραιμία μου. Υποψιαζόμουν ότι το *γεμάτο έχθρα βλέμμα μου* ήταν ακόμη χαραγμένο στο πρόσωπό μου.

«Θα τον δικάσουν την επόμενη εβδομάδα και πρέπει να παρουσιαστώ μαζί με κάποιους άλλους φύλακες ως μάρτυρας για να καταθέσω τι συνέβη μ' εσένα και τη Λίζα εκείνο το βράδυ». Η έκφρασή του άλλαξε όταν αναφέρθηκε στα όσα είχαν συμβεί πριν από τέσσερεις μήνες. Δεν δυσκολεύτηκα ούτε αυτή τη φορά να αναγνωρίσω το βλέμμα του. Ήταν η άγρια αυτή έκφραση που έπαιρνε κάθε φορά που αυτοί που αγαπούσε βρίσκονταν σε κίνδυνο.

«Ξέρω πως θα το θεωρήσεις τρελό αυτό που θα σου πω, αλλά… θα πάρεις μαζί σου εμένα και τη Λίζα;» Φυσικά ήξερα ήδη την απάντηση και δεν μου άρεσε καθόλου.

«Όχι».

«Όχι;»

«Όχι».

Έβαλα τα χέρια μου στη μέση και είπα: «Άκου να δεις, νομίζω ότι είναι απολύτως λογικό να μιλήσουμε για όσα συνέβησαν σ' *εμάς* και να είμαστε κι *εμείς* εκεί».

Ο Ντιμίτρι, έχοντας πάρει το ύφος του αυστηρού εκπαιδευτή, έγνεψε όχι. «Η βασίλισσα και κάποιοι άλλοι φύλακες θεώρησαν ότι θα ήταν καλύτερο να μην έρθετε. Υπάρχουν αρκετά αποδεικτικά στοιχεία από τους υπόλοιπους. Κι εκτός αυτού, είναι δεν είναι εγκληματίας, είναι —ή τουλάχιστον ήταν— ένας από τους πιο ισχυρούς γαλαζοαίματους στον κόσμο. Όσοι γνωρίζουν γι' αυτή τη δίκη θέλουν να παραμείνει μυστική».

«Και τι νομίζεις δηλαδή; Ότι αν μας παίρνατε μαζί σας θα το λέγαμε σε όλους;» φώναξα. «Έλα τώρα, σύντροφε! Μας έχεις ικανές για κάτι τέτοιο; Εμείς το μόνο που θέλουμε είναι να δούμε τον Ντάσκοφ στη φυλακή εις τον αιώνα τον άπαντα. Κι αν υπάρχει περίπτωση να τον αφήσουν ελεύθερο, τότε σίγουρα θα πρέπει να έρθουμε».

Αφού συνέλαβαν τον Βίκτορ, τον οδήγησαν στη φυλακή, έτσι πίστεψα ότι κάπου εκεί θα τελείωνε αυτή η υπόθεση. Νόμιζα ότι τον είχαν κλείσει σ' ένα μπουντρούμι και ότι θα τον άφηναν εκεί μέχρι να σαπίσει. Δεν είχα ποτέ μου σκεφτεί ότι θα χρειαζόταν να περάσει πρώτα από δίκη. Όταν συνέβησαν όλα αυτά, τα εγκλήματά του μου φαίνονταν αν μη τι άλλο αυτονόητα. Όμως, παρότι ο κόσμος των Μορόι ήταν μυστικός και διαχωρισμένος από τον κόσμο των ανθρώπων, πολλά πράγματα ήταν ακριβώς τα ίδια, όπως, για παράδειγμα, το δικαίωμα μιας δίκαιης δίκης.

«Δεν είναι στο χέρι μου να αποφασίσω τι θα γίνει» είπε ο Ντιμίτρι.

«Κι όμως, έχεις επιρροή. Θα μπορούσες να μας υπερασπιστείς, κυρίως αν...» ο θυμός μου ημέρωσε λίγο και τη θέση του πήρε ένας ξαφνικός και απρόσμενος φόβος. Δεν τολμούσα καν να συνεχίσω την πρότασή μου. «Κυρίως αν υπάρχει περίπτωση να τη γλιτώσει. Πες μου, υπάρχει τέτοια περίπτωση; Υπάρχει περίπτωση η βασίλισσα να τον αφήσει να φύγει;»

«Δεν ξέρω. Ποτέ δεν μπορείς να είσαι σίγουρος για τις κινήσεις της βασίλισσας και ορισμένων άλλων βασιλικών Μορόι». Ξαφνικά φάνηκε να κουράζεται. Έβαλε το χέρι του στην τσέπη του και έβγαλε μια αρμαθιά κλειδιά. «Άκου, ξέρω ότι έχεις ταραχτεί, αλλά δεν είναι ώρα να το συζητήσουμε. Πρέπει να πάω να βρω την Αλμπέρτα κι εσύ πρέπει να μπεις μέσα. Το τετράγωνο κλειδί είναι για την ακριανή πόρτα. Κατάλαβες ποια εννοώ;»

«Ναι, ευχαριστώ».

Ήμουν μουτρωμένη και δεν μου άρεσε, ειδικά επειδή ο Ντιμίτρι προσπαθούσε να με προστατεύσει, αλλά δεν μπορούσα να συγκρατηθώ. Ο Βίκτορ Ντάσκοφ ήταν εγκληματίας, κακός. Ήταν διψασμένος για εξουσία και άπληστος και δεν θα δίσταζε να εξολοθρεύσει οποιονδήποτε στεκόταν στο δρόμο του. Αν τον άφηναν και πάλι ελεύθερο... η Λίζα όπως και οποιοδήποτε άλλο Μορόι μπορεί να ξαναβρίσκονταν σε κίνδυνο. Τρελαινόμουν στη σκέψη ότι μπορούσα να κάνω κάτι για να τον κλείσουν μέσα και δεν με άφηναν.

Είχα αρχίσει να προχωράω όταν ο Ντιμίτρι με φώναξε. «Ρόουζ!» Κοίταξα πίσω μου. «Λυπάμαι» είπε. Σταμάτησε και το λυπημένο βλέμμα του ξαφνικά έγινε αυστηρό. «Και το καλό που σου θέλω, να μου φέρεις τα κλειδιά αύριο».

Κοίταξα και πάλι μπροστά μου και συνέχισα. Ήταν μάλλον άδικο να σκέφτομαι έτσι, αλλά θεωρούσα ότι ο Ντιμίτρι μπορούσε να κάνει ό,τι ήθελε. Πίστευα ότι αν πραγματικά ήθελε να πάρει τη Λίζα κι εμένα στη δίκη, θα μπορούσε να το κάνει.

Είχα σχεδόν φτάσει στην πλαϊνή πόρτα, όταν έπιασα κάτι να κινείται με την άκρη του ματιού μου. Η διάθεσή μου χάλασε ξαφνικά. Τι ωραία που τα είχα καταφέρει! Ο Ντιμίτρι μου είχε δώσει τα κλειδιά για να γυρίσω πίσω και τώρα θα με έπιανε κάποιος άλλος. Ήμουν πάντοτε φοβερά τυχερή. Γύρισα περιμένοντας να δω κάποιο δάσκαλο που θα με ρωτούσε τι στην ευχή κάνω εκεί έξω και προσπαθούσα απεγνωσμένα να βρω μια δικαιολογία.

Αλλά δεν αντίκρισα κανένα δάσκαλο μπροστά μου.

«Όχι» είπα απαλά. Κάποιος μου έπαιζε παιχνίδια. «Δεν είναι δυνατόν».

Για λίγα δευτερόλεπτα αναρωτήθηκα αν πραγματικά είχα ξυπνήσει. Μπορεί και να ήμουν ακόμη στο κρεβάτι. Ίσως να κοιμόμουν και να ονειρευόμουν.

Σίγουρα αυτό ήταν. Δεν μπορούσα να δώσω άλλη εξήγηση γι' αυτό που έβλεπα μπροστά μου εκείνη τη στιγμή να στέκεται στο γρασίδι της Ακαδημίας, κάτω από τη σκιά μιας αρχαίας, ροζιασμένης βελανιδιάς.

Ήταν ο Μέισον.

2

Ή ΤΟΥΛΑΧΙΣΤΟΝ ΕΜΟΙΑΖΕ ΜΕ ΤΟΝ ΜΕΪΣΟΝ. Δεν μπορούσα να τον —ή τέλος πάντων να το— δω καλά. Έπρεπε να κάνω μεγάλη προσπάθεια για να εστιάσω και ανοιγόκλεινα συνεχώς τα μάτια μου για να τον δω καλύτερα. Η μορφή του ήταν άυλη και σχεδόν διαφανής. Άλλες φορές φαινόταν κι άλλες έμοιαζε να εξαφανίζεται από το οπτικό μου πεδίο.

Αλλά, απ' όσο μπορούσα να καταλάβω, πράγματι έμοιαζε με τον Μέισον. Τα χαρακτηριστικά του ήταν ξεθωριασμένα και το ανοιχτό του δέρμα φάνταζε ακόμη πιο λευκό απ' ό,τι το θυμόμουν. Τα κόκκινα μαλλιά του ήταν πια ένα ξεβαμμένο, ανοιχτό πορτοκαλί. Μετά βίας διέκρινα τις φακίδες του. Ήταν ντυμένος με τα ίδια ρούχα που φορούσε και την τελευταία φορά που τον είδα: το τζιν και το κίτρινο φούτερ του. Κάτω από το λάστιχο του φούτερ φαινόταν μία πράσινη μπλούζα. Και τα χρώματα των ρούχων του είχαν ξεθωριάσει. Έμοιαζε σαν φωτογραφία που είχε χάσει τη ζωντάνια της επειδή κάποιος την είχε ξεχάσει για πολύ καιρό στον ήλιο. Μια σχεδόν ανεπαίσθητη λάμψη τόνιζε το περίγραμμα των χαρακτηριστικών του.

Εκείνο που μ' εντυπωσίασε παραπάνω όμως, εκτός από το γεγονός ότι ήταν νεκρός, ήταν το βλέμμα του. Έδειχνε τόσο, μα τόσο θλιμμένος. Κοίταξα στα μάτια του κι ένιωσα ότι η καρδιά μου πήγαινε να σπάσει. Όλα όσα είχαν συμβεί πριν από λίγες εβδομάδες μού ξαναήρθαν στο μυαλό. Τα έζησα όλα από την αρχή: το σώμα του να πέφτει άψυχο στο πάτωμα, τα σκληρά βλέμματα των Στριγκόι... Ένιωσα έναν κόμπο στο λαιμό. Στεκόμουν εκεί παγωμένη, έκπληκτη, μην μπορώντας να κουνηθώ.

Κι εκείνος με περιεργαζόταν τελείως ανέκφραστος. Θλιμμένος. Άκαμπτος. Σοβαρός. Άνοιξε το στόμα του λες κι ήθελε να μιλήσει και μετά το έκλεισε. Ακολούθησαν λίγα αβάσταχτα λεπτά απόλυτης απραξίας κι έπειτα σήκωσε το χέρι του και το έτεινε προς εμένα. Κάτι στην κίνηση αυτή σαν να με έβγαλε από την παραζάλη μου. Όχι. Δεν ήταν δυνατόν να μου συμβαίνει κάτι τέτοιο. Δεν ήταν δυνατόν να τα βλέπω όλα αυτά. Ο Μέισον ήταν νεκρός. Τον είχα δει να πεθαίνει. Είχα δει το νεκρό του σώμα.

Τα δάχτυλά του κινήθηκαν αργά λες και μου έγνεφε. Πανικοβλήθηκα. Πισωπάτησα θέλοντας να κρατήσω μεγαλύτερη απόσταση μεταξύ μας και περίμενα την αντίδρασή του. Δεν με ακολούθησε. Απλώς στεκόταν εκεί με το χέρι του απλωμένο στον αέρα. Η καρδιά μου χτυπούσε δυνατά. Γύρισα και άρχισα να τρέχω. Όταν είχα φτάσει σχεδόν στην πόρτα, κοίταξα πίσω και η ξέφρενη ανάσα μου άρχισε σιγά σιγά να ηρεμεί. Το ξέφωτο όπου στεκόταν προηγουμένως ήταν πια τελείως άδειο.

Κατάφερα με δυσκολία να ανέβω στον όροφό μου και μπήκα στο δωμάτιό μου κοπανώντας την πόρτα πίσω μου. Τα χέρια μου έτρεμαν. Βυθίστηκα στο κρεβάτι μου και ξανάφερα στο μυαλό μου όσα είχαν συμβεί.

Τι στην ευχή; Δεν μπορεί όλα αυτά να ήταν αληθινά. Απίστευτο. Αδύνατον. Ο Μέισον ήταν νεκρός, και όλοι ξέρουμε ότι οι νεκροί δεν επιστρέφουν. Εντάξει... Εγώ μπορεί να είχα επιστρέψει από τον κόσμο των νεκρών, αλλά αυτή η περίπτωση ήταν εντελώς διαφορετική...

Προφανώς τα είχα *φανταστεί* όλα αυτά. Αυτό ήταν! Αυτή

ήταν η αλήθεια! Ήμουν φοβερά κουρασμένη και δεν είχα ξεπεράσει την ταραχή μου ούτε από την υπερφυσική μου εμπειρία με τη Λίζα και τον Κρίστιαν ούτε από τα νέα για τον Βίκτορ Ντάσκοφ. Πιθανόν το κρύο να είχε παγώσει κι ένα μέρος του εγκεφάλου μου. Ναι... Όσο περισσότερο το σκεφτόμουν, τόσο περισσότερο έβρισκα χιλιάδες εξηγήσεις για όσα είχαν συμβεί.

Παρ' όλα αυτά, όσο κι αν πάσχιζα να πείσω τον εαυτό μου ότι έτσι είχαν τα πράγματα, δεν μπορούσα να αποκοιμηθώ. Έμεινα ξαπλωμένη στο κρεβάτι με τα παπλώματα μέχρι το σαγόνι μου προσπαθώντας να βγάλω την τρομακτική αυτή εικόνα από το μυαλό μου. Όσο και να προσπαθούσα όμως, δεν τα κατάφερνα. Το μόνο που μπορούσα να δω ήταν τα θλιμμένα μάτια του. Τα μάτια του που μου έλεγαν: *Ρόουζ, γιατί άφησες να συμβεί αυτό σε εμένα;*

Έκλεισα τα μάτια μου σφιχτά προσπαθώντας να μην τον σκέφτομαι. Μετά την κηδεία του Μέισον, είχα προσπαθήσει πολύ να συνεχίσω τη ζωή μου και να συμπεριφέρομαι λες και ήμουν πολύ δυνατή. Η αλήθεια όμως ήταν ότι δεν είχα ξεπεράσει ούτε στιγμή το θάνατό του. Βασανιζόμουν νύχτα-μέρα με ερωτήσεις του τύπου *κι αν είχα κάνει αυτό; Κι αν είχα κάνει εκείνο;* Κι αν ήμουν πιο γρήγορη και πιο δυνατή στη μάχη με τα Στριγκόι; Κι αν δεν του είχα πει πού βρίσκονταν τα Στριγκόι εξαρχής; Κι αν είχα ανταποκριθεί στην αγάπη του; Όλα τα παραπάνω ίσως και να τον είχαν κρατήσει στη ζωή. Όμως τίποτα από αυτά δεν συνέβη. Και το φταίξιμο ήταν δικό μου.

«Της φαντασίας μου ήταν» ψιθύρισα μέσα στο πυκνό σκοτάδι του δωματίου μου. Δεν υπήρχε άλλη εξήγηση. Το είχα φανταστεί. Ο Μέισον ήδη στοίχειωνε τα όνειρά μου. Δεν ήταν ανάγκη να τον βλέπω και στον ξύπνιο μου τώρα. «Δεν ήταν στ' αλήθεια εκείνος».

Δεν μπορούσε να είναι αυτός. Θα μπορούσε μόνο να είναι...

Δεν ήθελα ούτε καν να το σκέφτομαι. Γιατί φυσικά ενώ πίστευα στους βρικόλακες, τη μαγεία και τις υπερφυσικές δυνάμεις, δεν πίστευα *καθόλου* στα φαντάσματα.

Προφανώς όμως είχα πάψει να πιστεύω και στον ύπνο, γιατί εκείνη τη νύχτα δεν είχα κοιμηθεί και πολύ. Στριφογυρνούσα διαρκώς στο κρεβάτι μου μην μπορώντας να ησυχάσω και να σταματήσω να σκέφτομαι. Τελικά κατάφερα να αποκοιμηθώ. Το ξυπνητήρι μου όμως χτύπησε τόσο σύντομα, που κατάλαβα αμέσως ότι είχα κοιμηθεί για λίγα μόνο λεπτά.

Για τους ανθρώπους το φως της ημέρας διώχνει τους εφιάλτες και τους φόβους. Για εμένα δεν υπήρχε αυτό το φως. Εγώ ξύπνησα και το σκοτάδι γινόταν όλο και πιο πυκνό. Ευτυχώς όμως το να βρίσκομαι ξανά ανάμεσα σε ζωντανά πλάσματα είχε σχεδόν το ίδιο αποτέλεσμα. Μετά το πρωινό και την πρωινή μου προπόνηση, συνειδητοποίησα ότι όσα *νόμισα* πως είδα την περασμένη νύχτα φάνταζαν όλο και πιο μακρινά.

Το αλλόκοτο αίσθημα της συνάντησης της περασμένης νύχτας είχε αρχίσει να δίνει τη θέση του στον ενθουσιασμό. Είχε επιτέλους φτάσει η μεγάλη μέρα. Η αρχή της πρακτικής μας άσκησης.

Για τις επόμενες έξι εβδομάδες δεν θα είχα μαθήματα. Θα περνούσα τις μέρες μου με τη Λίζα και το πολύ πολύ θα χρειαζόταν να γράφω μία ημερήσια αναφορά που δεν θα ξεπερνούσε τη μισή σελίδα. Εύκολο. Ε, και φυσικά, θα έπρεπε να δουλεύω σε βάρδιες σαν κανονική φύλακας, αλλά αυτό δεν με ανησυχούσε — ή, καλύτερα, μου είχε γίνει δεύτερη φύση. Η Λίζα κι εγώ είχαμε ζήσει στον κόσμο των ανθρώπων για δύο χρόνια κι είχα αναλάβει εξολοκλήρου την προστασία της. Και πριν από αυτό όμως, όταν ήμουν πρωτοετής, είχα δει τις δοκιμασίες που ετοίμαζαν οι ενήλικες φύλακες στους μαθητευόμενους για την πρακτική άσκηση. Σίγουρα οι δοκιμασίες έκρυβαν πολλές παγίδες. Ο μαθητευόμενος θα έπρεπε να προσέχει διαρκώς, να βρίσκεται συνεχώς σε εγρήγορση και να είναι έτοιμος να αμυνθεί *και* να επιτεθεί αν αυτό ήταν απαραίτητο. Παρ' όλα αυτά τίποτα δεν με ανησυχούσε. Η Λίζα κι εγώ λείπαμε στο πρώτο και δεύτερο έτος κι ενώ είχα μείνει πίσω, χάρη στις επιπλέον προπονήσεις με τον Ντιμίτρι, κατάφερα να καλύψω τα κενά μου και ήμουν πλέον μια από τις καλύτερες στην τάξη.

«Ρόουζ!»

Ο Έντι Καστίλ με πρόλαβε καθώς κατευθυνόμουν προς το γυμναστήριο, όπου θα ξεκινούσε η ενημέρωσή μας για την πρακτική άσκηση. Βλέποντας τον Έντι η καρδιά μου βυθίστηκε στη θλίψη για λίγα λεπτά. Ξαφνικά ένιωσα λες και ήμουν ξανά στο προαύλιο με τον Μέισον και κοιτούσα το θλιμμένο πρόσωπό του.

Ο Έντι μαζί με τον Κρίστιαν, το αγόρι της Λίζα, και μία άλλη Μορόι, τη Μία, ήταν κι εκείνοι στην ομάδα που αιχμαλωτίστηκε από τα Στριγκόι. Ο Έντι προφανώς δεν σκοτώθηκε αλλά κινδύνεψε πάρα πολύ. Τα Στριγκόι που μας κρατούσαν αιχμάλωτους τον είχαν χρησιμοποιήσει ως τροφό και έπιναν το αίμα του, σε μία προσπάθεια να χλευάσουν τα Μορόι και να τρομοκρατήσουν τα νταμπίρ. Ο καημένος ο Έντι ήταν αναίσθητος σχεδόν σε όλη τη διάρκεια της αιχμαλωσίας του εξαιτίας της απώλειας αίματος, αλλά και των ενδορφινών που περνούσαν στο σώμα του από τις δαγκωματιές των βρικολάκων. Ήταν ο καλύτερος φίλος του Μέισον και είχε σχεδόν το ίδιο χιούμορ και το ίδιο κέφι μ' εκείνον.

Μετά την απόδρασή μας όμως ο Έντι είχε αλλάξει, όπως κι εγώ άλλωστε. Συνέχιζε να χαμογελά εύκολα, αλλά το βλέμμα του ήταν πια συννεφιασμένο, σκοτεινό και σοβαρό. Σαν να περίμενε ότι όπου να 'ναι θα συνέβαινε το χειρότερο. Στην ουσία, είχε *ήδη* δει το χειρότερο μπροστά στα μάτια του. Θεωρούσα τον εαυτό μου υπεύθυνο όχι μόνο για το θάνατο του Μέισον αλλά και για αυτή την ξαφνική αλλαγή στην προσωπικότητα του Έντι, καθώς και για όλα όσα είχε υποφέρει στα χέρια των Στριγκόι. Ίσως να αδικούσα τον εαυτό μου αλλά δεν μπορούσα να κάνω κι αλλιώς. Ένιωθα λες και του χρωστούσα χάρη. Λες και έπρεπε να τον προστατεύσω ή να βρω κάποιον τρόπο να τον ανταμείψω για το κακό που του έκανα.

Και το αστείο ήταν πως ένιωθα ότι κι ο Έντι προσπαθούσε να με προστατεύσει. Φυσικά, δεν με έπαιρνε από πίσω για να με προστατεύσει, απλώς είχα παρατηρήσει ότι είχε πάντοτε το νου του σ' εμένα. Νομίζω ότι μετά από όσα είχαν συμβεί, ένιωθε ότι το χρωστούσε στον Μέισον να προσέχει το κορίτσι του. Δεν μπήκα ποτέ στον κόπο να εξηγήσω στον Έντι ότι στην πραγματικότητα δεν ήμουν το κορίτσι του Μέισον, αλλά ούτε είχα επικρίνει τη συμπεριφορά του Έντι, που έκανε λες και ήταν ο μεγάλος μου αδελφός. Εννοείται πως μπορούσα να φροντίσω τον εαυτό μου μια χαρά. Παρ' όλα αυτά, όποτε τον άκουγα να προειδοποιεί διάφορους υποψήφιους μνηστήρες λέγοντάς τους να μείνουν μακριά μου γιατί δεν ήμουν έτοιμη να αρχίσω να βγαίνω με κανέναν, δεν θεωρούσα ότι πρέπει να επέμβω. Στο κάτω κάτω δεν ήταν ψέματα. Έλεγε την αλήθεια. Πράγματι, δεν ήμουν ακόμη έτοιμη για σχέσεις και ραντεβού.

Ο Έντι μου έριξε ένα στραβό χαμόγελο που έκανε την παιδιάστικη γλυκύτητά του ακόμη πιο έντονη. «Είσαι ενθουσιασμένη ε;»

«Εννοείται» του είπα. Οι συμμαθητές μας ήδη είχαν αρχίσει να κάθονται στις κερκίδες που βρίσκονταν στη μια πλευρά του γυμναστηρίου και βρήκαμε κι εμείς δύο κενές θέσεις περίπου στο κέντρο. «Θα είναι λες και κάνω διακοπές. Θα είμαι με τη Λίζα για έξι εβδομάδες». Όσο ενοχλητικός κι αν ήταν ώρες ώρες ο δεσμός μας, με έκανε την ιδανική φύλακα. Πάντοτε ήξερα πού βρισκόταν και τι της συνέβαινε. Όταν θα αποφοιτούσαμε, θα γινόμουν η επίσημη φύλακάς της στον έξω κόσμο.

Ξαφνικά έγινε σκεφτικός. «Ναι, φαντάζομαι ότι εσύ δεν ανησυχείς και πολύ. Ξέρεις ήδη ποιον θα σου αναθέσουν όταν θα αποφοιτήσεις. Οι υπόλοιποι όμως δεν είμαστε και τόσο τυχεροί».

«Τι έγινε; Έχεις ερωτευτεί καμιά γαλαζοαίματη;» τον ρώτησα πειραχτικά.

«Δεν έχει σημασία. Έτσι κι αλλιώς, τελευταία οι περισσότεροι φύλακες φυλάνε γαλαζοαίματους».

Είχε δίκιο. Τα νταμπίρ —όπως εγώ, που ήμασταν βρικόλακες κατά το ήμισυ— δεν επαρκούσαν, και οι βασιλικοί γόνοι συνήθως έπαιρναν τους καλύτερους φύλακες.

Κάποτε ανέθεταν φύλακες τόσο σε βασιλικούς γόνους όσο και σε απλά Μορόι, ενώ οι μαθητευόμενοι όπως εμείς συναγωνίζονταν σκληρά μεταξύ τους για το ποιος θα πάρει τα σημαντικά πρόσωπα. Τώρα ήταν σχεδόν δεδομένο ότι ο κάθε φύλακας θα δούλευε για μία βασιλική οικογένεια. Δεν υπήρχαν αρκετοί φύλακες για να εξυπηρετήσουν τους πάντες κι έτσι οι λιγότερο σημαντικές οικογένειες δεν είχαν προστασία.

«Ωστόσο» είπα «υπάρχει ακόμη το ζήτημα ποιον βασιλικό γόνο θα σου αναθέσουν. Ορισμένοι γαλαζοαίματοι είναι σκέτες σνομπαρίες, αλλά πολλοί είναι μια χαρά. Αν βρεις κάποιον πλούσιο και δυνατό, μπορεί και να ζήσεις στη Βασιλική Αυλή και να ταξιδεύεις σε εξωτικά μέρη». Αυτό το τελευταίο μου φαινόταν πολύ ενδιαφέρον και πολύ συχνά φανταζόμουν ότι η Λίζα κι εγώ θα ταξιδεύαμε σε ολόκληρο τον κόσμο.

«Ναι» συμφώνησε ο Έντι. Έγνεψε κατά τη μεριά κάποιων τύπων που κάθονταν στην πρώτη σειρά. «Δεν μπορείς να καταλάβεις τι γλείψιμο έχουν ρίξει αυτοί οι τρεις σε ορισμένους από τις οικογένειες των Ιβάσκοφ και των Ζέλσκι. Φυσικά αυτό δεν πρόκειται να επηρεάσει την απόφαση της Ακαδημίας για το ποιο

Μορόι θα τους αναθέσει εδώ, αλλά είναι προφανές ότι προσπαθούν ήδη να τακτοποιηθούν για μετά την αποφοίτηση».

«Η πρακτική άσκηση μπορεί να επηρεάσει την τελική απόφαση. Η βαθμολογία μας στις δοκιμασίες αυτών των ημερών θα καταγραφεί στα αρχεία μας».

Ο Έντι έγνεψε ξανά και ξεκίνησε να λέει κάτι όταν μια δυνατή και καθάρια φωνή σταμάτησε τα μουρμουρητά μας. Και οι δυο μας κοιτάξαμε προς τα πάνω. Καθώς μιλούσαμε, οι εκπαιδευτές μας είχαν συγκεντρωθεί μπροστά από τις κερκίδες και σχημάτιζαν μια εντυπωσιακή γραμμή με τα πρόσωπά τους στραμμένα κατά τη μεριά μας. Μεταξύ τους βρισκόταν και ο Ντιμίτρι, πάντοτε σκοτεινός, επιβλητικός και ακαταμάχητος. Η Αλμπέρτα προσπαθούσε να μας επαναφέρει σε τάξη. Το πλήθος σιώπησε σιγά σιγά.

«Λοιπόν» ξεκίνησε. Η Αλμπέρτα ήταν γύρω στα πενήντα, λεπτή αλλά δυνατή. Βλέποντάς τη θυμήθηκα τη συζήτησή της με τον Ντιμίτρι την προηγούμενη νύχτα, αλλά αποφάσισα να ασχοληθώ με το θέμα αυτό αργότερα. Δεν θα άφηνα τον Βίκτορ Ντάσκοφ να μου χαλάσει αυτή τη στιγμή. «Όλοι γνωρίζετε γιατί βρίσκεστε εδώ». Ήμασταν τόσο αγχωμένοι και ενθουσιασμένοι που είχε πέσει απόλυτη σιγή και η φωνή της ακουγόταν σαν καμπάνα σε ολόκληρο το γυμναστήριο. «Αυτή είναι η πιο σημαντική μέρα της εκπαίδευσής σας πριν από την τελική σας δοκιμασία. Σήμερα θα μάθετε ποιο Μορόι θα σας αναθέσουμε. Την προηγούμενη εβδομάδα όλοι πήρατε ένα εγχειρίδιο που σας εξηγούσε λεπτομερώς το τι θα συμβεί στις έξι αυτές εβδομάδες. Φαντάζομαι πως όλοι σας το έχετε μελετήσει». Πράγματι, το είχα διαβάσει. Μάλιστα ποτέ μου δεν είχα διαβάσει τίποτα πιο προσεκτικά. «Έτσι για επανάληψη, ο φύλακας Άλτο θα σας υπενθυμίσει τα βασικά σημεία και τους κανόνες της άσκησης».

Παρέδωσε τον πίνακα της παρουσίασης στο φύλακα Σταν

Άλτο. Ήταν από τους χειρότερούς μου εκπαιδευτές, αλλά μετά το θάνατο του Μέισον η ένταση μεταξύ μας είχε μειωθεί. Τώρα πλέον καταλαβαίναμε καλύτερα ο ένας τον άλλο.

«Πάμε λοιπόν» είπε απότομα ο Σταν. «Θα είστε σε βάρδια έξι ημέρες την εβδομάδα και να ξέρετε ότι είστε πολύ τυχεροί, γιατί στην κανονική σας εργασία ως φύλακες θα εργάζεστε κάθε μέρα. Θα συνοδεύετε τα Μορόι που θα σας ανατεθούν παντού: στις τάξεις, στους κοιτώνες, στις αίθουσες τροφοδοσίας. Παντού. Σ' εσάς έγκειται το πώς θα ενταχθείτε στη ζωή τους. Μερικά Μορόι αποκτούν φιλικές σχέσεις με τους φύλακες. Άλλα προτιμούν να είστε αόρατοι, σαν φαντάσματα που δεν μπορούν να τους μιλήσουν». Ήταν ανάγκη να χρησιμοποιήσει τη λέξη *φάντασμα*; «Κάθε σχέση είναι διαφορετική και θα πρέπει να βρείτε έναν τρόπο συνεννόησης μαζί τους έτσι ώστε να μπορέσετε να τα κρατήσετε ασφαλή.

»Μπορεί να δεχτείτε επιθέσεις σε οποιαδήποτε στιγμή, κι εμείς θα είμαστε ντυμένοι με μαύρα ρούχα όταν θα πραγματοποιούνται επιθέσεις. Θα πρέπει πάντοτε να είστε σε επιφυλακή. Να θυμάστε ότι παρόλο που ξέρετε ότι *εμείς* και όχι τα πραγματικά Στριγκόι θα κάνουμε τις επιθέσεις, θα πρέπει να αντιδράτε λες και οι ζωές σας βρίσκονται σε φοβερό και άμεσο κίνδυνο. Να μη φοβηθείτε να μας χτυπήσετε. Είμαι σίγουρος ότι ορισμένοι από εσάς δεν θα διστάσουν καθόλου να μας εκδικηθούν για όλα όσα υπέφεραν από εμάς στο παρελθόν». Στο σημείο αυτό οι μαθητές ξέσπασαν σε χαχανητά. «Ορισμένοι από εσάς, όμως, μπορεί να διστάσετε από φόβο μήπως μπείτε σε μπελάδες. Μην ανησυχείτε. Θα το αντέξουμε!»

Άλλαξε σελίδα στην παρουσίαση και συνέχισε. «Θα είστε σε βάρδια εικοσιτέσσερις ώρες την ημέρα, έξι μέρες την εβδομάδα, αλλά θα κοιμάστε κατά τη διάρκεια της ημέρας, τις ώρες δηλαδή που κοιμούνται και τα Μορόι. Απλά να προσέχετε, γιατί παρόλο που τα Στριγκόι σπάνια πραγματοποιούν επιθέσεις την ημέρα, ενδέχεται να σας επιτεθούν αν βρίσκεστε σε κλειστό χώρο. Δεν είναι απαραίτητο ότι θα είστε ασφαλείς σε τέτοιες ώρες».

Ο Σταν μας διάβασε ορισμένες ακόμη πρακτικές λεπτομέρειες κι εγώ αφαιρέθηκα τελείως. Άλλωστε τα ήξερα όσα έλεγε. Όλοι μας τα ξέραμε. Κοίταξα τριγύρω μου και κατάλαβα ότι δεν ήμουν η μόνη ανυπόμονη στην ομάδα. Ο ενθουσιασμός και το άγχος ήταν εμφανή σε όλους. Τα χέρια ήταν σφιχτά δεμένα. Τα μάτια ήταν ορθάνοιχτα. Όλοι περιμέναμε να ακούσουμε ποιον θα μας ανέθεταν. Όλοι θέλαμε να ξεκινήσει επιτέλους η πρακτική μας άσκηση.

Όταν ο Σταν τελείωσε, έδωσε και πάλι τον πίνακα της παρουσίασης στην Αλμπέρτα. «Λοιπόν» είπε «θα διαβάσω το όνομα του καθενός από εσάς και θα σας ανακοινώνω το όνομα του Μορόι με το οποίο θα δουλέψετε. Αφού ακούσετε το όνομά σας, θα έρθετε εδώ και ο φύλακας Τσέις θα σας δώσει ένα φάκελο με πληροφορίες σχετικές τόσο με το πρόγραμμα του Μορόι που σας έχει ανατεθεί όσο και με το παρελθόν του και ούτω καθεξής».

Όλοι καθόμασταν σε αναμμένα κάρβουνα καθώς η Αλμπέρτα ξεφύλλιζε τις σημειώσεις της. Οι μαθητές άρχισαν τα ψιθυρίσματα. Δίπλα μου ο Έντι αναστέναξε βαριά. «Ποπό! Μακάρι να μου δώσουν κάποιον καλό» μουρμούρισε. «Δεν θέλω να είμαι μες στη μιζέρια για τις επόμενες έξι εβδομάδες».

Του έσφιξα το χέρι καθησυχαστικά. «Είμαι σίγουρη ότι έτσι θα γίνει!» του ψιθύρισα. «Εννοώ ότι εεε... είμαι σίγουρη ότι θα σου δώσουν κάποιον καλό. Όχι ότι θα είσαι μίζερος».

«Ράιαν Έιλσγουορθ» είπε με καθαρή άρθρωση η Αλμπέρτα. Ο Έντι μαζεύτηκε στο κάθισμά του κι εγώ κατάλαβα αμέσως το γιατί. Παλιότερα, το Μέισον Άσφορντ ήταν το πρώτο όνομα που ακουγόταν στους καταλόγους των τάξεων. Τώρα πια, ποτέ ξανά. «Σου έχει ανατεθεί η Καμίλ Κόντα».

«Γαμώτο!» μουρμούρισε κάποιος πίσω μας που προφανώς θα ήθελε να του δώσουν την Καμίλ.

Ο Ράιαν ήταν από τους γλείφτες της πρώτης σειράς και χαμογελούσε πλατιά καθώς πήγαινε να πάρει το φάκελό του. Οι Κόντα ήταν μία από τις ανερχόμενες βασιλικές οικογένειες. Έλεγαν ότι ένα από τα μέλη της οικογένειας ήταν ανάμεσα στους υποψήφιους όταν η βασίλισσα των Μορόι διάλεξε το διάδοχό της. Κι επιπλέον η Καμίλ ήταν και ομορφούλα. Κανένα αγόρι δεν θα δυσκολευόταν να την παρακολουθεί. Ο Ράιαν περπατούσε με ύφος αλαζονικό, προφανώς πολύ ικανοποιημένος με τον εαυτό του.

«Ντιν Μπαρνς» συνέχισε. «Θα είσαι υπεύθυνος για τον Τζέσε Ζέκλος».

«Μπλιαχ!» είπαμε ταυτόχρονα ο Έντι κι εγώ. Αν μου είχαν αναθέσει τον Τζέσε, θα χρειαζόταν να βρουν και κάποιον άλλον να τον προστατεύσει — από εμένα!

Η Αλμπέρτα συνέχισε να διαβάζει ονόματα, ενώ ο Έντι είχε αρχίσει να ιδρώνει από το άγχος του. «Θεέ μου! Μακάρι να είναι κάποιος καλός!» τραύλισε.

«Θα δεις» του είπα. «Θα είναι».

«Έντισον Καστίλ» ανακοίνωσε η Αλμπέρτα. «Βασίλισσα Ντραγκομίρ».

Η καρδιά και των δυο μας σταμάτησε για ένα δευτερόλεπτο. Ο Έντι μπόρεσε να σηκωθεί μόνο και μόνο από υποχρέωση και κατευθύνθηκε προς τους φύλακες. Καθώς κατέβαινε τις κερκίδες γύρισε στα πεταχτά και μου έριξε ένα γρήγορο, πανικόβλητο βλέμμα, σαν να μου έλεγε: *Τι συμβαίνει; Δεν καταλαβαίνω!*

Σάμπως καταλάβαινα εγώ; Ο κόσμος γύρω μου ξαφνικά έγινε θαμπός και αργοκίνητος. Η Αλμπέρτα συνέχισε να φωνάζει ονόματα, αλλά δεν τα άκουγα. Τι είχε συμβεί; Προφανώς κάποιος είχε κάνει λάθος. Η Λίζα θα έπρεπε να ανατεθεί σ' *εμένα.* Δεν μπορούσε να είναι αλλιώς. Εγώ θα γινόμουν η φύλακάς της μετά την αποφοίτηση. Η καρδιά μου χτυπούσε δυνατά καθώς έβλεπα τον Έντι να κατευθύνεται προς το φύλακα Τσέις και να παίρνει το φάκελο και το κοντάρι που θα βαστούσε στην άσκηση. Κοίταξε κατευθείαν τα χαρτιά του και υποψιάστηκα ότι έλεγξε ξανά το όνομα του Μορόι του, βέβαιος ότι επρόκειτο περί λάθους. Η έκφραση στο πρόσωπό του όταν σήκωσε ξανά το βλέμμα του μου έδειχνε ότι όντως είχε διαβάσει και πάλι το όνομα της Λίζα.

Πήρα μια βαθιά ανάσα. Εντάξει, δεν υπήρχε λόγος να πανικοβάλλομαι ακόμη. Προφανώς κάποιος είχε κάνει ένα γραφειοκρατικό λάθος και όλα θα διορθώνονταν. Όταν θα έλεγαν το δικό μου όνομα θα διάβαζαν *ξανά* το όνομα της Λίζα και θα καταλάβαιναν ότι είχαν αναθέσει το ίδιο Μορόι σε δύο άτομα. Θα το διόρθωναν και θα έδιναν στον Έντι κάποιον άλλο. Έτσι κι αλλιώς, υπήρχαν πολλά Μορόι. Περισσότερα από τα νταμπίρ της Ακαδημίας.

«Ρόζμαρι Χάθαγουεϊ». Τέντωσα το σώμα μου. «Κρίστιαν Οζέρα».

Έμεινα αποσβολωμένη και συνέχισα να κοιτάω την Αλμπέρτα ανίκανη να κουνηθώ ή να απαντήσω. Ορισμένοι πρόσεξαν ότι δεν υπήρξε καμία αντίδραση και γύρισαν για να δουν τι συνέβαινε. Εγώ όμως είχα μείνει άφωνη. Δεν ήταν δυνατόν να μου συμβαίνει αυτό. Οι παραισθήσεις μου με τον Μέισον την προηγούμενη νύχτα ήταν πολύ πιο αληθινές από αυτό που ζούσα εκείνη τη στιγμή. Λίγο αργότερα και η Αλμπέρτα κατάλαβε ότι δεν κινούμουν. Σήκωσε τα μάτια της από τα χαρτιά της και έψαξε με τα μάτια της το πλήθος ενοχλημένη.

«Ρόουζ Χάθαγουεϊ;»

Κάποιος με σκούντηξε, λες και δεν μπορούσα να αναγνωρίσω το όνομά μου. Ξεροκατάπια, σηκώθηκα και άρχισα να κατεβαίνω τις κερκίδες σαν ρομπότ. Κάποιο *λάθος* είχε γίνει. Δεν μπορεί! Ήταν λάθος. Κατευθύνθηκα προς το φύλακα Τσέις νιώθοντας σαν μαριονέτα που κάποιος άλλος κινούσε. Μου έδωσε το φάκελό μου κι ένα κοντάρι με το οποίο θα «σκοτώναμε» τους ενήλικες φύλακες στην άσκηση και απομακρύνθηκα για να ανακοινωθεί το επόμενο ζευγάρι.

Αδυνατώντας να το πιστέψω, διάβασα το όνομα στο φάκελο τρεις φορές. *Κρίστιαν Οζέρα.* Τον άνοιξα και είδα να ξεχύνεται μπροστά στα μάτια μου ολόκληρη η ζωή του. Μια πρόσφατη φωτογραφία του. Το πρόγραμμα των μαθημάτων του. Το οικογενειακό του δέντρο. Η προσωπική του ιστορία. Υπήρχε ακόμη και λεπτομερής καταγραφή της τραγικής ιστορίας των γονιών του, που επέλεξαν να γίνουν Στριγκόι και προκάλεσαν πολλούς θανάτους προτού τους κυνηγήσουν και τους θανατώσουν οι φύλακες.

Οι οδηγίες μας στη φάση αυτή έλεγαν να διαβάσουμε τους φακέλους μας, να μαζέψουμε τα πράγματά μας σε ένα σακίδιο και να συναντηθούμε με τα Μορόι μας στο μεσημεριανό. Είχαν ακουστεί πάρα πολλά ονόματα και πολλοί από τους συμμαθητές μου γυρόφερναν πια όρθιοι στο γυμναστήριο μιλώντας με τους φίλους τους και επιδεικνύοντας τους φακέλους τους. Εγώ περιφερόμουν γύρω από μια ομάδα παιδιών περιμένοντας διακριτικά να μου δοθεί η ευκαιρία για να μιλήσω στον Ντιμίτρι και την Αλμπέρτα. Ήταν κι αυτό σημάδι της υπομονής που προσπαθούσα να υιοθετήσω τελευταία. Παλιότερα θα είχα ήδη απαιτήσει εξηγήσεις *εδώ και τώρα* και, πιστέψτε με, το ήθελα όσο τίποτα. Παρ' όλα αυτά όμως τους άφησα να διαβάσουν τον κατάλογο, ο οποίος έμοιαζε ατελείωτος. Αν ήταν ποτέ δυνατόν! Πόση ώρα χρειαζόταν για να διαβάσουν έναν κατάλογο με ονόματα;

Όταν και ο τελευταίος μαθητευόμενος είχε μάθει για ποιο

Μορόι θα ήταν υπεύθυνος, ο Σταν φώναξε προσπαθώντας να καλύψει τις φωνές μας και μας ζήτησε να προχωρήσουμε στο επόμενο στάδιο της δοκιμασίας οδηγώντας τους συμμαθητές μου προς την έξοδο. Πέρασα μέσα από το πλήθος παραμονεύοντας για τον Ντιμίτρι και την Αλμπέρτα, που ευτυχώς κάθονταν ο ένας κοντά στον άλλο. Μιλούσαν για κάτι διαδικαστικό και δεν με πρόσεξαν αμέσως.

Όταν τελικά με είδαν, σήκωσα το φάκελό μου λέγοντας: «Τι είναι αυτό;»

Η Αλμπέρτα με κοίταζε με ύφος κενό και μπερδεμένο. Το βλέμμα του Ντιμίτρι όμως έδειχνε ότι την περίμενε αυτή μου την αντίδραση. «Είναι τα στοιχεία του Μορόι που σας έχει ανατεθεί, δεσποινίς Χάθαγουεϊ» μου είπε η Αλμπέρτα.

«Όχι» είπα μέσα από τα δόντια μου. «Αυτό είναι το Μορόι κάποιου άλλου και όχι το δικό μου».

«Οι αναθέσεις που σας δίδονται στην πρακτική άσκηση δεν εξαρτώνται από εσάς» μου είπε αυστηρά. «Το ίδιο άλλωστε συμβαίνει και στον έξω κόσμο. Δεν διαλέγετε εσείς ποιον θα προστατεύσετε με βάση τα καπρίτσια και τη διάθεσή σας, ούτε εδώ και σίγουρα ούτε μετά την αποφοίτησή σας».

«Ναι, αλλά μετά την αποφοίτηση θα είμαι η φύλακας της Λίζα!» φώναξα. «Όλοι το ξέρουν αυτό. Υποτίθεται ότι θα μου την αναθέτατε και για την πρακτική άσκηση».

«Γνωρίζω ότι λέγεται γενικώς ότι θα είστε μαζί μετά την αποφοίτηση, αλλά δεν θυμάμαι να υπάρχουν υποχρεωτικοί κανόνες που να ορίζουν ότι θα σας ανατεθεί εκείνη ή κάποιος άλλος συγκεκριμένα όσο θα βρίσκεστε στην *Ακαδημία*. Θα πάρετε όποιον σας έχει ανατεθεί».

«Μα τον Κρίστιαν;» είπα και πέταξα το φάκελό μου στο πάτωμα. «Είστε τελείως τρελοί αν πιστεύετε ότι θα γίνω φύλακάς του».

«Ρόουζ!» φώναξε ο Ντιμίτρι. Η φωνή του ήταν τόσο σκληρή και απότομη που τρόμαξα και ξέχασα τι είχα μόλις ξεστομίσει. «Παραφέρεσαι. Δεν είναι τρόπος αυτός να μιλάς στους εκπαιδευτές σου».

Δεν μου άρεσε να με επιπλήττουν. Πόσο μάλλον να με επιπλήττει εκείνος, *ειδικά* επειδή είχε δίκιο. Αλλά δεν μπορούσα να συγκρατηθώ. Ήμουν έξαλλη, και η έλλειψη ύπνου σίγουρα δεν βοηθούσε την κατάσταση. Αισθανόμουν τα νεύρα μου σκληρά και τεντωμένα, ενώ ξαφνικά ακόμη και το παραμικρό μου φαινόταν πολύ δύσκολο, ιδίως κάτι τόσο σοβαρό! Ήταν κυριολεκτικά αβάσταχτο.

«Λυπάμαι» είπα απρόθυμα. «Αλλά η ανάθεση αυτή είναι ηλίθια. Τόσο ηλίθια όσο και το γεγονός ότι δεν μας παίρνετε μαζί σας στη δίκη του Βίκτορ Ντάσκοφ».

Η Αλμπέρτα ανοιγόκλεισε έκπληκτη τα μάτια της. «Πώς ξέρεις εσύ — τέλος πάντων... Θα το δούμε αργότερα αυτό το θέμα. Προς το παρόν αυτό το Μορόι σού έχει ανατεθεί και πρέπει να το προστατεύσεις».

Ξαφνικά δίπλα μου ακούστηκε μαζεμένη η φωνή του Έντι. Τον είχα χάσει προηγουμένως. «Κοιτάξτε... εμένα δεν με νοιάζει... Μπορούμε να αλλάξουμε...»

Η Αλμπέρτα απομάκρυνε το πέτρινο βλέμμα της από εμένα και το έστρεψε κατά τη μεριά του, λέγοντας: «Φυσικά και όχι. Η βασίλισσα Ντραγκομίρ έχει ανατεθεί σ' *εσένα.* Και κοιτώντας πάλι εμένα: «Και ο Κρίστιαν Οζέρα σ' εσένα. Τέλος η συζήτηση».

«Μα αυτό είναι τελείως ηλίθιο!» επανέλαβα. «Γιατί να χάνω το χρόνο μου με τον Κρίστιαν; Αφού θα με βάλετε με τη Λίζα μετά την αποφοίτησή μου. Αν θέλετε να κάνω καλή δουλειά, ίσως θα πρέπει να με βάλετε να κάνω την πρακτική άσκηση μαζί της».

«Μα το ξέρουμε ότι θα είσαι πολύ καλή με τη Λίζα» είπε ο Ντιμίτρι. «Την ξέρεις πάρα πολύ καλά. Και είστε δεμένες με τον υπερφυσικό σας δεσμό. Αλλά να ξέρεις ότι κάποτε ίσως καταλήξεις με κάποιο άλλο Μορόι. Θα πρέπει λοιπόν να μάθεις να φυλάς κάποιον με τον οποίο δεν έχεις καμία προηγούμενη εμπειρία».

«Μα έχω εμπειρία με τον Κρίστιαν» γκρίνιαξα. «Αυτό άλλωστε είναι και το πρόβλημά μου. Τον μισώ». Το παραδέχομαι! Αυτό το τελευταίο ήταν μια σκέτη υπερβολή. Η αλήθεια ήταν ότι έβρισκα τον Κρίστιαν ενοχλητικό, αλλά σίγουρα δεν τον μισούσα. Όπως είπα, αφότου αναγκαστήκαμε να συνεργαστούμε για να νικήσουμε τα Στριγκόι, είχα αλλάξει γνώμη για πολλά. Άρχισα και πάλι να νιώθω ότι η έλλειψη ύπνου και η γενικότερη ένταση με έκαναν να αντιλαμβάνομαι όλα τα πράγματα πιο τραγικά από όσο ήταν.

«Τόσο το καλύτερο» είπε η Αλμπέρτα. «Δεν είναι όλοι όσοι προστατεύουμε φίλοι μας. Δεν θα προστατεύεις πάντοτε άτομα που συμπαθείς. Θα πρέπει να το μάθεις αυτό».

«Αυτό που πρέπει να μάθω είναι το πώς να πολεμάω τα Στριγκόι» είπα. «Κι αυτό το έμαθα στην τάξη». Τους κοίταξα κοφτά έτοιμη να παίξω το τελευταίο μου χαρτί. «Αφήστε που το έζησα *και* από πρώτο χέρι».

«Ξέρετε, δεσποινίς Χάθαγουεϊ, η δουλειά αυτή περιλαμβάνει πολύ περισσότερα πράγματα από τις τεχνικές γνώσεις. Έχει και μια εντελώς προσωπική πλευρά, η οποία θα λέγαμε ότι αφορά τη σχέση με το φυλασσόμενο πρόσωπο. Κι αυτό το θέμα δεν καλύπτεται ιδιαίτερα στην τάξη. Σας μαθαίνουμε πώς να αντιμετωπίζετε τα Στριγκόι. Τώρα θα πρέπει να μάθετε πώς να αντιμετωπίζετε και τα Μορόι. Κι *εσείς* ειδικά θα πρέπει να μάθετε να συνυπάρχετε με κάποιον άλλο εκτός από την καλύτερή σας φίλη».

«Θα πρέπει επίσης να μάθεις τι σημαίνει το να δουλεύεις μαζί με κάποιον όταν δεν μπορείς να νιώσεις με υπερφυσικό τρόπο πότε αυτός βρίσκεται σε κίνδυνο» πρόσθεσε ο Ντιμίτρι.

«Σωστά» συμφώνησε η Αλμπέρτα. «Αλλιώς θα μειονεκτείτε. Αν θέλετε να γίνετε καλή φύλακας, αν θέλετε να γίνετε άριστη φύλακας, θα πρέπει να κάνετε ό,τι σας λέμε».

Άνοιξα το στόμα μου θέλοντας να υπερασπιστώ τον εαυτό μου, να πω ότι το να έχω μια τόσο στενή σχέση με κάποιον θα έκανε πιο γρήγορη την εκπαίδευσή μου και θα με βοηθούσε να γίνω καλύτερη φύλακας για οποιοδήποτε Μορόι, αλλά ο Ντιμίτρι με διέκοψε.

«Το να δουλέψεις με κάποιο άλλο Μορόι θα βοηθήσει και τη Λίζα να κρατηθεί στη ζωή» μου είπε.

Τα λόγια του με έκοψαν. Ήταν ίσως τα μόνα λόγια που θα μπορούσαν να με κόψουν και, που να τον πάρει, το ήξερε πολύ καλά.

«Τι εννοείς;» τον ρώτησα.

«Και η Λίζα έχει το ίδιο μειονέκτημα: εσένα. Αν δεν μάθει ποτέ πώς είναι να τη φυλάει κάποιος φύλακας με τον οποίο δεν έχει υπερφυσική σχέση, μπορεί να αντιμετωπίσει ακόμη μεγαλύτερο κίνδυνο αν πέσει θύμα κάποιας επίθεσης. Η φύλαξη είναι σχέση μεταξύ δύο ανθρώπων. Η ανάθεση αυτή κατά την πρακτική άσκηση θα είναι μια σημαντική εμπειρία όχι μόνο για σένα αλλά και για εκείνη».

Σιώπησα προσπαθώντας να επεξεργαστώ τα λόγια του. Είχε δίκιο.

«Επίσης» είπε η Αλμπέρτα «αυτή είναι η μοναδική ανάθεση που μπορεί να σου δοθεί. Αν την απορρίψεις, απλώς διαγράφεσαι από την πρακτική άσκηση».

Διαγράφομαι; Δεν ήταν με τα καλά της! Αυτό δεν ήταν σαν ένα μάθημα που έχανα. Αν δεν έκανα την πρακτική άσκηση, δεν θα αποφοιτούσα. Ήθελα να ξεσπάσω και να παραπονεθώ για την αδικία, αλλά ο Ντιμίτρι με σταμάτησε χωρίς καν να πει λέξη. Το επίμονο και ήρεμο βλέμμα στα σκουρόχρωμα μάτια του με συγκράτησε και με ενθάρρυνε να αποδεχτώ την απόφασή τους όσο πιο ευγενικά μπορούσα.

Σήκωσα διστακτικά το φάκελο λέγοντας παγωμένα: «Καλώς, θα το κάνω. Απλά θέλω να καταγραφεί ότι το κάνω παρά τη θέλησή μου».

«Νομίζω ότι αυτό έγινε κατανοητό, δεσποινίς Χάθαγουεϊ» σχολίασε ξερά η Αλμπέρτα.

«Όπως νομίζετε. Εγώ συνεχίζω να θεωρώ ότι πρόκειται περί απαίσιας ιδέας. Και θα το καταλάβετε κι εσείς στην πορεία».

Γύρισα και διέσχισα βιαστικά το γυμναστήριο προτού κανείς προλάβει να μου απαντήσει. Με το που έκανα και την τελευταία αυτή κίνηση κατάλαβα πως είχα αντιδράσει σαν κακομαθημένο κωλόπαιδο, αλλά ας έμπαιναν κι αυτοί στη θέση μου. Είμαι σίγουρη ότι και εκείνοι θα γκρίνιαζαν αν είχαν υποστεί τις σεξουαλικές περιπτύξεις της κολλητής τους, είχαν δει ένα φάντασμα και δεν είχαν κοιμηθεί καθόλου. Εκτός των άλλων, θα έπρεπε να περάσω έξι εβδομάδες με τον Κρίστιαν Οζέρα. Ήταν σαρκαστικός, δύσκολος και συνεχώς αστειευόταν για τα πάντα.

Στην πραγματικότητα μοιάζαμε πολύ.

Οι έξι αυτές εβδομάδες θα μου φαίνονταν αιώνας.

3

«ΓΙΑΤΙ ΕΙΣΑΙ ΤΟΣΟ ΚΑΚΟΚΕΦΟ, μικρό μου νταμπίρ;» Καθώς διέσχιζα το προαύλιο και κατευθυνόμουν προς την τραπεζαρία, ένιωσα ξαφνικά μια πολύ έντονη μυρωδιά τσιγάρου με γεύση γαρίφαλο. Αναστέναξα.

«Άντριαν, πραγματικά δεν έχω την όρεξή σου αυτή τη στιγμή».

Ο Άντριαν Ιβάσκοφ βρέθηκε γρήγορα δίπλα μου ξεφυσώντας ένα σύννεφο καπνού στον αέρα, που φυσικά κατέληξε πάνω μου. Έκανα μία κίνηση να τον απομακρύνω και στη συνέχεια έδωσα ένα ρεσιτάλ βήχα, τραβηγμένο απ' τα μαλλιά. Ο Άντριαν ήταν βασιλικός γόνος Μορόι που ξεφύτρωσε ξαφνικά στο τελευταίο μας ταξίδι για σκι. Ήταν λίγα χρόνια μεγαλύτερός μου και είχε επιστρέψει στην Ακαδημία του Αγίου Βλαντιμίρ για να μάθει από τη Λίζα πώς να χρησιμοποιεί το πνεύμα. Μέχρι στιγμής ήταν ο μοναδικός που γνωρίζαμε ότι είχε αυτή την ιδιότητα. Ήταν υπερόπτης και κακομαθημένος. Περνούσε τον περισσότερο καιρό του πίνοντας, καπνίζοντας και διασκεδάζοντας με γυναίκες. Επίσης, ήταν ερωτευμένος μαζί μου – ή τουλάχιστον ήθελε να με ρίξει στο κρεβάτι.

«Προφανώς!» είπε. «Σ' έχω δει ελάχιστα από τότε που επιστρέψαμε. Αν δεν σε ήξερα καλύτερα, θα έλεγα ότι με αποφεύγεις».

«Μα σε *αποφεύγω*».

Έβγαλε ένα βαθύ αναστεναγμό και πέρασε το χέρι του μέσα από τα καστανόξανθα μαλλιά του, πάντοτε επιμελώς ατημέλητα. «Άκου, Ρόουζ, δεν χρειάζεται να συνεχίζεις να μου το παίζεις δύσκολη. Είμαι ήδη δικός σου».

Ο Άντριαν ήξερε πολύ καλά πως δεν του το έπαιζα δύσκολη, αλλά του άρεσε πάρα πολύ να με πειράζει. «Κοίτα, πραγματικά δεν έχω όρεξη να υποστώ την ξακουστή γοητεία σου σήμερα».

«Μα τι συνέβη; Πατάς με τέτοια δύναμη σε όποια λακκούβα με νερό βρίσκουμε στο δρόμο μας, που έχω την εντύπωση ότι θα δείρεις όποιον τυχόν βρεθεί μπροστά σου».

«Τότε γιατί είσαι ακόμα εδώ; Δεν φοβάσαι μήπως τις φας εσύ;»

«Δεν θα μου έκανες ποτέ κακό. Είμαι πολύ όμορφος για να με στραπατσάρεις».

«Δεν είσαι τόσο όμορφος ώστε να μπορώ να δικαιολογήσω τον απαίσιο, καρκινογόνο καπνό που ξεφυσάς στα μούτρα μου. Μα πώς μπορείς να καπνίζεις; Καταρχάς, απαγορεύεται το κάπνισμα στην Ακαδημία. Την Άμπι Μπαντίκα την απέβαλαν για δύο εβδομάδες όταν την έπιασαν».

«Για μένα δεν ισχύουν οι κανόνες, Ρόουζ. Δεν ανήκω ούτε στους σπουδαστές ούτε στο προσωπικό. Είμαι απλώς ένα ελεύθερο πνεύμα που περιφέρεται στο φιλοδίκαιο σχολείο σας όπως του γουστάρει».

«Άντε λοιπόν, ώρα να περιφερθείς λίγο ακόμη».

«Αν θες να με ξεφορτωθείς, θα πρέπει πρώτα να μου πεις τι συμβαίνει».

Δεν υπήρχε τρόπος να το αποφύγω. Έτσι κι αλλιώς θα το μάθαινε σύντομα. Όλοι θα το μάθαιναν. «Μου ανέθεσαν τον Κρίστιαν για την πρακτική μου άσκηση».

Έμεινε άφωνος για λίγο και μετά ξέσπασε σε τρανταχτά γέλια. «Ε, μάλιστα! Τώρα καταλαβαίνω. Και έχω να πω πως γι' αυτό που σου συνέβη διατηρείς πολύ καλά την ψυχραιμία σου».

«Μα υποτίθεται ότι θα μου έδιναν τη Λίζα» μούγκρισα. «Δεν το πιστεύω ότι το έκαναν αυτό σ' εμένα».

«Όντως! *Γιατί* το έκαναν; Υπάρχει περίπτωση να μην είστε μαζί μετά την αποφοίτηση;»

«Όχι, απλά όλοι θεωρούν ότι θα με βοηθήσει στην εκπαίδευσή μου το να μην έχω τη Λίζα τώρα. Μετά την αποφοίτησή μου θα είμαι η πραγματική της φύλακας μαζί με τον Ντιμίτρι».

Ο Άντριαν με λοξοκοίταξε. «Ποπό, είμαι σίγουρος ότι αυτό θα σε δυσκολέψει πιο πολύ απ' όλα!»

Το πιο παράξενο στην όλη υπόθεση ήταν ότι, ενώ η Λίζα ούτε καν είχε υποψιαστεί τα αισθήματά μου για τον Ντιμίτρι, ο Άντριαν τα είχε καταλάβει όλα.

«Όπως σου είπα και πριν, άσε τις μπηχτές, δεν πιάνουν σήμερα».

Δυστυχώς, δεν φαινόταν να συμφωνεί. Υποψιαζόμουν ότι ήδη είχε αρχίσει να πίνει και δεν ήταν καν μεσημέρι. «Ωραία, και ποιο το πρόβλημα; Ο Κρίστιαν θα είναι συνεχώς με τη Λίζα».

Είχε δίκιο. Όχι φυσικά ότι θα το παραδεχόμουν. Έπειτα, με αυτόν τον κλασικό και αμέριμνο τρόπο του, άλλαξε κουβέντα καθώς πλησιάζαμε στο κτίριο.

«Σου έχω μιλήσει ποτέ για την αύρα σου;» με ρώτησε ξαφνικά.

Η φωνή του είχε έναν παράξενο τόνο. Διστακτικό, περίεργο και *πολύ* ασυνήθιστο. Συνήθως το μόνο που έκανε ήταν να κοροϊδεύει.

«Δεν ξέρω. Ναι, ίσως μία φορά. Μου είχες πει ότι είναι σκοτεινή. Γιατί ρωτάς;» Η αύρα είναι πεδίο φωτός που περιβάλλει όλους τους ανθρώπους. Τα χρώματα και η φωτεινότητά της υποτίθεται ότι συνδέονται με την προσωπικότητα και την ενέργεια ενός ανθρώπου. Μόνο όσοι κατέχουν τις δυνάμεις του πνεύματος μπορούσαν να την εντοπίσουν. Ο Άντριαν μπορούσε να τη δει από τότε που θυμόταν τον εαυτό του, ενώ η Λίζα ακόμη μάθαινε.

«Είναι δύσκολο να το εξηγήσω. Μπορεί και να μην είναι τίποτα». Σταμάτησε κοντά στην πόρτα και τράβηξε μια γερή ρουφηξιά από το τσιγάρο του. Άλλαξε κατεύθυνση για να φυσήξει το νέο σύννεφο καπνού μακριά από μένα, αλλά και αυτή τη φορά ο άνεμος το έφερε κατά τη μεριά μου. «Οι αύρες είναι παράξενα πράγματα. Πηγαινοέρχονται και μεταβάλλονται συνεχώς. Αλλάζουν χρώματα και φωτεινότητα. Κάποιες είναι ολοζώντανες και άλλες θαμπές. Κάποιες φορές κατακάθονται ή φλέγονται με τόσο έντονα χρώματα που...» Έγειρε το κεφάλι του πίσω και κοίταξε τον ουρανό. Αναγνώρισα αμέσως τα σημάδια της «έκστασης» στην οποία έμπαινε κάποιες φορές. «Μπορείς αμέσως να καταλάβεις τι σου λένε. Είναι σαν να μπορείς να διαβάσεις την ψυχή κάποιου».

Χαμογέλασα. «Πάντως τη δική μου δεν έχεις μπορέσει να την καταλάβεις, έτσι δεν είναι; Ούτε καν ξέρεις τι σημαίνουν τα χρώματα που βλέπεις».

Σήκωσε τους ώμους. «Την καταλαβαίνω σιγά σιγά. Μιλάω σε αρκετούς ανθρώπους, παίρνω μια ιδέα του τι σόι χαρακτήρες είναι και μετά βλέπω παρόμοιους ανθρώπους με παρόμοια χρώματα... Μετά από λίγο τα χρώματα αυτά αρχίζουν να σημαίνουν κάτι».

«Και σαν τι μοιάζει το χρώμα της δικής μου αύρας τώρα;»

Μου έριξε μια κλεφτή ματιά. «Εεε, για να είμαι ειλικρινής, δεν μπορώ να καταλήξω κάπου σήμερα».

«Το ήξερα. Τα 'χεις πιει». Ουσίες όπως το αλκοόλ ή ορισμένα χάπια είχαν ανασταλτική επίδραση στις ιδιότητες του πνεύματος.

«Μόνο λίγο! Για το κρύο! Όμως μπορώ να μαντέψω πώς είναι η αύρα σου. Συνήθως μοιάζει με των υπολοίπων. Τα χρώματά της στροβιλίζονται και φαίνεται λες και παραπαίει στην άκρη του σκότους. Λες και πάντοτε σ' ακολουθεί μια σκιά».

Κάτι στη φωνή του μ' έκανε να ανατριχιάσω. Παρότι τον είχα ακούσει να μιλάει συχνά με τη Λίζα για το φαινόμενο της αύρας, ποτέ μου δεν θεώρησα ότι επρόκειτο για κάτι ανησυχητικό. Ήταν περισσότερο σαν ταχυδακτυλουργικό κόλπο — κάτι ενδιαφέρον αλλά χωρίς φοβερή ουσία.

«Τι χαρούμενη εικόνα, Θεέ μου» είπα. Σκέφτηκες ποτέ σου την εμψύχωση ομάδων ως επαγγελματική επιλογή;»

Μου έριξε ένα ξέθωρο βλέμμα και αμέσως μετά ξαναβρήκε το κανονικό του κέφι. «Μην ανησυχείς, μικρό μου νταμπίρ. Μπορεί να σε περικυκλώνουν τα σύννεφα αλλά για μένα είσαι μια ηλιαχτίδα». Έστρεψα τα μάτια μου προς τα πάνω σε ένδειξη απελπισίας. Πέταξε το τσιγάρο του στο πεζοδρόμιο και το πάτησε με το πόδι του. «Πρέπει να φύγω. Τα λέμε μετά». Μου υποκλίθηκε ιπποτικά και έκανε να κατευθυνθεί προς τους ξενώνες.

«Έι! Μάζεψε τα σκουπίδια σου!» του φώναξα.

«Για μένα δεν ισχύουν οι κανόνες, Ρόουζ» μου φώναξε. «Δεν ισχύουν οι κανόνες».

Μάζεψα την παγωμένη πια γόπα του τσιγάρου του κουνώντας το κεφάλι μου και την πέταξα σε ένα σκουπιδοτενεκέ που βρισκόταν έξω από το κτίριο. Μέσα η ζέστη με καλωσόρισε κάνοντάς με να ξεχάσω το κρύο του χειμώνα. Έκανα να τινάξω τις λάσπες από τις μπότες μου. Στην καφετέρια το μεσημεριανό κόντευε να τελειώσει καθώς πλησίαζε το απόγευμα. Εδώ τα νταμπίρ και τα Μορόι κάθονταν μαζί, παρουσιάζοντας μια πολύ ενδιαφέρουσα αντίθεση. Εμείς τα νταμπίρ, με την ημιανθρώπινη φύση μας, ήμασταν μεγαλύτερα –αν και όχι πιο ψηλά– και πιο εύρωστα. Οι μαθητευόμενες ήταν πολύ πιο καμπυλωτές από τα ισχνά κορίτσια Μορόι, ενώ τα αγόρια μας ήταν πολύ πιο μυώδη από τους συνομήλικούς τους βρικόλακες. Η επιδερμίδα των Μορόι ήταν χλομή και εύθραυστη σαν πορσελάνη, ενώ η δική μας ήταν μαυρισμένη από τον ήλιο.

Η Λίζα καθόταν μόνη της και φαινόταν γαλήνια, σχεδόν αγγελική με το κάτασπρο πουλόβερ της. Τα ξανθά μαλλιά της χύνονταν πάνω στους ώμους της. Ύψωσε το βλέμμα της καθώς την πλησίασα και μέσα από το δεσμό μας αισθάνθηκα να με διαπερνά το ζεστό καλωσόρισμά της.

Χαμογέλασε. «Κοίτα φάτσα! Είναι αλήθεια αυτό που άκουσα; Όντως σου ανέθεσαν τον Κρίστιαν;»

Την κάρφωσα. «Καλά, δεν έχεις στενοχωρηθεί ούτε στο *ελάχιστο*;» Μου έριξε ένα βλέμμα γλυκιάς αποδοκιμασίας και έγλειψε ό,τι είχε απομείνει στο κουτάλι της από το γιαούρτι φράουλα που έτρωγε. «Τι να σου πω; Στο κάτω κάτω το αγόρι μου είναι και περνάω πάρα πολύ χρόνο μαζί του. Δεν είναι και τόσο άσχημα τα πράγματα!»

«Έχεις υπομονή αγίας» γκρίνιαξα και χύθηκα στην καρέκλα. «Και εκτός αυτού, δεν είσαι μαζί του εικοσιτέσσερις ώρες το εικοσιτετράωρο».

«Μα ούτε κι εσύ θα είσαι μαζί του τόσες ώρες. Θα είστε μαζί όλη την ημέρα, έξι μέρες την εβδομάδα».

«Ένα και το αυτό. Δεν πα να 'μαι και είκοσι οχτώ ώρες το εικοσιτετράωρο;» είπα.

Συνοφρυώθηκε. «Σαν να μη μας τα λες καλά».

Κούνησα το χέρι μου σαν να της έλεγα να ξεχάσει την ηλίθια ατάκα μου και κοίταξα με βλέμμα κενό την τραπεζαρία. Παντού στην αίθουσα γίνονταν συζητήσεις για την επικείμενη πρακτική άσκηση που θα ξεκινούσε μετά το μεσημεριανό. Την καλύτερη φίλη της Καμίλ την είχε αναλάβει ο καλύτερος φίλος του Ράιαν και οι τέσσερίς τους έμοιαζαν με ζευγαροπαρέα που έβγαινε σε ραντεβού διάρκειας έξι εβδομάδων. Να που και κάποιοι θα διασκέδαζαν με την όλη κατάσταση. Αναστέναξα. Ο Κρίστιαν, ο προστατευόμενός μου, ήταν στην αίθουσα όπου βρίσκονταν οι τροφοί, άνθρωποι που έδιναν με τη θέλησή τους αίμα στα Μορόι.

Μέσα από το δεσμό μας αισθάνθηκα ότι η Λίζα ήθελε κάτι να μου πει. Κρατιόταν όμως γιατί ανησυχούσε για την κακή μου διάθεση και ήθελε να βεβαιωθεί πρώτα ότι με παρηγόρησε αρκετά. Χαμογέλασα. «Σταμάτα ν' ανησυχείς για μένα. Τι τρέχει;»

Μου χαμογέλασε με τη σειρά της και τα γυαλιστερά ροζ χείλη της συνέχισαν να κρύβουν τους κυνόδοντές της. «Πήρα την άδεια!»

«Άδεια για ποιο πράγμα;» Η απάντηση μου ήρθε στο νου πολύ πριν προλάβει καν να ανοίξει το στόμα της. «Αλήθεια;» ρώτησα. «Θα σταματήσεις τα φάρμακα;»

Η δύναμη του πνεύματος ήταν πραγματικά εκπληκτική και μόλις που είχαμε αρχίσει να ανακαλύπτουμε τις ιδιότητές της. Παρ' όλα αυτά όμως είχε μια τραγική παρενέργεια. Μπορούσε να προκαλέσει κατάθλιψη, ακόμη και τρέλα. Ένας από τους λόγους για τους οποίους ο Άντριαν είχε ξεκινήσει το ποτό (εκτός από το γεγονός ότι του άρεσε να γλεντάει) ήταν γιατί έτσι αδρανοποιούνταν και δεν ένιωθε τις φριχτές παρενέργειες του πνεύματος. Η Λίζα πάλι αντιμετώπιζε την κατάσταση με έναν πιο υγιή τρόπο. Έπαιρνε αντικαταθλιπτικά που την απέκοπταν τελείως από τις μαγικές της δυνάμεις. Δεν της άρεσε που δεν μπορούσε πια να χρησιμοποιήσει το πνεύμα, αλλά το δεχόταν με αντάλλαγμα να κρατήσει τα λογικά της. Τουλάχιστον έτσι πίστευα εγώ. Προφανώς εκείνη διαφωνούσε, εφόσον ήθελε να κάνει ένα τόσο παράλογο πείραμα. Ήξερα ότι ήθελε να δοκιμάσει και πάλι τα μαγικά της, αλλά δεν είχα πιστέψει ότι η επιθυμία της θα πραγματοποιούνταν, ούτε ότι θα την άφηναν να δοκιμάσει κάτι τέτοιο.

«Θα πρέπει να παρουσιάζομαι στην κυρία Κάρμακ καθημερινά και να μιλάω σε σταθερή βάση με ένα σύμβουλο». Τα τελευταία αυτά λόγια συνοδεύτηκαν από μια γκριμάτσα, αλλά σε γενικές γραμμές αισθανόταν αισιόδοξη. «Ανυπομονώ να δω τι μπορώ να κάνω μαζί με τον Άντριαν».

«Ο Άντριαν είναι κακή επιρροή».

«Δεν με έβαλε εκείνος να το κάνω αυτό, Ρόουζ. Μόνη μου το διάλεξα». Βλέποντας πως δεν απαντούσα, μου ακούμπησε απαλά το χέρι. «Άκου, μην ανησυχείς. Είμαι πολύ καλύτερα και θα το προσπαθήσω έχοντας την υποστήριξη πολλών ανθρώπων».

«Πολλών εκτός από μένα» της είπα σκεπτική, όταν ξαφνικά είδα να ανοίγει η διπλή πόρτα στην άλλη άκρη του δωματίου και να μπαίνει στην τραπεζαρία ο Κρίστιαν. Μας πλησίασε. Το ρολόι έδειχνε πέντε ακριβώς λεπτά πριν από τη λήξη του μεσημεριανού. «Οχ αμάν! Πλησιάζει η αρχή του τέλους».

Ο Κρίστιαν τράβηξε μια καρέκλα, γύρισε την πλάτη της προς το τραπέζι μας και κάθισε ξεκουράζοντας το σαγόνι του στη ριγέ πλάτη της. Απομάκρυνε τα μαύρα του μαλλιά από τα γαλάζια μάτια του και μας χαμογέλασε αυτάρεσκα. Ένιωσα την καρδιά της Λίζα να ξαλαφρώνει με τον ερχομό του.

«Ανυπομονώ να πιάσουμε δουλειά!» είπε. «Θα περάσουμε τόσο όμορφα τα δυο μας, Ρόουζ. Θα διαλέξουμε κουρτίνες, θα φτιάξουμε τα μαλλιά μας, θα λέμε ιστορίες για φαντάσματα...»

Η αναφορά στις ιστορίες φαντασμάτων δεν με έκανε να αισθανθώ άνετα. Όχι βέβαια ότι το να διαλέξω κουρτίνες ή να φτιάξω τα μαλλιά του Κρίστιαν μου έλεγε κάτι.

Κούνησα απελπισμένα το κεφάλι μου και σηκώθηκα όρθια. «Σας αφήνω να χαρείτε τις ελάχιστες ιδιωτικές στιγμές που σας απομένουν». Γέλασαν.

Κατευθύνθηκα προς την ουρά για το φαγητό, ελπίζοντας να έχουν απομείνει τίποτα ντόνατς από το πρωινό. Δυστυχώς έβλεπα μόνο κρουασάν, κις λορέν και αχλάδια ποσέ. Προφανώς το μενού εκείνη την ημέρα ήταν αριστοκρατικό. Αμάν πια!

Τι ζητούσα; Λίγο τηγανισμένο ζυμάρι. Ο Έντι στεκόταν μπροστά μου στη σειρά. Με κοίταξε απολογητικά.

«Ρόουζ, λυπάμαι πολύ…»

Σήκωσα το χέρι μου σαν να του έλεγα, *Φτάνει*! «Μην ανησυχείς. Δεν φταις εσύ. Απλά υποσχέσου μου ότι θα την προστατεύσεις όσο το δυνατόν καλύτερα».

Ήταν τελείως αστείο αυτό το συναίσθημα, γιατί στην πραγματικότητα η Λίζα δεν θα κινδύνευε καθόλου. Παρ' όλα αυτά εγώ συνέχιζα να ανησυχώ για κείνη. Ιδίως τώρα, με αυτή την απόφαση για τη διακοπή της φαρμακευτικής της θεραπείας.

Ο Έντι απόμεινε σοβαρός, θεωρώντας ότι αυτό που του ζήτησα δεν ήταν καθόλου αστείο. Ήταν ένας από τους ελάχιστους που ήξεραν για τις μαγικές ιδιότητες της Λίζα, καθώς και για τις συνέπειές τους, και μάλλον γι' αυτό τον είχαν επιλέξει ως φύλακά της. «Δεν θα αφήσω να της συμβεί τίποτα. Το εννοώ».

Χαμογέλασα παρά την κακή μου διάθεση. Η εμπειρία του με τα Στριγκόι τον έκανε να αντιμετωπίζει τα πάντα πολύ πιο σοβαρά από όλους τους υπόλοιπους μαθητευόμενους. Ήταν ίσως η καλύτερη επιλογή για τη Λίζα μετά από μένα.

«Πες μου, Ρόουζ, ισχύει ότι έδωσες μπουνιά στη φύλακα Πετρόφ;»

Γύρισα και κοίταξα τον Τζέσε Ζέκλος και τον Ραλφ Σαρκοζί, δύο Μορόι που μόλις είχαν μπει στην ουρά ανάμεσα σ' εμένα και τον Έντι με ένα βλέμμα ικανοποίησης. Ήταν ακόμη πιο ενοχλητικοί απ' ό,τι συνήθως. Ο Τζέσε ήταν μαυρισμένος, πανέμορφος και έξυπνος. Ο Ραλφ ήταν ο λιγότερο όμορφος και λιγότερο έξυπνος αχώριστος σύντροφός του. Ήταν τα άτομα που μισούσα περισσότερο σε ολόκληρη την Ακαδημία, κυρίως γιατί είχαν διαδώσει φήμες για μένα υποστηρίζοντας ότι έκανα διάφορα άσεμνα πράγματα και με τους δυο τους. Ο Μέισον τους ανάγκασε να παραδεχτούν την αλήθεια μπροστά σε όλους τους συμμαθητές μου και δεν νομίζω ότι μου το είχαν συγχωρήσει ακόμη.

«Τι; Να δώσει μπουνιά στην Αλμπέρτα; Ούτε καν!» Έκανα να γυρίσω, αλλά ο Ραλφ συνέχισε να μιλάει.

«Ακούσαμε ότι έπαθες κρίση στο γυμναστήριο όταν έμαθες ποιον σου ανέθεσαν».

«Κρίση; Μωρέ τι μας λες; Εγώ το μόνο που έκανα ήταν…» σταμάτησα για λίγο θέλοντας να επιλέξω προσεκτικά τα λόγια μου «…να διαμαρτυρηθώ εντόνως».

«Για να λέμε και την αλήθεια» είπε ο Τζέσε «είσαι η πιο κατάλληλη για να προσέξει αυτόν τον τύπο που ζαχαρώνει τα Στριγκόι συνεχώς. Εσύ είσαι η πιο σκληρή της Ακαδημίας».

Η δυσφορία στη φωνή του έκανε τα λόγια του να μοιάζουν με κομπλιμέντο. Δεν το είχα σκεφτεί ποτέ μου έτσι. Προτού καν προλάβει να αρθρώσει κι άλλη λέξη βρέθηκα ακριβώς μπροστά του, μην αφήνοντας σχεδόν καθόλου χώρο ανάμεσά μας. Συγκρατήθηκα και δεν τον άρπαξα από το λαιμό, πράγμα που θεώρησα σημάδι απόλυτης πειθαρχίας. Άνοιξε διάπλατα τα μάτια του.

«Ο Κρίστιαν δεν έχει καμία σχέση με τα Στριγκόι» του είπα χαμηλόφωνα.

«Ναι, αλλά οι γονείς του…»

«Οι γονείς του ήταν αυτοί που ήταν. Εκείνος είναι άλλο πράγμα. Μην τους μπερδεύεις».

Ο Τζέσε είχε έρθει αντιμέτωπος με το θυμό μου και στο παρελθόν και προφανώς το θυμόταν. Έτσι ο φόβος του ερχόταν σε σύγκρουση με την επιθυμία του να κακολογήσει τον Κρίστιαν μπροστά μου. Παρ' όλα αυτά, υπερίσχυσε το δεύτερο.

«Προηγουμένως που έμαθες ότι σε έβαλαν μαζί του έκανες λες και ήρθε η συντέλεια του κόσμου και τώρα μου τον υπερασπίζεσαι; Αφού ξέρεις πώς είναι. Συνεχώς παραβιάζει τους κανόνες. Δηλαδή θες να μου πεις ότι δεν υπάρχει περίπτωση να γίνει Στριγκόι όπως οι γονείς του;»

«Καμία» του απάντησα. «Ούτε μία στο εκατομμύριο. Ο Κρίστιαν είναι πολύ πιο πρόθυμος από κάθε άλλο Μορόι εδώ πέρα να αντιμετωπίσει τα Στριγκόι».

Τα μάτια του Τζέσε στράφηκαν απορημένα κατά τον Ραλφ και στη συνέχεια με ξανακοίταξε. «Αφού με βοήθησε να παλέψω και με τα Στριγκόι στο Σποκέιν. Δεν υπάρχει ποτέ περίπτωση να γίνει Στριγκόι». Έσπαγα το κεφάλι μου να θυμηθώ σε ποιον μαθητευόμενο είχαν αναθέσει τον Τζέσε και τελικά είπα: «Κι αν ακούσω ότι συνεχίζεις να διαδίδεις τέτοιες φήμες, ο Ντιν δεν θα μπορέσει να σε προστατεύσει από μένα».

«Ούτε κι από μένα» πρόσθεσε ο Έντι που είχε έρθει δίπλα μου.

Ο Τζέσε ξεροκατάπιε και έκανε ένα βήμα πίσω. «Τι ψεύτρα που είσαι. Δεν μπορείς να αγγίξεις ούτε μια τρίχα απ' τα μαλλιά μου. Αν σε αποβάλουν τώρα, δεν θα αποφοιτήσεις ποτέ».

Φυσικά είχε δίκιο, αλλά του χαμογέλασα. «Ίσως και να αξίζει όμως. Θα δούμε πώς θα πάει το πράγμα».

Στο σημείο εκείνο ο Τζέσε και ο Ραλφ άλλαξαν γνώμη και δεν ήθελαν φαγητό. Καθώς απομακρύνονταν άκουσα κάποιον από τους δυο να λέει: «Σκύλα».

«Ηλίθιοι» μουρμούρισα. Αμέσως όμως μου έφτιαξε η διάθεση. «Επιτέλους, ντόνατς».

Αφού πήρα ένα που ήταν καλυμμένο με γλάσο σοκολάτας, ο Έντι κι εγώ φύγαμε βιαστικά για να προλάβουμε τα Μορόι μας και να μπούμε στις τάξεις. Μου χαμογέλασε πλατιά. «Θα ήταν υπερβολή αν έλεγα ότι παρατήρησα πως υπερασπίστηκες την τιμή του Κρίστιαν; Μα αυτός σου τη σπάει!»

«Ναι» του είπα γλείφοντας τη σοκολάτα από τα δάχτυλά μου. «Μου τη σπάει, αλλά για τις επόμενες έξι εβδομάδες θα είμαι *υπεύθυνη* για αυτόν».

4

ΚΑΙ ΚΑΠΩΣ ΕΤΣΙ ΞΕΚΙΝΗΣΑΜΕ.
Στην αρχή τα πράγματα δεν διέφεραν πολύ από τον προηγούμενο καιρό. Τα νταμπίρ παρακολουθούσαν διαφορετικά μαθήματα από τα Μορόι στο πρώτο μισό της ημέρας, ενώ μετά το φαγητό είχαν το ίδιο πρόγραμμα. Ο Κρίστιαν παρακολουθούσε τα περισσότερα απογευματινά μαθήματα που παρακολουθούσα κι εγώ στο προηγούμενο εξάμηνο κι έτσι ήταν λες και επαναλάμβανα το δικό μου πρόγραμμα, με τη μόνη διαφορά ότι εγώ δεν ήμουν πια μαθήτρια της τάξης. Δεν καθόμουν σε θρανίο, ούτε χρειαζόταν να κάνω εργασίες. Από την άλλη, η καινούργια μου κατάσταση κάθε άλλο παρά βολική ήταν, καθώς έπρεπε να στέκομαι όλη την ώρα στην πίσω πλευρά της αίθουσας, μαζί με τους υπόλοιπους μαθητευόμενους που φύλαγαν Μορόι. Και έξω από την Ακαδημία, όμως, έτσι γινόταν: τα Μορόι ήταν μπροστά και οι φύλακες ακολουθούσαν.

Όλοι μας θέλαμε να πιάσουμε την κουβέντα, ιδίως όταν τα Μορόι έκαναν κάποια εργασία ή όταν μιλούσαν μεταξύ τους. Όλοι μας όμως συγκρατούμασταν. Η πίεση και η αδρεναλίνη της πρώτης ημέρας μάς έκαναν να δείξουμε τον καλύτερό μας εαυτό.

Μετά τη Βιολογία, ο Έντι κι εγώ εφαρμόσαμε μια τεχνική φύλαξης που ονομάζεται ζεύγος φυλάκων. Εγώ ήμουν ο παράπλευρος φρουρός και περπατούσα μαζί με τη Λίζα και τον Κρίστιαν για άμεση άμυνα. Ο Έντι ήταν ο επόπτης φρουρός και περπατούσε πιο μακριά, ελέγχοντας την ευρύτερη περιοχή για πιθανές απειλές.

Έτσι κάναμε για το υπόλοιπο της ημέρας, μέχρι και το τελευταίο μάθημα. Η Λίζα έδωσε στον Κρίστιαν ένα πεταχτό φιλί στο μάγουλο κι εγώ κατάλαβα ότι θα αποχωρίζονταν.

«Τι; Δεν έχετε ίδιο πρόγραμμα τώρα;» ρώτησα απογοητευμένη, κάνοντας στην άκρη του διαδρόμου για να αποφύγω τις ορδές των μαθητών που έβγαιναν από τις τάξεις τους. Ο Έντι είχε ήδη συμπεράνει ότι θα χωριζόμασταν και σταμάτησε τη φύλαξη από μακριά για να έρθει να μας μιλήσει. Δεν ήξερα καθόλου πόσο συνέπιπταν τα προγράμματα της Λίζα και του Κρίστιαν στο νέο τρίμηνο.

Η Λίζα έπιασε το θλιμμένο μου βλέμμα και μου χαμογέλασε συμπονετικά. «Συγνώμη! Θα διαβάσουμε μαζί μετά το σχολείο, αλλά τώρα έχω να πάω στο μάθημα Δημιουργικής Γραφής».

«Κι εγώ» είπε ο Κρίστιαν με το υπεροπτικό ύφος του «έχω Επιστήμη της Μαγειρικής».

«Επιστήμη της Μαγειρικής;» φώναξα. «Μα καλά, είναι δυνατόν να επέλεξες *Επιστήμη της Μαγειρικής*; Αυτό είναι μάθημα για ηλίθιους».

«Δεν είναι!» είπε προσπαθώντας να αμυνθεί. «Αλλά ακόμη κι αν ήταν… είναι το τελευταίο μου τρίμηνο! Τι περίμενες;»

«Έλα τώρα, Ρόουζ» γέλασε η Λίζα. «Μια ώρα μαθήματος είναι… Δεν έγινε και…»

Σταμάτησε ξαφνικά και στο διάδρομο απλώθηκε ταραχή. Κι εμείς αλλά και όλοι γύρω μας σταμάτησαν και κοίταξαν προς την άλλη πλευρά του διαδρόμου. Ένας από τους φύλακες εκπαιδευτές μου, ο Εμίλ, είχε εμφανιστεί από το πουθενά και, υποκρινόμενος ότι είναι Στριγκόι, είχε πιάσει μία Μορόι. Την τράβηξε μακριά και πιέζοντάς τη στο στέρνο του έσκυψε προς τον εκτεθειμένο λαιμό της λες κι επρόκειτο να τη δαγκώσει. Δεν μπορούσα να καταλάβω ποια ήταν. Έβλεπα απλά έναν όγκο από ανάκατα καστανά μαλλιά. Ο προστάτης της όμως ήταν ο Σέιν Ρέις. Η επίθεση τον είχε ξαφνιάσει —ήταν άλλωστε και η πρώτη της ημέρας— αλλά δίστασε κάνοντας αδέξιες κινήσεις για μερικές μόνο στιγμές. Στο τέλος κλότσησε τον Εμίλ και τον πέταξε στην άκρη τραβώντας το κορίτσι κατά τη μεριά του. Οι δύο αντίπαλοι πήραν θέσεις επίθεσης. Όλοι παρακολουθούσαν με κομμένη την ανάσα. Μερικοί σφύριζαν και φώναζαν ζητωκραυγάζοντας για τον Σέιν.

Ένας από τους επευφημούντες ήταν και ο Ράιαν Έιλσγουορθ. Ήταν τόσο απορροφημένος από τη μάχη, την οποία ο Σέιν σχεδόν είχε κερδίσει χρησιμοποιώντας επιδέξια το κοντάρι του, που δεν πρόσεξε καν τους δύο φύλακες που είχαν πλησιάσει αθόρυβα αυτόν και την Καμίλ. Ο Έντι κι εγώ το καταλάβαμε την ίδια ακριβώς στιγμή και ετοιμαστήκαμε και οι δύο να ορμήσουμε κατά τη μεριά τους.

«Μείνε μαζί τους» μου είπε ο Έντι. Κατευθύνθηκε προς τον Ράιαν και την Καμίλ, οι οποίοι μόλις είχαν αντιληφθεί την παγίδα. Ο Ράιαν, όμως, δεν αντέδρασε τόσο καλά όσο ο Σέιν, κυρίως επειδή ήταν αντιμέτωπος με δύο αντιπάλους κι όχι με έναν. Ένας από τους φύλακες απέσπασε την προσοχή του Ράιαν και ο άλλος —ο Ντιμίτρι, όπως μπόρεσα να διακρίνω— άρπαξε την Καμίλ. Ούρλιαξε τρομαγμένη, χωρίς να υποκρίνεται καθόλου. Προφανώς δεν της άρεσε τόσο όσο σε μένα η αγκαλιά του Ντιμίτρι.

Ο Έντι κατευθύνθηκε κατά τη μεριά τους πλησιάζοντας από πίσω και χτύπησε δυνατά το κεφάλι του Ντιμίτρι στο πλάι. Φυσικά το αφτί του Ντιμίτρι δεν ίδρωσε, αλλά είχα μείνει έκπληκτη. Εγώ δεν είχα καταφέρει να τον χτυπήσω έτσι όσο καιρό με προπονούσε. Η επίθεση του Έντι ανάγκασε τον Ντιμίτρι να αφήσει την Καμίλ και να ασχοληθεί με την καινούργια απειλή. Περιστράφηκε σαν ταλαντούχος χορευτής και προχώρησε προς τον Έντι.

Στο μεταξύ ο Σέιν είχε «καρφώσει» το δικό του Στριγκόι και όρμησε να βοηθήσει τον Έντι πλησιάζοντας τον Ντιμίτρι από την άλλη πλευρά. Τους παρακολουθούσα με τις γροθιές σφιγμένες από τον ενθουσιασμό, και λόγω της μάχης αλλά κι επειδή έβλεπα μπροστά μου τον Ντιμίτρι. Με τρέλαινε που ένας τόσο ωραίος άντρας ήταν παράλληλα και τόσο σκληρός. Μακάρι να μπορούσα κι εγώ να συμμετάσχω στη συμπλοκή, αλλά ήξερα ότι έπρεπε να ελέγξω την περιοχή γύρω μου γιατί όλο και κάποιο «Στριγκόι» θα μπορούσε να μου επιτεθεί.

Τελικά δεν συνέβη τίποτα τέτοιο. Ο Σέιν και ο Έντι «αποτέλειωσαν» τον Ντιμίτρι με απόλυτη επιτυχία. Μέσα μου ένιωσα να λυπάμαι γι' αυτή του την ήττα. Ήθελα να είναι πάντοτε καλός σε ό,τι κι αν έκανε. Παρ' όλα αυτά ο Ράιαν, που προσπάθησε να βοηθήσει, ουσιαστικά είχε αποτύχει. Ο Ντιμίτρι θεωρητικά τον είχε «σκοτώσει», και αισθάνθηκα μια αρρωστημένη ικανοποίηση που ο Ντιμίτρι ήταν τόσο σκληρό «Στριγκόι». Εκείνος και ο Εμίλ έδωσαν συγχαρητήρια στον Σέιν για την ταχύτητά του και στον Έντι επειδή κατανόησε ότι χρειαζόταν ομαδική δράση και ότι δεν επρόκειτο για μεμονωμένη δοκιμασία. Μου έκανε ένα επιδοκιμαστικό νόημα που φύλαγα τα νώτα του Έντι, ενώ ο Ράιαν τα άκουσε που δεν πρόσεχε το Μορόι του.

Ο Έντι κι εγώ χαμογελάσαμε ο ένας στον άλλο, ικανοποιημένοι που η αξιολόγησή μας στο πρώτο τεστ ήταν ικανοποιητική. Δεν θα με πείραζε να είχα λίγο πιο πρωταγωνιστικό ρόλο αλλά δεν τα είχα πάει κι άσχημα για την πρώτη μου δοκιμασία. Κολλήσαμε τα χέρια και είδα τον Ντιμίτρι να κουνάει το κεφάλι του κατά τη μεριά μας καθώς απομακρυνόταν.

Αφού τελείωσε το επεισόδιο η τετράδα μας χωρίστηκε. Η Λίζα μου πέταξε ένα τελευταίο χαμόγελο καθώς απομακρυνόταν και μου μίλησε μέσα από το δεσμό μας. *Καλά να περάσεις στην Επιστήμη της Μαγειρικής!* Κοίταξα κατά πάνω με απόγνωση, αλλά εκείνη και ο Έντι είχαν ήδη εξαφανιστεί πίσω από μια γωνία.

Ο τίτλος «Επιστήμη της Μαγειρικής» ακουγόταν πολύ εντυπωσιακός, αλλά στην πραγματικότητα δεν ήταν παρά μάθημα Μαγειρικής. Άσχετα με το ότι πείραζα τον Κρίστιαν λέγοντάς του ότι αυτό το μάθημα ήταν για ηλίθιους, το σεβόμουν αρκετά. Εγώ ούτε ένα αβγό δεν μπορούσα να βράσω. Από την άλλη βέβαια, απείχα πολύ κι από εκλεπτυσμένα μαθήματα όπως η Δημιουργική Γραφή ή η Τεχνική της Επιχειρηματολογίας. Ήμουν σίγουρη ότι ο Κρίστιαν το είχε επιλέξει για να ξεδίνει και όχι για να το χρησιμοποιήσει ως μελλοντικό επάγγελμα.

Στην τάξη βρίσκονταν ακόμη τρεις μαθητευόμενοι που προστάτευαν τα Μορόι τους. Επειδή το μάθημα της Μαγειρικής γινόταν σε μία μεγάλη αίθουσα, χρειάστηκε να συνεργαστούμε οι τέσσερίς μας και να βρούμε μία μέθοδο προστασίας ολόκληρου του δωματίου. Τις προηγούμενες χρονιές, όταν παρακολουθούσα τους μαθητευόμενους κατά την πρακτική άσκηση, επικεντρωνόμουν στις μάχες. Ποτέ μου δεν είχα δώσει έμφαση στην ομαδική εργασία και τις στρατηγικές που εφαρμόζονταν. Θεωρητικά, ο καθένας μας θα έπρεπε να προστατεύει το Μορόι που του είχε ανατεθεί, αλλά εδώ θα χρειαζόταν να προστατεύσουμε ολόκληρη την τάξη.

Εγώ στεκόμουν δίπλα στην έξοδο κινδύνου που οδηγούσε έξω από το κτίριο. Εντελώς τυχαία βρισκόμουν ακριβώς δίπλα στον πάγκο όπου εργαζόταν ο Κρίστιαν. Συνήθως οι μαθητές μαγείρευαν σε ζευγάρια, αλλά ο αριθμός των ατόμων ήταν μονός. Ο Κρίστιαν προτίμησε να είναι μόνος του από το να δουλέψει σε τριάδα. Κανένας δεν φάνηκε να ενοχλείται. Πολλοί συνέχιζαν να αντιμετωπίζουν αυτόν και την οικογένειά του με την ίδια προκατάληψη που τον αντιμετώπισε κι ο Τζέσε. Απογοητεύτηκα όταν κατάλαβα ότι ο Κρίστιαν δεν έφτιαχνε κέικ.

«Τι είναι αυτό;» ρώτησα, παρακολουθώντας τον ενώ έβγαζε ένα μπολ με ωμό κιμά από το ψυγείο.

«Κρέας» μου είπε βάζοντάς το στο ξύλο κοπής.

«Το κατάλαβα αυτό, βρε ηλίθιε! Τι κρέας είναι εννοώ;»

«Κιμάς βοδινός». Στη συνέχεια έβγαλε άλλο ένα τάπερ και μετά άλλο ένα. «Κι αυτό είναι μοσχάρι κι αυτό χοιρινό».

«Καλά τυραννόσαυρο ετοιμάζεσαι να ταΐσεις;»

«Ναι. Εσένα. Θα μαγειρέψω ρολό κιμά».

Τον κοίταξα έκπληκτη. «Με τρία είδη κρέατος;»

«Μα όλη η ουσία ενός τέτοιου φαγητού είναι το πολύ κρέας!»

Κούνησα το κεφάλι μου. «Κι όσο σκέφτομαι ότι αυτή είναι μόνο η πρώτη μου μέρα μαζί σου».

Κοίταξε προς τα κάτω απορροφημένος. Προσπαθούσε να ανακατέψει τα τρία κρέατα του δημιουργήματός του. «Υπερβάλλεις πια! Δηλαδή τόσο πολύ με μισείς; Μου είπαν ότι άρχισες να φωνάζεις σαν τρελή στο γυμναστήριο».

«Δεν είναι αλήθεια. Και δεν σε μισώ καθόλου...» παραδέχτηκα. «Απλά την πληρώνω εγώ επειδή δεν σε έβαλαν με τη Λίζα».

Δεν απάντησα. Εδώ που τα λέμε δεν είχε κι άδικο.

«Να σου πω» συνέχισε «έχεις σκεφτεί ποτέ ότι ίσως να σε βοηθήσει το να προστατεύσεις και κάποιον άλλο;»

«Το ξέρω. Το ίδιο μου είπε και ο Ντιμίτρι.

Ο Κρίστιαν έβαλε το κρέας σε ένα μπολ και άρχισε να προσθέτει και κάποια άλλα υλικά. «Και γιατί τον αμφισβητείς; Ο Μπελίκοφ ξέρει πολύ καλά τι λέει. Κρίμα που θα τον χάσει η Ακαδημία μετά την αποφοίτηση, αλλά πολύ χαίρομαι που θα προστατεύει τη Λίζα».

«Κι εγώ».

Σταμάτησε και κοίταξε κατά πάνω. Το βλέμμα του συνάντησε το δικό μου. Χαμογελάσαμε, καταλαβαίνοντας πόσο αστείο ήταν που επιτέλους συμφωνούσαμε σε κάτι, και εκείνος ξανάρχισε το μαγείρεμα.

«Κι εσύ καλή είσαι βέβαια» είπε *συγκρατημένα.* «Ο τρόπος που κινήθηκες στο...»

Δεν τελείωσε τη φράση του, αλλά ήξερα για τι μίλαγε. Για το Σποκέιν. Ο Κρίστιαν δεν ήταν παρών όταν σκότωσα το Στριγκόι, αλλά έπαιξε βασικό ρόλο στην απόδρασή μας. Είχαμε συνεργαστεί κι εκείνος είχε χρησιμοποιήσει τις δυνάμεις της φωτιάς που ήλεγχε για να με βοηθήσει να υποτάξω τους εχθρούς μας. Είχαμε καταφέρει να δουλέψουμε καλά μαζί και να αφήσουμε τις έχθρες κατά μέρος.

«Νομίζω ότι ήρθε η ώρα να σταματήσουμε να μαλώνουμε συνεχώς» του είπα απορροφημένη. Όπως, για παράδειγμα, το να ανησυχούμε για τη δίκη του Βίκτορ Ντάσκοφ, σκέφτηκα. Για μια στιγμή μου πέρασε από το μυαλό να πω στον Κρίστιαν όλα όσα είχα μάθει. Ήταν παρών σε όσα είχαν γίνει με τον Βίκτορ το προηγούμενο φθινόπωρο. Ωστόσο επέλεξα να μην αναφέρω τίποτα ακόμη. Η Λίζα θα έπρεπε να το μάθει πρώτη απ' όλους.

«Ναι» είπε ο Κρίστιαν, χωρίς φυσικά να φαντάζεται όσα περνούσαν απ' το μυαλό μου. «Ξέρω ότι δεν θα σ' αρέσει αυτό που θα σου πω, αλλά να ξέρεις ότι είμαστε ίδιοι. Φυσικά εγώ είμαι πολύ πιο έξυπνος και φοβερός χιουμορίστας, αλλά στο κάτω κάτω και οι δύο το ίδιο πράγμα θέλουμε: την ασφάλεια της Λίζα». Δίστασε. «Και να ξέρεις ότι δεν θα σου την πάρω. Δεν μπορώ. Κανείς δεν μπορεί όσο υπάρχει αυτός ο δεσμός».

Έμεινα έκπληκτη που αναφέρθηκε σε αυτό το θέμα. Θεωρούσα ότι δύο ήταν οι λόγοι που μας έκαναν να μαλώνουμε. Ο ένας ήταν ότι και οι δυο μας παίρναμε εύκολα φωτιά και ο δεύτερος —και ο πιο σημαντικός— ότι ο ένας ζήλευε τη σχέση του άλλου με τη Λίζα. Είχε δίκιο όμως. Όντως ενδιαφερόμασταν κι οι δύο γι' αυτήν.

«Κι εσύ να μη θεωρείς ότι ο δεσμός μας θα σε απομακρύνει από αυτήν» του είπα. Ήξερα πως ο δεσμός τον ενοχλούσε. Πώς ήταν δυνατόν να έχεις μια ερωτική σχέση με κάποιον που έχει έναν τέτοιο δεσμό με κάποιον τρίτο, έστω κι αν αυτός ο τρίτος είναι απλώς φίλος; «Ενδιαφέρεται πολύ για σένα…» Δεν μπορούσα να πω «σ' αγαπάει». «Έχεις μια ξεχωριστή θέση στην καρδιά της».

Ο Κρίστιαν έβαλε το ταψί στο φούρνο. «Καλά, *δεν το πιστεύω* αυτό που ακούω! Αν συνεχίσουμε έτσι, θα αγκαλιαστούμε και θα αρχίσουμε να μιλάμε ο ένας στον άλλο με διάφορα γλυκούλικα παρατσούκλια» είπε προσπαθώντας να δείξει ότι απεχθανόταν το συναισθηματισμό μου. Όμως εγώ ένιωθα ότι του άρεσε να ακούει ότι η Λίζα ενδιαφερόταν για εκείνον.

«Εγώ έχω ήδη αποφασίσει πώς θα σε φωνάζω, αλλά θα μπλέξω άσχημα έτσι και το πω μέσα στην τάξη».

«Επιτέλους!» είπε χαρούμενος. «*Να* η Ρόουζ που ήξερα».

Πάλι καλά, όσο ψηνόταν το ρολό του έφυγε και πήγε να μιλήσει σε κάποιο φίλο του. Η πόρτα όπου στεκόμουν βρισκόταν σε πολύ επικίνδυνη θέση και δεν θα έπρεπε να 'χω πιάσει την κουβέντα, παρόλο που και όλοι οι υπόλοιποι στην τάξη μιλούσαν. Στην άλλη άκρη του δωματίου είδα τον Τζέσε και τον Ραλφ που δούλευαν μαζί. Κι εκείνοι είχαν διαλέξει αυτό το μάθημα για τον ίδιο λόγο που το είχε διαλέξει και ο Κρίστιαν: για να περνάει η ώρα τους.

Δεν υπήρξαν επιθέσεις αλλά ένας φύλακας με το όνομα Ντάστιν ήρθε και σημείωσε τις θέσεις που είχαν πάρει οι μαθητευόμενοι. Καθώς βρισκόταν δίπλα μου, βρέθηκε κοντά μας και ο Τζέσε. Στην αρχή θεώρησα ότι ήταν σύμπτωση.

«Το παίρνω πίσω αυτό που είπα πριν, Ρόουζ. Τα σκέφτηκα

τα πράγματα. Δεν ταράχτηκες ούτε για τον Κρίστιαν ούτε για τη Λίζα. Ταράχτηκες επειδή ο κανονισμός λέει ότι πρέπει να σου αναθέσουν οπωσδήποτε κάποιο μαθητή, και ο Άντριαν Ιβάσκοφ είναι πολύ μεγάλος σε ηλικία για να σου τον δώσουν. Απ' ό,τι έμαθα, εσείς οι δύο έχετε ήδη μεγάλη εμπειρία στο να παρατηρείτε ο ένας το κορμί του άλλου».

Το αστειάκι αυτό θα μπορούσε να είναι πολύ *πιο* πετυχημένο, αλλά είχα μάθει να μην περιμένω και πολλά από τον Τζέσε. Ήξερα ότι δεν τον ενδιέφερε η σχέση μου με τον Άντριαν κι επίσης υποψιαζόμουν ότι δεν πίστευε καν ότι έτρεχε κάτι μεταξύ μας. Απλώς έσταζε δηλητήριο επειδή τον είχα απειλήσει προηγουμένως και είχε βρει την ευκαιρία να με εκδικηθεί. Ο Ντάστιν βρισκόταν πολύ κοντά και σίγουρα μας είχε ακούσει, αλλά δεν έδινε δεκάρα για τα ηλίθια πειράγματα του Τζέσε. Φυσικά, αυτό θα άλλαζε αν χτύπαγα τη μούρη του Τζέσε στον τοίχο.

Από την άλλη, δεν θα έμενα σιωπηλή. Οι φύλακες μιλούσαν στα Μορόι. Απλώς συνήθως το έκαναν με σεβασμό και πάντοτε είχαν το νου τους τριγύρω. Γι' αυτό κι εγώ χαμογέλασα στον Τζέσε και του είπα απλά: «Κύριε Ζέκλος, πάντοτε πνευματώδης! Συγκρατούμαι μετά δυσκολίας κάθε φορά που σας ακούω». Στη συνέχεια κοίταξα προς την άλλη μεριά και ασχολήθηκα με την επιτήρηση του χώρου.

Όταν ο Τζέσε συνειδητοποίησε πως δεν είχα σκοπό να του πω κάτι άλλο, γέλασε κι απομακρύνθηκε, θεωρώντας ότι είχε κερδίσει τη μάχη. Ο Ντάστιν έφυγε μετά από λίγο.

«Τι μαλάκας!» μουρμούρισε ο Κρίστιαν καθώς επέστρεφε στον πάγκο εργασίας του. Είχαν απομείνει πέντε λεπτά μέχρι να τελειώσει το μάθημα.

Ακολούθησα τον Τζέσε με το βλέμμα μου μέχρι την άλλη άκρη του δωματίου. «Να σου πω κάτι, Κρίστιαν; Είμαι πολύ χαρούμενη που θα φυλάω εσένα».

«Αν αυτό το είπες γιατί μόλις με σύγκρινες με τον Ζέκλος, δεν θα το πάρω ως φιλοφρόνηση. Μια μπουκιά όμως να φας από το ρολό μου, θα καταλάβεις γιατί πρέπει να χαίρεσαι που με ανέθεσαν σ' εσένα».

Το δημιούργημά του ήταν έτοιμο και μου έκοψε ένα κομμάτι. Δεν το είχα πάρει χαμπάρι, αλλά προτού το βάλει στο φούρνο το είχε τυλίξει με μπέικον.

«Θεέ μου!» είπα. «Πιο κλασικό φαγητό βρικολάκων δεν θα μπορούσες να έχεις φτιάξει».

«Μακάρι να ήταν και ωμό! Πώς σου φαίνεται;»

«Ωραίο» είπα επιφυλακτικά. Ποιος θα το φανταζόταν ότι το μπέικον θα άλλαζε όλη του τη γεύση. «Πολύ ωραίο. Σε περιμένει λαμπρό μέλλον ως νοικοκυρά. Παράλληλα η Λίζα θα δουλεύει και θα βγάζει εκατομμύρια δολάρια».

«Χα! Αυτό ακριβώς θα ήθελα κι εγώ!»

Φύγαμε από την τάξη πιο χαρούμενοι. Είχαμε αρχίσει να γινόμαστε πιο φιλικοί ο ένας με τον άλλο κι είχα καταλάβει ότι θα άντεχα να τον προστατεύω για τις επόμενες έξι εβδομάδες.

Θα συναντιόταν με τη Λίζα στη βιβλιοθήκη για να διαβάσουν ή για να προσποιηθούν ότι διαβάζουν, αλλά έπρεπε να περάσει πρώτα από τον κοιτώνα του. Τον ακολούθησα καθώς διέσχιζε το προαύλιο. Ο χειμωνιάτικος αέρας ήταν ακόμη πιο παγερός απ' ό,τι πριν από εφτά ώρες που είχα βγει έξω στο ηλιοβασίλεμα. Το χιόνι στα μονοπάτια, που προηγουμένως είχε γίνει λάσπη από τον ήλιο, είχε πια παγώσει και είχε γίνει επικίνδυνο στο περπάτημα. Καθώς προχωρούσαμε ήρθε και μας βρήκε ο Μπράντον Λάζαρ, ένα Μορόι που έμενε στον κοιτώνα του Κρίστιαν. Ο Μπράντον δεν σταματούσε να μιλάει για τη μάχη που είδε στο μάθημα των Μαθηματικών. Ακούσαμε τη διήγησή του και σκάσαμε στα γέλια μόλις μας είπε ότι η Αλμπέρτα τρύπωσε στην τάξη από το παράθυρο.

«Πάντως, παρόλο που είναι μεγάλη, θα μπορούσε να τα βάλει με όλους μας» τους είπα κοιτώντας απορημένη τον Μπράντον. Είχε μελανιές και κόκκινες κηλίδες στο πρόσωπό του. «Τι έπαθες; Τα 'βαλες κι εσύ με φύλακες;»

Το χαμόγελό του εξαφανίστηκε αμέσως και έστρεψε το βλέμμα του αλλού. «Μπααα, έπεσα».

«Άσ' τα αυτά» του είπα. Τα Μορόι μπορεί να μην ήταν εκπαιδευμένα για μάχες όπως τα νταμπίρ, αλλά έμπλεκαν πολύ εύκολα σε καβγάδες. Προσπάθησα να σκεφτώ με ποιο Μορόι θα μπορούσε να 'χε αρπαχτεί. Γενικώς, ο Μπράντον ήταν δημοφιλής. «Αυτή είναι η πιο χαζή και κλασική δικαιολογία που έχω ακούσει ποτέ μου».

«Αλήθεια σου λέω» είπε αποφεύγοντας ακόμη να με κοιτάξει.

«Αν κάποιος σε πειράζει, μπορώ να σου δώσω μερικές συμβουλές».

Με κοίταξε ξανά στα μάτια. «Άσ' το». Δεν ήταν εχθρικός, αλλά η φωνή του είχε κάτι το επιτακτικό. Ήταν λες και πίστευε ότι με το να μου μιλήσει έτσι θα μ' έκανε να τον υπακούσω.

Γέλασα. «Τι προσπαθείς να κάνεις; Να με υποβάλεις;»

Ξαφνικά ένιωσα μια κίνηση στ' αριστερά μου. Ήταν σαν μια ελαφριά σκιά που κινήθηκε τόσο ώστε να μου κεντρίσει την προσοχή και μετά έγινε ένα με τα απροσδιόριστα και σκοτεινά σχήματα των χιονισμένων πεύκων. Το πρόσωπο του Σταν ξεπρόβαλε ξαφνικά από τις σκιές και κινήθηκε κατά τη μεριά μας.

Επιτέλους! Η πρώτη μου δοκιμασία.

Ένιωσα την αδρεναλίνη να κυλά μέσα μου, λες και με πλησίαζε πραγματικό Στριγκόι. Αντέδρασα άμεσα κι έπιασα τον Κρίστιαν και τον Μπράντον. Αυτή ήταν πάντοτε η πρώτη κίνηση ενός φύλακα. Ρίσκαρε πρώτα τη δική του ζωή. Τους τράβηξα αναγκάζοντάς τους να μείνουν ακίνητοι. Μετά στράφηκα προς τον εχθρό μου κι έπιασα το κοντάρι μου για να υπερασπιστώ τα Μορόι μου.

Τότε τον είδα πάλι μπροστά μου.

Ήταν ο Μέισον.

Στεκόταν σε αρκετή απόσταση από εμένα πίσω από τη δεξιά πλευρά του Σταν και ήταν όπως ακριβώς και την προηγούμενη νύχτα: διάφανος, λεπτεπίλεπτος και θλιμμένος.

Ανατρίχιασα. Πάγωσα και δεν μπορούσα καν να πιάσω το κοντάρι μου. Ξέχασα τελείως τι έκανα προηγουμένως και δεν μπορούσα να συνειδητοποιήσω ποιοι βρίσκονταν και τι συνέβαινε γύρω μου. Ο κόσμος σταμάτησε κι όλα έμοιαζαν να σβήνουν γύρω μου. Ο μόνος που έβλεπα ήταν ο Μέισον — το αχνό φάντασμα του Μέισον που έφεγγε στο σκοτάδι και φαινόταν σαν να θελε κάτι να μου πει. Ένιωσα να με κυριεύει το ίδιο αίσθημα απελπισίας που είχα νιώσει και στο Σποκέιν. Ούτε τότε είχα μπορέσει να τον βοηθήσω αλλά ούτε και τώρα μπορούσα. Αισθάνθηκα το σώμα μου παγωμένο και κενό. Δεν μπορούσα να κάνω τίποτε άλλο από το να στέκομαι σαν στήλη άλατος και να αναρωτιέμαι τι ήθελε να μου πει.

Σήκωσε το διάφανο χέρι του δείχνοντάς μου κατά την άλλη μεριά της Ακαδημίας. Δεν καταλάβαινα τι ήθελε να πει. Υπήρχαν χιλιάδες πράγματα σ' εκείνη την κατεύθυνση και δεν μπορούσα να διακρίνω προς τα πού ακριβώς μου έδειχνε. Κούνησα το κεφάλι μου απελπισμένα. Δεν καταλάβαινα αλλά ήθελα απεγνωσμένα να μάθω τι προσπαθούσε να μου πει. Η θλίψη στο πρόσωπό του μεγάλωνε.

Ξαφνικά κάτι με χτύπησε στον ώμο. Παραπάτησα προς τα μπρος. Ήταν λες κι ο κόσμος είχε αρχίσει ξανά να λειτουργεί. Ξύπνησα απότομα από την ονειρώδη κατάστασή μου. Μόλις που κατάφερα να απλώσω τα χέρια μου για να μην πέσω κάτω.

«Χάθαγουεϊ!» μου φώναξε. «Μα τι κάνεις, τέλος πάντων;»

Ανοιγόκλεισα τα μάτια μου, προσπαθώντας και πάλι να συνέλθω από το φάντασμα του Μέισον που μόλις είχα δει. Ένιωθα νωθρή και παραζαλισμένη. Κοίταξα το θυμωμένο πρόσωπο του Σταν και έστρεψα ξανά το βλέμμα μου προς τα κει που βρισκόταν ο Μέισον. Είχε φύγει. Γυρίζοντας προς τον Σταν κατάλαβα τι είχε μόλις συμβεί. Μέσα στη θολούρα μου, είχα ξεχαστεί τελείως και ούτε καν τον πρόσεξα όταν μου επιτέθηκε. Στεκόταν κρατώντας το λαιμό του Κρίστιαν με το ένα και το λαιμό του Μπράντον με το άλλο χέρι. Δεν τους πονούσε, αλλά ήθελε να με κάνει να καταλάβω τι θα μπορούσε να έχει συμβεί.

«Αν ήμουν Στριγκόι» γρύλισε «αυτοί οι δύο θα ήταν νεκροί».

5

ΤΑ ΠΕΡΙΣΣΟΤΕΡΑ ΖΗΤΗΜΑΤΑ που αφορούσαν την πειθαρχία στην Ακαδημία κατέληγαν στο γραφείο της διευθύντριας, κυρίας Κίροβα. Η Κίροβα ήταν υπεύθυνη τόσο για τα Μορόι όσο και για τα νταμπίρ και ήταν γνωστή για το δημιουργικό και χιλιοπαιγμένο ρεπερτόριο τιμωριών της. Δεν θα την έλεγες σκληρή, αλλά ούτε και επιεική. Απλώς θεωρούσε τη συμπεριφορά των σπουδαστών σοβαρό ζήτημα και την αντιμετώπιζε με τον κατάλληλο τρόπο.

Παρ' όλα αυτά υπήρχαν κάποια ζητήματα που ξεπερνούσαν τη δικαιοδοσία της.

Για παράδειγμα, η επιτροπή των φυλάκων μπορεί να ήταν πάρα, μα πάρα πολύ σπάνιο φαινόμενο, αλλά όλοι γνώριζαν την ύπαρξή της. Έπρεπε κάποιος να έχει κάνει κάτι πολύ σοβαρό και να τους έχει θυμώσει πολύ για να κληθεί η επιτροπή σε συνεδρίαση. Για παράδειγμα, θα έπρεπε να έχει θέσει εν γνώσει του σε κίνδυνο ένα Μορόι ή ακόμη και να το έχει θέσει εν γνώσει του σε *υποθετικό* κίνδυνο.

«Για τελευταία φορά» μούγκρισα «δεν το έκανα επίτηδες».

Καθόμουν στο δωμάτιο συναντήσεων των φυλάκων και απέναντί μου βρισκόταν η επιτροπή μου: η Αλμπέρτα, ο Εμίλ και μία ακόμη από τους λίγους θηλυκούς φύλακες της Ακαδημίας, η Σελέστ. Κάθονταν σε ένα μακρύ τραπέζι που τους έκανε να φαίνονται πολύ επιβλητικοί. Εγώ, από την άλλη, καθόμουν σε μία απομονωμένη καρέκλα απέναντί τους και αισθανόμουν φοβερά ευάλωτη. Διάφοροι άλλοι φύλακες βρίσκονταν εκεί και μας παρακολουθούσαν, αλλά ευτυχώς κανένας συμμαθητής μου δεν ήταν παρών για να δει τον εξευτελισμό μου. Στο ακροατήριο βρισκόταν και ο Ντιμίτρι. Δεν συμμετείχε στην επιτροπή κι αναρωτήθηκα αν τον είχαν απαλλάξει επειδή ίσως να μην ήταν αντικειμενικός ως εκπαιδευτής μου.

«Δεσποινίς Χάθαγουεϊ, ελπίζουμε να καταλαβαίνετε γιατί δυσκολευόμαστε να σας πιστέψουμε» είπε η Αλμπέρτα με αυστηρό ύφος αρχηγού.

Η Σελέστ έγνεψε συμφωνώντας. «Ο φύλακας Άλτο σας είδε. Αρνηθήκατε να προστατεύσετε δύο Μορόι, ένα εκ των οποίων μάλιστα ήταν εκείνο που σας είχε ανατεθεί».

«Δεν αρνήθηκα» είπα. «Απλά υπήρξα αδέξια».

«Η συμπεριφορά αυτή δεν ήταν αποτέλεσμα αδεξιότητας» είπε ο Σταν, που βρισκόταν κι εκείνος στο ακροατήριο. Κοίταξε την Αλμπέρτα και της ζήτησε την άδεια να μιλήσει. «Μου επιτρέπετε;» Του έγνεψε καταφατικά κι εκείνος στράφηκε και πάλι κατά τη μεριά μου. «Αν με είχες εμποδίσει ή μου είχες επιτεθεί και τα είχες κάνει θάλασσα, τότε θα μπορούσαμε να μιλήσουμε για αδεξιότητα, αλλά εσύ ούτε με εμπόδισες ούτε μου επιτέθηκες. Δεν προσπάθησες καν. Απλώς στεκόσουν εκεί ακίνητη σαν άγαλμα».

Όπως ήταν φυσικό, έγινα έξαλλη στη σκέψη και μόνο ότι με κατηγορούσαν πως άφησα επίτηδες τον Κρίστιαν και τον Μπράντον στο έλεος ενός «Στριγκόι». Αλλά τι άλλο θα μπορούσα να κάνω; Είτε θα παραδεχόμουν ότι τα είχα κάνει σαλάτα είτε θα τους ομολογούσα πως είχα δει ένα φάντασμα. Καμία από τις δύο επιλογές δεν μου φαινόταν ελκυστική, αλλά έπρεπε να περιορίσω τις απώλειές μου. Η πρώτη επιλογή θα με έκανε να φανώ ανίκανη. Η δεύτερη, τρελή. Δεν ήθελα να συνδεθεί η συμπεριφορά μου με καμία από τις δύο. Προτιμούσα πολύ περισσότερο τη συνηθισμένη συμπεριφορά μου, εκείνη της «απερίσκεπτης» και της «εριστικής».

«Γιατί δηλαδή να μπαίνω εγώ μόνο σε μπελάδες επειδή τα έκανα θάλασσα;» ρώτησα δυνατά. «Κι ο Ράιαν χάλια τα πήγε προηγουμένως, αλλά εκείνος δεν μπήκε σε μπελάδες! Ποιος είναι ο σκοπός αυτής της άσκησης; *Η πρακτική εμπειρία*! Αλλιώς θα μας είχατε ήδη ξαμολήσει στον κόσμο!»

«Μα καλά, δεν ακούς;» είπε ο Σταν. Ήμουν σχεδόν σίγουρη ότι μία φλέβα πεταγόταν στο μέτωπό του. Μάλλον είχε ενοχληθεί περισσότερο απ' όλους από τη συμπεριφορά μου. Ήταν σχεδόν τόσο ενοχλημένος όσο εγώ — ή τουλάχιστον ήταν ο μόνος που φανέρωνε τα συναισθήματά του. Τα πρόσωπα των υπολοίπων ήταν αυστηρά και ανέκφραστα. Από την άλλη, κανείς τους δεν είχε δει με τα μάτια του τι είχε γίνει. Κι εγώ αν ήμουν στη θέση του Σταν, μάλλον θα σκεφτόμουν τα χειρότερα για μένα. «Δεν τα έκανες καν θάλασσα. Η έκφραση αυτή χρησιμοποιείται όταν κάποιος *έχει κάνει* μια προσπάθεια».

«Εντάξει, λοιπόν. Πάγωσα» είπα αψηφώντας τον. «Αυτό περνάει; Δεν άντεξα την πίεση και κοκάλωσα. Προφανώς ήμουν ανέτοιμη. Όταν ήρθε η στιγμή για δράση, πανικοβλήθηκα. Είναι κάτι που συμβαίνει στους μαθητευόμενους συνεχώς».

«Συμβαίνει και σε μαθητευόμενους που ήδη έχουν σκοτώσει Στριγκόι;» με ρώτησε ο Εμίλ. Ήταν από τη Ρουμανία και η προφορά του ήταν ελαφρώς πιο βαριά από του Ντιμίτρι. Δεν ήταν τόσο ωραία όμως. «Απίθανο μου φαίνεται».

Έριξα άγριες ματιές σε όλους τους παρευρισκόμενους. «Κατάλαβα. Επειδή δηλαδή μου έτυχε ένα περιστατικό, θα πρέπει να θεωρείτε ότι έχω εξειδικευτεί στη δολοφονία Στριγκόι; Δεν μπορώ πια ούτε να πανικοβληθώ ούτε να φοβηθώ ούτε τίποτα; Σας ευχαριστώ πολύ! Είστε πολύ, μα πάρα πολύ δίκαιοι!» Βυθίστηκα και πάλι στην καρέκλα μου με τα χέρια σταυρωμένα στο στήθος. Σ' αυτό το σημείο δεν υπήρχε λόγος να προσποιηθώ. Ήμουν απροκάλυπτα ανυπάκουη εκ φύσεως.

Η Αλμπέρτα αναστέναξε και έγειρε μπροστά. «Διαπληκτιζόμαστε για ψιλά γράμματα. Οι λεπτομέρειες δεν είναι το θέμα μας εδώ. Αυτό που έχει σημασία είναι ότι σήμερα το πρωί μας έδειξες με τη συμπεριφορά σου ότι δεν θέλεις να προστατεύσεις τον Κρίστιαν Οζέρα. Μάλιστα, απ' ό,τι θυμάμαι, μας είχες τονίσει πως θα μας έδειχνες ότι θα τον προστατεύσεις παρά τη θέλησή σου *και* ότι σύντομα θα καταλαβαίναμε πόσο κακή επιλογή ήταν η ανάθεσή του σ' εσένα». Οχ! *Όντως* το είχα πει. Μα πώς μου ήρθε να πω κάτι τέτοιο; «Τη στιγμή λοιπόν της πρώτης σου εξέτασης, δεν αντέδρασες καθόλου».

Σχεδόν πετάχτηκα από την καρέκλα μου. «Αυτό νομίζετε ότι έκανα; Ότι δεν τον προστάτευσα για να σας εκδικηθώ;»

Και οι τρεις τους με κοίταξαν περιμένοντας εξηγήσεις.

«Δεν είστε γνωστή για την ηρεμία και τη χάρη με την οποία αποδέχεστε αποφάσεις που δεν σας αρέσουν» είπε ειρωνικά.

Αυτή τη φορά δεν άντεξα άλλο τις κατηγορίες της και σηκώθηκα από την καρέκλα μου, κουνώντας το δάχτυλό μου. «*Ψέματα*! Έχω υπακούσει σε όλους τους κανόνες της Κίροβα από τότε που επέστρεψα. Δεν έχω χάσει ούτε μία προπόνηση κι ούτε έχω ποτέ κυκλοφορήσει σε ώρες σιωπητηρίου». Εντάξει, μπορεί να είχα παραβεί τους κανόνες για τα σιωπητήρια, αλλά δεν το είχα κάνει με τη θέλησή μου. Πάντοτε υπολόγιζα το γενικό καλό. «Δεν είχα λόγο να κάνω κάτι τέτοιο για να σας εκδικηθώ! Τι θα κέρδιζα από μια τέτοια συμπεριφορά; Ο Στα... ο φύλακας Άλτο δεν θα έκανε κακό στον Κρίστιαν. Θέλω να πω ότι δεν κινδύνευε η σωματική του ακεραιότητα. Το μόνο που θα κατάφερνα αν έκανα κάτι τέτοιο για εκδίκηση θα ήταν να βρεθώ σε μία *τέτοια* δυσάρεστη θέση και να αντιμετωπίζω την πιθανότητα αποκλεισμού μου από την πρακτική άσκηση».

«Μα με αυτό *βρίσκεσαι* αντιμέτωπη αυτή τη στιγμή» μου απάντησε ξερά η Σελέστ.

«Οχ…» Κάθισα στη θέση μου μη νιώθοντας πια τόσο τολμηρή. Στο δωμάτιο έπεσε σιωπή για λίγα δευτερόλεπτα και ξαφνικά άκουσα από πίσω μου τη φωνή του Ντιμίτρι.

«Έχει δίκιο» είπε. Η καρδιά μου πήγε να σπάσει. Ο Ντιμίτρι ήξερε ότι ποτέ δεν θα έπαιρνα εκδίκηση με τέτοιον τρόπο. Δεν με είχε για τόσο μικροπρεπή. «Αν ήθελε να μας εκδικηθεί, θα έβρισκε άλλο τρόπο». Τουλάχιστον, δεν με θεωρούσε *πολύ μικροπρεπή.*

Η Σελέστ συνοφρυώθηκε. «Ναι, αλλά μετά τη σκηνή που μας έκανε σήμερα το πρωί…»

Ο Ντιμίτρι έκανε λίγα βήματα μπροστά και στάθηκε δίπλα στην καρέκλα μου. Η παρουσία του με ηρεμούσε. Ξαφνικά θυμήθηκα την ημέρα που εγώ κι η Λίζα είχαμε επιστρέψει στην Ακαδημία, το περασμένο φθινόπωρο. Η διευθύντρια είχε κοντέψει να με αποβάλει, κι ο Ντιμίτρι με είχε υπερασπιστεί και τότε.

«Όλα αυτά είναι τυχαία γεγονότα» είπε. «Ασχέτως με το πόσο ύποπτο μας φαίνεται, δεν υπάρχουν αποδείξεις. Το να της στερήσουμε την εμπειρία της πρακτικής άσκησης —καταστρέφοντας έτσι και την αποφοίτησή της— χωρίς να είμαστε απολύτως βέβαιοι είναι υπερβολικό».

Τα μέλη της επιτροπής έμειναν σκεφτικά κι εγώ επικεντρώθηκα στις αντιδράσεις της Αλμπέρτα. Άλλωστε εκείνη είχε τη μεγαλύτερη ισχύ εκεί μέσα. Πάντοτε τη θαύμαζα και όσο καιρό την είχα ζήσει, είχα παρατηρήσει ότι μπορεί να ήταν αυστηρή, αλλά δεν έπαυε να είναι ακριβοδίκαιη. Ήθελα να πιστεύω ότι τα πράγματα δεν θα είχαν αλλάξει. Έκανε νόημα στη Σελέστ και τον Εμίλ να την πλησιάσουν και οι δύο φύλακες έγειραν προς τη μεριά της. Τους άκουσα να ψιθυρίζουν. Η Αλμπέρτα έγνεψε με ύφος υποχωρητικό και οι άλλοι δύο βολεύτηκαν και πάλι στις θέσεις τους.

«Δεσποινίς Χάθαγουεϊ, έχετε κάτι να προσθέσετε προτού σας ανακοινώσουμε τα συμπεράσματά μας;»

Είχα πάρα, μα πάρα *πολλά* πράγματα να πω. Ήθελα να φωνάξω πως δεν είμαι ανίκανη και πως ήμουν μία από τις καλύτερες μαθητευόμενες εκεί μέσα. Ήθελα να τους πω ότι είχα δει τον Σταν να με πλησιάζει *και* ότι ήμουν έτοιμη να τον αντιμετωπίσω. Πιο πολύ όμως ήθελα να τους πω ότι *δεν* ήθελα να σημειωθεί αυτός ο βαθμός στον έλεγχό μου. Ακόμη κι αν με άφηναν να μείνω στην πρακτική άσκηση, θα έπαιρνα κάτω από τη βάση για την πρώτη αυτή δοκιμασία. Αυτό θα επηρέαζε το συνολικό μου βαθμό κι αυτός με τη σειρά του θα επηρέαζε το υπόλοιπο μέλλον μου.

Από την άλλη βέβαια, δεν είχα άλλη επιλογή. Τι να τους έλεγα; Ότι είχα δει φάντασμα; Το φάντασμα κάποιου που ήταν ερωτευμένος μαζί μου και που μάλλον είχε σκοτωθεί εξαιτίας της αγάπης του για μένα; Δεν μπορούσα να καταλάβω τι συνέβαινε. Την πρώτη φορά κατάφερα να τον διαγράψω εντελώς από το μυαλό μου. Τώρα όμως το πλάσμα αυτό εμφανιζόταν μπροστά μου για δεύτερη φορά. Δεν ήξερα αν ήταν αληθινός. Ήθελα να πιστέψω ότι όλα ήταν ένα ψέμα, αλλά δεν μπορούσα εκείνη τη στιγμή. Αν όντως ήταν αληθινός και τους το έλεγα, θα πίστευαν ότι είμαι τρελή και θα είχαν δίκιο. Αυτή τη μάχη σίγουρα δεν θα κατάφερνα να την κερδίσω.

«Όχι, φύλακα Πετρόφ» είπα ελπίζοντας να δίνω την εντύπωση ότι είμαι ήρεμη. «Δεν έχω τίποτα να προσθέσω».

«Εντάξει λοιπόν» είπε επιφυλακτικά. «Ώρα να σας ανακοινώσουμε την απόφασή μας. Είστε τυχερή που είχατε την υποστήριξη του φύλακα Μπελίκοφ, γιατί χωρίς την παρέμβασή του ίσως η απόφασή μας να μην ήταν η ίδια. Σας δίνουμε το προνόμιο της αμφιβολίας. Θα συνεχίσετε την πρακτική σας άσκηση προφυλάσσοντας τον κύριο Οζέρα. Απλώς θα είστε υπό ένα είδος επιτήρησης».

«Κανένα πρόβλημα» είπα. Έτσι κι αλλιώς είχα περάσει το μεγαλύτερο μέρος της φοίτησής μου υπό επιτήρηση. «Σας ευχαριστώ».

«Και» πρόσθεσε. *Οχ!* «Επειδή διατηρούμε ακόμη τις αμφιβολίες μας, θα αφιερώσετε το ρεπό σας αυτή την εβδομάδα σε κοινοτική εργασία».

Πετάχτηκα και πάλι από την καρέκλα μου. «Τι;»

Το χέρι του Ντιμίτρι τυλίχτηκε γύρω από τον καρπό μου. Τα δάχτυλά του ζεστά και δυνατά προσπάθησαν να με συγκρατήσουν. «Κάτσε κάτω» μουρμούρισε στ' αφτί μου τραβώντας με στην καρέκλα. «Να λες κι ευχαριστώ».

«Αν δεν σας καλύπτει, μπορούμε να το επεκτείνουμε και στο ρεπό της επόμενης εβδομάδας» με προειδοποίησε η Σελέστ. «Και στα ρεπό που θα ακολουθήσουν τις υπόλοιπες πέντε εβδομάδες».

Κάθισα στο κάθισμά μου κουνώντας το κεφάλι μου. «Συγνώμη. Σας ευχαριστώ».

Η ακροαματική διαδικασία είχε λήξει κι εγώ είχα απομείνει εκεί εξαντλημένη και ηττημένη. Ένιωθα λες και όλη αυτή η περίοδος είχε ξεκινήσει όχι εκείνο το πρωί, αλλά πριν από πολλές εβδομάδες. Η Αλμπέρτα μου είπε να πάω να βρω τον Κρίστιαν, αλλά ο Ντιμίτρι τη ρώτησε αν μπορούσε να μου μιλήσει ιδιαιτέρως. Συμφώνησε ελπίζοντας ότι θα με κατσάδιαζε.

Το δωμάτιο είχε αδειάσει και πίστευα ότι θα άρχιζε την κουβέντα αμέσως. Εκείνος όμως κατευθύνθηκε σε ένα τραπεζάκι όπου βρισκόταν τοποθετημένο ένα μηχάνημα για ζεστό νερό, καφέ και άλλα ροφήματα.

«Θες λίγη ζεστή σοκολάτα;» με ρώτησε.

Ξαφνιάστηκα. «Ναι» απάντησα.

Έριξε τέσσερα φακελάκια σοκολάτας σε δύο ποτήρια από φελιζόλ και στη συνέχεια πρόσθεσε το ζεστό νερό.

«Το μυστικό της επιτυχίας βρίσκεται στη διπλή δόση σοκολάτας!» μου είπε.

Μου έδωσε το ποτήρι μου μαζί με ένα ξύλινο ξυλάκι για να ανακατέψω τη σοκολάτα και στη συνέχεια προχώρησε σε μία από τις πλαϊνές πόρτες. Υποθέτοντας ότι έπρεπε να τον προλάβω, έτρεξα χωρίς να χύσω τη ζεστή σοκολάτα μου.

«Μα πού...»

Πριν προλάβω να τελειώσω τη φράση μου, είδα ότι είχα βρεθεί σε ένα μικρό αίθριο προστατευμένο με τζάμια, όπου βρίσκονταν τοποθετημένα μικρά τραπεζάκια. Δεν ήξερα ότι το αίθριο αυτό συνδεόταν με την αίθουσα συνεδριάσεων, αλλά ήταν λογικό γιατί σ' εκείνο το κτίριο οι φύλακες πραγματοποιούσαν όλες τις εργασίες της Ακαδημίας. Σπανίως επιτρέπονταν μαθητευόμενοι στο χώρο. Δεν ήξερα επίσης ότι το κτίριο αυτό είχε και εσωτερική αυλή, στην οποία έβλεπε το αίθριο. Το καλοκαίρι θα ήταν υπέροχα να κάθεσαι εκεί. Θα μπορούσες να ανοίξεις τα παράθυρα και να βρεθείς περικυκλωμένος από το πράσινο και το ζεστό αέρα του καλοκαιριού. Τώρα, έγκλειστη ανάμεσα σε τζάμια και πάγο, ένιωθα λες και βρισκόμουν σε κάποιο γυάλινο παλάτι.

Ο Ντιμίτρι σκούπισε τη σκόνη της καρέκλας με το χέρι του. Τον μιμήθηκα και έκατσα απέναντί του. Προφανώς το δωμάτιο αυτό δεν πολυχρησιμοποιούνταν το χειμώνα. Λόγω της τζαμαρίας ήταν πιο ζεστό απ' ό,τι έξω, αλλά φυσικά δεν υπήρχε θέρμανση εκεί. Ο αέρας ήταν παγωμένος, κι εγώ προσπάθησα να ζεστάνω τα χέρια μου κρατώντας σφιχτά το ποτήρι με τη σοκολάτα. Εκείνος ήπιε τη δική του μονορούφι. Μα φυσικά! Αυτός σκότωνε Στριγκόι για πλάκα. Τι κακό θα μπορούσε να του κάνει λίγη καυτή σοκολάτα;

Καθίσαμε σιωπηλοί κι άρχισα να τον παρατηρώ από την

άκρη του ποτηριού μου. Δεν με κοιτούσε, αλλά ήξερε πολύ καλά ότι τον παρατηρούσα. Όπως συνέβαινε κάθε φορά που τον περιεργαζόμουν, είχα μείνει έκπληκτη από την ομορφιά του. Κοίταζα με θαυμασμό τα απαλά σκούρα μαλλιά του, που συχνά έβαζε πίσω από τα αφτιά του χωρίς καν να το συνειδητοποιεί, μαλλιά που *σχεδόν* ποτέ δεν κατάφερνε να πιάσει πίσω. Τα μάτια του ήταν καστανά. Ευγενικά και σκληρά μαζί. Παρατήρησα πως η αντίθεση αυτή ίσχυε και για τα χείλη του. Όταν έδινε μάχες ή βρισκόταν αντιμέτωπος με κάτι δύσκολο, τα χείλη αυτά γίνονταν επίπεδα και σκληρά. Σε πιο ευχάριστες στιγμές όμως, όταν, για παράδειγμα, γελούσε ή με φιλούσε… τότε γίνονταν απαλά και υπέροχα.

Εκείνη την ημέρα όμως η παρουσία του μου προκαλούσε και κάτι άλλο, κάτι που δεν είχε να κάνει με την εξωτερική του εμφάνιση. Κοντά του ένιωθα ζεστασιά και ασφάλεια. Συχνά όταν βρισκόμουν κοντά σε άλλους, ένιωθα την ανάγκη να γίνομαι το κέντρο της προσοχής, να λέω αστεία, να έχω πάντα έτοιμη μια έξυπνη ατάκα. Έπρεπε να απαλλαγώ από αυτή μου τη συνήθεια αν ήθελα να γίνω σωστή φύλακας, γιατί η δουλειά αυτή βασιζόταν στη σιωπή. Με τον Ντιμίτρι, όμως, ποτέ μου δεν ένιωθα πως έπρεπε να δείξω κάτι παραπάνω από αυτό που ήμουν. Δεν χρειαζόταν να τον διασκεδάσω, ούτε να σκαρφιστώ αστεία ούτε καν να φλερτάρω μαζί του. Το μόνο που θέλαμε ήταν να είμαστε μαζί και αισθανόμασταν τόσο άνετα ο ένας με την παρουσία του άλλου —αν εξαιρέσει κανείς τη σεξουαλική ένταση— που χάναμε κάθε αίσθηση του εαυτού μας. Αναστέναξα και ρούφηξα τη σοκολάτα μου.

«Τι συνέβη, Ρόουζ» με ρώτησε στο τέλος συναντώντας το βλέμμα μου. «Δεν μπορώ να πιστέψω ότι κοκάλωσες λόγω του άγχους».

Η φωνή του είχε έναν περίεργο τόνο, αλλά δεν φαινόταν να

θέλει να με κατηγορήσει. Συνειδητοποίησα ότι εκείνη τη στιγμή δεν μου συμπεριφερόταν λες και ήμουν μαθήτριά του. Με αντιμετώπιζε ως ίσος προς ίσον. Απλώς ήθελε να καταλάβει τι είχε συμβεί. Δεν επεδίωκε ούτε να με κατσαδιάσει ούτε να με τιμωρήσει.

Και φυσικά, το χειρότερο για μένα ήταν ότι ήμουν αναγκασμένη να του πω ψέματα.

«Μα ναι... από το άγχος το 'παθα» του είπα με τα μάτια καρφωμένα στο ποτήρι μου. «Μήπως πιστεύεις κι εσύ ότι επίτηδες άφησα τον Σταν να επιτεθεί στον Κρίστιαν;»

«Όχι» μου είπε. «Αυτό δεν το πίστεψα ούτε για μια στιγμή. Ήξερα ότι θα στενοχωριόσουν όταν θα μάθαινες ποιον θα σου αναθέταμε, αλλά ποτέ μου δεν αμφέβαλα για σένα. Ήξερα πως θα κάνεις το καθήκον σου και ότι δεν θα αφήσεις τα προσωπικά σου αισθήματα να παρεμποδίσουν το έργο σου».

Σήκωσα και πάλι το βλέμμα μου και συνάντησα το δικό του. Τα μάτια του ήταν γεμάτα πίστη σ' εμένα και στις ικανότητές μου. «Έτσι είναι. Θύμωσα βέβαια, κι ακόμα να μου περάσει τελείως, αλλά από τη στιγμή που το δέχτηκα, δεν θα έκανα κάτι τέτοιο. Έτσι κι αλλιώς πέρασα και λίγο χρόνο μαζί του και... πώς να το πω... δεν μου είναι αντιπαθής. Νομίζω πως ταιριάζει με τη Λίζα κι ότι την αγαπάει. Γι' αυτό και δεν μπορώ να θυμώσω μαζί του. Απλώς κάπου κάπου ερχόμαστε σε σύγκρουση, αυτό είν' όλο. Από την άλλη, συνεργαζόμαστε μια χαρά ενάντια στα Στριγκόι. Σήμερα το κατάλαβα αυτό, όσο ήμουν μαζί του, και διαπίστωσα ότι το να εναντιώνομαι στην ανάθεση αυτή είναι χαζό. Έτσι, αποφάσισα να κάνω ό,τι καλύτερο μπορούσα».

Δεν είχα σκοπό να μιλήσω τόσο πολύ, αλλά ένιωθα καλά που μοιραζόμουν τις σκέψεις μου μαζί του. Επιπλέον, με κοίταζε μ' έναν τρόπο που θα μπορούσε να με κάνει να του πω τα πάντα. Ή σχεδόν τα πάντα.

«Τότε, τι συνέβη με τον Σταν;» με ρώτησε.

Απέφυγα να τον κοιτάξω και έπαιξα και πάλι με το ποτήρι μου. Δεν μου άρεσε να του κρύβω πράγματα, αλλά δεν μπορούσα να του αποκαλύψω όσα είχαν συμβεί. Για τον κόσμο των ανθρώπων, οι βρικόλακες και τα νταμπίρ θεωρούνταν μυθικά πλάσματα, χαρακτήρες ιστοριών που τρόμαζαν τα παιδιά. Οι άνθρωποι δεν γνώριζαν ότι ήμασταν αληθινά όντα που ζούσαν στη γη. Το ότι υπήρχαμε εμείς, όμως, δεν σήμαινε ότι υπήρχαν και όλα τα άλλα πλάσματα των ιστοριών τρόμου. Αυτό το ξέραμε πολύ καλά και μάλιστα είχαμε και τους δικούς μας μύθους, τις δικές μας ιστορίες για λυκανθρώπους, μπαμπούλες και φαντάσματα.

Τα φαντάσματα δεν κατείχαν σημαντικό ρόλο στην κουλτούρα μας, αν εξαιρέσει κανείς ότι αποτελούσαν υλικό για φάρσες και νυχτερινές ιστορίες γύρω από φωτιές. Αναφορές σε φαντάσματα γίνονταν τις απόκριες και κάποιοι μύθοι που συνδέονταν με αυτά έμεναν ζωντανοί για πολλά χρόνια. Αλλά στην πραγματική ζωή; Δεν υπήρχαν φαντάσματα. Τα μοναδικά όντα που ζούσαν και μετά το θάνατο ήταν τα Στριγκόι.

Τουλάχιστον αυτό μου μάθαιναν μια ζωή και, για να είμαι ειλικρινής, δεν ήξερα αρκετά πράγματα για το ζήτημα ώστε να καταλάβω τι γίνεται. Μου φαινόταν πιο πιθανό να έχω φανταστεί τον Μέισον από το να τον έχω πράγματι δει, αν και αυτό σήμαινε ότι η τρέλα μού είχε επισήμως χτυπήσει την πόρτα. Όλο αυτόν τον καιρό ανησυχούσα μήπως χάσει τα μυαλά της η Λίζα. Ποιος θα μου το 'λεγε ότι θα έπαιρνα εγώ τη θέση της;

Ο Ντιμίτρι συνέχισε να με παρατηρεί και να περιμένει μια απάντηση.

«Δεν ξέρω τι μου συνέβη. Είχα καλές προθέσεις… απλά… τα 'κανα θάλασσα».

«Ρόουζ, δεν έχεις ταλέντο στο ψέμα».

Σήκωσα το βλέμμα μου κατά τη μεριά του. «Κάνεις λάθος.

Έχω πει μερικά πολύ επιτυχημένα στην καριέρα μου. Ο κόσμος με πίστευε».

Χαμογέλασε ελαφρά. «Είμαι σίγουρος, αλλά να ξέρεις πως σ' εμένα δεν πιάνουν. Καταρχάς, δεν με κοιτάς στα μάτια. Άσε το άλλο. Δεν ξέρω… απλά το καταλαβαίνω ότι δεν λες την αλήθεια».

Πράγματι, με καταλάβαινε. Απλώς με ήξερε πολύ καλά. Σηκώθηκα και στράφηκα κατά την πόρτα με την πλάτη στραμμένη προς αυτόν. Συνήθως ρουφούσα την κάθε στιγμή που περνούσα μαζί του. Αυτή τη φορά όμως δεν μπορούσα να καθίσω άλλο. Δεν μου άρεσε να λέω ψέματα, αλλά δεν ήθελα και να του αποκαλύψω την αλήθεια. Έπρεπε να φύγω.

«Κοίτα, εκτιμώ το ενδιαφέρον σου… αλλά, πίστεψέ με, είμαι μια χαρά τώρα. Απλώς δεν απέδωσα και ντρέπομαι γι' αυτό. Λυπάμαι που δεν τίμησα τις φανταστικές συμβουλές των προπονήσεών μας, αλλά θα επανορθώσω. Την επόμενη φορά ο Σταν δεν θα ξέρει από πού να φύγει».

«Ρόουζ» είπε κι ήξερα ότι είχε πάψει πια να χαμογελάει. «Δεν ξέρω γιατί δεν μου λες την αλήθεια, αλλά είμαι σίγουρος ότι υπάρχει κάποιος σοβαρός λόγος. Κι αν έγινε κάτι, κάτι που φοβάσαι να αποκαλύψεις στους άλλους…»

Γύρισα απότομα με τέτοια ακρίβεια, που το χέρι του βρέθηκε στον άλλο μου ώμο χωρίς να κουνηθεί καθόλου.

«Δεν φοβάμαι» φώναξα. «Κι όντως έχω τους λόγους μου. Πίστεψέ με, αυτό που έγινε με τον Σταν δεν ήταν και τόσο σοβαρό. Το εννοώ. Ήταν μια βλακεία στην οποία έχει δοθεί απίστευτη έκταση. Να μη με λυπάσαι κι ούτε να σπας το κεφάλι σου για το πώς μπορείς να με βοηθήσεις. Εντάξει, ήταν τραγικό αυτό που μου συνέβη, αλλά θα το δεχτώ και απλώς θα πάρω κακό βαθμό. Θα βελτιωθώ. Θα φροντίσω τον εαυτό μου». Προσπάθησα να δείξω όσο πιο πειστική μπορούσα. Πόσο παράξενη και ανεξέλεγκτη είχε καταντήσει αυτή η μέρα;

Ο Ντιμίτρι δεν είπε τίποτε. Απλώς με κοίταξε με μια έκφραση που όμοιά της δεν τον είχα δει να παίρνει ποτέ. Δεν μπορούσα να την ερμηνεύσω. Δεν ήξερα αν είχε θυμώσει ή αν κατέκρινε τη συμπεριφορά μου. Τα δάχτυλά του πίεσαν περισσότερο τον ώμο μου και μετά χαλάρωσαν.

«Δεν χρειάζεται να περάσεις μόνη σου αυτή τη δοκιμασία» μου είπε. Μιλούσε σχεδόν με θλιμμένο τόνο και αδυνατούσα να καταλάβω το γιατί. Άλλωστε εκείνος μου έλεγε πάντοτε ότι έπρεπε να είμαι δυνατή. Το μόνο που ήθελα εκείνη τη στιγμή ήταν να ριχτώ στην αγκαλιά του, αλλά ήξερα πως αυτό δεν ήταν δυνατό.

Χαμογέλασα. «Ναι, όλο λόγια είσαι. Πες την αλήθεια. Εσύ δηλαδή *πας* και μοιράζεσαι τα προβλήματά σου με άλλους;»

«Δεν είμαστε το ίδιο».

«Απαντήστε στην ερώτηση, σύντροφε».

«Μη με αποκαλείς σύντροφο».

«Κι εσύ μην αποφεύγεις την ερώτηση».

«Όχι» είπε. «Έχεις δίκιο. Προσπαθώ πάντοτε να λύνω τα προβλήματά μου μόνος μου».

Ξεγλίστρησα από το χέρι του. «Βλέπεις;»

«Εσύ όμως έχεις πολλούς που μπορείς να εμπιστευτείς, ανθρώπους που ενδιαφέρονται για σένα, κι αυτό είναι διαφορετικό».

Τον κοίταξα έκπληκτη. «Γιατί, εσύ δεν έχεις ανθρώπους που ενδιαφέρονται για σένα;»

Έσμιξε σκεφτικός τα φρύδια του και ξανασκέφτηκε όσα μόλις είχε πει. «Πάντοτε υπήρχαν καλοί άνθρωποι γύρω μου… άνθρωποι που ενδιαφέρονταν για μένα. Αλλά αυτό δεν σημαίνει ότι ήμουν σε θέση να τους εμπιστευτώ ή να τους πω τα πάντα».

Η παράξενη σχέση μου μαζί του δεν μου επέτρεπε να σκεφτώ ότι ο Ντιμίτρι μπορεί να είχε κι άλλη ζωή, ξεχωριστή από τη δική μου. Όλοι τον σέβονταν στην Ακαδημία. Δάσκαλοι και μαθητές τον θεωρούσαν έναν από τους πιο σκληρούς φύλακες εκεί μέσα. Όποτε συναντούσαμε φύλακες εκτός Ακαδημίας, πάντοτε τον ήξεραν και τον σέβονταν. Η αλήθεια ήταν όμως πως ποτέ μου δεν τον είχα δει να έχει κοινωνική ζωή. Δεν φαινόταν να έχει στενούς φίλους, ούτε καν ανάμεσα στους φύλακες. Είχε μόνο συνεργάτες που συμπαθούσε. Η μόνη φορά που τον είδα ιδιαίτερα φιλικό ήταν όταν επισκέφτηκε την Ακαδημία η Τάσα Οζέρα, θεία του Κρίστιαν. Γνωρίζονταν από καιρό, αλλά παρ' όλα αυτά παρέμεινε αυστηρά στα πλαίσια της επίσκεψης.

Ένιωθα πως ο Ντιμίτρι ήταν πολύ μόνος του. Ευχαριστιόταν μονάχα τη συντροφιά των μυθιστορημάτων του για την Άγρια Δύση και τους καουμπόηδες. Κι εγώ *αισθανόμουν* πολύ μόνη, αλλά τουλάχιστον πάντοτε είχα ανθρώπους γύρω μου. Ήταν ο δάσκαλός μου κι έτσι η σχέση μας ήταν μονομερής. Εκείνος πάντοτε μου έδινε κάτι. Είτε συμβουλές είτε οδηγίες. Όμως κι εγώ κάτι του έδινα. Κάτι που δεν μπορούσε να εκφραστεί με λόγια — την επαφή με έναν άνθρωπο.

«Μου έχεις εμπιστοσύνη;» τον ρώτησα.

Δίστασε για λίγο και είπε: «Ναι».

«Τότε, δείξε μου εμπιστοσύνη και μην ανησυχείς για μένα αυτή τη φορά».

Απομακρύνθηκα θέλοντας να αποφύγω το χέρι του κι εκείνος δεν προσπάθησε να με σταματήσει. Πέρασα από το δωμάτιο όπου είχε γίνει η ακρόαση και κατευθύνθηκα προς την κύρια έξοδο του κτιρίου, αφού πέταξα το άδειο ποτήρι μου σε ένα σκουπιδοτενεκέ που βρέθηκε στο δρόμο μου.

6

ΜΟΝΟ ΤΡΕΙΣ ΑΥΤΟΠΤΕΣ ΜΑΡΤΥΡΕΣ είχαν δει τι είχε συμβεί στο προαύλιο. Όπως ήταν αναμενόμενο όμως, τα νέα είχαν κυκλοφορήσει παντού όταν επέστρεψα στους κοιτώνες. Τα μαθήματα είχαν τελειώσει, αλλά πολλοί μαθητές περιφέρονταν ακόμη στους διαδρόμους, πηγαίνοντας είτε για διάβασμα είτε για να ξαναγράψουν κάποιο διαγώνισμα. Προσπαθούσαν να κρύψουν τα βλέμματα και τους ψιθύρους τους όταν με έβλεπαν, αλλά δεν τα κατάφερναν και πολύ καλά. Όσοι με πετύχαιναν μου έριχναν παγωμένα χαμόγελα ή έστρεφαν αλλού το βλέμμα τους. Τέλεια!

Καθώς δεν είχα υπερφυσικό δεσμό με τον Κρίστιαν, δεν είχα ιδέα πού μπορεί να βρισκόταν. Ένιωθα όμως ότι η Λίζα ήταν στη βιβλιοθήκη και σκέφτηκα ότι ήταν καλή ιδέα να αρχίσω από κει το ψάξιμο. Καθώς πήγαινα προς τα κει, άκουσα τη φωνή κάποιου να μου λέει:

«Το 'χεις παρακάνει».

Γύρισα και είδα τον Ράιαν και την Καμίλ. Αν ήμουν άντρας, η κατάλληλη απάντηση θα ήταν: «Μιλάς για τη σχέση μου με τη μάνα σου;» αλλά επειδή δεν ήμουν άντρας και είχα τρόπους είπα απλώς: «Δεν ξέρω για τι πράγμα μιλάς».

Ο Ράιαν βρέθηκε κοντά μου με δυο βήματα. «Ξέρεις πάρα πολύ καλά για ποιο πράγμα μιλάω. Μιλάω γι' αυτό που έγινε με τον Κρίστιαν. Μου είπαν ότι όταν σου επιτέθηκε ο Σταν, εσύ μόνο *περάστε παρακαλώ* δεν του είπες και σηκώθηκες κι έφυγες».

«Έλεος!» αναφώνησα. Δεν μου έφτανε που όλοι μίλαγαν για μένα, είχαν διαστρεβλώσει και τελείως τα όσα έγιναν. «Δεν έγιναν *έτσι* τα πράγματα».

«Α, ναι;» ρώτησε. «Τότε, γιατί σε κάλεσαν να δεις την Αλμπέρτα;»

«Άκου» του είπα ξεχνώντας τους καλούς μου τρόπους. «Απλώς τα σκάτωσα στην επίθεση... Περίπου όπως εσύ που είχες αφαιρεθεί προηγουμένως στο διάδρομο».

«Εγώ τουλάχιστον» είπε κοκκινίζοντας ελαφρώς «έκανα το καθήκον μου. Τα κατάφερα».

«Αλήθεια; Κι εγώ που νόμιζα ότι "σκοτώθηκες"!»

«Τουλάχιστον εγώ δεν φέρθηκα σαν σκύλα, ούτε αρνήθηκα να παλέψω».

Η συζήτηση με τον Ντιμίτρι με είχε βοηθήσει να ηρεμήσω κάπως, αλλά εκείνη τη στιγμή ένιωσα να με κυριεύει και πάλι ο θυμός. Ήμουν σαν θερμόμετρο έτοιμο να σπάσει από τις υψηλές θερμοκρασίες. «Αντί να κάθεσαι να κατακρίνεις τους άλλους, θα πρέπει ίσως να κοιτάξεις τα δικά σου καθήκοντα ως φύλακα» είπα γνέφοντας κατά τη μεριά της Καμίλ. Είχε παραμείνει σιωπηλή αλλά καταλάβαινα ότι την ίδια γνώμη είχε κι εκείνη.

Ο Ράιαν σήκωσε τους ώμους του. «Εγώ μπορώ να τα κάνω και τα δύο. Ο Σέιν βρίσκεται μπροστά μας και η περιοχή είναι ασφαλής. Δεν υπάρχουν πόρτες τριγύρω. Πανεύκολο!» Χτύπησε ελαφρά τον ώμο της Καμίλ. «Είναι ασφαλής» μου είπε.

«Ναι, ο χώρος εδώ είναι πιο ασφαλής αλλά μη νομίζεις όμως ότι είναι έτσι τα πράγματα και με τα κανονικά Στριγκόι».

Το χαμόγελό του εξαφανίστηκε και στα μάτια του έλαμψε ο θυμός. «Απ' ό,τι έχω ακούσει, ούτε κι εκεί τα κατάφερες καλά — τουλάχιστον όχι όσον αφορά τον Μέισον».

Τις σπόντες για τον Κρίστιαν και τον Σταν μπορούσα να τις δεχτώ. Αλλά το να φτάσει κάποιος να μου πει ότι έφταιγα για το θάνατο του Μέισον ήταν απαράδεκτο. Εγώ στο κάτω κάτω είχα προστατεύσει τη Λίζα για δύο ολόκληρα χρόνια όταν βρισκόμασταν στον κόσμο των ανθρώπων. Εγώ είχα σκοτώσει δύο Στριγκόι στο Σποκέιν. Εγώ ήμουν η μόνη μαθητευόμενη στο σχολείο που είχε τατουάζ *molnija*, τα οποία έκαναν οι φύλακες για να δηλώσουν πόσα Στριγκόι είχαν σκοτώσει. Ήξερα ότι πολλά λέγονταν για όσα είχαν συμβεί με τον Μέισον, αλλά κανείς δεν είχε φτάσει να με κατηγορήσει. Η σκέψη και μόνο ότι ο Ράιαν ή οποιοσδήποτε άλλος με θεωρούσε υπεύθυνη για το θάνατο του Μέισον με τρέλαινε. Μου έφτανε που κατηγορούσα τον εαυτό μου. Δεν χρειαζόμουν και τη συνδρομή τους.

Το θερμόμετρο του θυμού μου είχε σπάσει.

Με μια ελαφριά κίνηση, άπλωσα τα χέρια μου πέρα από εκείνον, άρπαξα την Καμίλ και τη χτύπησα στον τοίχο. Δεν την πέταξα τόσο δυνατά όσο να πονέσει, αλλά προφανώς την είχα πιάσει απροετοίμαστη. Άνοιξε διάπλατα τα μάτια της τρομαγμένη. Την ακινητοποίησα πιέζοντας το χέρι μου στο λαιμό της.

«Τι κάνεις;» με ρώτησε ο Ράιαν κοιτώντας μια εκείνη και μία εμένα. Άλλαξα ελαφρώς θέση, συνεχίζοντας όμως να πιέζω την Καμίλ.

«Σε βοηθάω να εμπλουτίσεις την εκπαίδευσή σου» του απάντησα με ευχάριστο τόνο. «Ορισμένα μέρη δεν είναι τόσο ασφαλή όσο νομίζεις».

«Δεν είσαι καθόλου καλά. Δεν έχεις δικαίωμα να κάνεις κακό σε Μορόι. Αν το μάθουν οι φύλακες…»

«Μα δεν της κάνω κακό» του απάντησα. Κοίταξα προς το μέρος της. «Σε πονάω; Υποφέρεις;»

Αρχικά δίστασε αλλά στη συνέχεια έγνεψε όχι κουνώντας όσο μπορούσε το κεφάλι της.

«Είσαι άνετη;»

Κι άλλο ελαφρύ νεύμα.

«Είδες;» είπα στον Ράιαν. «Δεν πονάει. Απλά βρίσκεται σε δύσκολη θέση».

«Είσαι τρελή. Άσ' την ήσυχη».

«Δεν τελείωσα όσα έχω να σου πω Ράιαν. Δώσε βάση γιατί τώρα μπαίνω στο ψητό. Ο κίνδυνος μπορεί να εμφανιστεί από παντού. Δεν χρειάζεται να είναι κάποιο Στριγκόι ή κάποιος φύλακας ντυμένος Στριγκόι. Γι' αυτό μη συνεχίσεις να συμπεριφέρεσαι υπεροπτικά και σαν μαλάκας που νομίζει πως τα ξέρει όλα». Την πίεσα λίγο περισσότερο, χωρίς όμως να επηρεάσω την αναπνοή της ή να της προκαλέσω πραγματικό πόνο «γιατί έτσι μπορεί να αγνοήσεις διάφορες κινήσεις που συμβαίνουν γύρω σου. Κι αυτή η αφέλειά σου μπορεί να προξενήσει το θάνατο του Μορόι σου».

«Εντάξει. Ό,τι πεις. Σε παρακαλώ, κόφ' το τώρα» είπε διστακτικά. Ξαφνικά ήταν λες και είχε ξεχάσει το υπεροπτικό του υφάκι. «Την τρομάζεις».

«Κι εγώ θα τρόμαζα αν η ζωή μου εξαρτιόταν από σένα».

Μια μυρωδιά γαρίφαλου με προετοίμασε για τον ερχομό του Άντριαν. Είχα δει επίσης ότι ο Σέιν και κάνα δυο άλλοι είχαν μαζευτεί τριγύρω. Οι υπόλοιποι μαθητευόμενοι φαίνονταν αβέβαιοι για το τι έπρεπε να κάνουν. Λες και ήθελαν να με απομακρύνουν, αλλά φοβόντουσαν μην κάνουν κακό στην Καμίλ. Ήξερα πολύ καλά ότι έπρεπε να την αφήσω ελεύθερη, αλλά είχα θυμώσει απίστευτα με τον Ράιαν. Έπρεπε να του το δείξω. Να τον εκδικηθώ. Και στην πραγματικότητα δεν λυπόμουν καν την Καμίλ γιατί ήξερα ότι κι εκείνη θα με είχε κουτσομπολέψει αρκετά.

«Εντυπωσιακό» είπε ο Άντριαν με φωνή νωθρή, λες και έβλεπε κάτι συνηθισμένο. «Νομίζω όμως ότι όλοι το καταλάβαμε».

«Δεν είμαι βέβαιη» είπα. Η φωνή μου ακουγόταν γλυκιά και απειλητική μαζί. «Δεν νομίζω ότι ο Ράιαν το 'χει πιάσει».

«Για τ' όνομα του Θεού, Ρόουζ. Το 'πιασα» μου φώναξε. «Άσ' την ήσυχη».

Ο Άντριαν βρέθηκε κοντά μου και στάθηκε δίπλα από την Καμίλ. Παρότι βρισκόμασταν πολύ κοντά η μία στην άλλη, κατάφερε να στριμωχτεί κοντά μας, έτσι ώστε το κεφάλι του να βρεθεί στην ίδια ευθεία με τα μάτια μου, σχεδόν κολλημένο με το δικό της. Χαμογελούσε ηλίθια, αλλά τα σκοτεινά πράσινα μάτια του με κοιτούσαν σοβαρά.

«Έλα, μικρό νταμπίρ! Τελείωσε. Άσ' την ήσυχη».

Ήθελα να του φωνάξω να φύγει από κει πέρα, ότι εγώ θα αποφάσιζα πότε θα τελείωνε το όλο θέμα, αλλά για κάποιο λόγο δεν μπορούσα να μιλήσω. Από τη μία, είχα γίνει έξαλλη με την παρέμβασή του, από την άλλη, ήξερα ότι μιλούσε... λογικά.

«Άσ' την ήσυχη».

Κοιτούσα πια μόνο τον Άντριαν και όχι την Καμίλ. Ξαφνικά κατάλαβα ότι ήταν απολύτως λογικός κι ότι έπρεπε να αφήσω ελεύθερη την Καμίλ. Απομάκρυνα το χέρι μου και έκανα ένα βήμα πίσω. Η Καμίλ ξεροκατάπιε και κρύφτηκε πίσω από τον Ράιαν χρησιμοποιώντας τον σαν ασπίδα. Είδα ότι ήταν έτοιμη να βάλει τα κλάματα. Ο Ράιαν πάλι με κοιτούσε εμβρόντητος.

Ο Άντριαν σουλουπώθηκε και έκανε νόημα με το χέρι του στον Ράιαν να απομακρυνθεί. «Αν ήμουν στη θέση σου, θα έφευγα. Δεν θες να δεις πώς είναι η Ρόουζ όταν θυμώνει *πραγματικά*».

Ο Ράιαν, η Καμίλ και οι άλλοι απομακρύνθηκαν, ενώ ο Άντριαν πέρασε το χέρι του γύρω μου και με τράβηξε κατά τη βιβλιοθήκη. Αισθανόμουν περίεργα, λες και μόλις είχα ξυπνήσει. Σε κάθε βήμα όμως τα πράγματα γίνονταν όλο και πιο ξεκάθαρα. Έσπρωξα το χέρι του από πάνω μου και πετάχτηκα μακριά του.

«Χρησιμοποίησες υποβολή!» φώναξα. «Μόλις με ανάγκασες να την αφήσω».

«Κάποιος έπρεπε να σε σταματήσει. Φαινόσουν λες κι ήσουν έτοιμη να τη στραγγαλίσεις».

«Ψέματα. Ούτε που μου είχε περάσει κάτι τέτοιο από το μυαλό» είπα σπρώχνοντας την πόρτα της βιβλιοθήκης. «Δεν είχες δικαίωμα να μου το κάνεις αυτό. Κανένα δικαίωμα!» Η υποβολή —δηλαδή η χρήση υπερφυσικών δυνάμεων για να κατευθύνει κανείς τη συμπεριφορά των άλλων— υπήρχε στους βρικόλακες σε πολύ μικρό βαθμό. Η χρήση της θεωρούνταν ανήθικη, αν οι περισσότεροι δεν ήταν σε θέση να την ελέγξουν με τον κατάλληλο τρόπο ώστε να βλάψουν τους γύρω τους. Οι δυνάμεις του πνεύματος όμως ενίσχυαν αυτή την ικανότητα και έκαναν και τη Λίζα και τον Άντριαν πολύ επικίνδυνους.

«Ούτε κι *εσύ* είχες δικαίωμα να παρενοχλείς ένα άσχετο κοριτσάκι στο διάδρομο για να ικανοποιήσεις τον πληγωμένο σου εγωισμό».

«Δεν έπρεπε να μου μιλήσει έτσι ο Ράιαν».

«Δεν ξέρω καν τι σου είπε, αλλά θεωρώ ότι πλέον η ηλικία σου δεν σου επιτρέπει να παθαίνεις κρίση απλά και μόνο επειδή κυκλοφόρησαν μερικά γελοία κουτσομπολιά».

«Τι έπαθα λέει; Κρίση;»

Δεν συνέχισα γιατί είχαμε φτάσει πια στο τραπέζι όπου διάβαζε η Λίζα. Το πρόσωπο και τα αισθήματά της μου έδιναν να καταλάβω ότι κάτι πήγαινε στραβά. Ο Έντι βρισκόταν λίγα μόνο βήματα μακριά της και παρακολουθούσε το χώρο ακουμπισμένος στον τοίχο. Γούρλωσε τα μάτια του καθώς με είδε να πλησιάζω, αλλά δεν μίλησε.

Γλίστρησα στην καρέκλα δίπλα από τη Λίζα.

«Γεια».

Με κοίταξε και αναστέναξε. Μετά στράφηκε και πάλι στο

ανοιχτό βιβλίο που βρισκόταν μπροστά της. «Αναρωτιόμουν πότε θα εμφανιστείς» είπε. «Σε απέβαλαν;»

Παρότι μιλούσε με ήρεμο κι ευγενικό τρόπο, καταλάβαινα τα αισθήματά της. Είχε ενοχληθεί. Ήταν λιγάκι θυμωμένη.

Ήταν η σειρά μου να αναστενάξω. «Λοιπόν; Θα μου μιλήσεις, Λιζ; Ξέρω ότι είσαι θυμωμένη».

Ο Άντριαν κοίταζε μια τη μία και μια την άλλη. «Σαν να μην καταλαβαίνω κάτι».

«Μπράβο σου! Όχι μόνο μπήκες στη μέση και μου κατέστρεψες τον καβγά μου, δεν ξέρεις καν γιατί!»

«Ποιον καβγά;» ρώτησε η Λίζα. Στο θυμό της είχε πια προστεθεί και η απορία.

«Τι συνέβη;» επανέλαβε ο Άντριαν.

«Έλα λοιπόν, πες του» είπα γνέφοντας στη Λίζα.

«Πριν από λίγο η Ρόουζ αρνήθηκε να προστατεύσει τον Κρίστιαν, στην πρώτη της δοκιμασία». Κούνησε το κεφάλι της και άφησε μια απελπισμένη ανάσα, κοιτάζοντάς με αυστηρά. «Δεν μπορώ να πιστέψω ότι είσαι τόσο τρελή ώστε να κάνεις κάτι τέτοιο στον Κρίστιαν. Είναι τελείως παιδικό».

Αναστέναξα. Η Λίζα είχε ήδη βγάλει τα συμπεράσματά της, όπως και οι φύλακες. «Δεν το έκανα επίτηδες! Μόλις πέρασα μία ανάκριση. Μη με βάζεις να σου λέω τα ίδια!»

«Τότε, τι συνέβη;» μου είπε με τόνο επιτακτικό. «*Γιατί* το έκανες αυτό;»

Δίστασα. Δεν ήξερα τι να της πω. Η παρουσία του Έντι και του Άντριαν δεν με επηρέαζαν, παρότι δεν θα 'θελα να είναι εκεί και να στήνουν αφτί. Το πρόβλημά μου ήταν πολύ πιο περίπλοκο.

Ο Ντιμίτρι είχε δίκιο. Υπήρχαν άνθρωποι που μπορούσα να εμπιστευτώ — και εκτός αυτού, δύο από όλους αυτούς τους ανθρώπους μπορούσα να τους εμπιστευτώ με κλειστά τα μάτια: εκείνον και τη Λίζα. Είχα καταφέρει να του αποκρύψω την αλήθεια. Θα μπορούσα όμως —ή θα άντεχα— να κάνω το ίδιο και με τη Λίζα; Παρότι ήταν θυμωμένη, ήξερα καλά πως η Λίζα πάντοτε θα με υποστήριζε και θα μου συμπαραστεκόταν. Αλλά όπως και με τον Ντιμίτρι, έτσι και με εκείνη αρνιόμουν να της ομολογήσω την αλήθεια για το φάντασμα που είχα δει. Αυτή μου η απόφαση στένευε τα περιθώρια και οδηγούσε προς δύο συμπεράσματα: τρελή ή ανίκανη.

Μέσα από το δεσμό μας ένιωσα τις σκέψεις της, αγνές και καθαρές. Δεν υπήρχε κανένα σκοτεινό ή μελανό σημείο και κανένα σημάδι τρέλας, παρ' όλα αυτά κάτι τρεμόπαιζε στο πίσω μέρος του μυαλού της. Η επίδραση των καταθλιπτικών χαπιών στον οργανισμό κρατούσε για αρκετό καιρό μετά την παύση, αλλά οι μαγικές της δυνάμεις είχαν ήδη αρχίσει να κάνουν την εμφάνισή τους παρότι είχε μόλις περάσει μία μέρα. Στο νου μου ήρθε και πάλι η θλιμμένη και διάφανη εικόνα του Μέισον. Πώς να της το εξηγούσα; Πώς να της έλεγα κάτι τόσο περίεργο και μυστήριο τώρα που κατέβαλε προσπάθεια να ξαναζήσει μια κανονική ζωή, προσπαθώντας να ελέγξει τις μαγικές της δυνάμεις;

Όχι. Κατάλαβα πως δεν μπορούσα να της πω τίποτα. Όχι ακόμη… Είχα άλλωστε και κάτι άλλο σημαντικό να της ανακοινώσω.

«Κοκάλωσα» της είπα στο τέλος. «Είναι βλακεία, το ξέρω. Πάντοτε περηφανευόμουν ότι μπορώ να τα βάλω με τον καθένα, και όταν μου επιτέθηκε ο Σταν…» σταμάτησα και ανασήκωσα τους ώμους μου. «Δεν ξέρω. Δεν μπόρεσα να αντιδράσω. Ήταν εξευτελιστικό. Και το χειρότερο ήταν ότι μου συνέβη με τον Σταν».

Η Λίζα με κοίταζε εξεταστικά, προσπαθώντας να καταλάβει αν της έλεγα την αλήθεια. Με πλήγωνε που δεν μ' εμπιστευόταν, παρότι… η αλήθεια ήταν πως της έλεγα ψέματα. Όπως είχα πει και στον Ντιμίτρι όμως, αν ήθελα μπορούσα να πω ψέματα χωρίς να με καταλάβει κανείς. Η Λίζα δεν μπορούσε να με καταλάβει.

«Μακάρι να μπορούσα κι εγώ να διαβάσω τις σκέψεις σου» είπε συλλογισμένη.

«Έλα τώρα» είπα. «Αφού με ξέρεις. Με έχεις ικανή για κάτι τέτοιο; Πιστεύεις ότι θα εγκατέλειπα τον Κρίστιαν και θα γελοιοποιούμουν με τέτοιον τρόπο απλά για να εκδικηθώ τους καθηγητές μου;»

«Όχι» είπε αποφασιστικά. «Θα το έκανες με τέτοιον τρόπο ώστε να μη σε πιάσουν».

«Κι ο Ντιμίτρι το ίδιο μου είπε» γκρίνιαξα. «Χαίρομαι που όλοι με εμπιστεύεστε τόσο».

«Μα σ' εμπιστευόμαστε» απάντησε. «Γι' αυτό κι όλα αυτά μας φαίνονται παράξενα».

«Δηλαδή εγώ δεν μπορώ να κάνω λάθη;» είπα με ύφος απότομο και βέβαιο. «Ξέρω ότι σου είναι δύσκολο να το πιστέψεις. Ακόμη κι εγώ δυσκολεύομαι να το παραδεχτώ, αλλά δεν έχουμε άλλη επιλογή. Προφανώς το κάρμα μου έδρασε και επηρέασε την κατάσταση για να επέλθει μια ισορροπία στο σύμπαν. Σκέψου το κι αλλιώς. Δεν θα ήταν και τόσο δίκαιο να συσσωρεύονται τόσα πλεονεκτήματα σε έναν και μόνο άνθρωπο».

Ο Άντριαν παρέμεινε σιωπηλός, πράγμα που αποτέλεσε ευχάριστη αλλαγή. Απλώς παρακολουθούσε τη συζήτησή μας, κοιτώντας μια τη μία και μια την άλλη, λες και έβλεπε αγώνα τένις. Μισόκλεινε τα μάτια του καθώς μας παρακολουθούσε και υποπτευόμουν ότι το έκανε γιατί κοιτούσε την αύρα μας.

Η Λίζα έστρεψε το βλέμμα της προς το ταβάνι, αλλά ευτυχώς ο θυμός φαινόταν να της είχε περάσει. Ύψωσε το βλέμμα της κοιτώντας πίσω από κει που βρισκόμουν. Ένιωσα κρυστάλλινα συναισθήματα χαράς να την κατακλύζουν και κατάλαβα ότι ο Κρίστιαν βρισκόταν κάπου τριγύρω.

«Επιτέλους, επέστρεψε η πιστή μου σωματοφύλακας» αναφώνησε τραβώντας μία καρέκλα προς το μέρος του. Έστρεψε το βλέμμα του προς τη Λίζα. «Τελείωσες;»

«Με ποιο πράγμα;» τον ρώτησε.

Έγειρε το κεφάλι του κατά τη μεριά μου. «Λέω, την κατσάδιασες που με πέταξε στα θανατερά νύχια του Άλτο;»

Η Λίζα κοκκίνισε. Αισθανόταν ήδη άσχημα που μου είχε επιτεθεί, ιδιαίτερα τώρα που είχα υπερασπιστεί επαρκώς τον εαυτό μου. Η απερίσκεπτη και στοχευμένη παρατήρηση του Κρίστιαν την έκανε να αισθάνεται ακόμη πιο ανόητη.

«Μόλις τώρα το συζητούσαμε. Δεν έγινε και τίποτα».

Ο Άντριαν χασμουρήθηκε και βολεύτηκε καλύτερα στην καρέκλα του. «Τώρα τα καταλαβαίνω όλα. Όλο αυτό ήταν μια απάτη. Ένα κόλπο για να με απωθήσεις επειδή πάντα λέω ότι θέλω να γίνεις η φύλακάς μου. Σκέφτηκες ότι αν μου έδειχνες πόσο κακή φύλακας είσαι, δεν θα σε ήθελα πια. Ένα έχω να σου πω: δεν έπιασε το κόλπο. Δεν υπάρχει λόγος να ρισκάρεις τη ζωή κανενός άλλου προσπαθώντας να με πείσεις».

Του ήμουν ευγνώμων που δεν είχε αναφέρει τίποτα για το επεισόδιο στο διάδρομο. Μπορεί ο Ράιαν να το είχε παρακάνει, αλλά όσο περνούσε η ώρα είχα αρχίσει να συνειδητοποιώ πόσο πολύ είχα παραφερθεί. Ήταν λες κι όλο αυτό είχε συμβεί σε κάποιον άλλο και εγώ είχα βρεθεί εκεί ως απλή παρατηρητής. Τελευταία όλο παραφερόμουν. Είχα γίνει έξαλλη που μου ανέθεσαν τον Κρίστιαν, έξαλλη για τις κατηγορίες των φυλάκων, έξαλλη για...

Είχε έρθει η ώρα να πετάξω την κεραμίδα.

«Λοιπόν... εεε, υπάρχει κάτι που πρέπει να μάθετε».

Τέσσερα ζευγάρια μάτια —ακόμη και του Έντι— καρφώθηκαν επάνω μου.

«Τι τρέχει;» με ρώτησε η Λίζα.

Δεν υπήρχε εύκολος τρόπος να τους το πω, κι έτσι μπήκα

κατευθείαν στο ψητό. «Απ' ό,τι φαίνεται, δεν έχουν ακόμη απαγγελθεί κατηγορίες στον Βίκτορ Ντάσκοφ για όσα μας έκανε. Απλώς τον έχουν κλείσει μέσα. Τελικά, όμως, θα δικαστεί επίσημα σε καμιά βδομάδα».

Η αντίδραση της Λίζα στο άκουσμα του ονόματός του ήταν αντίστοιχη με τη δική μου. Ένιωσα την έκπληξή της να ρέει μέσα μου από το δεσμό μας και στη συνέχεια το φόβο της να με κυριεύει. Μια σειρά εικόνων πέρασαν μονομιάς από το μυαλό της. Θυμήθηκε το πώς το αρρωστημένο παιχνίδι του Βίκτορ την έκανε να αμφιβάλει για τη λογική της. Τα βασανιστήρια που υπέφερε από τα πρωτοπαλίκαρα του Βίκτορ. Το ματωμένο κορμί του Κρίστιαν όταν του επιτέθηκαν τα ψυχολαγωνικά του Βίκτορ. Έσφιξε τις γροθιές της στο τραπέζι τόσο που τα δάχτυλά της άρχισαν να ασπρίζουν. Ο Κρίστιαν δεν ένιωθε τις αντιδράσεις της τόσο έντονα όσο εγώ, αλλά δεν ήταν κι απαραίτητο. Πέρασε το χέρι του πάνω από το δικό της. Εκείνη ούτε που τον πρόσεξε.

«Μα... μα...» Στην προσπάθειά της να ηρεμήσει πήρε μια βαθιά ανάσα. «Μα πώς είναι δυνατόν να μην τον έχουν καταδικάσει ακόμη; Όλοι ξέρουν... Τον είδαν με τα ίδια τους τα μάτια».

«Έτσι είναι ο νόμος. Υποτίθεται πως πρέπει να του δώσουν το δικαίωμα να υπερασπιστεί τον εαυτό του».

Την κυρίεψε πανικός. Τελικά κατέληξε στο συμπέρασμα που είχα φτάσει κι εγώ με τον Ντιμίτρι το προηγούμενο βράδυ. «Για κάτσε... Λες να υπάρχει περίπτωση να μην τον βρουν ένοχο;»

Κοίταξα τα μεγάλα, τρομαγμένα μάτια της μην μπορώντας να μιλήσω. Προφανώς η έκφρασή μου και μόνο αρκούσε.

Ο Κρίστιαν χτύπησε τη γροθιά του στο τραπέζι. «Τι μαλακίες είναι αυτές;» Το ξέσπασμά του έκανε όσους βρίσκονταν στα γύρω τραπέζια να γυρίσουν να τον κοιτάξουν.

«Έτσι είναι η πολιτική» είπε ο Άντριαν. «Δεν ισχύουν οι ίδιοι κανόνες για όσους έχουν εξουσία».

«Μα αυτός παραλίγο να σκοτώσει τη Ρόουζ και τον Κρίστιαν!» φώναξε η Λίζα. «Κι εμένα με απήγαγε. Πώς είναι δυνατόν να υπάρχουν αμφιβολίες για το ποιόν του;»

Η Λίζα καταιγιζόταν από συναισθήματα. Φόβος. Θλίψη. Θυμός. Οργή. Σύγχυση. Απελπισία. Δεν ήθελα να τη βλέπω να βυθίζεται σ' αυτά τα συναισθήματα και έλπιζα να απαλλαγεί από αυτά το συντομότερο δυνατόν. Και το κατάφερε... αργά και σταθερά. Μετά όμως άρχισα να φουντώνω εγώ με τη σειρά μου. Ένιωθα πάλι όπως ακριβώς ένιωθα και πριν από λίγο με τον Ράιαν.

«Είμαι σίγουρος ότι πρόκειται για τυπική διαδικασία» είπε ο Άντριαν. Όταν θα παρουσιαστούν όλα τα στοιχεία, δεν θα χωράει συζήτηση».

«Μα αυτό είναι το θέμα» είπα πικρόχολα. «Δεν θα παρουσιαστούν όλα τα στοιχεία γιατί δεν μας αφήνουν να πάμε κι εμείς».

«Τι;» φώναξε ο Κρίστιαν. «Και τότε ποιος θα καταθέσει;»

«Οι υπόλοιποι φύλακες που βρίσκονταν εκεί. Εμάς προφανώς δεν μας εμπιστεύονται και δεν θεωρούν ότι μπορούμε να το κρατήσουμε μυστικό. Η βασίλισσα δεν θέλει να μαθευτεί πως ένας από τους πολύτιμους γαλαζοαίματούς της έμπλεξε».

Η Λίζα δεν φάνηκε να προσβάλλεται που έβριζα τους βασιλικούς γόνους. «Μα εξαιτίας όλων όσων έκανε σ' εμάς θα δικαστεί».

Ο Κρίστιαν σηκώθηκε και έστρεψε το βλέμμα του τριγύρω, λες και περίμενε να δει τον Βίκτορ στη βιβλιοθήκη.

«Θα πάω να το κανονίσω αυτή τη στιγμή».

«Σωστά» είπε ο Άντριαν «είναι σίγουρο ότι αν μπουκάρεις στο γραφείο και κοπανίσεις την πόρτα, θα καταφέρεις να τους αλλάξεις τα μυαλά. Πάρε και τη Ρόουζ μαζί σου. Εσείς οι δυο είστε αχτύπητο δίδυμο, θα τους κάνετε φοβερή εντύπωση».

«Α, ναι;» είπε ο Κρίστιαν και στηρίχτηκε στην καρέκλα του, καρφώνοντας θυμωμένος τον Άντριαν. «Έχεις κάτι καλύτερο να μας προτείνεις;»

Η ηρεμία της Λίζα άρχισε πάλι να απειλείται. «Αν ο Βίκτορ ήταν ελεύθερος, θα μας κυνηγούσε πάλι;»

«Ακόμη και να αφεθεί ελεύθερος, δεν θα κυκλοφορήσει για πολύ» είπα. «Θα φροντίσω εγώ για αυτό».

«Για προσέξτε» είπε ο Άντριαν. Φαινόταν να διασκεδάζει με την όλη κατάσταση. «Ούτε καν εσύ δεν θα τη γλίτωνες αν δολοφονούσες ένα γαλαζοαίματο».

Έκανα να του πω ότι θα ξεκινούσα κάνοντας εξάσκηση πάνω του, αλλά η κοφτή φωνή του Έντι διέκοψε τον ειρμό μου.

«Ρόουζ».

Το ένστικτό μου, που απέκτησα μετά από πολλά χρόνια προπόνησης, ενεργοποιήθηκε. Κοίταξα προς τα πάνω και εντόπισα αμέσως αυτό που κι εκείνος είχε δει. Ο Εμίλ είχε μόλις μπει στη βιβλιοθήκη ψάχνοντας για μαθητευόμενους που ήθελε να βαθμολογήσει. Πετάχτηκα από την καρέκλα μου και πήρα θέση κοντά στον Έντι έτσι ώστε να βλέπω τον Κρίστιαν και το μεγαλύτερο μέρος της βιβλιοθήκης. Αμάν πια! Έπρεπε να συνέλθω, αλλιώς θα έβγαινε σωστός ο Ράιαν. Με τον καβγά στο διάδρομο και την κουβέντα για τον Βίκτορ είχα αμελήσει τελείως τα καθήκοντά μου. Έτσι όπως πήγαινα, δεν χρειαζόμουν τον Μέισον για να αποτύχω.

Ο Εμίλ δεν με είχε δει να κάθομαι και να συνομιλώ με τα παιδιά. Πέρασε από δίπλα μας, μας κοίταξε στα πεταχτά, πήρε ορισμένες σημειώσεις και πήγε να ελέγξει την υπόλοιπη βιβλιοθήκη. Ανακουφισμένη που είχα καταφέρει να τη γλιτώσω, προσπάθησα να ξανακερδίσω τον έλεγχο του εαυτού μου. Μου ήταν πολύ δύσκολο. Η κακή μου διάθεση είχε αρχίσει και πάλι να με κυριεύει και το να ακούω τον Κρίστιαν και τη Λίζα να εξοργίζονται για τη δίκη του Βίκτορ δεν με βοηθούσε να ηρεμήσω. Ήθελα να βρεθώ κοντά τους και να τους πω όλα όσα ήξερα. Ήθελα να βροντοφωνάξω, να βγάλω λόγο και να δείξω πόσο συγχυσμένη αισθανόμουν. Αλλά αυτό ήταν πολυτέλεια για μία φύλακα. Το πρωταρχικό μου καθήκον ήταν να προστατεύω τα Μορόι και να μην ενδίδω στις δικές μου παρορμήσεις. Έλεγα ξανά και ξανά μέσα μου το σύνθημα των φυλάκων: *Προηγούνται πάντοτε εκείνοι.*

Οι λέξεις αυτές είχαν αρχίσει να μ' ενοχλούν.

7

ΟΤΑΝ ΑΚΟΥΣΤΗΚΕ ΤΟ ΠΡΩΤΟ ΣΗΜΑ σιωπητηρίου, τα Μορόι άρχισαν να μαζεύουν τα πράγματά τους. Ο Άντριαν έφυγε αμέσως, ενώ η Λίζα και ο Κρίστιαν περπατούσαν αργά προς τους κοιτώνες τους. Κρατιούνταν χέρι χέρι και το κεφάλι του ενός έγειρε απαλά προς το κεφάλι του άλλου. Μιλούσαν ψιθυριστά. Αν ήθελα, θα μπορούσα να ακούσω τι έλεγαν μπαίνοντας στο κεφάλι της Λίζα. Σίγουρα ήταν ακόμη θυμωμένοι με τα όσα είχαν μάθει για τον Βίκτορ.

Τους άφησα μόνους τους και κράτησα τις αποστάσεις μου, ελέγχοντας τη γύρω περιοχή, ενώ ο Έντι περπατούσε στο πλάι τους. Καθώς τα Μορόι ήταν πολύ λιγότερα από τα νταμπίρ, οι κοιτώνες τους ήταν χτισμένοι πλάι πλάι. Η Λίζα και ο Κρίστιαν έμεναν σε διαφορετικούς κοιτώνες. Σταμάτησαν όταν βρέθηκαν στο σημείο όπου διαχωριζόταν το μονοπάτι που διέσχιζε το προαύλιο. Φιλήθηκαν κι εγώ κατέβαλα κάθε προσπάθεια για να τους παρακολουθώ όσο πιο διακριτικά γινόταν. Μετά η Λίζα μου είπε καληνύχτα και κατευθύνθηκε προς τον κοιτώνα της με τον Έντι. Εγώ ακολούθησα τον Κρίστιαν στο δικό του.

Αν φύλαγα τον Άντριαν ή κάποιον σαν εκείνον, θα χρειαζόταν να υποστώ κάθε είδους σεξουαλικά υπονοούμενα για το ότι θα κοιμόμασταν ο ένας δίπλα στον άλλο για τις υπόλοιπες έξι εβδομάδες. Ο Κρίστιαν όμως με αντιμετώπιζε με τον αδιάφορο και αμέτοχο τρόπο που αντιμετωπίζει κανείς την αδελφή του. Μετακίνησε ορισμένα αντικείμενα από το πάτωμα για να μου κάνει χώρο και μέχρι να πλύνει τα δόντια του εγώ είχα φτιάξει ένα χουχουλιάρικο κρεβατάκι από κουβέρτες. Έσβησε τα φώτα και σκαρφάλωσε στο κρεβάτι του.

Μετά από μερικές στιγμές σιωπής, ρώτησα: «Κρίστιαν;»

«Τώρα κοιμόμαστε, Ρόουζ».

Χασμουρήθηκα. «Πίστεψέ με, αν κάποιος θέλει να κοιμηθεί, αυτή είμαι εγώ. Θέλω όμως να σε ρωτήσω κάτι».

«Πρόκειται για τον Βίκτορ; Γιατί σκοπεύω να κοιμηθώ κι αν αρχίσω να το σκέφτομαι πάλι, θα συγχυστώ».

«Όχι, άλλο θέλω να σε ρωτήσω».

«Για πες».

«Γιατί έκανες πλάκα μ' αυτό που συνέβη με τον Σταν; Όλοι οι υπόλοιποι προσπαθούν να καταλάβουν αν τα έκανα θάλασσα ή αν το έκανα επίτηδες. Η Λίζα μ' έπρηξε. Κι ο Άντριαν ακόμη. Άσε οι φύλακες... να μην το πιάσω αυτό το θέμα. Εσύ όμως δεν είπες τίποτε. Φανταζόμουν ότι εσύ θα έκανες κάποιο καυστικό σχόλιο».

Ξαφνικά η σιωπή βάθυνε ακόμη περισσότερο και για μια στιγμή αναρωτήθηκα αν συλλογιζόταν την απάντησή του ή αν είχε αποκοιμηθεί.

«Δεν υπήρχε λόγος να σε πιέσω» είπε τελικά. «Ξέρω ότι δεν το έκανες επίτηδες».

«Και πώς έβγαλες αυτό το συμπέρασμα; Θέλω να πω... όχι ότι θέλω να σου πάω κόντρα, αλλά τι εννοείς όταν λες *δεν το έκανες επίτηδες*; Πώς είσαι τόσο σίγουρος;»

«Επειδή τα είπαμε στη Μαγειρική. Κι επειδή ξέρω τι άνθρωπος είσαι. Είδα πώς αντέδρασες και στο Σποκέιν. Όποιος παίρνει τέτοιο ρίσκο για να σώσει τους φίλους του, δεν θα έκανε ποτέ τέτοιες παιδιάστικες κινήσεις επίτηδες».

«Σ' ευχαριστώ. Δεν ξέρεις τι σημαίνει για μένα αυτό που είπες». Ο Κρίστιαν με είχε πιστέψει όταν κανείς άλλος δεν το είχε κάνει. «Είσαι ο πρώτος που πιστεύει ότι απλώς τα έκανα θάλασσα. Όλοι οι άλλοι θεώρησαν πως το έκανα επίτηδες. Απλώς απέτυχα, δεν είχα κανένα άλλο κίνητρο».

«Κοίτα» είπε «ούτε κι αυτό το πιστεύω».

«Τι; Δεν πιστεύεις ότι τα έκανα θάλασσα; Γιατί;»

«Καλά δεν μ' ακούς τόση ώρα; Μόλις σου είπα ότι είδα πώς αντέδρασες στο Σποκέιν. Μια φύλακας σαν εσένα ούτε τα κάνει θάλασσα ούτε σαστίζει». Άρχισα να του λέω τα ίδια που είχα πει και στους φύλακες. Ότι δηλαδή το ότι είχα σκοτώσει Στριγκόι δεν σήμαινε ότι ήμουν και αήττητη, αλλά με διέκοψε: «Κι επίσης είδα το πρόσωπό σου όταν συνέβη το περιστατικό».

«Πού; Στο προαύλιο;»

«Ναι». Απλώθηκε σιωπή για λίγο. «Δεν ξέρω τι συνέβη, αλλά το βλέμμα σου... δεν ήταν το βλέμμα κάποιου που θέλει να εκδικηθεί. Κι ούτε ήταν το βλέμμα κάποιου που είχε σαστίσει με την επίθεση του Άλτο. Αυτό ήταν κάτι διαφορετικό... δεν ξέρω τι. Κάτι είχε αποσπάσει εντελώς την προσοχή σου. Και, για να είμαι ειλικρινής, η έκφραση του προσώπου σου είχε κάτι το τρομακτικό».

«Παρ' όλα αυτά ούτε και γι' αυτό μου είπες τίποτα!»

«Δεν έχω κανένα λόγο να φερθώ έτσι. Θα πρέπει να 'ταν πολύ σοβαρό αυτό που είδες εκείνη τη στιγμή για να σε κυριεύσει τόσο. Αλλά ξέρω ότι αν βρεθώ σε πραγματικό κίνδυνο, θα είμαι ασφαλής μαζί σου, Ρόουζ. Ξέρω ότι θα με προστάτευες αν δεχόμουν επίθεση από Στριγκόι». Χασμουρήθηκε. «Λοιπόν, τώρα που ανοίξαμε τις καρδιές μας, έχω την άδειά σου να κοιμηθώ; Εσύ μπορεί να μη χρειάζεται να στρώσεις δέρμα, αλλά δεν έχουν όλοι την τύχη σου».

Τον άφησα ήσυχο και σύντομα αποκοιμήθηκα κι εγώ

εξαντλημένη. Είχα περάσει μια πολύ δύσκολη μέρα και μάλιστα χωρίς να έχω κοιμηθεί καλά το προηγούμενο βράδυ. Κοιμήθηκα βαριά κι άρχισα να ονειρεύομαι. Παρότι κοιμισμένη, κατάλαβα αμέσως ότι ο Άντριαν είχε μπλεχτεί ξανά στα όνειρά μου.

«Όχι πάλι» γκρίνιαξα.

Βρισκόμουν, λέει, σ' έναν κήπο κατακαλόκαιρο. Η ατμόσφαιρα ήταν βαριά, είχε φριχτή υγρασία και ο ήλιος με χτυπούσε κατακέφαλα. Γύρω μου άνθιζαν λουλούδια κάθε είδους κι ένα άρωμα πασχαλιάς και τριαντάφυλλου γέμιζε τον αέρα. Οι μέλισσες και οι πεταλούδες πετούσαν χορεύοντας από λουλούδι σε λουλούδι. Φορούσα τζιν κι ένα λινό αμάνικο μπλουζάκι. Γύρω από το λαιμό μου κρεμόταν το *nazar* μου, ένα φυλαχτό που υποτίθεται πως κρατάει μακριά το κακό μάτι. Στον καρπό μου είχα τυλιγμένο το *chotki,* ένα βραχιόλι από χάντρες και ένα σταυρουδάκι. Ήταν ένα κειμήλιο της οικογένειας των Ντραγκομίρ και δώρο της Λίζα. Σπανίως φορούσα κοσμήματα όταν δούλευα, αλλά όταν έβλεπα τέτοια όνειρα πάντοτε κάτι φορούσα.

«Πού είσαι;» φώναξα. «Ξέρω ότι είσαι κάπου εδώ».

Στο άκουσμα της φωνής μου, ο Άντριαν που κρυβόταν πίσω από μια μηλιά γεμάτη μεγάλα ροζ άνθη έκανε την εμφάνισή του. Φορούσε τζιν — ποτέ μου δεν τον είχα ξαναδεί ντυμένο έτσι. Του πήγαινε και σίγουρα ήταν μάρκα. Από πάνω φορούσε ένα απλό πράσινο βαμβακερό μπλουζάκι. Ο ήλιος αναδείκνυε χρυσοκάστανες ανταύγειες στα μαλλιά του.

«Σου έχω πει να μην ανακατεύεσαι με τα όνειρά μου» είπα βάζοντας τα χέρια μου στη μέση.

Μου χαμογέλασε νωθρά. «Μα πώς αλλιώς θα σου μιλήσω; Προηγουμένως δεν ήσουν καθόλου φιλική μαζί μου».

«Σκέφτηκες ποτέ να σταματήσεις να χρησιμοποιείς την

υποβολή στον κόσμο; Ίσως έτσι αποκτήσεις πιο πολλούς φίλους».

«Έπρεπε να σε σώσω από τον ίδιο σου τον εαυτό. Η αύρα σου ήταν σαν σύννεφο έτοιμο για βροχή».

«Θα μπορούσαμε έστω για μία φορά να μη μιλήσουμε για τις αύρες και όσα μου επιφυλάσσει το μέλλον;»

Το βλέμμα του μου έλεγε ότι εκείνος ουσιαστικά γι' αυτά ήθελε να μιλήσει, αλλά δεν επέμεινε. «Εντάξει λοιπόν, ας μιλήσουμε για κάτι άλλο».

«Εγώ δεν θέλω να μιλήσω. Θέλω να κοιμηθώ».

«Μα κοιμάσαι ήδη!» Ο Άντριαν χαμογέλασε και κατευθύνθηκε προς ένα ανθισμένο αναρριχητικό φυτό που σκαρφάλωνε σ' ένα δοκάρι. Είχε πορτοκαλί και κίτρινους ανθούς που έμοιαζαν με σάλπιγγες. Πέρασε απαλά το χέρι του πάνω από τις άκρες των λουλουδιών. «Αυτός ήταν ο κήπος της γιαγιάς μου».

«Τέλεια» είπα και βολεύτηκα καλύτερα στη μηλιά που ακουμπούσα. Προφανώς το πράγμα θα έπαιρνε αρκετή ώρα. «Ανυπομονώ να ακούσω την οικογενειακή σου ιστορία!»

«Σταμάτα να ειρωνεύεσαι! Ήταν πολύ καλή!»

«Είμαι σίγουρη. Να φεύγω εγώ σιγά σιγά;»

Τα μάτια του ήταν ακόμη καρφωμένα στους ανθούς του φυτού. «Δεν θα 'πρεπε να τα βάζεις με τα οικογενειακά δέντρα των Μορόι. Εσύ δεν ξέρεις τίποτα για τον πατέρα σου. Ποιος σου λέει ότι δεν είμαστε συγγενείς εμείς οι δύο;»

«Γιατί αν ήμασταν θα μ' άφηνες στην ησυχία μου;»

Επέστρεψε και πάλι κοντά μου και άλλαξε το θέμα με χαρακτηριστική άνεση. «Μπα… δεν υπάρχει λόγος ανησυχίας. Νομίζω ότι δεν έχουμε τα ίδια οικογενειακά δέντρα. Εσένα, απ' ό,τι θυμάμαι, ο μπαμπάς σου είναι Τούρκος».

«Ναι, απ' ό,τι ξέρω… Ε! Τι σ' έχει πιάσει και κοιτάς το στήθος μου;»

Με επεξεργαζόταν ολόκληρη έχοντας απομακρύνει το βλέμμα του από το πρόσωπό μου. Σταύρωσα τα χέρια μου στο στήθος μου και τον κοίταξα επίμονα.

«Το μπλουζάκι σου κοιτάω» μου είπε. «Το χρώμα δεν σου ταιριάζει».

Άπλωσε το χέρι του και άγγιξε την τιράντα. Άξαφνα το μπεζ χρώμα άρχισε να γίνεται ένα βαθύ γαλάζιο σαν τους ανθούς του φυτού κι απλωνόταν σαν μελάνι που χύνεται και σιγά σιγά εξαπλώνεται σ' ένα κομμάτι χαρτί. Με κοίταξε με το βλέμμα καλλιτέχνη που επεξεργάζεται το έργο του.

«Πώς το έκανες αυτό;» ρώτησα έκπληκτη.

«Ήταν τ' όνειρό μου. Δεν πρέπει να φοράς σκούρα χρώματα. Για να δοκιμάσουμε κι αυτό». Το γαλάζιο έδωσε σταδιακά τη θέση του σ' ένα ζεστό κόκκινο. «Ναι! Μα φυσικά! Το κόκκινο είναι το χρώμα σου. Κόκκινο σαν το τριαντάφυλλο, γλυκιά μου Ρόουζ».

«Ποπό, αδερφάκι μου!» είπα. «Δεν το 'ξερα ότι σε πιάνει παράκρουση ακόμη και στα όνειρα». Ποτέ του δεν είχε γίνει τόσο θλιμμένος και καταθλιπτικός όπως η Λίζα πέρυσι, αλλά πολλές φορές γινόταν πολύ περίεργος.

Έκανε ένα βήμα πίσω και άνοιξε διάπλατα τα χέρια του. «Πάντοτε τρελαίνομαι όταν βρίσκομαι κοντά σου, Ρόουζ. Ορίστε, θα σου σκαρώσω κι ένα αυτοσχέδιο ποιηματάκι για να σου το αποδείξω». Ύψωσε το βλέμμα στον ουρανό κι άρχισε την απαγγελία:

«Κόκκινο τριαντάφυλλο
Ποτέ σου ραγισμένο
Τ' αγκάθι σου το άγριο
Μάχεται λυσσασμένο»

Ο Άντριαν κατέβασε τα χέρια του και με κοίταξε με προσμονή. «Καλά, πώς γίνεται να μάχεται ένα αγκάθι;» ρώτησα.

Κούνησε το κεφάλι του με απόγνωση. «Απ' ό,τι φαίνεται, η

τέχνη δεν σου λέει τίποτα, μικρό μου νταμπίρ. Αλλά ούτως ή άλλως για σένα δεν είμαι τίποτε άλλο παρά ένας τρελός».

«Καλά, έχω δει και χειρότερα».

«Τέλος πάντων» είπε και πήγε κατά την άλλη μεριά για να δει από κοντά κάτι υάκινθους. «Θα το δουλέψω λίγο το ποιηματάκι».

Άρχισα και πάλι να τον ρωτάω αν θα μ' άφηνε να κοιμηθώ ήσυχα, αλλά η συζήτησή μας μου 'φερε κάτι στο μυαλό.

«Άντριαν... Πώς ξέρεις αν τρελαίνεσαι ή όχι;»

Κοίταξε κατά τη μεριά μου χαμογελώντας. Ήμουν σίγουρη ότι ετοιμαζόταν να με δουλέψει, αλλά ευτυχώς με κοίταξε λίγο καλύτερα. Το χαμόγελο χάθηκε σιγά σιγά κι εκείνος πήρε μια ασυνήθιστα σοβαρή έκφραση.

«Γιατί; Πιστεύεις ότι έχεις τρελαθεί;»

«Δεν ξέρω» είπα με βλέμμα χαμηλωμένο. Ήμουν ξυπόλητη και ένιωθα το μυτερό γρασίδι να μου γαργαλάει τα πέλματα. «Βλέπω κάτι περίεργα πράγματα τελευταία».

«Οι τρελοί σπάνια αναρωτιούνται αν είναι τρελοί» είπε όλο σοφία.

Αναστέναξα και ύψωσα το βλέμμα μου για να συναντήσω το δικό του. «Δεν με βοηθάς και πολύ».

Ήρθε και πάλι κοντά μου και έβαλε το χέρι του στον ώμο μου. «Εγώ δεν σε θεωρώ τρελή, Ρόουζ. Ξέρω όμως ότι έχεις περάσει πολλά».

Συνοφρυώθηκα. «Τι πάει να πει αυτό;»

«Πάει να πει ότι δεν σε θεωρώ τρελή».

«Ευχαριστώ. Με φώτισες! Να σου πω κάτι; Αυτά τα όνειρα έχουν αρχίσει να μου τη δίνουν *απίστευτα* πολύ!»

«Της Λίζα της αρέσουν».

«Κι εκείνη την επισκέπτεσαι; Μα καλά, τίποτα δεν σε σταματάει εσένα;»

«Μην κάνεις έτσι. Εκείνη την επισκέπτομαι για εκπαιδευτικούς λόγους».

«Τέλεια. Οπότε μόνο εγώ έχω τη χαρά της επίσκεψής σου για λόγους σεξουαλικής παρενόχλησης».

Φάνηκε να πληγώνεται. «Σε παρακαλώ, μη μου φέρεσαι λες κι είμαι ο διάβολος με σάρκα και οστά».

«Συγνώμη, αλλά δεν έχω καμία ένδειξη ότι μπορείς να κάνεις και κάτι χρήσιμο».

«Ενώ αντίθετα ο κατά πολύ μεγαλύτερός σου εκπαιδευτής; Δεν σε βλέπω να προοδεύεις ιδιαίτερα ούτε και μ' αυτόν».

Έκανα ένα βήμα πίσω και τον κοίταξα θυμωμένα. «Μην μπλέκεις τον Ντιμίτρι σ' αυτή τη συζήτηση».

«Εντάξει, θα σταματήσω να μιλάω γι' αυτόν αν κι εσύ παραδεχτείς ότι δεν είναι τέλειος. Στο κάτω κάτω εκείνος δεν σου είπε τίποτα για τη δίκη. Ή κάνω λάθος;»

Απέφυγα να τον κοιτάξω. «Δεν έχει σημασία. Και για να το κάνει, θα είχε τους λόγους του».

«Ναι, αλλά και πάλι ούτε υπήρξε ειλικρινής μαζί σου ούτε και προσπάθησε να τους αναγκάσει να σας πάρουν μαζί τους στη δίκη. Ενώ εγώ...» είπε ανασηκώνοντας τους ώμους. «Εγώ θα μπορούσα να σας πάω στη δίκη».

«Εσύ;» ρώτησα γελώντας δυνατά. «Πώς θα το καταφέρεις κάτι τέτοιο; Θα πας να προσφέρεις τσιγαράκι στο δικαστή στο διάλειμμα και θα του πιάσεις την κουβέντα; Ή μήπως σκέφτεσαι να χρησιμοποιήσεις την υποβολή στη βασίλισσα και τους υπόλοιπους βασιλικούς γόνους που θα βρίσκονται στο δικαστήριο;»

«Θα πρέπει κάποτε να μάθεις να μη φέρεσαι τόσο απότομα σ' εκείνους που θέλουν να σε βοηθήσουν. Κάνε λίγη υπομονή». Με φίλησε απαλά στο μέτωπο κι εγώ έκανα να τον αποφύγω. «Προς το παρόν όμως, άντε να κοιμηθείς λιγάκι».

Ο κήπος εξαφανίστηκε σιγά σιγά στο πυκνό σκοτάδι του ύπνου μου.

8

ΑΚΟΛΟΥΘΟΥΣΑ ΤΟΝ ΚΡΙΣΤΙΑΝ ΠΑΝΤΟΥ για τις επόμενες ημέρες χωρίς να συμβεί το οτιδήποτε. Όσο περνούσε ο καιρός όμως, όλο και πιο ανυπόμονη γινόμουν.

Καταρχάς, ανακάλυπτα ότι η δουλειά του φύλακα περιλάμβανε και πολλή απραγία, κάτι που ήδη ήξερα θεωρητικά, αλλά στην πράξη ήταν πολύ πιο δύσκολο απ' ό,τι φανταζόμουν. Οι φύλακες ήταν απολύτως απαραίτητοι όταν τα Μορόι δέχονταν επιθέσεις από τα Στριγκόι. Αλλά αυτές οι επιθέσεις... σπάνιζαν. Έτσι οι φύλακες έχαναν τον καιρό τους, και τα καλύτερά τους *χρόνια*, χωρίς να συμμετέχουν σε μάχες. Οι εκπαιδευτές μας, φυσικά, δεν είχαν σκοπό να μας κάνουν να περιμένουμε τόσο, αλλά παρ' όλα αυτά ήθελαν να μας διδάξουν την τέχνη της υπομονής καθώς και τη σημασία τού να βρίσκεσαι πάντοτε σε *εγρήγορση*, ακόμη κι όταν δεν υπάρχει κίνδυνος.

Επίσης, η άσκηση απαιτούσε να εκπαιδευτούμε στις πιο αυστηρές συνθήκες εργασίας ενός φύλακα: έπρεπε να στεκόμαστε συνεχώς όρθιοι και να είμαστε πάντοτε τυπικοί. Στην πραγματικότητα όμως οι φύλακες που ζούσαν με οικογένειες Μορόι είχαν κατά κύριο λόγο πιο συνηθισμένη συμπεριφορά στα σπίτια τους κι έκαναν πολύ πιο καθημερινά πράγματα, όπως, π.χ., να βλέπουν τηλεόραση ή να διαβάζουν το βιβλίο τους — χωρίς, βέβαια, να ξεχνούν ποτέ ότι πάντοτε υπήρχε κίνδυνος.

Φυσικά, δεν θα μπορούσαμε να έχουμε τέτοιες στιγμές στην πρακτική μας άσκηση γιατί έπρεπε να έχουμε μία όσο το δυνατόν πιο ουσιαστική εμπειρία.

Η υπομονή μου όμως είχε αρχίσει να εξαντλείται και, για να είμαι ειλικρινής, η ανησυχία μου δεν οφειλόταν μόνο στα όσα περίμενα να συμβούν. Ήθελα απεγνωσμένα να αποδείξω την αξία μου, να επανορθώσω για την κακή μου απόδοση στην προηγούμενη επίθεση του Σταν. Δεν είχα ξαναδεί τον Μέισον, κι έτσι έπεισα τον εαυτό μου ότι όλα αυτά μου είχαν συμβεί από την πολλή κούραση και το στρες. Η απάντηση που είχα δώσει με ικανοποίησε πολύ περισσότερο από το να είχα παραδεχτεί πως ήμουν τρελή ή ανίκανη.

Ορισμένα άλλα πράγματα όμως δεν με ικανοποιούσαν καθόλου, μα καθόλου. Όταν μια μέρα ο Κρίστιαν συναντήθηκε με τη Λίζα μετά το μάθημα, ένιωσα να την κυριεύουν η ανησυχία, ο φόβος και ο θυμός. Δεν το έδειχνε, αλλά εγώ το ένιωσα μέσα από το δεσμό μας. Σε όλους τους άλλους φαινόταν μια χαρά. Ο Έντι και ο Κρίστιαν που είχαν πιάσει την κουβέντα μεταξύ τους δεν έμοιαζαν να έχουν καταλάβει τίποτα.

Πήγα κοντά της και πέρασα το χέρι μου στους ώμους της καθώς περπατούσαμε. «Όλα θα πάνε καλά, μην ανησυχείς». Ήξερα πολύ καλά τι την ενοχλούσε. Ο Βίκτορ.

Ξέραμε ότι ο Κρίστιαν, παρά την καλή του διάθεση να «βοηθήσει την κατάσταση», δεν ήταν και ο καλύτερος υποψήφιος για να καταφέρει να μας δεχτούν στη δίκη του Βίκτορ. Η Λίζα είχε προσπαθήσει να ρωτήσει την Αλμπέρτα με διπλωματικό τρόπο αν υπήρχε περίπτωση να καταθέσουμε κι εμείς στη δίκη του Βίκτορ, κι εκείνη απάντησε με αντίστοιχη ευγένεια ότι δεν υπήρχε καμία τέτοια περίπτωση.

«Σκέφτηκα ότι αν τους εξηγούσα το τι συνέβαινε και τους έλεγα πόσο σημαντικό είναι για μας το να παρευρεθούμε, θα μας άφηναν» μουρμούρισε. «Ρόουζ, έχω χάσει τον ύπνο μου. Το σκέφτομαι ασταμάτητα. Τι θα γίνει αν τον αφήσουν ελεύθερο; Αν τον αθωώσουν;»

Η φωνή της έτρεμε και ξαφνικά διέκρινα ότι γινόταν όλο και πιο ευάλωτη, όπως παλιά. Η κατάστασή της αυτή σε άλλες περιπτώσεις θα μου χτυπούσε κουδουνάκι, αλλά αυτή τη φορά μού έφερε στο νου χιλιάδες αναμνήσεις από καιρούς περασμένους πια, καιρούς που η Λίζα ήταν απολύτως εξαρτημένη από εμένα. Χαιρόμουν να τη βλέπω δυνατή και ήθελα να παραμείνουν έτσι τα πράγματα. Την κράτησα πιο σφιχτά με μεγάλη δυσκολία καθώς ακόμη περπατούσαμε.

«Δεν θα αφεθεί ελεύθερος» είπα αγριεμένα. «Θα πάμε στο δικαστήριο. Σ' το υπογράφω. Και ξέρεις πολύ καλά ότι δεν θα αφήσω τίποτα να σου συμβεί».

Έγειρε το κεφάλι της κι ακούμπησε στον ώμο μου χαμογελώντας. «Αυτό με τρελαίνει σ' εσένα. Δεν έχεις ιδέα πώς θα τα καταφέρεις να πάμε στο δικαστήριο, αλλά παρ' όλα αυτά θα κάνεις ό,τι μπορείς για να με δεις ευτυχισμένη».

«Και; Έπιασε;»

«Ναι».

Ακόμη την έβλεπα ανήσυχη, αλλά το χαμόγελό της έδινε μια πιο ευχάριστη νότα στη διάθεσή της. Άσχετα με το αν με πείραζε για την υπόσχεση που της είχα μόλις δώσει, τα λόγια μου την είχαν ηρεμήσει.

Δυστυχώς, σύντομα ανακαλύψαμε ότι η Λίζα είχε κι άλλους λόγους να ανησυχεί. Περίμενε να σταματήσει η επίδραση των χαπιών για να μπορέσει και πάλι να έχει πλήρη πρόσβαση στις μαγικές της δυνάμεις. Οι μαγικές της ιδιότητες υπήρχαν ακόμη —το νιώθαμε κι οι δυο μας— αλλά δεν μπορούσε να τις αγγίξει. Είχαν περάσει ήδη τρεις μέρες και τίποτα δεν είχε αλλάξει. Την καταλάβαινα, αλλά η μεγαλύτερή μου ανησυχία ήταν μήπως αλλάξουν τα πράγματα και όσον αφορά την ψυχική της υγεία, η οποία μέχρι στιγμής δεν είχε επηρεαστεί.

«Δεν ξέρω τι μου συμβαίνει» παραπονέθηκε. Είχαμε σχεδόν φτάσει στην τραπεζαρία. Η Λίζα και ο Κρίστιαν είχαν κανονίσει να δούν μία ταινία. Μέσα μου αναρωτήθηκα κατά πόσο θα μπορούσα να είμαι σε εγρήγορση και να παρακολουθώ παράλληλα και την ταινία. «Κανονικά θα έπρεπε να μπορώ να κάνω *κάτι*, αλλά, απ' ό,τι φαίνεται, δεν μπορώ. Είμαι τελείως ανήμπορη».

«Καλά, δεν μου φαίνεται και τόσο κακό αυτό» της επισήμανα και απομακρύνθηκα από κοντά της για να ελέγξω το μονοπάτι μπροστά μας.

Με κοίταξε θλιμμένα. «Καλά, τι κάθεσαι και κάνεις; Ανησυχείς; Για σε παρακαλώ, αυτό είναι δική μου δουλειά».

«Κι η δική μου δουλειά είναι να φροντίζω για την ασφάλειά σου».

«Να με συγχωρείς! Αυτό είναι δική μου δουλειά» αστειεύτηκε ο Έντι, πράγμα ιδιαίτερα σπάνιο.

«Κανείς από τους δυο σας δεν πρέπει να ανησυχεί» μας είπε. «Τουλάχιστον όχι για αυτό».

Ο Κρίστιαν την αγκάλιασε από τη μέση λέγοντας: «Έχεις γίνει πιο ανυπόμονη κι από τη Ρόουζ. Το μόνο που πρέπει να κάνεις…»

Κάπου τα 'χα ξαναδεί όλα αυτά.

Άξαφνα ο Σταν ξεπρόβαλε μέσα από κάτι δέντρα και έκανε να πιάσει τη Λίζα, τυλίγοντας με το χέρι του τον κορμό της και τραβώντας την κατά τη μεριά του. Το σώμα μου αντέδρασε ακαριαία και χωρίς να διστάσω, έκανα να τη «σώσω». Το μόνο πρόβλημα ήταν ότι κι ο Έντι αντέδρασε άμεσα, και επειδή εκείνος βρισκόταν πιο κοντά, μπήκε πρώτος στο παιχνίδι. Έκανα κύκλους τριγύρω τους προσπαθώντας να μπω κι εγώ στη δράση, αλλά ο τρόπος που οι δύο αντίπαλοι μάχονταν δεν άφηνε χώρο για τη δική μου παρέμβαση.

Ο Έντι πλησίασε τον Σταν από το πλάι, άγριος και γοργός. Τράβηξε το χέρι του Σταν από τη Λίζα τόσο δυνατά που παραλίγο να του το ξεριζώσει. Η λεπτή κράση του Έντι έκρυβε το πόσο δυνατός ήταν. Το χέρι του Σταν απλώθηκε στο πρόσωπο του Έντι και τα νύχια του μπήχτηκαν στο πρόσωπό του. Η Λίζα μπόρεσε έτσι να απελευθερωθεί και έτρεξε να κρυφτεί μαζί με τον Κρίστιαν πίσω μου. Όταν απομακρύνθηκε από τη σκηνή της μάχης, κινήθηκα προς μία πλευρά ελπίζοντας να μπορέσω να βοηθήσω τον Έντι. Δεν χρειάστηκε όμως. Άρπαξε αμέσως τον Σταν και τον έριξε καταγής. Σε δευτερόλεπτα, το κοντάρι εξάσκησης του Έντι στόχευε την καρδιά του Σταν.

Ο Σταν γέλασε και είπε ευχαριστημένος, «Μπράβο, Καστίλ. Πολύ καλά τα πήγες».

Ο Έντι απομάκρυνε το κοντάρι του και βοήθησε τον εκπαιδευτή του να σηκωθεί. Μόλις σταμάτησε η πάλη, είδα πόσο κοκκινισμένο και μελανιασμένο ήταν το πρόσωπο του Σταν. Οι επιθέσεις για εμάς τους μαθητευόμενους μπορεί να ήταν σπάνιες, αλλά οι εκπαιδευτές μας έκαναν επιθέσεις σε καθημερινή βάση κατά τη διάρκεια της πρακτικής άσκησης. Όλοι τους υπέφεραν από μελανιές και χτυπήματα, αλλά χειρίζονταν την όλη κατάσταση γενναία και με καλή διάθεση.

«Ευχαριστώ, κύριε Άλτο» είπε ο Έντι. Είχε ευχαριστηθεί με τα σχόλια, αλλά ήταν πολύ μετρημένος στις αντιδράσεις του.

«Φυσικά, αν ήμουν Στριγκόι θα ήμουν και πιο γρήγορος και πιο δυνατός, αλλά με την ταχύτητά σου δεν θα 'χες πρόβλημα να τα βάλεις και με κανονικό Στριγκόι» είπε και στράφηκε κατά τη Λίζα. «Πώς είσαι;»

«Μια χαρά» είπε και το ολόφωτο πρόσωπό της με έκανε να καταλάβω ότι διασκέδαζε πολύ με όλη αυτή τη δράση. Είχε αυξηθεί η αδρεναλίνη της.

Το χαμόγελο του Σταν εξαφανίστηκε όταν κοίταξε κατά τη μεριά μου. «Κι εσύ; Τι κάνεις εκεί πέρα;»

Τον κοίταξα άφωνη με το έντονο ύφος του. Ήταν ακριβώς το ίδιο μ' εκείνο που είχε την περασμένη φορά.

«Τι εννοείτε;» φώναξα. «Ούτε κοκάλωσα ούτε τίποτε αυτή τη φορά! Ήμουν πανέτοιμη να του προσφέρω ενισχύσεις και περίμενα να μου δοθεί η ευκαιρία να μπω κι εγώ στη μάχη».

«Ναι» συμφώνησε. Αυτό ακριβώς είναι το πρόβλημα. Ήθελες τόσο απεγνωσμένα να ρίξεις μπουνιές που ξέχασες ότι είχες πίσω σου δύο Μορόι. Έκανες λες και δεν υπήρχαν. Καταλαβαίνεις ότι βρίσκεσαι σε ανοιχτό χώρο και ότι είχες την πλάτη σου γυρισμένη προς τους προστατευόμενούς σου;»

Κατευθύνθηκα με δυο δρασκελιές κατά τη μεριά του και τον κοίταξα κατάματα, χωρίς να δίνω καμία σημασία στους τύπους. «Είστε *άδικος*. Δεν είναι δυνατόν να μου λέτε ότι αν βρισκόμασταν στον έξω κόσμο και ένα Στριγκόι έκανε επίθεση σε κάποιον, ο δεύτερος φύλακας θα έμενε απέξω και δεν θα έκανε ό,τι μπορούσε για να σκοτωθεί το Στριγκόι όσο το δυνατόν γρηγορότερα».

«Έχεις δίκιο» είπε ο Σταν. «Αλλά δεν έδρασες έτσι ώστε να εξαλείψεις αποτελεσματικά την απειλή. Δεν σκέφτηκες καθόλου τα Μορόι σου που ήταν εκτεθειμένα. Σκεφτόσουν πότε θα σου δινόταν η ευκαιρία να κάνεις κάτι για να εξιλεωθείς για τα σφάλματά σου».

«Τι; Τι πράγμα; Νομίζω ότι βγάλατε πολύ εύκολα αυτό το συμπέρασμα. Δηλαδή θα με βαθμολογήσετε γι' αυτό που εσείς *θεωρείτε* ότι ήταν το κίνητρό μου; Πώς γίνεται να είστε τόσο σίγουρος για τις δικές μου σκέψεις;» Εδώ εγώ δεν καταλάβαινα τι σκεφτόμουν τον περισσότερο καιρό.

«Από καθαρό ένστικτο» απάντησε με τρόπο μυστηριώδη. Έβγαλε ένα μικρό σημειωματάριο και κάτι έγραψε. Μισόκλεισα τα μάτια μου κι ευχήθηκα να μπορούσα να δω τι έγραφε για μένα. Όταν τελείωσε, το έβαλε πάλι στην τσέπη του παλτού του και έγνεψε σε όλους μας λέγοντας: «Θα σας δω αργότερα».

Τον παρακολουθήσαμε καθώς διέσχισε το χιόνι και κατευθύνθηκε κατά το γυμναστήριο όπου προπονούνταν τα νταμπίρ. Είχα απομείνει με το στόμα ανοιχτό μην μπορώντας να αρθρώσω κουβέντα. Μα πότε θα σταματούσε το μαρτύριό μου μ' αυτούς τους ανθρώπους; Κοβόμουν συνεχώς για τυπικές αηδίες που καμία σχέση δεν είχαν με την απόδοσή μου στον έξω κόσμο.

«Πάντως αυτό δεν είναι καθόλου δίκαιο. Πώς μπορεί να με κρίνει με βάση αυτό που νομίζει ότι νομίζω;»

Ο Έντι ανασήκωσε τους ώμους του καθώς περπατούσαμε προς τον κοιτώνα. «Ό,τι θέλει μπορεί να πιστεύει. Στο κάτω κάτω, αυτός είναι ο εκπαιδευτής μας.

«Ναι, αλλά πάλι θα μου βάλει κακό βαθμό! Η πρακτική εμπειρία δεν έχει κανένα νόημα αν δεν μας δίνει την ευκαιρία να αποδείξουμε πώς θα αντιδρούσαμε αν βρισκόταν μπροστά μας ένα Στριγκόι. Δεν το πιστεύω! Ξέρω ότι είμαι καλή — πολύ καλή. Γιατί στην ευχή τα πάω τόσο χάλια εδώ πέρα;»

Κανείς δεν απάντησε. Μόνο η Λίζα τόλμησε να πει: «Δεν ξέρω αν ήταν ή όχι άδικος, πάντως είχε δίκιο σε κάτι: Τα πήγες τέλεια, Έντι».

Έριξα μια ματιά στον Έντι, νιώθοντας άσχημα που του στερούσα τη χαρά της επιτυχίας προβάλλοντας το προσωπικό μου δράμα. Ήμουν *εξοργισμένη*, αλλά η λάθος εκτίμηση του Σταν ήταν δικό μου πρόβλημα. Ο Έντι είχε όντως φοβερή απόδοση και όλοι μας του είπαμε τόσο καλά λόγια καθώς πηγαίναμε στον κοιτώνα, που μπόρεσα να διακρίνω ότι είχε κοκκινίσει. Ίσως βέβαια και να είχε κοκκινίσει από το κρύο. Όπως και να είχε το πράγμα, ήμουν πολύ χαρούμενη γι' αυτόν.

Καθίσαμε στο σαλόνι, χαρούμενοι που δεν μας το είχε πιάσει κανένας άλλος και που επιτέλους βρισκόμασταν κάπου ζεστά ζεστά. Κάθε κοιτώνας είχε μερικά τέτοια σαλόνια, τα οποία ήταν γεμάτα ταινίες, επιτραπέζια, αναπαυτικούς καναπέδες και καρέκλες. Οι μαθητές μπορούσαν να τα χρησιμοποιούν μόνο σε συγκεκριμένες ώρες. Τα σαββατοκύριακα παρέμεναν ανοιχτά, αλλά κατά τη διάρκεια της εβδομάδας η λειτουργία τους ήταν περιορισμένη, μάλλον για να μην αποσπόμαστε από τα μαθήματά μας.

Ο Έντι κι εγώ κάναμε μια εκτίμηση του χώρου και αφού αποφασίσαμε ποιο σχέδιο θα εφαρμόζαμε, λάβαμε τις θέσεις μας. Καθόμουν με την πλάτη στον τοίχο και κοιτούσα, ομολογουμένως με μεγάλη ζήλια, τον καναπέ πάνω στον οποίον είχαν χυθεί αναπαυτικά ο Κρίστιαν και η Λίζα.

Πίστευα ότι η ταινία θα μου αποσπούσε την προσοχή, αλλά στην πραγματικότητα ο ίδιος μου ο εαυτός δεν έλεγε να μ' αφήσει σε ησυχία. Δεν μπορούσα να το χωνέψω ότι ο Σταν μου έσουρε όσα μου έσουρε. Ακόμη κι ο ίδιος είχε παραδεχτεί ότι σε μια αντίστοιχη κατάσταση, ο κάθε φύλακας θα προσπαθούσε να μπει κι εκείνος στη μάχη. Το επιχείρημά του ότι δήθεν εγώ είχα άλλα κίνητρα κι ότι ήθελα να ξανακερδίσω τη χαμένη μου δόξα ήταν παράλογο. Αναρωτήθηκα αν κινδύνευα να κοπώ τελείως. Ήθελα να πιστεύω ότι αν περνούσα τις εξετάσεις, δεν θα υπήρχε λόγος να μη μου αναθέσουν τη Λίζα μετά την αποφοίτηση. Η Αλμπέρτα κι ο Ντιμίτρι μου είχαν μιλήσει λες κι όλα τούτα ήταν απλώς ένα πείραμα, που θα εμπλούτιζε όχι μόνο τη δική μου εκπαίδευση αλλά και την εκπαίδευση της Λίζα. Ξαφνικά, όμως, το άγχος και ο παραλογισμός μου με έκαναν να αμφιβάλλω ακόμη και γι' αυτό. Ίσως να θεωρούσαν ότι είμαι καλή μόνο για να προστατεύω τη Λίζα κι όχι άλλα Μορόι. Στο κάτω κάτω, άφησα τον Μέισον να πεθάνει. Και ποια νόμιζα πως είμαι, τέλος πάντων; Δεν ήμουν παρά μια αναλώσιμη μαθητευόμενη. Εκείνη πάλι ήταν η πριγκίπισσα Ντραγκομίρ. Εκείνη πάντοτε θα είχε προστασία, και κανείς δεν μου είχε υποσχεθεί ότι θα επέλεγαν εμένα. Ο δεσμός μας ήταν άχρηστος αν αποδεικνυόμουν τελείως ανίκανη.

Βλέποντας τον Άντριαν να μπαίνει άφησα πίσω όλες μου τις παρανοϊκές σκέψεις. Γλίστρησε στο σκοτεινό δωμάτιο και μου έκλεισε το μάτι καθώς ρίχτηκε σε μια πολυθρόνα που βρισκόταν κοντά μου. Ήμουν σίγουρη ότι θα έκανε την εμφάνισή του όπου να 'ναι. Είχα την αίσθηση ότι μόνο μ' εμάς πέρναγε καλά στην Ακαδημία. Μπορεί όμως και να έκανα λάθος, μια και πάλι βρομοκοπούσε ουίσκι.

«Εντάξει; Σου πέρασε το μεθύσι;» τον ρώτησα όταν τελείωσε η ταινία.

«Κάπως! Τι κάνατε σήμερα;»

Ο Άντριαν δεν είχε ξαναεμφανιστεί στον ύπνο μου μετά από εκείνο το βράδυ με τον κήπο. Επίσης είχε σταματήσει να με φλερτάρει τόσο έντονα. Συνήθως βρισκόταν μαζί μας είτε για να δουλέψει με τη Λίζα είτε γιατί ήθελε να περάσει κάπως τον καιρό του.

Του είπαμε τι συνέβη με τον Σταν και αναφερθήκαμε μόνο στην ανδρεία που είχε επιδείξει ο Έντι κι όχι στον εξάψαλμο που άκουσα εγώ.

«Μπράβο» είπε ο Άντριαν. «Απ' ό,τι βλέπω, έχεις κι εσύ ένα ενθύμιο της μάχης» είπε δείχνοντας τρία κατακόκκινα σημάδια στο μάγουλο του Έντι. Θυμήθηκα τα νύχια του Σταν που έσκισαν το πρόσωπο του Έντι καθώς εκείνος προσπαθούσε να απελευθερώσει τη Λίζα.

Ο Έντι ακούμπησε ελαφρά το μάγουλό του. «Ούτε που τα νιώθω!»

Η Λίζα πήγε κοντά του και τον επεξεργάστηκε. «Τραυματίστηκες προσπαθώντας να με προστατεύσεις!»

«Μπααα, τραυματίστηκα προσπαθώντας να μην κοπώ στην

πρακτική μου άσκηση» είπε πειραχτικά. «Μην ανησυχείς. Δεν έπαθα και τίποτα».

Και τότε ξανάγινε. Το είδα να συμβαίνει μπροστά στα μάτια μου. Η Λίζα κυριεύτηκε ολόκληρη από συμπόνια, από αυτή την ακατάσχετη ανάγκη να βοηθήσει τους άλλους που τόσο συχνά την κυρίευε και στο παρελθόν. Δεν μπορούσε να αντέξει τον πόνο των άλλων. Δεν ανεχόταν να μείνει άπραγη εφόσον μπορούσε να κάνει κάτι. Ένιωσα τις δυνάμεις της να φουντώνουν ολοένα και περισσότερο και σιγά σιγά τα λαμπερά, θυελλώδη συναισθήματά της συνεπήραν ακόμη κι εμένα, τόσο που δεν ένιωθα τα πόδια μου. Ένιωθα πώς την επηρέαζε όλη αυτή η υπόθεση. Ήταν φωτιά κι ευτυχία μαζί. Κάτι σαν ναρκωτικό. Άπλωσε το χέρι της, άγγιξε το μάγουλο του Έντι… και τα σημάδια εξαφανίστηκαν.

Όταν κατέβασε το χέρι της, η ευφορία του πνεύματος χάθηκε ξαφνικά και για τις δυο μας.

«Ποπό!» είπε έκπληκτος ο Άντριαν. «Ώστε λοιπόν ήταν αλήθεια όλα όσα έλεγες». Κοίταξε καλά καλά το μάγουλο του Έντι. «Ούτε ένα σημαδάκι δεν έχει μείνει».

Η Λίζα που πριν είχε σηκωθεί ξαναβυθίστηκε στον καναπέ. Έγειρε πίσω το κεφάλι της και έκλεισε σφιχτά τα μάτια της. «Τα κατάφερα. Μπορώ ακόμη να θεραπεύσω».

«Μα φυσικά και μπορείς» είπε ο Άντριαν σχεδόν ειρωνικά. «Τώρα όμως πρέπει να μάθεις και σ' *εμένα* πώς το κάνεις».

Άνοιξε και πάλι τα μάτια της. «Δεν είναι και τόσο εύκολο».

«Μάλιστα» είπε έντονα. «Αν κατάλαβα καλά, εσύ έχεις το δικαίωμα να με πρήζεις για να μάθεις να διαβάζεις τις αύρες και να μπαίνεις στα όνειρα του κόσμου, αλλά όταν πρόκειται να αποκαλύψεις τα δικά σου μυστικά του επαγγέλματος, σιωπάς».

«Δεν σιωπώ» διαφώνησε. «Απλώς δεν μπορώ».

«Ε, λοιπόν, ξαδελφούλα, θα πρέπει να προσπαθήσεις» είπε

και ξαφνικά έχωσε τα νύχια του στο ίδιο του το χέρι τόσο βαθιά που άρχισε να ματώνει.

«Παναγιά μου!» φώναξα. «Έχεις τρελαθεί τελείως;» Μα τι ρώταγα κι εγώ. Προφανώς και είχε σαλτάρει.

Η Λίζα άπλωσε το χέρι της και ακούμπησε το δικό του γιατρεύοντας το δέρμα του όπως έκανε και με το μάγουλο του Έντι. Ενώ ήταν γεμάτη αγαλλίαση, η διάθεσή της έπεσε ξαφνικά, χωρίς ιδιαίτερο λόγο. Έπειτα οι δυο τους έπιασαν μια κουβέντα που δεν μπορούσα με τίποτα να παρακολουθήσω. Άρχισαν να χρησιμοποιούν όρους μαγείας καθώς και κάποιες λέξεις που έμοιαζαν λες και τις είχαν εφεύρει εκείνη μόλις τη στιγμή. Απ' όσο μπορούσα να κρίνω από την έκφρασή του, ούτε κι ο Κρίστιαν καταλάβαινε τι έλεγαν. Όλοι μας νιώθαμε ότι ο Άντριαν και η Λίζα είχαν ξεχάσει ακόμη και την ύπαρξή μας έτσι απορροφημένοι καθώς ήταν από το μυστήριο του πνεύματος.

Τελικά ο Κρίστιαν σηκώθηκε, ελαφρώς βαριεστημένος. «Άντε, Ρόουζ, πάμε. Αν ήθελα να περάσω την ώρα μου ακούγοντας τέτοια πράγματα, θα έμενα στην τάξη. Πείνασα».

Η Λίζα κοίταξε κατά πάνω. «Μα το φαγητό σερβίρεται σε μιάμιση ώρα».

«Θα πάω στις τροφούς. Δεν έχω πάει ακόμη σήμερα».

Φίλησε τη Λίζα δυνατά στο μάγουλο και απομακρύνθηκε. Ακολούθησα περπατώντας δίπλα του. Είχε αρχίσει να χιονίζει και πάλι. Οι νιφάδες του χιονιού έπεφταν ολόγυρά μας κι εγώ τις κοίταζα ελαφρώς θυμωμένα. Στις αρχές του Δεκεμβρίου, όταν έπεσαν τα πρώτα χιόνια, είχα ενθουσιαστεί. Τώρα όμως αυτό το άσπρο πράγμα είχε παραγίνει κρύο. Ωστόσο με το που βρέθηκα έξω, ο παλιόκαιρος μου έφτιαξε κάπως τη διάθεση και με βοήθησε να συνέλθω, όπως ακριβώς είχε συμβεί και πριν από μερικές μέρες. Όσο πλησιάζαμε τις τροφούς, τόσο πιο ήρεμη αισθανόμουν.

Οι «τροφοί» ήταν άνθρωποι που πρόσφεραν εθελοντικά το αίμα τους στα Μορόι. Αντίθετα με τα Στριγκόι που σκότωναν ανθρώπους για να τους πιουν το αίμα, τα Μορόι έπιναν μικρές μόνο ποσότητες κάθε μέρα και δεν χρειαζόταν να σκοτώσουν τον αιμοδότη. Οι άνθρωποι αυτοί ζούσαν για την έκσταση που έπαιρναν από τις δαγκωματιές των βρικολάκων και έμοιαζαν πολύ χαρούμενοι παρότι ζούσαν αποκλεισμένοι από την υπόλοιπη ανθρώπινη κοινωνία. Στην Ακαδημία πάντοτε διανυκτέρευαν κάνα δυο τροφοί στους κοιτώνες των Μορόι, αλλά την ημέρα οι μαθητές έπρεπε να πάνε στους κοιτώνες για να πάρουν τη δόση τους.

Καθώς συνέχιζα να περπατάω παρατηρώντας τα κάτασπρα δέντρα, τους λευκούς φράχτες και τις χιονισμένες πέτρες, μου τράβηξε την προσοχή και κάτι άλλο πάλλευκο στο ασπρισμένο τοπίο. Δεν ήταν πραγματικά λευκό. Ήταν ένα μάλλον ξεθωριασμένο, χλομό χρώμα.

Σταμάτησα απότομα και άνοιξα διάπλατα τα μάτια μου. Ο Μέισον στεκόταν στην άλλη άκρη του προαύλιου και η φιγούρα του σχεδόν μπλεκόταν με ένα δέντρο και μια κολόνα. *Όχι*, σκέφτηκα. Είχα καταφέρει να πείσω τον εαυτό μου ότι αυτή η υπόθεση είχε τελειώσει. Κι όμως… να που εμφανίστηκε ξανά κι έστεκε εκεί κοιτάζοντάς με μ' εκείνο το θλιμμένο, στοιχειωμένο βλέμμα. Μου έδειχνε και πάλι κατά την πίσω μεριά της Ακαδημίας. Έριξα μια ματιά προς τα κει αλλά και πάλι δεν είχα ιδέα σε τι μου ζητούσε να εστιάσω. Στράφηκα ξανά προς εκείνον. Το μόνο που μπορούσα να κάνω ήταν να τον κοιτάζω εμβρόντητη και τρομαγμένη.

Ξαφνικά ένα παγωμένο χέρι μ' ακούμπησε στην άκρη του λαιμού μου. Γύρισα απότομα. Ήταν ο Κρίστιαν.

«Τι έπαθες» με ρώτησε.

Κοίταξα και πάλι εκεί που στεκόταν ο Μέισον. Φυσικά,

είχε εξαφανιστεί. Έκλεισα σφιχτά τα μάτια μου για λίγο και αναστέναξα βαθιά. Μετά στράφηκα προς τον Κρίστιαν και συνέχισα να περπατάω, λέγοντας «Τίποτα».

Συνήθως ο Κρίστιαν πέταγε ένα σωρό ειρωνικά σχόλια όποτε βρισκόταν μαζί μου, αυτή τη φορά όμως έμεινε σιωπηλός για όση ώρα περπατούσαμε. Απορροφημένη με τις δικές μου σκέψεις και ανησυχίες για τον Μέισον, δεν μίλησα ούτε εγώ. Μήπως ήταν λάθος; Άλλωστε δεν είχα και καλή ορατότητα. Προσπάθησα να πείσω τον εαυτό μου ότι έτσι είχαν τα πράγματα όση ώρα περπατούσαμε. Όταν φτάσαμε στην τραπεζαρία και γλιτώσαμε από το κρύο, συνειδητοποίησα ξαφνικά ότι κάτι πήγαινε στραβά με τον Κρίστιαν.

«Τι τρέχει;» τον ρώτησα, προσπαθώντας να μη σκέφτομαι τον Μέισον. «Είσαι καλά;»

«Μια χαρά» είπε.

«Έτσι όπως το λες, καθόλου μια χαρά δεν είσαι».

Με αγνόησε και κατευθυνθήκαμε στο δωμάτιο όπου βρίσκονταν οι τροφοί. Είχε περισσότερο κόσμο απ' ό,τι περίμενα και όλοι οι θάλαμοι με τις τροφούς ήταν γεμάτοι με Μορόι. Ο Μπράντον Λάζαρ ήταν ένας από αυτούς. Καθώς τον παρατηρούσα να τρώει, είδα μια αχνή πράσινη μελανιά στο μάγουλό του και θυμήθηκα ότι δεν είχα μάθει τελικά ποιος τον είχε δείρει. Ο Κρίστιαν δήλωσε το όνομά του στο Μορόι που στεκόταν στην πόρτα και στάθηκε στο χώρο αναμονής περιμένοντας να ακούσει να τον φωνάζουν. Έσπαγα το κεφάλι μου να καταλάβω γιατί είχε τόσο κακή διάθεση.

«Τι συμβαίνει; Δεν σου άρεσε η ταινία;»

Σιωπή.

«Αηδίασες με τον αυτοτραυματισμό του Άντριαν;» Μου άρεσε κάπως που τον είχα βάλει στη γωνία. Μου άρεσε τόσο, που ευχαρίστως θα συνέχιζα μ' αυτό το βιολί όλη νύχτα.

Καμία απάντηση.

«Μήπως είσαι... Ε!»

Τότε τα κατάλαβα όλα. Δεν μπορούσα να καταλάβω πώς ήταν δυνατόν να μην το σκεφτώ εξαρχής.

«Μήπως είσαι θυμωμένος που η Λίζα ήθελε να μιλήσει για μαγεία με τον Άντριαν;»

Σήκωσε απλώς τους ώμους του. Δεν χρειαζόταν να πει τίποτα παραπάνω.

«Μα δεν είναι δυνατόν να πιστεύεις ότι της αρέσουν τα μαγικά περισσότερο απ' ό,τι της αρέσεις εσύ. Απλώς πρέπει να καταλάβεις και τη δική της θέση. Πέρασε τόσα χρόνια νομίζοντας πως δεν μπορούσε να κάνει μαγικά και ξαφνικά ανακάλυψε ότι μπορούσε. Μόνο που τα μαγικά της είναι λίγο μυστήρια και απρόβλεπτα. Προσπαθεί κι εκείνη να καταλάβει τι συμβαίνει».

«Το ξέρω» είπε σφιγμένος. Κοίταξε κατά την άλλη άκρη του ανοιχτού χώρου, χωρίς να εστιάζει κάπου συγκεκριμένα. «Δεν είναι αυτό το πρόβλημά μου».

«Τότε, ποιο είναι;» ρώτησα και ξαφνικά κατάλαβα και κάτι ακόμη. «Ζηλεύεις τον Άντριαν!»

Ο Κρίστιαν με κάρφωσε με τα παγερά γαλάζια μάτια του και κατάλαβα ότι είχα πέσει διάνα. «Δεν ζηλεύω, απλά...»

«...αισθάνεσαι ανασφάλεια επειδή το κορίτσι σου περνάει πολύ καιρό με έναν πλούσιο και σχετικά ωραίο τύπο και φοβάσαι ότι μπορεί να της αρέσει. Για να σ' το κάνω πιο λιανά, ζηλεύεις».

Μου γύρισε την πλάτη εμφανώς ενοχλημένος. «Απ' ό,τι καταλαβαίνεις, ο μήνας του μέλιτος μεταξύ μας μόλις έληξε, Ρόουζ. Μα τι στο διάολο κάνουν και αργούν τόσο;»

«Μα καλά» του είπα αλλάζοντας θέση. Με πονούσαν τα πόδια μου τόσες ώρες όρθια. «Δεν άκουσες το ρομαντικό λόγο που σου έβγαλα τις προάλλες; Δεν θυμάσαι που σου έλεγα ότι είσαι στην καρδιά της Λίζα; Τρελαίνεται για σένα. Είσαι ο μόνος άντρας που θέλει και, πίστεψέ με, αυτό σου το λέω με απόλυτη σιγουριά. Αν υπήρχε κάποιος άλλος, θα το ήξερα».

«Είσαι η κολλητή της. Θα την κάλυπτες αν συνέβαινε κάτι τέτοιο» μου είπε κι ένα χαμόγελο σαν να αχνοφάνηκε στα χείλη του.

«Ε, όχι άμα το τρίτο πρόσωπο ήταν ο Άντριαν!» είπα περιπαιχτικά. «Σε διαβεβαιώνω ότι δεν έχει κανένα ενδιαφέρον —τουλάχιστον κανένα ερωτικό ενδιαφέρον— για εκείνον».

«Φοβάμαι όμως ότι μπορεί να την πείσει. Άλλωστε ξέρει να χρησιμοποιεί και την υποβολή».

«Δεν τη χρησιμοποιεί σ' εκείνη, όμως. Δεν ξέρω καν αν μπορεί. Νομίζω ότι αν έχουν και οι δύο τη δυνατότητα υποβολής, τότε η μαγική αυτή ιδιότητα αυτοακυρώνεται. Εξάλλου... Μα δεν προσέχεις καθόλου; Δυστυχώς *εγώ* είμαι το αντικείμενο του πόθου του Άντριαν!»

«Αλήθεια;» είπε έκπληκτος. Οι άντρες ποτέ δεν τα προσέχουν κάτι τέτοια. «Ξέρω ότι σε φλερτάρει, γενικώς».

«Και εμφανίζεται απρόσκλητος στα όνειρά μου. Κι επειδή ακριβώς εκεί δεν μπορώ να τον αποφύγω, βρίσκει την ευκαιρία να με βασανίσει με την υποτιθέμενη γοητεία του προσπαθώντας να μου το παίξει ρομαντικός».

«Εμφανίζεται και στα όνειρα της Λίζα, όμως» είπε καχύποπτα.

Βλακεία! Δεν έπρεπε να αναφερθώ στα όνειρα. Ξαφνικά θυμήθηκα τα λόγια του Άντριαν. «Αυτό το κάνει για εκπαιδευτικούς σκοπούς. Δεν έχεις λόγο να ανησυχείς».

«Κανείς δεν θα σοκαριζόταν αν η Λίζα εμφανιζόταν σε κάποιο πάρτι με τον Άντριαν».

«Ώστε για αυτό ανησυχείς;» ρώτησα. «Πιστεύεις ότι της πέφτεις λίγος;»

«Εγώ δεν τα πάω καλά... με τα κοινωνικά θέματα» παραδέχτηκε. Ήταν μια από τις λίγες φορές που φαινόταν τρωτός. «Και πιστεύω πως ο Άντριαν έχει καλύτερη φήμη από μένα».

«Καλά, με κοροϊδεύεις;»

«Έλα τώρα, Ρόουζ. Άλλο το ποτό και το τσιγάρο κι άλλο το να νομίζουν όλοι ότι θα γίνω Στριγκόι. Νομίζεις ότι δεν είδα πώς συμπεριφέρονταν όλοι όταν άρχισε να με παίρνει μαζί της στα δείπνα και στις άλλες μαζώξεις στο χιονοδρομικό κέντρο; Είμαι κακή επιρροή. Είναι η μοναδική απόγονος της οικογένειάς της. Θα περάσει το υπόλοιπο της ζωής της συμμετέχοντας στο πολιτικό γίγνεσθαι και τις κοινωνικές υποχρεώσεις και θα προσπαθεί διαρκώς να τα πηγαίνει καλά με τους γύρω της. Ο Άντριαν θα τη βοηθούσε πολύ περισσότερο με όλα αυτά απ' ό,τι εγώ».

Πιέστηκα για να μην αρχίσω να τον ταρακουνάω μπας και βάλει μυαλό. «Καταλαβαίνω αυτά που λες, αλλά υπάρχει ένα σοβαρό πρόβλημα στη θεωρία που μόλις διατύπωσες. *Δεν τρέχει τίποτα με τη Λίζα και τον Άντριαν*».

Έστρεψε το βλέμμα του αλλού για να μη συνεχίσει τη συζήτηση. Υπέθεσα πως τα συναισθήματά του δεν είχαν να κάνουν μόνο με το γεγονός ότι η Λίζα περνούσε ώρες μαζί με κάποιον άλλον. Όπως είχε παραδεχτεί, άλλωστε, είχε πολλές ανασφάλειες σχετικά με τη Λίζα. Η σχέση του μαζί της είχε πράγματι αλλάξει τόσο το χαρακτήρα όσο και την κοινωνική του συμπεριφορά, αλλά εντούτοις συνέχιζε να έχει πρόβλημα με το γεγονός ότι προερχόταν από μία «στιγματισμένη» οικογένεια. Συνέχιζε να πιστεύει ότι δεν ήταν αρκετά καλός για εκείνη.

«Έχει δίκιο η Ρόουζ» ακούστηκε από πίσω μας μια αντιπαθητική φωνή. Ετοιμάστηκα παίρνοντας το πιο κακό μου βλέμμα και γύρισα για να αντιμετωπίσω τον Τζέσε. Φυσικά, κοντά του βρισκόταν και ο Ραλφ. Ο υπεύθυνος μαθητευόμενος για τον Τζέσε, ο Ντιν, φύλαγε την πόρτα. Προφανώς εκείνοι είχαν πιο τυπική σχέση φύλακα-προστατευόμενου. Ο Τζέσε και ο Ραλφ δεν ήταν στην ουρά όταν φτάσαμε, αλλά προφανώς είχαν βρεθεί εκεί και είχαν ακούσει αρκετά ώστε να καταλάβουν για τι πράγμα μιλούσαμε. «Έχεις κάθε δικαίωμα να είσαι μαζί της. Στο κάτω κάτω, είσαι κι εσύ βασιλικός γόνος».

«Όπα! Τι στροφή εκατόν ογδόντα μοιρών είναι αυτή;» είπα. «Καλά, εσείς δεν μου λέγατε τις προάλλες πως ο Κρίστιαν θα γινόταν Στριγκόι μια απ' αυτές τις μέρες; Πάντως εγώ στη θέση σας θα πρόσεχα πολύ. Φαίνεται πολύ αγριεμένος».

Ο Τζέσε ανασήκωσε τους ώμους του. «Μα εσύ δεν μου είπες ότι ήταν καθαρός κι ότι αν υπάρχει κάποιος που γνωρίζει τα Στριγκόι, αυτή είσαι εσύ; Άλλωστε, έχουμε αρχίσει να εκτιμούμε τον επαναστατικό χαρακτήρα του Οζέρα».

Τον κοίταξα καχύποπτα, θεωρώντας ότι προφανώς κάπως προσπαθούσε να μου τη φέρει. Εκείνος, όμως, φαινόταν να μιλάει ειλικρινά και να πιστεύει ότι πράγματι ο Κρίστιαν δεν θα γινόταν Στριγκόι.

«Ευχαριστώ» είπε ο Κρίστιαν χαμογελώντας ελαφρώς σαρκαστικά. «Τώρα που επιτέλους αποδέχτηκες εμένα και την οικογένειά μου, θα μπορέσω κι εγώ να συνεχίσω τη ζωή μου, γιατί, να ξέρεις, τόσα χρόνια αυτό περίμενα».

«Σοβαρολογώ» είπε ο Τζέσε. «Οι Οζέρα δεν ακούγονται καθόλου τελευταία. Υπήρξαν όμως μία από τις πιο ισχυρές οικογένειες· κι ίσως να το καταφέρουν ξανά. Ειδικά εσύ! Δεν φοβάσαι να κάνεις πράγματα που δεν πρέπει κι αυτό μας αρέσει. Αν ξεπεράσεις κι αυτά τα αντικοινωνικά σου προβλήματα, θα μπορέσεις να αποκτήσεις τους κατάλληλους φίλους και να φτάσεις πολύ ψηλά. Έτσι ίσως να σταματήσεις να ανησυχείς τόσο για τη Λίζα».

Ο Κρίστιαν κι εγώ κοιταχτήκαμε ξαφνιασμένοι. «Είμαι περίεργος να μάθω πού το πας».

Ο Τζέσε χαμογέλασε και έριξε μια κρυφή ματιά τριγύρω. «Εγώ και ορισμένοι άλλοι έχουμε δημιουργήσει μια ομάδα για να μπορέσουν επιτέλους να ενωθούν όλοι όσοι προέρχονται από *καλύτερες* οικογένειες. Με πιάνεις; Τα πράγματα έχουν αρχίσει να ξεφεύγουν κάπως. Είχαμε κι αυτές τις επιθέσεις των Στριγκόι τον προηγούμενο μήνα και πολλοί δεν ξέρουν τι να κάνουν. Συζητάμε ακόμη και την πιθανότητα να μάθουμε κι εμείς πώς να υπερασπιζόμαστε τους εαυτούς μας έτσι ώστε να χρησιμοποιήσουμε τους φύλακες για κάτι άλλο». Ένιωσα ότι όταν αναφέρθηκε στους φύλακες μίλησε ειρωνικά και εξοργίστηκα στη σκέψη και μόνο ότι οι φύλακες αντιμετωπίζονταν σαν αντικείμενα. «Υπάρχουν πολλοί που, χωρίς να είναι καν βασιλικοί γόνοι, επιδιώκουν να πάρουν την εξουσία».

«Κι εσένα τι σε νοιάζει; Μπορεί τα επιχειρήματά τους να στέκουν» του είπα επικριτικά.

«*Όχι*. Θα πρέπει να καταλάβουν ποια είναι η θέση τους. Ορισμένοι από εμάς έχουμε ήδη ξεκινήσει να σκεφτόμαστε τρόπους για να προστατευτούμε από αυτή την κατάσταση και να προφυλάξουμε ο ένας τον άλλο. Νομίζω πως θα σου άρεσαν όλα όσα έχουμε καταφέρει να μάθουμε. Στο κάτω κάτω, εμείς πρέπει να παίρνουμε τις αποφάσεις κι όχι τα νταμπίρ ή τα ασήμαντα Μορόι. Εμείς είμαστε η ελίτ. Οι άριστοι. Αν γίνεις ένας από εμάς, θα μπορέσουμε να σε βοηθήσουμε να λύσεις τα προβλήματά σου με τη Λίζα».

Δεν μπόρεσα να συγκρατηθώ. Έβαλα τα γέλια. Ο Κρίστιαν πάλι έμοιαζε εντελώς αηδιασμένος.

«Το παίρνω πίσω αυτό που σας είπα προηγουμένως» τους είπε. «*Αυτό* περίμενα τόσα χρόνια: Μία πρόσκληση για να μπορέσω κι εγώ να γίνω δεκτός στη λέσχη οικογενειακού δέντρου που στήσατε».

Ο Ραλφ, τεράστιος και ατσούμπαλος, έκανε ένα βήμα μπροστά. «Μη μας δουλεύεις. Μιλάμε σοβαρά».

Ο Κρίστιαν αναστέναξε. «Κι εσείς μη με πρήζετε. Αν πραγματικά πιστεύετε ότι θα κάτσω να κάνω παρέα μαζί σας για να σας βοηθήσω να βελτιώσετε ακόμη περισσότερο τις ζωές ορισμένων μόνο Μορόι που ήδη είναι κακομαθημένα και ιδιοτελή, τότε είστε ακόμη πιο ηλίθιοι απ' ό,τι νόμιζα. Και πιστέψτε με, σας είχα ήδη για πολύ ηλίθιους».

Τα πρόσωπα του Ραλφ και του Τζέσε ξεχείλιζαν από οργή και θυμό, ευτυχώς όμως ακούστηκε το όνομα του Κρίστιαν κι έτσι χρειάστηκε να φύγει. Έμοιαζε πια καλόκεφος καθώς διασχίζαμε το δωμάτιο. Σίγουρα η συνομιλία με δυο μαλάκες σε κάνει να νιώσεις πολύ καλύτερα για την ερωτική σου ζωή.

Η τροφός του Κρίστιαν για εκείνο το βράδυ ήταν μια γυναίκα με το όνομα Άλις, η παλιότερη τροφός της Ακαδημίας. Τα περισσότερα Μορόι προτιμούσαν νέες τροφούς, αλλά επειδή ο Κρίστιαν ήταν έτσι κι αλλιώς εκκεντρικός την ήθελε ακριβώς επειδή ήταν γερασμένη. Δεν ήταν πια και *τόσο* μεγάλη —το πολύ εξήντα—, αλλά οι πολλές ενδορφίνες που συγκεντρώνονταν στο κορμί της εδώ και χρόνια από δαγκωματιές βρικολάκων ασκούσαν πλέον μόνιμη επιρροή επάνω της.

«Ρόουζ» είπε γυρνώντας τα θολωμένα μάτια της κατά τη μεριά μου. «Συνήθως δεν έρχεσαι με τον Κρίστιαν. Μήπως μαλώσατε με τη βασίλισσα;»

«Όχι» της απάντησα. «Είπα να αλλάξω λίγο παραστάσεις».

«Οι παραστάσεις... Το τοπίο...» μουρμούρισε κοιτώντας το παράθυρο που βρισκόταν κοντά της. Τα Μορόι χρησιμοποιούσαν φιμέ τζάμια για να εμποδίσουν το φως και, λογικά, ούτε κι οι άνθρωποι μπορούσαν να δουν έξω. «Οι παραστάσεις πάντα αλλάζουν. Το έχεις παρατηρήσει;»

«Πάντως το δικό μας το τοπίο δεν αλλάζει και τόσο» είπε ο Κρίστιαν που καθόταν ήδη κοντά της. «Έχει μήνες τώρα που χιονίζει ασταμάτητα. Το χιόνι δεν λέει να φύγει».

Αναστέναξε και τον κοίταξε απελπισμένα. «Δεν μιλούσα για το τοπίο».

Ο Κρίστιαν μου χαμογέλασε χαρούμενος και μετά έγειρε και

έχωσε τα δόντια του στο λαιμό της. Ξαφνικά η έκφρασή της άρχισε να γίνεται όλο και πιο απόμακρη. Ό,τι κι αν έλεγε για τις παραστάσεις, το 'χε πια ξεχάσει καθώς ο Κρίστιαν της έπινε το αίμα. Είχα ζήσει τόσο πολλά χρόνια μαζί με βρικόλακες, που τον περισσότερο καιρό δεν παρατηρούσα καν τους κυνόδοντές τους. Τα περισσότερα Μορόι τους έκρυβαν πολύ καλά. Σε κάτι τέτοιες φάσεις, όμως, θυμόμουν πόση δύναμη είχαν.

Συνήθως όταν παρακολουθούσα ένα βρικόλακα να πίνει αίμα, το μυαλό μου γύριζε στην εποχή που εγώ κι η Λίζα το είχαμε σκάσει από την Ακαδημία κι αναγκαστικά έπινε αίμα από εμένα. Δεν είχα εξαρτηθεί απόλυτα από το δάγκωμά της όπως οι τροφοί, αλλά είχα παρουσιάσει σημάδια εξάρτησης και απολάμβανα τη σύντομη έκσταση που μου προκαλούσε. Το αναζητούσα με έναν τρόπο που ποτέ δεν τόλμησα να το παραδεχτώ σε κανέναν. Στο δικό μας κόσμο μόνο οι άνθρωποι μπορούσαν να δώσουν αίμα. Τα νταμπίρ που το έκαναν, θεωρούνταν πρόστυχα και εξευτελισμένα.

Τώρα όμως καθώς παρατηρούσα ένα βρικόλακα να πίνει αίμα, δεν σκεφτόμουν πια την έκσταση που προκαλούσε η δαγκωματιά του. Το μυαλό μου ταξίδεψε στο Σποκέιν, όπου ο Αϊζάια, το Στριγκόι που μας κρατούσε φυλακισμένους, είχε πιει από το αίμα του Έντι. Με κυρίευσαν άσχημα συναισθήματα. Ο Έντι υπέφερε πολύ κι εγώ μην μπορώντας να κάνω κάτι, απέμεινα εκεί βλέποντάς τους. Έκανα μια γκριμάτσα και έστρεψα το βλέμμα μου από τον Κρίστιαν και την Άλις.

Όταν φύγαμε από το δωμάτιο των τροφών, ο Κρίστιαν ήταν πολύ πιο ακμαίος και ζωηρός. «Ήρθε το σαββατοκύριακο, Ρόουζ. Εγώ δεν έχω μαθήματα κι εσύ έχεις ρεπό».

«Όχι» είπα. Το είχα ξεχάσει τελείως. Γαμώτο! Τι ήθελε και μου το θύμισε; Πάνω που είχα αρχίσει να αισθάνομαι καλύτερα μετά το περιστατικό με τον Σταν. Αναστέναξα. «Έχω να κάνω κοινοτική εργασία».

9

ΟΙ ΠΕΡΙΣΣΟΤΕΡΟΙ ΜΑΘΗΤΕΣ ΤΗΣ ΑΚΑΔΗΜΙΑΣ ήταν χριστιανοί Ορθόδοξοι, καθώς πολλά από τα Μορόι είχαν καταγωγή από την Ανατολική Ευρώπη. Υπήρχαν φυσικά κι άλλες θρησκείες και, γενικώς, θα έλεγα ότι οι μισοί μαθητές συμμετείχαν τακτικά σε κάποιου είδους λειτουργία. Η Λίζα ήταν μία από αυτούς. Είχε βαθιά πίστη και πήγαινε κάθε Κυριακή στην εκκλησία. Μαζί της πήγαινε και ο Κρίστιαν. Κυρίως γιατί πήγαινε εκείνη, αλλά και γιατί το να παρευρίσκεται στην εκκλησία τού έφτιαχνε την εικόνα και δεν δημιουργούσε υποψίες ότι μπορεί να γίνει Στριγκόι. Καθώς τα Στριγκόι δεν μπορούσαν να μπαίνουν σε ιερά μέρη, ο τακτικός εκκλησιασμός τον έκανε πιο αποδεκτό.

Όσες φορές δεν με έπαιρνε ο ύπνος, έκανα κι εγώ την εμφάνισή μου στην εκκλησία, για κοινωνικούς κυρίως λόγους. Η Λίζα και διάφοροι άλλοι φίλοι μου ήταν εκεί και συνήθως όλο και κάτι θα κάναμε μετά. Η εκκλησία λοιπόν ήταν καλό σημείο συνάντησης. Δεν πιστεύω ότι ο Θεός ενοχλούνταν που χρησιμοποιούσα την εκκλησία ως μέσο κοινωνικοποίησης, γιατί αλλιώς θα μου το είχε δείξει. Μπορεί φυσικά να προετοίμαζε την τιμωρία μου και γι' αυτό να μην είχε εμφανιστεί τόσο καιρό.

Εκείνη την Κυριακή όμως έπρεπε να μείνω στο παρεκκλήσι γιατί εκεί είχε αποφασιστεί να προσφέρω κοινοτική εργασία.

Μόλις άδειασε ο χώρος, αντίκρισα μπροστά μου έκπληκτη τον Ντιμίτρι.

«Τι κάνεις εσύ εδώ;» ρώτησα.

«Σκέφτηκα ότι ίσως να χρειαζόσουν βοήθεια. Έχω ακούσει ότι ο ιερέας θέλει να γίνει πολύ καθάρισμα».

«Ναι, αλλά εσένα δεν σ' έχουν βάλει τιμωρία. Και είναι και το ρεπό σου σήμερα. Εμείς —δηλαδή όλοι οι υπόλοιποι— περάσαμε την εβδομάδα προσπαθώντας να σας αποκρούουμε, αλλά εσείς δίνατε διαρκώς μάχες». Παρατήρησα μάλιστα πως ο Ντιμίτρι είχε κι εκείνος μερικές μελανιές· σίγουρα όμως όχι τόσες όσες είχε ο Σταν. Ήταν μια δύσκολη εβδομάδα για όλους και μάλιστα ήταν η πρώτη κι ακολουθούσαν άλλες πέντε.

«Τι άλλο θα μπορούσα να κάνω σήμερα;»

«Μπορώ να σου βρω τουλάχιστον εκατό άλλες επιλογές» είπα ξερά. «Σίγουρα θα παίζεται κάποια ταινία του Τζον Γουέιν που δεν έχεις δει».

Κούνησε το κεφάλι του. «Όχι, δεν γίνεται. Τις έχω δει όλες. Κοίτα, μας περιμένει ο ιερέας».

Γύρισα. Πράγματι, ο πατήρ Άντριου στεκόταν στο μπροστινό μέρος της εκκλησίας και μας περίμενε με ανυπομονησία. Είχε βγάλει τα χρυσοποίκιλτα άμφια που φορούσε κατά τη διάρκεια της λειτουργίας και πλέον φορούσε ένα απλό παντελόνι και ένα πουκάμισο. Έμοιαζε κι εκείνος λες και ήταν έτοιμος να πιάσει δουλειά, πράγμα που μ' έκανε να αναρωτηθώ από πότε έπαψε η Κυριακή να είναι μέρα αργίας.

Καθώς ο Ντιμίτρι κι εγώ πλησιάσαμε για να μας πει τι θα κάνουμε, άρχισα να συλλογίζομαι τι άραγε είχε κάνει τον Ντιμίτρι να βρεθεί εκεί. Ήμουν σίγουρη πως η απάντηση δεν είχε *καμία* σχέση με το ότι ήθελε να δουλεύει κυριακάτικο. Δεν ήμουν συνηθισμένη να με προβληματίζει έτσι ο Ντιμίτρι. Συνήθως εξέφραζε ευθέως τις απόψεις του κι έτσι υπέθεσα ότι θα υπήρχε κάποια ξεκάθαρη εξήγηση και στη συγκεκριμένη περίπτωση. Απλώς εκείνη τη στιγμή δεν μπορούσα να την καταλάβω.

«Σας ευχαριστώ και τους δύο που προσφερθήκατε να με βοηθήσετε» είπε ο πατήρ Άντριου χαμογελαστά. Προσπάθησα να μην πάρω καμία έκφραση στο άκουσμα της λέξης «προσφερθήκατε». Ήταν ένας Μορόι κοντά στα πενήντα με γκρίζα μαλλιά που, απ' ό,τι φαινόταν, είχε αρχίσει να χάνει. Παρότι δεν ήμουν ιδιαίτερα πιστή, τον συμπαθούσα και τον σεβόμουν πολύ. «Δεν θα κάνουμε κάτι ιδιαίτερα δύσκολο σήμερα» συνέχισε. «Για να λέμε την αλήθεια, είναι λιγάκι βαρετό. Εννοείται πως αρχικά θα κάνουμε το συνηθισμένο καθάρισμα και μετά, αν δεν έχετε αντίρρηση, θα ήθελα να κάνω ένα ξεκαθάρισμα στα κουτιά με τα παλιά αντικείμενα που έχω αφήσει εδώ και πολύ καιρό στη σοφίτα».

«Θα κάνουμε ό,τι μας πείτε» είπε ο Ντιμίτρι με σοβαρό ύφος. Αναστέναξα ελαφρά και προσπάθησα να μη σκέφτομαι τι θα έκανα αν δεν βρισκόμουν εκεί.

Στρωθήκαμε στη δουλειά.

Εγώ ανέλαβα το σφουγγάρισμα και ο Ντιμίτρι το ξεσκόνισμα και το γυάλισμα των ξύλινων στασιδιών. Φαινόταν σκεπτικός και προσηλωμένος, λες και ήταν πραγματικά περήφανος για τη δουλειά του. Ακόμη προσπαθούσα να καταλάβω γιατί βρισκόταν εκεί πέρα. Όχι ότι με πείραζε που ήταν μαζί μου. Η παρουσία του και μόνο αρκούσε για να αισθανθώ καλύτερα και, φυσικά, δεν χόρταινα να τον κοιτάω.

Φαντάστηκα ότι ίσως να βρισκόταν εκεί γιατί ήθελε να του πω περισσότερες πληροφορίες για τα όσα είχαν συμβεί με τον Σταν, τον Κρίστιαν και τον Μπράντον. Ίσως πάλι και να ήθελε να με κατσαδιάσει για το *νέο* επεισόδιο με τον Σταν, ο οποίος με είχε κατηγορήσει ότι ορμάω στη μάχη για εγωιστικούς λόγους. Αυτές ήταν οι μόνες πιθανές εξηγήσεις που μπορούσα να δώσω, αλλά εκείνος τηρούσε σιγήν ιχθύος. Ακόμη κι όταν ο ιερέας βγήκε από το ιερό για να πάει στο γραφείο του, ο Ντιμίτρι συνέχισε να εργάζεται ήσυχα ήσυχα. Αν ήθελε κάτι να μου πει, θα μου το έλεγε εκείνη ακριβώς τη στιγμή. Όταν τελειώσαμε το καθάρισμα, ο πατήρ Άντριου μας έβαλε να κουβαλήσουμε όλα τα κουτιά με τα πράγματα από τη σοφίτα σε έναν αποθηκευτικό χώρο στην πίσω μεριά του παρεκκλησιού. Η Λίζα και ο Κρίστιαν χρησιμοποιούσαν συχνά τη σοφίτα ως κρυψώνα κι εγώ αναρωτήθηκα αν το να την καθαρίσουμε θα αποτελούσε πλεονέκτημα ή μειονέκτημα για την ερωτική φωλίτσα τους. Ίσως να αναγκάζονταν να την εγκαταλείψουν — κι έτσι να ξανάβρισκα κι εγώ τον ύπνο μου.

Αφού κατεβάσαμε όλα τα πράγματα, καθίσαμε και οι τρεις στο πάτωμα και αρχίσαμε να τα ξεκαθαρίζουμε. Ο πατήρ Άντριου μας έλεγε τι θα κρατούσαμε και τι θα πετούσαμε, ενώ εγώ απολάμβανα το ότι επιτέλους καθόμουν, ύστερα από ορθοστασία μιας εβδομάδας. Ο πατήρ Άντριου μου είχε πιάσει την κουβέντα και με ρώταγε κυρίως για τα μαθήματα και άλλα σχετικά θέματα. Δεν πέρναγα κι άσχημα!

Καθώς δουλεύαμε, μου ήρθε μια ιδέα. Καλά τα είχα καταφέρει προσπαθώντας να πείσω τον εαυτό μου ότι το φάντασμα του Μέισον ήταν μια παραίσθηση εξαιτίας της έλλειψης ύπνου, αλλά δεν θα έβλαπτε και η γνώμη του ειδικού. Αν κι εκείνος μου έλεγε ότι τα φαντάσματα δεν ήταν αληθινά, θα ένιωθα κι εγώ καλύτερα.

«Συγνώμη, να ρωτήσω κάτι;» είπα στον πατέρα Άντριου. «Πιστεύετε στα φαντάσματα; Θέλω να πω, τα φαντάσματα αναφέρονται…» είπα κι έδειξα τριγύρω μας «σ' όλα αυτά τα πράγματα;»

Η ερώτησή μου προφανώς του προκάλεσε έκπληξη, αλλά δεν φάνηκε να ταράζεται που χρησιμοποίησα τη λέξη «πράγματα» για να αναφερθώ στο έργο της ζωής του. Ούτε σχολίασε το γεγονός ότι ύστερα από δεκαεφτά χρόνια εκκλησιασμού ήμουν τελείως ανίδεη. Φάνηκε να χάνεται στις σκέψεις του και σταμάτησε τη δουλειά του.

«Φαντάζομαι ότι εξαρτάται από το πώς ορίζει κανείς την έννοια του φαντάσματος».

Χτύπησα το δάχτυλό μου πάνω σε ένα θεολογικό βιβλίο, λέγοντας: «Το βιβλίο αυτό μας λέει ότι όταν κανείς πεθαίνει, πηγαίνει είτε στον Παράδεισο είτε στην Κόλαση. Άρα τα φαντάσματα είναι παραμύθια. Δεν εμφανίζονται ούτε στη Βίβλο ούτε πουθενά αλλού, έτσι δεν είναι;»

«Και πάλι» είπε «εξαρτάται από το πώς ορίζεις τα πράγματα. Σύμφωνα με την πίστη μας, μετά το θάνατο, το πνεύμα χωρίζεται από το σώμα και μπορεί πράγματι να περιφέρεται στον κόσμο αυτόν».

«Τι πράγμα;» Το σκονισμένο μπολ που κρατούσα μου έπεσε από τα χέρια. Ευτυχώς ήταν ξύλινο και δεν έσπασε. Αυτή την απάντηση *δεν* την περίμενα! «Για πόσο; Για πάντα;»

«Όχι, όχι, φυσικά και όχι. Αυτό θα ήταν τελείως αντίθετο με την ιδέα της ανάστασης και της σωτηρίας, που αποτελούν τον ακρογωνιαίο λίθο της πίστης μας. Αλλά υποστηρίζεται ότι η ψυχή μπορεί να παραμείνει στη γη από τρεις έως και σαράντα μέρες μετά το θάνατο. Στο τέλος επέρχεται μία "προσωρινή" κρίση, με την οποία θα μπορέσει η ψυχή να μεταφερθεί στον Παράδεισο ή στην Κόλαση — αν και κανείς δεν θα έχει πραγματική αίσθηση του Παραδείσου μέχρι τη Δευτέρα Παρουσία, όταν η ψυχή και το σώμα θα ενωθούν για να ζήσουν ενωμένα εις τον αιώνα τον άπαντα».

Αυτά περί σωτηρίας δεν τα πολυκατάλαβα. Αυτό που μου κέντρισε την προσοχή όμως ήταν το «τρεις έως και σαράντα ημέρες». Ξέχασα τελείως τη δουλειά που έκανα. «Ναι, αλλά δεν μου απαντήσατε. Υπάρχουν στ' αλήθεια ή όχι; Περιφέρονται πράγματι πάνω στη γη για σαράντα ημέρες μετά το θάνατό τους;»

«Ρόουζ, όσοι ρωτούν αν η πίστη υπάρχει, μπαίνουν σε πολύ βαθιά νερά και πρέπει να ξέρουν καλό κολύμπι».

Καταλάβαινα ότι είχε δίκιο. Αναστέναξα και γύρισα στο κουτί που βρισκόταν μπροστά μου.

«Αλλά» μου είπε ευγενικά «αν σε βοηθάει αυτό, πολλές από τις απόψεις περί φαντασμάτων προέρχονται από τις λαϊκές δοξασίες της Ανατολικής Ευρώπης για τα φαντάσματα που υπήρχαν και πριν από την εξάπλωση του Χριστιανισμού. Οι παραδόσεις αυτές συντηρούν εδώ και καιρό την άποψη ότι τα πνεύματα περιφέρονται στη γη για κάποιον καιρό μετά το θάνατό τους, ιδιαίτερα αν ο θάνατος επήλθε σε μικρή ηλικία ή με βίαιο τρόπο».

Πάγωσα. Όποια πρόοδο κι αν είχα κάνει προσπαθώντας να πείσω τον εαυτό μου ότι ο Μέισον δεν ήταν άλλο παρά αποτέλεσμα του άγχους μου είχε μόλις κάνει φτερά. *Σε μικρή ηλικία ή με βίαιο τρόπο.*

«Γιατί;» τον ρώτησα χαμηλόφωνα. «Γιατί μένουν; Μήπως... μήπως γυρεύουν εκδίκηση;»

«Είμαι σίγουρος ότι πολλοί αυτό πιστεύουν. Άλλοι πάλι πιστεύουν ότι η ψυχή δυσκολεύεται να βρει γαλήνη μετά από κάτι τόσο τραγικό».

«Κι εσείς τι πιστεύετε;» ρώτησα.

Χαμογέλασε. «Πιστεύω ότι η ψυχή χωρίζεται από το σώμα, όπως ακριβώς μας διδάσκουν οι Πατέρες της Εκκλησίας, αλλά θεωρώ πως ο χρόνος που περνά η ψυχή στη γη είναι κάτι που εμείς οι άνθρωποι δεν μπορούμε να αντιληφθούμε και να εξηγήσουμε. Σίγουρα δεν είναι όπως στις ταινίες, που τα φαντάσματα στοιχειώνουν κτίρια ή επισκέπτονται όσους ήξεραν στην προηγούμενη ζωή τους. Τα φαντάζομαι περισσότερο ως ενέργεια, που εμείς αδυνατούμε να νιώσουμε. Τα φαντάζομαι να περιφέρονται γύρω μας μέχρις ότου μπορέσουν να φύγουν και να βρουν γαλήνη. Τελικά αυτό που έχει σημασία είναι αυτό που συμβαίνει πέρα από τα γήινα, όταν τελικά αποκτήσουμε την αιώνια ζωή που μας προσέφερε ο Σωτήρας μας με τη μεγάλη Του θυσία. Αυτό έχει σημασία».

Αναρωτήθηκα αν ο πατήρ Άντριου θα έσπευδε να πει τα όσα είπε αν είχε δει αυτό που είχα δει κι εγώ. *Σε μικρή ηλικία ή με βίαιο τρόπο.* Στον Μέισον είχαν συμβεί και τα δύο και δεν είχαν περάσει καν σαράντα μέρες από το θάνατό του. Το πρόσωπό του, το γεμάτο θλίψη, επανερχόταν συνεχώς στο μυαλό μου και δεν μπορούσα να καταλάβω τι ζητούσε. Εκδίκηση; Η μήπως δεν μπορούσε να βρει γαλήνη;

Και πώς κόλλαγαν οι θεολογικές θεωρίες του πατέρα Άντριου περί Παράδεισου και Κόλασης με κάποια σαν εμένα, που είχε ήδη πεθάνει και είχε ξανάρθει στη ζωή; Ο Βίκτορ Ντάσκοφ είχε πει ότι είχα βρεθεί στον κόσμο των νεκρών κι είχα γυρίσει επειδή με θεράπευσε η Λίζα. Μα ποιος ήταν αυτός ο κόσμος των νεκρών; Ο Παράδεισος ή η Κόλαση; Ή μήπως αναφερόταν στην ενδιάμεση αυτή κατάσταση πάνω στη γη, την οποία μου είχε περιγράψει μόλις ο πατήρ Άντριου.

Δεν ξαναμίλησα, έχοντας μείνει έκπληκτη με τη σκέψη ότι ίσως ο Μέισον να ζητούσε εκδίκηση. Ο πατήρ Άντριου ένιωσε ότι κάτι είχα πάθει, αλλά δεν ήξερε τι το είχε προκαλέσει. Προσπάθησε να με καλοπιάσει.

«Ένας φίλος από μια άλλη ενορία μόλις μου έστειλε κάτι πολύ καλά βιβλία. Κάτι ενδιαφέρουσες ιστορίες για τον Άγιο Βλαντιμίρ. Σε ενδιαφέρει ακόμα αυτό το θέμα;» μου είπε γέρνοντας το κεφάλι του.

Θεωρητικά με ενδιέφερε. Μέχρι να γνωρίσουμε τον Άντριαν, ξέραμε μόνο για δύο ανθρώπους που μπορούσαν να χρησιμοποιήσουν το πνεύμα. Η μία ήταν μια πρώην δασκάλα μας, η κυρία Καρπ, που είχε αποτρελαθεί εξαιτίας του πνεύματος και είχε γίνει Στριγκόι για να βάλει ένα τέλος στην τρέλα της. Ο άλλος ήταν ο Άγιος Βλαντιμίρ, ο προστάτης της Ακαδημίας. Είχε ζήσει αιώνες πριν και μάλιστα είχε ξαναδώσει ζωή στη φύλακά του, Άνα, όπως είχε κάνει και η Λίζα μ' εμένα. Αυτό το γεγονός είχε κάνει την Άνα νυχτοφιλημένη και είχε δημιουργήσει τον υπερφυσικό δεσμό και μεταξύ τους.

Εγώ και η Λίζα προσπαθούσαμε να διαβάσουμε ό,τι είχε σχέση με την Άνα και τον Βλαντιμίρ για να καταλάβουμε περισσότερα πράγματα και για εμάς τις ίδιες. Όσο απίστευτο κι αν ακουγόταν, είχα πολύ σοβαρότερα προβλήματα από το να ασχολούμαι συνέχεια με τον παράξενο υπερφυσικό δεσμό μου με τη Λίζα. Είχα να ασχοληθώ με ένα φάντασμα που μάλλον έριχνε σ' εμένα το φταίξιμο για τον πρόωρο θάνατό του.

«Ναι» είπα χωρίς να το εννοώ και απέφυγα να τον κοιτάξω. «Με ενδιαφέρει… αλλά δεν νομίζω ότι θα μπορέσω να τα διαβάσω τώρα κοντά. Είμαι πολύ απασχολημένη με… με την πρακτική μου άσκηση».

Έπεσε και πάλι σιωπή. Είχε πιάσει το μήνυμα και με άφησε να δουλέψω χωρίς να με διακόψει. Ο Ντιμίτρι δεν είπε κουβέντα όση ώρα συζητούσαμε. Όταν επιτέλους τελειώσαμε με το ξεκαθάρισμα, ο πατήρ Άντριου μας είπε ότι έμενε ακόμη μια δουλειά προτού φύγουμε. Μας έδειξε κάτι κουτιά που είχαμε ήδη τακτοποιήσει.

«Θα ήθελα να τα μεταφέρετε στο χώρο του Δημοτικού» μας είπε. «Αφήστε τα στον κοιτώνα των Μορόι. Η δεσποινίς Ντέιβις κάνει κατήχηση στα παιδιά του Νηπιαγωγείου και μπορεί να της φανούν χρήσιμα».

Θα έπρεπε να κάνουμε από δύο τουλάχιστον βόλτες ο καθένας για να τα μεταφέρουμε, και το Δημοτικό ήταν αρκετά μακριά. Όπως και να 'χε, βρισκόμουν ένα βήμα πιο κοντά στην ελευθερία μου.

«Γιατί αυτό το ξαφνικό ενδιαφέρον για τα φαντάσματα;» με ρώτησε ο Ντιμίτρι στην πρώτη μας βόλτα.

«Απλώς κουβέντα έκανα» είπα.

«Δεν μπορώ να δω το πρόσωπό σου αυτή τη στιγμή, αλλά έχω την εντύπωση ότι πάλι μου λες ψέματα».

«Αμάν, όλοι έχουν τη χειρότερη άποψη για μένα τώρα τελευταία! Ο Σταν, μάλιστα, έφτασε να με κατηγορήσει ότι είμαι και φιλόδοξη εγωίστρια».

«Το έμαθα» είπε ο Ντιμίτρι καθώς στρίβαμε στη γωνία. Το κτίριο του Δημοτικού ξεπρόβαλε ξαφνικά μπροστά μας. «Νομίζω ότι υπερέβαλε λιγάκι».

«Λιγάκι;» Και μόνο που τον είχα ακούσει να παίρνει το μέρος μου ενθουσιάστηκα. Αυτό φυσικά δεν σήμαινε πως μου είχε περάσει η τσαντίλα με τον Σταν. Ένιωσα να με κυριεύει και πάλι αυτό το σκοτεινό, βαρύ αίσθημα που με στοίχειωνε τώρα τελευταία. «Καλά, σ' ευχαριστώ. Αλλά έχω αρχίσει να μην πιστεύω σ' αυτή την πρακτική άσκηση. Ώρες ώρες χάνω την πίστη μου και στην ίδια την Ακαδημία».

«Δεν πιστεύω να το εννοείς αυτό;»

«Δεν ξέρω. Το σχολείο είναι τόσο χωμένο σε κανόνες και νόμους που δεν έχουν καμία σχέση με τον έξω κόσμο. Εγώ, σύντροφε, είδα πώς ήταν τα πράγματα έξω. Μπήκα στο στόμα του λύκου. Δεν ξέρω αν… όλο αυτό μας προετοιμάζει για κάτι».

Περίμενα να διαφωνήσει, αλλά προς μεγάλη μου έκπληξη είπε: «Ώρες ώρες συμφωνώ».

Κόντεψα να πέσω καθώς μπαίναμε σε έναν από τους δύο κοιτώνες Μορόι στο κτίρια του Δημοτικού. Η αίθουσα υποδοχής έμοιαζε με αυτή των δικών μας κτιρίων. «Αλήθεια λες;»

«Αλήθεια» μου είπε κι ένα μικρό χαμόγελο φάνηκε στο πρόσωπό του. «Θέλω να πω ότι δεν πιστεύω πως οι μαθητευόμενοι θα πρέπει να αντιμετωπίσουν τον έξω κόσμο όταν είναι δέκα ή έντεκα χρονών, αλλά κι εγώ το έχω σκεφτεί ότι κάποιες φορές η πρακτική εμπειρία θα μπορούσε να γίνεται όντως στην πράξη, στον έξω κόσμο. Εγώ πάντως μάλλον έμαθα περισσότερα στον πρώτο μου χρόνο ως κανονικός φύλακας παρά σε όλα τα χρόνια της εκπαίδευσής μου. Καλά... υπερβάλλω. Θέλω να πω πως τα πράγματα είναι τελείως διαφορετικά όταν βγεις έξω».

Κοιταχτήκαμε χαρούμενοι που συμφωνούσαμε. Κάτι θερμό φτερούγισε μέσα μου, σκεπάζοντας το θυμό που αισθανόμουν προηγουμένως. Ο Ντιμίτρι καταλάβαινε πόσο εκνευρισμένη ήμουν με το σύστημα, αλλά και γενικότερα... ο Ντιμίτρι *με* καταλάβαινε. Κοίταξε τριγύρω του. Δεν υπήρχε κανείς στη ρεσεψιόν. Στο χώρο αναμονής ορισμένοι μαθητές εφηβικής ηλικίας μιλούσαν ή διάβαζαν μαζί.

«Όπα!» είπα, μεταφέροντας το βάρος του κουτιού στο άλλο μου το χέρι. «Είμαστε στον κοιτώνα του Γυμνασίου, οι μαθητές του Δημοτικού είναι στο διπλανό κτίριο».

«Ναι, αλλά η δεσποινίς Ντέιβις ζει σ' αυτόν τον κοιτώνα. Πάω να τη βρω και να τη ρωτήσω πού θέλει να της αφήσουμε τα κουτιά». Ακούμπησε προσεκτικά το κουτί του στο πάτωμα. «Επιστρέφω αμέσως».

Τον ακολούθησα με το βλέμμα μου καθώς άφηνα κι εγώ κάτω το κουτί μου. Ακούμπησα στον τοίχο, έριξα μια ματιά γύρω μου και σχεδόν πετάχτηκα όταν είδα ένα θηλυκό Μορόι λίγα μόλις μέτρα μακριά μου. Στεκόταν τελείως ακίνητη κι έτσι δεν την είχα προσέξει. Έμοιαζε δεκατριών ή δεκατεσσάρων ετών, αλλά ήταν πολύ ψηλή, ψηλότερη από μένα. Είχε την κλασική λεπτή κορμοστασιά των Μορόι, πράγμα που την έκανε να φαίνεται ακόμη πιο ψηλή. Τα μαλλιά της ήταν σαν σύννεφο από καστανές μπούκλες και είχε φακίδες, πράγμα σπάνιο για τα κατάχλομα Μορόι. Γούρλωσε τα μάτια της όταν με είδε να την κοιτάω.

«Θεέ μου. Μη μου πεις ότι είσαι η Ρόουζ Χάθαγουεϊ!»

«Ναι» της είπα έκπληκτη. «Με ξέρεις;»

«Όλοι σε ξέρουν. Θέλω να πω, όλοι σε έχουν ακουστά. Εσύ δεν είσαι που το έσκασες και μετά γύρισες και σκότωσες ένα Στριγκόι; Είσαι *τρομερή*! Σου έκαναν και τατουάζ *molnija*;» Τα λόγια της κυλούσαν σαν νερό. Δεν πρόφταινε καν να πάρει ανάσα.

«Ναι, μου έκαναν δύο». Σκέφτηκα τα δύο τατουάζ στο πίσω μέρος του λαιμού μου και ξαφνικά ένιωσα να με πιάνει φαγούρα.

Γούρλωσε τα χλομά πράσινα μάτια της ακόμη περισσότερο. «Θεέ μου! Δεν το πιστεύω».

Συνήθως θύμωνα όταν γινόταν τέτοιος χαμός για τα *molnija* μου. Στο κάτω κάτω, δεν τα είχα αποκτήσει σε κάποιο ευχάριστο περιβάλλον. Το κοριτσάκι εκείνο, όμως, μου ήταν συμπαθές.

«Πώς σε λένε;» τη ρώτησα.

«Τζίλιαν... δηλαδή, Τζιλ. Τζιλ σκέτο. Τζίλιαν είναι το επίσημο όνομά μου, αλλά όλοι με λένε Τζιλ».

«Μάλιστα» της είπα προσπαθώντας να μη χαμογελάσω. «Το 'πιασα».

«Μου είπαν ότι και τα Μορόι χρησιμοποίησαν τα μαγικά τους σ' εκείνο το ταξίδι για να συνεισφέρουν στη μάχη. Αλήθεια λένε; Θα ήθελα πάρα *πολύ* να μπορέσω κι εγώ να το κάνω. Μακάρι να με μάθαινε κάποιος. Νομίζεις ότι θα μπορούσα να αντιμετωπίσω ένα Στριγκόι μόνο με τα μαγικά μου; Όλοι μου λένε ότι είμαι τρελή που πιστεύω κάτι τέτοιο». Εδώ και αιώνες η χρήση της μαγείας από τα Μορόι στη μάχη θεωρούνταν ιεροσυλία. Όλοι πίστευαν ότι τα μάγια έπρεπε να χρησιμοποιούνται μόνο για ειρηνικούς σκοπούς. Πρόσφατα όμως πολλοί αμφισβήτησαν την ορθότητα αυτής της απαγόρευσης, ιδιαίτερα μετά τη συμβολή του Κρίστιαν στη φυγή μας από το Σποκέιν.

«Δεν έχω ιδέα» είπα. «Μπορείς αν θες να μιλήσεις στον Κρίστιαν Οζέρα».

Έμεινε με το στόμα ανοιχτό. «Πιστεύεις ότι θα καταδεχόταν να *μου* μιλήσει;»

«Αν αναφέρεις τη φράση "μάχη εναντίον του κατεστημένου", θα σου μιλήσει».

«Τέλεια. Και δεν μου λες; Αυτός ήταν ο φύλακας Μπελίκοφ;» με ρώτησε αλλάζοντας απότομα θέμα.

«Ναι».

Φαινόταν έτοιμη να λιποθυμήσει από τον ενθουσιασμό της. «Αλήθεια; Είναι ακόμη πιο ωραίος απ' ό,τι μου είχαν πει. Είναι ο εκπαιδευτής σου, έτσι δεν είναι; Κάτι σαν τον προσωπικό σου προπονητή».

«Ναι» είπα κι άρχισα να αναρωτιέμαι πότε θα 'ρθει. Η κουβέντα με την Τζιλ είχε αρχίσει να με εξαντλεί.

«Ποπό! Δεν συμπεριφέρεστε καν σαν μαθήτρια και δάσκαλος. Φαίνεστε λες και είστε φίλοι. Περνάτε χρόνο μαζί κι εκτός προπόνησης;»

«Εεε, κάπως. Μερικές φορές». Θυμήθηκα όσα σκεφτόμουν πριν από λίγες μέρες, ότι δηλαδή ήμουν από τα λίγα άτομα με τα οποία κοινωνικοποιούνταν ο Ντιμίτρι όταν βρισκόταν εκτός υπηρεσίας.

«Το ήξερα! Δεν μπορώ καν να το φανταστώ. Αν βρισκόμουν συνέχεια κοντά του, θα φρίκαρα τελείως. Δεν θα έκανα ποτέ τίποτα. Εσύ όμως φαίνεσαι πολύ χαλαρή με το γεγονός. Είναι σαν να μας λες: "Εντάξει, μωρέ, είμαι με αυτόν το σέξι τύπο όλη μέρα, αλλά δεν τρέχει και τίποτα!"».

Δεν κρατήθηκα και έβαλα τα γέλια. «Νομίζω ότι τα παραλές. Δεν είμαι και τόσο τέλεια!»

«Δεν τα παραλέω καθόλου. Κι αν θες να ξέρεις εγώ δεν πιστεύω τις ιστορίες που λέγονται».

«Ποιες ιστορίες;»

«Να, ότι έδειρες τον Κρίστιαν Οζέρα».

«Σ' ευχαριστώ» της είπα. Τώρα πια οι φήμες για τον εξευτελισμό μου είχαν φτάσει μέχρι και στα μικρά του σχολείου. Ήμουν σίγουρη πως αν πήγαινα στον κοιτώνα του Δημοτικού, όλο και κάποιο εξάχρονο θα μου έλεγε ότι είχε ακούσει ότι σκότωσα τον Κρίστιαν.

Η έκφραση της Τζιλ έδειξε ξαφνικά μεγάλη αβεβαιότητα. «Πάντως, την άλλη φήμη δεν την ήξερα».

«Ποια άλλη φήμη;»

«Να, ότι εσύ και ο Άντριαν Ιβάσκοφ είστε, λέει…»

«Ψέματα» της είπα χωρίς καν να την αφήσω να ολοκληρώσει. «Ό,τι κι αν σου είπαν, είναι ψέμα».

«Πάντως ήταν πολύ ρομαντικό».

«Τότε, σίγουρα είναι ψέμα».

Το πρόσωπό της έχασε ξαφνικά τον ενθουσιασμό του και αμέσως μετά μου είπε όλο ζωντάνια: «Θα μπορούσες να με μάθεις πώς να ρίχνω μπουνιές;»

«Εεε; Για στάσου, για ποιο λόγο σου χρειάζεται αυτό;»

«Να, σκέφτηκα ότι αν μάθω να παλεύω χρησιμοποιώντας τη μαγεία, θα μου χρειαστούν και συμβατικές τεχνικές μάχης».

«Δεν είμαι η κατάλληλη για να σου δείξει κάτι τέτοιο» της είπα. «Γιατί δεν μιλάς με τον εκπαιδευτή Προσωπικής Ενδυνάμωσης;»

«Μα του το 'πα» μου είπε αλαφιασμένη. «Και μου είπε όχι».

Ξαναγέλασα. «Δεν σ' το έλεγα στα σοβαρά να τον ρωτήσεις!»

«Έλααα, σε παρακαλώ. Αν μάθω, θα μπορέσω ίσως να παλέψω και μ' ένα Στριγκόι κάποτε».

Το γέλιο μου πάγωσε. «Όχι. Δεν θα μπορέσεις».

Δάγκωσε τα χείλη της. Ήθελε απεγνωσμένα να με πείσει. «Ε, τουλάχιστον θα με βοηθούσε να απαλλαγώ από εκείνον τον ψυχασθενή».

«Τι; Ποιον ψυχασθενή;»

«Ξέρεις, κάποιος σπάει στο ξύλο διάφορους μαθητές εδώ

πέρα. Την προηγούμενη εβδομάδα δείρανε τον Ντέιν Ζέκλος και πριν από λίγες μέρες τον Μπρετ».

«Τον Ντέιν...» άρχισα να σκέφτομαι τις γενεαλογικές σχέσεις όλων των Μορόι. Υπήρχαν χιλιάδες μαθητές με το επίθετο Ζέκλος. «Αυτός δεν είναι ο μικρός αδελφός του Τζέσε;»

Η Τζιλ μου έγνεψε καταφατικά. «Ναι. Και παρόλο που η καθηγήτριά μας έγινε έξαλλη, ο Ντέιν δεν ήθελε να πει κουβέντα. Ούτε κι ο Μπρετ ήθελε να μιλήσει».

«Ποιος Μπρετ;»

«Ο Μπρετ Οζέρα».

Δεν πίστευα στ' αφτιά μου. «Ο Οζέρα;»

Κατάλαβα ότι χαιρόταν πολύ που της δινόταν η ευκαιρία να μου μιλήσει για πράγματα που δεν ήξερα. «Είναι το αγόρι της φίλης μου της Έιμι. Τον χτύπησαν χτες και έχει παντού μελανιές και κάτι άλλα κόκκινα σημάδια λες και τον έδειραν με μαστίγιο. Μπορεί να είναι και καψίματα, δεν ξέρω. Αλλά αυτό δεν είναι τίποτα μπροστά σ' αυτά που έκαναν στον Ντέιν. Κι όταν η κυρία Κάλαχαν τον ρώτησε γιατί ήταν σ' αυτή την κατάσταση, ο Μπρετ προσπάθησε να την πείσει ότι δεν ήταν τίποτε κι εκείνη δεν επέμεινε, πράγμα που επίσης είναι περίεργο. Επίσης, παρά τα χτυπήματά του είχε πολύ καλή διάθεση, γιατί κανονικά θα έπρεπε να είναι κουρέλι μετά από τόσο ξύλο».

Τα λόγια της κάτι σκάλισαν βαθιά μέσα στο μυαλό μου. Θα έπρεπε να τα συνδέσω με κάτι, αλλά δεν μπορούσα να καταλάβω με τι. Μεταξύ Βίκτορ, φαντασμάτων και πρακτικής άσκησης, ήταν θαύμα που μπορούσα ακόμη να μιλήσω.

«Λοιπόν, θα με μάθεις για να μπορέσω να αμυνθώ;» με ξαναρώτησε η Τζιλ, ελπίζοντας ότι αυτή τη φορά με είχε πείσει. Έσφιξε τη γροθιά της και χτύπησε τον αέρα. «Μόνο αυτό δεν πρέπει να κάνω; Περνάω τον αντίχειρα πίσω από τα δάχτυλα, σφίγγω το χέρι και ρίχνω».

«Είναι λίγο πιο δύσκολα τα πράγματα. Θα πρέπει να πάρεις συγκεκριμένη στάση, γιατί αλλιώς κινδυνεύεις να χτυπήσεις εσύ πιο πολύ από τον άλλο. Θα πρέπει να χρησιμοποιήσεις τους αγκώνες και τους γοφούς σου».

«Θα μου δείξεις; Σε παρακαλώ;» είπε ικετευτικά. «Είμαι σίγουρη ότι είσαι πολύ καλή».

Ήμουν *όντως* πολύ καλή, αλλά η διαφθορά ανηλίκων δεν μου είχε ακόμη καταλογιστεί και προτιμούσα να μη γίνει. Ευτυχώς εκείνη τη στιγμή ήρθε και ο Ντιμίτρι με τη δεσποινίδα Ντέιβις.

«Έχω εδώ μια δεσποινίδα που θέλει να σε γνωρίσει. Ντιμίτρι, από δω η Τζιλ. Τζιλ, να σου συστήσω τον Ντιμίτρι».

Φάνηκε να εκπλήσσεται, αλλά χαμογέλασε και της έδωσε το χέρι του. Έγινε κατακόκκινη και, για πρώτη φορά, το βούλωσε. Μόλις τελείωσε η χειραψία, μουρμούρισε ένα αντίο και εξαφανίστηκε. Μόλις τελειώσαμε με την κυρία Ντέιβις ξαναπήραμε το δρόμο της επιστροφής στο παρεκκλήσι για να κουβαλήσουμε και το δεύτερο γύρο.

«Η Τζιλ με ήξερε» είπα στον Ντιμίτρι καθώς περπατούσαμε. «Μου μιλούσε λες και ήμουν καμιά ηρωίδα και με κοίταζε με θαυμασμό».

«Σου φαίνεται παράξενο που σε θαυμάζουν οι μικρότεροι μαθητές;»

«Δεν ξέρω. Απλά ποτέ μου δεν το είχα φανταστεί. Δεν είμαι και παράδειγμα προς μίμηση».

«Διαφωνώ. Είσαι εξωστρεφής, αφοσιωμένη και άριστη σε ό,τι κι αν κάνεις. Είναι πολλοί αυτοί που σέβονται την προσωπικότητά σου».

Τον κοίταξα λοξά. «Προφανώς δεν τη σέβονται τόσο ώστε να με αφήσουν να πάω στη δίκη του Βίκτορ».

«Άντε πάλι τα ίδια».

«Ναι! Πάλι τα ίδια! Γιατί δεν μπορείς να καταλάβεις πόσο σημαντικό είναι αυτό για μένα; Ο Βίκτορ είναι μεγάλος κίνδυνος».

«Το ξέρω».

«Κι αν αφεθεί ελεύθερος, θα βάλει και πάλι σε εφαρμογή τα τρελά του σχέδια».

«Πάντως, δεν νομίζω να τον αφήσουν ελεύθερο. Αυτές οι φήμες που λένε ότι η βασίλισσα πάει να τον αφήσει ελεύθερο, είναι απλά φήμες. Και ειδικά εσύ θα έπρεπε να ξέρεις ότι δεν πρέπει να δίνεις βάση σε όλα όσα ακούς».

Κοίταξα μπροστά μου με βλέμμα παγωμένο, δίχως να θέλω να παραδεχτώ ότι είχε δίκιο. «Κι έτσι να είναι, θα έπρεπε να μας αφήσετε να πάμε. Ή τουλάχιστον...» είπα και αναστέναξα βαθιά «...να αφήσετε τη Λίζα να πάει».

Μου ήταν πολύ δύσκολο να πω αυτά τα λόγια, αλλά το είχα σκεφτεί αρκετά. Δεν θεωρούσα πως επιζητούσα την προσωπική μου προβολή, όπως έλεγε ο Σταν, αλλά η αλήθεια ήταν πως πάντοτε ήθελα να βρίσκομαι στο επίκεντρο της μάχης. Ήθελα να ορμήσω με νύχια και με δόντια και να κάνω το καλό βοηθώντας τους άλλους. Με την ίδια λογική, ήθελα να βρεθώ στη δίκη του Βίκτορ. Ήθελα να τον αντικρίσω κατάματα και να βεβαιωθώ ότι θα τον τιμωρούσαν.

Καθώς περνούσαν οι μέρες όμως το να βρεθώ εκεί μου φαινόταν όλο και πιο απίθανο. Δεν υπήρχε περίπτωση να μας αφήσουν να πάμε. Ίσως όμως, ίσως, να αφήνανε *μία από εμάς* να πάει. Κι αν ήταν να αφήσουν κάποια, αυτή θα ήταν η Λίζα. Εκείνη άλλωστε ήταν ο στόχος του Βίκτορ. Αν και η ιδέα τού να πάει χωρίς εμένα μου προκαλούσε πάλι εκείνο το φριχτό φόβο ότι μπορεί και να μη με χρειαζόταν ως φύλακά της, προτιμούσα να το διακινδυνεύσω αν με την παρουσία της θα βοηθούσε στην καταδίκη του.

Ο Ντιμίτρι, γνωρίζοντας αυτή την ανάγκη μου για δράση,

φάνηκε να εκπλήσσεται με τα λόγια μου. «Δίκιο έχεις. Η Λίζα τουλάχιστον θα έπρεπε να παρευρεθεί. Από την άλλη, δεν μπορώ να κάνω τίποτα γι' αυτό. Συνεχώς μου μιλάς λες και περνάει από το χέρι μου. Δεν είναι έτσι τα πράγματα».

«Ναι, αλλά έκανες *ό,τι* σου περνούσε από το χέρι;» είπα και σκέφτηκα τα λόγια του Άντριαν, που στο όνειρό μου είχε πει ότι ο Ντιμίτρι θα μπορούσε να είχε προσπαθήσει περισσότερο. «Ξέρω ότι έχεις μεγάλη επιρροή. Σίγουρα κάτι μπορείς να κάνεις. Έστω κάτι μικρό».

«Δεν έχω τόση επιρροή όση νομίζεις. Έχω μεγάλη θέση στην Ακαδημία, αλλά για τον υπόλοιπο κόσμο των φυλάκων είμαι αρκετά μικρός ακόμη. Και ναι, αν θες να ξέρεις, σας υπερασπίστηκα».

«Μήπως δεν ύψωσες αρκετά τον τόνο της φωνής σου;»

Τον αισθάνθηκα να κλείνεται στον εαυτό του. Συνήθως μου μιλούσε για τα περισσότερα πράγματα με λογική και ψυχραιμία. Όταν όμως γινόμουν σκύλα, αρνούνταν να συνεχίσει. Έτσι, προσπάθησα να ακουστώ πιο λογική.

«Ο Βίκτορ μας ξέρει» είπα. «Θα μπορούσε κι εκείνος να πει κάτι».

«Ο Βίκτορ έχει πολύ μεγαλύτερες σκοτούρες με τη δίκη. Είστε οι τελευταίες με τις οποίες θα ήθελε να ασχοληθεί».

«Ναι, αλλά εσύ τον ξέρεις. Δεν αντιδρά πάντα με τον πιο λογικό τρόπο. Αν νιώσει ότι χάνει κάθε ελπίδα να γλιτώσει, μπορεί να αποφασίσει να προδώσει το μυστικό μας, έτσι μόνο και μόνο για να εκδικηθεί».

Ποτέ μου δεν είχα καταφέρει να μιλήσω στη Λίζα για τη σχέση μου με τον Ντιμίτρι. Ο Βίκτορ όμως, ο χειρότερος εχθρός μας, γνώριζε τα πάντα. Κι αυτό ήταν ακόμη πιο περίεργο από το να το ξέρει ο Άντριαν. Ο Βίκτορ είχε καταλάβει τι συνέβαινε μεταξύ μας γιατί μας παρακολουθούσε και συγκέντρωνε στοιχεία. Φαντάζομαι ότι όταν είσαι συνωμότης και κακός, γίνεσαι μανούλα σε κάτι τέτοια. Ποτέ του δεν αποκάλυψε όσα ήξερε.

Τα χρησιμοποίησε όμως εναντίον μας μαγεύοντάς μας με το ξόρκι του πόθου και τη μαγεία της γης. Ένα τέτοιο ξόρκι ποτέ δεν πιάνει αν δεν υπάρχει ήδη έλξη μεταξύ των δύο ενδιαφερομένων. Απλώς το ξόρκι μάς έδωσε παραπάνω ώθηση. Ο Ντιμίτρι κι εγώ βρεθήκαμε αγκαλιασμένοι στο κρεβάτι του και ήμουν μια ανάσα από το να κάνω σεξ μαζί του. Ο Βίκτορ είχε πράγματι βρει έναν πολύ έξυπνο τρόπο για να μας αποσπάσει την προσοχή χωρίς να χρησιμοποιήσει βία. Αν κανείς προσπαθούσε να μας επιτεθεί, θα ριχνόμασταν στη μάχη. Όταν όμως βρεθήκαμε αντιμέτωποι ο ένας με τον άλλο με αυτόν τον τρόπο, οι άμυνές μας έπεσαν.

Ο Ντιμίτρι έμεινε σιωπηλός για αρκετή ώρα. Ήξερα ότι ένιωθε πως είχα δίκιο. «Αν κάνει κάτι τέτοιο, θα πρέπει να το αντιμετωπίσουμε όσο καλύτερα μπορούμε» μου είπε στο τέλος. «Αν όμως ο Βίκτορ είναι να μιλήσει, θα μιλήσει είτε παραστείς ως μάρτυρας είτε όχι».

Δεν ήθελα να μιλήσω άλλο. Μπήκαμε στην εκκλησία, κι ο πατήρ Άντριου μας είπε ότι είχε ρίξει άλλη μια ματιά στα κουτιά και είχε αποφασίσει να στείλει μόνο ένα ακόμη κουτί στη δεσποινίδα Ντέιβις.

«Θα το πάω εγώ» είπα στον Ντιμίτρι κοφτά μόλις ο ιερέας απομακρύνθηκε. «Δεν χρειάζεται να έρθεις μαζί μου».

«Ρόουζ, σε παρακαλώ, μην το κάνεις θέμα».

«Μα είναι πολύ σοβαρό θέμα» είπα μέσα από τα δόντια μου. «Και δεν μου φαίνεται ότι καταλαβαίνεις τι γίνεται».

«Καταλαβαίνω μια χαρά. Νομίζεις δηλαδή ότι θέλω να δω τον Βίκτορ ελεύθερο; Νομίζεις ότι θέλω να βρεθεί κάποιος από εμάς και πάλι αντιμέτωπος με κινδύνους;» Είχα καιρό να τον δω έτοιμο να χάσει τον έλεγχο. «Αλλά όπως σου είπα, έκανα ό,τι περνούσε από το χέρι μου. Δεν είναι όλοι σαν κι εσένα. Εγώ δεν μπορώ να κάνω σκηνή όταν τα πράγματα δεν πηγαίνουν όπως θέλω».

«Ούτε κι εγώ το κάνω αυτό».

«Μα αυτό κάνεις τώρα».

Είχε δίκιο. Μέσα μου ήξερα ότι είχα ξεπεράσει τα όρια... αλλά, όπως συνέβαινε πολύ συχνά τελευταία, δεν μπορούσα να σταματήσω.

«Δεν μου λες; Γιατί μπήκες στον κόπο να με βοηθήσεις σήμερα;» απαίτησα να μάθω. «Γιατί βρίσκεσαι εδώ;»

«Καλά, τόσο παράξενο σου φαίνεται;» με ρώτησε. Έμοιαζε σχεδόν θυμωμένος.

«Ναι. Τι προσπαθείς να κάνεις; Να με κατασκοπεύσεις; Να καταλάβεις γιατί τα πάω χάλια; Να βεβαιωθείς ότι δεν θα μπλέξω πουθενά;»

Με περιεργάστηκε, απομακρύνοντας τα μαλλιά του από το πρόσωπό του. «Γιατί πρέπει να έχω κάποιο βαθύτερο κίνητρο;»

Ήθελα να ανοίξω το στόμα μου και να του πω χιλιάδες πράγματα μαζί. Να του πω ότι αν δεν υπήρχε κάποιος άλλος λόγος, βρισκόταν εκεί απλά επειδή ήθελε να περάσει χρόνο μαζί μου και ότι αυτό ήταν παράλογο, καθώς και οι δυο μας ξέραμε ότι δεν μπορούσαμε παρά να έχουμε μια τυπική σχέση δασκάλου-μαθητή. Να του πω ότι έπρεπε να τα ξέρει αυτά, γιατί στο κάτω κάτω *αυτός* ήταν που μου τα είχε πει πρώτος.

«Γιατί όλοι έχουν κάποιο κίνητρο».

«Ναι, αλλά δεν είναι πάντοτε τα κίνητρα που εσύ νομίζεις». Άνοιξε την πόρτα, λέγοντας: «Τα λέμε».

Τον έβλεπα να απομακρύνεται νιώθοντας μέσα μου ένα συνονθύλευμα θυμού και σύγχυσης. Αν τα πράγματα δεν ήταν τόσο παράξενα μεταξύ μας, θα έλεγα ότι ένιωθα λες και είχαμε βγει ραντεβού.

10

ΤΗΝ ΕΠΟΜΕΝΗ ΜΕΡΑ ΞΑΝΑΠΙΑΣΑ ΔΟΥΛΕΙΑ ως φύλακας του Κρίστιαν. Για άλλη μια φορά η δική μου ζωή είχε μπει στην αναμονή για χάρη κάποιου άλλου.

«Πώς ήταν η εκκλησιαστική σου ποινή;» με ρώτησε καθώς απομακρυνόμασταν από τον κοιτώνα του.

Έπνιξα ένα χασμουρητό. Δεν είχα κοιμηθεί καλά το προηγούμενο βράδυ. Είτε λόγω των αισθημάτων μου για τον Ντιμίτρι είτε εξαιτίας όσων μου είχε πει ο πατήρ Άντριου. Φρόντισα όμως να έχω το νου μου. Σε αυτό ακριβώς το σημείο μάς είχε επιτεθεί ο Σταν και τις δύο προηγούμενες φορές και, εκτός αυτού, οι φύλακες ήταν τόσο αρρωστημένοι που δεν το 'χαν σε τίποτε να μου επιτεθούν σε μια μέρα που αισθανόμουν τόσο εξαντλημένη.

«Μια χαρά πήγε. Ο ιερέας μάς άφησε να φύγουμε νωρίς».

«Μας;»

«Ναι, ήρθε και με βοήθησε και ο Ντιμίτρι. Νομίζω ότι αισθανόταν άσχημα που με έβαλαν τιμωρία».

«Ή αυτό ή απλά δεν έχει τίποτε άλλο να κάνει τώρα που σταματήσατε τις επιπλέον προπονήσεις».

«Τι να σου πω; Δεν νομίζω όμως. Πάντως, γενικά δεν ήταν και τόσο άσχημη η μέρα μου».

«Εγώ πέρασα τέλεια» είπε ο Κρίστιαν λιγάκι αυτάρεσκα.

Εκείνος και η Λίζα είχαν εκμεταλλευτεί την ημέρα χωρίς φύλακες στο έπακρον για να μείνουν λίγο μόνοι τους. Θα έπρεπε να το εκτιμήσω που μπροστά σ' εμένα και τον Έντι έδειχναν τέτοια αυτοσυγκράτηση, αλλά στην ουσία αυτό για μένα δεν είχε καμία διαφορά. Όταν ήμουν ξύπνια, κατάφερνα να μπλοκάρω τις ανατριχιαστικές λεπτομέρειες, παρ' όλα αυτά ήξερα τι συνέβαινε. Η ελαφριά ζήλια και ο θυμός που είχα αισθανθεί την προηγούμενη φορά επέστρεψαν. Με κυρίευσαν ξανά οι ίδιες σκέψεις: Η Λίζα έκανε όλα όσα δεν μπορούσα να κάνω εγώ.

Ήθελα σαν τρελή να φάω πρωινό. Η μυρωδιά του φρεσκοψημένου ψωμιού και του γλυκού σιροπιού από σφεντάμι μου γαργαλούσαν τη μύτη. Υδατάνθρακες και πάλι υδατάνθρακες. Μιαμ! Ο Κρίστιαν όμως ήθελε να πιει αίμα προτού φάει κανονικό φαγητό, και φυσικά οι ανάγκες του προηγούνταν των δικών μου. *Προηγούνται εκείνοι.* Προφανώς δεν είχε πιει τη δόση του την προηγούμενη ημέρα, μάλλον για να εκμεταλλευτεί το χρόνο κάνοντας ρομαντζάδες.

Αν και το δωμάτιο με τις τροφούς δεν είχε κόσμο, χρειάστηκε να περιμένουμε.

«Δεν μου λες» του είπα. «Ξέρεις τον Μπρετ Οζέρα; Έχετε καμία σχέση;» Μετά τη συνάντησή μου με την Τζιλ είχα επιτέλους καταφέρει να συνδέσω τα κομμάτια του γρίφου. Ο Μπρετ Οζέρα και ο Ντέιν Ζέκλος μου θύμισαν το χτυπημένο πρόσωπο του Μπράντον την ημέρα που μου επιτέθηκε για πρώτη φορά ο Σταν. Η καταστροφή που ήρθε μετά την επίθεση με είχε κάνει να ξεχάσω το πρόσωπο του Μπράντον, αλλά όλες αυτές οι ξαφνικές συμπτώσεις μού είχαν εξάψει την περιέργεια. Και οι τρεις τους είχαν φάει ξύλο. Και οι τρεις τους το αρνούνταν.

Ο Κρίστιαν έγνεψε. «Ναι. Κατά κάποιον τρόπο όλοι μας σχετιζόμαστε. Δεν τον ξέρω καλά. Είναι τρίτος ή τέταρτος ξάδελφός μου. Η οικογένειά του ξέκοψε από τη δική μου όταν... ξέρεις εσύ».

«Άκουσα κάτι περίεργο για αυτόν». Και τότε του αφηγήθηκα όσα μου είχε πει η Τζιλ για τον Ντέιν και τον Μπρετ.

«Όντως είναι παράξενο» είπε ο Κρίστιαν. «Από την άλλη, οι άνθρωποι μπλέκουν συνεχώς σε καβγάδες».

«Ναι, αλλά εδώ υπάρχουν κάποια περίεργα στοιχεία. Άσε που συνήθως οι γαλαζοαίματοι δεν βγαίνουν χαμένοι μετά από τέτοιους καβγάδες. Εδώ και οι τρεις χαμένοι βγήκαν».

«Ξέρεις τι πρέπει να συμβαίνει; Πολλοί βασιλικοί γόνοι έχουν αρχίσει να τσαντίζονται που τα ταπεινής καταγωγής Μορόι θέλουν να αλλάξει ο τρόπος ανάθεσης των φυλάκων και έχουν αρχίσει να μαθαίνουν πώς να παλεύουν. Αυτό είναι και το όλο νόημα της χαζολέσχης που έφτιαξαν ο Τζέσε και ο Ραλφ. Θέλουν οι βασιλικοί γόνοι να παραμείνουν πάση θυσία στην κορυφή. Προφανώς τα υπόλοιπα Μορόι έχουν κι εκείνα αρχίσει να τσαντίζονται και αντεπιτίθενται».

«Και τι θες να πεις, ότι υπάρχει κάποιος τιμωρός που κάνει τους γαλαζοαίματους να πληρώσουν;»

«Καλά, αυτό θα είναι ό,τι πιο περίεργο έχει συμβεί εδώ πέρα» πρόσθεσε.

«Όπως σε βλέπω και με βλέπεις» μουρμούρισα.

Όταν ακούστηκε το όνομα του Κρίστιαν, όρθωσε το κεφάλι του κοιτάζοντας μπροστά. «Α! Κοίτα» είπε χαρούμενα. «Πάλι την Άλις μου δώσανε».

«Δεν καταλαβαίνω τι ακριβώς σε ενθουσιάζει στην Άλις» παρατήρησα καθώς πλησιάζαμε την τροφό. «Κι η Λίζα ενθουσιάζεται κάθε φορά που τη βλέπει. Δεν σας καταλαβαίνω. Αυτή η γυναίκα είναι θεότρελη».

«Το ξέρω» είπε. «Αυτό ακριβώς μας αρέσει».

Η Άλις μας χαιρέτησε καθώς ο Κρίστιαν κάθισε δίπλα της.

Έγειρα και ακούμπησα στον τοίχο με τα χέρια σταυρωμένα στο στήθος μου. «Άλις, δεν έχει αλλάξει το σκηνικό. Είναι ακριβώς το ίδιο με την προηγούμενη φορά» της είπα αλαζονικά.

Γύρισε και με κοίταξε με θολωμένο βλέμμα. «Υπομονή, Ρόουζ. Χρειάζεται υπομονή. Και σωστή προετοιμασία. Είσαι έτοιμη;»

Η ερώτηση με ξάφνιασε. Ένιωθα λες και είχα μπροστά μου την Τζιλ, αλλά σε λιγάκι πιο τρελή έκδοση. «Να είμαι έτοιμη; Για ποιο πράγμα; Για την αλλαγή σκηνικού;»

Σε μια στιγμή απόλυτης διαστρέβλωσης της πραγματικότητας, με κοίταξε λες και ήμουν εγώ η τρελή και είπε: «Θα πρέπει να είσαι οπλισμένη. Έχεις όπλα; Εσύ δεν είσαι που πρέπει να μας προστατεύσεις;»

Έβγαλα από το παλτό μου το κοντάρι εξάσκησης που μου είχαν δώσει για την πρακτική μου άσκηση. «Μην ανησυχείς! Όλα είναι υπό έλεγχο» είπα.

Το βλέμμα της πρόδιδε μεγάλη ανακούφιση. Φυσικά δεν ήταν ικανή να καταλάβει τη διαφορά μεταξύ ενός πραγματικού κι ενός ψεύτικου κονταριού. «Ωραία» είπε. «Τώρα ησύχασα».

«Ακριβώς» της είπε ο Κρίστιαν. «Τώρα που οπλοφορεί η Ρόουζ, δεν έχεις να ανησυχείς για τίποτα. Τα Μορόι μπορούν να κοιμούνται ήσυχα».

Η Άλις δεν έπιασε το ειρωνικό του ύφος. «Πουθενά δεν μπορείς να είσαι τελείως ασφαλής».

Έβαλα το κοντάρι στο παλτό μου λέγοντας: «Εμείς είμαστε ασφαλείς. Έχουμε τους καλύτερους φύλακες στον κόσμο που μας προστατεύουν και επίσης έχουμε τις μαγικές ασπίδες. Τα Στριγκόι δεν μπορούν να τις περάσουν».

Φυσικά, δεν της ανέφερα αυτό που είχα μάθει πρόσφατα, ότι δηλαδή τα Στριγκόι μπορούσαν να βάλουν *ανθρώπους* να εξουδετερώσουν τις ασπίδες. Οι μαγικές ασπίδες ήταν αόρατα σύρματα που έφεραν πάνω τους ένα συνδυασμό και των τεσσάρων στοιχείων: Δημιουργούνταν όταν τέσσερα Μορόι που κατείχαν το καθένα από ένα στοιχείο περιφέρονταν σε μία συγκεκριμένη περιοχή κάνοντας τα μάγια τους σε έναν κύκλο πάνω στο έδαφος, δημιουργώντας έτσι ένα αόρατο προστατευτικό τείχος. Οι μαγικές δυνάμεις των Μορόι ήταν διαποτισμένες με ζωή, έτσι όταν συνενώνονταν, δημιουργούσαν ένα μαγνητικό πεδίο που κρατούσε μακριά τα Στριγκόι, τα οποία δεν μπορούσαν να αντέξουν της δυνάμεις της ζωής, μια και τα ίδια δεν ήταν ζωντανά. Γι' αυτό και συνήθως γύρω από τις περιοχές όπου κατοικούσαν Μορόι δημιουργούνταν τέτοιες ασπίδες. Το σχολείο μας περιβαλλόταν από πολλές τέτοιες προστατευτικές ασπίδες. Καθώς οι τέσσερεις δυνάμεις υπήρχαν και στα κοντάρια μας, αν ένα κοντάρι ερχόταν σε επαφή με τις ασπίδες, οι προστατευτικές τους δυνάμεις ακυρώνονταν. Φυσικά, αυτό ποτέ δεν είχε αποτελέσει πηγή ανησυχίας, καθώς τα Στριγκόι δεν μπορούσαν να αγγίξουν τα κοντάρια. Σε μερικές πρόσφατες επιθέσεις, όμως, τα Στριγκόι είχαν χρησιμοποιήσει ανθρώπους —οι οποίοι μπορούσαν να πιάσουν τα κοντάρια— και είχαν καταστρέψει ορισμένες από αυτές τις ασπίδες. Πιστεύαμε ότι τα Στριγκόι που είχα σκοτώσει ήταν οι πρωτεργάτες αυτής της ομάδας, αλλά ακόμη δεν ήμασταν απολύτως σίγουροι.

Η Άλις με περιεργάστηκε προσεκτικά με εκείνο το συννεφιασμένο βλέμμα της, λες και μπορούσε να διαβάσει τις σκέψεις μου. «Πουθενά δεν μπορείς να είσαι απόλυτα ασφαλής. Οι ασπίδες εξουδετερώνονται. Οι φύλακες πεθαίνουν».

Έριξα μια κλεφτή ματιά στον Κρίστιαν. Σήκωσε τους ώμους του σαν να μου έλεγε, *Μα τι περίμενες από την Άλις;*

«Κορίτσια, νομίζω ότι το εξαντλήσατε το θέμα σας. Θα ήθελα να φάω τώρα αν δεν σας πειράζει».

Η Άλις υπάκουσε με μεγάλη ευχαρίστηση. Ήταν η πρώτη δόση της ημέρας για εκείνη. Σύντομα τα ξέχασε όλα, και τις ασπίδες και τους κινδύνους και χάθηκε στην έκσταση της δαγκωματιάς του. Κι εγώ όμως, γρήγορα άφησα πίσω μου τις ασπίδες. Το μόνο που με απασχολούσε αυτή τη στιγμή ήταν να μάθω αν το όραμα του Μέισον ήταν αληθινό ή όχι. Άσχετα με την τρομακτική εξήγηση που μου είχε δώσει ο ιερέας, οι επισκέψεις του Μέισον δεν είχαν τίποτα το απειλητικό. Ήταν απλά τρομακτικές. Αν πράγματι με γυρόφερνε για να με εκδικηθεί, δεν τα πήγαινε καθόλου καλά. Ακόμη μια φορά είχα αρχίσει να ποντάρω στη θεωρία του στρες και της κούρασης ως πιθανών αιτίων της κατάστασής μου.

«Έλα, τώρα ήρθε κι *εμένα* η ώρα μου να φάω» είπα όταν τελείωσε ο Κρίστιαν. Ήμουν σχεδόν βέβαιη ότι μου ερχόταν η μυρωδιά τηγανητού μπέικον από την καφετέρια και ήξερα ότι ο Κρίστιαν θα χαιρόταν πολύ με αυτό. Θα το έβαζε σίγουρα στο τοστ του.

Μόλις είχαμε βγει από το δωμάτιο όταν η Λίζα έτρεξε κατά τη μεριά μας, με τον Έντι να ακολουθεί ακριβώς ξοπίσω της. Το πρόσωπό της έλαμπε από ενθουσιασμό, αν και τα συναισθήματα που μου μετέδιδε μέσα από το δεσμό δεν ήταν συναισθήματα χαράς.

«Τα μάθατε;» με ρώτησε λαχανιασμένη.

«Να μάθουμε τι;» τη ρώτησα.

«Πρέπει να βιαστείτε. Να μαζέψετε τα πράγματά σας. Θα πάμε στη δίκη του Βίκτορ. Φεύγουμε σε λίγο».

Εδώ δεν είχαμε καν μάθει πότε θα γινόταν η δίκη του Βίκτορ, σιγά να μη μας ενημέρωναν ότι θα πάμε κιόλας. Ο Κρίστιαν κι εγώ κοιταχτήκαμε έκπληκτοι στα πεταχτά και τρέξαμε στο δωμάτιό του για να μαζέψουμε τα πράγματά μας.

Μαζέψαμε στα γρήγορα. Η δική μου τσάντα ήταν σχεδόν έτοιμη ούτως ή άλλως και ο Κρίστιαν πέταξε βιαστικά τα πράγματά του στη δική του βαλίτσα. Σε λιγότερο από μισή ώρα είχαμε βγει στο διάδρομο προσγείωσης της Ακαδημίας. Δύο ιδιωτικά τζετ βρίσκονταν ήδη εκεί. Το ένα είχε αναμμένη τη μηχανή και ήταν έτοιμο να φύγει. Γύρω μας κάνα δυο Μορόι έτρεχαν από δω κι από κει για να κάνουν ορισμένες εργασίες της τελευταίας στιγμής στο ίδιο το αεροπλάνο αλλά και στο διάδρομο.

Κανείς δεν έμοιαζε να ξέρει τι ακριβώς γινόταν. Το μόνο που ήξερε η Λίζα ήταν ότι εκείνη, ο Κρίστιαν και εγώ θα παρευρισκόμασταν ως μάρτυρες στη δίκη κι ότι ο Έντι θα ερχόταν μαζί μας για να συνεχίσει εκεί την πρακτική του άσκηση. Κανείς δεν μπήκε στον κόπο να μας εξηγήσει κι όλοι μας ήμασταν ανυπόμονοι και μαζί επιφυλακτικοί. Όλοι θέλαμε να δούμε την ισόβια καταδίκη του Βίκτορ, αλλά τώρα, που είχε έρθει η στιγμή να πάμε στη δίκη και να τον αντικρίσουμε, ήμασταν κάπως φοβισμένοι.

Κάποιοι φύλακες βρίσκονταν κοντά στη σκάλα που οδηγούσε στο τζετ. Ήταν όλοι εκείνοι που είχαν βοηθήσει στη σύλληψη του Βίκτορ. Αυτοί μάλλον θα εξυπηρετούσαν δύο σκοπούς: θα συμμετείχαν ως μάρτυρες στη δίκη και θα μας προστάτευαν. Ο Ντιμίτρι γυρόφερνε λίγο παραπέρα. Έτρεξα γρήγορα κατά τη μεριά του.

«Συγνώμη» είπα μεμιάς. «Ειλικρινά, λυπάμαι πολύ».

Με κοίταξε με ένα βλέμμα που απέπνεε την απόλυτη ουδετερότητα. Ήταν πολύ καλός σ' αυτό. «Για ποιο πράγμα;»

«Για όλα αυτά τα απαίσια πράγματα που σου είπα χτες. Τα κατάφερες. Τα κατάφερες! Τους έπεισες να μας αφήσουν να φύγουμε».

Παρά το άγχος μου που θα συναντούσα τον Βίκτορ, ήμουν εκστασιασμένη. Ο Ντιμίτρι τα 'χε καταφέρει. Ήξερα πως ενδιαφερόταν για μένα, και η πράξη του αυτή ήταν απλά και μόνο η απόδειξη. Αν δεν υπήρχε τόσος κόσμος γύρω μας, θα τον αγκάλιαζα.

Η έκφραση του Ντιμίτρι παρέμεινε απαράλλαχτη. «Δεν το έκανα εγώ, Ρόουζ».

Η Αλμπέρτα μας έκανε νόημα να ανεβούμε κι εκείνος γύρισε

και προχώρησε μαζί με τους υπόλοιπους. Απέμεινα εκεί κοκαλωμένη παρακολουθώντας τον και προσπαθώντας να καταλάβω τι είχε γίνει. Αφού δεν είχε παρέμβει εκείνος, τι είχε γίνει; Οι διπλωματικές ενέργειες της Λίζα είχαν απορριφθεί εδώ και μέρες. Τι τους έκανε να αλλάξουν γνώμη;

Οι φίλοι μου είχαν ήδη επιβιβαστεί και εγώ βιάστηκα να τους προλάβω. Με το που πάτησα το πόδι μου στο αεροπλάνο, άκουσα μια φωνή να με καλωσορίζει. «Καλώς το, μικρό νταμπίρ! Πού ήσουν τόση ώρα;»

Γύρισα και είδα τον Άντριαν να μου κουνάει το ένα χέρι και με το άλλο να κρατάει ένα ποτό. Αυτό θα πει δικαιοσύνη! Εμείς έπρεπε να ικετεύσουμε και να παρακαλέσουμε να μας πάρουν, και ο Άντριαν είχε με κάποιο μαγικό τρόπο καταφέρει να χωθεί κι αυτός στην αποστολή. Η Λίζα και ο Κρίστιαν κάθονταν μαζί κι εγώ πήγα και κάθισα δίπλα στον Έντι προσπαθώντας να αποφύγω τον Άντριαν. Ο Έντι μου παραχώρησε τη θέση κοντά στο παράθυρο. Ό Άντριαν όμως μετακινήθηκε στη θέση ακριβώς μπροστά μας. Δεν έλεγε να σταματήσει να μου μιλάει. Η πολυλογία και το απροκάλυπτο πέσιμο που μου έκανε έδειχναν ότι είχε αρχίσει να κατεβάζει κοκτέιλ πολύ πριν όλοι εμείς επιβιβαστούμε στο αεροπλάνο. Για να λέμε και την αλήθεια, πολύ θα ήθελα να μπορούσα να πιω κι εγώ μερικά μετά την απογείωση. Μόλις βρεθήκαμε στον αέρα ένιωσα να με πιάνει ένας περίεργος πονοκέφαλος και σκεφτόμουν ότι λίγη βότκα θα μετρίαζε τον πόνο μου.

«Θα πάμε στο δικαστήριο» είπε ο Άντριαν. «Δεν σε βλέπω ενθουσιασμένη».

Έκλεισα τα μάτια μου και έτριψα απαλά τους κροτάφους μου. «Για τι απ' όλα θες να δείξω ενθουσιασμό; Για τη δίκη ή για το ότι θα δω τη Βασιλική Αυλή;»

«Μα φυσικά για το δεύτερο. Ελπίζω να έχεις φέρει την κατάλληλη τουαλέτα».

«Δεν με ενημέρωσαν».

«Οπότε, δεν έχεις την κατάλληλη αμφίεση».

«Ναι».

«Ναι; Εγώ κατάλαβα ότι δεν είχες φέρει φόρεμα».

Γούρλωσα τα μάτια μου και τον κοίταξα αγριεμένη. «Σου είπα ότι δεν έχω φέρει και το ξέρεις πολύ καλά».

«Μην ανησυχείς. Κάτι θα βρούμε να βάλεις» μου είπε με ύφος δέκα καρδιναλίων.

«Τι, θα με βγάλεις και για ψώνια; Με συγχωρείς αν βιάζομαι να βγάλω συμπεράσματα, αλλά δεν νομίζω να σε θεωρούν αξιόπιστο συνοδό».

«Για ψώνια; Μα τι λες, παιδί μου; Υπάρχουν ράφτες που δουλεύουν μόνιμα εκεί. Θα πάρουμε κάτι κομμένο και ραμμένο στα μέτρα σου».

«Καλά, δεν νομίζω να μείνουμε και τόσο πολύ εκεί πέρα. Και για να είμαι ειλικρινής, δεν νομίζω ότι χρειάζεται επίσημη αμφίεση γι' αυτό που πάω να κάνω».

«Έχεις δίκιο. Απλώς εγώ ήθελα να σε δω να φοράς κάτι καλό».

Αναστέναξα κι ακούμπησα το κεφάλι μου στο παράθυρο. Ο πόνος μού τρυπούσε το κεφάλι. Ένιωθα την πίεση του αέρα να γίνεται όλο και μεγαλύτερη. Κάτι άστραψε έξω από το αεροπλάνο και γύρισα όλο έκπληξη να δω τι ήταν. Το μόνο που είδα ήταν άστρα.

«Κάτι μαύρο» συνέχισε. «Ίσως σατέν... με δαντέλα στο φινίρισμα. Σου αρέσει η δαντέλα; Μερικές γυναίκες λένε ότι τους προκαλεί φαγούρα».

«Άντριαν». Ένιωθα λες κι ένα σφυρί με χτυπούσε μέσα κι έξω από το κεφάλι μου.

«Θα μπορούσες όμως να φορέσεις και κάτι με τελείωμα σε βελούδο. Αυτό σίγουρα δεν προκαλεί φαγούρα».

«Άντριαν». Με πονούσαν ακόμη και τα μάτια μου.

«Και θα μπορούσες να κάνεις ένα κόψιμο στο πλάι για να φανούν τα υπέροχα πόδια σου. Αν ήμουν στη θέση σου, θα έφτανα έως το γοφό κι εκεί θα έβαζα ένα μικρό φιογκάκι».

«*Άντριαν!*» Κάτι μέσα μου έσπασε. «Θα το βουλώσεις καμιά φορά;» Φώναξα τόσο δυνατά που ακόμη κι ο πιλότος θα πρέπει να με άκουσε. Ο Άντριαν απέμεινε να με κοιτάει με βλέμμα έκπληκτο.

Η Αλμπέρτα, που βρισκόταν στην άλλη πλευρά του διαδρόμου, απέναντι από τον Άντριαν, πετάχτηκε από τη θέση της.

«Ρόουζ» φώναξε «μα τι τρέχει επιτέλους;»

Έσφιξα τα δόντια μου και τρίβοντας το μέτωπό μου είπα: «Έχω έναν πονοκέφαλο γάμησέ τα κι αυτός δεν λέει να το βουλώσει». Μου πήρε μερικά λεπτά για να συνειδητοποιήσω πως έβριζα μπροστά σε δάσκαλο. Πάλι κάτι πήρε το μάτι μου απέξω από το αεροπλάνο, κάτι σαν μαύρα φτερά. Λες και είχε μόλις περάσει μία νυχτερίδα… ή ένα κοράκι. Σκέπασα τα μάτια μου με τα χέρια μου. Τίποτα δεν πέταγε γύρω από το αεροπλάνο. «Θεέ μου, γιατί δεν λέει να φύγει;»

Περίμενα ότι η Αλμπέρτα θα με κατσάδιαζε που ξέσπασα έτσι, αλλά αντί για εκείνη μίλησε ο Κρίστιαν. «Δεν έχει φάει τίποτα όλη μέρα. Πεινούσε πολύ πριν».

Άνοιξα και πάλι τα μάτια μου. Η Αλμπέρτα με κοιτούσε ανήσυχη και ο Ντιμίτρι γυρόφερνε πίσω της. Άρχισα να βλέπω ακόμη περισσότερες σκιές και σκοτεινές φιγούρες. Τις περισσότερες δεν μπορούσα να τις ξεχωρίσω, αλλά κάπου μέσα στη μαυρίλα ήμουν σίγουρη ότι είχα δει κάτι που έμοιαζε με κρανίο. Ξεχώρισε για μια στιγμή και μετά εξαφανίστηκε. Η Αλμπέρτα έκανε νόημα σε μία από τις αεροσυνοδούς.

«Μπορείτε να της φέρετε κάτι να φάει; Κι ένα παυσίπονο, σας παρακαλώ».

«Πού ακριβώς πονάς;» με ρώτησε ο Ντιμίτρι.

Με όλη αυτή την περιποίηση, το ξέσπασμά μου είχε αρχίσει να μου φαίνεται υπερβολικό. «Ένας πονοκέφαλος είναι. Θα μου περάσει». Βλέποντας το αυστηρό του βλέμμα, έδειξα κατά το κέντρο του μετώπου μου. «Νιώθω λες και μου πιέζει το κρανίο. Και με πονάνε και τα μάτια μου… Και επίσης νιώθω συνεχώς λες… λες και έχω κάτι στο μάτι μου. Λες και βλέπω συνεχώς μια σκιά ή κάτι τέτοιο. Αν όμως ανοιγοκλείσω τα μάτια μου, φεύγει».

«Τα προβλήματα στην όραση αποτελούν σύμπτωμα ημικρανίας. Το φαινόμενο αυτό αποκαλείται αύρα. Πολλοί το παθαίνουν αμέσως πριν αρχίσει ο πονοκέφαλος».

«Αύρα;» ρώτησα έκπληκτη και κοίταξα τον Άντριαν. Με κοίταξε υψώνοντας το κεφάλι του πάνω από την πλάτη του καθίσματός του με τα μακριά του χέρια περασμένα από πάνω του».

«Δεν είναι αύρα αυτού του είδους» είπε κι ένα χαμόγελο ζωγραφίστηκε στα χείλη του. «Απλώς πρόκειται περί συνωνυμίας. Οι αύρες στην ημικρανία είναι εικόνες και λάμψεις που βλέπεις όταν πρόκειται να σε πιάσει ημικρανία. Δεν έχουν καμία σχέση με τις αύρες που βλέπω εγώ γύρω από τους ανθρώπους. Η αύρα που βλέπω γύρω σου όμως… Ποπό!»

«Τι; Είναι μαύρη;»

«Μαύρη λέει; Καλά, λογικό είναι μετά από όλα αυτά τα ποτά που έχω κατεβάσει. Αλλά ποτέ μου δεν έχω δει κάτι παρόμοιο».

Δεν ήξερα τι ακριβώς να σκεφτώ για όσα μου έλεγε. Εκείνη τη στιγμή όμως έφτασε η αεροσυνοδός κρατώντας μία μπανάνα, μία μπάρα δημητριακών και ένα παυσίπονο. Σίγουρα δεν ήταν το τοστάκι που τόσο λαχταρούσα, αλλά μια χαρά μου έκαναν έτσι άδειο που ήταν το στομάχι μου. Τα καταβρόχθισα και έβαλα ένα μαξιλάρι πάνω στο παράθυρό μου. Έκλεισα τα μάτια μου ελπίζοντας ότι θα κοιμόμουν για να μου περάσει προτού προσγειωθούμε.

Με είχε μόλις πάρει ο ύπνος όταν ένιωσα ένα ελαφρύ άγγιγμα στο μπράτσο μου. «Ρόουζ;»

Άνοιξα τα μάτια μου και κοίταξα τη Λίζα που καθόταν στη θέση του Έντι. Το κεφάλι μου πονούσε ακόμη και τα φτερά σε σχήμα νυχτερίδας συνέχισαν να τρεμοπαίζουν πίσω της. Μέσα σ' αυτό το στρόβιλο σκιών είδα και πάλι κάτι που έμοιαζε με πρόσωπο με ανοιχτό στόμα και μάτια που πέταγαν φωτιές.

«Πονάς ακόμα;» με ρώτησε η Λίζα κοιτώντας με διαπεραστικά. Ανοιγόκλεισα τα μάτια μου και το πρόσωπο εξαφανίστηκε.

«Ναι... εεε... όχι» είπα όταν κατάλαβα τι πήγαινε να κάνει. «Μην το κάνεις. Μη χαραμίζεις τα μαγικά σου για μένα».

«Μα είναι πολύ απλό» είπε. «Ούτε που θα το νιώσω».

«Ναι, αλλά όσο περισσότερο τα χρησιμοποιείς, τόσο μεγαλύτερο κακό κάνεις στον εαυτό σου μακροπρόθεσμα, κι ας σου φαίνεται εύκολο αυτή τη στιγμή».

«Καλά, θα ανησυχήσουμε μετά για αυτό το θέμα. Για έλα!»

Πήρε το χέρι μου στο δικό της και έκλεισε τα μάτια της. Μέσα από το δεσμό μας ένιωσα τη μαγεία να δυναμώνει, καθώς αντλούσε δυνάμεις από το πνεύμα. Εκείνη ένιωθε τη μαγεία της ως κάτι θερμό και χρυσαφένιο. Με είχε θεραπεύσει κι άλλες φορές και κάθε φορά αισθανόμουν τα μάγια ως μια συνεχή αλλαγή θερμοκρασίας: πρώτα ζέστη, μετά κρύο, μετά πάλι ζέστη κ.λπ. Αυτή τη φορά όμως, παρότι εκείνη ένιωσε τη μαγεία της να δυναμώνει και μου τη μετέδωσε, εγώ δεν αισθάνθηκα παρά ένα ελαφρύ γαργαλητό. Άνοιξε τα βλέφαρά της.

«Τι... τι συνέβη;» με ρώτησε.

«Τίποτα» της είπα. «Ακόμη με πονάει πάρα πολύ το κεφάλι μου».

«Ναι, αλλά...» Η σύγχυση και η έκπληξη στο πρόσωπό της καθρέφτιζαν επακριβώς τα συναισθήματα που ένιωθα μέσα από το δεσμό μας. «Εγώ τα αισθανόμουν τα μάγια! Τα ένιωσα να δουλεύουν».

«Δεν ξέρω τι γίνεται, Λιζ. Πάντως μην ανησυχείς. Στο κάτω κάτω, δεν έχει περάσει πολύς καιρός από τότε που σταμάτησες τα χάπια».

«Μα τις προάλλες θεράπευσα τον Έντι χωρίς κανένα πρόβλημα. *Και* τον Άντριαν» είπε ξερά. Ο Άντριαν είχε πάλι κρεμαστεί από το κάθισμά του και μας παρατηρούσε με προσοχή.

«Εκείνοι όμως είχαν απλά κάτι γρατσουνιές» είπα. «Εδώ μιλάμε για καραμπινάτη ημικρανία. Μάλλον σου χρειάζεται καιρός για να ανακτήσεις τις δυνάμεις σου».

Η Λίζα δάγκωσε το κάτω χείλος της. «Λες τα χάπια να έκαναν ανεπανόρθωτη ζημιά;»

«Μπααα» είπε ο Άντριαν κι έγειρε το κεφάλι προς τη μία πλευρά. «Εσύ λάμπεις σαν αστρική έκρηξη όταν συγκεντρώνεις τις δυνάμεις σου. Τα μάγια υπήρχαν, απλά δεν έπιασαν στη Ρόουζ».

«Μα γιατί να μην πιάσουν;» ρώτησε απαιτητικά.

«Μπορεί να έχει κάτι που δεν μπορείς να γιατρέψεις;»

«Τι; Τον πονοκέφαλο;» ρώτησα δύσπιστα.

Ανασήκωσε τους ώμους του. «Σου φαίνομαι για γιατρός; Πού θες να ξέρω. Εγώ απλά σας λέω τι είδα».

Αναστέναξα και έβαλα το ένα μου χέρι στο μέτωπό μου. «Σ' ευχαριστώ για τη βοήθεια, Λιζ... Κι εσένα Άντριαν για τα ενοχλητικά σου σχόλια. Νομίζω ότι η καλύτερη λύση αυτή τη στιγμή είναι ο ύπνος. Μπορεί απλά να το έχω πάθει από το άγχος». Και γιατί όχι; Το άγχος ήταν η λύση για τα πάντα τώρα τελευταία. Για τα φαντάσματα, τους αθεράπευτους πονοκεφάλους, τα παράξενα πρόσωπα που έβλεπα να ίπτανται στον αέρα. «Κι αυτό μάλλον δεν μπορείς να το θεραπεύσεις».

«Μάλλον» μου είπε, κι ακούστηκε λες και μου κρατούσε κακία επειδή είχα κάτι που δεν μπορούσε να θεραπεύσει. Στο μυαλό της όμως οι κατηγορίες αυτές στρέφονταν προς τον ίδιο της τον εαυτό κι όχι προς εμένα. Ανησυχούσε μήπως δεν ήταν αρκετά καλή.

«Έλα, δεν τρέχει και τίποτε. Απλά θέλεις λίγο χρόνο για να κερδίσεις το χαμένο έδαφος» της είπα καθησυχαστικά. «Όταν θα ξαναγίνεις δυνατή, θα πάω να σπάσω τα παΐδια κάποιου για να δοκιμάσουμε».

Γρύλισε. «Το φοβερό στην όλη υπόθεση είναι ότι σε έχω ικανή». Μου έσφιξε απαλά το χέρι λέγοντάς μου: «Κοίτα να ξεκουραστείς».

Έφυγε και σύντομα κατάλαβα ότι ούτε κι ο Έντι βρισκόταν πια στη θέση του. Είχε πάει να καθίσει αλλού για να με αφήσει ήσυχη. Αισθάνθηκα ευγνωμοσύνη και βόλεψα καλύτερα το μαξιλάρι μου, απλώνοντας τα πόδια μου όσο περισσότερο μπορούσα στα καθίσματα. Ορισμένες σκιές συνέχισαν να περνούν στιγμιαία μπροστά μου. Έκλεισα τα μάτια μου για να κοιμηθώ.

Ξύπνησα όταν οι ρόδες του αεροπλάνου ακούμπησαν το έδαφος. Ο δυνατός ήχος των μηχανών του με ξύπνησε από το βαθύ μου ύπνο. Ευτυχώς, ο πονοκέφαλος μου είχε περάσει κι είχε πάρει μαζί του κι όλα εκείνα τα παράξενα σχήματα που χόρευαν τριγύρω μου.

«Είσαι καλύτερα;» με ρώτησε η Λίζα καθώς σηκώθηκα και χασμουρήθηκα.

Έγνεψα ναι. «Πολύ καλύτερα. Αλλά και λίγο κανονικό φαγητό δεν θα με έβλαπτε».

«Είμαι σίγουρη πως αυτό τουλάχιστον δεν θα σου λείψει εδώ πέρα» είπε γελώντας.

Είχε δίκιο. Έριξα μια ματιά έξω από τα παράθυρα προσπαθώντας να δω λιγάκι πού είχαμε προσγειωθεί. Τα είχαμε καταφέρει! Βρισκόμασταν στη Βασιλική Αυλή των Μορόι.

11

ΜΕ ΤΟ ΠΟΥ ΒΓΗΚΑΜΕ ΑΠΟ ΤΟ ΑΕΡΟΠΛΑΝΟ, μας χτύπησε κατάμουτρα η βροχή και το αγιάζι. Το χιονόνερο που μας περόνιαζε ήταν πολύ χειρότερο από τις κάτασπρες νιφάδες που έπεφταν στη Μοντάνα. Βρισκόμασταν πια στην Ανατολική Ακτή ή τέλος πάντων κάπου εκεί κοντά. Τα ανάκτορα της βασίλισσας ήταν χτισμένα κάπου στην Πενσυλβανία, κοντά στα βουνά Ποκόνο, μια οροσειρά που δεν ήξερα πού ακριβώς βρισκόταν. Το μόνο που ήξερα ήταν ότι δεν βρισκόταν κοντά σε καμία από τις κοντινές μεγάλες πόλεις, τη Φιλαδέλφεια ή το Πίτσμπουργκ, οι οποίες ήταν και οι μόνες που ήξερα στη συγκεκριμένη πολιτεία.

Ο διάδρομος προσγείωσης ήταν μέρος της βασιλικής ιδιοκτησίας κι έτσι ήδη ήμασταν πίσω από προστατευτικά τείχη. Ήταν ακριβώς ίδιος με το μικρό διάδρομο της Ακαδημίας. Γενικώς, τα βασιλικά ανάκτορα είχαν ίδια διαρρύθμιση με την Ακαδημία. Μάλιστα, στους ανθρώπους είχαν πει ότι εδώ βρισκόταν το σχολείο. Ήταν μια ομάδα από όμορφα, περίτεχνα κτίρια που απλώνονταν σε μια πανέμορφη και περιποιημένη αυλή γεμάτη δέντρα και λουλούδια — ή τουλάχιστον θα ήταν γεμάτη την άνοιξη. Τώρα, όπως ακριβώς και στη Μοντάνα, τα πάντα ήταν γυμνά και ξερά.

Μας συνάντησε μία ομάδα πέντε φυλάκων με μαύρα

παντελόνια και σακάκια κι ένα λευκό πουκάμισο από κάτω. Δεν θα έλεγες ότι φορούσαν στολή, αλλά το έθιμο ήταν οι φύλακες να φορούν κάτι πιο καλό σε επίσημες περιπτώσεις. Σε σύγκριση μαζί τους, η δική μας ομάδα με τα μπλουζάκια και τα τζιν έμοιαζε με φτωχοσυγγενείς. Παρ' όλα αυτά, αν μας τύχαινε καμιά μάχη με Στριγκόι, εμείς θα κινούμασταν πολύ πιο άνετα.

Οι φύλακες γνώριζαν την Αλμπέρτα και τον Ντιμίτρι — αυτοί οι δύο ήξεραν *όλο* τον κόσμο!— και αφού αντάλλαξαν μερικές τυπικούρες, όλοι χαλάρωσαν και έγιναν πολύ φιλικοί. Ανυπομονούσαμε όλοι να φύγουμε από το κρύο και οι συνοδοί μας οδήγησαν κατά τα κτίρια. Οι γνώσεις μου για τα ανάκτορα με βοήθησαν να καταλάβω ότι το μεγαλύτερο και πιο όμορφο κτίριο ήταν εκείνο όπου γίνονταν όλες οι επίσημες εργασίες των Μορόι. Στο εξωτερικό του έμοιαζε με γοτθικό παλάτι αλλά, από ό,τι καταλάβαινα, το εσωτερικό του ήταν σαν όλα τα κυβερνητικά γραφεία των ανθρώπων.

Δεν μας πήγαν εκεί όμως. Μας πήγαν σε ένα κοντινό κτίριο αντίστοιχα όμορφο με το κεντρικό, αλλά πολύ μικρότερου μεγέθους. Ένας από τους φύλακες μας εξήγησε ότι εκεί διέμεναν οι επισκέπτες και όσα σημαίνοντα πρόσωπα ταξίδευαν εντός κι εκτός ανακτόρων. Προς μεγάλη μου έκπληξη, ο καθένας μας είχε ξεχωριστό δωμάτιο.

Ο Έντι διαμαρτυρήθηκε έντονα επαναλαμβάνοντας συνεχώς ότι έπρεπε να κοιμηθεί μαζί με τη Λίζα. Ο Ντιμίτρι χαμογέλασε και του είπε ότι δεν ήταν απαραίτητο. Σ' ένα τέτοιο μέρος οι φύλακες δεν χρειαζόταν να βρίσκονται τόσο κοντά στα Μορόι τους. Μάλιστα, συχνά χωρίζονταν κι έκανε ο καθένας τα δικά του. Η Αυλή είχε προστατευτικά τείχη αντίστοιχα με την Ακαδημία. Στην πραγματικότητα, ούτε και στην Ακαδημία δεν χρειαζόταν οι φύλακες να έχουν από κοντά τους επισκέπτες. Στην περίπτωσή μας αυτό γινόταν μόνο και μόνο για την πρακτική άσκηση. Ο Έντι συμφώνησε επιφυλακτικά, εκπλήσσοντάς με άλλη μια φορά με την αποφασιστικότητά του.

Η Αλμπέρτα μίλησε με τους άλλους φύλακες για λίγο και μετά, γυρνώντας σ' εμάς, είπε: «Ξεκουραστείτε για λίγο και να είστε έτοιμοι για το δείπνο. Σερβίρεται σε τέσσερις ώρες. Λίζα, η βασίλισσα θέλει να σε δει σε μία ακριβώς ώρα».

Η Λίζα έμεινε έκπληκτη και αντάλλαξε ανήσυχες ματιές με εμένα. Την τελευταία φορά που είχαν ειδωθεί, η βασίλισσα την είχε αποπάρει και την είχε εξευτελίσει μπροστά σε όλο το σχολείο επειδή το είχε σκάσει μαζί μου. Κι οι δυο μας απορούσαμε τι στην ευχή την ήθελε τώρα.

«Βέβαια» είπε η Λίζα. «Θα είμαστε έτοιμες και εγώ και η Ρόουζ».

Η Αλμπέρτα έγνεψε όχι. «Η Ρόουζ δεν θα έρθει. Η βασίλισσα έχει ζητήσει να σε δει μόνη σου».

Φυσικά! Στο κάτω κάτω τι την έκοφτε τη βασίλισσα για τη σκιά της βασίλισσας Ντραγκομίρ. Μια δόλια φωνή σαν να ψιθύρισε στο κεφάλι μου: *Αναλώσιμοι, αναλώσιμοι...*

Το σκοτεινό αυτό αίσθημα που με κυρίευσε με ξάφνιασε τόσο που αποφάσισα να το αφήσω στην άκρη. Πήγα στο δωμάτιό μου και παρατήρησα ικανοποιημένη ότι είχε τηλεόραση. Στη σκέψη και μόνο ότι θα έλιωνα μπροστά της για τις επόμενες ώρες αισθάνθηκα ευτυχισμένη. Το υπόλοιπο δωμάτιο ήταν πολύ εντυπωσιακό, μοντέρνο, με κομψά μαύρα τραπέζια και λευκά δερμάτινα έπιπλα. Ήταν τόσο περιποιημένο που σχεδόν φοβόμουν να καθίσω στα καθίσματα. Παρόλο που όλα γύρω μου ήταν πολύ ωραία, ο χώρος δεν έφτανε το καταφύγιο του σκι που είχαμε μείνει στις διακοπές ούτε στο μικρό του δαχτυλάκι, πράγμα πολύ παράξενο. Φαντάζομαι ότι όταν κάποιος ερχόταν στη Βασιλική Αυλή ερχόταν για δουλειά κι όχι για διακοπές.

Είχα μόλις ξαπλωθεί στο δερμάτινο καναπέ έχοντας ανοίξει την τηλεόραση όταν ένιωσα τη Λίζα στο μυαλό μου. *Έλα να τα πούμε*, μου είπε. Σηκώθηκα, έκπληκτη και από το ίδιο το μήνυμα και από το περιεχόμενο. Συνήθως ο δεσμός μας ήταν μόνο συναισθήματα και εντυπώσεις. Συγκεκριμένα αιτήματα όπως αυτό σπάνιζαν.

Σηκώθηκα, βγήκα από το δωμάτιο και πήγα στο διπλανό. Η Λίζα άνοιξε την πόρτα.

«Καλά, με δουλεύεις; Δεν μπορούσες να έρθεις εσύ σε μένα;» τη ρώτησα.

«Συγνώμη» μου είπε και φάνηκε να το εννοεί. Δεν μπορούσε κανείς να κρατήσει μούτρα σ' έναν τόσο καλό άνθρωπο. «Απλά δεν είχα χρόνο. Προσπαθούσα να αποφασίσω τι να φορέσω».

Η βαλίτσα της ήταν ήδη ανοιχτή πάνω στο κρεβάτι και μερικά από τα πράγματά της κρέμονταν ήδη στην ντουλάπα. Αντίθετα από εμένα, εκείνη ήταν προετοιμασμένη για κάθε περίπτωση, επίσημη και ανεπίσημη. Έκατσα στον καναπέ. Ο δικός της ήταν από βελούδο πολυτελείας κι όχι από δέρμα.

«Βάλε την εμπριμέ μπλούζα με το μαύρο παντελόνι» της είπα. «Πάντως όχι φόρεμα».

«Και γιατί όχι φόρεμα;»

«Γιατί να μη φανεί λες και τη γλείφεις».

«Ρόουζ, μιλάμε για τη βασίλισσα. Το να παρουσιαστώ μπροστά της ντυμένη καλά είναι ένδειξη σεβασμού και όχι γλείψιμο».

«Ό,τι πεις».

Στο τέλος βέβαια έβαλε αυτό που της είπα. Μου μιλούσε καθώς ντυνόταν κι εγώ την παρακολουθούσα να βάφεται όλο ζήλια. Είχα καιρό να χρησιμοποιήσω καλλυντικά και τώρα καταλάβαινα πόσο μου είχε λείψει. Όσο καιρό ζούσαμε με τους ανθρώπους δίναμε μεγάλη προσοχή στο ντύσιμό μας. Τώρα πια όμως ένιωθα λες και δεν είχα ποτέ ούτε το χρόνο ούτε και την ευκαιρία να το κάνω. Πάντα κάπου θα έμπλεκα με αποτέλεσμα το βάψιμό μου να χαλάσει. Το μόνο που έκανα πια ήταν να βάζω ενυδατική στο πρόσωπό μου. Κάθε πρωί που το έκανα, έλεγα στον εαυτό μου ότι υπερέβαλα —ότι έκανα λες και άπλωνα μάσκα προσώπου—, αλλά κάθε φορά που εξέθετα το δέρμα μου στο κρύο και τις άλλες αντίξοες συνθήκες, παρατηρούσα με έκπληξη ότι η κρέμα είχε απορροφηθεί.

Αισθάνθηκα λιγάκι άσχημα όταν κατάλαβα πως από δω και εμπρός σπάνια θα μου δινόταν η ευκαιρία να ντυθώ και να βαφτώ για το υπόλοιπο της ζωής μου. Η Λίζα θα περνούσε τον περισσότερο χρόνο της ντυμένη επίσημα, καθώς θα έπρεπε να συμμετέχει σε πολλές αριστοκρατικές εκδηλώσεις. Εμένα πάλι, κανείς δεν θα με παρατηρούσε. Ήταν πολύ παράξενη αυτή η αλλαγή, κυρίως γιατί μέχρι πέρσι τα μάτια όλων έπεφταν επάνω μου.

«Γιατί να με κάλεσε άραγε;» με ρώτησε η Λίζα.

«Μάλλον για να σου εξηγήσει γιατί βρισκόμαστε εδώ».

«Ίσως».

Ήταν ταραγμένη, παρά την εξωτερική της αυτοσυγκράτηση. Δεν είχε ακόμη ξεπεράσει τον απόλυτο εξευτελισμό της από τη βασίλισσα το προηγούμενο φθινόπωρο. Η ζήλια και η μελαγχολία μου ξαφνικά έμοιαζαν αστείες σε σχέση με τα δικά της προβλήματα. Έδωσα ένα νοητό χαστούκι στον εαυτό μου και φρόντισα να μου υπενθυμίσω ότι δεν ήμουν απλά η αθέατη φύλακάς της. Ήμουν παράλληλα και η καλύτερή της φίλη και είχαμε πολύ καιρό να τα πούμε οι δυο μας.

«Δεν έχεις να φοβηθείς τίποτα, Λίζα. Δεν έχεις κάνει κανένα λάθος. Μάλλον το αντίθετο. Οι βαθμοί σου είναι τέλειοι, η συμπεριφορά σου άψογη. Θυμάσαι πόσοι εντυπωσιάστηκαν από το χαρακτήρα σου στο ταξίδι του σκι; Τίποτα δεν έχει να σου προσάψει αυτή η σκύλα».

«Μη μιλάς έτσι» είπε αμέσως η Λίζα. Άπλωσε τη μάσκαρα στις βλεφαρίδες της, τις περιεργάστηκε και άπλωσε και μια δεύτερη στρώση.

«Αυτό που βλέπω λέω. Αν σου δημιουργήσει δυσκολίες, θα το κάνει μόνο και μόνο επειδή σε φοβάται».

Η Λίζα γέλασε. «Και γιατί να με φοβάται;»

«Γιατί με το χαρακτήρα σου κερδίζεις τους πάντες, και άτομα σαν εκείνη τσαντίζονται όποτε κάποιος τους κλέβει την πρωτιά». Ακουγόμουν τόσο σοφή που ακόμη κι εγώ είχα εκπλαγεί από τον εαυτό μου. «Κι εκτός αυτού, είσαι η μόνη απόγονος των Ντραγκομίρ. Θα είσαι πάντοτε στο προσκήνιο. Ενώ αυτή; Ποια είναι αυτή; Απλά άλλη μία Ιβάσκοφ. Σιγά το πράγμα! Ξέρεις πόσοι από δαύτους υπάρχουν; Μάλλον γιατί όλοι οι άντρες της οικογένειας είναι σαν τον Άντριαν και έχουν ένα σωρό εξώγαμα».

«Μα ο Άντριαν δεν έχει παιδιά».

«Δεν το ξέρουμε αυτό!» είπα με ύφος μυστηριώδες.

Κρυφογέλασε και απομακρύνθηκε από τον καθρέφτη κοιτώντας το πρόσωπό της ικανοποιημένη. «Γιατί είσαι πάντα τόσο κακή με τον Άντριαν;»

Την κοίταξα λες και δεν καταλάβαινα τι μου έλεγε. «Μπα, μπα, μου τον υπερασπίζεσαι κιόλας; Εσύ δεν ήσουν που με προειδοποιούσες να μείνω μακριά του; Την πρώτη φορά που πέρασα χρόνο μαζί του λίγο έλειψε να με φας. Και να πεις ότι βρισκόμουν μαζί του με τη θέλησή μου!»

Έβγαλε μια λεπτή χρυσή αλυσιδίτσα από τη βαλίτσα της και προσπάθησε να τη δέσει στο λαιμό της. «Ναι... εντάξει. Δεν τον ήξερα καλά τότε. Δεν είναι και τόσο κακός. Ωραία... μπορεί να μην είναι παράδειγμα προς μίμηση, αλλά να σου πω την αλήθεια πιστεύω ότι μερικές από τις φήμες που κυκλοφορούν γι' αυτόν και τις γυναίκες είναι υπερβολές».

«Εγώ πάλι όχι» της είπα και πετάχτηκα όρθια. Ακόμη δεν είχε καταφέρει να δέσει την αλυσίδα και έτσι την έπιασα και την κούμπωσα.

«Σ' ευχαριστώ» μου είπε περνώντας τα χέρια της πάνω από το κολιέ της. «Νομίζω ότι του αρέσεις πολύ. Ότι έχει σοβαρό σκοπό».

Κούνησα το κεφάλι μου και έκανα ένα βήμα πίσω. «Όχι. Το μόνο που θα 'θελε θα ήταν να μου βγάλει τα ρούχα».

«Δεν το πιστεύω αυτό».

«Ναι, γιατί εσύ πιστεύεις ότι όλοι είναι άγιοι».

Με κοίταξε σκεφτική και άρχισε να βουρτσίζει απαλά τα μαλλιά της πάνω από τους ώμους της. «Αυτό δεν μπορώ να το ξέρω. Ξέρω όμως ότι δεν είναι τόσο κακός όσο νομίζεις. Ξέρω ότι δεν έχει περάσει καιρός από τότε που χάθηκε ο Μέισον, αλλά ίσως να είναι ώρα να βγεις και με κάποιον άλλο».

«Να τα πιάσεις κότσο τα μαλλιά σου». Της έδωσα ένα κοκαλάκι από τη βαλίτσα της. «Εγώ κι ο Μέισον δεν ήμασταν ποτέ ζευγάρι και το ξέρεις».

«Να λοιπόν ένας ακόμη λόγος για να αρχίσεις να βγαίνεις με κάποιον άλλο. Δεν τελειώσαμε ακόμη το Λύκειο και πρέπει να διασκεδάσεις λιγάκι».

Να διασκεδάσω; Τι ειρωνεία της τύχης! Πριν από αρκετούς μήνες εγώ και ο Ντιμίτρι συζητούσαμε για το πόσο άδικο ήταν που εγώ, ως εκπαιδευόμενη φύλακας, έπρεπε να προσέχω, να διατηρώ την καλή μου φήμη και να μην κάνω του κεφαλιού μου. Είχε παραδεχτεί ότι πράγματι είχα δίκιο που παραπονιόμουν ότι δεν μπορούσα να κάνω ό,τι έκαναν και τα άλλα κορίτσια της ηλικίας μου, λέγοντάς μου όμως ότι αυτή θα ήταν μια θυσία που θα έπρεπε να κάνω για το μέλλον μου. Είχα εξοργιστεί, αλλά μετά τους μπελάδες με τον Βίκτορ είχα καταλάβει πως είχε δίκιο. Και μάλιστα εφάρμοσα τη συμβουλή του τόσο που αναγκάστηκε να μου πει πλαγίως πως *υπερέβαλα*. Τώρα, όμως, μετά το Σποκέιν ένιωθα λες και δεν ήμουν εγώ εκείνη που είχε κάνει αυτή τη συζήτηση με τον Ντιμίτρι το περασμένο φθινόπωρο.

Λίγοι μήνες έμεναν μέχρι την αποφοίτησή μου. Και τι σημασία είχαν όλα αυτά τα πανηγύρια του Λυκείου χοροί… αγόρια… διασκέδαση… μπροστά σε όλα αυτά που μας περίμεναν; Καμία. Όλα μέσα στην Ακαδημία μού φαίνονταν τελείως πεζά. Ενδιαφερόμουν μόνο για το πώς θα γίνω καλύτερη φύλακας.

«Να σου πω την αλήθεια, δεν νομίζω ότι μου χρειάζεται γκόμενος για να συμπληρώσω τις αναμνήσεις μου από το Λύκειο» της είπα.

«Ούτε κι εγώ το νομίζω» μου είπε ισιώνοντας την αλογοουρά της. «Απλά εσύ κάποτε φλέρταρες κι έβγαινες και κανένα ραντεβού και είπα μήπως θα ήθελες να το επαναλάβεις. Δεν σου είπα να τον παντρευτείς κιόλας».

«Α, μην ανησυχείς. Δεν υπάρχει τέτοια περίπτωση. Ούτως ή άλλως, ο Άντριαν δεν με βλέπει σοβαρά. Κι αυτό είναι και το πρόβλημά μου».

«Μερικοί λένε ότι τα πράγματα είναι πολύ σοβαρά μεταξύ σας. Τις προάλλες άκουσα ότι αρραβωνιαστήκατε. Άλλοι πάλι λένε ότι τον αποκλήρωσε ο πατέρας του γιατί του ανακοίνωσε ότι δεν πρόκειται ποτέ του να αγαπήσει καμία άλλη».

«Ωραία!» Πραγματικά δεν είχα τίποτε άλλο να πω για αυτές τις ηλίθιες φήμες. «Το παράξενο στην όλη υπόθεση είναι ότι αυτές οι φήμες κυκλοφορούν και στο Δημοτικό» είπα κοιτάζοντας το ταβάνι. «Γιατί να μου συμβαίνουν συνέχεια τέτοια;»

Ήρθε μέχρι τον καναπέ και με κοίταξε από ψηλά. «Γιατί είσαι απίστευτη και όλοι σ' αγαπάνε».

«Μπα! Εσένα αγαπάνε».

«Ε, τότε μάλλον είμαστε και οι δύο τέλειες και αγαπητές. Και κάποτε…» είπε και μια λάμψη φώτισε το πρόσωπό της «κάποτε θα βρεις κι εσύ κάποιον που θα αγαπήσεις».

«Καλά, μην το δένεις κόμπο. Αυτή τη στιγμή άλλωστε δεν έχει και σημασία. Τώρα έχω εσένα να σκεφτώ. Θα αποφοιτήσουμε κι εσύ θα πας στο Πανεπιστήμιο και θα περνάμε μια χαρά. Τέλος οι κανόνες. Θα είμαστε πια μόνες μας».

«Τρομάζω λίγο όταν σκέφτομαι ότι θα είμαι μόνη μου» είπε. «Αλλά δεν είναι αλήθεια! Θα έχω εσένα και τον Ντιμίτρι» αναστέναξε. «Δεν μπορώ να φανταστώ τη ζωή μου χωρίς εσένα. Ούτε καν θυμάμαι ποτέ να ζω χωρίς εσένα».

Σηκώθηκα και έριξα μια ελαφριά μπουνιά στο μπράτσο της. «Για πρόσεχε τα λόγια σου. Αν σ' ακούσει ο Κρίστιαν θα ζηλέψει. Αμάν, τώρα το συνειδητοποίησα! Φαντάζομαι ότι θα συμπεριλαμβάνεται κι αυτός σ' αυτή την τρελή παρέα. Λες να έρθει όπου κι αν βρεθούμε;»

«Μάλλον. Εσύ, εγώ, εκείνος, ο Ντιμίτρι και οι φύλακες που θα δώσουν στον Κρίστιαν. Μία ευτυχισμένη οικογένεια».

Κάτι μέσα μου με γέμισε ζεστασιά. Μπορεί τα πράγματα τριγύρω μου να ήταν περίεργα, αλλά είχα τόσους δικούς μου ανθρώπους κοντά μου. Αν μέναμε ενωμένοι, όλα θα πήγαιναν καλά.

Κοίταξε το ρολόι και ο φόβος της επέστρεψε. «Πρέπει να φύγω... Θες να έρθεις μαζί μου;»

«Το ξέρεις ότι δεν μπορώ».

«Το ξέρω... Εννοούσα να έρθεις μέσα από το δεσμό μας. Έτσι δεν θα νιώθω μόνη μου».

Πρώτη φορά μου ζητούσε να κάνω κάτι τέτοιο. Συνήθως δεν της άρεσε καθόλου όταν έμπαινα στο μυαλό της. Ήταν τρομερά αγχωμένη.

«Φυσικά» της είπα. «Καλύτερο απ' το να βλέπω τηλεόραση».

Επέστρεψα στο δωμάτιό μου και πήρα ακριβώς την ίδια θέση που είχα και πριν στον καναπέ. Προσπάθησα να απαλλαγώ από τις δικές μου σκέψεις και να μπω στο μυαλό της Λίζα, να μπορέσω να εισβάλω βαθιά κι όχι απλά να νιώσω τα αισθήματά της. Αυτή ήταν μια ιδιότητα που μου πρόσφερε ο δεσμός των νυχτοφιλημένων και αποτελούσε και το πιο έντονο μέρος της σύνδεσής μου μαζί της. Δεν αισθανόμουν απλώς όσα σκεφτόταν, αλλά μπορούσα να βρεθώ μέσα της και να μοιραστώ τις εμπειρίες της μέσα από τα δικά της μάτια. Είχα πρόσφατα μάθει να το ελέγχω. Συνήθως έμπαινα στο μυαλό της άθελά μου και δεν μπορούσα να μπλοκάρω τα συναισθήματά της. Τώρα, τουλάχιστον, μπορούσα να ελέγξω τα δικά μου συναισθήματα και να μπω στο μυαλό της όποτε το επιθυμούσα, όπως ακριβώς τώρα.

Η Λίζα είχε μόλις φτάσει στην αίθουσα ακροάσεων όπου περίμενε η βασίλισσα. Τα Μορόι μπορεί να χρησιμοποιούν τον όρο «βασιλικός» και να γονατίζουν καμιά φορά μπροστά στη βασίλισσα, αλλά δεν έχουν θρόνους και άλλα τέτοια. Η Τατιάνα καθόταν σε μια κανονική πολυθρόνα και φορούσε μία φούστα κι ένα σακάκι σε μπλε ναυτικό που την έκαναν να φαίνεται περισσότερο σαν επιχειρηματίας παρά σαν βασίλισσα. Ούτε κι εκείνη ήταν μόνη της. Κοντά της καθόταν ένα ψηλό και αρχοντικό Μορόι με μακριά ξανθά μαλλιά και ασημένιες ανταύγειες. Την αναγνώρισα: Ήταν η Πρισίλα Βόντα, η φίλη και προσωπική σύμβουλος της βασίλισσας. Την είχαμε γνωρίσει όταν πήγαμε για σκι και είχε εντυπωσιαστεί με τη Λίζα. Θεώρησα την παρουσία της καλό σημάδι. Κατά μήκος του τοίχου έστεκαν σιωπηλοί ορισμένοι φύλακες ντυμένοι ασπρόμαυρα. Προς μεγάλη μου έκπληξη, ανάμεσα σ' όλη αυτή την ομήγυρη βρισκόταν κι ο Άντριαν. Καθόταν αναπαυτικά σε ένα κάθισμα για δύο και δεν φαινόταν να αντιλαμβάνεται ότι βρισκόταν μπροστά στην ανώτατη αρχηγό των Μορόι. Ο φύλακας που συνόδευε τη Λίζα, την ανήγγειλε.

«Η πριγκίπισσα Βασίλισσα Ντραγκομίρ».

Η Τατιάνα έγνεψε καταφατικά. «Καλωσορίσατε, Βασίλισσα. Παρακαλώ, καθίστε».

Η Λίζα κάθισε κοντά στον Άντριαν. Ο φόβος της μεγάλωνε ολοένα και περισσότερο. Ένας υπηρέτης Μορόι την πλησίασε ρωτώντας την αν ήθελε καφέ ή τσάι. Εκείνη αρνήθηκε. Στο μεταξύ η Τατιάνα έπινε αργά από το φλιτζάνι του τσαγιού της και επεξεργαζόταν τη Λίζα από την κορφή μέχρι τα νύχια. Η Πρισίλα Βόντα έσπασε την παράξενη σιωπή.

«Θυμάσαι τι σου είπα για τη δεσποινίδα;» ρώτησε με ύφος χαρωπό η Πρισίλα. «Με εντυπωσίασε στο επίσημο γεύμα μας στο Άινταχο. Κατάφερε να ρυθμίσει ένα σοβαρό καβγά μεταξύ Μορόι και φυλάκων. Μέχρι και τον πατέρα του Άντριαν κατάφερε να ηρεμήσει».

Ένα παγερό χαμόγελο σχηματίστηκε στο κρύο πρόσωπο της Τατιάνα. «Αυτό είναι όντως εντυπωσιακό. Τον περισσότερο καιρό ο Νέιθαν συμπεριφέρεται σαν αγοράκι δώδεκα χρονών».

«Όπως κι εγώ, άλλωστε» είπε ο Άντριαν πίνοντας μια γουλιά από το κρασί του.

Η Τατιάνα τον αγνόησε και επικεντρώθηκε ξανά στη Λίζα. «*Όλοι* είναι φοβερά εντυπωσιασμένοι μαζί σας. Μόνο καλά λόγια ακούω για εσάς, παρά τα παλιά σας παραστρατήματα, τα οποία... απ' ό,τι καταλαβαίνω, είχατε λόγο που τα κάνατε». Το έκπληκτο βλέμμα της Λίζα έκανε τη βασίλισσα να γελάσει. Ένα γέλιο χωρίς ζεστασιά και καλή διάθεση. «Ναι, ναι... γνωρίζω για τις μαγικές σας δυνάμεις και φυσικά γνωρίζω τι συνέβη με τον Βίκτορ. Κι ο Άντριαν εδώ με έχει ενημερώσει σχετικά με το πνεύμα. Είναι τόσο παράξενη αυτή η υπόθεση. Πείτε μου... μπορείτε...» Έριξε μια ματιά στο κοντινό τραπέζι. Πάνω του υπήρχε μια γλάστρα. Από το χώμα της ξεπρόβαλλαν πράσινα σκουρόχρωμα κλαδάκια. Έμοιαζε σαν κάποιο παράξενο φυτό που μπορούσε να μεγαλώσει σε εσωτερικό χώρο. Περίμενε κι εκείνο την άνοιξη σαν όλα τα λουλούδια που μεγάλωναν στον κήπο.

Η Λίζα δίστασε. Η χρήση των μαγικών της ιδιοτήτων μπροστά σε κοινό τη δυσκόλευε πολύ. Το βλέμμα της Τατιάνα όμως πρόδιδε μεγάλη ανυπομονησία. Μερικές στιγμές αργότερα, η

Λίζα έσκυψε και άγγιξε τα στελέχη του. Τα κοτσάνια του πετάχτηκαν από το χώμα φτάνοντας ψηλά, σχεδόν μισό μέτρο. Πάνω τους σχηματίστηκαν τεράστια μπουμπούκια που όλο και άνοιγαν αποκαλύπτοντας ένα μυρωδάτο κάτασπρο λουλούδι. Λευκόκρινοι! Η Λίζα απομάκρυνε το χέρι της.

Ο θαυμασμός στο πρόσωπο της Τατιάνα ήταν ολοφάνερος. Μουρμούρισε κάτι σε μια γλώσσα που δεν καταλάβαινα. Δεν είχε γεννηθεί στην Αμερική, αλλά είχε αποφασίσει να εγκαταστήσει εδώ τα ανάκτορά της. Η προφορά της στα αγγλικά ήταν τέλεια. Παρ' όλα αυτά, σε στιγμές έκπληξης θυμόταν τη μητρική της γλώσσα, όπως ακριβώς και ο Ντιμίτρι. Σε δευτερόλεπτα, ξαναβρήκε τους βασιλικούς της τρόπους.

«Ενδιαφέρον» είπε. Μόνο ενδιαφέρον;

«Θα μπορούσε να μας φανεί πολύ χρήσιμη» είπε η Πρισίλα. «Η Βασίλισσα και ο Άντριαν δεν μπορεί να είναι οι μόνοι με αυτό το χάρισμα. Θα πρέπει να εντοπίσουμε κι άλλους. Έχουμε τόσο πολλά να μάθουμε. Το θεραπευτικό της χάρισμα είναι ούτως ή άλλως μεγάλο δώρο. Και ποιος ξέρει τι άλλα μαγικά κόλπα μπορούν να κάνουν. Σκέψου τι θα μπορούσαμε να κάνουμε μ' όλα αυτά».

Η Λίζα ξαφνικά αισθάνθηκε αισιόδοξη. Είχε προσπαθήσει για καιρό να βρει κι άλλους σαν κι αυτήν. Ο Άντριαν ήταν ο μόνος που είχε καταφέρει να ανακαλύψει, και αυτό από απλή σύμπτωση. Αν η βασίλισσα και το συμβούλιο των Μορόι έκαναν πιο εντατικές προσπάθειες, όλο και κάτι περισσότερο θα μπορούσαν να ανακαλύψουν. Ωστόσο κάτι στα λόγια της Πρισίλα την ενοχλούσε.

«Με συγχωρείτε, πριγκίπισσα Βόντα... Δεν είμαι βέβαιη ότι θα πρέπει να χρησιμοποιούμε τις θεραπευτικές ιδιότητες, είτε τις δικές μου είτε οποιουδήποτε άλλου, όσο λέτε».

«Και γιατί όχι;» ρώτησε η Τατιάνα. «Απ' ό,τι καταλαβαίνω, μπορείτε να θεραπεύσετε σχεδόν τα πάντα».

«Μπορώ...» είπε αργά. «Και θέλω. Μακάρι να μπορούσα να βοηθήσω όλους όσους έχουν ανάγκη, αλλά δυστυχώς μου είναι αδύνατον. Μη με παρεξηγήσετε, είμαι πρόθυμη να βοηθήσω ορισμένους. Αλλά ξέρω πολύ καλά ότι θα υπάρξουν άνθρωποι σαν τον Βίκτορ που θα θελήσουν να την εκμεταλλευτούν. Κι έτσι... δεν θα ξέρω ποιους να διαλέξω και σε ποιους να το αρνηθώ. Πώς διαλέγει κανείς ποιος θα ζήσει και ποιος θα πεθάνει; Το παιχνίδι της ζωής μάς λέει πως... κάποιοι πρέπει να πεθάνουν. Οι δυνάμεις μου δεν είναι φάρμακο που μπορεί να δοθεί σ' όποιον το χρειάζεται και, για να είμαι ειλικρινής, πολύ φοβάμαι ότι μπορεί να χρησιμοποιηθούν μόνο για... ορισμένους ανθρώπους, όπως ακριβώς και οι φύλακες».

Στο δωμάτιο επικράτησε ένταση. Αυτό που είχε υπονοήσει η Λίζα σπανίως αναφερόταν έτσι απροκάλυπτα.

«Τι θέλετε να πείτε;» ρώτησε η Τατιάνα μισοκλείνοντας τα μάτια της. Φυσικά, ήταν εμφανές ότι είχε καταλάβει.

Η Λίζα φοβόταν να μιλήσει, αλλά το έκανε. «Όλοι ξέρουν ότι υπάρχει ένας συγκεκριμένος... τρόπος διάθεσης των φυλάκων. Μόνο η ελίτ δικαιούται φύλακες. Μόνο οι βασιλικοί γόνοι. Οι πλούσιοι. Οι άνθρωποι που κατέχουν την εξουσία».

Το δωμάτιο πάγωσε. Τα χείλη της Τατιάνα είχαν πια γίνει μια λεπτή γραμμή. Παρέμεινε σιωπηλή για αρκετή ώρα, ενώ όλοι οι υπόλοιποι περίμεναν την αντίδρασή της με κομμένη την ανάσα. Εγώ τουλάχιστον είχα φοβερή αγωνία. «Δηλαδή δεν θεωρείτε πως οι βασιλικοί γόνοι χρειάζονται περισσότερη προστασία; *Εσείς*, για παράδειγμα, η τελευταία απόγονος των Ντραγκομίρ, δεν χρειάζεστε καλύτερη φρούρηση;»

«Μα φυσικά και θεωρώ ότι η ασφάλεια των ηγετών μας έχει μεγάλη σημασία. Αλλά θεωρώ επίσης πως θα πρέπει να σκεφτόμαστε και τι κάνουμε. Ότι θα πρέπει να αναθεωρήσουμε τον τρόπο που ζούμε εδώ και αιώνες».

Η Λίζα ακουγόταν τόσο σωστή και σίγουρη για τα λόγια της. Ήμουν περήφανη για όσα έλεγε και, απ' όσο μπορούσα να κρίνω από το βλέμμα της Πρισίλα, κι εκείνη το ίδιο. Η Πρισίλα συμπάθησε τη Λίζα από την πρώτη στιγμή που την είδε. Ήταν όμως και πολύ αγχωμένη, γιατί είχε άμεση σχέση με τη βασίλισσα και γνώριζε πολύ καλά ότι η Λίζα κολυμπούσε σε επικίνδυνα νερά.

Η Τατιάνα ήπιε μια γουλιά από το τσάι της. Μάλλον προσπαθούσε να βρει χρόνο για να βάλει σε σειρά τις σκέψεις της. «Απ' όσο γνωρίζω» είπε «πιστεύετε ότι και τα Μορόι θα πρέπει να μάχονται μαζί με τους φύλακες».

Κι άλλο επικίνδυνο θέμα. «Θεωρώ πως αν υπάρχουν Μορόι που θα ήθελαν να το κάνουν, θα πρέπει να τους δίνεται η ευκαιρία». Ξαφνικά μου ήρθε στο μυαλό η Τζιλ.

«Οι ζωές των Μορόι είναι πολύτιμες» είπε η Τατιάνα. «Και δεν θα πρέπει να εκτίθενται σε κίνδυνο».

«Μα και οι ζωές των νταμπίρ είναι πολύτιμες» απάντησε η Λίζα. «Αν όμως Μορόι και νταμπίρ μάχονται μαζί, ίσως μπορέσουν να σωθούν. Αν υπάρχουν Μορόι που το θέλουν, γιατί να μην το κάνουν; Θα πρέπει τουλάχιστον να μάθουν πώς να υπερασπίζονται τους εαυτούς τους. Υπάρχουν Μορόι όπως η Τάσα Οζέρα που έχουν αναπτύξει τρόπους χρήσης των μαγικών μας ιδιοτήτων έτσι ώστε να μπορέσουν να χρησιμεύσουν στη μάχη.

Το όνομα της θείας του Κρίστιαν έκανε τη βασίλισσα να συνοφρυωθεί. Η Τάσα είχε δεχτεί επίθεση από τα Στριγκόι όταν ήταν νέα και είχε περάσει το υπόλοιπο της ζωής της προσπαθώντας να βρει τρόπους αντεπίθεσης. «Η Τάσα Οζέρα... Αυτή μόνο φασαρίες ξέρει να δημιουργεί. Κι έχει μάλιστα αρχίσει να συγκεντρώνει γύρω της κι άλλους σαν κι αυτήν».

«Προσπαθεί να εισάγει ένα νέο τρόπο σκέψης». Εκείνη ακριβώς τη στιγμή παρατήρησα πως η Λίζα είχε πάψει πλέον να φοβάται. Ήταν σίγουρη για τις πεποιθήσεις της και ήθελε πολύ να τις εκφράσει ανοιχτά. «Πάντοτε οι άνθρωποι με καινούργιες ιδέες, που σκέφτονται διαφορετικά και προσπαθούν να αλλάξουν τα πράγματα χαρακτηρίζονται ως ταραξίες. Θέλετε όμως να μάθετε όλη την αλήθεια;»

Ένα ειρωνικό βλέμμα άστραψε στα μάτια της Τατιάνα. «Μα φυσικά».

«Μας χρειάζεται μία αλλαγή. Ναι μεν οι παραδόσεις μας είναι σημαντικές και δεν πρέπει με τίποτα να τις χάσουμε, αλλά ώρες ώρες νιώθω ότι κινούμαστε σε λάθος πορεία».

«Δηλαδή;»

«Καθώς περνάνε τα χρόνια, συμβαίνουν γύρω μας όλο και μεγαλύτερες αλλαγές. Έχουμε εξελιχθεί. Υπολογιστές, ηλεκτρισμός και τεχνολογία γενικότερα. Κι όλοι γνωρίζουμε ότι τα παραπάνω έχουν βελτιώσει κατά πολύ τις ζωές μας. Γιατί λοιπόν να μην αλλάξουμε και τους τρόπους μας προς το καλύτερο; Γιατί να γραπωνόμαστε από το παρελθόν, ενώ υπάρχουν πολύ καλύτερες λύσεις;»

Είχε μείνει σχεδόν χωρίς ανάσα. Μέσα της έβραζε από ένταση. Τα μάγουλά της έκαιγαν και η καρδιά της έτρεχε σε τρελούς ρυθμούς. Όλοι μας παρατηρούσαμε την Τατιάνα προσπαθώντας να καταλάβουμε έστω κάτι, κάτι τόσο δα κοιτώντας αυτό το παγωμένο πρόσωπο.

«Όλα όσα λέτε έχουν μεγάλο ενδιαφέρον» είπε τελικά, ενώ ο τόνος της όταν είπε *ενδιαφέρον* έκανε τη λέξη να ακουστεί βρόμικη. «Θα με συγχωρήσετε όμως, γιατί έχω πολλά πράγματα να κάνω». Σηκώθηκε όρθια κι όλοι έσπευσαν να ακολουθήσουν το παράδειγμά της, ακόμη και ο Άντριαν. «Δεν θα δειπνήσω μαζί σας, αλλά εσείς και οι σύντροφοί σας θα έχετε πλήρη περιποίηση. Θα σας δω αύριο στη δίκη. Όσο ριζοσπαστικές και αφελώς ιδεαλιστικές κι αν είναι οι απόψεις σας, είμαι ευτυχής που θα είστε εδώ για να συνεισφέρετε στην απόφαση του δικαστηρίου. Νομίζω ότι όλοι μας συμφωνούμε ότι θα πρέπει τουλάχιστον να φυλακιστεί».

Η Τατιάνα έφυγε βιαστικά και την ακολούθησαν αμέσως δύο φύλακες. Και η Πρισίλα έφυγε πίσω τους, αφήνοντας τη Λίζα μόνη με τον Άντριαν.

«Συγχαρητήρια, ξαδέλφη. Δεν υπάρχουν πολλοί που καταφέρνουν να βγάλουν τη γερο-βασίλισσα έξω από τα νερά της».

«Δεν μου έδωσε την εντύπωση ότι ήταν έξω απ' τα νερά της».

«Ω ναι, ήταν! Πίστεψέ με. Οι περισσότεροι από εκείνους που τη συναντούν καθημερινά δεν θα της μιλούσαν ποτέ με τέτοιον τρόπο. Πόσο μάλλον κάποιος στην ηλικία σου». Σηκώθηκε και έδωσε το χέρι του στη Λίζα. «Έλα να σε ξεναγήσω στο χώρο. Θα σε βοηθήσει να ξεχαστείς λιγάκι».

«Είχα ξανάρθει» είπε. «Όταν ήμουν μικρή».

«Ναι, αλλά άλλα πράγματα βλέπουμε όταν είμαστε μικροί και άλλα όταν μεγαλώνουμε. Για παράδειγμα, το ήξερες εσύ πως εδώ λειτουργεί ένα μπαρ που μένει ανοιχτό εικοσιτέσσερις ώρες το εικοσιτετράωρο; Πάμε να πιεις ένα ποτάκι».

«Δεν θέλω να πιω».

«Θα αναγκαστείς να πιεις προτού τελειώσει αυτό το ταξίδι».

Βγήκα από το κεφάλι της Λίζα και επέστρεψα στο δωμάτιό μου. Η συνάντηση με τη βασίλισσα είχε πια τελειώσει και η Λίζα δεν χρειαζόταν πλέον την αόρατη υποστήριξή μου. Εκτός αυτού δεν είχα καμία όρεξη να βλέπω τα μούτρα του Άντριαν εκείνη τη στιγμή. Σηκώθηκα συνειδητοποιώντας ότι ήμουν σε υπερδιέγερση. Κάθε φορά που έμπαινα στο μυαλό της ήταν λες κι έπεφτα σε λήθαργο.

Αποφάσισα λοιπόν να εξερευνήσω κι εγώ το χώρο. Ήταν η

πρώτη φορά που βρισκόμουν στα βασιλικά ανάκτορα. Έλεγαν ότι ήταν σαν μια μικρή πόλη κι ανυπομονούσα να μάθω τι άλλο υπήρχε να δω, εκτός από το μπαρ, μόνιμος πελάτης του οποίου καθ' όλη τη διάρκεια της επίσκεψης θα ήταν σίγουρα ο Άντριαν.

Κατέβηκα τις σκάλες έχοντας σκοπό να βγω έξω. Απ' ό,τι ήξερα, στο κτίριο δεν υπήρχαν παρά ξενώνες. Ήταν σαν να λέμε το ξενοδοχείο του παλατιού. Όταν έφτασα στην είσοδο, όμως, είδα τον Κρίστιαν και τον Έντι να συνομιλούν με κάποιον που δεν μπορούσα να δω καλά. Ο Έντι, πάντα έτοιμος, με είδε από μακριά και χαμογέλασε.

«Ρόουζ. Κοίτα ποια πετύχαμε!»

Καθώς πλησίαζα, ο Κρίστιαν έκανε στην άκρη, αποκαλύπτοντας το μυστήριο πρόσωπο. Σταμάτησα απότομα κι εκείνη μου χαμογέλασε.

«Γεια σου, Ρόουζ».

Σε λίγο, στο πρόσωπό μου σχηματίστηκε ένα χαμόγελο.

«Γεια σου κι εσένα, Μία».

12

ΑΝ ΚΑΝΕΙΣ ΜΟΥ ΕΛΕΓΕ ΠΡΙΝ ΑΠΟ ΤΡΕΙΣ ΜΗΝΕΣ ότι υπήρχε περίπτωση να δω τη Μία Ρινάλντι στα βασιλικά ανάκτορα και να χαρώ, θα του έλεγα ότι είναι τρελός. Ήταν ένα χρόνο μικρότερή μας και τα είχε βάλει με τη Λίζα από το πρώτο έτος του Λυκείου. Ήταν μάλιστα τέτοια η οργή της, που έκανε φριχτά πράγματα για να μας κάνει τη ζωή δύσκολη. Και τα είχε καταφέρει μια χαρά. Οι φήμες που είχαν διαδώσει ο Τζέσε και ο Ραλφ για μένα είχαν ξεκινήσει από εκείνη.

Μετά όμως η Μία είχε έρθει μαζί μας στο Σποκέιν και είχε αιχμαλωτιστεί κι εκείνη από τα Στριγκόι. Κι έτσι όλα άλλαξαν και για εκείνη, όπως ακριβώς και για τον Κρίστιαν και για τον Έντι. Είχε περάσει την ίδια φρίκη που είχαν περάσει και όλοι οι υπόλοιποι. Μάλιστα, ήταν η μόνη από τους φίλους μου που είχε δει τον Μέισον να πεθαίνει μπροστά στα μάτια της κι εμένα να σκοτώνω τα Στριγκόι. Επίσης, μου είχε σώσει τη ζωή χρησιμοποιώντας για λίγο το νερό, τη μαγική της δύναμη, εμποδίζοντας έτσι ένα Στριγκόι. Στο μεγάλο καβγά που είχε ξεσπάσει σχετικά με το αν πρέπει τα Μορόι να χρησιμοποιούν μαγικά, είχε ταχθεί με ζέση υπέρ του δικαιώματός τους να το κάνουν.

Είχα να δω τη Μία κανένα μήνα, από την κηδεία του Μέισον. Την περιεργάστηκα κι ένιωσα ότι είχε περάσει τουλάχιστον ένας χρόνος. Είχα πάντοτε την αίσθηση ότι η Μία έμοιαζε με πορσελάνινη κούκλα. Ήταν πιο κοντή από τα υπόλοιπα Μορόι και τα χαρακτηριστικά της, ειδικά τα στρογγυλά μαγουλάκια της, την έκαναν να μικροδείχνει. Το γεγονός ότι έφτιαχνε τα μαλλιά της σε απόλυτα στρογγυλές, τέλειες μπούκλες ενίσχυε την εικόνα της κούκλας. Εκείνη την ημέρα όμως δεν είχε μπει σε τέτοιον κόπο. Τα ξανθά μαλλιά της ήταν πιασμένα σε μια αλογοουρά και οι μόνες μπούκλες που διέκρινα ήταν όσες είχε από φυσικού της στα σπαστά μαλλιά της. Δεν φορούσε μακιγιάζ και το πρόσωπό της πρόδιδε ότι είχε περάσει πολλή ώρα έξω. Το δέρμα της ήταν σκασμένο από τον αέρα και είχε ένα ελαφρύ μαύρισμα, σχεδόν ανήκουστο για τα Μορόι που αποστρέφονταν τελείως το φως.

Γέλασε με την έκπληξή μου. «Δεν έχεις να με δεις και τόσο πολύ καιρό. Κάνεις λες και δεν ξέρεις καν ποια είμαι».

«Κοντά έπεσες». Αγκαλιαστήκαμε και ακόμη μια φορά δυσκολεύτηκα να πιστέψω ότι κάποτε εκείνη προσπαθούσε να βρει τρόπους να μου καταστρέψει τη ζωή κι εγώ της είχα σπάσει τη μύτη. «Τι δουλειά έχεις εσύ εδώ;»

Μας έκανε νόημα να την ακολουθήσουμε προς την πόρτα. «Μόλις φεύγαμε. Πάμε. Θα σας τα εξηγήσω όλα».

Πήγαμε σε ένα γειτονικό κτίριο. Δεν έμοιαζε με εμπορικό κέντρο, αλλά είχε ορισμένα μαγαζιά, εταιρείες, εστιατόρια και υπηρεσίες απαραίτητες στα Μορόι που ζούσαν ή επισκέπτονταν τα ανάκτορα. Υπήρχε επίσης και μία καφετέρια κι εκεί μας οδήγησε η Μία.

Η καφετέρια ίσως φαντάζει κάτι το συνηθισμένο, αλλά εμένα σπάνια μου δινόταν μια τέτοια ευκαιρία. Είχα πάρα πολύ καιρό να βρεθώ σε ένα δημόσιο χώρο μαζί με τους φίλους μου δίχως να ανησυχώ για τίποτα… Τι ωραίο συναίσθημα. Θυμήθηκα τότε που εγώ κι η Λίζα ζούσαμε μόνες μας, τότε που οι ζωές μας δεν κυβερνιόντουσαν από τους κανόνες και την Ακαδημία.

«Ο μπαμπάς μου δουλεύει εδώ τώρα πια» μας είπε. «Οπότε ζω εδώ».

Τα παιδιά των Μορόι σπάνια έμεναν με τους γονείς τους. Συνήθως τα έστελναν σε μέρη όπως η Ακαδημία του Αγίου Βλαντιμίρ, όπου μπορούσαν να μεγαλώσουν με ασφάλεια. «Και τι θα γίνει με το σχολείο;» τη ρώτησα.

«Δεν υπάρχουν και πολλά παιδιά εδώ. Άσε που οι περισσότεροι είναι πλούσιοι και κάνουν ιδιαίτερα μαθήματα. Ο μπαμπάς μου κατάφερε να χρησιμοποιήσει τις γνωριμίες του και να τους πείσει να πάρουν κι εμένα ως μαθήτρια. Έτσι κάνω τα ίδια μαθήματα, απλά με άλλο τρόπο. Εδώ έχω λιγότερες ώρες διδασκαλίας, αλλά περισσότερο διάβασμα στο σπίτι».

«Ναι, αλλά με κάτι άλλο καταγίνεσαι» της είπε ο Έντι. «Εκτός αν κάνεις όλα σου τα μαθήματα έξω στο κρύο». Είχε κι εκείνος παρατηρήσει τα ίδια πράγματα με μένα. Κοιτώντας τα χέρια της, καθώς κρατούσε τον καφέ της, παρατήρησα ότι ήταν γεμάτα κάλους.

Κούνησε τα δάχτυλά της. «Έχω γίνει φίλη με μερικούς φύλακες εδώ πέρα και μου μαθαίνουν διάφορα πράγματα».

«Επικίνδυνο αυτό» είπε ο Κρίστιαν με ύφος επιδοκιμαστικό. «Ακόμα δεν έχει επιλυθεί το ζήτημα του αν θα πρέπει τα Μορόι να μάχονται».

«Μα εσύ μιλάς για τα μαγικά!» τον διόρθωσε. «Ιδού το θέμα. Κανείς δεν μιλά για σωματική συμμετοχή των Μορόι στις μάχες όμως».

«Μιλάνε και γι' αυτό» είπα «απλώς επισκιάζεται από το ζήτημα της μάχης με μαγικά όπλα».

«Δεν θεωρείται παράνομο» είπε κομψά. «Και μέχρι να θεωρηθεί, θα συνεχίσω να το κάνω. Εσύ νομίζεις ότι με όλα τα γεγονότα και τις συναντήσεις που έχουν εδώ πέρα, ασχολείται κανείς με το τι κάνει ένα Μορόι σαν εμένα;» Η οικογένεια της

Μία, εκτός του ότι δεν ήταν γαλαζοαίματη, ήταν κι από σχετικά χαμηλά κοινωνικά στρώματα. Όχι ότι κάτι έλεγε αυτό για την ίδια, αλλά σίγουρα επηρέαζε τη ζωή της.

Εγώ, παρ' όλα αυτά, την έβλεπα πολύ χαρούμενη, πιο χαρούμενη και πιο ανοιχτή από κάθε άλλη φορά σ' όλο τον καιρό που γνωριζόμασταν. Έμοιαζε... ελεύθερη. Ο Κρίστιαν της είπε αυτά ακριβώς που σκεφτόμουν.

«Έχεις αλλάξει πολύ» είπε.

«Όλοι μας έχουμε αλλάξει» τον διόρθωσε. «Κυρίως εσύ, Ρόουζ. Δεν μπορώ να το εξηγήσω, πάντως έχεις αλλάξει».

«Δεν υπήρχε περίπτωση να μην αλλάξουμε εμείς οι πέντε» είπε ο Κρίστιαν κι αμέσως έσπευσε να διορθώσει τα λόγια του. «Εμείς οι τέσσερις».

Όλοι μας σιωπήσαμε κι η σκέψη του Μέισον μας στοίχειωσε. Κοίταξα τη Μία, τον Κρίστιαν και τον Έντι κι ένιωσα να βγαίνει στην επιφάνεια όλος αυτός ο πόνος που πάντοτε προσπαθούσα να κρύψω και έβλεπα ότι κι εκείνοι έδιναν συνεχώς την ίδια μάχη.

Τελικά η συζήτηση άλλαξε κι όλες μας οι κουβέντες περιστρέφονταν γύρω από τα νέα της Αυλής αλλά και της Ακαδημίας. Σκεφτόμουν συνεχώς αυτό που μου είχε πει η Μία. Ότι δηλαδή είχα αλλάξει περισσότερο από τους άλλους. Το μόνο που μπορούσα να σκεφτώ ήταν ότι έβγαινα συνεχώς εκτός εαυτού και ότι τον περισσότερο καιρό οι πράξεις και τα συναισθήματά μου έμοιαζαν να μην είναι δικά μου. Έτσι όπως καθόμασταν εκεί, άρχισα να νιώθω λες και η Μία κυριευόταν μόνο από θετικές σκέψεις κι εγώ μόνο από αρνητικές. Οι συζητήσεις με τον Άντριαν ήρθαν ξανά στο νου μου και θυμήθηκα πόσο σκοτεινή, ολόμαυρη ήταν η αύρα μου.

Δεν ξέρω αν τον προσκάλεσα με τις σκέψεις μου, πάντως αυτός κι η Λίζα ήρθαν και έκατσαν μαζί μας. Σκέφτηκα ότι και το μπαρ θα βρισκόταν στο ίδιο κτίριο. Είχα προσπαθήσει να μπλοκάρω για λίγο το δεσμό μας και να μην της δίνω πολλή σημασία. Ο Άντριαν ευτυχώς δεν την είχε κάνει σκνίπα, αν και είχε κατεβάσει δυο ποτά. Ένιωσα μια βοή να μου μεταδίδεται μέσω του δεσμού και αναγκάστηκα να τη σταματήσω με προσοχή.

Ξαφνιάστηκε όσο κι εμείς που είδε τη Μία μπροστά της, αλλά την καλωσόρισε και θέλησε να μάθει όλα της τα νέα. Είχα ήδη ακούσει τα περισσότερα και έτσι κάθισα ήσυχη κι απόλαυσα το τσάι μου. Εγώ καφέ δεν έπινα. Οι περισσότεροι φύλακες τον κατέβαζαν όπως τα Μορόι το αίμα. Εγώ όμως δεν μπορούσα να τον βάλω στο στόμα μου.

«Πώς πήγε η συνάντηση με τη βασίλισσα;» τη ρώτησε σε κάποια φάση ο Κρίστιαν.

«Καλούτσικα» είπε. «Όχι τέλεια, αλλά αυτή τη φορά ούτε μου φώναξε ούτε με γελοιοποίησε, οπότε καλά!»

«Σταμάτα τις μετριοπάθειες» είπε ο Άντριαν βάζοντας το χέρι του στους ώμους της. «Η πριγκίπισσα Ντραγκομίρ υπήρξε υπέροχη. Πού να τη βλέπατε». Η Λίζα γέλασε.

«Δεν φαντάζομαι να σου είπε γιατί μας άφησε να έρθουμε στη δίκη;» ρώτησε ξερά ο Κρίστιαν. Δεν φαινόταν πολύ χαρούμενος με το δέσιμο της Λίζα και του Άντριαν. Ιδίως τώρα που το χέρι του την αγκάλιαζε.

Το γέλιο της Λίζα κόπηκε. «Αυτό ήταν δουλειά του Άντριαν».

«Τι;» ρωτήσαμε μαζί εγώ κι ο Κρίστιαν.

Ο Άντριαν, νιώθοντας απόλυτα ικανοποιημένος από τον εαυτό του, παρέμεινε, για πρώτη φορά, σιωπηλός και άφησε τη Λίζα να μας εξηγήσει. «Την έπεισε ότι πρέπει οπωσδήποτε να παραστούμε στη δίκη. Απ' ό,τι φαίνεται, της έγινε τόσο φορτικός που αναγκάστηκε να πει ναι».

«Συγνώμη, εγώ το μόνο που έκανα ήταν να χρησιμοποιήσω όλη μου την πειθώ». Η Λίζα γέλασε ξανά.

Τα ίδια μου τα λόγια ξαναπαίχτηκαν στο μυαλό μου. *Ενώ αυτή; Ποια είναι αυτή; Απλά και μόνο μία Ιβάσκοφ. Σιγά το πράγμα! Ξέρεις πόσοι από δαύτους υπάρχουν;* Και πράγματι υπήρχαν. Κοίταξα φευγαλέα τον Άντριαν.

«Τι σχέση έχετε;» Η απάντηση ήρθε στο μυαλό μου κατευθείαν από το μυαλό της Λίζα. «Είναι θεία του».

«Είναι αδελφή του παππού μου και είμαι το αγαπημένο της δισέγγονο. Δηλαδή είμαι το μόνο της δισέγγονο, αλλά αυτό δεν έχει καμία σημασία. Σημασία έχει ότι είμαι ο αγαπημένος της» είπε.

«Απίστευτο!» είπε ο Κρίστιαν.

«Όντως απίστευτο» είπα.

«Κανείς σας δεν φαίνεται να με εκτιμά. Μα γιατί να μην μπορείτε να δεχτείτε ότι κι εγώ μπορώ να προσφέρω σε τόσο χαλεπούς καιρούς;» Ο Άντριαν σηκώθηκε και προσπάθησε να φανεί εξαγριωμένος, αλλά το χαμόγελο στο πρόσωπό του έδειχνε ότι μάλλον διασκέδαζε με την όλη κατάσταση. «Παίρνω τα τσιγάρα μου και πάω έξω. Τουλάχιστον αυτά δεν μ' εγκαταλείπουν ποτέ».

Μόλις έφυγε, ο Κρίστιαν ρώτησε τη Λίζα: «Καθόσουν και μεθοκοπούσες μαζί του;»

«Δεν είμαι μεθυσμένη. Δύο ποτά ήπια» του είπε. «Κι από πότε έγινες τόσο συντηρητικός εσύ;»

«Από τότε που συχνάζεις με κακές παρέες όπως ο Άντριαν».

«Σταμάτα πια! Μας βοήθησε να έρθουμε εδώ πέρα. Κανένας άλλος δεν το είχε καταφέρει μέχρι στιγμής. Στο κάτω κάτω, δεν ήταν υποχρεωμένος να το κάνει, αλλά εσύ κι η Ρόουζ κάνετε λες και είναι ο πιο κακός άνθρωπος του πλανήτη». Δεν είχε δίκιο. Εγώ καθόμουν εμβρόντητη, ανίκανη να αντιδράσω. Ένιωθα λες και κάποιος με είχε χτυπήσει στο κεφάλι.

«Ναι, και είμαι σίγουρος ότι το έκανε από την καλή του την καρδιά».

«Και γιατί το έκανε;»

«Σοβαρά μιλάς; Δηλαδή δεν ξέρεις;»

Τα μάτια της Λίζα άνοιξαν διάπλατα. «Νομίζεις ότι το έκανε για μένα; Νομίζεις ότι τρέχει κάτι μεταξύ μας;»

«Τα πίνετε παρέα, κάνετε μαγικά παρέα και εμφανίζεστε παρέα στις αριστοκρατικές σας υποχρεώσεις. Εσύ τι θα σκεφτόσουν στη θέση μου;»

Η Μία και ο Έντι ένιωθαν τελείως άβολα κι είχα κι εγώ αρχίσει να τους καταλαβαίνω.

Η Λίζα σιγόβραζε από θυμό, ένα θυμό που με χτυπούσε σαν κύμα καύσωνα μέσα από το δεσμό μας. Ήταν εξοργισμένη κι η οργή της δεν είχε να κάνει με τον Άντριαν. Κυρίως ήταν εκνευρισμένη που ο Κρίστιαν δεν την εμπιστευόταν. Όσο για εκείνον, δυστυχώς δεν είχα υπερφυσικές δυνάμεις για να νιώσω όλα όσα αισθανόταν, αλλά καταλάβαινα ότι δεν ζήλευε απλά και μόνο επειδή περνούσε πολύ χρόνο με τον Άντριαν. Ζήλευε κυρίως επειδή είχε την επιρροή να κάνει κάτι σαν αυτό που έκανε για εκείνη. Ζήλευε για αυτό ακριβώς που του είχαν περιγράψει ο Τζέσε και ο Ραλφ: ότι δηλαδή οι κατάλληλες γνωριμίες μπορούσαν να ανοίξουν διάφορες πόρτες σ' εκείνον. Κι ο Κρίστιαν τέτοιες γνωριμίες δεν είχε.

Σκούντηξα το πόδι του Κρίστιαν με το γόνατό μου, ελπίζοντας να πιάσει το υπονοούμενο και να σταματήσει να μιλάει προτού γίνουν χειρότερα τα πράγματα. Ο θυμός της Λίζα γινόταν όλο και πιο έντονος. Παράλληλα αισθανόμουν να φουντώνει μέσα της και η ανησυχία μήπως όντως το είχε *παρακάνει* με τον Άντριαν. Η όλη κατάσταση είχε αρχίσει να παίρνει γελοίες διαστάσεις.

«Κρίστιαν, σε παρακαλώ πολύ! Αν ο Άντριαν το κανόνισε όλο αυτό για χάρη κάποιου, αυτός ο κάποιος είμαι εγώ. Έχει ψύχωση μαζί μου. Μου καυχιόταν πριν από λίγο καιρό ότι μπορούσε να το κάνει κι εγώ δεν έλεγα να τον πιστέψω» είπα και στράφηκα κατά τη Λίζα. Έπρεπε να βρω τρόπο να την κάνω να ηρεμήσει και να αφήσει πίσω της όλα αυτά τα σκοτεινά συναισθήματα, που θα μπορούσαν να της προκαλέσουν πολλά προβλήματα αν έπαυε να τα ελέγχει. «Λιζ, μπορεί να μην είσαι σκνίπα, αλλά σίγουρα χρειάζεται να ηρεμήσεις για καμιά ώρα προτού συνεχίσεις αυτή τη συζήτηση, γιατί αλλιώς θα αμολήσεις κι εσύ καμία κοτσάνα σαν τον Κρίστιαν και μετά θα πρέπει εγώ να μαζεύω τα σπασμένα, όπως πάντα…»

Είχα αρχίσει να φουντώνω και περίμενα ότι όλο και κάποιος θα μου έλεγε ότι μίλαγα κακιασμένα. Η Λίζα όμως ηρέμησε και χαμογέλασε στον Κρίστιαν. «Ε ναι, μάλλον θα πρέπει να το συζητήσουμε αργότερα. Σήμερα έχουν συμβεί τόσο πολλά…»

Δίστασε για λίγο και μετά της έγνεψε καταφατικά. «Ναι. Συγνώμη που σε πήρα από τα μούτρα προηγουμένως». Της ανταπέδωσε το χαμόγελο και ο καβγάς έληξε.

«Λοιπόν; Ακούω;» ρώτησε η Λίζα τη Μία «ποιους έχεις γνωρίσει εδώ πέρα;»

Τους κοίταζα έκπληκτη. Είχα καταφέρει να τους τα φτιάξω και κανείς δεν έλεγε τίποτα. Ούτε ένα *Ευχαριστούμε, Ρόουζ, που μας έκανες να καταλάβουμε ότι κάναμε σαν ηλίθιοι.* Δεν μου 'φτανε που έτρωγα στη μάπα κάθε μέρα τις ρομαντικές τους περιπτύξεις χωρίς καν να με ρωτάνε πώς ένιωθα, τώρα τους τα μπάλωνα κι όποτε είχαν προβλήματα κι εκείνοι ούτε που το καταλάβαιναν.

«Επιστρέφω αμέσως» είπα διακόπτοντας την αφήγηση της Μία για κάποια άλλα παιδιά στην ηλικία μας που είχε γνωρίσει εκεί. Φοβόμουν ότι αν έμενα κι άλλο εκεί πέρα, θα έλεγα κάτι που ίσως να το μετάνιωνα αργότερα ή ότι θα κατέληγα να σπάσω καμιά καρέκλα. Μα γιατί να είμαι τόσο οργισμένη;

Βγήκα έξω ελπίζοντας ότι ο κρύος αέρας θα με ηρεμούσε. Αντί για τον καθαρό αέρα όμως, μου ήρθε μια μυρωδιά από καπνό γαρίφαλου.

«Μην αρχίσεις πάλι για το κάπνισμα» με προειδοποίησε ο

Άντριαν. Ήταν ακουμπισμένος στον καφεκόκκινο τοίχο. «Δεν χρειαζόταν να βγεις έξω αφού ήξερες ότι ήμουν εδώ».

«Μα γι' αυτό ακριβώς ήρθα. Γι' αυτό κι επειδή ένιωσα ότι θα αποτρελαθώ αν έμενα κι άλλο εκεί μέσα».

Έγειρε το κεφάλι του για να με δει. Τα φρύδια του τεντώθηκαν κατά πάνω. «Σοβαρά; Μα τι έγινε; Όλα ήταν μια χαρά προηγουμένως».

Άρχισα να περπατάω μπρος-πίσω ακριβώς μπροστά του. «Δεν ξέρω τι έγινε. Εγώ μια χαρά ήμουν, αλλά ο Κρίστιαν και η Λίζα άρχισαν να μαλώνουν με αφορμή εσένα. Ήταν πολύ παράξενο. Εκείνοι ήταν νευριασμένοι και στο τέλος εγώ κατέληξα να θυμώνω περισσότερο κι από τους δύο».

«Για στάσου. Είπες ότι μαλώνανε για μένα;»

«Ναι, αυτό είπα. Μα δεν ακούς τι λέω;»

«Ε! Μη φορτώνεις μαζί μου. Δεν σου έκανα τίποτα».

Σταύρωσα τα χέρια μου μπροστά στο στήθος μου. «Ο Κρίστιαν ζηλεύει επειδή η Λίζα περνάει πολύ χρόνο μαζί σου».

«Μα δεν κάνουμε τίποτα. Μελετάμε τις ιδιότητες του πνεύματος» είπε ο Άντριαν. «Μπορεί αν θέλει να έρχεται να παρακολουθεί».

«Καλά, ποιος σου είπε ότι η αγάπη έχει λογική; Νομίζω ότι φούντωσε έτσι που σας είδε να έρχεστε μαζί. Και μετά εκνευρίστηκε που χρησιμοποίησες την επιρροή σου στη βασίλισσα για χάρη της Λίζα».

«Δεν το έκανα για τη Λίζα. Το έκανα για όλους σας… κυρίως για σένα».

Σταμάτησα μπροστά του. «Δεν πίστεψα ότι μπορούσες να το κάνεις».

Χαμογέλασε. «Εγώ προσπάθησα να σου πω το γενεαλογικό δέντρο της οικογένειάς μου στο όνειρο, αλλά εσύ δεν ήθελες με τίποτα να μ' ακούσεις».

«Ναι... Φανταζόμουν ότι...»

Δεν μπόρεσα να τελειώσω την κουβέντα μου. Η αλήθεια ήταν ότι φανταζόμουν πως θα τα κατάφερνε ο Ντιμίτρι, ότι εκείνος θα μας έφερνε εδώ, παρά όσα μου είχε πει. Αλλά είχα πέσει έξω.

«Τι φανταζόσουν, πες μου».

«Τίποτα» είπα «σ' ευχαριστώ που μας έφερες όλους εδώ» πρόσθεσα με φοβερή δυσκολία.

«Δεν το πιστεύω» είπε. «Η Ρόουζ Χάθαγουεϊ μου είπε για πρώτη φορά μια καλή κουβέντα. Τώρα μπορώ να πεθάνω ήσυχος».

«Δηλαδή τι υπονοείς; Ότι συνήθως είμαι αχάριστη;»

Δεν μίλησε, αλλά με κοίταξε επίμονα.

«Έι! Δεν είναι καθόλου ωραίο αυτό που κάνεις».

«Θα μπορούσα ίσως να σε συγχωρήσω με μια αγκαλίτσα».

Τον κοίταξα άγρια.

«Μια τόση δα αγκαλιά» μου είπε ικετευτικά.

Αναστέναξα, τον πλησίασα και έβαλα το χέρι μου πίσω από το λαιμό του, γέρνοντας το κεφάλι μου πάνω τον ώμο του. «Σ' ευχαριστώ, Άντριαν».

Μείναμε σ' αυτή τη στάση για μια στιγμή. Δεν ένιωθα ούτε τον ηλεκτρισμό ούτε τη χημεία που ένιωθα με τον Ντιμίτρι, αλλά έπρεπε να παραδεχτώ ότι η Λίζα είχε δίκιο και ότι ο Άντριαν όσο ενοχλητικός και σνομπ κι αν ήταν, δεν ήταν και τόσο κακός όσο τον παρουσίαζα εγώ.

Ξαφνικά άνοιξαν οι πόρτες και η Λίζα κι οι υπόλοιποι βγήκαν έξω. Η έκπληξή τους ήταν εμφανής, αλλά εκείνη τη στιγμή ούτε που μ' ένοιαζε. Εκτός αυτού, από τις φήμες που κυκλοφορούσαν, οι περισσότεροι θα πίστευαν ότι είμαι πια έγκυος από τον Άντριαν.

«Για πού το βάλατε;» ρώτησα.

«Κοίτα, η Μία έχει πολύ πιο σοβαρά πράγματα να κάνει από το να κάτσει μαζί μας» αστειεύτηκε ο Κρίστιαν.

«Απλά έχω κανονίσει να βρεθώ με τον μπαμπά μου. Θα σας δω πριν φύγω». Απομακρύνθηκε λίγο και ξαφνικά γύρισε κοντά μας. «Καλά, τα 'χω χάσει τα μυαλά μου» είπε κι έβγαλε ένα διπλωμένο σημείωμα από την τσέπη του παλτού της. «Ένας από τους λόγους που ήρθα να σας βρω είναι κι αυτός. Κάποιος από τους υπαλλήλους των ανακτόρων μού ζήτησε να σου δώσω αυτό εδώ».

«Ευχαριστώ» της είπα σαστισμένη. Έφυγε για να πάει στον πατέρα της κι εμείς οι υπόλοιποι αρχίσαμε να περπατάμε προς το κτίριό μας.

Έμεινα λίγο πίσω για να ανοίξω το σημείωμα. Μα ποιος στην ευχή ήθελε να επικοινωνήσει μαζί μου εδώ πέρα;

Ρόουζ,

Χάρηκα πολύ όταν πληροφορήθηκα την άφιξή σου. Είμαι βέβαιος ότι τούτο θα βελτιώσει κατά πολύ την αυριανή διαδικασία. Πάει καιρός τώρα που αναρωτιέμαι τι να κάνει η Βασίλισσα. Επίσης, οι ρομαντικές σου περιπέτειες δίνουν πάντοτε μία διασκεδαστική νότα. Ανυπομονώ να τις μοιραστείς μαζί μας αύριο στο δικαστήριο.

Με εκτίμηση,

Β.Ν.

«Από ποιον είναι;» με ρώτησε ο Έντι που γύρισε και ήρθε κοντά μου.

Το ξαναδίπλωσα βιαστικά και το έχωσα στην τσάντα μου. «Άσ' το, δεν είναι τίποτα» του απάντησα.

Β.Ν.

Ο Βίκτορ Ντάσκοφ.

13

ΟΤΑΝ ΕΠΙΣΤΡΕΨΑΜΕ ΣΤΑ ΔΩΜΑΤΙΑ ΜΑΣ, πέταξα στη Λίζα μια δικαιολογία, ότι δήθεν είχα να κανονίσω διάφορα πράγματα για τη φύλαξη. Έτσι κι αλλιώς εκείνη και ο Κρίστιαν ανυπομονούσαν να τα βρουν —μάλλον γυμνοί στο κρεβάτι— κι έτσι δεν με ρώτησε περισσότερα. Στο δωμάτιό μου υπήρχε τηλέφωνο. Το σήκωσα, μίλησα με το κέντρο και μπόρεσα να βρω το δωμάτιο του Ντιμίτρι.

Ξαφνιάστηκε που με είδε φάντη μπαστούνι στην πόρτα του. Με κοίταζε με μεγάλη επιφύλαξη. Την τελευταία φορά που μας συνέβη κάτι τέτοιο, ήμασταν και οι δύο υπό την επήρεια του ξορκιού του Βίκτορ και είχαμε συμπεριφερθεί πολύ... παθιασμένα.

«Πρέπει να μιλήσουμε» είπα.

Έκανε στην άκρη να περάσω κι εγώ του έδωσα κατευθείαν το σημείωμα.

«Β.Ν.»

«Ναι, κατάλαβα» είπε ο Ντιμίτρι. «Βίκτορ Ντάσκοφ».

«Τι θα κάνουμε; Το 'χαμε συζητήσει κάποτε, αλλά να που τώρα θα μας προδώσει μπροστά σ' όλους».

Ο Ντιμίτρι δεν απάντησε. Καταλάβαινα ότι προσπαθούσε να εκτιμήσει όλες μας τις δυνατότητες, όπως ακριβώς έκανε και πριν από κάποια μάχη. Στο τέλος έβγαλε το κινητό του και μου είπε: «Περίμενε λιγάκι». Τι ωραίο να μη βασίζεσαι στο σταθερό!

Έκανα να καθίσω στο κρεβάτι του αλλά σκέφτηκα ότι ήταν παρακινδυνευμένο και κάθισα στον καναπέ. Δεν ήξερα σε ποιον μιλούσε, αλλά η συζήτηση γινόταν στα ρώσικα.

«Τι τρέχει;» τον ρώτησα όταν τελείωσε.

«Θα σου πω σε λίγο, προς το παρόν πρέπει να περιμένουμε».

«Ωραία! Και είμαι και πολύ υπομονετική».

Τράβηξε μια πολυθρόνα και κάθισε ακριβώς απέναντί μου. Φαινόταν πολύ μικρή για κάποιον τόσο τεράστιο όσο εκείνος. Κι όμως, κατάφερε να καθίσει και μάλιστα με μεγάλη χάρη.

Δίπλα μου είδα αραδιασμένα διάφορα βιβλία για την Άγρια Δύση που πάντοτε του άρεσε να διαβάζει. Διάλεξα ένα και σκέφτηκα πόσο μόνος του ήταν. Ακόμη κι εδώ, στα ανάκτορα, είχε επιλέξει να μείνει κλεισμένος στο δωμάτιό του. «Μα γιατί τα διαβάζεις αυτά;»

«Ορισμένοι, ξέρεις, διαβάζουν βιβλία έτσι για πλάκα» μου είπε.

«Ε... για πρόσεχε! Κι εγώ διαβάζω βιβλία. Τα διαβάζω για να λύσω τα μυστήρια που απειλούν τη ζωή και την ψυχική υγεία της φίλης μου. Στο κάτω κάτω, αυτά τα καουμπόικα τι προσφέρουν στον κόσμο;»

Το πήρε από τα χέρια μου και το γύρισε από την άλλη πλευρά, σκεφτικός και όχι τόσο σφιγμένος όσο άλλες φορές. «Όπως όλα τα βιβλία, είναι κι αυτό ένας τρόπος απόδρασης από την πραγματικότητα. Και για μένα η Άγρια Δύση έχει κάτι... κάτι το ελκυστικό. Εκεί δεν υπήρχαν κανόνες. Όλοι ζούσαν με βάση τους δικούς τους νόμους. Δεν χρειαζόταν να εφαρμόζει κανείς τις ιδέες των άλλων περί σωστού και λάθους για να εφαρμόσει τη δικαιοσύνη».

«Για μισό λεπτό» είπα γελώντας. «Νόμιζα πως μόνο εγώ παραβίαζα τους κανόνες».

«Δεν είπα ότι αυτός είναι ο σκοπός μου. Απλώς ότι το βρίσκω ελκυστικό ως ιδέα».

«Σύντροφε, εμένα δεν με ξεγελάς. Θα το 'θελες πολύ να βάλεις ένα καουμπόικο καπέλο και να επιβάλεις το νόμο σε παράνομους ληστές τραπεζών».

«Δεν γίνεται. Εδώ καλά καλά δεν τα καταφέρνω να συγκρατήσω εσένα!»

Χαμογέλασα και ξαφνικά όλα έγιναν ξανά όπως εκείνη την ημέρα στην εκκλησία. Εύκολα, χαλαρά. Ήταν σαν τον παλιό καιρό που έκανα μαζί του προπονήσεις, τότε που τα πράγματα δεν ήταν τόσο περίπλοκα. Η αλήθεια βέβαια είναι πως ήταν περίπλοκα, αλλά τουλάχιστον για ένα μικρό διάστημα δεν ήταν τόσο δύσκολα. Κι αυτό με στενοχωρούσε. Μακάρι να μπορούσαμε να ξαναζήσουμε εκείνες τις πρώτες μέρες. Τότε που δεν υπήρχε Βίκτορ Ντάσκοφ. Τότε που τα χέρια μου δεν είχαν λερωθεί με αίμα.

«Λυπάμαι» μου είπε ξαφνικά ο Ντιμίτρι.

«Για ποιο πράγμα; Επειδή διαβάζεις φτηνή λογοτεχνία;»

«Όχι. Που δεν μπόρεσα να σε φέρω εγώ εδώ. Νιώθω ότι σε απογοήτευσα». Έπιασα μια σκιά ανησυχίας στα μάτια του, λες και φοβόταν ότι μου είχε προκαλέσει κάποια ανεπανόρθωτη ζημιά.

Η συγνώμη του με βρήκε απροετοίμαστη. Προς στιγμήν αναρωτήθηκα αν ζήλευε κι εκείνος με την επιρροή του Άντριαν όπως κι ο Κρίστιαν. Μετά όμως σκέφτηκα ότι τα πράγματα δεν ήταν τόσο απλά. Κατάλαβα ότι τον είχα πιέσει πολύ γιατί τον θεωρούσα ικανό για τα πάντα. Κάπου μέσα του ένιωθε κι εκείνος ότι μπορούσε να κάνει τα πάντα. Τουλάχιστον σε σχέση μ' εμένα. Δεν ήθελε να μου αρνηθεί τίποτα. Η κακή μου διάθεση είχε πια κάνει φτερά. Τώρα απλώς ένιωθα άδεια, και τελείως, μα τελείως ηλίθια.

«Κάνεις λάθος» του είπα. «Συμπεριφέρθηκα σαν κακομαθημένο. Δεν με έχεις απογοητεύσει ποτέ. Ούτε και μ' αυτό».

Με κοίταξε όλο χάρη κι αισθάνθηκα λες και είχα βγάλει φτερά. Λίγο ακόμα να κρατούσε αυτή η στιγμή, θα μου έλεγε κάτι τόσο γλυκό που θα έβγαζα φτερά και θα πετούσα. Αντί γι' αυτό, χτύπησε το τηλέφωνό του.

Άρχισε και πάλι μία κουβέντα στα ρώσικα και στη συνέχεια σηκώθηκε και μου είπε: «Έλα, πάμε!».

«Πού;»

«Να δούμε τον Βίκτορ Ντάσκοφ».

Τελικά ο Ντιμίτρι είχε χρησιμοποιήσει κάτι γνωριμίες του και, παρά την υψηλή ασφάλεια στον κόσμο των Μορόι, είχαμε καταφέρει να αποκτήσουμε πρόσβαση στις φυλακές των ανακτόρων.

«Μα γιατί να το κάνουμε αυτό;» ψιθύρισα καθώς περπατούσαμε στο διάδρομο που οδηγούσε στο κελί του Βίκτορ. Είχα φανταστεί τις φυλακές των ανακτόρων πέτρινες και με δάδες αντί για φως. Στην πραγματικότητα όμως ήταν μοντέρνες και με πολύ αποτελεσματική διαρρύθμιση. Τα πατώματα ήταν μαρμάρινα και οι τοίχοι ολόλευκοι. Τουλάχιστον δεν είχαν παράθυρα. «Λες να καταφέρουμε να τον μεταπείσουμε;»

Ο Ντιμίτρι κούνησε το κεφάλι του. «Αν ο Βίκτορ ήθελε να μας εκδικηθεί, θα το 'κανε χωρίς καμία προειδοποίηση. Όλα αυτά τα κάνει γιατί έχει κάποιο λόγο. Επέλεξε να το μάθεις πρώτη γιατί κάτι θέλει από σένα και τώρα θα μάθουμε τι».

Φτάσαμε στο κελί του Βίκτορ. Ήταν ο μόνος φυλακισμένος εκείνη την περίοδο. Το κελί του, όπως άλλωστε και όλος ο υπόλοιπος χώρος, έμοιαζε με νοσοκομείο. Όλα ήταν πεντακάθαρα, φωτεινά, αποστειρωμένα και άδεια… πολύ άδεια. Ήταν ένας χώρος χωρίς ερεθίσματα και πράγματα που θα μπορούσαν να σε αποσπάσουν. Αν κάποιος με έβαζε να μείνω εκεί, θα αποτρελαινόμουν μέσα σε λίγη ώρα. Το κελί είχε ασημένια σίδερα που σίγουρα δεν μπορούσαν να σπάσουν εύκολα. Αυτό ήταν και το πιο σημαντικό.

Ο Βίκτορ καθόταν σε μια καρέκλα εξετάζοντας νωθρά τα νύχια του. Είχαν περάσει τρεις μήνες από την τελευταία φορά που τον είχα δει. Ανατρίχιασα. Ξαφνικά βγήκαν στην επιφάνεια αισθήματα που ούτε καν ήξερα ότι βρίσκονταν θαμμένα μέσα μου.

Το χειρότερο απ' όλα ήταν που τον ξανάβλεπα έτσι νέο και υγιή, γιατί ήξερα ότι αυτό το είχε καταφέρει βασανίζοντας τη Λίζα. Τον μισούσα γι' αυτό που της είχε κάνει. Αν η ασθένειά του είχε κυλήσει φυσιολογικά, μπορεί τώρα να ήταν νεκρός.

Τα μαύρα μαλλιά του, που μόλις άρχιζαν να γκριζάρουν, είχαν αρχίσει να υποχωρούν. Ήταν γύρω στα σαράντα και το πρόσωπό του είχε κάτι το αρχοντικό, το όμορφο. Ύψωσε το βλέμμα του καθώς μας άκουσε να πλησιάζουμε. Τα πράσινα μάτια του, ολόιδια με τα χλωμά πράσινα μάτια της Λίζα, συνάντησαν τα δικά μου. Οι Ντραγκομίρ και οι Ντάσκοφ είχαν συγγενικές σχέσεις και μου φαινόταν παράξενο να βλέπω το ίδιο ακριβώς χρώμα ματιών σ' εκείνον. Το πρόσωπό του φωτίστηκε μ' ένα χαμόγελο.

«Ποπό! Τι τιμή. Η αγαπητή μου Ρόζμαρι είναι σχεδόν ενήλικη». Τα μάτια του στράφηκαν προς τον Ντιμίτρι. «Φυσικά, μερικοί μερικοί σε θεωρούν ενήλικη εδώ και πολύ καιρό».

Πίεσα τα δάχτυλά μου στα σίδερα. «Σταμάτα να μας ενοχλείς, παλιομαλάκα. Τι θέλεις από μας;»

Ο Ντιμίτρι ακούμπησε το χέρι του απαλά στον ώμο μου και με τράβηξε πίσω. «Ρόουζ, ηρέμησε».

Πήρα μια βαθιά ανάσα και έκανα αργά πίσω. Ο Βίκτορ έφτιαξε τα μαλλιά του και γέλασε.

«Έχει περάσει τόσος καιρός, και το πεταρούδι σου ακόμη να μάθει να ελέγχει το θυμό του. Ίσως βέβαια και να μη θέλησες ποτέ σου να της το μάθεις».

«Δεν βρισκόμαστε εδώ για να ανταλλάξουμε φιλοφρονήσεις» είπε ήρεμα ο Ντιμίτρι. «Θέλησες να προσελκύσεις τη

Ρόουζ κοντά σου. Τώρα κι εμείς θέλουμε να μας πεις το γιατί».

«Γιατί δηλαδή; Πρέπει να υπάρχει σοβαρός λόγος; Απλώς ήθελα να δω πώς είναι και έχω την αίσθηση ότι αύριο δεν θα μπορέσουμε να τα πούμε σε φιλικό τόνο». Το ενοχλητικό ειρωνικό του χαμόγελο έμοιαζε λες και ήταν κολλημένο στο πρόσωπό του. Ήταν πολύ τυχερός που μεταξύ μας υπήρχαν σίδερα και δεν μπορούσα να τον πιάσω στα χέρια μου.

«Δεν πρόκειται να τα πούμε σε φιλικό τόνο ούτε και τώρα» γρύλισα.

«Εσύ νομίζεις ότι αστειεύομαι, αλλά κάνεις λάθος. Ήθελα πραγματικά να μάθω πώς είσαι. Πάντοτε μου προκαλούσες μεγάλο ενδιαφέρον, Ρόζμαρι. Είσαι άλλωστε η μόνη νυχτοφιλημένη που γνωρίζουμε. Σου το έχω ξαναπεί, μη νομίζεις ότι θα βγεις αλώβητη από αυτή τη διαδικασία. Δεν θα μπορέσεις ποτέ να βυθιστείς στην ηρεμία της σχολικής σου ζωής. Άνθρωποι σαν εσένα ποτέ δεν αφομοιώνονται».

«Δεν είμαι πειραματόζωο κανενός».

Έκανε λες και δεν είχε ακούσει τίποτα. «Τι γίνεται, λοιπόν; Τι καινούργιο έχεις παρατηρήσει;»

«Δεν έχουμε χρόνο για χάσιμο. Αν δεν μπεις στο θέμα γρήγορα» τον διέκοψε ο Ντιμίτρι «θα φύγουμε».

Δεν μπορούσα να καταλάβω πώς ο Ντιμίτρι διατηρούσε την ψυχραιμία του. Έσκυψα πλησιάζοντας τα κάγκελα και κοίταξα τον Βίκτορ χαμογελώντας παγερά. «Δεν πρόκειται να σε αφήσουν να φύγεις αύριο. Εύχομαι να σου αρέσει η φυλακή. Ειδικά όταν θα αρρωστήσεις πάλι —γιατί θα αρρωστήσεις πάλι, ελπίζω να το θυμάσαι—, θα είναι υπέροχα».

Ο Βίκτορ με κοίταξε όλο ζωντάνια, μ' ένα βλέμμα χαρούμενο μαζί και υπεροπτικό που με έκανε να θέλω να τον πνίξω. «Όλοι πεθαίνουν, Ρόουζ. Όλοι εκτός από σένα ίσως. Εσύ, βέβαια, μπορεί να είσαι ήδη νεκρή. Δεν ξέρω. Όσοι βρεθούν στον κόσμο των νεκρών ίσως να μην κόψουν ποτέ τους δεσμούς τους μ' αυτόν».

Ήμουν έτοιμη να του απαντήσω όπως του άξιζε, αλλά κάτι με συγκράτησε. *Όσοι βρεθούν στον κόσμο των νεκρών.* Κι αν τελικά ο Μέισον δεν εμφανιζόταν μπροστά μου επειδή ήμουν τρελή ή επειδή ήθελε να μ' εκδικηθεί; Κι αν όλα αυτά είχαν να κάνουν αποκλειστικά και μόνο μ' εμένα; Ίσως κάτι να είχε συμβεί τότε που πέθανα και ξαναγύρισα στον κόσμο. Ίσως έτσι να μπορούσα να συνδεθώ με τον Μέισον. Ο Βίκτορ ήταν ο πρώτος που μου εξήγησε τι θα πει νυχτοφιλημένος. Αναρωτήθηκα αν κι αυτή τη φορά είχε όλες τις απαντήσεις που έψαχνα.

Όσα σκεφτόμουν μάλλον καθρεφτίζονταν στο πρόσωπό μου γιατί με κοίταξε εξεταστικά. «Λοιπόν; Μήπως υπάρχει κάτι που θα ήθελες να μοιραστείς μαζί μου;»

Δεν ήθελα να τον ρωτήσω τίποτα. Ένιωθα το στομάχι μου να ανακατεύεται. Κατάπια όμως την περηφάνια μου και τον ρώτησα. «Τι είναι ο κόσμος των νεκρών; Ο Παράδεισος ή η Κόλαση;»

«Ούτε το ένα ούτε το άλλο» απάντησε.

«Τι ζει εκεί;» ρώτησα. «Φαντάσματα; Θα πρέπει να επιστρέψω εκεί; Τα πλάσματά του μπορούν να βγουν και στο δικό μας κόσμο;»

Όπως ακριβώς το περίμενα, ο Βίκτορ χαιρόταν πάρα πολύ που ήμουν αναγκασμένη να απευθυνθώ σ' εκείνον για πληροφορίες. Το χαμόγελό του γινόταν όλο και πιο έντονο.

«Προφανώς και βγαίνουν τα πλάσματά του και στο δικό μας κόσμο. Αλλιώς δεν θα βρισκόσουν εδώ, ανάμεσά μας».

«Προσπαθεί να σε παρασύρει» είπε ο Ντιμίτρι. «Άσ' τον».

Ο Βίκτορ κοίταξε στα πεταχτά τον Ντιμίτρι. «*Προσπαθώ να τη βοηθήσω*». Γύρισε και πάλι κατά τη μεριά μου. «Για να είμαι ειλικρινής, δεν ξέρω πολλά πράγματα για το θέμα αυτό. Στο κάτω κάτω εσύ βρέθηκες εκεί, Ρόουζ. Όχι εγώ. Τουλάχιστον, όχι ακόμα. Κάποια μέρα ίσως να μπορέσεις να με διδάξεις. Είμαι σίγουρος ότι όσο περισσότερο ασχολείσαι με το θάνατο, τόσο πιο κοντά του βρίσκεσαι».

«Φτάνει» είπε ο Ντιμίτρι. «Ώρα να φεύγουμε».

«Περίμενε, περίμενε» είπε ο Βίκτορ. «Ακόμη δεν μου έχεις πει τίποτα για τη Λίζα».

Ξαναπλησίασα τα κάγκελα. «Να την αφήσεις ήσυχη τη Λίζα. Δεν έχει καμία σχέση μ' όλα αυτά».

Ο Βίκτορ με κοίταξε ξερά. «Εφόσον είμαι κλειδωμένος εδώ μέσα, δεν έχω άλλη επιλογή. Είμαι αναγκασμένος να μείνω μακριά της, αγαπητή μου. Αλλά να ξέρεις πως κάνεις λάθος. Η Βασίλισσα σχετίζεται με τα πάντα... με τα πάντα».

Ξαφνικά όλα έβγαζαν νόημα. «Ααα, γι' αυτό μου έστειλες το σημείωμα. Ήθελες να με φέρεις εδώ για να μάθεις για εκείνη. Ήξερες ότι η Λίζα δεν υπήρχε περίπτωση να έρθει να σου μιλήσει από μόνη της. Δεν είχες τρόπο να την εκβιάσεις».

«Η λέξη *εκβιασμός* ηχεί πολύ άσχημα στ' αφτιά μου».

«Το μόνο μέρος που θα τη δεις θα είναι το δικαστήριο. Δεν πρόκειται ποτέ να σε θεραπεύσει. Όπως σου είπα και πριν, θα αρρωστήσεις πάλι και θα πεθάνεις. Κι όταν βρεθείς στον κάτω κόσμο, σε παρακαλώ, να μου γράφεις πού και πού».

«Αυτό νόμιζες; Δηλαδή πραγματικά θεωρείς ότι οι ανάγκες μου είναι τόσο ασήμαντες;» Το κοροϊδευτικό του ύφος είχε χαθεί και ξαφνικά τα πράσινα μάτια του πήραν ένα σκληρό, σχεδόν φανατισμένο βλέμμα. Έσφιξε τα χείλη του τόσο που το δέρμα του προσώπου του έμοιαζε να τραβιέται ελαφρώς. Παρατήρησα ότι είχε χάσει βάρος από την τελευταία φορά που τον είδα. Ίσως η φυλακή να ήταν πολύ πιο σκληρή για εκείνον απ' ό,τι νόμιζα. «Ξέχασες τα πάντα. Ξεχνάς γιατί έκανα όσα έκανα, γιατί ζεις εγκλωβισμένη στο μικρόκοσμό σου. Ξεχνάς το όραμά μου».

Οι σκέψεις μου γύρισαν στο περασμένο φθινόπωρο. Είχε δίκιο. Είχα επικεντρωθεί στα όσα είχε κάνει στη Λίζα και σ' εμένα και είχα ξεχάσει τις υπόλοιπες συναντήσεις μας. Τις παλαβομάρες που μου είχε αραδιάσει για το μεγάλο του όραμα.

«Ναι, θυμάμαι. Ήθελες να ξεκινήσεις μια επανάσταση και, απ' ό,τι βλέπω, ακόμη αυτό θέλεις. Έχεις τρελαθεί; Δεν πρόκειται να συμβεί ποτέ».

«Μα συμβαίνει ήδη. Νομίζεις ότι δεν ξέρω τι γίνεται στον έξω κόσμο; Διατηρώ ακόμη τις επαφές μου. Να ξέρεις ότι όλοι μπορούν να εξαγοραστούν. Πώς νομίζεις ότι κατάφερα να σου στείλω το σημείωμα; Ξέρω πολύ καλά για την ταραχή που επικρατεί. Ξέρω για το κίνημα της Νατάσα Οζέρα. Για την προσπάθειά της να κάνει τα Μορόι να μάχονται στο πλευρό των φυλάκων. Κι εσύ την υποστηρίζεις, Ρόζμαρι, ενώ εμένα με θεωρείς κακό. Κι όμως, αυτό επιχείρησα να κάνω κι εγώ το περασμένο φθινόπωρο. Παρ' όλα αυτά εκείνη τη βλέπεις διαφορετικά».

«Η Τάσα Οζέρα προσπαθεί να πετύχει τους στόχους της με λίγο διαφορετικό τρόπο» είπε ο Ντιμίτρι.

«Και γι' αυτό και δεν πρόκειται να καταφέρει τίποτα» απάντησε ο Βίκτορ. «Η Τατιάνα και το συμβούλιό της είναι κολλημένοι σε αρχαίες παραδόσεις που εφαρμόζονται αιώνες τώρα. Όσο μας κυβερνά μια τέτοια δύναμη, τίποτα δεν πρόκειται να αλλάξει. Δεν θα μάθουμε ποτέ πώς να πολεμάμε. Η φωνή όλων των Μορόι ταπεινής καταγωγής δεν θα ακουστεί ποτέ. Τα νταμπίρ θα συνεχίσουν να πεθαίνουν στις μάχες».

«Έχουμε αφιερώσει τη ζωή μας σ' αυτόν το σκοπό» είπε ο Ντιμίτρι. Ένιωθα ότι μέσα του είχε αρχίσει να βράζει. Μπορεί να συγκρατούνταν καλύτερα απ' ό,τι εγώ, αλλά καταλάβαινα ότι είχε εξοργιστεί.

«Και γι' αυτό χάνετε τις ζωές σας. Είστε όλοι σας αιχμάλωτοι και δεν λέτε να το καταλάβετε. Και ποιος ο λόγος; Γιατί μας προστατεύετε;»

«Γιατί σας χρειαζόμαστε» ψέλλισα. «Αλλιώς το είδος μας θα χαθεί».

«Καλά, δεν χρειάζονται μάχες γι' αυτό. Το να κάνει κανείς παιδιά δεν είναι δα και τόσο δύσκολο».

Αγνόησα το σαρκαστικό του σχόλιο. «Και γιατί τα Μορόι με τα μαγικά τους είναι πάρα πολύ σημαντικά... Μπορούν να κάνουν απίστευτα πράγματα».

Ο Βίκτορ σήκωσε τα χέρια του απελπισμένος. «Μπορούσαμε να κάνουμε μαγικά... κάποτε! Τώρα το μόνο που κάνουμε είναι ταχυδακτυλουργικά κόλπα».

«Αν λοιπόν έχεις τόσο φοβερές ιδέες» είπε ο Ντιμίτρι και ο θυμός άστραψε στα σκουρόχρωμά του μάτια «γιατί δεν κάνεις κάτι χρήσιμο όσο είσαι κλεισμένος στη φυλακή; Γιατί δεν γράφεις ένα μανιφέστο;»

«Και στο κάτω κάτω τι σχέση έχουν όλα αυτά με τη Λίζα;» τον ρώτησα.

«Έχουν. Η Βασίλισσα είναι το μέσο που θα φέρει την αλλαγή».

Τον κοίταξα καχύποπτα. «Θεωρείς ότι θα γίνει αρχηγός της επανάστασής σου;»

«Να σου πω την αλήθεια, θα προτιμούσα να ηγηθώ εγώ της επανάστασής μου... κάποια στιγμή. Άσχετα όμως από αυτό, πιστεύω ότι θα συμμετάσχει στο κίνημά μου. Έχω συλλέξει πληροφορίες και για εκείνη. Είναι, λέει, ανερχόμενο αστέρι. Φυσικά είναι πολύ νέα ακόμη, αλλά έχει καταφέρει να τραβήξει την προσοχή πολλών. Να ξέρεις ότι οι βασιλικοί γόνοι δεν είναι όλοι ίσοι κι όμοιοι. Το σύμβολο της οικογένειας των Ντραγκομίρ είναι ο δράκος, ο βασιλιάς των τεράτων. Έτσι, λοιπόν, το αίμα των Ντραγκομίρ υπήρξε πάντοτε πολύ δυνατό και γι' αυτό και τα Στριγκόι τους έχουν βάλει τόσο πολύ στο μάτι. Αν κάποιος Ντραγκομίρ ανέβει ξανά στην εξουσία, θα έχουν πολλά προβλήματα. Κυρίως μία Ντραγκομίρ όπως αυτή. Από όσα ακούω, έχει, λέει, πλέον βαθιά γνώση των μαγικών της. Αν όντως είναι έτσι τα πράγματα, είναι ικανή για τα πάντα, ειδικά με ικανότητες όπως οι δικές της. Ελκύει τους πάντες κοντά της χωρίς καμία σχεδόν προσπάθεια. Κι αν τυχόν προσπαθήσει να επηρεάσει τους ανθρώπους, θα το καταφέρει χωρίς καμιά δυσκολία». Τα μάτια του ήταν ορθάνοιχτα καθώς μιλούσε. Έλαμπαν από δέος και ευτυχία καθώς φανταζόταν τη Λίζα να πραγματοποιεί τα όνειρά του.

«Απίστευτο» είπα. «Πρώτα ήθελες να την κρατήσεις αιχμάλωτη για να σε βοηθήσει να παραμείνεις στη ζωή και τώρα θες να τη βάλεις να χρησιμοποιήσει την υποβολή για να πετύχεις τα ψυχωτικά σου σχέδια».

«Μα σου εξηγώ. Είναι η δύναμη της αλλαγής. Κι όπως εσύ είσαι η μοναδική νυχτοφιλημένη, έτσι κι εκείνη είναι η μοναδική στο είδος της που ξέρουμε μέχρι στιγμής. Κι αυτό την κάνει πολύτιμη».

Να και κάτι που δεν ήξερε, λοιπόν. Αγνοούσε την ύπαρξη του Άντριαν και τις δυνάμεις του πνεύματος που κατείχε.

«Η Λίζα δεν πρόκειται ποτέ να το κάνει» του είπα. «Δεν πρόκειται ποτέ να καταχραστεί τις δυνάμεις της».

«Κι ο Βίκτορ δεν πρόκειται ποτέ να μιλήσει για όσα συνέβησαν μ' εμάς» είπε ο Ντιμίτρι τραβώντας μου το χέρι. «Κατάφερε το σκοπό του. Έμαθε πληροφορίες για τη Λίζα».

«Δεν έμαθε δα και πολλά πράγματα» είπα.

«Δεν φαντάζεσαι πόσα» είπε ο Βίκτορ. Χαμογέλασε στον Ντιμίτρι.

«Και τι σε κάνει να πιστεύεις ότι δεν θα αποκαλύψω στον κόσμο τα ρομαντικά σας μυστικά;»

«Δεν θα το κάνεις γιατί ούτως ή άλλως δεν θα γλιτώσεις έτσι από τη φυλακή. Κι αν καταστρέψεις τη Ρόουζ, θα χάσεις κι όποια μηδαμινή ελπίδα τρέφεις, ότι δήθεν η Λίζα θα συνεργαστεί μαζί σου για να πραγματοποιήσεις τα παρανοϊκά σου σχέδια». Ο Βίκτορ μαζεύτηκε λιγάκι. Ο Ντιμίτρι είχε δίκιο. Έκανε ένα βήμα μπροστά, σφίγγοντας με τα χέρια του τα κάγκελα όπως είχα κάνει κι εγώ προηγουμένως. Μίλησε τόσο τρομακτικά που οι δικές μου απειλές ξαφνικά φάνηκαν αστείες. «Έτσι κι αλλιώς τίποτα απ' όλα αυτά δεν έχει σημασία γιατί δεν πρόκειται να μείνεις ζωντανός τόσο καιρό στη φυλακή, ώστε να καταφέρεις να πραγματοποιήσεις τα φοβερά σου σχέδια. Και να ξέρεις ότι δεν είσαι ο μόνος που έχει γνωριμίες».

Για μια στιγμή μου κόπηκε η ανάσα. Ο Ντιμίτρι μου χάριζε τόσο πολλά πράγματα: αγάπη, ασφάλεια, διαπαιδαγώγηση... Τον είχα συνηθίσει τόσο που ώρες ώρες ξεχνούσα πόσο επικίνδυνος μπορούσε να γίνει. Καθώς στεκόταν εκεί, πελώριος και απειλητικός, κοιτάζοντας τον Βίκτορ, ανατρίχιασα. Θυμήθηκα τότε που είχα επιστρέψει στην Ακαδημία. Τότε που όλοι έλεγαν ότι ο Ντιμίτρι ήταν θεός. Πράγματι έμοιαζε με θεό εκείνη τη στιγμή.

Δεν μπορούσα να καταλάβω αν οι απειλές του Ντιμίτρι τρόμαζαν τον Βίκτορ. Τα καταπράσινα μάτια του κοιτούσαν μία εμένα και μία εκείνον. «Καλά ο Θεός —ή κάποιος άλλος, τέλος πάντων— σας έπλασε για να είστε για πάντα μαζί».

«Θα τα πούμε στο δικαστήριο» του είπα.

Ο Ντιμίτρι κι εγώ απομακρυνθήκαμε. Καθώς φεύγαμε, μουρμούρισε κάτι στα ρώσικα στο φύλακα που είχε βάρδια εκείνη τη στιγμή. Από το ύφος του και μόνο κατάλαβα ότι τον ευχαριστούσε.

Βγήκαμε έξω από το κτίριο και διασχίσαμε έναν τεράστιο και υπέροχο κήπο για να φτάσουμε και πάλι στα δωμάτιά μας. Το χιονόνερο είχε σταματήσει αφήνοντας πάνω στα κτίρια και στα δέντρα μία στρώση πάγου. Κοίταξα στα γρήγορα τον Ντιμίτρι. Κοιτούσε ολόισια μπροστά. Δεν ήμουν σίγουρη, γιατί βρισκόμασταν εν κινήσει, αλλά είχα την εντύπωση ότι έτρεμε.

«Είσαι καλά;» ρώτησα.

«Ναι».

«Σίγουρα;»

«Όσο καλά μπορώ να είμαι μετά απ' αυτό».

«Λες να μιλήσει γι' αυτά που έγιναν μεταξύ μας;»

«Όχι».

Περπατήσαμε σιωπηλοί για λίγο. Τελικά επιχείρησα να τον ρωτήσω αυτό που ήθελα εδώ και τόση ώρα.

«Το εννοούσες αυτό που είπες; Αν ο Βίκτορ μιλήσει... θα...»

Δεν μπορούσα καν να προφέρω τα λόγια. Δεν μπορούσα να πω, *θα έβαζες να τον σκοτώσουν.*

«Μπορεί να μην έχω τόση επιρροή στα ανώτερα στρώματα των βασιλικών Μορόι, αλλά έχω μεγάλη επιρροή σε φύλακες στο δικό μας κόσμο οι οποίοι αναλαμβάνουν τις σκατοδουλειές».

«Δεν απάντησες στην ερώτησή μου. Θα το έκανες; Το εννοείς;»

«Θα έκανα πολλά πράγματα για να σε προστατεύσω, Ρόζα».

Η καρδιά μου χτύπησε δυνατά. Με έλεγε Ρόζα μόνο όταν αισθανόταν μεγάλη τρυφερότητα προς εμένα.

«Αν το έκανες αυτό, δεν θα με προστάτευες. Το μόνο που θα κατάφερνες θα ήταν να δολοφονήσεις κάποιον εν ψυχρώ και κάτι τέτοιο δεν είναι του στυλ σου» του είπα. «Η εκδίκηση είναι δική μου δουλειά. Εγώ θα πρέπει να τον σκοτώσω».

Εγώ το είπα για αστείο, αλλά εκείνος δεν γέλασε καθόλου. «Μη λες τέτοια πράγματα. Ούτως ή άλλως όμως, δεν έχει καμία σημασία. Ο Βίκτορ δεν πρόκειται να μιλήσει».

Μόλις μπήκαμε στο κτίριο, με άφησε και κατευθύνθηκε προς το δωμάτιό του. Καθώς άνοιγα την πόρτα του δικού μου δωματίου, είδα τη Λίζα να ξεπροβάλλει από τη γωνία του διαδρόμου.

«Επιτέλους! Πού ήσουνα; Γιατί δεν ήρθες στο βραδινό;»

Το είχα ξεχάσει τελείως. «Συγνώμη. Ξεχάστηκα με κάτι πράγματα που κανόνιζα με τους υπόλοιπους φύλακες. Είναι μεγάλη ιστορία».

Είχε αλλάξει ρούχα για το δείπνο. Είχε τα μαλλιά της ακόμη πιασμένα κότσο και τώρα φορούσε ένα μεταξωτό ασημένιο φόρεμα κατάλληλο για την περίσταση. Ήταν πανέμορφη. Έμοιαζε τόσο αριστοκρατική. Σκέφτηκα τα λόγια του Βίκτορ και αναρωτήθηκα αν όντως η Λίζα είχε τη δύναμη να αλλάξει τον κόσμο όπως εκείνος έλεγε. Έτσι όπως ήταν τώρα, τόσο λαμπερή και συγκροτημένη, πήγαινα στοίχημα ότι θα αποκτούσε πολλούς οπαδούς που θα την ακολουθούσαν παντού. Εγώ πάντως σίγουρα θα την ακολουθούσα. Φυσικά αυτό δεν μετρούσε γιατί εγώ δεν ήμουν αντικειμενική.

«Γιατί με κοιτάς έτσι;» με ρώτησε κι ένα ελαφρύ χαμόγελο φώτισε το πρόσωπό της.

Δεν μπορούσα να της πω ότι μόλις είχα δει τον άνθρωπο που την τρόμαζε περισσότερο από οτιδήποτε άλλο. Δεν μπορούσα να της πω ότι όσο αυτή γλεντούσε, εγώ είχα εξαφανιστεί προσπαθώντας να την προστατεύσω στα κρυφά. Ούτως ή άλλως πάντα έτσι θα ήταν τα πράγματα. Πάντοτε θα ζούσα στη σκιά της.

Αντί για όλα αυτά, της ανταπέδωσα το χαμόγελο, λέγοντας: «Χάζευα το φόρεμά σου».

14

ΤΟ ΕΠΟΜΕΝΟ ΠΡΩΙ, ΜΙΣΗ ΩΡΑ πριν χτυπήσει το ξυπνητήρι μου, άκουσα ένα ελαφρύ χτύπημα στην πόρτα. Στην αρχή νόμισα πως θα δω μπροστά μου τη Λίζα, αλλά ο δεσμός μας μου έλεγε ότι ακόμη κοιμόταν βαθιά. Σηκώθηκα παραπατώντας από το κρεβάτι και άνοιξα την πόρτα με μεγάλη περιέργεια. Ένα θηλυκό Μορόι, που έβλεπα για πρώτη φορά στη ζωή μου, μου έδωσε κάτι διπλωμένα ρούχα με ένα σημείωμα καρφιτσωμένο επάνω τους. Αναρωτήθηκα αν έπρεπε να της δώσω φιλοδώρημα, αλλά εκείνη εξαφανίστηκε προτού καν προφτάσω να αντιδράσω.

Ξανακάθισα στο κρεβάτι μου και ξεδίπλωσα τα ρούχα. Μαύρο καλό παντελόνι, μια άσπρη μπλούζα και μια μαύρη ζακέτα. Ήταν τα ίδια ακριβώς ρούχα με εκείνα που φορούσαν οι υπόλοιποι φύλακες των ανακτόρων και ήταν ακριβώς το νούμερό μου. Ποπό! Θα γινόμουν κι εγώ μέλος της ομάδας. Ένα χαμόγελο σχηματίστηκε αργά στο πρόσωπό μου καθώς άνοιγα το σημείωμα. Ήταν ο γραφικός χαρακτήρας του Ντιμίτρι: *Να κάνεις τα μαλλιά σου κότσο.*

Το χαμόγελο παρέμεινε κολλημένο στο πρόσωπό μου. Πολλές φύλακες έκοβαν κοντά τα μαλλιά τους για να φαίνονται έτσι τα *molnija* τους. Εγώ είχα σκεφτεί να το κάνω μία μόνο φορά και ο Ντιμίτρι μου είπε ότι δεν υπήρχε λόγος. Ο τρόπος που μου το είχε πει τότε με έκανε όπως και εκείνη τη στιγμή να ανατριχιάσω.

Μια ώρα μετά κατευθυνόμουν προς τη δίκη με τη Λίζα, τον Κρίστιαν και τον Έντι. Κάποιος είχε δώσει ένα αντίστοιχο ασπρόμαυρο σύνολο και στον Έντι και, απ' ό,τι καταλάβαινα, ένιωθε κι εκείνος λες και ήμασταν παιδιά και παίζαμε με τα ρούχα των γονιών μας. Το κοντό μου σακάκι και η στενή λευκή μπλούζα ήταν πολύ όμορφα κι αναρωτήθηκα αν θα με άφηναν να τα πάρω μαζί μου όταν θα έφευγα.

Το δικαστήριο βρισκόταν στο μεγάλο, περίκομψο κτίριο που είχαμε περάσει όταν είχαμε φτάσει στα ανάκτορα. Περπατώντας στους διαδρόμους του παρατήρησα ότι το ήταν ένα περίεργο μείγμα παλιού και μοντέρνου. Στο εξωτερικό υπήρχαν μόνο αψιδωτά παράθυρα και πέτρινοι οβελίσκοι. Στο εσωτερικό όμως οι άνθρωποι ασχολούνταν με μοντέρνες δραστηριότητες. Εργάζονταν σε γραφεία με επίπεδες οθόνες. Ασανσέρ οδηγούσαν στους επάνω ορόφους. Παρ' όλα αυτά διέκρινε κανείς και μερικά παλαιά στοιχεία: γλυπτά πάνω σε βάθρα, πολυέλαιους στους διαδρόμους.

Η αίθουσα του δικαστηρίου ήταν στολισμένη με υπέροχες τοιχογραφίες από το πάτωμα μέχρι το ταβάνι, ενώ οι τοίχοι της μπροστινής μεριάς της αίθουσας ήταν στολισμένοι με τα οικόσημα όλων των βασιλικών οικογενειών. Η Λίζα σταμάτησε καθώς μπήκαμε μέσα. Τα μάτια της καρφώθηκαν στο δράκο των Ντραγκομίρ. *Το βασιλιά των τεράτων.* Ένας σίφουνας διαφορετικών συναισθημάτων στριφογύριζε στο μυαλό της καθώς κοιτούσε το οικόσημο. Ένιωθε βάρος που ήταν η μόνη εναπομείνασα με το όνομα αυτό. Ένιωθε τιμή που ανήκε σ' αυτή την οικογένεια. Φόβο μήπως δεν καταφέρει να τιμήσει το όνομά της. Τη σκούντησα απαλά και την κατεύθυνα προς τις θέσεις μας.

Οι σειρές καθισμάτων διαχωρίζονταν από ένα διάδρομο στη μέση ακριβώς του δωματίου. Έμενε ακόμη λίγη ώρα ώσπου να αρχίσει η δίκη, αλλά παρ' όλα αυτά τα καθίσματα δεν είχαν γεμίσει. Δεν περίμενα και κάτι διαφορετικό, λόγω της μεγάλης μυστικότητας όσων είχαν συμβεί με τον Βίκτορ. Στο μπροστινό μέρος καθόταν ένας δικαστής, αλλά ένορκοι δεν υπήρχαν. Ένα υπερυψωμένο κάθισμα όπου θα καθόταν η βασίλισσα βρισκόταν στη μια πλευρά του δωματίου. Εκείνη θα έβγαζε την τελική απόφαση. Έτσι γινόταν με τα εγκλήματα βασιλικών γόνων.

Το έδειξα στη Λίζα. «Ας ελπίσουμε ότι θα είναι εναντίον του, γιατί στο τέλος εκείνη θα βγάλει την απόφαση».

Η Λίζα συνοφρυώθηκε απότομα. «Δεν είναι παράξενο που δεν υπάρχουν ένορκοι;»

«Αυτό μάλλον μας ξαφνιάζει επειδή περάσαμε πολύ καιρό στον κόσμο των ανθρώπων».

Χαμογέλασε. «Ίσως. Δεν ξέρω. Απλά έτσι υπάρχει περιθώριο για πολλές ατασθαλίες».

«Ναι, αλλά τι περιθώρια να υπάρχουν στην περίπτωση του Βίκτορ;»

Λίγα λεπτά αργότερα, ο πρίγκιπας Βίκτορ Ντάσκοφ μπήκε στην αίθουσα. Για να ακριβολογώ, ο Βίκτορ Ντάσκοφ. Από τον καιρό που είχε μπει στη φυλακή, του είχε αφαιρεθεί ο τίτλος και είχε πάει στον αμέσως μικρότερο συγγενή του στην οικογένεια Ντάσκοφ.

Η Λίζα κυριεύτηκε από φόβο και το λίγο χρώμα που είχε στα μαγουλά της εξαφανίστηκε. Ανακατεμένο με το φόβο ήταν κι ένα άλλο συναίσθημα που δεν περίμενα: λύπη. Προτού την απαγάγει, ο Βίκτορ ήταν κάτι σαν θείος της. Μάλιστα, έτσι τον αποκαλούσε. Τον αγαπούσε κι εκείνος την είχε προδώσει. Έβαλα το χέρι μου πάνω στο δικό της. «Έλα» της μουρμούρισα. «Όλα θα πάνε μια χαρά».

Μισόκλεισε τα πονηρά του μάτια και κοίταξε ολόγυρα το χώρο του δικαστηρίου λες και βρισκόταν σε πάρτι. Είχε το ίδιο απαθές βλέμμα που είχε κι όταν μιλούσε σ' εμένα και τον Ντιμίτρι. Ένιωσα τα χείλη μου να σχηματίζουν ένα σαρκαστικό μορφασμό. Ξαφνικά μπροστά μου δεν έβλεπα παρά μια κόκκινη θολούρα και προσπάθησα όσο μπορούσα να φαίνομαι ήρεμη, όπως και οι υπόλοιποι φύλακες στην αίθουσα.

Το βλέμμα του κατέληξε στη Λίζα. Εκείνη τρόμαξε μόλις είδε τα μάτια του, ολόιδια με τα μάτια όλων των ανθρώπων της οικογένειάς της, να την κοιτάνε. Όταν της έγνεψε, λες και τη χαιρετούσε, ένιωσα να χάνω κάθε έλεγχο. Προτού προφτάσω να κάνω οτιδήποτε, όμως, ένιωσα τα λόγια κάποιου άλλου να σχηματίζονται στο μυαλό μου. *Πάρε βαθιές ανάσες, Ρόουζ. Ηρέμησε.* Η μία βασιζόταν στην άλλη για να περάσουμε αυτή τη διαδικασία. Αμέσως μετά ο Βίκτορ συνέχισε να περπατάει προς τη θέση του, στην αριστερή πλευρά της αίθουσας.

«Ευχαριστώ» της είπα μόλις έφυγε. «Ήταν λες και διάβασες το μυαλό μου».

«Όχι» μου είπε απαλά. «Απλά αισθάνθηκα την ένταση στο χέρι σου».

Κατέβασα το βλέμμα μου για να δω τα χέρια μας. Είχα βάλει το χέρι μου πάνω από το δικό της για να την ηρεμήσω κι είχα καταλήξει να της σφίγγω τα δάχτυλα δυνατά από την ταραχή μου. «Οχ!» είπα και τράβηξα το χέρι μου μακριά ελπίζοντας να μην της έχω σπάσει τα κόκαλα. «Συγνώμη».

Η βασίλισσα Τατιάνα μπήκε αμέσως μετά από εκείνον. Έτσι μπόρεσα να ηρεμήσω και να ξεχάσω τα σκοτεινά μου συναισθήματα. Μόλις μπήκε στην αίθουσα, σηκωθήκαμε όλοι όρθιοι και στη συνέχεια γονατίσαμε. Η κίνηση αυτή ήταν κάπως μεσαιωνική, αλλά ήταν κι αυτή ένα έθιμο από αυτά που τα

Μορόι διατηρούσαν εδώ και αιώνες. Όταν εκείνη κάθισε, σηκωθήκαμε και καθίσαμε κι εμείς.

Η δίκη ξεκίνησε. Όλοι οι μάρτυρες των γεγονότων με τον Βίκτορ κατέθεσαν όσα είχαν δει και ακούσει. Στην πλειοψηφία τους ήταν φύλακες που είχαν προσπαθήσει να βρουν τη Λίζα όταν ο Βίκτορ την είχε απαγάγει και είχαν συμμετάσχει στην εισβολή στο κρησφύγετο του Βίκτορ.

Ο Ντιμίτρι ήταν ο τελευταίος φύλακας που κατέθεσε. Στο σύνολό της, η κατάθεσή του δεν διέφερε πολύ από τις αυτές των υπολοίπων. Όλοι τους είχαν συμμετάσχει στην ομάδα διάσωσης. Η δική του ιστορία, όμως, άρχιζε λίγο πιο νωρίς.

«Βρισκόμουν με την εκπαιδευόμενή μου, τη Ρόουζ Χάθαγουεϊ» είπε. «Έχει έναν υπερφυσικό δεσμό με την πριγκίπισσα και ήταν η πρώτη που αισθάνθηκε τι είχε συμβεί».

Ο δικηγόρος του Βίκτορ —ούτε που καταλάβαινα πώς είχε δεχτεί κάποιος να τον εκπροσωπήσει— κοίταξε τα χαρτιά του και στη συνέχεια σήκωσε το βλέμμα του προς τον Ντιμίτρι. «Με βάση τα γεγονότα αυτά, φαίνεται ότι υπάρχει μια μικρή χρονική καθυστέρηση ανάμεσα στη στιγμή που η δεσποινίς Χάθαγουεϊ αισθάνθηκε την απαγωγή και τη στιγμή που ειδοποιήσατε τους υπόλοιπους».

Ο Ντιμίτρι έγνεψε καταφατικά, χωρίς ούτε στιγμή να χάνει τον έλεγχό του. «Δεν μπορούσε να κάνει κάτι γιατί ο κος Ντάσκοφ της είχε κάνει μάγια που την οδήγησαν στο να μου επιτεθεί» τα λόγια του ήταν τόσο μετρημένα. Είχα μείνει έκθαμβη. Ούτε καν ο δικηγόρος δεν φαινόταν να παρατηρεί κάτι. Μόνο εγώ μπορούσα να δω —ή να νιώσω μιας και τον *ήξερα* τόσο καλά— πόσο πονούσε που έλεγε ψέματα. Ήθελε να προστατευτούμε — ή μάλλον να με προστατεύσει. Γι' αυτό τα έκανε όλα αυτά. Έβλεπα όμως ότι δεν άντεχε να στέκεται εκεί και να κρύβει την αλήθεια ενώ είχε ορκιστεί να την αποκαλύψει. Ο

Ντιμίτρι δεν ήταν τέλειος, παρόλο που τον αντιμετώπιζα λες και ήταν. Προσπαθούσε όμως πάντοτε να λέει την αλήθεια, και σήμερα αυτό δεν θα συνέβαινε.

«Ο κος Ντάσκοφ ελέγχει τις δυνάμεις της γης και κάποιοι από αυτούς που έχουν αυτή την ιδιότητα και κατέχουν ισχυρές δυνάμεις υποβολής μπορούν να επηρεάσουν τα πιο βασικά ένστικτά μας» συνέχισε ο Ντιμίτρι. «Στην περίπτωσή μας την έκανε ευερέθιστη και βίαιη χρησιμοποιώντας ένα αντικείμενο».

Στ' αριστερά μου ακούστηκε ένας ήχος. Κάτι σαν πνιχτό γέλιο. Η δικαστής, μία ηλικιωμένη Μορόι, κοίταξε αγριεμένα κατά τη μεριά του Βίκτορ.

«Κύριε Ντάσκοφ, θα σας παρακαλούσα να σεβαστείτε το δικαστήριο».

Ο Βίκτορ, μ' ένα χαμόγελο ζωγραφισμένο στα χείλη του, κούνησε τα χέρια του απολογητικά. «Ειλικρινά λυπάμαι, κυρία Δικαστή και Μεγαλειοτάτη. Απλώς η κατάθεση του φύλακα Μπελίκοφ μου προκάλεσε ευθυμία. Δεν θα επαναληφθεί».

Με σφιγμένη την ανάσα περίμενα τη στιγμή που ο Ντιμίτρι θα γυρίσει να του χώσει μια μπουνιά. Τίποτα τέτοιο δεν συνέβη όμως, και ο Ντιμίτρι απλώς ολοκλήρωσε την κατάθεσή του και στη συνέχεια η δικαστής κάλεσε τον Κρίστιαν. Ο Κρίστιαν βρισκόταν με τη Λίζα όταν την απήγαγαν και μάλιστα είχε χτυπηθεί. Η συνεισφορά του ήταν σημαντική γιατί είχε αναγνωρίσει κάποιους από τους φύλακες του Βίκτορ ως απαγωγείς της Λίζα. Μόλις κάθισε ο Κρίστιαν, έφτασε και η δική μου σειρά.

Σηκώθηκα ελπίζοντας να φαίνομαι ήρεμη μπροστά σε όλα αυτά τα μάτια που με κοιτούσαν και, κυρίως, μπροστά στον Βίκτορ. Μάλιστα ακολούθησα διαφορετικό δρόμο για να αποφύγω τελείως να τον κοιτάξω. Καθώς είπα το όνομά μου και ορκίστηκα να πω την αλήθεια, ξαφνικά αισθάνθηκα όλο το βάρος που προφανώς είχε αισθανθεί και ο Ντιμίτρι. Στεκόμουν μπροστά σε όλους αυτούς τους ανθρώπους και ορκιζόμουν ότι θα είμαι ειλικρινής, αλλά θα τους έλεγα ψέματα αμέσως μόλις αναφερόταν οτιδήποτε για το ξόρκι του πόθου.

Η δική μου εκδοχή ήταν αρκετά απλή. Περιλάμβανε πολλές λεπτομέρειες που είχαν να κάνουν και με την περίοδο πριν από την απαγωγή. Μίλησα για όλες τις αρρωστημένες παγίδες που είχε στήσει ο Βίκτορ στη Λίζα για να ελέγξει τις δυνάμεις της. Κατά τα άλλα, η κατάθεσή μου ήταν αντίστοιχη με του Ντιμίτρι και των υπόλοιπων φυλάκων.

Το ήξερα ότι μπορώ να πω ψέματα με ευκολία κι έτσι αφηγήθηκα με τόση ευκολία το πώς υποτίθεται πως επιτέθηκα στον Ντιμίτρι υπό την επήρεια του ξορκιού, που κανείς δεν φάνηκε να παρατηρεί κάτι. Κανείς εκτός από τον Βίκτορ. Παρότι απέφευγα να τον κοιτάξω, γύρισα άθελά μου κατά τη μεριά του όταν αναφέρθηκα στο ξόρκι. Το βλέμμα του με διαπέρασε. Χαμογελούσε ελαφρά. Καταλάβαινα πως το ξιπασμένο ύφος του δεν είχε να κάνει μόνο με το ότι ήξερε ότι έλεγα ψέματα. Είχε να κάνει και με το ότι ήξερε τι ακριβώς είχε συμβεί και με κοίταζε με τέτοιον τρόπο ώστε να καταλάβω ότι είχε μεγάλη επιρροή στον Ντιμίτρι και σ' εμένα και είχε τη δύναμη να καταστρέψει αν ήθελε τα πάντα μπροστά σε όλο το ακροατήριο, χωρίς να φοβάται τις απειλές του Ντιμίτρι. Παρ' όλα αυτά διατήρησα την ψυχραιμία μου θέλοντας να κάνω τον Ντιμίτρι περήφανο για μένα, έστω κι αν η καρδιά μου κόντευε να σπάσει.

Ένιωθα λες και το μαρτύριο αυτό δεν θα τελείωνε ποτέ, παρόλο που ήξερα πως βρισκόμουν στο εδώλιο λίγα μόνο λεπτά. Όταν τελείωσα, αισθάνθηκα φοβερή ανακούφιση που ο Βίκτορ δεν είχε πει τίποτα. Ήταν η σειρά της Λίζα. Ως θύμα, πρόσφερε στο δικαστήριο μια εντελώς νέα οπτική. Ολόκληρο το ακροατήριο κρεμόταν από τα χείλη της. Ήταν σχεδόν υπνωτιστική. Κανείς ποτέ δεν είχε ακούσει τίποτα παρόμοιο. Κατάλαβα επίσης ότι χωρίς καν να προσπαθήσει, η Λίζα χρησιμοποιούσε το χάρισμα που της παρείχε η μαγεία του πνεύματος. Έχω την εντύπωση ότι έμοιαζε αρκετά με την υποβολή. Όλοι την άκουγαν με έκσταση και συμπόνια. Όταν η Λίζα περιέγραψε τα βασανιστήρια στα οποία την είχε υποβάλει ο Βίκτορ για να την αναγκάσει να τον θεραπεύσει, είδα τα πρόσωπα των σοκαρισμένων παρευρισκόμενων να χλομιάζουν. Ακόμα και το αυστηρό προσωπείο της Τατιάνα ζάρωσε λιγάκι. Δεν μπορούσα όμως να καταλάβω αν τη λυπόταν ή αν απλά είχε εκπλαγεί από τα όσα άκουγε.

Η ηρεμία της Λίζα όμως ήταν το πιο παράξενο απ' όλα. Εξωτερικά ήταν συγκρατημένη και πανέμορφη. Καθώς μιλούσε όμως περιγράφοντας πώς την είχε βασανίσει το πρωτοπαλίκαρο του Βίκτορ, ξαναζούσε το φόβο και την απελπισία εκείνης της νύχτας. Ο βασανιστής της έλεγχε το στοιχείο του αέρα και άλλες φορές της τον αφαιρούσε τελείως με αποτέλεσμα να μην μπορεί να αναπνεύσει, άλλες πάλι τον αύξανε τόσο πολύ που λίγο ήθελε για να πνιγεί. Ήταν απαίσιο, κι εγώ το είχα βιώσει μαζί της εξαιτίας του δεσμού μας. Μάλιστα, το βίωνα ακόμη κι εκείνη τη στιγμή, καθώς μιλούσε για τα γεγονότα. Στο μυαλό της ήταν χαραγμένη κάθε βασανιστική λεπτομέρεια κι ο πόνος έφτανε και στις δυο μας. Νιώσαμε και οι δύο μεγάλη ανακούφιση όταν τελείωσε η κατάθεσή της.

Τέλος, ήρθε η σειρά του Βίκτορ. Το πρόσωπό του έδινε την εντύπωση ότι δεν καταλάβαινε πως βρισκόταν σε δίκη. Δεν ήταν ούτε θυμωμένος ούτε έξαλλος. Δεν έδειχνε μετανιωμένος. Δεν ικέτευε. Φαινόταν να νομίζει ότι όλοι μας βρισκόμασταν κάπου, σαν μια καλή και ξένοιαστη παρέα. Για κάποιο λόγο αυτή του η συμπεριφορά με εξόργισε ακόμη περισσότερο.

Ακόμη και στις απαντήσεις που έδινε, έκανε λες και όλες του οι πράξεις ήταν απόλυτα λογικές. Όταν η κατήγορος τον ρώτησε γιατί τα είχε κάνει όλα αυτά, την κοίταξε λες και ήταν τελείως τρελή.

«Μα δεν είχα κι άλλη επιλογή» είπε με τόνο ευχάριστο. «Πέθαινα. Κανείς δεν θα μου επέτρεπε ποτέ να πειραματιστώ με τις δυνάμεις της πριγκίπισσας. Εσείς τι θα κάνατε στη θέση μου;»

Η δικηγόρος τον αγνόησε. Δυσκολευόταν να κρύψει την αποστροφή της απέναντί του. «Θεωρήσατε επίσης απαραίτητο να εξαπατήσετε την ίδια σας την κόρη και να την κάνετε να γίνει Στριγκόι;»

Όλο το ακροατήριο αναστατώθηκε. Το χειρότερο πρόβλημα με τα Στριγκόι ήταν ότι δεν γεννιούνταν έτσι. Τα Στριγκόι μπορούσαν να εξαναγκάσουν ανθρώπους, Μορόι και νταμπίρ να γίνουν σαν κι εκείνα αν έπιναν το αίμα των θυμάτων τους και στη συνέχεια τους πρόσφεραν αίμα Στριγκόι. Δεν είχε σημασία αν το θύμα το επιζητούσε ή όχι, ενώ μόλις γινόταν Στριγκόι, ξεχνούσε κάθε χαρακτηριστικό του παλιού εαυτού του και των ηθικών αρχών του. Το θύμα μεταμορφωνόταν σε τέρας και σκότωνε άλλους για να επιβιώσει. Τα Στριγκόι μεταμόρφωναν τα θύματά τους όταν θεωρούσαν ότι αυτά θα συνεισέφεραν με κάποιον τρόπο στη δύναμή τους. Μερικές φορές όμως το έκαναν από απλή βαρβαρότητα.

Επίσης, ένα Μορόι μπορούσε να γίνει Στριγκόι αν σκότωνε με τη θέλησή του το θύμα του κατά τη διάρκεια αιμοποσίας, γεγονός που κατέστρεφε όλες τις μαγικές δυνάμεις και την ίδια τους τη ζωή. Οι γονείς του Κρίστιαν είχαν καταφύγει σ' αυτή τη λύση επειδή ήθελαν να παραμείνουν αθάνατοι όποιο κι αν ήταν το κόστος. Η κόρη του Βίκτορ, η Νάταλι, το είχε κάνει γιατί την είχε πείσει ο πατέρας της. Μόλις έγινε Στριγκόι απέκτησε απίστευτη δύναμη και ταχύτητα και προσπάθησε να τον ελευθερώσει. Ο Βίκτορ θεωρούσε ότι οι απώτεροι στόχοι του δικαιολογούσαν τη θυσία της.

Και πάλι ο Βίκτορ δεν φάνηκε να έχει τύψεις. Η απάντησή του ήταν απλή. «Η Νάταλι πήρε μόνη της αυτή την απόφαση».

«Θα λέγατε το ίδιο και για όλους τους υπόλοιπους που χρησιμοποιήσατε για να επιτύχετε τους στόχους σας; Ο φύλακας Μπελίκοφ και η δεσποινίς Χάθαγουεϊ δεν είχαν ιδέα για όσα τους αναγκάσατε να κάνουν».

Ο Βίκτορ χασκογέλασε. «Αυτό είναι θέμα γνώμης. Για να είμαι ειλικρινής, εγώ δεν νομίζω ότι τους πείραξε και τόσο. Μετά από αυτή τη δίκη όμως, κυρία Δικαστή, ίσως θα πρέπει να εξετάσετε και μία υπόθεση βιασμού».

Πάγωσα. Το είχε κάνει. Τίποτα δεν τον είχε σταματήσει. Ήμουν σίγουρη ότι όλοι γύρω μας είχαν γυρίσει και κοιτούσαν τον Ντιμίτρι κι εμένα. Είχα άδικο. Οι περισσότεροι κοιτούσαν απλά τον Βίκτορ με βλέμμα αηδιασμένο. Κατάλαβα ότι ο Βίκτορ ήξερε ότι θα συνέβαινε αυτό ακριβώς. Ήθελε απλώς να μας μπει στο μάτι. Δεν περίμενε ότι θα τον έπαιρνε κανείς στα σοβαρά. Τα αισθήματα της Λίζα μου έδιναν να καταλάβω ότι κι εκείνη το ίδιο πίστευε. Ένιωθε ότι ο Βίκτορ προσπαθούσε να εστιάσει την προσοχή του δικαστηρίου σε κάτι άλλο και όχι σ' εκείνον με αυτές τις ιστορίες για τον Ντιμίτρι κι εμένα. Τρομοκρατήθηκε καταλαβαίνοντας ότι ο Βίκτορ δεν θα υποχωρούσε εύκολα.

Το ίδιο συνέβη και με τη δικαστή, η οποία επέπληξε τον Βίκτορ που είχε βγει εκτός θέματος. Το μεγαλύτερο μέρος της διαδικασίας είχε ήδη τελειώσει. Οι δικηγόροι ανακεφαλαίωσαν. Είχε έρθει η ώρα να ανακοινώσει την απόφασή της η βασίλισσα. Η ανάσα μου είχε κοπεί από την αγωνία. Αναρωτιόμουν τι θα έλεγε. Στο κάτω κάτω ο Βίκτορ δεν είχε αρνηθεί τις κατηγορίες. Τα στοιχεία ήταν πάρα πολλά χάρη στις καταθέσεις των φίλων μου, αλλά, όπως είχε πει κι ο ίδιος ο Βίκτορ, υπήρχε μεγάλη διαφθορά στους βασιλικούς κύκλους. Τίποτα δεν εμπόδιζε τη βασίλισσα να αποφασίσει ότι δεν ήθελε σκάνδαλα και ότι δεν άξιζε να φυλακιστεί κάποιος τόσο γνωστός. Ακόμη κι αν οι λεπτομέρειες τις φυλάκισής του δεν γίνονταν γνωστές, το γεγονός και μόνο θα προκαλούσε αναστάτωση. Ίσως και να μην ήθελε να έρθει αντιμέτωπη με κάτι τέτοιο. Ίσως ο Βικτορ να είχε καταφέρει να εξαγοράσει μέχρι κι εκείνη.

Τελικά όμως τον βρήκε ένοχο και τον καταδίκασε σε ισόβια φυλάκιση, σε άλλη φυλακή κι όχι στη φυλακή των ανακτόρων. Είχα ακούσει ότι οι φυλακές των Μορόι ήταν απαίσια μέρη. Το καινούργιο του κελί θα ήταν πολύ διαφορετικό από εκείνο στο οποίο τον είχα δει εγώ. Ο Βίκτορ παρέμεινε ήρεμος και φαινόταν να διασκεδάζει την κάθε στιγμή, όπως ακριβώς και την προηγούμενη μέρα. Κάτι δεν μου πήγαινε καλά. Η συζήτησή μου μαζί του δεν μου είχε δώσει την εντύπωση ότι θα το έπαιρνε τόσο στωικά όσο φαινόταν εκείνη τη στιγμή. Έλπιζα μόνο ότι θα τον φύλαγαν καλά.

Μία κίνηση της βασίλισσας σήμανε τη λήξη των επίσημων διαδικασιών. Σηκωθήκαμε και αρχίσαμε να μιλάμε καθώς εκείνη κοιτούσε εξεταστικά όλους όσους βρίσκονταν στο δωμάτιο, παρατηρώντας ποιος ξέρει τι. Ο φρουρός του Βίκτορ τον συνόδευσε προς την πόρτα. Πέρασε και πάλι από δίπλα μας. Αυτή τη φορά σταμάτησε και μας μίλησε.

«Βασίλισσα, ελπίζω να είσαι καλά».

Δεν του απάντησε. Τον μισούσε και τον φοβόταν ακόμη, αλλά με αυτή την απόφαση αισθανόταν ότι πλέον δεν θα μπορούσε να της κάνει κακό. Ήταν λες και έκλεινε ένα κεφάλαιο, το οποίο δεν έλεγε να κλείσει εδώ και μήνες. Θα είχε επιτέλους την ευκαιρία να ζήσει τη ζωή της και να αφήσει πίσω της όλες αυτές τις απαίσιες μνήμες.

«Λυπάμαι που δεν καταφέραμε να τα πούμε, αλλά είμαι σίγουρος ότι την επόμενη φορά θα μας δοθεί η ευκαιρία» πρόσθεσε.

«Έλα» του είπε ένας από τους φύλακες που βρίσκονταν μαζί του. Τον οδήγησαν έξω.

«Είναι τελείως τρελός» μουρμούρισε η Λίζα όταν είχε πια φύγει. «Δεν το πιστεύω ότι είπε όσα είπε για σένα και τον Ντιμίτρι».

Ο Ντιμίτρι στεκόταν ακριβώς πίσω της. Τον κοίταξα κατάματα καθώς μας προσπερνούσε. Η ανακούφιση στο βλέμμα του έμοιαζε να αντικατοπτρίζει τη δική μου. Είχαμε μπει στον πιο επικίνδυνο χορό εκείνη την ημέρα και παρ' όλα αυτά είχαμε καταφέρει να βγούμε νικητές.

Ο Κρίστιαν την πλησίασε και την αγκάλιασε κρατώντας τη στα χέρια του για αρκετή ώρα. Τους κοίταζα τόσο τρυφερά που ακόμη κι εγώ έμεινα έκπληκτη με τα συναισθήματά μου. Ξάφνου ένα χέρι ακούμπησε το μπράτσο μου. Πετάχτηκα έντρομη. Ήταν ο Άντριαν.

«Πώς είσαι, μικρό μου νταμπίρ;» με ρώτησε απαλά. «Ο Ντάσκοφ σαν να... υπονόησε κάτι».

Βρέθηκα λίγο πιο κοντά του, προσπαθώντας κι εγώ να μιλήσω όσο πιο χαμηλά γινόταν. «Κανείς δεν τον πίστεψε. Νομίζω ότι είμαστε μια χαρά. Πάντως, σ' ευχαριστώ για το ενδιαφέρον».

Χαμογέλασε και μου έπιασε τη μύτη. «Δύο ευχαριστώ μέσα σε δύο μέρες. Δεν μου λες, μήπως έχεις σκεφτεί και κανέναν άλλο τρόπο να μου δείξεις την ευγνωμοσύνη σου;»

«Κανέναν απολύτως. Θα πρέπει να βάλεις τη φαντασία σου να δουλέψει».

Με αγκάλιασε ελαφρά και αφήνοντάς με μου είπε: «Κανένα πρόβλημα. Η φαντασία μου οργιάζει».

Είχαμε αρχίσει να κατευθυνόμαστε κατά την έξοδο, όταν η Πρισίλα Βόντα πλησίασε τη Λίζα λέγοντάς της: Η βασίλισσα θα ήθελε να σε δει κατ' ιδίαν προτού φύγεις».

Κοίταξα κατά τη μεριά του υπερυψωμένου καθίσματος

όπου βρισκόταν η βασίλισσα. Το βλέμμα της ήταν καρφωμένο πάνω μας. Αναρωτήθηκα τι σήμαιναν όλα αυτά.

«Φυσικά» είπε η Λίζα. Ήταν το ίδιο απορημένη μ' εμένα. Ξαφνικά, μέσα από το δεσμό μας ένιωσα να μου λέει: *Έλα και πάλι μαζί μου.* Της έγνεψα ναι προτού φύγει βιαστικά με την Πρισίλα. Επέστρεψα στο δωμάτιό μου και συντονίστηκα με τη Λίζα ενώ παράλληλα άρχισα να μαζεύω τα πράγματά μου. Η συνάντηση είχε καθυστερήσει γιατί η βασίλισσα έπρεπε να ασχοληθεί με κάποια γραφειοκρατικά ζητήματα του δικαστηρίου. Τελικά όμως ήρθε να τη συναντήσει στην ίδια αίθουσα με την περασμένη φορά. Η Λίζα και η Πρισίλα υποκλίθηκαν μόλις την είδαν να μπαίνει και περίμεναν ώσπου να καθίσει.

Η Τατιάνα κάθισε αναπαυτικά και στη συνέχεια είπε. «Βασίλισσα, επειδή το αεροπλάνο σας θα φύγει σε λίγο, θα σας μιλήσω εν συντομία. Θα ήθελα να σας κάνω μία προσφορά».

«Τι είδους προσφορά, Μεγαλειοτάτη;»

«Σε λίγο καιρό θα αρχίσετε τις πανεπιστημιακές σας σπουδές». Μιλούσε λες και ήταν δεδομένο. Και πράγματι, η Λίζα σχεδίαζε να σπουδάσει, απλώς εμένα δεν μου άρεσε που πρότρεχε σε συμπεράσματα. «Έχω πληροφορηθεί ότι είστε δυσαρεστημένη με τις επιλογές που σας προσφέρονται».

«Δεν είμαι δυσαρεστημένη. Απλώς όλα τα μέρη όπου μπορούν να σπουδάσουν τα Μορόι είναι πάρα πολύ μικρά. Καταλαβαίνω πως αυτό γίνεται για λόγους ασφαλείας, αλλά θα ήθελα, πώς να το πω, να πάω σε ένα μεγαλύτερο πανεπιστήμιο. Σε κάποια φημισμένη σχολή». Οι φύλακες προστάτευαν λίγα μόνο πανεπιστήμια της χώρας ώστε να μπορούν τα Μορόι να σπουδάσουν εκεί. Όπως είχε πει και η Λίζα όμως, ήταν μάλλον μικρά.

Η Τατιάνα έδειχνε ανυπόμονη, λες και τα 'χε ξανακούσει όλα αυτά. «Θα σας δώσω την ευκαιρία να κάνετε κάτι που κανείς δεν έχει κάνει μέχρι σήμερα απ' όσο ξέρω. Μετά την αποφοίτησή σας, θα ήθελα να έρθετε να μείνετε εδώ, στη Βασιλική Αυλή. Δεν έχετε οικογένεια και πιστεύω ότι θα κερδίσετε πολλά μελετώντας Πολιτική στην καρδιά του βασιλείου μας. Παράλληλα μ' αυτό, θα φροντίσω να εγγραφείτε στο Πανεπιστήμιο του Λεχάι. Είναι λιγότερο από μια ώρα απόσταση από δω. Το έχετε ακουστά;»

Η Λίζα έγνεψε ναι με το κεφάλι της. Εγώ ποτέ μου δεν το είχα ακούσει, αλλά εκείνη ήταν τόσο φυτό που είχε ψάξει όλα τα πανεπιστήμια της Αμερικής. «Είναι καλό πανεπιστήμιο, Μεγαλειοτάτη. Αλλά… είναι μικρό».

«Είναι μεγαλύτερο από τα πανεπιστήμια όπου σπουδάζουν συνήθως τα Μορόι» σημείωσε.

«Πράγματι. Στο μυαλό της η Λίζα προσπαθούσε να καταλάβει τι συνέβαινε. Γιατί να της προσφέρει κάτι τέτοιο η Τατιάνα; Κυρίως εφόσον φαινόταν να διαφωνεί με όσα της είχε πει η Λίζα προηγουμένως. Κάτι περίεργο συνέβαινε και αποφάσισε να δει πόσο μπορούσε να τεντώσει το σκοινί. «Και το Πανεπιστήμιο της Πενσυλβανίας δεν είναι πολύ μακριά από εδώ, Μεγαλειοτάτη».

«Μα αυτό το πανεπιστήμιο είναι *τεράστιο*, Βασίλισσα. Η ασφάλειά σας δεν είναι εξασφαλισμένη εκεί πέρα».

Η Λίζα ανασήκωσε τους ώμους της. «Καλά, τότε μάλλον δεν έχει καμία διαφορά. Τι κι αν πάω στο Λεχάι, τι κι αν πάω σε κάποιο από όλα τα άλλα».

Η βασίλισσα είχε σοκαριστεί. Το ίδιο και η Πρισίλα. Δεν μπορούσαν να πιστέψουν ότι η Λίζα ήταν τόσο αδιάφορη απέναντι στην προσφορά τους. Στην πραγματικότητα, η Λίζα δεν ήταν καθόλου αδιάφορη. Το Λεχάι ήταν πολύ καλύτερο απ' ό,τι φανταζόταν και ήθελε να πάει εκεί. Επιδίωκε όμως να δει και πόσο πολύ την ήθελε κοντά της η βασίλισσα.

Η Τατιάνα συνοφρυώθηκε ενοχλημένη και έμοιαζε να ζυγίζει

τα πράγματα. «Ανάλογα με τους βαθμούς σας και τις εμπειρίες σας στο Λεχάι, θα μπορούσαμε να κανονίσουμε ίσως μια μεταγραφή σε ένα με δύο χρόνια. Σας επαναλαμβάνω ότι το ζήτημα της ασφάλειας παραμένει πολύ επίφοβο».

Ποπό! Όντως την ήθελε πολύ η βασίλισσα. Γιατί όμως; Η Λίζα αναγκάστηκε να τη ρωτήσει ευθέως.

«Είναι πολύ κολακευτικά όλα αυτά, Μεγαλειοτάτη. Αισθάνομαι μεγάλη ευγνωμοσύνη. Γιατί όμως μου προσφέρετε αυτή τη δυνατότητα;»

«Ως τελευταία των Ντραγκομίρ, είστε πολύτιμη. Θέλω να εξασφαλίσω το μέλλον σας. Δεν μου αρέσει καθόλου να πηγαίνουν στράφι έξυπνοι άνθρωποι. Εκτός αυτού...» Σταμάτησε και πρόφερε διστακτικά τα επόμενα λόγια της. «Έχετε εν μέρει δίκιο. Τα Μορόι όντως δυσκολεύονται με τις αλλαγές. Καλό θα ήταν να ακούγονται και διαφορετικές φωνές εδώ μέσα».

Η Λίζα δεν απάντησε αμέσως. Συνέχιζε να αναλύει την προσφορά της από κάθε πιθανή σκοπιά. Ευχόταν να ήμουν από μια γωνιά για να τη συμβουλεύσω, αλλά εγώ δεν είχα και τίποτα το ουσιαστικό να της πω για το ζήτημα αυτό. Ωραία θα ήταν να εκτελώ το καθήκον μου ως φύλακας στη Βασιλική Αυλή και σ' ένα ωραίο πανεπιστήμιο. Από την άλλη βέβαια, θα ήμασταν πολύ πιο ελεύθερες οπουδήποτε αλλού. Τελικά η Λίζα ψήφισε υπέρ της καλύτερης εκπαίδευσης.

«Εντάξει» είπε. «Δέχομαι. Σας ευχαριστώ, Μεγαλειοτάτη».

«Τέλεια» είπε η Τατιάνα. «Θα φροντίσουμε να γίνουν οι απαραίτητες προετοιμασίες. Μπορείτε να πηγαίνετε».

Η βασίλισσα παρέμεινε ακίνητη κι έτσι η Λίζα υποκλίθηκε ξανά και κατευθύνθηκε γρήγορα κατά την πόρτα, ακόμη μουδιασμένη από τα νέα. Ξαφνικά η Τατιάνα της φώναξε.

«Βασίλισσα, θα φωνάξετε παρακαλώ τη φίλη σας; Αυτή τη... Χάθαγουεϊ; Θέλω να της μιλήσω».

«Τη Ρόουζ;» ρώτησε έκπληκτη. «Μα γιατί;... Φυσικά. Θα τη φωνάξω».

Η Λίζα έτρεξε σαν αστραπή προς τον ξενώνα, αλλά τη συνάντησα στη μέση σχεδόν του δρόμου. «Μα τι τρέχει;» τη ρώτησα.

«Ιδέα δεν έχω» είπε η Λίζα. «Άκουσες τι είπε;»

«Ναι. Ίσως να θέλει να μου πει ότι τώρα που θα πας σ' αυτό το πανεπιστήμιο θα πρέπει να σε προσέχω ακόμη περισσότερο».

«Ίσως. Πού να ξέρω» είπε η Λίζα και με αγκάλιασε στα πεταχτά. «Άντε, καλή τύχη. Τα λέμε σε λίγο».

Πήγα στην ίδια αίθουσα και βρήκα την Τατιάνα που καθόταν με τα χέρια σταυρωμένα και στήσιμο αυστηρό και ανυπόμονο. Ήταν και πάλι ντυμένη σαν επιχειρηματίας με ένα καφέ σακάκι και ασορτί φούστα. Το χρώμα δεν ταίριαζε πολύ με τα σκούρα μαλλιά της, αλλά τι με ένοιαζε εμένα; Αυτή ήταν δουλειά του στυλίστα της.

Υποκλίθηκα όπως ακριβώς είχε κάνει και η Λίζα και κοίταξα τριγύρω στο δωμάτιο. Η Πρισίλα είχε φύγει. Μόνο κάνα δυο φύλακες είχαν απομείνει. Περίμενα ότι η Τατιάνα θα μου έλεγε να καθίσω, αλλά αντ' αυτού σηκώθηκε και περπάτησε προς το μέρος μου. Δεν φαινόταν και πολύ πρόσχαρη.

«Δεσποινίς Χάθαγουεϊ» είπε κοφτά «θα προσπαθήσω να το θέσω όσο πιο σύντομα γίνεται. Παρακαλώ να σταματήσει άμεσα ο φρικτός αυτός δεσμός που έχετε με τον ανιψιό μου. Άμεσα».

15

«ΠΩΣ; ΠΩΣ ΕΙΠΑΤΕ;»

«Με ακούσατε πολύ καλά. Δεν ξέρω πόσο έχει προχωρήσει το πράγμα και, για να είμαι ειλικρινής, δεν με ενδιαφέρει να μάθω τις λεπτομέρειες. Ούτως ή άλλως δεν είναι αυτό το θέμα μας. Το θέμα είναι ότι ο δεσμός σας δεν μπορεί να συνεχιστεί».

Η βασίλισσα με κοίταζε αφ' υψηλού. Τα χέρια της ακουμπούσαν τα χείλη της και φαινόταν λες και περίμενε να της υποσχεθώ ότι θα έκανα ό,τι κι αν με διάταζε. Έλα που δεν γινόταν. Κοίταξα τριγύρω μου μπας και έβρισκα ενδείξεις ότι όλα αυτά ήταν απλά και μόνο ένα αστείο. Το βλέμμα μου στράφηκε στους δύο φύλακες στην άλλη άκρη του δωματίου. Έλπιζα ότι θα μπορούσαν εκείνοι να μου εξηγήσουν τι συνέβαινε, αλλά εκείνοι είχαν πάρει το ύφος βλέπω-τα-πάντα-και-τίποτα-μαζί. Δεν με κοίταζαν καν στα μάτια. Ξαναστράφηκα προς τη βασίλισσα.

«Εεε, Μεγαλειοτάτη... Πρέπει να έχει γίνει κάποιο λάθος. Δεν συμβαίνει τίποτα με τον Άντριαν κι εμένα».

«Με περνάτε για ηλίθια;» με ρώτησε.

«Όχι, Μεγαλειοτάτη» απάντησα.

«Πάλι καλά. Δεν υπάρχει λόγος να ψεύδεστε. Σας έχουν δει πολλές φορές μαζί. Ακόμη κι εδώ και στην Ακαδημία. Σας είδα κι εγώ η ίδια στο δικαστήριο». Γαμώτο! Γιατί να διαλέξει εκείνη τη στιγμή ο Άντριαν για να το παίξει ιππότης και να ξεκλέψει μία ακόμη αγκαλιά; «Έχουν φτάσει στ' αφτιά μου όλες οι λεπτομέρειες για όσα συμβαίνουν στα κρυφά και παρακαλώ να σταματήσετε εδώ και τώρα. Ο Άντριαν Ιβάσκοφ δεν πρόκειται να το σκάσει με ένα τιποτένιο θηλυκό νταμπίρ και καλά θα κάνετε να μην τρέφετε τέτοιες αυταπάτες».

«Μα ποτέ μου δεν θεώρησα ότι θα έκανε κάτι τέτοιο γιατί δεν έχω σχέση μαζί του» είπα. «Θέλω να πω, είμαστε φίλοι, αλλά αυτό είν' όλο. Του αρέσω, με φλερτάρει. Και είμαι σίγουρη πως πολύ θα το 'θελε να κάνει διάφορα μαζί μου στα κρυφά, όπως το θέσατε, αλλά δεν τα κάνουμε, Μεγαλειοτάτη».

«Μαθαίνω για σας» μου είπε. «Όλοι τελευταία μιλούν για τις βραβεύσεις και τα επιτεύγματά σας, αλλά εγώ δεν έχω ξεχάσει ότι *εσείς* πήρατε τη Βασίλισσα από την Ακαδημία. Ξέρω επίσης και για όλες τις φασαρίες στις οποίες μπλεκόσασταν. Ξέρω για το ποτό. Και για τα αγόρια. Αν περνούσε από το χέρι μου, θα σας έστελνα πακέτο σε κάποια κοινότητα πορνών αίματος. Εκεί σας αξίζει να βρεθείτε».

Το ποτό; Τα αγόρια; Με έκανε να φαίνομαι σαν καμιά αλκοολική πόρνη, ενώ δεν είχα ποτέ πιει περισσότερο απ' όσο ο μέσος έφηβος στα σχολικά πάρτι. Δεν είχε όμως νόημα να της το πω. Ακόμη κι αν της έλεγα πως ήμουν ακόμη παρθένα, δεν θα με πίστευε.

«Αλλά» συνέχισε «οι πρόσφατες… επιδόσεις σας μου απαγορεύουν να σας διώξω. Όλοι πιστεύουν ότι σας περιμένει ένα λαμπρό μέλλον. Ίσως και να 'χουν δίκιο. Μπορεί να μην *μπορώ* να αλλάξω τα πάντα, αλλά σίγουρα περνάει από το χέρι μου το ποιον θα προστατεύετε».

Ξαφνικά σκλήρυνα. «Τι θέλετε να πείτε; Με απειλείτε;» Μίλησα διστακτικά κι όχι με σκοπό να την προκαλέσω. Δεν μπορούσα να πιστέψω ότι εννοούσε όσα έλεγε. Άλλο να μην είμαι υπεύθυνη για τη Λίζα σε μία πρακτική άσκηση κι άλλο αυτή η προοπτική.

«Απλώς λέω ότι ενδιαφέρομαι πολύ για το μέλλον της Βασίλισσας. Πρέπει λοιπόν να την προστατεύσω από κακές επιρροές. Κι αυτό έχω σκοπό να κάνω. Μπορούμε να της βρούμε άλλο φύλακα. Μπορούμε επίσης να σου βρούμε κάποιο άλλο Μορόι».

«Δεν μπορείτε να το κάνετε αυτό!» φώναξα. Αισθανόμουν την ικανοποίησή της που επιτέλους με είχε κάνει να αντιδράσω έντονα. Ήμουν οργισμένη μαζί και φοβισμένη, αλλά προσπαθούσα με νύχια και με δόντια να συγκρατηθώ και να μην εκραγώ. Εκείνη τη στιγμή μου χρειαζόταν διπλωματία και ειλικρίνεια. «Δεν συμβαίνει τίποτα με τον Άντριαν. Σας διαβεβαιώνω. Δεν μπορείτε να με τιμωρήσετε για κάτι που δεν έχω κάνει» είπα κι αμέσως μετά θυμήθηκα να κολλήσω και τον τίτλο: «Μεγαλειοτάτη».

«Δεν το θέλω καθόλου να σας τιμωρήσω, Ρόουζ. Απλώς θέλω να γίνει σαφές ότι καταλάβαμε καλά η μία την άλλη. Τα αρσενικά Μορόι δεν παντρεύονται θηλυκά νταμπίρ. Παίζουν μαζί τους. Η καθεμιά τους πιστεύει ότι τα πράγματα θα είναι διαφορετικά μ' εκείνη... Έτσι έγινε και με τη μητέρα σου και τον Ιμπραήμ, αλλά κι εκείνη βγήκε γελασμένη».

«Με ποιον;» ρώτησα. Στο άκουσμα του ονόματος αυτού ένιωσα λες και είχα φάει ένα γερό σκαμπίλι. Ιμπραήμ; Πρώτη φορά άκουγα αυτό το όνομα και, φυσικά, ποτέ μου δεν είχα γνωρίσει κανέναν που να τον λένε έτσι. Ήθελα να τη ρωτήσω ποιος ήταν αυτός ο Ιμπραήμ και τι σχέση είχε με τη μητέρα μου, αλλά η Τατιάνα συνέχισε να μιλάει.

«Πάντα πέφτουν έξω. Κι αν προσπαθήσεις να αλλάξεις τα πράγματα, θα χάσεις απλά τον καιρό σου». Κούνησε το κεφάλι της δήθεν συμπονετικά για τα θηλυκά νταμπίρ, αλλά η υπεροπτική της έκφραση δεν έδειχνε κάτι τέτοιο. «Μπορείς να χρησιμοποιείς το πανέμορφο πρόσωπό σου και το κορμί σου όσο θες, προσπαθώντας να τον πείσεις. Στο τέλος όμως εσύ θα αισθανθείς προδομένη. Τώρα μπορεί να λέει ότι σε αγαπάει, αλλά με τον καιρό θα σε βαρεθεί. Καλύτερα να γλιτώσεις μια και καλή από αυτόν τον πόνο. Δεν καταλαβαίνεις ότι σου κάνω χάρη;»

«Δεν είναι δυνατόν να λέει ότι με...» Δεν υπήρχε νόημα να συνεχίσω. Η ειρωνεία ήταν ότι ο Άντριαν μου έδινε την εντύπωση ότι πράγματι ήθελε να με χρησιμοποιήσει μόνο και μόνο για το σεξ. Δεν είχα καμία αυταπάτη όσον αφορά αυτό το ζήτημα. Έτσι κι αλλιώς δεν κοιμόμουν μαζί του, οπότε δεν υπήρχε κανένα πρόβλημα. Μόνο που πλέον η Τατιάνα θεωρούσε ότι υπήρχε σοβαρό πρόβλημα. Αναστέναξα. Υποψιαζόμουν ότι δεν θα μπορούσα να της πω τίποτα για να την κάνω να πιστέψει ότι δεν ενδιαφερόμουν για τον Άντριαν. «Αν είστε τόσο σίγουρη ότι δεν έχουμε κανένα μέλλον μαζί, τότε γιατί μου τα λέτε όλα αυτά; Σύμφωνα με τα όσα μου είπατε, θα με αφήσει ούτως ή άλλως, Μεγαλειοτάτη».

Δίστασε για λίγο κι εγώ παραλίγο να βάλω τα γέλια. Παρά τα όσα είχε σούρει σε μένα, τη μαμά μου και όλα τα θηλυκά νταμπίρ, μέσα της ένιωθε ότι ίσως και να ήμουν αρκετά όμορφη και γοητευτική ώστε να τον παρασύρω σ' έναν τόσο εξευτελιστικό γάμο. Έκρυψε βιαστικά την αβεβαιότητά της.

«Απλώς θέλω να ρυθμίζω τις καταστάσεις προτού υπάρξουν προβλήματα, αυτό είναι όλο. Και φυσικά τα πράγματα δεν θα είναι καθόλου εύκολα γι' αυτόν και τη Βασίλισσα αν είναι να έχουν και το βάρος της δικής σας ιστορίας».

Τι; Πώς; Η πρόσκαιρη ικανοποίησή μου γκρεμίστηκε και τη θέση της πήρε η σύγχυση. Ένιωθα και πάλι τόσο χαμένη όσο όταν με κατηγορούσε πως είχα σχέση με τον Άντριαν.

«Για αυτόν και τη Βασίλισσα; Τη Λίζα; Μα τι λέτε;» Ξέχασα

να προσθέσω το *Μεγαλειοτάτη*, αλλά σ' εκείνη τη φάση δεν νομίζω ότι την ενδιέφερε.

«Οι δυο τους είναι το τέλειο ζευγάρι» είπε λες και μιλούσε για κανένα έργο τέχνης που επρόκειτο να αγοράσει. «Παρά την κακή επιρροή σου, η Βασίλισσα έχει γίνει μία πολλά υποσχόμενη νέα κοπέλα. Είναι πολύ σοβαρή και αφοσιωμένη κι αυτό θα τον βοηθήσει κι εκείνον. Αν μείνουν μαζί, θα μπορέσουν επίσης να γνωρίσουν καλύτερα τις παράξενες μαγικές τους ιδιότητες».

Κι εγώ που μέχρι πριν από πέντε λεπτά νόμιζα ότι το να παντρευτώ τον Άντριαν ήταν ό,τι πιο τρελό είχα ακούσει ποτέ μου. Να που μου την είχε φέρει με το νέο του γάμου της Λίζα και του Άντριαν.

«Η Λίζα και ο Άντριαν μαζί; Δεν μιλάτε σοβαρά, Μεγαλειοτάτη».

«Αν βρεθούν και οι δυο τους εδώ, πιστεύω ότι εύκολα μπορεί να συμβεί κάτι τέτοιο. Ήδη έχουν μια καλή σχέση. Εκτός αυτού, και οι δύο γιαγιάδες του Άντριαν προέρχονται από το οικογενειακό δέντρο των Ντραγκομίρ. Ρέει μέσα του αρκετό αίμα της οικογένειας για να τη βοηθήσει να συνεχίσει τη γενιά των Ντραγκομίρ».

«Μα κι ο Κρίστιαν Οζέρα θα μπορούσε να κάνει το ίδιο». Σε μία από τις ρομαντικές τους στιγμές η Λίζα και ο Κρίστιαν είχαν ελέγξει το οικογενειακό του δέντρο για να δουν αν ο Κρίστιαν είχε αρκετά γονίδια ώστε να μπορέσει να συνεχίσει το όνομα των Ντραγκομίρ. Όταν ανακάλυψαν ότι πράγματι είχε, είχαν αρχίσει να σκέφτονται ονόματα για τα παιδιά τους. Ήταν απαίσιο. Έφυγα όταν η Λίζα μου είπε ότι θα ονόμαζαν την τρίτη τους κόρη σαν εμένα.

«Ο Κρίστιαν Οζέρα;» Το υποκριτικό της χαμόγελο εξαφανίστηκε. «Δεν υπάρχει περίπτωση να τον παντρευτεί η Βασίλισσα Ντραγκομίρ».

«Καλά όχι τώρα. Θα πάνε πρώτα μαζί στο πανεπιστήμιο και...»

«Ούτε τώρα ούτε ποτέ» με διέκοψε η Τατιάνα. «Οι Ντραγκομίρ είναι μια αρχαία και δοξασμένη βασιλική οικογένεια. Η τελευταία τους απόγονος δεν πρόκειται να σχετιστεί με κάποιον σαν εκείνον».

«Μα είναι κι εκείνος βασιλικός γόνος» είπα με φωνή χαμηλωμένη, σχεδόν τρομακτική. Οι προσβολές της για τον Κρίστιαν με θύμωσαν πολύ περισσότερο από ό,τι είχε πει για μένα. «Η οικογένεια Οζέρα είναι το ίδιο σημαντική με τις οικογένειες των Ντραγκομίρ και των Ιβάσκοφ. Είναι βασιλικός γόνος. Σαν τη Λίζα, τον Άντριαν κι εσάς».

Γέλασε κοροϊδευτικά. «*Δεν* είναι σαν κι εμάς. Πράγματι, οι Οζέρα ανήκουν στις βασιλικές οικογένειες και πράγματι έχει πολλούς και αξιοσέβαστους συγγενείς. Αλλά δεν μιλάμε για τους συγγενείς του. Μιλάμε για το γιο δύο ανθρώπων που επέλεξαν να γίνουν Στριγκόι. Ξέρεις πόσες τέτοιες περιπτώσεις έχουν δει τα μάτια μου; Εννιά. Και οι δύο από αυτές είναι οι γονείς του Κρίστιαν».

«Ακριβώς... Οι *γονείς* του. Όχι ο ίδιος».

«Δεν έχει σημασία. Η πριγκίπισσα Ντραγκομίρ δεν μπορεί να σχετίζεται με κάποιον σαν κι αυτόν. Είναι πολύτιμη για κάτι τέτοιο».

«Θέλετε να πείτε ότι ο ανιψιός σας είναι τέλειος για αυτό το ρόλο, *Μεγαλειοτάτη*» είπα ειρωνικά.

«Αν είσαι έξυπνη, θα μου απαντήσεις. Πώς τους αντιμετωπίζουν στην Ακαδημία του Αγίου Βλαντιμίρ; Πώς αντιμετωπίζουν τον Κρίστιαν οι συμμαθητές σας; Πώς βλέπουν τη σχέση του Κρίστιαν με τη Βασίλισσα;» Τα μάτια της γυάλισαν. Ήξερε την απάντηση.

«Δεν έχουν πρόβλημα» της είπα. «Έχουν πολλούς φίλους».

«Και τον Κρίστιαν τον αποδέχονται πλήρως;»

Μου ήρθε αμέσως στο μυαλό η εικόνα του Τζέσε και του

Ραλφ που μου έθαβαν τον Κρίστιαν. Ήταν αλήθεια, πολλοί απέφευγαν τον Κρίστιαν λες και όντως είχε γίνει Στριγκόι. Γι' αυτό και κανείς δεν ήταν μαζί του στο μάθημα της Μαγειρικής. Προσπάθησα να μην της δείξω τις σκέψεις μου αλλά ο δισταγμός μου με πρόδωσε.

«Βλέπεις;» είπε θριαμβευτικά. «Κι αυτό δεν είναι παρά ο μικρόκοσμος της κοινωνίας μας. Φαντάσου το σε πολύ μεγαλύτερη έκταση. Φαντάσου πώς θα είναι τα πράγματα όταν θα έχει ενεργό ρόλο στην κυβέρνησή μας και θα θέλει να κερδίσει οπαδούς. Η σχέση αυτή θα είναι μείον. Θα αποκτήσει εχθρούς εξαιτίας του. Θες πραγματικά να συμβεί κάτι τέτοιο;»

Περιέγραφε ακριβώς όλα όσα φοβόταν ο Κρίστιαν κι εγώ το αρνήθηκα με την ίδια ζέση που το είχα αρνηθεί και σ' εκείνον. «Δεν πρόκειται να συμβεί κάτι τέτοιο. Κάνετε μεγάλο λάθος».

«Κι εσείς είστε πολύ μικρή για να καταλάβετε, δεσποινίς Χάθαγουεϊ. Κι επίσης έχετε καθυστερήσει ολόκληρο το αεροπλάνο». Προχώρησε κατά την πόρτα. Οι φύλακες, σε δευτερόλεπτα, βρέθηκαν από την άλλη άκρη του δωματίου κοντά της. «Δεν έχω τίποτε άλλο να σας πω κι ελπίζω ότι αυτή είναι και η τελευταία φορά που κάνουμε τέτοια συζήτηση». *Ή οποιαδήποτε άλλη συζήτηση*, σκέφτηκα μέσα μου.

Έφυγε και μόλις μπορούσα να φύγω κι εγώ, σύμφωνα με το πρωτόκολλο, έτρεξα να προφτάσω το αεροπλάνο. Στο μυαλό μου στριφογυρνούσαν διαρκώς σκέψεις. Μα πόσο τρελή μπορούσε να είναι αυτή η γυναίκα; Όχι μόνο πίστευε ότι εγώ κι ο Άντριαν κοντεύαμε να κλεφτούμε, πίστευε κιόλας ότι θα μπορούσε να κανονίσει συνοικέσιο στον Άντριαν και τη Λίζα. Δεν μπορούσα να καταλήξω τι απ' όλα ήταν πιο γελοίο.

Ανυπομονούσα να το πω στους άλλους και να σκάσουμε στα γέλια κοροϊδεύοντάς την. Καθώς όμως προχωρούσα προς το δωμάτιό μου, το ξανασκέφτηκα. Ήδη κυκλοφορούσαν πολλά κουτσομπολιά για τον Άντριαν και για μένα. Δεν υπήρχε λόγος να ρίξω λάδι στη φωτιά. Επίσης, δεν ήταν καλή ιδέα να τα μάθει όλα αυτά ο Κρίστιαν. Ήδη αισθανόταν ανασφαλής στη σχέση του με τη Λίζα. Πώς θα αισθανόταν αν μάθαινε ότι η βασίλισσα σχεδίαζε να τον ξεφορτωθεί;

Έτσι, αποφάσισα να σκεφτώ για λίγο όσα είχα μάθει, πράγμα δύσκολο μια και η Λίζα καθόταν έξω από την πόρτα μου, περιμένοντάς με.

«Ε, νόμιζα ότι θα είχες πάει στο αεροπλάνο» της είπα.

«Μπα. Θα έχουμε λίγες ώρες καθυστέρηση».

«Α!» Ξαφνικά επιθυμούσα να γυρίσω στην Ακαδημία όσο τίποτα στον κόσμο.

«Τι σε ήθελε η βασίλισσα;» με ρώτησε η Λίζα.

«Ήθελε να με συγχαρεί για τα Στριγκόι που σκότωσα. Δεν το περίμενα από εκείνη. Ήταν περίεργο».

«Ε, όχι και τόσο» μου είπε. «Έκανες καταπληκτική δουλειά. Φαντάζομαι ότι θέλησε απλώς να το υπογραμμίσει και να σου δείξει ότι το αναγνωρίζει».

«Τι να πω; Δεν ξέρω. Λοιπόν; Τι κάνουμε τώρα; Έχουμε τόσες ώρες μπροστά μας». Με κοίταξε όλο ενθουσιασμό κι εγώ άλλο που δεν ήθελα παρά να αλλάξω θέμα.

«Σκεφτόμουν ότι.... μια και είμαστε στα Βασιλικά Ανάκτορα... καλό δεν θα ’ταν να τα δούμε; Σίγουρα το μπαρ κι η καφετέρια δεν είναι τα μόνα αξιοθέατα. Θα πρέπει να μάθουμε τι άλλο υπάρχει, αφού θα μετακομίσουμε εδώ. Εκτός αυτού, έχουμε και πολλά να γιορτάσουμε».

Και τότε κατάλαβα πού βρισκόμουν. Ήμουν τόσο απορροφημένη από την υπόθεση του Βίκτορ που δεν το είχα καν συνειδητοποιήσει: βρισκόμασταν στη Βασιλική Αυλή, στο κέντρο της κυβέρνησης των Μορόι. Τα ανάκτορα ήταν περίπου ίδια στο μέγεθος με την Ακαδημία και σίγουρα δεν υπήρχε μόνο η γραφειοκρατική τους πλευρά. Και είχε δίκιο. Είχαμε πολλούς λόγους να χαρούμε. Ο Βίκτορ είχε κλειστεί στη φυλακή. Εκείνη είχε μόλις δεχτεί μία πολύ καλή προσφορά για να συνεχίσει τις σπουδές της. Το μόνο αρνητικό ήταν ο υποτιθέμενος δεσμός μου με τον Άντριαν, αλλά δεν είχα πρόβλημα να ξεχάσω για λίγο αυτό το ζήτημα. Έτσι κι αλλιώς, με είχε κεντρίσει με τον ενθουσιασμό της.

«Πού είναι ο Κρίστιαν;» τη ρώτησα.

«Κάνει τα δικά του» είπε. «Πρέπει να τον πάρουμε μαζί;»

«Μα συνήθως *είναι πάντα* μαζί μας τον τελευταίο καιρό».

«Ναι» παραδέχτηκε «αλλά, να σου πω την αλήθεια, θα ήθελα να περάσω λίγο χρόνο μαζί σου». Καταλάβαινα τι είχε στο νου της. Η κουβέντα που κάναμε στα πεταχτά προτού πάει να συναντήσει τη βασίλισσα την είχε κάνει να νοσταλγήσει τον παλιό καιρό που περνούσαμε πολύ χρόνο μόνες μας.

«Δεν θα σου πω όχι» είπα. «Πόσα μπορούμε να δούμε μέσα σε τρεις ώρες;»

Το πρόσωπό της φωτίστηκε από ένα άτακτο χαμόγελο. «Τα βασικά». Είχε κάτι συγκεκριμένο στο μυαλό της, αλλά προσπαθούσε να μου το κρύψει. Δεν μπορούσε να ελέγξει το δεσμό μας, είχε όμως μάθει ότι αν δεν σκεφτόταν κάτι πολύ έντονα, δεν μπορούσα να το νιώσω εύκολα. Της άρεσε να νιώθει ότι πού και πού μπορούσε να μου κάνει εκπλήξεις. Παρ' όλα αυτά, ποτέ της δεν κατάφερνε να μου κρύψει τα σημαντικά ζητήματα και τα προβλήματα που την απασχολούσαν.

Ξαναβγήκαμε έξω στο κρύο. Η Λίζα προχωρούσε μπροστά. Αφήσαμε πίσω μας τα κυβερνητικά κτίρια και πήγαμε προς ένα άλλο συγκρότημα στην άλλη άκρη του περιβόλου των ανακτόρων.

«Η βασίλισσα μένει στο πρώτο κτίριο» μου εξήγησε η Λίζα. «Δεν είναι παλάτι με την αυστηρή έννοια της λέξης αλλά ό,τι πιο κοντινό διαθέτουμε. Όταν η Βασιλική Αυλή βρισκόταν στην Ευρώπη, οι βασιλικοί γόνοι των Μορόι ζούσαν σε κάστρα».

Στραβομουτσούνιασα. «Το λες σαν να είναι κάτι καλό».

«Πέτρινοι τοίχοι, πυργίσκοι... Δεν το βρίσκω και τόσο άσχημο».

«Πάω στοίχημα ότι η σύνδεσή τους στο Ίντερνετ ήταν πολύ αργή όμως».

Η Λίζα κούνησε το κεφάλι της κατά τη μεριά μου και χαμογέλασε, χωρίς όμως να αξιωθεί να απαντήσει στο σχόλιό μου. Περάσαμε μπροστά από κάποια άλλα κτίρια που είχαν τον ίδιο πέτρινο διάκοσμο με τα άλλα, με τη διαφορά ότι ήταν πολύ ψηλότερα και χτισμένα με τέτοιον τρόπο που θύμιζαν διαμερίσματα. Η Λίζα μου το επιβεβαίωσε.

«Αυτές είναι πολυκατοικίες για όσους μένουν εδώ ολόκληρο το χρόνο».

Το βλέμμα μου στράφηκε προς τα εκεί και ξαφνικά ήρθε στο νου μου μια χαρούμενη σκέψη. «Λες να μένουμε όλοι εδώ του χρόνου;»

Η σκέψη μου την έπιασε απροετοίμαστη, αλλά αμέσως μοιράστηκε τον ενθουσιασμό μου. Κι εκείνη χάρηκε με την ιδέα ότι επιτέλους θα έχουμε κι εμείς ένα δικό μας χώρο. Ένα χώρο που θα μπορούσαμε να διακοσμήσουμε όπως θέλουμε. Ένα χώρο στον οποίο θα μπαινοβγαίναμε ελεύθεροι. Θα μου άρεσε να έμενε μαζί μας και ο Ντιμίτρι. Στα ανάκτορα σίγουρα δεν θα είχε βάρδια εικοσιτέσσερις ώρες το εικοσιτετράωρο. Το ίδιο θα συνέβαινε και μ' εμένα. Έχει γούστο να μη με άφηναν να μείνω μαζί της. Ίσως έτσι να μου έδειχναν ότι δεν είμαι απαραίτητη.

«Το ελπίζω» μου είπε, χωρίς να έχει ιδέα όσα σκεφτόμουν. «Μακάρι να μας έδιναν ένα ρετιρέ με θέα».

Χαμογέλασα ξανά. «Και πισίνα» πρόσθεσα.

«Καλά, είναι δυνατόν να σκέφτεσαι πισίνες με τέτοιον καιρό;»

«Αφού έτσι κι αλλιώς τα φανταζόμαστε όλα αυτά, γιατί να

μην το πω κι αυτό; Πάω στοίχημα ότι η Τατιάνα έχει πισίνα. Θα φοράει μπικίνι και θα βάζει διάφορους σέξι τύπους να την τρίβουν με αντηλιακό».

Περίμενα ότι θα σήκωνε το βλέμμα της ψηλά, απελπισμένη, αλλά αντίθετα η Λίζα χαμογέλασε και με οδήγησε μέσα σε ένα κτίριο κοντά στις πολυκατοικίες. «Τώρα που το λες...»

«Τι; Τι;» τη ρώτησα περίεργα. Ήταν έτοιμη να μου πει το μυστικό. Λίγο ήθελα και θα το τραβούσα μέσα από το δεσμό μας. Και, πιστέψτε με, θα το είχα καταφέρει αν δεν με είχαν συνεπάρει όλα όσα έβλεπα γύρω μου. Ήταν μια πανδαισία αισθήσεων: απαλή μουσική, σιντριβάνια, φυτά, άνθρωποι ντυμένοι στα λευκά. Όλα λαμπερά και ασημένια...

Με είχε φέρει σε ένα σπα. Ένα πολυτελές σπα κρυμμένο μέσα σ' ένα πέτρινο κτίριο στα ανάκτορα. Ποιος θα το φανταζόταν! Την είσοδο φύλαγε το τεράστιο γρανιτένιο γραφείο της ρεσεψιόν, κι έτσι δεν μπορούσα να δω τα πάντα. Καταλάβαινα όμως ότι ήταν τέλεια. Διάφορες γυναίκες ήταν καθισμένες κατά μήκος του τοίχου και έκαναν πεντικιούρ και μανικιούρ. Αρσενικά και θηλυκά Μορόι κουρεύονταν ή έβαφαν τα μαλλιά τους. Στο πίσω μέρος της αίθουσας έβλεπα να ξεκινά ένας λαβύρινθος από διαδρόμους με διάφορες ταμπέλες που κατεύθυναν τους ενδιαφερόμενους: μασάζ, σάουνα, περιποίηση προσώπου κ.λπ.

Η Λίζα μου χαμογέλασε. «Τι λες;»

«Νομίζω ότι ο Άντριαν είχε *δίκιο* που μου έλεγε ότι τα ανάκτορα κρύβουν πολλές εκπλήξεις». Αναστέναξα περιπαιχτικά.

«Ήσουν τόσο πεσμένη με την πρακτική εξάσκηση και... με όλα τ' άλλα». Δεν χρειάστηκε καν να αναφερθεί στη μάχη με τα Στριγκόι και στο θάνατο του Μέισον. Το διάβασα στο μυαλό της. «Φαντάστηκα ότι θα σου έκανε καλό μια θεραπεία. Κοίταξα τα ραντεβού τους όση ώρα ήσουν στη βασίλισσα και κατάφερα να μας κλείσω θέση».

Η Λίζα πήγε στην υπάλληλο της ρεσεψιόν και της είπε τα ονόματά μας. Τα αναγνώρισε αμέσως, αλλά ωστόσο φάνηκε να εκπλήσσεται που θα άφηνε ένα νταμπίρ να μπει στα σπα. Δεν μ' ένοιαξε. Ήμουν τόσο ζαλισμένη από όσα έβλεπα κι άκουγα γύρω μου. Σε σύγκριση με τη σκληρή, πρακτική ζωή που ζούσα καθημερινά, αυτού του είδους οι πολυτέλειες έμοιαζαν με όνειρο.

Αφού δήλωσε τα ονόματά μας, η Λίζα με κοίταξε ανυπόμονη και ενθουσιώδης. «Έκλεισα να κάνουμε μασάζ με…»

«Νύχια» τη διέκοψα.

«Τι;»

«Θέλω να φτιάξω τα νύχια μου. Πού μπορώ να κάνω μανικιούρ;»

Ήταν το πιο τρελό και άχρηστο πράγμα που μπορούσα να φανταστώ. Όχι για τις κανονικές γυναίκες. Για μένα όμως; Χρησιμοποιούσα τα χέρια μου με τέτοιον τρόπο που συνεχώς ήταν γεμάτα φουσκάλες, μελανιές, χώματα και σκασίματα από το κρύο. Ήταν ό,τι πιο άχρηστο μπορούσα να κάνω. Είχα χρόνια να βάψω τα νύχια μου. Δεν είχα λόγο να το κάνω. Το μισό βερνίκι θα ξέφτιζε ούτως ή άλλως μετά από μία προπόνηση. Μία μαθητευόμενη σαν εμένα δεν είχε χώρο στη ζωή της για τέτοιες πολυτέλειες. Γι' αυτό και το ήθελα όσο τίποτα στον κόσμο εκείνη τη στιγμή. Όταν είδα τη Λίζα να μακιγιάρεται είχα νιώσει να ξυπνά μέσα μου η ανάγκη για περιποίηση. Είχα αποδεχτεί ότι αυτό δεν θα αποτελούσε βασικό κομμάτι της ζωής μου, αλλά σ' ένα τέτοιο μέρος… φυσικά και ήθελα να κάνω μανικιούρ.

Η Λίζα δίστασε για λίγο. Εκείνη προφανώς είχε μεγαλεπήβολα σχέδια. Είχε σκεφτεί να κάνουμε μασάζ. Της ήταν όμως δύσκολο να μου πει όχι κι έτσι πήγε και ξαναμίλησε στη ρεσεψιονίστ. Κατάλαβα ότι έπρεπε να αλλάξει αρκετά το πρόγραμμα για να πραγματοποιήσει την επιθυμία της Λίζα, αλλά μας διαβεβαίωσε ότι θα το κάνει.

«Μα φυσικά, πριγκίπισσα» είπε χαμογελώντας μαγεμένη από το φυσικό χάρισμα της Λίζα. Τον περισσότερο καιρό η Λίζα δεν χρειαζόταν καν να χρησιμοποιήσει το πνεύμα για να τη βοηθήσουν οι γύρω της.

«Δεν θέλω να σας δημιουργήσω δυσκολία» είπε η Λίζα.

«Μα τι λέτε. Δεν υπάρχει κανένα πρόβλημα».

Σύντομα βρεθήκαμε καθισμένες σε δύο διπλανά τραπέζια, ενώ δύο θηλυκά Μορόι βύθιζαν τα χέρια μας σε ζεστό νερό τρίβοντάς τα με ένα παράξενο μείγμα από ζάχαρη και φύκια.

«Μα γιατί σου κόλλησε το μανικιούρ;» θέλησε να μάθει η Λίζα. Της εξήγησα τη λογική μου και της είπα πως δεν είχα πια χρόνο να βαφτώ και πως κακομεταχειριζόμουν τόσο τα χέρια μου που κάθε είδους περιποίηση ήταν απλώς αδύνατη. Ακούγοντάς με έπεσε σε περισυλλογή. «Ποτέ μου δεν το είχα σκεφτεί. Νόμιζα ότι απλώς δεν ενδιαφερόσουν για όλα αυτά τελευταία. Ή ότι απλώς δεν τα χρειαζόσουν, έτσι όμορφη που είσαι».

«Καλά» της απάντησα. «Ό,τι και να λες, εσένα λατρεύουν οι άντρες».

«Ναι. Εξαιτίας του ονόματός μου. Εσένα όμως οι άντρες —και ειδικά ένας απ' όσο ξέρουμε— σε θέλουν για άλλους λόγους».

Σε ποιον να αναφερόταν τάχα! «Ναι, αλλά οι λόγοι αυτοί δεν είναι και πολύ καθωσπρέπει».

Σήκωσε τους ώμους της. «Άλλο είναι το θέμα: ότι εσύ δεν χρειάζεσαι μεϊκάπ για να τους τρελάνεις».

Ξαφνικά συνέβη κάτι πολύ παράξενο μέσα από το δεσμό μας. Είδα τον ίδιο μου τον εαυτό μέσα από τα δικά της μάτια. Ήταν λες και κοιτούσα σε καθρέφτη, μόνο που εκείνη έβλεπε το προφίλ μου. Πράγματι, με κοιτούσε και με έβρισκε όμορφη. Με θεωρούσε πολύ εξωτική. Ήμουν ελαφρώς μαυρισμένη και τα μαλλιά μου ήταν σκούρα. Εκείνη ένιωθε χλομή και ξεθωριασμένη σε σχέση μ' εμένα. Εκείνη ήταν κοκαλιάρα κι εγώ γεμάτη καμπύλες. Ήταν πολύ περίεργο, γιατί συνήθως εγώ αισθανόμουν ένα τίποτα μπροστά στην απαστράπτουσα ομορφιά της. Η ζήλια της δεν ήταν κακοπροαίρετη. Δεν ήταν άλλωστε τέτοια η φύση της. Ήταν μάλλον ευσεβής πόθος. Με θαύμαζε γνωρίζοντας ότι δεν θα γίνει ποτέ έτσι.

Ήθελα να την παρηγορήσω, αλλά αισθανόμουν ότι δεν ήθελε να γνωρίζω τις ανασφάλειές της. Οι σκέψεις μου διαλύθηκαν όταν η κοπέλα που έφτιαχνε τα νύχια μου με ρώτησε τι χρώμα βερνίκι ήθελα. Διάλεξα ένα χρυσό χρώμα με γκλίτερ. Μπορεί να ακούγεται υπερβολικό, αλλά εγώ το έβρισκα πολύ ωραίο. Στο κάτω κάτω, δεν θα διαρκούσε και πολύ. Η Λίζα διάλεξε ένα ωχρό ροζ, που ταίριαζε απόλυτα με τη φινέτσα και τη χάρη της. Εκείνη τελείωσε πολύ πιο πριν από εμένα γιατί τα χέρια και τα νύχια μου χρειάζονταν πολύ περισσότερη περιποίηση για να μαλακώσουν και να καθαριστούν. Έτσι, η Λίζα με περίμενε για αρκετή ώρα.

Όταν πια είχαμε και οι δύο υπέροχα νύχια, τα βάλαμε δίπλα δίπλα για να τα θαυμάσουμε. «Είσαι υπέροχη, χρυσή μου» μου είπε με επιτηδευμένο ύφος.

Γελάσαμε και κατευθυνθήκαμε προς το χώρο των μασάζ. Η Λίζα αρχικά είχε κλείσει μασάζ μεγάλης διάρκειας, αλλά μετά το μανικιούρ είχαμε πολύ λιγότερο χρόνο. Έτσι αναγκαστήκαμε να αλλάξουμε το πρόγραμμα και να κάνουμε μασάζ μόνο στα πόδια, πράγμα που μας βόλευε καλύτερα, καθώς δεν μπορούσαμε να βάλουμε ρόμπες και να αλλάζουμε ρούχα μέχρι να στεγνώσει το βερνίκι. Το μόνο που έπρεπε να κάνουμε ήταν να βγάλουμε τα παπούτσια μας και να γυρίσουμε τα ρεβέρ των παντελονιών μας. Κάθισα σε μια καρέκλα και βύθισα τα πόδια μου σε μια λεκάνη με ζεστό νερό γεμάτο αφρούς. Το νερό είχε κάποιο έλαιο ή κάτι αντίστοιχο και μύριζε βιολέτες. Εγώ όμως είχα ακόμη την προσοχή μου στραμμένη στα χέρια μου. Τι όμορφα που ήταν. Η μανικιουρίστα τα είχε καθαρίσει και ενυδατώσει. Ήταν απαλά σαν μετάξι. Τα δε νύχια μου ήταν πλέον συμμετρικά και έμοιαζαν με λαμπερό χρυσάφι.

«Ρόουζ» μου είπε η Λίζα.

«Ναι;» Μου είχε βάλει και μία στρώση διάφανο βερνίκι από πάνω. Αναρωτήθηκα αν έτσι το βερνίκι θα γινόταν πιο ανθεκτικό.

«Ρόουζ».

Κατάλαβα ότι η Λίζα ήθελε την προσοχή μου κι έτσι τράβηξα μετά δυσκολίας το βλέμμα μου από τα νύχια. Χαμογελούσε διάπλατα. Ένιωθα ότι ήθελε διακαώς να μου αποκαλύψει και κάτι ακόμη. Αυτό ακριβώς που μου έκρυβε όση ώρα περπατούσαμε προς το σπα.

«Τι τρέχει;» ρώτησα.

Μου έκανε νόημα να κοιτάξω κάτω. «Ρόουζ, να σου συστήσω τον Άμπροουζ».

Κοίταξα αφηρημένα προς τον τύπο που μου έκανε μασάζ. «Γεια σου, Άμπροουζ, πώς π...» Σταμάτησα προτού πω καμιά βλακεία του στυλ *Αμάν!* ή *Ποπό!*

Ο μασέρ μου δεν ήταν πολύ μεγαλύτερός μου. Είχε σγουρά μαύρα μαλλιά και μυς σε όλο του το σώμα. Τους έβλεπα γιατί κυκλοφορούσε χωρίς την μπλούζα του και μπορούσα να θαυμάσω απρόσκοπτα τους σμιλεμένους μυς στο θώρακα και τους δικέφαλούς του. Το βαθύ χρυσαφένιο χρώμα του δέρματός του πρόδιδε πολλές ώρες ηλιοθεραπείας. Αυτό ήταν και το μόνο σημάδι ότι ήταν άνθρωπος κι όχι θεός.

Η ομορφιά του όμως ήταν *απίστευτη*. Ο Ντιμίτρι ήταν υπέροχος και ακόμη και τα ελάχιστα ελαττώματα στα χαρακτηριστικά του τον έκαναν ακόμη πιο γοητευτικό. Ο Άμπροουζ όμως έμοιαζε με έργο τέχνης. Δεν σκεφτόμουν να χιμήξω πάνω του, αλλά ωστόσο αποτελούσε πολύ όμορφο θέαμα.

Η Λίζα ανησυχούσε ακόμη για την ερωτική μου ζωή και προφανώς είχε σκεφτεί ότι ο Άμπροουζ θα ήταν ό,τι ακριβώς χρειαζόμουν. Εκείνη είχε γυναίκα μασέζ.

«Χαίρομαι πολύ που σε γνωρίζω, Ρόουζ» μου είπε με κελαηδιστή φωνή ο Άμπροουζ.

«Κι εγώ» του είπα, καταλαβαίνοντας ξαφνικά ότι μου είχε βγάλει τα πόδια από το νερό και μου τα στέγνωνε με μια πετσέτα. Ένιωσα μεγάλη ντροπή για τα πόδια μου. Δεν ήταν φυσικά στην ίδια κατάσταση με τα χέρια μου, γιατί δεν ήταν ποτέ τόσο εκτεθειμένα. Απλώς θα ήθελα να τους είχα κάνει ένα πεντικιούρ μια και θα ασχολούνταν τόση ώρα μαζί τους ένα αρσενικό μοντέλο.

Η Λίζα ένιωθε την αναστάτωσή μου και με το ζόρι συγκρατιόταν για να μη βάλει τα γέλια. Άκουγα τις σκέψεις της στο μυαλό μου. *Καλός, ε;* Της έριξα ένα άγριο βλέμμα χωρίς να θέλω να πω δυνατά τα όσα σκεφτόμουν. *Είναι ο προσωπικός μασέρ της Τατιάνα. Αυτό σου δίνει αυτομάτως μία βασιλική χάρη.* Αναστέναξα για να της δείξω ότι δεν ήταν και τόσο αστεία όσο νόμιζε. *Κι όταν λέω προσωπικός, εννοώ... προσωπικός.*

Πετάχτηκα πίσω έκπληκτη, τινάζοντας άθελά μου το ένα μου πόδι. Ευτυχώς, τα επιδέξια χέρια του Άμπροουζ το έπιασαν προτού χτυπήσω το πανέμορφο πρόσωπό του. Μπορεί να μην είχα τη δυνατότητα να της μιλήσω μέσω τηλεπάθειας, αλλά ήμουν σίγουρη ότι καταλάβαινε μια χαρά αυτό που ήθελα να της πω από το βλέμμα μου και μόνο. *Ελπίζω να μη μιλάς σοβαρά, γιατί αν λες αλήθεια, δεν θα έχουμε καλά ξεμπερδέματα.*

Το χαμόγελό της μεγάλωσε ακόμη περισσότερο. *Φαντάστηκα πως θα σου άρεσε η ιδέα να δέχεσαι τις περιποιήσεις του κρυφού εραστή της βασίλισσας.*

Εγώ πάλι σκεφτόμουν τελείως άλλα πράγματα. Έτσι καθώς έβλεπα τα νεανικά και πανέμορφα χαρακτηριστικά του

Άμπροουζ, δεν μπορούσα να καταλάβω πώς την έβρισκε μ' αυτή τη γριά στρίγκλα. Φυσικά, ίσως και να τα σκεφτόμουν όλα αυτά απλώς επειδή δεν μπορούσα καν να σκεφτώ ότι κάποιος που άγγιζε εκείνη, τώρα ακουμπούσε εμένα. Μπλιαχ.

Ο Άμπροουζ έλεγχε με τα χέρια του και τους μυς πίσω από τις γάμπες μου παράλληλα με το μασάζ και μάλιστα μου είπε ότι είχα υπέροχα πόδια. Το εκθαμβωτικό, κατάλευκο χαμόγελό του δεν έλεγε να φύγει από το πρόσωπό του, αλλά μου μιλούσε κοφτά. Ακόμη δεν μπορούσα να ξεπεράσω το σοκ. Τι δουλειά είχε αυτός με την Τατιάνα;

Η Λίζα μου γκρίνιαξε σιωπηλά. *Σε φλερτάρει, Ρόουζ!* Μου είπε με τις σκέψεις τις. *Μα τι στην ευχή κάνεις; Δεν μπορείς να προσπαθήσεις λιγάκι περισσότερο; Εγώ φταίω που μπήκα στον κόπο να σου βρω τον πιο σέξι τύπο στο σπα!*

Αυτή η μονομερής συζήτηση είχε αρχίσει να μου δίνει στα νεύρα. Ήθελα να της πω ότι εγώ ποτέ μου δεν της ζήτησα να μου νοικιάσει αυτόν τον τύπο. Είχα μάλιστα αρχίσει να σκέφτομαι ότι η βασίλισσα θα με ξανακαλούσε σε ακρόαση, αυτή τη φορά για να με κατηγορήσει ότι τα είχα και με τον Άμπροουζ. Τέλεια!

Ο Άμπροουζ συνέχισε να χαμογελά καθώς έτριβε την πατούσα του ενός ποδιού μου με τους αντίχειρές του. Πονούσα, αλλά ήταν γλυκός ο πόνος. Δεν είχα ποτέ μου καταλάβει πόσο ευαίσθητο ήταν αυτό το σημείο του ποδιού. «Κάθονται και σπάνε τα κεφάλια τους για τα ασπρόμαυρα ρούχα που θα σας φορέσουν και κανείς ποτέ δεν σκέφτεται τα πόδια σας» είπε σκεφτικά. «Πώς δηλαδή περιμένουν να στέκεστε όλη μέρα και όταν χρειαστεί να χρησιμοποιείτε τα πόδια σας για κλοτσιές και για θέσεις επίθεσης με τόσο άθλια παπούτσια που σας δίνουν;»

Ήμουν έτοιμη να του πω πως δεν έπρεπε να ανησυχεί τόσο για τα πόδια μου, όταν συνειδητοποίησα κάτι πολύ περίεργο. Φαινόταν να ξέρει καλά τις κινήσεις των φυλάκων. Όχι ότι ήταν και κανένα μυστικό του κράτους. Ο καθένας θα μπορούσε να μάθει πώς δίνονται οι μάχες αν έγραφε τον όρο «πολεμικές τέχνες» στο Google. Παρ' όλα αυτά δεν περίμενα ότι κάποιο Μορόι —πόσο μάλλον οι τροφοί— θα μου έκανε ποτέ τέτοια συζήτηση. Εξέτασα πιο λεπτομερώς τον Άμπροουζ και παρατήρησα ότι τα σκούρα του μάτια περιφέρονταν τριγύρω και παρατηρούσαν τα πάντα. Θυμήθηκα πόσο γρήγορα είχε αντιδράσει για να σταματήσει το πόδι μου.

Μετά βίας συγκρατήθηκα για να μην ανοίξω το στόμα μου σαν χάνος.

«Είσαι νταμπίρ» είπα σχεδόν ξέπνοα.

16

«ΚΙ ΕΣΥ ΤΟ ΙΔΙΟ» ΜΟΥ ΑΠΑΝΤΗΣΕ ΠΕΙΡΑΧΤΙΚΑ.

«Ναι. Απλώς νόμιζα…»

«Τι; Ότι ήμουν άνθρωπος; Από τις δαγκωματιές, ε;»

«Ναι» παραδέχτηκα. Δεν υπήρχε λόγος να του πω ψέματα.

«Πρέπει με κάποιον τρόπο να επιβιώσει κανείς» μου είπε. «Και τα νταμπίρ βρίσκουμε εύκολα τρόπους για να το κάνουμε».

«Ναι, αλλά οι περισσότεροι γινόμαστε φύλακες» του είπα. «Ειδικά οι άντρες». Δεν το πίστευα ακόμη ότι ήταν νταμπίρ, ούτε ότι δεν το είχα καταλάβει από την αρχή.

Πριν από πολλά χρόνια, τα νταμπίρ γεννιούνταν από το ζευγάρωμα ανθρώπων και Μορόι. Ήμασταν μισοί άνθρωποι και μισοί βρικόλακες. Με τον καιρό όμως τα Μορόι άρχισαν να διαχωρίζουν τον κόσμο τους από αυτόν των ανθρώπων. Οι άνθρωποι είχαν πλέον πολλαπλασιαστεί και δεν χρειάζονταν τα μαγικά των Μορόι. Τα Μορόι πλέον φοβούνταν ότι αν τα ανακάλυπταν οι άνθρωποι θα τα χρησιμοποιούσαν ως πειραματόζωα. Γι' αυτό πλέον τα νταμπίρ δεν δημιουργούνταν κατ' αυτόν τον τρόπο. Μία γενετική ανωμαλία εμπόδιζε τα νταμπίρ να αναπαραχθούν μεταξύ τους.

Ο μόνος τρόπος για να μπορέσει το γένος μου να συνεχίσει να υπάρχει ήταν μέσω της αναπαραγωγής Μορόι με νταμπίρ. Η απλή λογική μας λέει ότι το αποτέλεσμα της ένωσης ενός νταμπίρ κι ενός Μορόι θα ήταν παιδιά Μορόι κατά τα ψ. Έλα όμως που δεν ήταν έτσι τα πράγματα. Τα γονίδιά μας ήταν μισά μισά. Συνδυάζαμε τα καλύτερα χαρακτηριστικά και από τα δύο είδη. Τα περισσότερα νταμπίρ προέκυπταν από την ένωση θηλυκών νταμπίρ και αρσενικών Μορόι. Για αιώνες οι γυναίκες αυτές έπρεπε να στέλνουν τα παιδιά τους να μεγαλώσουν κάπου αλλού, έτσι ώστε οι ίδιες να επιστρέψουν στα καθήκοντά τους ως φύλακες. Αυτό είχε κάνει και η δική μου η μητέρα.

Με το πέρασμα του χρόνου, όμως, ορισμένα θηλυκά νταμπίρ αποφάσιζαν να μεγαλώσουν τα παιδιά τους μόνα τους. Αρνούνταν να γίνουν φύλακες και αντί γι' αυτό ζούσαν μαζί σε κοινότητες. Αυτό είχε κάνει και η μητέρα του Ντιμίτρι. Κυκλοφορούσαν πολύ άσχημες φήμες γι' αυτές τις γυναίκες, κυρίως επειδή τα αρσενικά Μορόι τις επισκέπτονταν για φτηνό σεξ. Ο Ντιμίτρι μου είχε πει ότι πολλές από αυτές τις ιστορίες ήταν υπερβολικές και ότι οι περισσότερες νταμπίρ δεν ήταν τόσο εύκολες. Οι φήμες προέρχονταν κυρίως από το γεγονός ότι οι γυναίκες αυτές ήταν ανύπαντρες μητέρες που δεν είχαν καμία επαφή με τους πατεράδες των παιδιών τους κι επειδή ορισμένα νταμπίρ άφηναν τα Μορόι να τους πιουν το αίμα κατά τη διάρκεια του σεξ. Ήταν ένα διεγερτικό αλλά και βρόμικο στοιχείο στην κουλτούρα μας. Οι γυναίκες αυτές που δεν ήταν φύλακες αποκαλούνταν πόρνες αίματος.

Πρώτη μου φορά όμως αντίκριζα έναν *άντρα* σ' αυτή τη θέση.

Το κεφάλι μου κόντευε να σπάσει. «Οι περισσότεροι άντρες που δεν θέλουν να γίνουν φύλακες, απλώς φεύγουν» είπα. Ήταν βέβαια σπάνιο, αλλά συνέβαινε. Κάποιες φορές τα αρσενικά νταμπίρ εγκατέλειπαν τη σχολή φυλάκων και κρύβονταν ανάμεσα στους ανθρώπους. Κι αυτό επίσης θεωρούνταν ντροπή.

«Δεν ήθελα να φύγω» είπε ο Άμπροουζ. Μιλούσε με ευχάριστο τόνο, λες κι ένιωθε καλά για την επιλογή του. «Αλλά ούτε και να πολεμάω Στριγκόι ήθελα. Γι' αυτό και κατέληξα σ' αυτό».

Εκτός από εμένα, και η Λίζα είχε μείνει άναυδη. Τα νταμπίρ που έδιναν έτσι το αίμα τους ζούσαν στο περιθώριο της κοινωνίας μας. Και τώρα δεν φτάνει που είχε ένα μπροστά στα μάτια της, ήταν και άντρας!

«Δηλαδή αυτό είναι καλύτερο από το να είσαι φύλακας;» τον ρώτησα με δυσπιστία.

«Για να δούμε… Οι φύλακες περνούν τη ζωή τους προσέχοντας συνεχώς άλλους, ρισκάροντας διαρκώς τις ζωές τους και φορώντας άθλια παπούτσια. Εγώ αντίθετα έχω αναπαυτικά παπούτσια, αυτή τη στιγμή κάνω μασάζ σε ένα πανέμορφο κορίτσι και κοιμάμαι σε ένα τέλειο κρεβάτι».

Έκανα μια γκριμάτσα. «Άσε! Καλύτερα να μην πιάσουμε συζήτηση για το πού κοιμάσαι».

«Κι ούτε με πειράζει που δίνω το αίμα μου. Δεν δίνω τόσο όσο οι τροφοί, αλλά αρκετό για να φτιαχτώ και να περάσω καλά».

«Ας μην το πιάσουμε ούτε κι αυτό το θέμα» του είπα. Δεν υπήρχε περίπτωση να παραδεχτώ ότι οι δαγκωματιές των Μορόι σε έκαναν όντως να νιώθεις καλά.

«Ό,τι πεις. Πάντως ό,τι και να νομίζεις, η ζωή μου δεν είναι κι άσχημη» είπε χαμογελώντας μου στραβά.

«Καλά και οι άλλοι; Δεν σε αντιμετωπίζει με κακία ο κόσμος; Σίγουρα θα σου λένε διάφορα…»

«Ναι, φυσικά» συμφώνησε. «Μου λένε διάφορα απαίσια πράγματα και με βρίζουν. Αλλά ξέρεις ποιοι με ταλαιπωρούν περισσότερο; Τα άλλα νταμπίρ. Τα Μορόι συνήθως μ' αφήνουν στην ησυχία μου».

«Σε αφήνουν στην ησυχία σου γιατί δεν καταλαβαίνουν τι θα πει να είσαι φύλακας και πόσο σημαντικό είναι». Συνειδητοποίησα με απέχθεια ότι ακουγόμουν σαν τη μητέρα μου. «Αυτός είναι ο προορισμός των νταμπίρ».

Ο Άμπροουζ σηκώθηκε τεντώνοντας τα πόδια του. Το φουσκωτό του στήθος βρισκόταν τώρα ακριβώς μπροστά στα μάτια μου. «Είσαι σίγουρη; Θα ήθελες να μάθεις ποιος πραγματικά είναι ο προορισμός σου; Γιατί ξέρω κάποιον που μπορεί να σου πει».

«Άμπροουζ, μη» γρύλισε η μανικιουρίστα της Λίζα. «Αυτή η γυναίκα είναι τελείως τρελή».

«Είναι μέντιουμ, Ιβ».

«Δεν είναι μέντιουμ και *δεν μπορείς* να πας την πριγκίπισσα Ντραγκομίρ σ' εκείνην».

«Μα ακόμη και η ίδια η βασίλισσα καταφεύγει σ' εκείνη για συμβουλές» της αντέτεινε.

«Κι αυτό λάθος είναι» του είπε κακόκεφα η Ιβ.

Η Λίζα κι εγώ κοιταχτήκαμε στα κλεφτά. Είχε κολλήσει με τη λέξη μέντιουμ. Τα μέντιουμ και οι πνευματιστές αντιμετωπίζονταν με την ίδια δυσπιστία που αντιμετωπίζονταν και τα φαντάσματα. Μόνο που η Λίζα είχε πρόσφατα ανακαλύψει ότι οι διάφορες υπερφυσικές ικανότητες τέτοιου τύπου, που μέχρι πρόσφατα θεωρούνταν αποκυήματα φαντασίας, σχετίζονταν με τη μαγεία του πνεύματος. Η Λίζα άρχισε να αναρωτιέται μήπως υπήρχε περίπτωση να πετύχει έναν ακόμη χρήστη του πνεύματος.

«Θα θέλαμε πάρα πολύ να δούμε το μέντιουμ, σας παρακαλώ. Γίνεται να πάμε;» Η Λίζα κοίταξε το ρολόι που βρισκόταν δίπλα μας. «Και σύντομα παρακαλώ. Πετάμε σε λίγη ώρα».

Η Ιβ το θεωρούσε χάσιμο χρόνου, αλλά ο Άμπροουζ ανυπομονούσε να μας τη δείξει. Ξαναβάλαμε τα παπούτσια μας και βγήκαμε από το χώρο των μασάζ. Τα δωμάτια των σπα απλώνονταν σαν λαβύρινθος πίσω από την κεντρική αίθουσα. Σύντομα βρεθήκαμε σε έναν ακόμη λαβύρινθο που βρισκόταν ακόμη πιο πίσω.

«Δεν υπάρχουν πινακίδες εδώ πέρα» είπα καθώς περνούσαμε μπροστά από κλειστές πόρτες. «Σε τι χρησιμεύουν αυτά τα δωμάτια;»

«Αυτά είναι για κάτι που πρέπει να πληρώσεις για να το αποκτήσεις».

«Όπως;»

«Ρόουζ, Ρόουζ, είσαι τόσο αθώα».

Τελικά φτάσαμε σε μια πόρτα στο τέλος του διαδρόμου. Την ανοίξαμε και βρεθήκαμε σε ένα μικρό δωμάτιο που είχε μόνο ένα γραφείο. Πίσω του βρισκόταν και άλλη μία κλειστή πόρτα. Το Μορόι που καθόταν στο γραφείο σήκωσε το βλέμμα του αναγνωρίζοντας προφανώς τον Άμπροουζ. Προχώρησε κατά τη μεριά της. Υπήρξε μια ήσυχη διαφωνία μεταξύ τους καθώς εκείνος προσπαθούσε να την πείσει να μας αφήσει να περάσουμε.

Η Λίζα γύρισε κατά τη μεριά μου και με ρώτησε χαμηλόφωνα: «Τι έχεις να πεις;»

Τα μάτια μου πέσανε πάνω στον Άμπροουζ. «Σκέφτομαι τι κρίμα να πηγαίνουν χαμένοι τέτοιοι μύες».

«Ξέχνα το ότι δίνει αίμα. Μιλάω για το μέντιουμ. Λες να βρήκαμε κι άλλον που να χειρίζεται το πνεύμα;» με ρώτησε ανυπόμονα.

«Αν κάποιος τόσο γλεντζές όσο ο Άντριαν μπορεί να χρησιμοποιεί το πνεύμα με τέτοια άνεση, τότε γιατί να μην μπορεί και κάποια που λέει τη μοίρα;»

Ο Άμπροουζ ήρθε σ' εμάς χαμογελώντας. «Η Σούζαν δέχτηκε ευχαρίστως να σας βάλει στο πρόγραμμα πριν φύγετε. Απλώς θα χρειαστεί να περιμένετε ώσπου η Ρόντα να τελειώσει το ραντεβού της με τον πελάτη που έχει μέσα».

Η Σούζαν δεν φαινόταν καθόλου ευχαριστημένη που αναγκάστηκε να αλλάξει το πρόγραμμα, αλλά δεν είχα το χρόνο να της δώσω παραπάνω σημασία, γιατί η πόρτα πίσω της άνοιξε και βγήκε ένας ηλικιωμένος Μορόι σε κατάσταση έκστασης. Πλήρωσε τη Σούζαν, έγνεψε κατά τη μεριά μας και έφυγε. Ο Άμπροουζ μας έκανε νόημα κουνώντας το χέρι του προς την κατεύθυνση της πόρτας και μας είπε:

«Σειρά σας».

Η Λίζα κι εγώ προχωρήσαμε στο επόμενο δωμάτιο. Ο Άμπροουζ μας ακολούθησε κλείνοντας την πόρτα πίσω μας. Ήταν λες και μπαίναμε μέσα στην καρδιά κάποιου. Όλα ήταν κόκκινα. Κατακόκκινα και βελούδινα: το χαλί, ο καναπές, η μπροκάρ ταπετσαρία. Στο πάτωμα ήταν τοποθετημένα και κάτι κόκκινα μεταξωτά μαξιλάρια. Πάνω τους καθόταν μία Μορόι γύρω στα σαράντα με σγουρά μαύρα μαλλιά και αντίστοιχα σκούρα μάτια. Το δέρμα της είχε έναν τόνο ελαφρώς μελαψό, αλλά ήταν γενικά κατάχλομη, όπως όλα τα Μορόι. Τα μαύρα της ρούχα δημιουργούσαν έντονη αντίθεση με το κόκκινο του δωματίου. Στο λαιμό και στα χέρια της γυάλιζαν κοσμήματα στο χρώμα των νυχιών μου. Περίμενα να μιλήσει με μια τρομακτική, μυστηριώδη φωνή και με ξενική προφορά, αλλά ήταν τελείως Αμερικάνα.

«Παρακαλώ, καθίστε». Μας έδειξε κάτι μαξιλάρια που βρίσκονταν ακριβώς απέναντί της. Ο Άμπροουζ κάθισε στον καναπέ. «Ποιες μου έφερες;» τον ρώτησε καθώς η Λίζα κι εγώ καθόμασταν.

«Η πριγκίπισσα Βασίλισσα Ντραγκομίρ και η μελλοντική της φύλακας, η Ρόουζ. Θα ήθελαν να τους πεις τη μοίρα τους και σύντομα».

«Γιατί βιάζεσαι πάντα;» τον ρώτησε η Ρόντα.

«Δεν φταίω εγώ. Θα φύγει το αεροπλάνο τους».

«Και να μην έφευγε πάλι τα ίδια θα έκανες. Πάντα βιάζεσαι».

Προσπάθησα να ξεχάσω για λίγο το κόκκινο που με περιτριγύριζε και επικεντρώθηκα στη Ρόντα και τον Άμπροουζ. Παρακολουθούσα τη συνομιλία τους παρατηρώντας ταυτόχρονα ότι τα μαλλιά τους ήταν ολόιδια. «Συγνώμη, μήπως έχετε κάποια συγγένεια;»

«Ναι, είναι θεία μου» είπε τρυφερά ο Άμπροουζ. «Με λατρεύει». Η Ρόντα κοίταξε κατά πάνω απελπισμένη.

Κι αυτό παράξενο! Συνήθως τα νταμπίρ δεν είχαν επαφή με τους μακρινούς Μορόι συγγενείς τους. Από την άλλη βέβαια, τίποτα δεν ήταν φυσιολογικό με τον Άμπροουζ. Και η περιέργεια της Λίζα είχε φουντώσει. Εκείνη όμως για άλλους λόγους. Περιεργαζόταν έντονα τη Ρόντα προσπαθώντας να βρει ενδείξεις ότι η γυναίκα αυτή ήταν χρήστης του πνεύματος.

«Είστε Τσιγγάνα;» τη ρώτησα.

Η Ρόντα έκανε μια περίεργη γκριμάτσα ανακατεύοντας παράλληλα τα χαρτιά της. «Είμαι Ρομά» είπε. «Πολλοί μας αποκαλούν Τσιγγάνους, αλλά ο όρος αυτός δεν είναι απολύτως ακριβής. Και για να ακριβολογούμε, πρώτα απ' όλα είμαι Μορόι». Ανακάτεψε λίγο ακόμη τα χαρτιά της και μετά έδωσε στη Λίζα. «Κόψε, σε παρακαλώ».

Η Λίζα συνέχισε να την κοιτάει ελπίζοντας ότι θα μπορέσει να δει την αύρα της. Ο Άντριαν μπορούσε να καταλάβει πότε κάποιος χρησιμοποιούσε το πνεύμα, αλλά εκείνη δεν είχε αναπτύξει ακόμη αυτή τη δυνατότητα. Έκοψε τα χαρτιά και της τα έδωσε πίσω. Η Ρόντα ένωσε και πάλι την τράπουλα και μοίρασε τρία χαρτιά στη Λίζα.

Έσκυψα μπροστά. «Άπαιχτο!» Ήταν κάρτες ταρό. Δεν ήξερα και πολλά πράγματα για τα ταρό. Μόνο ότι είχαν, λέει, μυστηριώδεις δυνάμεις και ότι όσοι τις διάβαζαν μπορούσαν να δουν το μέλλον. Δεν πίστευα σ' όλα αυτά, όπως δεν πίστευα και στις θρησκείες. Φυσικά, μέχρι πρόσφατα δεν πίστευα ούτε και στα φαντάσματα.

Οι τρεις κάρτες έδειχναν τη Σελήνη, τη Βασίλισσα και τον Άσο Κούπα. Ο Άμπροουζ έγειρε πάνω από τον ώμο μου για να δει καλύτερα τα χαρτιά και είπε: «Ααα, πολύ ενδιαφέρον».

Η Ρόντα τον κοίταξε αγριεμένη. «Σταμάτα. Δεν ξέρεις τι λες». Γύρισε πίσω στα χαρτιά της και ακουμπώντας τον Άσο Κούπα, της είπε: «Βρίσκεσαι στα πρόθυρα μιας νέας αρχής, ενός νέου ξεκινήματος που θα σου δώσει μεγάλη δύναμη και πλούσιες συγκινήσεις. Η ζωή σου θα αλλάξει, αλλά παρότι η αλλαγή αυτή θα είναι δύσκολη, θα φωτίσει τελικά ολόκληρο τον κόσμο».

«Όπα!» είπα.

Μετά η Ρόντα έδειξε κατά τη Βασίλισσα. «Σε περιμένει δύναμη και ηγεσία. Θα ηγηθείς με χάρη και εξυπνάδα. Τα θεμέλια ήδη υπάρχουν, παρόλο που κάποια αβεβαιότητα συνεχίζει να κυμαίνεται στον αέρα. Κάποιοι ασκούν μια μυστηριώδη επιρροή επάνω σου που σε καλύπτει σαν ομίχλη». Όταν είπε αυτά τα λόγια η προσοχή της στράφηκε στη Σελήνη. «Γενικά όμως, απ' ό,τι βλέπω, οι άγνωστοι αυτοί παράγοντες δεν θα σε απομακρύνουν από το πεπρωμένο σου».

Τα μάτια της Λίζα άνοιξαν διάπλατα: «Μπορείτε να το καταλάβετε αυτό μόνο και μόνο από τα χαρτιά;»

Η Ρόντα σήκωσε τους ώμους της. «Ναι, παίζουν ρόλο και τα χαρτιά, αλλά έχω κι ένα χάρισμα που μου επιτρέπει να βλέπω περισσότερα απ' όσα αντιλαμβάνονται οι κανονικοί άνθρωποι».

Ανακάτεψε και πάλι τα χαρτιά και μου τα έδωσε για να κόψω κι εγώ. Έκοψα και μου μοίρασε τρία χαρτιά. Το Εννιά Σπαθί, τον Ήλιο και τον Άσο Σπαθί. Ο ήλιος ήταν ανάποδος.

Μπορεί να μην καταλαβαίνω τίποτα απ' όλα αυτά, αλλά ήξερα ότι εγώ σε σχέση με τη Λίζα είχα άσχημο χαρτί. Το φύλλο της Βασίλισσας έδειχνε μία γυναίκα με μακρύ φόρεμα και άστρα στα μαλλιά της. Η κάρτα της Σελήνης έδειχνε ένα ολόγιομο φεγγάρι με δύο σκυλιά από κάτω και ο Άσος Κούπα έδειχνε ένα δισκοπότηρο στολισμένο με πολύτιμους λίθους και γεμάτο λουλούδια.

Το δικό μου το Εννιά Σπαθί έδειχνε μία γυναίκα να κλαίει μπροστά σ' έναν τοίχο από σπαθιά και ο Άσος Σπαθί είχε μια βαρετή αναπαράσταση ενός χεριού που απλώς κρατούσε ένα ξίφος. Ο ήλιος έμοιαζε σχετικά χαρωπός. Το χαρτί έδειχνε κάτι σαν άγγελο που καβαλούσε ένα άσπρο άλογο, ενώ ένας λαμπερός ήλιος έριχνε το φως του από πάνω τους.

«Δεν χρειάζεται να το γυρίσουμε αυτό το χαρτί;» τη ρώτησα.

«Όχι» μου είπε με τα μάτια της στα χαρτιά. Μετά από αρκετή ώρα βαθιάς σιωπής, μου είπε. «Θα καταστρέψεις τους αθάνατους».

Περίμενα λιγάκι μπας και συνεχίσει, αλλά δεν το έκανε. «Μισό λεπτό, τι πάει να πει αυτό;»

Μου έγνεψε. «Αυτό μου λένε τα χαρτιά».

Της έδειξα τις κάρτες μου. «Σίγουρα θα έχουν κι άλλα να πούνε τα χαρτιά μου. Στο κάτω κάτω, στη Λίζα δώσατε πληροφορίες ικανές να γεμίσουν μια ολόκληρη εγκυκλοπαίδεια! Έτσι κι αλλιώς το ξέρω ότι θα σκοτώνω τους αθάνατους. Αυτή είναι η δουλειά μου». Δεν φτάνει που δεν μου είχε πει τίποτα από όσα μου επιφύλασσε η μοίρα, ήταν και τελείως τετριμμένα.

Η Ρόντα σήκωσε τους ώμους τους λες και έτσι απαντούσε σε όλα τα ερωτήματά μου.

Ξεκίνησα να λέω ότι δεν υπήρχε περίπτωση να πληρώσω γιατί δεν μου είχε βρει και τίποτα στα χαρτιά, αλλά με διέκοψε ένα ελαφρύ χτύπημα στην πόρτα. Η πόρτα άνοιξε και έκπληκτη είδα να ξεπροβάλλει το κεφάλι του Ντιμίτρι. Τα μάτια του έπεσαν στη Λίζα και σ' εμένα. «Ααα, είχαν δίκιο ότι βρισκόσασταν εδώ». Μπήκε μέσα και είδε τη Ρόντα. Παραξενεύτηκα βλέποντάς τον να σκύβει το κεφάλι του κατά τη μεριά της με σεβασμό και να λέει ευγενικά: «Με συγχωρείτε που διακόπτω, αλλά τα κορίτσια πρέπει να έρθουν μαζί μου γιατί φεύγει το αεροπλάνο μας».

Η Ρόντα τον κοίταξε εξεταστικά, αλλά όχι καχύποπτα. Περισσότερο λες και έβλεπε μπροστά της ένα μυστήριο που δεν μπορούσε να ξεδιαλύνει. «Δεν υπάρχει λόγος να ζητάτε συγνώμη. Μήπως όμως έχετε εσείς λίγο χρόνο να σας πω το μέλλον σας;»

Ήξερα ότι οι απόψεις του Ντιμίτρι για τη θρησκεία ήταν αντίστοιχες με τις δικές μου κι έτσι περίμενα ότι θα της έλεγε ότι δεν είχαμε χρόνο για ψευτομαντείες και μέντιουμ. Όμως εκείνος παρέμεινε σοβαρός και στο τέλος της έγνεψε καταφατικά και κάθισε δίπλα μου. Ένιωσα να με συνεπαίρνει το γλυκό άρωμα του δερμάτινου και της λοσιόν ξυρίσματος που φορούσε. «Σας ευχαριστώ» είπε με τον ίδιο ευγενικό τόνο.

«Θα τα πω όσο πιο σύντομα μπορώ» είπε μαζεύοντας τα άχρηστα χαρτιά μου. Σε χρόνο μηδέν ήταν έτοιμα για να τα κόψει ο Ντιμίτρι. Η Ρόντα μοίρασε τρία χαρτιά μπροστά στο Ντιμίτρι. Ο Ιππότης της Ράβδου, ο Τροχός της Τύχης και το Πέντε Κούπα. Αδυνατούσα να καταλάβω τι θα μπορούσαν να σημαίνουν όλα αυτά. Ο Ιππότης της Ράβδου ήταν όπως ακριβώς ακούγεται: ένας ιππότης καβάλα σ᾽ ένα άλογο, με ένα μακρύ ξύλινο ακόντιο. Ο Τροχός της Τύχης ήταν ένας κύκλος με περίεργα σύμβολα που πετούσαν στον αέρα. Το Πέντε Κούπα έδειχνε πέντε κούπες που ήταν ριγμένες κάτω. Από μέσα τους χυνόταν κάποιο υγρό, ενώ ένας άντρας στεκόταν με την πλάτη του γυρισμένη προς αυτές.

Τα μάτια τρεμόπαιξαν. Κοίταξε τον Ντιμίτρι και μετά πάλι τα χαρτιά. «Θα χάσεις ό,τι θεωρείς πιο πολύτιμο, γι᾽ αυτό να το φυλάς όσο περισσότερο μπορείς». Έδειξε τον Τροχό της Τύχης. «Ο τροχός γυρίζει. Πάντοτε γυρίζει».

Η μοίρα του Ντιμίτρι δεν ήταν τόσο καλή όσο της Λίζα,

αλλά τουλάχιστον εκείνου κάτι του έλεγε, όχι όπως εμένα. Η Λίζα μου έριξε μια αγκωνιά για να σταματήσω, πράγμα που μου έκανε τρομερή εντύπωση στην αρχή. Χωρίς καν να το συνειδητοποιήσω, είχα ήδη ανοίξει το στόμα μου για να διαμαρτυρηθώ, αλλά το βούλωσα και την κοίταξα με βλέμμα βλοσυρό.

Το πρόσωπο του Ντιμίτρι ήταν σκυθρωπό και σκεφτικό καθώς κοίταζε τα χαρτιά. Δεν είχα ιδέα αν γνώριζε κάτι για τα ταρό, αλλά από τον τρόπο που κοιτούσε τις εικόνες μού έδινε την εντύπωση ότι πίστευε πως έκρυβαν όλα τα μυστικά του κόσμου. Στο τέλος έγνεψε και πάλι με σεβασμό στη Ρόντα λέγοντας «Σας ευχαριστώ».

Τον κοίταξε και εκείνη με τη σειρά της και στη συνέχεια σηκωθήκαμε και οι τρεις μας για να προλάβουμε την πτήση μας. Ο Άμπροουζ μας είπε ότι ήθελε να πληρώσει εκείνος για τη συνάντηση και ότι θα τα κανόνιζε όλα με τη Σούζαν στη συνέχεια. «Άξιζε» μου είπε. «Άξιζε που σε είδα να συλλογίζεσαι για την τύχη σου».

Έκανα μια γκριμάτσα αποδοκιμασίας και του είπα: «Μην το πάρεις προσωπικά, αλλά τα χαρτιά αυτά δεν με κάνουν να σκέφτομαι τίποτα». Γέλασε. Ό,τι κι αν έλεγα του φαινόταν αστείο.

Ήμασταν έτοιμοι να φύγουμε και από τον προθάλαμο όπου καθόταν η Σούζαν, όταν ξαφνικά η Λίζα έτρεξε προς την ανοιχτή πόρτα της Ρόντα. Την ακολούθησα.

«Με συγχωρείτε» είπε η Λίζα.

Η Ρόντα που ανακάτευε τα τραπουλόχαρτά της ανασήκωσε το κεφάλι της παραξενεμένη. «Ναι;»

«Ξέρω ότι θα σας φανεί παράξενο, αλλά θα ήθελα να σας ρωτήσω… εεε… σε ποιο στοιχείο έχετε ειδίκευση;»

Ένιωσα την αγωνία της Λίζα να της κόβει την ανάσα. Ήθελε σαν τρελή να ακούσει ότι *δεν* είχε ειδικευτεί σε τίποτα, πράγμα που συχνά σήμαινε ότι κάποιος κατείχε το πνεύμα.

Είχε τόσα ακόμη να μάθει για αυτό και τρελαινόταν στη σκέψη και μόνο ότι θα μπορούσε να βρει κάποιον να τη διδάξει, ιδιαίτερα αν αυτός ο κάποιος ήξερε πώς να διαβάζει τη μοίρα.

«Στον αέρα» είπε η Ρόντα. Ένα απαλό αεράκι πέρασε μέσα από τα μαλλιά μας ως απόδειξη. «Γιατί;»

Η Λίζα ανέπνευσε και πάλι και η απογοήτευσή της κυρίευσε κι εμένα μέσω του δεσμού μας. «Τίποτα. Σας ευχαριστώ και πάλι».

17

ΣΤΟΝ ΑΕΡΟΔΙΑΔΡΟΜΟ, ο Κρίστιαν βρισκόταν δίπλα στην είσοδο του αεροπλάνου μαζί με κάποιους άλλους φύλακες. Η Λίζα έτρεξε για να του μιλήσει, αφήνοντάς με μόνη μου με τον Ντιμίτρι. Δεν είχε πει κουβέντα σε όλη τη διαδρομή. Πάντα ήταν δυνατός και σιωπηλός. Αλλά εκείνη τη στιγμή ένιωθα ότι κάτι πήγαινε στραβά με τη συμπεριφορά του.

«Ακόμη σκέφτεσαι τα όσα σου είπε η Ρόντα; Αυτή η γυναίκα είναι απατεώνισσα».

«Γιατί το λες αυτό;» με ρώτησε, σταματώντας λίγα μέτρα πιο μακριά από τους υπόλοιπους. Ένας δυνατός αέρας μας φυσούσε ασταμάτητα. Ανυπομονούσα να επιβιβαστώ.

«Γιατί δεν μας είπε τίποτα! Έπρεπε να ήσουν εκεί να ακούσεις το δικό μου μέλλον. Μου είπε μία πρόταση που τίποτα άλλο δεν έλεγε από το απολύτως προφανές. Της Λίζα η μοίρα ήταν καλύτερη» παραδέχτηκα «αλλά και πάλι δεν μας είπε τίποτα ουσιαστικό. Της είπε ότι θα γίνει καλή ηγέτης. Αν είναι δυνατόν. Στο κάτω κάτω πόσο δύσκολο είναι να το καταλάβει κανείς αυτό».

Ο Ντιμίτρι μου χαμογέλασε. «Δηλαδή αν σου έλεγε πιο ενδιαφέροντα πράγματα θα την πίστευες;»

«Ίσως. Μόνο αν ήταν καλά, όμως». Γέλασε κι εγώ συνέχισα: «Εσύ όμως την παίρνεις σοβαρά! Γιατί; Γιατί πιστεύεις σοβαρά σε τέτοια πράγματα;»

«Ούτε πιστεύω ούτε δεν πιστεύω».

Φορούσε ένα μαύρο πλεκτό σκούφο και τον τράβηξε προς τα κάτω για να σκεπάσει καλύτερα τα αφτιά του. «Απλώς σέβομαι πολύ άτομα σαν κι αυτήν. Έχουν πρόσβαση σε γνώση που άλλοι άνθρωποι δεν έχουν».

«Δεν κατέχει το πνεύμα, οπότε δεν είμαι καθόλου σίγουρη για το πώς κατέχει όλες αυτές τις γνώσεις. Προσωπικά, θεωρώ ότι είναι κομπογιαννίτισσα».

«Είναι *vrăjitoare*».

«Τι πράγμα;» δεν υπήρχε περίπτωση να προσπαθήσω καν να το προφέρω. «Τι είναι αυτό; Ρώσικα;»

«Ρουμάνικα. Σημαίνει... Δεν μπορώ να σου κάνω ακριβή μετάφραση. Σημαίνει κάτι σαν μάγισσα, αλλά ούτε κι αυτό είναι εκατό τοις εκατό σωστό. Οι Ρουμάνοι και οι Αμερικάνοι δεν ορίζουν τις μάγισσες με τον ίδιο τρόπο».

Ποτέ μου δεν περίμενα να κάνω μια τέτοια συζήτηση μαζί του. Δεν θεωρούσα ποτέ ότι ο Ντιμίτρι ήταν προληπτικός. Για μια στιγμή σκέφτηκα ότι εφόσον μπορούσε να πιστεύει σε πράγματα όπως οι μάγισσες και οι χαρτορίχτρες, ίσως να μπορούσε να πιστέψει ότι είχα δει ένα φάντασμα. Προς στιγμήν σκέφτηκα να του πω κάτι, αλλά μετά το μετάνιωσα. Ίσως και να του είχα μιλήσει αν με είχε αφήσει λιγάκι, αλλά εκείνος δεν σταματούσε να μιλάει.

«Και η γιαγιά μου είχε το χάρισμα της Ρόντα» μου εξήγησε. «Θέλω να πω ότι ασχολούνταν με κάποιες αντίστοιχες δραστηριότητες. Δεν έμοιαζαν καθόλου ως χαρακτήρες, όμως».

«Η γιαγιά σου ήταν *v*... όπως το λένε, τέλος πάντων;»

«Ναι. Στα ρώσικα έχει άλλο όνομα βέβαια, αλλά σημαίνει ακριβώς το ίδιο πράγμα. Κι εκείνη διάβαζε τα χαρτιά και έδινε συμβουλές για το μέλλον. Έτσι ζούσε».

Έκοψα όλα τα σχόλια περί απατεώνων και ρώτησα: «Και οι προβλέψεις της έβγαιναν σωστές;»

«Κάποιες φορές. Μη με κοιτάς έτσι!»

«Πώς έτσι;»

«Με κοιτάς λες και έχω παραισθήσεις αλλά ντρέπεσαι να μου το πεις».

«Μην είσαι υπερβολικός. Απλά έχω εκπλαγεί, αυτό είν' όλο. Δεν περίμενα ποτέ ότι θα πίστευες σε όλα αυτά».

«Τι να κάνω; Με αυτά μεγάλωσα και δεν μου φαίνονται τόσο περίεργα. Κι όπως σου είπα, δεν είμαι και βέβαιος ότι τα πιστεύω εκατό τοις εκατό».

Ο Άντριαν πλησίασε την ομάδα που καθόταν δίπλα στο αεροπλάνο και παραπονέθηκε έντονα που δεν μπορούσαμε να επιβιβαστούμε ακόμη.

«Άσε που ποτέ μου δεν φαντάστηκα ότι είχες γιαγιά» είπα στον Ντιμίτρι. «Φυσικά, προφανώς και είχες, αλλά... είναι λίγο περίεργο που μεγάλωσες έχοντάς την κοντά σου». Εγώ είχα σπανίως επαφές με τη μητέρα μου και ποτέ μου δεν είχα συναντήσει κανένα άλλο μέλος της οικογένειάς μου. «Και πώς ήταν που είχες μια γιαγιά μάγισσα; Ήταν περίεργο; Τρομακτικό; Σε απειλούσε ότι θα σου κάνει μάγια όποτε έκανες σκανταλιές;»

«Συνήθως με απειλούσε ότι θα με βάλει τιμωρία στο δωμάτιό μου».

«Δεν μου ακούγεται και πολύ τρομακτικό αυτό».

«Αυτό το λες επειδή δεν τη γνωρίζεις».

Πρόσεξα τον ενεστώτα. «Ζει ακόμη;»

Έγνεψε ναι με το κεφάλι του. «Τα γηρατειά δεν μπορούν να τα βάλουν μαζί της. Είναι σκληρό καρύδι. Μάλιστα ήταν και φύλακας για ένα διάστημα».

«Αλήθεια;». Ακόμη μια φορά οι κατασταλαγμένες απόψεις μου περί νταμπίρ, φυλάκων και πορνών αίματος είχαν δεχτεί πλήγμα, όπως και προηγουμένως με τον Άμπροουζ. «Και τα παράτησε για να γίνει... εεε... για να μείνει με τα παιδιά της;»

«Είχε πολύ ισχυρές απόψεις περί οικογένειας. Απόψεις που ίσως σου φανούν κάπως σεξιστικές. Πιστεύει πως όλα τα νταμπίρ πρέπει να λαμβάνουν εκπαίδευση φυλάκων, αλλά ότι οι γυναίκες θα πρέπει να εγκαταλείπουν σε κάποια φάση και να μεγαλώνουν τα παιδιά τους μαζί».

«Κι οι άντρες;»

«Εκείνοι όχι» είπε ξερά. «Πιστεύει ότι οι άντρες πρέπει να συνεχίζουν να σκοτώνουν Στριγκόι».

«Ποπό!» Ο Ντιμίτρι μου είχε μιλήσει ξανά για την οικογένειά του. Εκτός από τον πατέρα του που εμφανιζόταν κάπου κάπου, δεν είχαν υπάρξει άλλοι άντρες στη ζωή του. Είχε μόνο αδελφές. Η αλήθεια ήταν πως η ιδέα της γιαγιάς δεν μου φαινόταν και τόσο σεξιστική. Κι εγώ τα ίδια σκεφτόμουν στην ουσία. Ότι οι άντρες πρέπει να συνεχίσουν να μάχονται. Γι' αυτό και η γνωριμία με τον Άμπροουζ μου είχε φανεί τόσο παράξενη. «Εσύ λοιπόν αναγκάστηκες να φύγεις γιατί σε πετάξανε έξω οι γυναίκες της οικογένειας!»

«Καμία σχέση» είπε γελώντας. «Η μητέρα μου θα με δεχόταν κοντά της όποτε κι αν αποφάσιζα να γυρίσω». Χαμογελούσε λες και είχα πει κάποιο αστείο, αλλά μέσα στα μάτια του καθρεφτιζόταν η βαθιά νοσταλγία του για το σπίτι του. Σε δευτερόλεπτα όμως όλες του οι σκέψεις είχαν διαλυθεί και ξαφνικά την προσοχή μας απέσπασαν οι ιαχές θριάμβου του Άντριαν επειδή επιτέλους μπορούσαμε να επιβιβαστούμε.

Βολευτήκαμε στις θέσεις μας. Η Λίζα δεν κρατιόταν. Ήθελε να πει στους φίλους μας τα νέα. Άρχισε από τη συνάντησή μου με τη βασίλισσα. Εγώ δεν ήθελα καθόλου να το πιάσω αυτό το θέμα, αλλά με πίεσε ενθουσιασμένη που η βασίλισσα ήθελε να με «επαινέσει». Όλοι εντυπωσιάστηκαν εκτός από τον Άντριαν. Το βλέμμα του μου έδειχνε ότι προφανώς γνώριζε πως δεν με είχε καλέσει γι' αυτό. Παρ' όλα αυτά έμοιαζε τόσο μπερδεμένος που κατάλαβα ότι αγνοούσε και τον πραγματικό λόγο της συνάντησής μας. Ώρα ήταν να ξέρω κι εγώ κάτι παραπάνω από εκείνον. Ήμουν σίγουρη ότι κι εκείνος θα πάθαινε σοκ αν του έλεγα ότι τον προόριζαν για τη Λίζα.

Μετά η Λίζα τους είπε ότι η βασίλισσα της πρότεινε να ζήσει στην αυλή και να σπουδάσει στο Πανεπιστήμιο του Λεχάι. «Ακόμα δυσκολεύομαι να το πιστέψω» είπε ονειροπολώντας «είναι πολύ καλό για να 'ναι αληθινό».

Ο Άντριαν κατέβασε μονοκοπανιά το ποτό του που φαινόταν σαν ουίσκι. Μα καλά, πού το 'χε βρει; Ακόμα δεν είχαμε καθίσει καλά καλά. «Αφού σ' το είπε η θεία μου, είναι *όντως* πολύ καλό για να 'ναι αληθινό».

«Τι θες να πεις;» τον ρώτησα. Αφού με είχε κατηγορήσει η Τατιάνα ότι ήμουν μπλεγμένη σε μία υποτιθέμενη σχέση κι αφού είχα μάθει ότι είχε ένα νταμπίρ/τροφό για εραστή, την είχα ικανή για όλα. «Τι εννοείς; Μήπως κινδυνεύει η Λίζα;»

«Αν μιλάς για τη σωματική της ασφάλεια, όχι. Απλώς η θεία μου δεν κάνει πράξεις έτσι από την καλή της την καρδιά. Δηλαδή...» έσπευσε να διορθώσει «πού και πού κάνει. Δεν είναι πια και τελείως σκύλα. Νομίζω ότι όντως σοβαρολογεί όταν λέει ότι ανησυχεί για τους Ντραγκομίρ. Έχω ακούσει ότι συμπαθούσε πολύ τους γονείς σου. Αλλά το γιατί το κάνει, είναι άλλο θέμα. Έχεις ριζοσπαστικές ιδέες και ίσως να θέλει να ακούσει κι άλλες γνώμες. Ίσως απλά να θέλει να σε έχει υπό έλεγχο, μπας και προκαλέσεις αναταραχές».

Ίσως απλά να θέλει να την παντρέψει μαζί σου, πρόσθεσα μέσα μου.

Του Κρίστιαν δεν του άρεσαν καθόλου όλα αυτά. «Δίκιο έχει. Μπορεί να θέλουν απλώς να σε περιορίσουν. Να πας να ζήσεις με τη θεία Τάσα. Δεν είναι ανάγκη να πας σε πανεπιστήμιο για Μορόι».

«Η αλήθεια είναι ότι θα είναι πιο ασφαλής σε ένα τέτοιο πανεπιστήμιο» παραδέχτηκα.

Δεν είχα αντίρρηση. Ας αντιμαχόμασταν το σύστημα —κι ας κρατούσαμε τη Λίζα μακριά από τα βασιλικά σχέδια—, αλλά αν πήγαινε σε κάποιο πανεπιστήμιο που δεν υπήρχε οργανωμένη προστασία για τα Μορόι, θα αντιμετώπιζε κινδύνους, και αυτό δεν το ήθελα καθόλου. Άρχισα να λέω κι άλλα, αλλά το αεροπλάνο απογειώθηκε. Με το που βρεθήκαμε στον αέρα, ο πονοκέφαλός μου επέστρεψε. Ήταν λες κι όλος ο αέρας γύρω μου πίεζε αφόρητα το κρανίο μου.

«Γαμώτο μου!» γρύλισα βάζοντας το χέρι μου στο κεφάλι μου.

«Πάλι πονάς;» με ρώτησε η Λίζα ανήσυχη. Έγνεψα ναι.

«Έχεις πάντοτε προβλήματα όταν πετάς;» με ρώτησε ο Άντριαν κάνοντας παράλληλα νόημα να του ξαναγεμίσουν το ποτό.

«Ποτέ» είπα. «Γαμώτο! Δεν θέλω να το ξαναπεράσω αυτό το πράγμα».

Έσφιξα τα δόντια μου και προσπάθησα να αγνοήσω τον πόνο και τα μαύρα σχήματα που είχαν αρχίζει και πάλι να σχηματίζονται. Το προσπάθησα αρκετά και πράγματι κατάφερα να μειώσω λιγάκι τον πόνο. Παράξενο. Δεν ήθελα να μιλάω με κανέναν μετά απ' όλο αυτό, γι' αυτό και όλοι με άφησαν ήσυχη.

Πέρασαν αρκετές ώρες και κοντεύαμε πια να φτάσουμε στην Ακαδημία. Ξαφνικά, μία από τις αεροσυνοδούς μας που ήταν Μορόι προχώρησε στο διάδρομο και κατευθύνθηκε κατά τη μεριά μας συνοφρυωμένη. «Τι συμβαίνει;» αντέδρασε αμέσως η Αλμπέρτα.

«Έχει ξεσπάσει παγοθύελλα στην περιοχή» μας είπε η αεροσυνοδός. «Δεν μπορούμε να προσγειωθούμε στην Ακαδημία του Αγίου Βλαντιμίρ. Δεν έχουμε πρόσβαση στον αεροδιάδρομο. Χρειαζόμαστε όμως καύσιμα, κι έτσι θα προσγειωθούμε στο περιφερειακό αεροδρόμιο Μάρτινβιλ. Δεν είναι και τόσο μακριά, λίγες ώρες με το αυτοκίνητο. Εκείνους όμως δεν τους επηρέασε τόσο η κακοκαιρία. Το σχέδιό μας είναι να προσγειωθούμε εκεί, να βάλουμε καύσιμα και να πετάξουμε στην Ακαδημία όταν ο αεροδιάδρομος θα είναι καθαρός. Είναι δεν είναι μια ώρα με το αεροπλάνο».

Εντάξει, ήταν λίγο ενοχλητικά τα νέα, αλλά δεν ήταν και τόσο άσχημα τα πράγματα. Στο κάτω κάτω δεν υπήρχε άλλη εναλλακτική. Τουλάχιστον θα χαλαρώναμε σύντομα. Αν ο πονοκέφαλός μου ήταν ο ίδιος με την προηγούμενη φορά, θα έφευγε όταν προσγειωνόμασταν. Καθίσαμε και πάλι στις θέσεις μας και βάλαμε τις ζώνες μας περιμένοντας να προσγειωθούμε. Ο καιρός έξω ήταν πολύ άσχημος, αλλά ο πιλότος μας ήταν πολύ καλός και μας προσγείωσε χωρίς καμία δυσκολία.

Και τότε συνέβη το κακό.

Με το που ακουμπήσαμε το έδαφος, όλος μου ο κόσμος διαλύθηκε. Ο πονοκέφαλος όχι απλά δεν έφυγε, αλλά έγινε πολύ χειρότερος. Δεν θεωρούσα ότι μπορούσα να πονέσω περισσότερο, να όμως που έγινε. Ένιωθα λες κι όλο μου το κρανίο θα άνοιγε στα δύο.

Αυτό όμως ήταν μόνο η αρχή. Ξαφνικά τριγύρω μου χόρευαν διάφορες φιγούρες. Πρόσωπα διαφανή, πρόσωπα και σώματα φαντασμάτων, όπως η φιγούρα του Μέισον. Κι ήταν παντού. Δεν μπορούσα καν να δω τα καθίσματα ή τους φίλους μου. Τα χλομά, γυαλιστερά τους χέρια απλώνονταν κατά τη μεριά μου. Άνοιγαν τα στόματά τους δίχως να μιλούν. Όλα τους φαίνονταν να θέλουν κάτι από μένα.

Όσο περισσότερο με πλησίαζαν, τόσο περισσότερο τα αναγνώριζα. Είδα τους φύλακες του Βίκτορ που είχαν σκοτωθεί κατά διάσωση της Λίζα. Τα μάτια τους ήταν ορθάνοιχτα. Φαίνονταν τρομαγμένοι. Από τι όμως; Μήπως ξαναζούσαν το θάνατό τους; Ανάμεσά τους ήταν και παιδιά που δεν τα αναγνώρισα αμέσως. Μετά όμως κατάλαβα. Ήταν τα παιδιά που είχαμε βρει νεκρά μετά τη σφαγή των Στριγκόι. Το βλέμμα τους ήταν τόσο θολωμένο όσο του Μέισον και οι λαιμοί τους ήταν καλυμμένοι με αίμα, ακριβώς όπως όταν τα είχα δει στο σπίτι. Η κόκκινη χροιά του αίματος ξεχώριζε από τα σκιερά, φωσφορίζοντα σώματα.

Τα πρόσωπα όλο και πλήθαιναν. Παρόλο που κανείς τους δεν μιλούσε, το βουητό στ' αφτιά μου όλο και δυνάμωνε καθώς εκείνοι αυξάνονταν. Τρεις νέες φιγούρες είχαν πια προστεθεί. Δεν ανακατεύτηκαν με τους υπόλοιπους. Αντίθετα ξεχώριζαν τόσο όσο το αίμα στους λαιμούς των παιδιών.

Ήταν η οικογένεια της Λίζα.

Η μητέρα της, ο πατέρας της και ο αδελφός της, ο Αντρέ. Ήταν ακριβώς όπως και την τελευταία φορά που τους είχα δει πριν από το δυστύχημα. Ξανθοί. Πανέμορφοι. Αριστοκρατικοί. Όπως ακριβώς και ο Μέισον, ούτε κι εκείνοι είχαν σημάδια θανάτου, παρότι ήξερα ότι στο τροχαίο είχαν διαμελιστεί. Κι εκείνοι, όπως και ο Μέισον, με κοιτούσαν με θλιμμένο βλέμμα, χωρίς να μιλούν, σαν να ήθελαν όμως να πουν κάτι. Αντίθετα με τον Μέισον όμως, εκείνοι ήξερα τι ήθελαν να μου πουν.

Πίσω από τον Αντρέ ξεπρόβαλε μία μαύρη τρύπα που σιγά σιγά μεγάλωνε. Έδειξε κατά το μέρος μου και μετά προς την ίδια την τρύπα. Ήξερα, χωρίς να ξέρω το γιατί, ότι αυτή ήταν η είσοδος στον κόσμο των νεκρών, τον κόσμο από τον οποίο είχα βγει. Ο Αντρέ —που ήταν στην ηλικία μου όταν πέθανε— μου έδειξε ξανά προς τα εκεί. Αυτή τη φορά το ίδιο έκαναν και οι γονείς του. Δεν χρειαζόταν καν να μιλήσουν για να καταλάβω τι ήθελαν να μου πουν: *Δεν έπρεπε να βρίσκεσαι στη ζωή. Γύρνα πίσω σ' εμάς…*

Άρχισα να ουρλιάζω. Να ουρλιάζω δυνατά.

Κάποιος από το αεροπλάνο μου μιλούσε, όμως δεν ήμουν σίγουρη για τίποτε. Όχι όσο έβλεπα αυτά τα πρόσωπα, τα χέρια και τη μαυρίλα πίσω από τον Αντρέ. Κάθε τόσο εμφανιζόταν και το πρόσωπο του Μέισον, σοβαρό και θλιμμένο. Στράφηκα σ' αυτόν για βοήθεια.

«Διώξ' τους» φώναξα. «Σε παρακαλώ, διώξ' τους!»

Δεν μπορούσε όμως, και μάλλον ούτε ήθελε, να κάνει τίποτα. Έλυσα μανιασμένα τη ζώνη μου και προσπάθησα να σηκωθώ. Τα φαντάσματα δεν με ακουμπούσαν, αλλά ήταν όλα τόσο κοντά μου... προσπαθούσαν ακόμη να με αγγίξουν ή έδειχναν προς το μέρος μου με τα αποστεωμένα χέρια τους. Κούνησα τα χέρια μου λες και ήθελα να τα διώξω, ενώ παράλληλα φώναζα βοήθεια και παρακαλούσα να έρθει κάποιος και να τα σταματήσει.

Μάταια. Η βοήθεια δεν ερχόταν από πουθενά. Τα χέρια και τα στοιχειωμένα μάτια δεν έλεγαν να εξαφανιστούν... Το ίδιο συνέβαινε και με τον πονοκέφαλό μου. Ήταν τέτοιος ο πόνος που πλέον χόρευαν μπροστά στα μάτια μου μαύρες κηλίδες. Αισθανόμουν ότι θα λιποθυμούσα και κάπου μέσα μου ευχόμουν να γίνει κάτι τέτοιο. Ίσως έτσι ο πόνος να σταματούσε και τα πρόσωπα να εξαφανίζονταν. Οι κηλίδες μεγάλωναν όλο και περισσότερο. Δεν μπορούσα πλέον να δω τίποτα. Τα πρόσωπα εξαφανίστηκαν και το ίδιο κι ο πόνος, καθώς βυθιζόμουν σε γαλήνια σκοτεινά νερά.

18

ΜΕΤΑ ΞΑΦΝΙΚΑ ΟΛΑ ΘΟΛΩΣΑΝ. Ένιωθα διαρκώς σαν να έχανα και να ξανάβρισκα τις αισθήσεις μου. Άκουγα κάποιους να λένε τ' όνομά μου. Ένιωθα να πετάω ξανά. Όταν ξύπνησα βρισκόμουν στο ιατρείο του σχολείου. Η Δρ. Ολέντζκι βρισκόταν από πάνω μου και με κοίταζε εξεταστικά.

«Γεια σου, Ρόουζ». Η Δρ. Ολέντζκι ήταν ένα μεσήλικο Μορόι. Της άρεσε να με πειράζει λέγοντάς μου ότι ήμουν η νούμερο ένα ασθενής της. «Πώς αισθάνεσαι;»

Σιγά σιγά άρχισα να θυμάμαι όλα όσα είχαν συμβεί. Τα πρόσωπα. Τον Μέισον. Τα υπόλοιπα φαντάσματα. Το φριχτό πονοκέφαλο. Τίποτε απ' όλα αυτά δεν υπήρχε πια.

«Μια χαρά» είπα, σχεδόν έκπληκτη με τα ίδια μου τα λόγια. Πίσω της στέκονταν ο Ντιμίτρι και η Αλμπέρτα. Από τα πρόσωπά τους και μόνο καταλάβαινα ότι όσα είχαν συμβεί στο αεροπλάνο δεν ήταν αποκυήματα της φαντασίας μου.

Η Αλμπέρτα έβηξε ελαφριά και η Δρ. Ολέντζκι γύρισε κατά τη μεριά της. «Μπορούμε να τη δούμε;» Εκείνη τους έγνεψε και με πλησίασαν κι οι δύο.

Ο Ντιμίτρι είχε πάντοτε καταπραϋντική επίδραση πάνω μου. Ό,τι κι αν μου συνέβαινε, η παρουσία του και μόνο με ηρεμούσε. Παρ' όλα αυτά ούτε κι εκείνος είχε μπορέσει να σταματήσει το κακό που μου συνέβη στο αεροδρόμιο. Όποτε με κοιτούσε τόσο τρυφερά και ανήσυχα, όπως εκείνη τη στιγμή, μου προκαλούσε έναν κυκεώνα συναισθημάτων. Από τη μία μου άρεσε που ενδιαφερόταν τόσο, από την άλλη ήθελα να είμαι πάντοτε δυνατή και να μην τον ανησυχώ.

«Ρόουζ...» ξεκίνησε αβέβαια η Αλμπέρτα. Καταλάβαινα ότι δεν ήξερε πώς να αρχίσει την κουβέντα. Όλα όσα είχαν συμβεί της φαίνονταν ακατανόητα. Ανέλαβε να μιλήσει ο Ντιμίτρι.

«Ρόουζ, τι συνέβη;» Προτού προλάβω καν να μιλήσω, με σταμάτησε. «Και *μη* μου πεις ξανά ότι δεν τρέχει τίποτε».

Εφόσον μου είχαν στερήσει τη μοναδική απάντηση που μπορούσα να δώσω, δεν είχα πραγματικά τίποτα να πω. Η Δρ. Ολέντζκι στερέωσε καλύτερα τα γυαλιά της στη μύτη της. «Θέλουμε να σε βοηθήσουμε» μου είπε.

«Δεν χρειάζομαι βοήθεια» απάντησα. «Είμαι μια χαρά». Ακουγόμουν σαν τον Μπράντον και τον Μπρετ. Το επόμενο βήμα θα ήταν καμιά δικαιολογία του στυλ «έπεσα».

Η Αλμπέρτα βρήκε τελικά τον εαυτό της. «Όσο ήμασταν στον αέρα ήσουν μια χαρά. Όταν όμως προσγειωθήκαμε, μόνο καλά δεν ήσουν».

«Τώρα όμως είμαι μια χαρά» απάντησα παγωμένη.

«Και τότε τι συνέβη;» με ρώτησε. «Γιατί φώναζες; Για ποιους μίλαγες όταν έλεγες "Πάρτε τους από δω";»

Συλλογίστηκα για λίγο μήπως έπρεπε να της πετάξω τη δικαιολογία νούμερο δύο περί στρες, αλλά και αυτό ηλίθιο ήταν εκείνη τη στιγμή. Έτσι, σιώπησα. Προς μεγάλη μου έκπληξη ένιωσα τα μάτια μου να γεμίζουν με δάκρυα.

«Ροουζ» μουρμούρισε ο Ντιμίτρι κι η φωνή του χάιδεψε το πρόσωπό μου σαν μετάξι.

Κάτι μέσα μου έσπασε. Δεν μπορούσα να του αρνηθώ τίποτα. Γύρισα το κεφάλι μου κατά το ταβάνι.

«Φαντάσματα» του ψιθύρισα. «Είδα φαντάσματα».

Κανείς τους δεν το περίμενε αυτό. Και πώς να το περιμένουν άλλωστε; Απλώθηκε νεκρική σιγή. Η Δρ. Ολέντζκι είπε διστακτικά.

«Τι εννοείς;»

Κατάπια. «Με ακολουθεί εδώ και δύο εβδομάδες. Είναι ο Μέισον. Τριγυρνάει στην Ακαδημία. Ξέρω ότι θα σας φανεί τρελό, αλλά είναι πράγματι εκείνος. Ή το φάντασμά του. Αυτό συνέβη και με τον Σταν. Δεν μπόρεσα να αντιδράσω γιατί ο Μέισον εμφανίστηκε μπροστά μου κι εγώ ακινητοποιήθηκα. Στο αεροπλάνο όμως... Νομίζω ότι ήταν κι εκείνος εκεί. Αυτή τη φορά όμως δεν ήταν μόνος του. Ήταν κι άλλοι μαζί του. Όσο βρισκόμασταν στον αέρα δεν μπορούσα να τους δω ξεκάθαρα. Έβλεπα στιγμιαίες εικόνες και πονούσε το κεφάλι μου. Όταν όμως προσγειωθήκαμε στο Μάρτινβιλ, εμφανίστηκε μπροστά μου κανονικά. Μαζί του υπήρχαν και πολλοί άλλοι, φαντάσματα κι εκείνοι». Ένα δάκρυ ξεγλίστρησε. Το σκούπισα βιαστικά, ελπίζοντας ότι δεν το είχε δει κανείς.

Σταμάτησα λιγάκι. Δεν ήξερα τι να περιμένω. Θα γελούσαν; Θα μου έλεγαν ότι είμαι τρελή; Θα με κατηγορούσαν ότι έλεγα ψέματα απαιτώντας να μάθουν τι *ακριβώς* συνέβη;

«Τους ήξερες;» με ρώτησε ο Ντιμίτρι.

Γύρισα και κάρφωσα το βλέμμα μου στο δικό του. Ήταν ακόμη σοβαρός κι ανήσυχος. Η έκφρασή του δεν είχε τίποτα το κοροϊδευτικό. «Ναι... είδα κάποιους από τους φύλακες του Βίκτορ και τους νεκρούς της σφαγής. Ήταν εκεί και... και η οικογένεια της Λίζα».

Κανείς δεν μίλησε. Απλώς αντάλλαζαν ματιές περιμένοντας ίσως ότι κάποιος από τους υπόλοιπους θα μπορούσε να μας διαφωτίσει.

Η Δρ. Ολέντζκι αναστέναξε. «Μπορώ να μιλήσω για λίγο στους δυο σας;»

Βγήκαν και οι τρεις από το δωμάτιο κλείνοντας την πόρτα πίσω τους. Για καλή μου τύχη, δεν έκλεισε καλά. Έτσι, κατέβηκα αθόρυβα από το κρεβάτι μου, διέσχισα το δωμάτιο και στάθηκα δίπλα στην πόρτα. Το ελάχιστο άνοιγμά της μου αρκούσε για να ακούσω τη συζήτηση, χάρη στην οξυμένη ακοή των νταμπίρ. Δεν αισθανόμουν άνετα που κρυφάκουγα, αλλά μιλούσαν για μένα και ήξερα πολύ καλά ότι η συζήτηση αυτή θα επηρέαζε το μέλλον μου.

«Είναι προφανές τι συμβαίνει» ψιθύρισε η Δρ. Ολέντζκι. Πρώτη φορά την άκουγα τόσο ενοχλημένη. Μπροστά στους ασθενείς ήταν η προσωποποίηση της ηρεμίας. Δυσκολευόμουν να τη φανταστώ να θυμώνει, αλλά προφανώς ήταν πολύ τσαντισμένη εκείνη τη στιγμή. «Το καημένο το κορίτσι περνάει μετατραυματικό σοκ. Μη σας εκπλήσσει μετά από όσα της συνέβησαν».

«Είστε σίγουρη;» ρώτησε η Αλμπέρτα. «Μπορεί να είναι κάτι άλλο...» Καθώς μιλούσε όμως ένιωθα ότι δεν μπορούσε να βρει τα λόγια να το εξηγήσει.

«Ας τα πάρουμε από την αρχή. Μία έφηβη είδε ένα φίλο της να σκοτώνεται και στη συνέχεια έπρεπε να σκοτώσει και το φονιά του. Δεν σας φαίνεται τραυματική εμπειρία όλο αυτό; Δηλαδή πιστεύετε ότι δεν την επηρέασε καθόλου;»

«Μα όλοι οι φύλακες έρχονται αντιμέτωποι με τραγικές καταστάσεις τέτοιου τύπου» είπε η Αλμπέρτα.

«Δεν μπορώ να κάνω τίποτα για τους φύλακες που ήδη έχουν αναλάβει υπηρεσία, αλλά η Ρόουζ είναι ακόμη μαθήτρια της Ακαδημίας. Υπάρχουν οι κατάλληλοι τρόποι για να βοηθηθεί».

«Όπως;» ρώτησε ο Ντιμίτρι με περιέργεια. Ακουγόταν περισσότερο θορυβημένος παρά εριστικός απέναντί της.

«Ψυχοθεραπεία. Μπορεί να απευθυνθεί σε κάποιον που θα τη βοηθήσει απίστευτα. Μάλιστα θα έπρεπε να το είχατε κάνει αυτό από τη στιγμή που επιστρέψατε. Για να είμαι ειλικρινής, θα πρέπει να το κάνετε και για τους υπόλοιπους. Γιατί δεν τις σκέφτεστε ποτέ αυτές τις επιλογές;»

«Καλή ιδέα» είπε ο Ντιμίτρι. Κατάλαβα από τον τόνο της φωνής του ότι το κεφάλι του έπαιρνε χίλιες στροφές. «Θα μπορούσε να το κάνει την ημέρα του ρεπό της».

«Την ημέρα του ρεπό της; Μάλλον θα πρέπει να το κάνει καθημερινά. Θα πρέπει να σταματήσει την πρακτική της άσκηση. Οι επιθέσεις ψεύτικων Στριγκόι δεν θα τη βοηθήσουν να ξεπεράσει τις πραγματικές».

«Όχι!» φώναξα σπρώχνοντας την πόρτα προτού καν να το συνειδητοποιήσω. Όλοι τους με κοιτούσαν έκπληκτοι. Ένιωσα αμέσως τελείως ηλίθια. Μόλις τους είχα δείξει ότι κρυφάκουγα.

«Ρόουζ» είπε η Δρ. Ολέντζκι ξαναπαίρνοντας το γλυκό της ύφος (παρότι είχε κι έναν επιτιμητικό τόνο). «Πήγαινε να ξαπλώσεις».

«Είμαι μια χαρά και δεν μπορείτε να με κάνετε να σταματήσω την άσκηση. Δεν θα μπορέσω ποτέ να αποφοιτήσω».

«Δεν είσαι καλά, Ρόουζ, και δεν υπάρχει λόγος να ντρέπεσαι γι' αυτό μετά απ' όσα συνέβησαν. Το να νομίζεις ότι είδες το φάντασμα κάποιου που μόλις έχασες δεν είναι και τόσο τραβηγμένο, δεδομένων των συνθηκών».

Πήγα να τη διορθώσω και να της πω ότι καθόλου δεν *νόμιζα* ότι είχα δει φαντάσματα, αλλά σταμάτησα. Δεν υπήρχε λόγος να μπω σε καβγάδες για το αν είχα ή δεν είχα δει φαντάσματα, παρόλο που πλέον ήξερα ότι μάλλον αυτό ακριβώς έβλεπα τόσο καιρό. Προσπάθησα απεγνωσμένα να βρω έναν πειστικό λόγο για να μη με σταματήσουν από την πρακτική άσκηση. Συνήθως κατάφερνα να ξεφύγω από τις δύσκολες καταστάσεις με την πειθώ μου.

«Τα πράγματα θα γίνουν πολύ χειρότερα, εκτός αν σκέφτεστε να με υποβάλλετε σε θεραπεία εικοσιτέσσερις ώρες το εικοσιτετράωρο. Δεν θα έχω *τίποτα* να κάνω. Τα περισσότερα μαθήματά μου δεν γίνονται αυτή τη στιγμή. Τι θα κάνω; Απλώς θα κάθομαι με άδεια χέρια; Αυτό θα με κάνει να σκέφτομαι τα όσα συνέβησαν ακόμη παραπάνω. Θα τρελαθώ! Αλήθεια το λέω. Δεν θέλω να ασχολούμαι συνέχεια με το παρελθόν. Θα πρέπει να φροντίσω και για το μέλλον μου».

Άρχισαν να διαφωνούν μεταξύ τους προσπαθώντας να βρουν μια λύση για την περίπτωσή μου. Άκουγα και προσπαθούσα να συγκρατηθώ, γνωρίζοντας καλά ότι δεν έπρεπε να παρέμβω. Στο τέλος, παρά τις διαφωνίες της γιατρού, αποφάσισαν να συμμετέχω στην άσκηση κατά το ήμισυ.

Φαινόταν η ιδανική λύση για όλους — εκτός από εμένα. Εγώ το μόνο που ήθελα ήταν να συνεχίσω τη ζωή μου, ωστόσο καταλάβαινα ότι αυτή η επιλογή ήταν η καλύτερη που είχα. Θα έκανα τρεις μέρες πρακτικής άσκησης την εβδομάδα χωρίς νυχτερινά καθήκοντα. Τις άλλες μέρες θα έκανα προπονήσεις και θα διάβαζα ό,τι μου έδιναν.

Επίσης, θα έπρεπε να συναντάω ένα σύμβουλο, πράγμα που καθόλου δεν με ενθουσίασε. Δεν είχα τίποτα εναντίον των συμβούλων. Κι η Λίζα έβλεπε έναν και πράγματι είχε βοηθηθεί πολύ. Ήταν καλό να ξεσπάει κανείς πού και πού. Απλώς... το συγκεκριμένο θέμα δεν ήθελα να το πολυσυζητήσω.

Η επιλογή μου όμως ήταν ή αυτό ή η διακοπή της πρακτικής μου άσκησης κι έτσι το δέχτηκα χωρίς να πω κουβέντα. Η Αλμπέρτα θεωρούσε ότι θα μπορούσα να περάσω έστω κι αν έκανα τη μισή άσκηση. Επίσης, πίστευε πως ήταν καλό που θα έκανα θεραπεία παράλληλα με τις ψεύτικες επιθέσεις των Στριγκόι, για να διαπιστώσουν αν όντως είχα τραυματικές εμπειρίες.

Αφού με εξέτασε για λίγο ακόμη η Δρ. Ολέντζκι έγραψε «υγιής» στην καρτέλα μου και μου είπε να επιστρέψω στον κοιτώνα μου. Η Αλμπέρτα έφυγε, ενώ ο Ντιμίτρι έμεινε για να με πάει πίσω.

«Σ' ευχαριστώ για την πρακτική άσκηση» του είπα. Τα μονοπάτια ήταν υγρά γιατί μετά την παγοθύελλα ο καιρός είχε ζεστάνει. Μη φανταστείτε ότι ήταν καιρός για ηλιοθεραπεία, απλά τα χιόνια και οι πάγοι είχαν αρχίσει να λιώνουν. Τα δέντρα έσταζαν νερά κι εμείς έπρεπε διαρκώς να αποφεύγουμε τις λιμνούλες που είχαν σχηματιστεί στο δρόμο μας.

Ο Ντιμίτρι ξαφνικά σταμάτησε απότομα και στάθηκε ακριβώς μπροστά μου εμποδίζοντάς με. Παραλίγο να γλιστρήσω και να πέσω πάνω του. Κατάφερα όμως να σταματήσω. Άπλωσε το χέρι του και μου έπιασε το μπράτσο. Με τράβηξε κοντά του. Πιο κοντά απ' ό,τι θα περίμενα μια και βρισκόμασταν σε δημόσιο χώρο. Τα δάχτυλά του με έσφιγγαν δυνατά. Δεν με πονούσε.

«Ρόουζ» είπε, και ο πόνος στη φωνή του έκανε την καρδιά μου να χτυπάει δυνατά «γιατί να το μαθαίνω τώρα; Γιατί δεν μου είχες πει τίποτα πιο νωρίς; Ξέρεις πώς ένιωθα; Ξέρεις πώς ήταν για μένα να σε βλέπω σ' αυτή την κατάσταση και να μην καταλαβαίνω τι σου συνέβαινε; Ξέρεις πόσο τρόμαξα;»

Είχα μείνει έκπληκτη. Και από το ξέσπασμά του και από τη μηδαμινή απόσταση μεταξύ μας. Ξεροκατάπια. Δεν μπορούσα να αρθρώσω λέξη. Το πρόσωπό του μου έδειχνε τόσο πολλά συναισθήματα. Δεν μπορούσα καν να θυμηθώ πότε τον είχα δει σ' αυτή την κατάσταση τελευταία φορά. Ήταν υπέροχο μαζί και τρομακτικό. Όταν τελικά μίλησα, πέταξα τη μεγαλύτερη βλακεία που θα μπορούσα να πω.

«Μα νόμιζα πως εσύ δεν φοβάσαι τίποτα».

«Πάρα πολλά πράγματα φοβάμαι. Και φοβήθηκα πολύ για σένα» είπε. Μου άφησε το χέρι και έκανε ένα βήμα πίσω. Ακόμη έβλεπα το πάθος και την ανησυχία να διαγράφονται σε όλο του το πρόσωπο. «Δεν είμαι τέλειος! Και κυρίως, δεν είμαι άτρωτος».

«Το ξέρω, απλώς...» δεν ήξερα τι να πω. Είχε δίκιο. Πάντοτε τον αντιμετώπιζα λες και ήταν παντοδύναμος, παντογνώστης και αήττητος. Δυσκολευόμουν να τον φανταστώ να ανησυχεί τόσο για μένα.

«Και απ' ό,τι κατάλαβα, όλα αυτά έχουν ξεκινήσει εδώ και καιρό» πρόσθεσε. «Τότε με τον Σταν, τις προάλλες που μιλούσες με τον πατέρα Άντριου για τα φαντάσματα... Όλο αυτόν τον καιρό προσπαθούσες να βρεις μια λύση! Γιατί δεν είπες τίποτα σε κανέναν; Γιατί δεν μίλησες στη Λίζα ή... σ' εμένα;»

Κοίταξα βαθιά μέσα στα σκουρόχρωμα μάτια του, αυτά τα μάτια που αγαπούσα τόσο. «Θα με πίστευες;»

Συνοφρυώθηκε. «Να πιστέψω τι;»

«Ότι βλέπω φαντάσματα».

«Δεν είναι φαντάσματα, Ρόουζ. Απλώς έτσι νομίζεις επειδή...»

«Γι' αυτό δεν σου το είπα» τον διέκοψα. Γι' αυτό δεν το είπα ούτε σ' εσένα ούτε και σε κανέναν άλλο. Γιατί κανείς δεν θα με πίστευε. Όλοι θα θεωρούσαν ότι είμαι τρελή».

«Εγώ δεν νομίζω πως είσαι τρελή» μου είπε. «Νομίζω όμως ότι έχεις περάσει πολλά». Ο Άντριαν μου είχε πει ακριβώς το ίδιο πράγμα όταν τον ρώτησα πώς θα μπορούσα να καταλάβω ότι έχω αρχίσει να τρελαίνομαι.

«Δεν είναι μόνο αυτό» είπα. Άρχισα να περπατάω ξανά.

Χωρίς καν να κάνει ούτε ένα βήμα, άπλωσε το χέρι του και με άρπαξε τραβώντας με και πάλι κοντά του. Αυτή τη φορά βρεθήκαμε ακόμη πιο κοντά. Κοίταξα γύρω μου αμήχανα. Φοβόμουν μη μας πάρει κάνα μάτι, αλλά η Ακαδημία ήταν έρημη. Ήταν ακόμη νωρίς. Δεν είχε δύσει ο ήλιος κι έτσι οι περισσότεροι δεν είχαν καν ξυπνήσει για να πάνε σχολείο. Είχαμε ακόμη καμιά ώρα μπροστά μας μέχρι να σηκωθεί η Ακαδημία. Παρ' όλα αυτά ήμουν έκπληκτη που ο Ντιμίτρι το διακινδύνευε τόσο.

«Πες μου τότε» μου είπε. «Πες μου τι παραπάνω είναι».

«Δεν πρόκειται να με πιστέψεις» του είπα. «Δεν καταλαβαίνεις; Κανείς δεν θα με πιστέψει. Ούτε καν... εσύ» είπα, και η φωνή μου έσπασε όταν πρόφερα αυτά τα λόγια. Ο Ντιμίτρι καταλάβαινε τόσο πολλά για μένα. Είχα *ανάγκη* να καταλάβει και αυτό εδώ.

«Θα… προσπαθήσω. Απλά νομίζω ότι δεν έχεις πραγματικά καταλάβει τι σου συμβαίνει».

«Έχω καταλάβει πολύ καλά» του είπα κοφτά. «Κι αυτό δεν το συνειδητοποιεί κανείς σας. Πρέπει να αποφασίσεις μια για πάντα αν όντως με εμπιστεύεσαι. Αν νομίζεις ότι είμαι απλά ένα αφελές κοριτσάκι που δεν είναι σε θέση να καταλάβει τι συμβαίνει στην ευαίσθητη ψυχή του, καλά θα κάνεις να προχωρήσεις. Αν όμως με εμπιστεύεσαι και έχεις κατά νου ότι έχω δει και γνωρίζω πολύ περισσότερα πράγματα από τους συνομήλικούς μου… τότε θα πρέπει να αποδεχτείς ότι ξέρω πολύ καλά τι μου συμβαίνει».

Γύρω μας φυσούσε ένα ζεστό αεράκι μεταφέροντας μαζί του την υγρασία του λιωμένου χιονιού. «Σε εμπιστεύομαι, Ρόζα. Απλά… δεν πιστεύω στα φαντάσματα».

Ήταν ειλικρινής. Ήθελε να με καταλάβει, απλώς, όπως ακριβώς είχα κάνει κι εγώ, η ιστορία μου ερχόταν σε σύγκρουση με πεποιθήσεις που ακόμη δεν ήταν έτοιμος να αλλάξει. Παράξενο, μια και ο ίδιος αντιμετώπιζε με τέτοιο δέος τα ταρό.

«Θα προσπαθήσεις;» τον ρώτησα. «Τουλάχιστον προσπάθησε να μη με αντιμετωπίζεις λες και είμαι ψυχωτική».

«Εντάξει, αυτό δεν μου είναι δύσκολο».

Του είπα για τις πρώτες φορές που συνάντησα τον Μέισον και για το πόσο φοβόμουν να μιλήσω για το περιστατικό με τον Σταν. Του μίλησα για τις μορφές και τα σχήματα που είχα δει στο αεροπλάνο και περιέγραψα με περισσότερες λεπτομέρειες τα όσα είχα δει όταν προσγειωθήκαμε.

«Δεν είναι πολύ συγκεκριμένα όλα αυτά για να είναι απλά κρίσεις πανικού;» τον ρώτησα όταν τελείωσα.

«Δεν ξέρω αν οι κρίσεις πανικού είναι συγκεκριμένες ή γενικές. Νομίζω ότι εξ ορισμού είναι απρόβλεπτες». Είχε πάρει αυτή τη σκεφτική έκφραση που τόσο καλά γνώριζα. Ήξερα ότι εκείνη τη στιγμή στριφογυρνούσαν στο κεφάλι του χιλιάδες πράγματα. Καταλάβαινα επίσης ότι συνέχιζε να μην πιστεύει ότι είχα πράγματι δει φαντάσματα. Εντούτοις έκανε φιλότιμες προσπάθειες να με αντιμετωπίσει με θετικό πνεύμα. Λίγα λεπτά αργότερα επιβεβαίωσε τις σκέψεις μου λέγοντας: «Πώς είσαι τόσο βέβαιη ότι δεν τα φαντάζεσαι όλα αυτά;»

«Στην αρχή έτσι πίστευα. Τώρα όμως... Δεν ξέρω. Νιώθω πως είναι αληθινά... και καταλαβαίνω ότι αυτό δεν αποτελεί απόδειξη. Θυμάσαι όμως τι είπε ο πατήρ Άντριου; Είχε πει ότι τα φαντάσματα περιφέρονται στη γη αν πεθάνουν βίαια ή σε νεαρή ηλικία».

Ο Ντιμίτρι δάγκωσε το χείλος του. Ήταν έτοιμος να μου πει να μην παίρνω τα λόγια του ιερέα τοις μετρητοίς. Αντί για αυτό μου είπε: «Κι εσύ τι νομίζεις; Πως ο Μέισον γυρεύει εκδίκηση;»

«Αυτό νόμιζα στην αρχή. Τώρα όμως δεν είμαι καθόλου σίγουρη. Ποτέ του δεν θα με πλήγωνε. Απλώς νιώθω ότι κάτι θέλει από εμένα. Και οι υπόλοιποι όμως, και τα υπόλοιπα φαντάσματα, το ίδιο φαίνεται να θέλουν. Ακόμη κι εκείνοι που δεν γνώριζα. Γιατί;»

Ο Ντιμίτρι με κοίταξε με νόημα. «Εσύ έχεις σκεφτεί κάτι;»

«Ναι. Σκεφτόμουν όλα αυτά που μου είπε ο Βίκτορ. Θυμάσαι που είπε ότι επειδή είμαι νυχτοφιλημένη, έχω μια διαφορετική σχέση με τον κόσμο των νεκρών; Ότι πάντοτε θα τον κουβαλάω μαζί μου;»

Η έκφρασή του σκλήρυνε. «Δεν θα πίστευα και πολύ τα λόγια του Βίκτορ Ντάσκοφ».

«Δεν έχεις δίκιο. Γνωρίζει πολλά. Το ξέρεις αυτό, άσχετα με το πόσο μαλάκας είναι».

«Εντάξει, ας πούμε ότι ισχύει αυτό, ότι ως νυχτοφιλημένη βλέπεις φαντάσματα. Γιατί δηλαδή να συμβαίνει τώρα; Γιατί δεν συνέβη μετά το ατύχημα;»

«Το σκέφτηκα κι αυτό» του είπα βιαστικά. «Ο Βίκτορ είπε και κάτι άλλο. Ότι τώρα που αποκτούσα σχέσεις με το θάνατο, βρισκόμουν όλο και πιο κοντά στην άλλη πλευρά. Μπορεί προκαλώντας το θάνατο κάποιου να απέκτησα βαθύτερη σχέση με τον άλλο κόσμο. Πρώτη φορά σκοτώνω και μάλιστα ούτε καν ένα θύμα».

«Και γιατί να είναι τόσο τυχαίο;» με ρώτησε ο Ντιμίτρι. «Γιατί να εμφανίζεται σε τόσο ασύνδετες περιπτώσεις; Γιατί στο αεροπλάνο και όχι στο δικαστήριο, για παράδειγμα;»

Ο ενθουσιασμός μου ξεθώριασε λιγάκι. «Κι εσύ τι είσαι; Δικηγόρος;» αντιμίλησα. «Αμφισβητείς ό,τι κι αν σου πω. Κι εγώ που νόμιζα ότι θα με αντιμετώπιζες με δεκτικό τρόπο!»

«Εγώ έχω κάθε διάθεση να σε καταλάβω. Θα πρέπει όμως κι εσύ να μπορέσεις να δεις τα πράγματα από μία άλλη οπτική. Για σκέψου το. Γιατί να εμφανίζονται με αυτόν τον τρόπο;»

«Δεν ξέρω» παραδέχτηκα. Μαζεύτηκα ηττημένη. «Νομίζεις ακόμη πως είμαι τρελή».

Άπλωσε το χέρι του και έπιασε το πιγούνι μου, ανασηκώνοντας ελαφρά το κεφάλι μου ώστε να τον κοιτάξω στα μάτια. «Όχι. Καμία θεωρία δεν θα με κάνει να πιστέψω ότι είσαι τρελή. Πιστεύω όμως ότι η πιο απλή θεωρία είναι και η πιο λογική. Στη συγκεκριμένη περίπτωση, η θεωρία της Δρ. Ολέντζκι στέκει, ενώ αυτή με τα φαντάσματα αφήνει κενά. Αν όμως ανακαλύψεις περισσότερα πράγματα… θα έχουμε πιο πολλά στοιχεία για να την ερευνήσουμε».

«Εμείς οι δύο;»

«Μα φυσικά. Δεν πρόκειται να σ' αφήσω μόνη σου, ό,τι κι αν γίνει. Το ξέρεις ότι ποτέ μου δεν θα σ' εγκαταλείψω».

Τα λόγια του ήταν τόσο γλυκά και ευγενικά. Αισθανόμουν την ανάγκη να του τα ανταποδώσω, αν και το πιο πιθανό θα ήταν να ακουστώ τελείως ηλίθια. «Ούτε κι εγώ θα σ' εγκαταλείψω ποτέ. Να το ξέρεις. Το εννοώ… Φυσικά εσένα ποτέ δεν σου συμβαίνουν τέτοια πράγματα, αλλά να ξέρεις πως αν ποτέ αρχίσεις να βλέπεις φαντάσματα και διάφορα τέτοια, θα σε βοηθήσω να το ξεπεράσεις».

Γέλασε απαλά. «Σ' ευχαριστώ».

Ενώσαμε τα χέρια. Τα δάχτυλά μας δέθηκαν σφιχτά.

Παραμείναμε σ' αυτή τη στάση σιωπηλοί σχεδόν για ένα ολόκληρο λεπτό. Το μόνο σημείο επαφής μας ήταν τα χέρια μας. Ο άνεμος ξανάρχισε να φυσάει και, παρόλο που η θερμοκρασία ήταν ακόμη πολύ χαμηλή, ένιωθα σαν να είχε έρθει η άνοιξη. Αισθανόμουν ότι τα λουλούδια γύρω μας θα άνθιζαν όπου να 'ναι. Αφήσαμε ταυτόχρονα τα χέρια μας, λες και ξαφνικά πέρασαν από το μυαλό μας οι ίδιες ακριβώς σκέψεις.

Λίγο αργότερα είχαμε φτάσει πλέον στον κοιτώνα μου και ο Ντιμίτρι με ρώτησε αν χρειαζόμουν να με συνοδεύσει μέχρι μέσα. Του είπα ότι δεν ήταν ανάγκη και ότι ήταν ελεύθερος να κάνει το πρόγραμμά του. Στο τέλος έφυγε. Καθώς ήμουν έτοιμη να περάσω το κατώφλι της εισόδου, θυμήθηκα ότι τα πράγματά μου ήταν ακόμη στο ιατρείο. Σιγομουρμούρισα δυο-τρεις λεξούλες που αν τις άκουγε κάποιος καθηγητής θα με απέβαλε και άρχισα να περπατάω βιαστικά προς το ιατρείο παίρνοντας τον ίδιο ακριβώς δρόμο.

Η υπάλληλος στη ρεσεψιόν μού έδειξε κατά τις αίθουσες εξέτασης των ασθενών, μόλις της είπα ότι ήμουν εκεί λίγο πρωτύτερα. Πήρα την τσάντα μου από το άδειο πια δωμάτιο και βγήκα στο διάδρομο για να φύγω. Ξαφνικά στο δωμάτιο απέναντι από το δικό μου είδα κάποιον ξαπλωμένο σε ένα κρεβάτι. Δεν υπήρχε ίχνος νοσοκόμων και γιατρών κι έτσι αποφάσισα να ικανοποιήσω την περιέργειά μου και να κοιτάξω μέσα.

Ήταν η Άμπι Μπαντίκα, μία τελειόφοιτη Μορόι. Συνήθως, όταν περιέγραφα την Άμπι έλεγα πως ήταν *γλυκιά* και *ζωηρή*, αλλά τη στιγμή εκείνη δεν ήταν ούτε το ένα ούτε το άλλο. Ήταν μελανιασμένη και γεμάτη γρατσουνιές κι όταν γύρισε το πρόσωπό της να με κοιτάξει παρατήρησα ότι είχε παντού σημάδια από χτυπήματα.

«Μη μου πεις… Έπεσες κι εσύ;»

«Τι;…»

«Λέω, έπεσες κι εσύ, έτσι δεν είναι; Απ' ό,τι ξέρω, όλοι, ο Μπράντον, ο Μπρετ, ο Ντέιν, την ίδια απάντηση δίνουν. Αλλά, ρε παιδιά, μια καλύτερη απάντηση δεν μπορούσατε να βρείτε; Νομίζω πως η γιατρός έχει αρχίσει να σας υποψιάζεται».

Τα μάτια της άνοιξαν διάπλατα. «Το ξέρεις κι εσύ;»

Και τότε ήταν που κατάλαβα το λάθος που είχα κάνει με τον Μπράντον. Τον είχα πιέσει να μου δώσει απαντήσεις κι έτσι εκείνος δίστασε να μου μιλήσει. Το ίδιο πρόβλημα είχαν αντιμετωπίσει όσοι είχαν ρωτήσει τον Μπρετ και τον Ντέιν. Κατάλαβα ότι με την Άμπι έπρεπε να κάνω λες και ήξερα ήδη τα πάντα και να μαζέψω με τον τρόπο αυτό πληροφορίες.

«Μα φυσικά και ξέρω».

«Τιι;» έσκουξε. «Είπαν ότι δεν θα το έλεγαν πουθενά. Το λένε και οι κανόνες».

Ποιοι κανόνες; Τι στην ευχή μου έλεγε; Δεν μπορούσα να φανταστώ τι κανόνες είχε αυτή η ομάδα βασιλικών γόνων που κοπανιόντουσαν μεταξύ τους. Κάτι περίεργο συνέβαινε εδώ πέρα.

«Δεν είχαν και άλλη επιλογή. Δεν ξέρω πώς τυχαίνει, αλλά πάντοτε βλέπω κάποιον από εσάς αφού έχει καταντήσει σ' αυτή την κατάσταση. Αναγκαστικά, βοήθησα τους άλλους να βρουν μια δικαιολογία, και σ' το λέω να το ξέρεις. Αυτό το πράγμα δεν μπορεί να τραβήξει άλλο. Σιγά σιγά όλοι θα αρχίσουν να κάνουν ερωτήσεις». Της μιλούσα λες και ήμουν με το μέρος τους, λες κι ήθελα να τη βοηθήσω αν περνούσε από το χέρι μου.

«Έπρεπε να φανώ πιο δυνατή. Προσπάθησα, αλλά προφανώς όχι όσο έπρεπε». Έμοιαζε εξαντλημένη από την κούραση και τον πόνο. «Απλά μην πεις τίποτε μέχρι να έρθει η ώρα. Σε παρακαλώ».

«Μην ανησυχείς» της είπα ενώ καιγόμουν να μάθω σε τι έπρεπε να φανεί πιο δυνατή. «Δεν πρόκειται να το μάθει κανείς άλλος» της είπα. «Καλά, εσύ πώς και κατέληξες εδώ; Υποτίθεται ότι δεν πρέπει να τραβάς την προσοχή». Ή τουλάχιστον έτσι νόμιζα. Όλα όσα της έλεγα τα σκαρφιζόμουν εκείνη τη στιγμή.

Έκανε μια γκριμάτσα. «Με είδε η υπεύθυνη του κοιτώνα και με ανάγκασε να έρθω εδώ πέρα. Αν οι υπόλοιποι *Mână* το μάθουν, θα μπλέξω άσχημα».

«Ας ελπίσουμε ότι η γιατρός θα σε αφήσει να φύγεις προτού το μάθουν οι άλλοι. Είναι πολύ απασχολημένη σήμερα. Στο κάτω κάτω έχεις ακριβώς τα ίδια σημάδια με τον Μπρετ και τον Μπράντον που δεν ήταν τόσο σοβαρά». Έτσι θεωρούσα τουλάχιστον. Τα σημάδια από το κάψιμο ήταν λίγο παρακινδυνευμένα, αλλά εκείνοι δεν αντιμετώπισαν κανένα πρόβλημα».

Το παρατράβηξα. Όχι απλά δεν είχα ιδέα για τα τραύματα του Μπρετ, δεν ήξερα καν αν τα τραύματά του όπως μου τα είχε περιγράψει η Τζιλ ήταν καψίματα. Αν δεν ήταν, μπορεί και να είχα καταστρέψει όλη μου την εικόνα ως γνώστρια της ιστορίας. Εκείνη όμως δεν με διόρθωσε. Μάλιστα άγγιξε αφηρημένη με τα χέρια της την πληγή.

«Ναι. Μου είπαν πως δεν θα μου μείνουν για πολύ καιρό τα σημάδια. Απλώς πρέπει να βρω μια δικαιολογία για να πω στη Δρ. Ολέντζκι». Στα μάτια της άστραψε μια μικρή σπίθα ελπίδας. «Μου είπαν ότι δεν θα γίνει, αλλά ποιος ξέρει; Ίσως και να μ' αφήσουν να ξαναπροσπαθήσω».

Εκείνη ακριβώς τη στιγμή μπήκε και η γιατρός. Φάνηκε να εκπλήσσεται που με είδε εκεί και μου είπε ότι έπρεπε να πάω στο δωμάτιό μου και να ξεκουραστώ. Τις χαιρέτησα και ξαναπήρα το δρόμο της επιστροφής μέσα στο κρύο. Επιτέλους! Επιτέλους, ήξερα κάτι παραπάνω για αυτόν το γρίφο. Το γρίφο των Mână.

19

Η ΛΙΖΑ ΗΤΑΝ Η ΚΑΛΥΤΕΡΗ ΜΟΥ ΦΙΛΗ από το Δημοτικό. Γι' αυτό και λυπόμουν πολύ που τελευταία ήμουν αναγκασμένη να της κρατάω όλα αυτά τα μυστικά. Εκείνη πάντοτε ήταν ανοιχτή μαζί μου και πάντοτε ήταν πρόθυμη να μοιραστεί όλα όσα είχε στο μυαλό της — φυσικά δεν είχε κι άλλη επιλογή. Κι εγώ όμως παλιότερα ήμουν εντελώς ειλικρινής μαζί της, απλώς από κάποιο σημείο και μετά άρχισα να της κρύβω τα μυστικά μου, μην μπορώντας να της μιλήσω για τον Ντιμίτρι ή για τον πραγματικό λόγο που δεν μπόρεσα να αντιμετωπίσω τον Σταν. Δεν μου άρεσε που είχα καταντήσει έτσι. Η κατάσταση αυτή με έτρωγε σιγά σιγά. Όταν ήμουν κοντά της αισθανόμουν τύψεις.

Εκείνη την ημέρα όμως *δεν* υπήρχε καμία δικαιολογία για τα όσα είχαν συμβεί στο αεροδρόμιο. Ακόμη και να σκαρφιζόμουν κάτι, το γεγονός ότι θα έκανα τη μισή μου μόνο πρακτική άσκηση με τον Κρίστιαν θα πρόδιδε ότι κάτι πάει στραβά. Όχι. Αυτή τη φορά δεν υπήρχε καμία δικαιολογία.

Έτσι, όσο και να με πλήγωνε, αναγκάστηκα να πω και σε εκείνη και στον Κρίστιαν —και φυσικά στον Έντι και τον Άντριαν— τη σύντομη εκδοχή του τι είχε συμβεί.

«Νομίζεις πως είδες φαντάσματα;» αναφώνησε ο Κρίστιαν. «Αλήθεια;» Από το ύφος του και μόνο καταλάβαινα ότι ετοιμαζόταν να μου πετάξει διάφορα προσβλητικά σχόλια.

«Ακούστε» απάντησα. «Σας είπα τι συνέβη, αλλά δεν θέλω να το αναλύσω. Θα βρεθεί λύση, οπότε ας το αφήσουμε».

«Ρόουζ…» άρχισε να λέει αμήχανα η Λίζα. Μέσω του δεσμού μας με πλημμύρισε μια θάλασσα συναισθημάτων. Φόβος. Ανησυχία. Δέος. Λύπηση… Αυτό ήταν που με έκανε να αισθανθώ πιο άσχημα.

Κούνησα το κεφάλι μου. «Άσ' το, Λίζα. Έχετε το δικαίωμα να σκέφτεστε ό,τι θέλετε για μένα και να βγάζετε τις δικές σας θεωρίες, αλλά δεν πρόκειται να το συζητήσουμε. Όχι τώρα. Σας παρακαλώ, να μη μου αναφέρετε το θέμα αυτό».

Περίμενα ότι η Λίζα θα με πίεζε, γιατί ήταν πολύ επίμονος άνθρωπος. Το ίδιο θα συνέβαινε και με τον Κρίστιαν και τον Άντριαν, γιατί ήταν και οι δύο πειραχτήρια. Παρότι δεν τους είχα μιλήσει άσχημα, τους είχα πει ό,τι είχα να πω άγρια και σκληρά. Το κατάλαβα επειδή η Λίζα αντέδρασε πολύ έντονα μέσα της ακούγοντάς με. Μετά έριξα μια ματιά στα βλέμματα των άλλων και κατάλαβα ότι θα πρέπει να είχα ακουστεί πολύ σκύλα.

«Συγνώμη» μουρμούρισα. «Καταλαβαίνω το ενδιαφέρον σας, αλλά δεν έχω καμία διάθεση αυτή τη στιγμή».

Η Λίζα με κοίταξε πλάγια. *Τα λέμε αργότερα* μου είπε μέσα από το δεσμό. Της έγνεψα μετά δυσκολίας και άρχισα να αναρωτιέμαι πώς θα κατάφερνα να αποφύγω τη συζήτηση.

Η Λίζα και ο Άντριαν είχαν συναντηθεί για να εξασκήσουν τα μαγικά τους. Μου άρεσε πολύ που μπορούσα να βρίσκομαι κοντά της, έστω κι αν ήταν εξαιτίας του Κρίστιαν. Για να είμαι ειλικρινής, βέβαια, ιδέα δεν είχα γιατί καθόταν κι αυτός μαζί τους. Προφανώς θα ζήλευε ακόμη παρά τα όσα είχαν συμβεί. Φυσικά, αν μάθαινε τα προξενιά που σχεδίαζε να κάνει η βασίλισσα, μπορεί και να είχε σοβαρό λόγο να μείνει. Καταλάβαινα όμως ότι είχε αρχίσει να βαριέται με αυτά τα μαθήματα μαγείας. Στο μάθημα της κυρίας Μέισνερ νωρίτερα είχε τραβήξει κοντά του ένα θρανίο και απλώθηκε πάνω του περνώντας το μπράτσο του πάνω από τα μάτια του.

«Ξύπνα με αν ακούσεις τίποτε το ενδιαφέρον» μου είπε.

Ο Έντι κι εγώ είχαμε πιάσει κεντρικές θέσεις ώστε να μπορούμε να βλέπουμε άνετα την πόρτα και τα παράθυρα αλλά παράλληλα να μπορούμε να βρισκόμαστε κοντά στα Μορόι μας.

«Στ' αλήθεια είδες τον Μέισον;» ψιθύρισε ο Έντι. Κι αμέσως μαζεύτηκε. «Συγνώμη... είπες ότι δεν θες να το συζητήσεις».

Έκανα να του πω ότι πράγματι δεν ήθελα να το συζητήσω, αλλά εκείνη τη στιγμή είδα το βλέμμα του. Δεν με ρωτούσε από ηλίθια περιέργεια. Με ρωτούσε γιατί ενδιαφερόταν για τον ίδιο τον Μέισον. Επειδή ήταν τόσο στενοί φίλοι. Επειδή όπως εγώ ούτε κι ο Έντι είχαμε μπορέσει να κάνουμε κάτι για το χαμό του φίλου μας. Είχα την εντύπωση ότι είχε παρηγορηθεί κάπως στην ιδέα ότι ο Μέισον μπορούσε να επικοινωνήσει από τον κόσμο των νεκρών. Δεν είχε δει εκείνος το φάντασμά του όμως!

«Νομίζω πως ήταν εκείνος» του μουρμούρισα. «Δεν ξέρω. Όλοι νομίζουν ότι απλά το φαντάστηκα».

«Πώς σου φάνηκε; Ήταν θυμωμένος;»

«Όχι. Ήταν πολύ, μα πάρα πολύ θλιμμένος».

«Δεν ξέρω καν αν όντως ήταν εκείνος φυσικά... Δεν ξέρω». Ο Έντι χαμήλωσε το βλέμμα ξεχνώντας προς στιγμήν τη φύλαξη του δωματίου. «Αναρωτιέμαι συνεχώς αν έχει θυμώσει που δεν τον σώσαμε».

«Τι παραπάνω θα μπορούσαμε να κάνουμε;» του είπα, επαναλαμβάνοντας τα λόγια που μου έλεγαν οι άλλοι μια ζωή. «Για να είμαι ειλικρινής, κι εγώ το έχω σκεφτεί αυτό. Ο πατήρ Άντριου μου ανέφερε ότι πολλά φαντάσματα επιστρέφουν για να πάρουν εκδίκηση. Ο Μέισον όμως δεν είχε τέτοιο βλέμμα. Φαινόταν σαν να ήθελε να μου πει κάτι».

Ο Έντι ξαφνικά σήκωσε το βλέμμα του λες και θυμήθηκε

ότι έπρεπε να λειτουργεί ως φύλακας. Δεν μίλησε ξανά, αλλά ήξερα πολύ καλά πού έτρεχε ο νους του.

Στο μεταξύ, ο Άντριαν και η Λίζα σημείωναν σημαντική πρόοδο. Μάλλον μόνο ο Άντριαν. Είχαν ξετρυπώσει από κάπου κάτι περίεργα φυτά που είχαν ξεραθεί ή είχαν πέσει σε χειμερία νάρκη και τα είχαν φυτέψει σε κάτι μικρές γλάστρες. Οι γλάστρες ήταν πια αραδιασμένες στη σειρά πάνω σ' ένα τραπέζι. Η Λίζα άγγιξε ένα κι εγώ αισθάνθηκα να με κατακλύζει η ευφορία των μαγικών δυνάμεων που έκαιγαν μέσα της. Λίγο αργότερα, το ξερό φυτό είχε γίνει πράσινο και είχε πετάξει φυλλαράκια.

Ο Άντριαν είχε απομείνει να το κοιτά λες και μέσα του ήταν κλεισμένα όλα τα μυστικά του κόσμου. Ύστερα πήρε χαρούμενα μια βαθιά ανάσα. «Άντε να δούμε τι θα δούμε».

Ακούμπησε απαλά τα δάχτυλά του σε ένα άλλο φυτό. *Δεν έγινε τίποτα!* Αμέσως μετά όμως το φυτό ταράχτηκε ελαφρά. Μια στάλα πράσινο είχε αρχίσει να φαίνεται μέσα του αλλά αμέσως σταμάτησε.

«Τα κατάφερες» είπε η Λίζα εντυπωσιασμένη. Ένιωσα σαν να ζήλεψε λιγάκι. Ο Άντριαν είχε καταφέρει να μάθει ένα από τα δικά της κόλπα, εκείνη όμως δεν είχε μάθει κανένα δικό του.

«Με το ζόρι» είπε μην μπορώντας να πάρει τα μάτια του από το φυτό. Ήταν τελείως ξεμέθυστος και κανένα από τα πάθη του δεν μπορούσε να τον ηρεμήσει εκείνη τη στιγμή. Το πνεύμα κάθε άλλο παρά καταπραϋντικό ήταν. Η διάθεσή μας ήταν παρόμοια εκείνη τη στιγμή. «Να πάρει!»

«Καλά, σοβαρολογείς;» τον ρώτησε η Λίζα. «Τα πήγες μια χαρά. Έκανες το λουλούδι να ανθίσει αποκλειστικά *με τη δύναμη του μυαλού σου*. Συγχαρητήρια!»

«Ναι, αλλά όχι τόσο καλά όσο εσύ» είπε. Έκανε λες και ήταν δέκα χρονών.

Δεν κρατήθηκα και πετάχτηκα. «Τότε, σταμάτα τις γκρίνιες και ξαναπροσπάθησε».

Κοίταξε κατά τη μεριά μου κι ένα χαμόγελο σχηματίστηκε στα χείλη του. «Άσε τις συμβουλές, κορίτσι-φάντασμα. Οι φύλακες πρέπει να είναι αόρατοι και αθόρυβοι». Του έκανα μια «ευγενική» χειρονομία, αλλά δεν με πρόσεξε γιατί η Λίζα άρχισε πάλι να του μιλάει.

«Δίκιο έχει. Προσπάθησε ξανά».

«Δείξε μου άλλη μία φορά» την παρακάλεσε. «Θέλω να σε παρατηρήσω... Αισθάνομαι περίπου αυτό που προκαλείς στο φυτό».

Έκανε τα μάγια της στο άλλο φυτό. Ένιωσα και πάλι τα μαγικά της να ξεχύνονται μέσα της και μαζί τους και τη χαρά που σκόρπιζαν. Μετά όμως κόμπιασε. Ο φόβος και η αστάθεια επηρέασαν τις μαγικές της δυνάμεις θυμίζοντάς μου καιρούς που η ψυχική της κατάσταση ήταν τρομακτική. *Οχ, όχι!* Παρακάλεσα μέσα μου. *Αυτό είναι. Το ήξερα ότι θα είχαμε πάλι τα ίδια αν συνέχιζε να χρησιμοποιεί τα μαγικά. Αχ! Μακάρι να μη συμβεί.*

Ξαφνικά η μαύρη κηλίδα που στοίχειωνε τα μαγικά της είχε εξαφανιστεί. Όλες οι σκέψεις και τα αισθήματά της είχαν γίνει και πάλι φυσιολογικά. Παρατήρησα ότι το φυτό είχε μεγαλώσει. Και ο Άντριαν είχε χάσει τα μαγικά γιατί τα μάτια του ήταν καρφωμένα επάνω μου. Είχε ένα μπερδεμένο και πολύ, πολύ ανήσυχο βλέμμα.

«Ωραία» είπε η Λίζα. Δεν είχε καταλάβει ότι δεν την πρόσεχε. «Για ξαναπροσπάθησε τώρα».

Ο Άντριαν συγκεντρώθηκε ξανά στη δουλειά τους. Αναστέναξε και πήγε στο διπλανό φυτό, αλλά εκείνη τον σταμάτησε λέγοντάς του: «Όχι. Ξαναπροσπάθησε με αυτό που ξεκίνησες γιατί ίσως να μπορείς να το κάνεις λίγο λίγο».

Έγνεψε και έστρεψε την προσοχή του στο πρώτο φυτό. Για λίγα λεπτά απέμεινε να το κοιτά. Στο δωμάτιο απλώθηκε σιωπή.

Ποτέ μου δεν τον είχα δει να συγκεντρώνεται έτσι σε κάτι. Ήταν τόσο δοσμένος στα μάγια που σιγά σιγά το μέτωπό του άρχισε να ιδρώνει. Στο τέλος το φυτό τινάχτηκε και πάλι. Γινόταν όλο και πιο πράσινο, και μικρά μπουμπούκια άρχισαν να ξεπροβάλλουν πάνω του. Σήκωσα το βλέμμα κατά τη μεριά του και τον είδα να σφίγγει τα μάτια και τα δόντια του. Το δίχως άλλο συγκεντρωνόταν. Τα μπουμπούκια άνοιξαν. Το φυτό ξαφνικά γέμισε με φύλλα και άσπρα ανθάκια.

Η Λίζα αναφώνησε όλο χαρά. «Τα κατάφερες» είπε και τον αγκάλιασε, ενώ σ' εμένα μετέδωσε συναισθήματα αμέριστης ευτυχίας. Ήταν πραγματικά χαρούμενη που είχε καταφέρει να το κάνει και παρότι είχε απογοητευτεί που εκείνη είχε μείνει στάσιμη, ένιωσε να αναπτερώνεται το ηθικό της που ο Άντριαν είχε καταφέρει να αναπαράγει τις δυνατότητές της. Είχαν πολλά να μάθουν ο ένας από τον άλλο.

«Ανυπομονώ! Θέλω κι εγώ να μπορέσω να κάνω κάτι καινούργιο» είπε λίγο ζηλιάρικα.

Ο Άντριαν τοποθέτησε το χέρι του πάνω σ' ένα σημειωματάριο λέγοντας: «Ο κόσμος του πνεύματος έχει πολλά κόλπα. Θα μπορέσεις να μάθεις τουλάχιστον ένα από αυτά».

«Τι είναι αυτό;» ρώτησα.

«Θυμάσαι την έρευνα που είχα κάνει για όσους είχαν παράξενη συμπεριφορά;» με ρώτησε. «Κάναμε μια λίστα από όλα τα περίεργα στοιχεία που παρουσιάστηκαν». Πράγματι θυμήθηκα. Στην προσπάθειά της να βρει άλλους χρήστες του πνεύματος, είχε ανακαλύψει διάφορες μαρτυρίες για Μορόι με ασυνήθιστες ικανότητες. Λίγοι πίστευαν ότι οι μαρτυρίες αυτές έλεγαν την αλήθεια, αλλά η Λίζα ήταν πεπεισμένη ότι επρόκειτο για χρήστες του πνεύματος.

«Εκτός από τη θεραπεία, τις αύρες και την εμφάνιση στα όνειρα, οι δυνατότητές μας στην υποβολή είναι απίστευτες».

«Μα αυτό το ήξερες ήδη» της είπα.

«Αυτό που ανακάλυψα είναι πολύ πιο ισχυρό. Δεν περιορίζεται μόνο στο να βάζεις τους άλλους να κάνουν διάφορα. Μπορείς μέχρι και να τους κάνεις να βλέπουν και να αισθάνονται πράγματα που δεν υπάρχουν».

«Τι δηλαδή; Τους δημιουργείς οπτασίες;» ρώτησα.

«Κάπως έτσι» είπε ο Άντριαν. «Λέγεται ότι η υποβολή χρησιμοποιείται ακόμη και για να ξαναζήσουν τα θύματά της τους χειρότερούς τους εφιάλτες. Μπορεί οι υποβαλλόμενοι να νομίζουν ακόμη και ότι δέχονται επιθέσεις».

Ανατρίχιασα. «Πράγματι, αυτό είναι λίγο τρομακτικό.

«Είναι όμως και απίστευτο!» είπε ο Άντριαν.

Η Λίζα συμφώνησε μαζί μου. «Δεν ξέρω. Άλλο η κανονική υποβολή και άλλο αυτό. Αυτό μου φαίνεται λάθος».

Ο Κρίστιαν χασμουρήθηκε. «Τώρα που πετύχαμε τη μεγάλη νίκη, τι θα λέγατε να το διαλύσουμε το άντρο της μαγείας για σήμερα;»

Κοίταξα πίσω μου και είδα τον Κρίστιαν να στέκεται πανέτοιμος. Τα μάτια του ήταν καρφωμένα στη Λίζα και τον Άντριαν. Φαινόταν πολύ δυσαρεστημένος από τα επινίκια αγκαλιάσματά τους. Η Λίζα κι ο Άντριαν είχαν ξεμακρύνει χωρίς να έχουν αντιληφθεί την αντίδρασή του. Ήταν κι οι δύο πολύ αφοσιωμένοι για να προσέξουν το βλέμμα του.

«Μπορείς να το ξανακάνεις;» ρώτησε η Λίζα όλο ανυπομονησία. «Μπορείς να το κάνεις να μεγαλώσει;»

Ο Άντριαν έγραψε όχι. «Όχι τώρα. Νιώθω αρκετά εξαντλημένος. Θέλω να καπνίσω ένα τσιγάρο» έκανε νόημα κατά τη μεριά του Κρίστιαν. «Άντε να κάνεις κάτι με τον καλό σου. Περιμένει υπομονετικά τόση ώρα!»

Η Λίζα περπάτησε προς τον Κρίστιαν με πρόσωπο όλο χαρά. Ήταν πανέμορφη και λαμπερή και κατάλαβα πως του

Κρίστιαν του ήταν δύσκολο να της κρατήσει κακία. Η σκληρή έκφραση στο πρόσωπό του μαλάκωσε και τη θέση της πήρε μια άλλη γλυκιά έκφραση που μόνο εκείνη μπορούσε να του δημιουργήσει. «Πάμε πίσω στον κοιτώνα;» του είπε πιάνοντάς τον από το χέρι.

Ξεκινήσαμε. Ο Έντι περπατούσε κοντά στη Λίζα και τον Κρίστιαν, ενώ εγώ έκανα τη φύλαξη από μακριά. Κοντά μου ήταν και ο Άντριαν, που είχε επίτηδες μείνει πίσω για να μου μιλήσει. Κάπνιζε κι έτσι με περιτύλιξε ένας καπνός τοξικών αερίων που παρήγαγε το τσιγάρο του. Δεν καταλάβαινα γιατί κανένας υπεύθυνος δεν τον είχε επιπλήξει γι' αυτό. Σούφρωσα ελαφρά τη μύτη μου μόλις μύρισα τον καπνό.

«Αν θες, μπορείς να γίνεις ο ακόμη μακρινότερος φύλακάς μας και να μείνεις ακόμη πιο πίσω με το τσιγαράκι σου» του είπα.

«Αρκετά κάπνισα» είπε και πέταξε το τσιγάρο κάτω πατώντας το για να σβήσει. Το άφησε πίσω του. Αυτό το σιχαινόμουν ίσως ακόμη περισσότερο και από το ίδιο το κάπνισμα.

«Τι λες, μικρό μου νταμπίρ;» ρώτησε. «Καλός δεν ήμουν με το φυτό; Φυσικά θα ήταν ακόμη πιο ωραίο αν είχα, για παράδειγμα, βοηθήσει έναν ακρωτηριασμένο να ξαναβρεί το πόδι του ή αν είχα διαχωρίσει τίποτα σιαμαία δίδυμα. Αλλά σιγά σιγά, όλα θα γίνουν».

«Αν θέλεις τη συμβουλή μου —που ξέρω σίγουρα ότι θα τη θες—, θα πρέπει να χαλαρώσετε λίγο με τα μαγικά. Ο Κρίστιαν θεωρεί ακόμη πως την πέφτεις στη Λίζα».

«Τι;» ρώτησε κάνοντας τον έκπληκτο. «Μα καλά, δεν ξέρει ότι η καρδιά μου είναι δοσμένη σ' εσένα;»

«Καταρχάς δεν είναι και κατά δεύτερον ανησυχεί ακόμη για αυτό παρά τα όσα του έχω πει».

«Τότε, θα πρέπει να αρχίσουμε να φιλιόμαστε εδώ και τώρα, έτσι θα νιώσει κι αυτός καλύτερα».

«Αν με αγγίξεις» είπα με τόνο χαρούμενο «θα σου δώσω την ευκαιρία να δεις αν μπορείς να θεραπεύσεις τον ίδιο σου τον εαυτό. Κι έτσι θα δεις πραγματικά πόσο καλός είσαι στο σπορ».

«Μπα, θα βάλω τη Λίζα να με θεραπεύσει» είπε ειρωνικά. «Θα της είναι πολύ εύκολο. Παρόλο που...» το σαρδόνιο χαμόγελό του εξαφανίστηκε «κάτι περίεργο συνέβη σήμερα καθώς έκανε τα μαγικά της».

«Ναι» του είπα «το είδα. Ώστε το κατάλαβες κι εσύ;»

«Το *είδα*» είπε συνοφρυωμένος. «Ρόουζ, θυμάσαι τότε που με ρώτησες αν είσαι τρελή και σου είπα ότι δεν είσαι;»

«Ναι...»

«Μπορεί και να έκανα λάθος. Ίσως και να 'σαι τρελή».

Σταμάτησα σχεδόν να περπατάω. «Τι θες να πεις;»

«Άκου... όταν η Λίζα έκανε τα μαγικά στο δεύτερο φυτό, η αύρα της έγινε λίγο πιο θολή».

«Αυτό κολλάει απόλυτα με τα όσα ένιωσα εγώ» είπα. «Ήταν λες και... δεν ξέρω, λες και η ψυχική της κατάσταση έγινε ξαφνικά πολύ εύθραυστη για λίγο. Όπως παλιά. Μετά όμως επανήλθε».

Έκανε νόημα. «Ακριβώς... η σκοτεινότητα της αύρας της έφυγε και πέρασε σ' εσένα. Έχω παρατηρήσει κι άλλες φορές πως οι αύρες σας διαφέρουν πολύ. Αυτή τη φορά, όμως, το είδα να συμβαίνει μπροστά στα μάτια μου. Ήταν λες κι ένα κομμάτι μαυρίλας μεταφέρθηκε από εκείνη σ' εσένα».

Κάτι στα λόγια του μ' έκανε να ανατριχιάσω. «Και τι σημαίνει αυτό;»

«Νομίζω ότι αρχίζεις να τρελαίνεσαι. Η μαγεία δεν φαίνεται να έχει επιδράσεις στη Λίζα, έτσι δεν είναι; Ενώ εσύ, από την άλλη, τελευταία θυμώνεις εύκολα και, πώς να το πω, βλέπεις φαντάσματα». Το είπε λες και ήταν το πιο συνηθισμένο πράγμα στον κόσμο. Λες και το να βλέπεις φαντάσματα συνέβαινε πού και πού. «Νομίζω πως τα βλαβερά χαρακτηριστικά του πνεύματος που επηρεάζουν το μυαλό της περνούν πια από εκείνη σ' εσένα. Έτσι εκείνη παραμένει ισορροπημένη ενώ εσύ... άρχισες να βλέπεις φαντάσματα».

Ήταν λες και με χτύπησε κάποιος στο πρόσωπο. Να και μια νέα θεωρία. Ούτε τραύματα ούτε φαντάσματα. Είχα κολλήσει την τρέλα της Λίζα. Ο νους μου πήγε στην περίοδο που ήταν στα χειρότερά της, καταθλιπτική, αυτοκαταστροφική... Θυμήθηκα και την παλιά μας δασκάλα, την κα Καρπ, η οποία επίσης είχε τις δυνάμεις του πνεύματος και είχε τόσο χάσει τα μυαλά της μάλιστα, που έγινε Στριγκόι.

«Όχι» είπα με φωνή στριγκή. «Δεν είναι δυνατόν να μου συμβαίνει αυτό το πράγμα».

«Κι ο δεσμός σας; Είστε τόσο δεμένες που οι σκέψεις και τα συναισθήματά της κυλούν μέσα σου. Γιατί λοιπόν να μη συμβαίνει το ίδιο και με τη μαγεία;» Μου μιλούσε πάντοτε το ίδιο χαλαρά αλλά και με μεγάλη περιέργεια. Δεν καταλάβαινε πόσο με τρόμαζε αυτή η ιδέα.

«Γιατί αλλιώς δεν βγαίνει νόημα...»

Εκείνη τη στιγμή τα κατάλαβα όλα. Η απάντηση που έψαχνα όλο αυτόν τον καιρό βρισκόταν τώρα μπροστά στα μάτια μου.

Ο Άγιος Βλαντιμίρ πέρασε όλη του τη ζωή να παλεύει με τις παρενέργειες του πνεύματος. Έβλεπε διαρκώς όνειρα και παραισθήσεις, αλλά τα απέδιδε όλα σε «δαιμόνια». Δεν είχε όμως αποτρελαθεί, ούτε είχε προσπαθήσει να αυτοκτονήσει. Η Λίζα κι εγώ ήμασταν σίγουρες ότι αυτό είχε συμβεί χάρη στη νυχτοφιλημένη Άνα κι ότι ο δεσμός του μ' εκείνη ήταν που τον βοηθούσε. Υποθέταμε ότι ήταν απλώς το γεγονός ότι είχε μια τόσο στενή φίλη δίπλα του, έναν άνθρωπο που τον υποστήριζε και του συμπαραστεκόταν στις δύσκολες στιγμές, εφόσον τότε δεν υπήρχαν αντικαταθλιπτικά ή αγχολυτικά χάπια.

Αν όμως… κι αν…

Δεν μπορούσα να αναπνεύσω. Έπρεπε αμέσως να μάθω την απάντηση. Τι ώρα να ήταν άραγε; Πρέπει να είχαμε άλλη μία ώρα πριν από το σιωπητήριο. Έπρεπε να μάθω. Σταμάτησα απότομα γλιστρώντας σχεδόν στον υγρό δρόμο.

«Κρίστιαν!»

Η παρέα μπροστά μας σταμάτησε και γύρισε πίσω να κοιτάξει εμένα και τον Άντριαν. «Ναι;» απάντησε ο Κρίστιαν.

«Πρέπει επειγόντως να κάνω μια παράκαμψη. Δηλαδή πρέπει να *κάνουμε* μια παράκαμψη, εφόσον εμείς οι δυο είμαστε αχώριστοι. Πρέπει να πάμε στην εκκλησία».

Ανασήκωσε έκπληκτος τα φρύδια του. «Τι σ' έπιασε και θες να εξομολογηθείς;»

«Σε παρακαλώ, άσε τις ερωτήσεις. Δεν θα μας πάρει πολλή ώρα».

Ανησυχία διαγράφηκε στο πρόσωπο της Λίζα. «Ας πάμε όλοι μας τότε…»

«Όχι. Δεν θα αργήσουμε». Δεν ήθελα να έρθει κι εκείνη. Δεν ήθελα να ακούσει τις απαντήσεις που ήμουν σίγουρη ότι θα έπαιρνα. «Πήγαινε στον κοιτώνα. Θα έρθουμε σε λίγο. Κρίστιαν, σε παρακαλώ…»

Με περιεργάστηκε κι η έκφρασή του ταλαντευόταν. Από τη μία ήθελε να με δουλέψει κι από την άλλη ήθελε να με βοηθήσει. Δεν ήταν και τόσο απαίσιος όμως. Τελικά νίκησε το τελευταίο συναίσθημα. «Εντάξει. Μόνο μη με βάλεις να προσευχηθώ μαζί σου».

Τους αφήσαμε και κατευθυνθήκαμε προς το παρεκκλήσι. Περπατούσα τόσο γρήγορα που έπρεπε να τρέξει για να με προφτάσει.

«Θα είχες την ευγενή καλοσύνη να μου πεις τι τρέχει;» με ρώτησε.

«Όχι. Αλλά σ' ευχαριστώ που δέχτηκες να με βοηθήσεις».

«Ευχαρίστησή μου» είπε. Ήμουν σίγουρη ότι είχε πάρει βλέμμα απελπισμένο, αλλά εγώ ήμουν προσκολλημένη στη διαδρομή.

Φτάσαμε στο παρεκκλήσι. Η πόρτα ήταν κλειδωμένη... Διόλου παράξενο. Χτύπησα και κοίταξα ανήσυχα τριγύρω να δω αν υπήρχε φως στα παράθυρα. Σκοτάδι.

«Να σου πω κάτι; Ξέρω πώς να μπούμε. Το 'χω ξανακάνει» μου είπε ο Κρίστιαν. «Αν θες...»

«Όχι. Πρέπει οπωσδήποτε να μιλήσω με τον ιερέα. Γαμώτο! Δεν είναι εδώ».

«Θα κοιμάται».

«Γαμώτο!» απάντησα και αμέσως μαζεύτηκα λιγάκι που έβριζα στο κατώφλι της εκκλησίας. Αν ο ιερέας όντως κοιμόταν, θα βρισκόταν στο κτίριο προσωπικού των Μορόι κι αυτό ήταν απροσπέλαστο. «Πρέπει...»

Η πόρτα άνοιξε και ο πατήρ Άντριου μας αντίκρισε κατάπληκτος, αλλά όχι θορυβημένος. «Ρόουζ, Κρίστιαν, τι συμβαίνει;»

«Πρέπει να σας ρωτήσω κάτι» του είπα. «Δεν θα μας πάρει πολλή ώρα».

Η έκπληξή του γινόταν όλο και πιο έντονη. Έκανε στο πλάι για να περάσουμε. Σταματήσαμε όλοι μπροστά στο ιερό.

«Και ότι ετοιμαζόμουν να γυρίσω στο δωμάτιό μου» είπε ο πατήρ Άντριου. «Έκλεινα τα πάντα».

«Μου είπατε ότι ο Άγιος Βλαντιμίρ έζησε πολλά χρόνια και πέθανε από γηρατειά. Ισχύει αυτό;»

«Ναι» είπε αργά. «Έτσι ξέρω από τα βιβλία που έχω διαβάσει. Ακόμη και από τα τελευταία που έπεσαν στα χέρια μου».

«Κι η Άνα;» ρώτησα επιτακτικά. Ακουγόμουν λες και ήμουν έτοιμη να πάθω υστερία. Και πράγματι, έτσι ένιωθα.

«Τι εννοείς;»

«Τι συνέβη με εκείνη; Πώς πέθανε;»

Όλο αυτόν τον καιρό η Λίζα και εγώ αναρωτιόμασταν για

όσα συνέβησαν στον Άγιο Βλαντιμίρ. Ποτέ μας δεν είχαμε αναλογιστεί την Άνα.

«Α, πολύ φοβάμαι» είπε ο πατήρ Άντριου αναστενάζοντας «ότι το δικό της τέλος δεν ήταν και τόσο καλό. Πέρασε όλη της τη ζωή προστατεύοντάς τον, αλλά τα συγγράμματα υπονοούν ότι προς το τέλος της ζωής της είχε αρχίσει κι εκείνη να γίνεται λίγο ανισόρροπη. Κι έπειτα…»

«Κι έπειτα τι;» ρώτησα. Ο Κρίστιαν κοιτούσε μια τον ιερέα και μια εμένα. Τα είχε τελείως χαμένα.

«Και λίγους μήνες μετά το θάνατο του Αγίου Βλαντιμίρ αυτοκτόνησε».

Έκλεισα σφιχτά τα μάτια μου για λίγο και μετά τα άνοιξα και πάλι. Αυτό ήταν που φοβόμουν.

«Λυπάμαι» είπε ο πατήρ Άντριου. «Ξέρω πόσο ενδιαφέρεσαι για την ιστορία τους. Ούτε κι εγώ το ήξερα μέχρι που το διάβασα πρόσφατα. Φυσικά η αυτοκτονία είναι αμαρτία, αλλά αν κανείς σκεφτεί τη σχέση τους, δεν είναι δύσκολο να φανταστεί πόσο πολύ θα της στοίχισε ο χαμός του».

«Και λέτε ότι είχε αρχίσει να τρελαίνεται κιόλας, έτσι δεν είναι;»

Έγνεψε ναι απλώνοντας τα χέρια του. «Ποιος ξέρει τι σκεφτόταν αυτή η δυστυχισμένη ύπαρξη. Προφανώς είχε να κάνει και με πολλούς άλλους παράγοντες. Γιατί όμως θες να τα μάθεις όλα εδώ και τώρα;»

Κούνησα το κεφάλι μου. «Είναι μεγάλη ιστορία. Σας ευχαριστώ για τη βοήθεια».

Ο Κρίστιαν κι εγώ είχαμε ήδη διανύσει τη μισή απόσταση προς τον κοιτώνα τους, όταν τελικά αποφάσισε να με ρωτήσει. «Τι σημαίνουν όλα αυτά; Θυμάμαι που εσύ κι η Λίζα ερευνούσατε αυτή την ιστορία. Ο Βλαντιμίρ και η Άνα ήταν όπως εσύ με τη Λίζα, έτσι δεν είναι;»

«Ναι» του είπα κακόθυμα. «Άκου, Κρίστιαν, δεν θέλω να μπαίνω ανάμεσά σας, αλλά, *σε παρακαλώ*, μην το πεις στη Λίζα. Τουλάχιστον μέχρι να μάθω λίγες περισσότερες πληροφορίες. Πες της απλώς... δεν ξέρω. Πες της ότι πανικοβλήθηκα γιατί νόμιζα ότι είχα κι άλλη κοινοτική εργασία και ότι το είχα ξεχάσει».

«Δηλαδή να της πούμε και οι δύο ψέματα;»

«Πίστεψέ με, δεν το θέλω καθόλου, αλλά είναι για το καλό της. Τουλάχιστον προς το παρόν».

Γιατί αν η Λίζα καταλάβαινε ότι υπήρχε πιθανότητα να με τρελάνει, θα το έπαιρνε σοβαρά. Θα ήθελε να σταματήσει τα μαγικά της. Από την άλλη, εγώ μια ζωή αυτό ήθελα... Κι όμως... έβλεπα τη χαρά που έπαιρνε όταν τα χρησιμοποιούσε. Πώς θα μπορούσα να της τη στερήσω; Θα άντεχα όμως να θυσιάσω και τον εαυτό μου για αυτήν;

Καμία λύση δεν ήταν εύκολη και φυσικά δεν μπορούσα να αρχίσω να βγάζω συμπεράσματα προτού συλλέξω περισσότερες πληροφορίες. Ο Κρίστιαν δέχτηκε να το κρατήσει μυστικό, και μέχρι να βρούμε τους άλλους είχε σχεδόν φτάσει η ώρα του σιωπητηρίου. Είχαμε κάνα μισάωρο μπροστά μας μέχρι να χωρίσουμε και να πάμε στα κρεβάτια μας. Κι εγώ το ίδιο θα έκανα, καθώς η συμφωνία για τη συμμετοχή μου στη μισή πρακτική άσκηση όριζε ότι θα απείχα από τη νυχτερινή βάρδια. Ο κίνδυνος της επίθεσης Στριγκόι τη νύχτα δεν ήταν άλλωστε και τόσο μεγάλος και οι εκπαιδευτές μου προτιμούσαν να κοιμηθώ καλά το βράδυ.

Όταν έφτασε η ώρα του σιωπητηρίου, περπάτησα μόνη μου έως τον κοιτώνα μου και ξαφνικά, όταν είχα σχεδόν φτάσει, εμφανίστηκε και πάλι μπροστά μου.

Ο Μέισον.

Σταμάτησα απότομα και κοίταξα τριγύρω μου. Προσευχόμουν να βρίσκεται και κάποιος άλλος εκεί πέρα για να δει και εκείνος τι συνέβαινε και επιτέλους να καταλήξω αν ήμουν τρελή ή όχι. Η αραχνοΰφαντη μορφή του στεκόταν με τα χέρια στις τσέπες του παλτού του σχεδόν άνετα, πράγμα που έκανε το όλο σκηνικό πιο παράξενο.

«Λοιπόν» είπα ήρεμα παρά τη θλίψη που με έζωνε κάθε φορά που έβλεπα τη μορφή του. «Χαίρομαι που σε ξαναβλέπω μόνο σου. Δεν μου άρεσε η παρέα σου στο αεροπλάνο».

Με κοίταξε ανέκφραστα, με μάτια θλιμμένα. Ένιωσα χειρότερα. Η ενοχή απλωνόταν μέσα μου σαν θάλασσα.

«Τι είσαι τέλος πάντων;» του φώναξα. «Είσαι αληθινός; Τρελαίνομαι;»

Προς μεγάλη μου έκπληξη, μου έγνεψε ναι.

«Τι είναι; Ποιο από τα δύο;» ξαναφώναξα. «Είσαι αληθινός;»

Έγνεψε ναι.

«Ή μήπως τρελαίνομαι;»

Όχι, μου έγνεψε.

«Ωραία» είπα προσπαθώντας να πω ένα αστείο μέσα σ' αυτή την πλημμύρα συναισθημάτων που με κυρίευαν. «Πολύ ευχάριστο αυτό, αλλά από την άλλη τι άλλο θα 'λεγες αν ήσουν απλά και μόνο μια παραίσθηση;»

Ο Μέισον απλώς με κοίταζε. Κοίταξα κι εγώ τριγύρω και ευχήθηκα να περάσει κάποιος.

«Γιατί βρίσκεσαι εδώ; Έχεις μήπως θυμώσει μαζί μας και θες να μας εκδικηθείς;»

Μου έγνεψε όχι και αισθάνθηκα τρομερή ανακούφιση. Μέχρι εκείνη τη στιγμή δεν είχα καταλάβει πόσο ανησυχούσα μήπως εμφανιζόταν μπροστά μου για αυτόν το λόγο. Η ενοχή κι ο πόνος είχαν συσσωρευτεί μέσα μου. Μου φαινόταν λογικό να με κατηγορεί κι εκείνος όπως ο Ράιαν.

«Δυσκολεύεσαι να ησυχάσεις;»

Ο Μέισον έγνεψε καταφατικά και φάνηκε να βουλιάζει όλο και περισσότερο στη θλίψη του. Σκέφτηκα και πάλι τις τελευταίες του στιγμές και έπνιξα τα δάκρυά μου. Ούτε κι εγώ θα μπορούσα να γαληνεύσω αν κάποιος μου στερούσε τη ζωή προτού καν αρχίσει.

«Είναι και κάτι άλλο όμως, έτσι; Εμφανίζεσαι συνεχώς μπροστά μου και για κάποιον άλλο λόγο».

Έγνεψε ναι.

«Τι συμβαίνει;» τον ρώτησα. Όλο ερωτήματα είχα τελευταία και χρειαζόμουν απαραιτήτως απαντήσεις. «Τι; Τι θες να κάνω;»

Προφανώς όμως μπορούσε να μου απαντήσει μόνο με ένα ναι ή με ένα όχι. Άνοιξε το στόμα του λες κι ήταν έτοιμος να μου πει κάτι. Έμοιαζε να προσπαθεί πολύ, όπως ακριβώς και ο Άντριαν όταν έκανε τα μαγικά του στο φυτό. Όμως δεν έβγαζε κανέναν ήχο.

«Λυπάμαι» ψιθύρισα. «Δεν καταλαβαίνω… και... λυπάμαι και για όλα τα άλλα».

Ο Μέισον μου έριξε μια τελευταία ματιά όλο καημό και εξαφανίστηκε.

20

«Ας ΜΙΛΗΣΟΥΜΕ ΛΙΓΟ ΓΙΑ ΤΗ ΜΗΤΕΡΑ ΣΟΥ».

««Και σαν τι να πούμε για εκείνη;»

Ήταν η πρώτη συνάντηση που είχα με τη σύμβουλό μου και μέχρι στιγμής δεν είχα εντυπωσιαστεί καθόλου. Ίσως να έπρεπε να έχω αναφερθεί αμέσως στην εμφάνιση του Μέισον το προηγούμενο βράδυ, αλλά δεν ήθελα να δώσω στους υπεύθυνους του σχολείου κι άλλες αποδείξεις για να ισχυριστούν ότι είμαι τρελή, ακόμη κι αν όντως έτσι είχαν τα πράγματα.

Για να είμαι ειλικρινής, είχα ακόμη κι εγώ αρχίσει να ανησυχώ. Η ανάλυση του Άντριαν για την αύρα μου και η ιστορία με την Άνα είχαν αρχίσει να με πείθουν ότι σιγά σιγά μου λάσκαρε κι εμένα η βίδα. Κι όμως, δεν αισθανόμουν τρελή. Αλλά από την άλλη, ποιος τρελός αισθάνεται τρελός; Ο Άντριαν έλεγε ότι κανένας τρελός δεν το παραδέχεται. Ακόμα και η ίδια η λέξη *τρελός* είναι πολύ περίεργη. Και βασικές γνώσεις Ψυχολογίας να έχει κανείς, καταλαβαίνει ότι αυτός ο χαρακτηρισμός δεν είναι παρά μια γενίκευση. Οι περισσότερες μορφές ψυχικών νοσημάτων όμως είναι πολύ συγκεκριμένες και έχουν ιδιαίτερα χαρακτηριστικά: άγχος, κατάθλιψη, μεταπτώσεις στη διάθεση κ.λπ. Δεν ήξερα τι ακριβώς ήμουν με βάση όλα αυτά ή αν όντως είχα κάποιο πρόβλημα.

«Πώς νιώθεις για τη μητέρα σου;» συνέχισε η σύμβουλος.

«Νιώθω πως είναι τέλεια ως φύλακας κι έτσι και έτσι ως μαμά».

Η σύμβουλός μου λεγόταν Ντέιρντρι και σημείωνε συνεχώς στο σημειωματάριό της. Ήταν ξανθιά και λεπτή, όπως είναι συνήθως τα Μορόι. Φορούσε ένα κασμιρένιο φόρεμα σε έντονο χρώμα. Δεν φαινόταν πολύ μεγαλύτερή μου, αλλά τα κορνιζαρισμένα της διπλώματα διατυμπάνιζαν τα πτυχία της στην ψυχοθεραπεία. Το γραφείο της ήταν στο κτίριο της διοίκησης, εκεί δηλαδή όπου βρισκόταν και το γραφείο της διευθύντριας, στο χώρο όπου διεξάγονταν όλες οι σχετικές με την Ακαδημία εργασίες. Περίμενα να ξαπλώσω τουλάχιστον σε έναν καναπέ, όπως συμβαίνει στην τηλεόραση, αλλά αντί γι' αυτό με περίμενε μια καρέκλα. Τουλάχιστον ήταν βολική. Τους τοίχους στόλιζαν φωτογραφίες με θέμα τη φύση: πεταλούδες και ασφόδελοι. Προφανώς θεωρούσαν ότι είχαν καταπραϋντική λειτουργία.

«Θες να μου μιλήσεις λίγο περισσότερο για αυτό το έτσι κι έτσι;»

«Μια χαρά είναι το έτσι κι έτσι. Ένα μήνα νωρίτερα να με είχατε ρωτήσει, θα είχα απαντήσει ότι είναι χάλια ως μητέρα. Μα τι σχέση έχουν όλα αυτά με τον Μέισον;»

«Προτιμάς να μιλήσουμε για τον Μέισον;»

Παρατήρησα ότι απαντούσε στις ερωτήσεις μου κάνοντάς μου πάντοτε ερωτήσεις.

«Δεν ξέρω» παραδέχτηκα. «Μάλλον. Αφού για αυτό είμαι εδώ».

«Για πες μου λοιπόν, πώς νιώθεις γι' αυτόν και για το θάνατό του;»

«Στενοχωρημένη. Δηλαδή πώς αλλιώς έπρεπε να νιώθω;»

«Θυμωμένη».

Σκέφτηκα τα Στριγκόι και τα γεμάτα κακία και απάθεια πρόσωπά τους όταν τον σκότωναν. «Ναι, είμαι λιγάκι θυμωμένη».

«Ένοχη;»

«Ναι, φυσικά».

«Γιατί φυσικά;»

«Γιατί είναι δικό μου το λάθος που δεν ζει πια. Τον αναστάτωσα... και εκείνος αισθάνθηκε την ανάγκη να αποδείξει την αξία του. Του είπα πού βρίσκονταν τα Στριγκόι ενώ δεν έπρεπε. Αν δεν το είχε μάθει, δεν θα πήγαινε να το κάνει και τώρα θα βρισκόταν στη ζωή».

«Δεν πιστεύεις ότι ήταν και ο ίδιος υπεύθυνος για τις πράξεις του; Ότι η επιλογή ήταν δική του;»

«Ναι, μάλλον δίκιο έχετε. Δεν του το προκάλεσα εγώ».

«Νιώθεις ένοχη και για τίποτε άλλο;»

Απομάκρυνα το βλέμμα μου από εκείνη και επικεντρώθηκα στη φωτογραφία ενός σκαθαριού. «Του άρεσα... δηλαδή ερωτικά... Είχαμε αρχίσει να βγαίνουμε, αλλά εγώ δεν μπορούσα. Τον πλήγωσα».

«Τι εννοείς λέγοντας ότι δεν μπορούσες;»

«Δεν ξέρω» της είπα. Η εικόνα του κορμιού του στο πάτωμα εισέβαλε και πάλι στο μυαλό μου και προσπάθησα να την αποτινάξω. Δεν υπήρχε περίπτωση να βάλω τα κλάματα μπροστά στην Ντέιρντρι. «Νιώθω ότι ίσως να έπρεπε να προσπαθήσω. Ήταν τόσο καλός και είχε και πολλή πλάκα. Τα πηγαίναμε πολύ καλά... απλά... δεν ξέρω, δεν μπορούσα. Ακόμα κι όταν φιλιόμασταν και όλα τα σχετικά... δεν μου έβγαινε».

«Νιώθεις ότι έχεις δυσκολία με τις στενές επαφές γενικώς;»

«Τι εννοείτε... Ααα... όχι! Φυσικά και όχι».

«Έχεις κάνει ποτέ σου σεξ;»

«Όχι. Λέτε να έπρεπε να έχω κάνει;»

«Εσύ τι νομίζεις; Έπρεπε;»

Να πάρει! Και νόμιζα ότι την είχα τουμπάρει. Νόμιζα ότι δεν θα είχε ερώτηση για αυτή μου την ατάκα. «Ο Μέισον δεν ήταν ο κατάλληλος».

«Υπάρχει κάποιος άλλος; Κάποιος που νομίζεις ότι είναι πράγματι κατάλληλος;»

Δίστασα. Δεν καταλάβαινα πώς αυτό συνδεόταν με τα φαντάσματα που έβλεπα. Σύμφωνα με κάτι χαρτιά που με είχαν βάλει να υπογράψω, όλα όσα θα λέγαμε στις συνεδρίες μας θα ήταν εμπιστευτικά. Δεν μπορούσε να μιλήσει για τα ζητήματά μου σε κανέναν, εκτός αν είχα αυτοκαταστροφικές τάσεις ή έκανα κάτι παράνομο. Δεν ήμουν σίγουρη αν η σχέση με ένα μεγαλύτερό μου ενέπιπτε σ' αυτή την κατηγορία.

«Ναι... Αλλά δεν μπορώ να σας πω με ποιον».

«Πόσο καιρό τον ξέρεις;»

«Σχεδόν έξι μήνες».

«Είσαι δεμένη μαζί του;»

«Ναι, φυσικά. Αλλά δεν είμαστε...» Πώς να το περιγράψω τώρα αυτό; «Δεν είμαστε ζευγάρι. Δεν είναι... ελεύθερος». Ας νόμιζε ό,τι ήθελε. Μάλλον δηλαδή θα νόμιζε ότι είμαι ερωτευμένη με κάποιον δεσμευμένο.

«Αυτός ήταν και ο λόγος που δεν μπόρεσες να δεθείς με τον Μέισον;»

«Ναι».

«Κι αυτός ο λόγος που δεν μπορείς να κάνεις σχέση με κάποιον άλλο;»

«Εεε... όχι ότι το κάνει επίτηδες».

«Ναι, αλλά όσο ενδιαφέρεσαι για αυτόν, δεν ενδιαφέρεσαι για κανέναν άλλο».

«Ναι. Αλλά δεν έχει καμία σημασία. Έτσι κι αλλιώς δεν θα 'πρεπε να τα φτιάξω με κανέναν».

«Γιατί;»

«Γιατί δεν έχω χρόνο. Εκπαιδεύομαι για να γίνω φύλακας. Θα πρέπει να αφιερώσω όλη μου την προσοχή στη Λίζα».

«Και δηλαδή δεν πιστεύεις ότι μπορείς να το κάνεις αυτό και παράλληλα να έχεις ερωτικές σχέσεις με κάποιον άλλον;»

Κούνησα το κεφάλι μου. «Όχι. Θα πρέπει να είμαι σε θέση να βάλω τη ζωή της πάνω από τη δική μου. Δεν μπορώ να αποσυντονίζομαι από άλλους. Οι φύλακες πάντοτε λέμε: «Προηγούνται εκείνοι» και εννοούμε τα Μορόι.

«Κι έτσι έχεις καταλήξει ότι πάντοτε θα βάζεις τις ανάγκες της Λίζα πάνω από τις δικές σου;»

«Μα φυσικά» είπα συνοφρυωμένη. «Δηλαδή τι άλλο θα 'πρεπε να κάνω; Στο κάτω κάτω θα γίνω φύλακάς της».

«Και πώς αισθάνεσαι για αυτό; Πώς αισθάνεσαι που πρέπει να ξεχάσεις τα δικά σου θέλω για εκείνη;»

«Είναι η καλύτερή μου φίλη και η τελευταία απόγονος της οικογένειάς της».

«Δεν ρώτησα αυτό».

«Ναι, αλλά…» σταμάτησα. «Δεν μου λέτε, γιατί μου κάνετε διαρκώς ερωτήσεις;»

«Νομίζεις ότι σου κάνω συνέχεια ερωτήσεις;»

«Καλά, αφήστε το. Ακούστε, εγώ τη Λίζα την αγαπάω. Με μεγάλη μου χαρά θα περάσω τη ζωή μου προστατεύοντάς την. Τέλος. Στο κάτω κάτω εσείς, μια Μορόι, πάτε να μου πείτε ότι εγώ, ένα νταμπίρ, δεν θα 'πρεπε να βάζω τη ζωή των Μορόι πάνω απ' όλα; Ξέρετε πολύ καλά πώς λειτουργεί το σύστημά μας».

«Πράγματι, ξέρω» είπε. «Αλλά δεν βρίσκομαι εδώ γι' αυτόν το λόγο. Βρίσκομαι εδώ για να σε βοηθήσω να νιώσεις καλύτερα».

«Σαν να μου φαίνεται ότι δεν μπορείτε να το κάνετε αυτό αν αποφεύγετε να αναλύσετε τη λειτουργία του συστήματός μας».

Τα χείλη της Ντέιρντρι σχημάτισαν κάτι σαν χαμόγελο και στη συνέχεια το βλέμμα της καρφώθηκε στο ρολόι. «Τελειώσαμε για σήμερα. Θα συνεχίσουμε την επόμενη εβδομάδα».

Σταύρωσα τα χέρια μου στο στήθος μου. «Κι εγώ που νόμιζα ότι θα μου δίνατε καμιά τρομερή συμβουλή ή θα μου λέγατε τι να κάνω. Μόνο να μιλάω με βάζατε».

Γέλασε απαλά. «Η ψυχοθεραπεία δεν έχει να κάνει με τις δικές μου σκέψεις αλλά με τις δικές σου».

«Και τότε γιατί να μπω στον κόπο να την κάνω;»

«Γιατί δεν γνωρίζουμε πάντοτε τις σκέψεις και τα συναισθήματά μας. Κάποιες φορές μας χρειάζεται κάποιος που θα μας βοηθήσει να ξεδιαλύνουμε λίγο τα πράγματα. Και θα παρατηρήσεις μάλιστα ότι σε πολλά ζητήματα, τη λύση τη γνωρίζεις ήδη. Εγώ μπορώ να σε βοηθήσω να θέσεις ερωτήματα και να σκεφτείς πράγματα που ίσως μόνη σου να μην είχες σκεφτεί».

«Πάντως με τα ερωτήματα καλά τα πάτε» της είπα ξερά.

«Παρότι δεν έχω να σου πω τις τρομερές συμβουλές που περίμενες, θέλω να σου ζητήσω να σκεφτείς κάποια πραγματάκια προτού ξανασυναντηθούμε». Τα μάτια της στράφηκαν στο σημειωματάριό της. Το χτυπούσε ανεπαίσθητα με το μολύβι της όση ώρα σκεφτόταν. «Καταρχάς, θα ήθελα να σκεφτείς πώς νιώθεις σε σχέση με τη Λίζα. Πώς αισθάνεσαι δηλαδή που πρέπει να αφιερώσεις τη ζωή σου σ' εκείνη».

«Μα σας εξήγησα ήδη».

«Το ξέρω, αλλά θέλω να το σκεφτείς λιγάκι παραπάνω. Αν μου δώσεις την ίδια ακριβώς απάντηση, έχει καλώς. Μετά θα ήθελα να σκεφτείς και κάτι άλλο. Θα ήθελα να μου πεις μήπως ο λόγος που νιώθεις έλξη γι' αυτόν το δεσμευμένο άντρα είναι *ακριβώς* το γεγονός ότι δεν μπορείς να τον αποκτήσεις».

«Αυτό είναι τελείως τρελό. Δεν έχει καμία απολύτως λογική».

«Αλήθεια; Μου είπες μόλις ότι ποτέ σου δεν θα μπορέσεις να σχετιστείς με κανέναν. Μήπως λοιπόν με το να θες κάποιον που ξέρεις ότι δεν μπορείς να αποκτήσεις, βρίσκεις τη λύση στο πρόβλημά σου; Αν όντως δεν μπορείς να τον αποκτήσεις, τότε ποτέ σου δεν θα αναγκαστείς να βρεθείς σε δίλημμα σε σχέση με τις υποχρεώσεις σου προς τη Λίζα. Δεν θα αναγκαστείς ποτέ σου να διαλέξεις».

«Με μπερδεύετε» μουρμούρισα.

«Μα γι' αυτό είμαι εδώ».

«Και τι σχέση έχουν όλα αυτά με τον Μέισον;»

«Όλα αυτά έχουν να κάνουν μ' εσένα, Ρόουζ. Αυτό είναι που μετράει».

Έφυγα από τη συνάντηση και αισθανόμουν το κεφάλι μου να βουίζει. Ήταν λες και είχα μόλις περάσει από δίκη. Αν είχαν φέρει την Ντέιρντρι στη δίκη για να ανακρίνει τον Βίκτορ, θα είχαμε τελειώσει μια ώρα αρχύτερα.

Πίστευα *επίσης* ότι η Ντέιρντρι είχε βγάλει τελείως λάθος συμπεράσματα. Δεν μισούσα, ούτε απεχθανόμουν τη Λίζα. Η σκέψη και μόνο ότι είχα ερωτευτεί τον Ντιμίτρι μόνο και μόνο επειδή δεν θα μπορούσα να τον αποκτήσω ήταν παντελώς γελοία. Εγώ ούτε καν είχα σκεφτεί ότι όλα αυτά ήταν απαγορευμένα επειδή ήμασταν φύλακες. Αυτός το είχε αναφέρει πρώτος. Τον είχα ερωτευτεί μόνο και μόνο επειδή ήταν αυτός που ήταν. Επειδή ήταν γλυκός, δυνατός, αστείος, σκληρός και πανέμορφος. Τον είχα ερωτευτεί επειδή με καταλάβαινε.

Κι όμως, καθώς κατευθυνόμουν προς την τραπεζαρία, ο νους μου στριφογύρνούσε διαρκώς στο ερώτημά της. Μπορεί πράγματι να μην είχα σκεφτεί ποτέ ότι μια σχέση μεταξύ μας θα μας αποσπούσε από τα καθήκοντά μας ως φύλακες, αλλά ήξερα από την αρχή ότι η ηλικία και η δουλειά του ήταν μεγάλα εμπόδια. Είναι δυνατόν να έπαιξε ρόλο; Μήπως κάτι μέσα μου πράγματι μου υπαγόρευε ότι δεν θα μπορούσα ποτέ να κάνω σχέση μαζί του έτσι ώστε να παραμείνω αφοσιωμένη στη Λίζα για πάντα;

Όχι, σκέφτηκα αποφασιστικά. Αυτό ήταν τελείως γελοίο. Η Ντέιρντρι σίγουρα μπορούσε να θέσει ερωτήματα, αλλά προφανώς δεν μου έθετε τα σωστά.

«Ρόουζ!»

Στα δεξιά μου, ο Άντριαν έκοψε διασχίζοντας το γρασίδι για να έρθει κοντά μου, χωρίς να δίνει σημασία στη ζημιά που έκανε στα πανάκριβα παπούτσια του.

«Με αποκάλεσες “Ρόουζ”;» τον ρώτησα. «Πάει το “μικρό νταμπίρ”; Πρώτη φορά συμβαίνει αυτό».

«Συμβαίνει συνέχεια» αμύνθηκε προσπαθώντας παράλληλα να με προφτάσει.

Μπήκαμε στην τραπεζαρία. Δεν είχε ακόμη αρχίσει το διάλειμμα και έτσι οι διάδρομοι ήταν άδειοι.

«Πού είναι τ' άλλο σου μισό;» με ρώτησε.

«Εννοείς τον Κρίστιαν;»

«Όχι, τη Λίζα. Μπορείς να δεις πού βρίσκεται, έτσι δεν είναι;»

«Ναι, τελειώνει την τελευταία της ώρα και βρίσκεται στην τάξη όπως και όλοι οι υπόλοιποι. Ξεχνάς διαρκώς ότι εμείς εδώ πηγαίνουμε σχολείο».

Φάνηκε να απογοητεύεται. «Βρήκα περισσότερα στοιχεία σχετικά με την έρευνά μας και ήθελα να της μιλήσω. Περισσότερα στοιχεία για την υποβολή».

«Όπα! Έκανες και κάτι παραγωγικό, βλέπω. Εντυπωσιάζομαι».

«Εσύ να μη μιλάς» μου είπε. «Ολόκληρη η ύπαρξή σου στην Ακαδημία περιστρέφεται γύρω από το ποιον θα δείρεις. Τα νταμπίρ είναι απολίτιστα! Αλλά τι να κάνουμε; Σας αγαπάμε».

«Για να λέμε και του στραβού το δίκιο» είπα σκεφτικά «το ξύλο δεν το ρίχνουμε εμείς τώρα τελευταία». Είχα σχεδόν ξεχάσει το μυστήριο της βασιλικής λέσχης πολεμικών τεχνών. Είχα τόσες έγνοιες τελευταία. Δεν θυμόμουν τίποτα. Αποφάσισα να τολμήσω και να τον ρωτήσω. «Ξέρεις τι θα πει η λέξη *Mână;*»

Ακούμπησε στον τοίχο και έκανε να βρει τα τσιγάρα του. «Ναι».

«Μην το κάνεις, βρίσκεσαι εντός του χώρου του σχολείου».

«Τι πράγμα;... Α, ναι». Αναστέναξε και ξανάβαλε το πακέτο στο παλτό του. «Οι μισοί από εσάς τουλάχιστον κάνουν ρουμάνικα εδώ μέσα. Σημαίνει χέρι».

«Εγώ πάλι κάνω αγγλικά». Χέρι. Μα τι σήμαιναν όλα αυτά;

«Γιατί τέτοιο ενδιαφέρον για αυτή τη λέξη;»

«Δεν ξέρω. Μάλλον παράκουσα ούτως ή άλλως. Νόμιζα πως κάποια σχέση θα είχε με όλα αυτά που συμβαίνουν τελευταίως με τους βασιλικούς γόνους».

Κατάλαβε. Τα μάτια του άστραψαν. «Όχι! Μη μου πεις ότι το κάνουν κι εδώ!»

«Ποιο πράγμα;»

«Το Mână. Το χέρι. Είναι μια ηλίθια μυστική λέσχη που εμφανίζεται στα σχολεία. Το είχαμε δει το έργο και στο Άλντερ. Συνήθως είναι μια ομάδα βασιλικών γόνων που μαζεύονται για να συζητήσουν πόσο καλύτεροι είναι απ' όλους τους άλλους».

«Ώστε αυτό είναι» είπα. Είχε λυθεί ο γρίφος. «Αυτή είναι η ομάδα του Τζέσε και του Ραλφ. Προσπάθησαν να πείσουν και τον Κρίστιαν να συμμετάσχει. Ώστε αυτό λοιπόν είναι το Mână».

«Καλά, τον Κρίστιαν βρήκαν να προσηλυτίσουν;» γέλασε ο Άντριαν. «Θα πρέπει να είναι πολύ απελπισμένοι. Δεν υπονοώ κάτι για τον Κρίστιαν. Απλώς είναι ο τελευταίος στον κόσμο που θα μπλεκόταν σε κάτι τέτοιο».

«Ε, τέλος πάντων, αρνήθηκε και μάλιστα με άσχημο τρόπο. Και τι σκοπό έχει αυτή η μυστική λέσχη;»

Ανασήκωσε τους ώμους του. «Όπως και κάθε άλλη λέσχη, αποσκοπεί στο να κάνει τα μέλη της να αισθάνονται καλύτερα για τον εαυτό τους. Σε όλους αρέσει να αισθάνονται ότι ξεχωρίζουν. Γι' αυτόν το λόγο συμμετέχουν όλοι σ' αυτή τη λέσχη της ελίτ».

«Εσύ όμως δεν συμμετείχες ποτέ, έτσι δεν είναι;»

«Όχι. Εγώ ήξερα ήδη ότι είμαι ξεχωριστός».

«Ο Τζέσε και ο Ραλφ μας το παρουσίασαν λες και οι βασιλικοί γόνοι πρέπει επιτέλους να ενωθούν εξαιτίας όλων αυτών των ζητημάτων που έχουν προκύψει τελευταία, όπως η σύμπραξη Μορόι και νταμπίρ στη μάχη. Το παρουσίασαν λες και όντως είχαν τη δυνατότητα να αλλάξουν τα πράγματα».

«Σ' αυτή την ηλικία, με τίποτα» είπε ο Άντριαν. «Το μόνο που μπορούν να κάνουν είναι να το συζητάνε. Όταν όμως μεγαλώσουν, τα μέλη του Mână συχνά κάνουν συμφωνίες μεταξύ τους και συνεχίζουν τις μυστικές τους συναντήσεις».

«Και ποιος ο λόγος; Απλά μαζεύονται για να ακούνε τους ίδιους τους τους εαυτούς;»

Ξαφνικά έπεσε σε περισυλλογή. «Ναι, φυσικά και το κάνουν αυτό, και μάλιστα πολύ. Αλλά οι λέσχες αυτές δημιουργούνται πάντοτε για κάποιο *συγκεκριμένο* λόγο και μάλιστα είναι πάντοτε μυστικός. Η κάθε λέσχη δημιουργείται για διαφορετικούς λόγους, οπότε κι αυτή μάλλον έχει κάποιο συγκεκριμένο σκοπό ή σχέδιο». Μα τι σκοπό; Τι σχέδιο; Εμένα δεν μου φάνηκαν έτσι τα πράγματα. Ιδίως όταν άκουσα τον Τζέσε και τον Ραλφ να μιλάνε.

«Σαν πολλά δεν ξέρεις;» τον ρώτησα. «Είσαι σίγουρος ότι δεν ήσουν κι εσύ μέλος;»

«Ήταν μέλος ο πατέρας μου. Αποφεύγει να μιλήσει πολύ για αυτό, λόγω της μυστικότητας αυτών των ομάδων, αλλά είχε πάρει τ' αφτί μου διάφορα και μετά έμαθα και από όλα όσα συνέβαιναν στο σχολείο».

Ακούμπησα κι εγώ στον τοίχο. Το ρολόι στην άλλη μεριά του διαδρόμου έδειχνε ότι κόντευε η ώρα να σχολάσουν οι υπόλοιποι. «Άκουσες να λέγεται τίποτα για ξύλο; Ξέρω τουλάχιστον τέσσερα Μορόι που έχουν δεχτεί επίθεση. Και δεν θέλουν να πουν τίποτα για το θέμα αυτό».

«Φαντάζομαι ότι δεν είναι βασιλικοί γόνοι;»

«Είναι».

«Δεν καταλαβαίνω. Ο σκοπός της αριστοκρατικής ελίτ είναι να ενωθεί ώστε να προστατευτεί από την αλλαγή. Εκτός, βέβαια, αν κυνηγούν βασιλικούς γόνους που αρνούνται να συμμετάσχουν ή υποστηρίζουν τα μη αριστοκρατικά Μορόι».

«Δεν ξέρω γιατί ένας από αυτούς είναι ο αδελφός του Τζέσε, και ο Τζέσε είναι ιδρυτικό μέλος της λέσχης από ό,τι φαίνεται. Έχω την εντύπωση ότι θα τους είχε σταματήσει. *Άσε* που δεν έκαναν τίποτα στον Κρίστιαν όταν τους είπε όχι».

Ο Άντριαν άνοιξε διάπλατα τα χέρια του λέγοντας: «Ούτε καν εγώ δεν γνωρίζω τα πάντα και, όπως σου είπα, και αυτή η λέσχη θα έχει τη δική της κρυφή ατζέντα». Αναστέναξα απογοητευμένα κι εκείνος με κοίταξε με βλέμμα όλο απορία. «Καλά, εσένα γιατί σε νοιάζει τόσο;»

«Γιατί δεν είναι σωστό. Όλοι όσοι είδα είχαν σοβαρά χτυπήματα. Αν όντως κυκλοφορεί κάποια τέτοια ομάδα και μαζεύει θύματα, θα πρέπει να τους σταματήσουμε».

Ο Άντριαν γέλασε και παίζοντας στα δάχτυλά του μια τούφα από τα μαλλιά μου, μου είπε: «Δεν μπορείς να σώσεις τους πάντες, όσο και να προσπαθείς».

«Εγώ θέλω απλώς να κάνω το σωστό». Θυμήθηκα τα σχόλια του Ντιμίτρι για τα γουέστερν και χαμογέλασα. «Πρέπει να εφαρμόσω το νόμο όπου χρειάζεται».

«Το πιο τρομερό, μικρό μου νταμπίρ, είναι ότι τα εννοείς όλα αυτά. Το βλέπω στην αύρα σου».

«Τι θες να πεις; Δεν είναι πια μαύρη η αύρα μου;»

«Όχι… δηλαδή, ακόμη σκοτεινή είναι, αλλά σαν να μπαίνει και κάποιο φως. Μικρές χρυσές αχτίδες, όπως το φως του ήλιου».

«Ίσως τότε να έχεις άδικο που πιστεύεις ότι έχω κολλήσει την τρέλα της Λίζα». Είχα καταβάλει μεγάλη προσπάθεια να μη σκεφτώ τα λόγια του όταν είχα μάθει για το τέλος της Άνα, το προηγούμενο βράδυ. Οι φόβοι μου βγήκαν και πάλι στην επιφάνεια. Τρέλα. Αυτοκτονία.

«Εξαρτάται» είπε. «Πότε την είδες για τελευταία φορά;»

Του έριξα μια απαλή μπουνιά. «Δεν έχεις ιδέα τι λες! Όλα από το μυαλό σου τα βγάζεις, έτσι δεν είναι;»

Έπιασε τον καρπό μου και με τράβηξε κοντά του. «Έτσι δεν κάνεις κι εσύ συνήθως;»

Χωρίς να το θέλω, ένα χαμόγελο φώτισε τα χείλη μου. Έτσι κοντά του που βρισκόμουν έβλεπα πόσο όμορφα ήταν τα καταπράσινα μάτια του. Γενικώς, παρότι τον κορόιδευα συνεχώς, έπρεπε να παραδεχτώ ότι ήταν πολύ ωραίος. Τα δάχτυλά του ζέσταιναν τον καρπό μου και ο τρόπος που με κρατούσε ήταν ιδιαίτερα σεξουαλικός. Ξανασκέφτηκα τα λόγια της Ντέιρντρι και προσπάθησα να καταλάβω πώς ένιωθα. Άσχετα από τις απειλές τις βασίλισσας, ο Άντριαν ήταν πρακτικά ελεύθερος. Μου άρεσε λοιπόν; Μπορούσε να μ' εξιτάρει ο τρόπος που με κρατούσε;

Η απάντηση ήταν όχι. Όχι όπως ο Ντιμίτρι. Ο Άντριαν ήταν σέξι, αλλά δεν με τρέλαινε όπως ο Ντιμίτρι. Μπορεί και να ήταν επειδή ο Άντριαν ήταν διαθέσιμος. Μήπως είχε δίκιο η Ντέιρντρι όταν μου είπε ότι επίτηδες διάλεγα αδύνατες σχέσεις;

«Να σου πω κάτι;» μου είπε διακόπτοντας τον ειρμό μου. «Κανονικά, η στάση αυτή θα ήταν άκρως σεξουαλική, αλλά εσύ με κοιτάς λες και περιεργάζεσαι κάποιο πειραματόζωο σε μάθημα Φυσικής».

Είχε δίκιο, πράγματι κάπως έτσι τον κοίταζα «Πώς και δεν έχεις χρησιμοποιήσει την υποβολή σ' εμένα;» τον ρώτησα. «Και δεν εννοώ να τη χρησιμοποιήσεις μόνο ως μέσο για να με σταματήσεις από τους καβγάδες».

«Γιατί απολαμβάνω που μου το παίζεις δύσκολη».

Ξαφνικά μου ήρθε μια άλλη ιδέα. «Κάν' το».

«Τι πράγμα;»

«Χρησιμοποίησε την υποβολή πάνω μου».

«Πώς;» Είχε εκπλαγεί, πράγμα σπάνιο.

«Χρησιμοποίησε την υποβολή. Κάνε με να θέλω να σε φιλήσω. Μόνο που θα μου υποσχεθείς πως εσύ δεν θα με φιλήσεις».

«Αυτό που μου ζητάς είναι πολύ παράξενο. Και για να πω *εγώ* ότι κάτι είναι παράξενο σημαίνει ότι όντως είναι».

«Σε παρακαλώ».

Αναστέναξε. Τα μάτια του καρφώθηκαν στα δικά μου. Ένιωθα λες και πνιγόμουν μέσα σε δυο καταπράσινες θάλασσες. Δεν υπήρχε τίποτα στον κόσμο εκτός από τα μάτια του.

«Θέλω να σε φιλήσω, Ρόουζ» είπε απαλά. «Και ξέρω πως κι εσύ το θες».

Ξαφνικά υποτάχθηκα σε κάθε μέρος του κορμιού του, στα χέρια, στο άρωμά του. Ένιωθα να καίγομαι. Ήθελα να με φιλήσει με κάθε πόρο του κορμιού μου. Δεν ήθελα τίποτε άλλο πιο πολύ. Πλησίασα το πρόσωπό μου στο δικό του κι εκείνος έσκυψε κατά τη μεριά μου. Ένιωθα σχεδόν τη γεύση των χειλιών του.

«Θέλεις;» με ρώτησε με βελούδινη φωνή. «Θες πραγματικά να με φιλήσεις;»

Αν ήθελα, λέει; Όλα γύρω μου είχαν θολώσει. Το μόνο που έβλεπα ήταν τα χείλη του.

«Ναι» του είπα. Το πρόσωπό του βρέθηκε μια ανάσα από το δικό μου. Ήμασταν τόσο κοντά και…

Σταμάτησε. «Τελειώσαμε» είπε κάνοντας ένα βήμα πίσω.

Συνήλθα αμέσως. Η ονειρική θολούρα που με είχε κυριεύσει, είχε πλέον φύγει και μαζί της ο πόθος του κορμιού μου. Κι όμως, είχα ανακαλύψει κάτι. Όσο διαρκούσε η υποβολή ήθελα να τον φιλήσω. Ακόμη και υπό την επήρεια της υποβολής όμως δεν είχα νιώσει να με συνεπαίρνουν ηλεκτρισμένα, κατακλυσμιαία συναισθήματα όπως τότε με τον Ντιμίτρι. Με εκείνον είχα νιώσει να γίνομαι ένα και να με καθηλώνουν κοντά του δυνάμεις που μας ξεπερνούσαν και τους δύο. Με τον Άντριαν όλα ήταν πιο μηχανικά.

Η Ντέιρντρι είχε κάνει λάθος. Αν η έλξη που ένιωθα για τον Ντιμίτρι ήταν απλώς μια υποσυνείδητη αντίδραση, τότε θα ήταν τόσο επιφανειακή όσο η τεχνητή έλξη που μου προκάλεσε ο Άντριαν. Κι όμως, οι δύο καταστάσεις δεν είχαν καμία σχέση μεταξύ τους. Με τον Ντιμίτρι ήμουν ερωτευμένη. Δεν ήταν ένα απλό παιχνίδι του μυαλού μου.

«Χμ…» είπα.

«Χμ;» ρώτησε ο Άντριαν διασκεδαστικά.

«Χμμμ».

Το τρίτο «χμμμ» δεν το 'χε κάνει κανένας από τους δυο μας. Κοίταξα στην άλλη μεριά του διαδρόμου και είδα τον Κρίστιαν να μας παρατηρεί. Απομακρύνθηκα από τον Άντριαν κι εκείνη ακριβώς τη στιγμή χτύπησε το κουδούνι. Οι ήχοι των μαθητών που ξεχύνονταν από τις τάξεις γέμισαν το διάδρομο.

«Ωραία, ώρα να βρω τη Λίζα» είπε χαρούμενα ο Άντριαν.

«Ρόουζ, θα έρθεις μαζί μου μέχρι τις τροφούς;» ρώτησε ο Κρίστιαν. Η φωνή του δεν είχε κανένα απολύτως χρώμα και η έκφραση του προσώπου του δεν φανέρωνε ποιες ήταν οι προθέσεις του.

«Μα δεν σε φυλάω σήμερα».

«Ναι, το ξέρω, αλλά μου λείπει η ευχάριστη συντροφιά σου».

Είπαμε γεια στον Άντριαν και κόψαμε από την καφετέρια. «Τι τρέχει;» τον ρώτησα.

«Εσύ να μου πεις τι τρέχει» μου είπε. «Ήσουν έτοιμη να αρχίσεις να ξερογλείφεσαι με τον Άντριαν».

«Κάναμε ένα πείραμα» του είπα. «Είναι μέρος της θεραπείας μου».

«Τι σκατά θεραπεία κάνεις;»

Φτάσαμε στην αίθουσα των τροφών. Παρόλο που είχε φύγει πριν τελειώσει το μάθημα, υπήρχε ουρά.

«Κι εσένα τι σε νοιάζει;» τον ρώτησα. «Κανονικά θα έπρεπε να χαίρεσαι, γιατί αυτό σημαίνει ότι δεν την πέφτει στη Λίζα».

«Μπορεί να την πέφτει και στις δυο σας».

«Από πότε έγινες ο μεγάλος μου αδελφός και δεν το πήρα είδηση;»

«Απλώς έχω ενοχληθεί» μου είπε.

Κοίταξα πίσω του και είδα να μπαίνουν ο Τζέσε και ο Ραλφ. «Καλά, μην αρχίσεις τώρα γιατί θα σ' ακούσουν οι δυο καλοί σου φίλοι».

Ο Τζέσε όμως ήταν απασχολημένος με άλλα και δεν μας άκουγε. Τσακωνόταν με την υπεύθυνη τροφοδοσίας. «Δεν έχω χρόνο» της έλεγε. «Έχω να πάω κάπου».

Έδειξε προς τη μεριά μας και προς τους υπόλοιπους που στέκονταν στην ουρά. «Προηγούνται όλοι αυτοί».

Τα μάτια του Τζέσε την κοίταξαν χαμογελαστά. «Δεν θα κάνετε μία εξαίρεση για μία μόνο φορά;»

«Ναι, βιάζεται πολύ» πρόσθεσε ο Ραλφ με μια φωνή που πρώτη φορά τον άκουγα να βγάζει. Ήταν απαλή και λιγότερο βραχνή απ' ό,τι συνήθως. «Σας παρακαλώ, γράψτε το όνομά του πάνω πάνω στη λίστα σας».

Η υπεύθυνη τον κοίταξε έτοιμη να τον κατσαδιάσει, αλλά αμέσως το πρόσωπό της πήρε μια παράξενη και αφηρημένη έκφραση. Κοίταξε το ντοσιέ της και σημείωσε κάτι. Λίγο μετά το βλέμμα της πλανήθηκε μακριά και αμέσως σαν να ξύπνησε και να ξαναβρήκε την κοφτερή ματιά της. Συνοφρυώθηκε.

«Τι έκανα;»

«Με γράφατε στη λίστα» είπε ο Τζέσε. Έδειξε στο ντοσιέ της. «Βλέπετε;».

Το κοίταξε έκπληκτη. «Αφού μόλις ήρθες γιατί είναι πρώτο το όνομά σου;»

«Ήρθαμε πολύ πιο πριν, δώσαμε τα ονόματά μας και ξαναφύγαμε. Μας είπατε ότι δεν υπήρχε πρόβλημα».

Ξανακοίταξε κάτω, εμφανώς μπερδεμένη. Δεν θυμόταν να έχουν έρθει νωρίτερα (γιατί δεν είχαν έρθει) αλλά αδυνατούσε να καταλάβει γιατί το όνομα του Τζέσε είχε γραφτεί πρώτο στη λίστα. Μερικές στιγμές μετά ανασήκωσε τους ώμους της κρίνοντας προφανώς ότι δεν άξιζε να σπάει το κεφάλι της γι' αυτό το θέμα. «Κάθισε με τους άλλους και θα σε φωνάξω αμέσως μετά».

Μόλις έφτασαν κοντά μας ο Τζέσε και ο Ραλφ, γύρισα κατά τη μεριά τους. «Χρησιμοποιήσατε την υποβολή πάνω της» σφύριξα ανάμεσα από τα δόντια.

Ο Τζέσε πανικοβλήθηκε για μια στιγμή και στη συνέχεια ξανάπήρε το κλασικό υπεροπτικό του ύφος. «Λέγε ό,τι θες. Εγώ απλά την έπεισα. Γιατί, τι θα μου κάνεις; Θα πας να το μαρτυρήσεις;»

«Δεν υπάρχει τίποτα να μαρτυρήσουμε» είπε ο Κρίστιαν. «Αυτό που έκανες ήταν η χειρότερη υποβολή που έχω δει ποτέ μου».

«Σιγά να μην έχεις ξαναδεί υποβολή» είπε ο Ραλφ.

«Πάρα πολλές φορές» απάντησε ο Κρίστιαν. «Και από πιο όμορφους ανθρώπους. Γι' αυτό κι η δική σου είναι μια βλακεία».

Ο Ραλφ φάνηκε να προσβάλλεται πάρα πολύ που ο Κρίστιαν δεν τον έβρισκε ωραίο, αλλά ο Τζέσε τον σκούντηξε και γύρισε κατά τη μεριά του. «Άσ' τον. Την έχασε την ευκαιρία».

«Την ευκαιρία σε...» θυμήθηκα ότι και ο Μπράντον είχε επιχειρήσει να χρησιμοποιήσει την υποβολή για να με πείσει ότι οι μελανιές του δεν ήταν τίποτα. Η Τζιλ μου είχε πει ότι ο Μπρετ Οζέρα είχε καταφέρει να πείσει τη δασκάλα του ότι ούτε κι εκείνος είχε κάτι. Και προς μεγάλη έκπληξη της Τζιλ, η δασκάλα το είχε πιστέψει. Κι ο Μπρετ, λοιπόν, υποβολή είχε χρησιμοποιήσει. Είχα αρχίσει να συνειδητοποιώ τι συνέβαινε. Να συνδέω τα γεγονότα μεταξύ τους. Το πρόβλημα ήταν ότι δεν μπορούσα να ξεδιαλύνω ακόμη το νήμα. «Αν είναι δυνατόν! Τι άλλο θα κάνετε πια γι' αυτό το Mânǎ; Για πόσο ακόμα θα ξυλοφορτώνετε κόσμο; Κάποια σχέση έχουν όλα αυτά με την υποβολή...»

Δεν μπορούσα να καταλάβω πώς κολλούσαν όλα τα στοιχεία μεταξύ τους. Το έκπληκτο όμως βλέμμα του Τζέσε μου έδειχνε πως είχα καταλάβει κάτι, ακόμη κι αν μου είπε: «Δεν καταλαβαίνω για ποιο πράγμα μιλάς;».

Συνέχισα ελπίζοντας ότι, έστω κι αν έριχνα στα τυφλά, θα τον νευρίαζα και θα τον έκανα να μου πει κάτι που ίσως κανονικά δεν θα έλεγε. «Για ποιο λόγο τα κάνετε όλα αυτά; Νιώθετε πιο δυνατοί μ' όλα αυτά τα κολπάκια; Γιατί να το ξέρετε: κολπάκια είναι και τίποτα παραπάνω. Δεν έχετε ιδέα για την υποβολή. Εγώ έχω δει υποβολή που μπορεί να σας βάλει να πέσετε από το παράθυρο κάνοντας κατακόρυφο».

«Μαθαίνουμε πολύ περισσότερα απ' όσα φαντάζεσαι» είπε ο Τζέσε. «Κι αν μάθουμε ποιος σου το 'πε…»

Δεν πρόφτασε να τελειώσει την πρότασή του γιατί κάποιος τον κάλεσε στις τροφούς. Ο Ραλφ κι ο Τζέσε απομακρύνθηκαν κι ο Κρίστιαν γύρισε αμέσως προς εμένα.

«Μα τι συμβαίνει; Τι είναι αυτό το Mână;»

Του επανέλαβα στα γρήγορα όσα μου είχε πει ο Άντριαν. «Σ' αυτή την ομάδα ήθελαν να μπεις. Μάλλον κάθονται και εξασκούνται στην υποβολή στα κρυφά. Ο Άντριαν είπε ότι αυτές οι ομάδες είναι πάντοτε βασιλικοί γόνοι που σχεδιάζουν να αλλάξουν τα δεδομένα ή να πάρουν τον έλεγχο σε δύσκολους καιρούς. Προφανώς αυτοί νομίζουν ότι η λύση είναι η υποβολή. Αυτό εννοούσαν όταν σου είπαν ότι είχαν τρόπους να σε βοηθήσουν να πάρεις αυτό που ήθελες. Αν ήξεραν πόσο χάλια είσαι στην υποβολή, ούτε καν που θα σ' το πρότειναν».

Μούτρωσε. Μάλλον δεν του άρεσε που του θύμισα ότι μια φορά είχε προσπαθήσει να χρησιμοποιήσει υποβολή σε κάποιον στο καταφύγιο που κάναμε σκι και είχε αποτύχει παταγωδώς. «Και πώς κολλάει το ξύλο μ' όλα αυτά;»

«Ιδού η απορία» του είπα. Εκείνη τη στιγμή κάλεσαν και τον Κρίστιαν στις τροφούς κι άφησα τις θεωρίες μου κατά μέρος, μέχρις ότου να καταφέρω να μαζέψω πληροφορίες και να λάβω δράση. Παρατήρησα πού μας πήγαιναν. «*Πάλι* στην Άλις; Μα πώς γίνεται να την παίρνεις πάντα εσύ; Τη ζητάς;»

«Όχι, αλλά νομίζω ότι πολλοί ζητάνε να μην τους τη δώσουν».

Η Άλις χάρηκε πολύ που μας είδε, όπως πάντα. «Ρόουζ, συνεχίζεις να μας προστατεύεις;»

«Θα συνεχίσω αν μ' αφήσουν» της είπα.

«Μη βιάζεσαι» με προειδοποίησε. «Κράτα τις δυνάμεις σου. Αν θέλεις τόσο ανυπόμονα να παλέψεις μ' όσους δεν έχουν πεθάνει, μπορεί να καταντήσεις κι εσύ να γίνεις μία από αυτούς. Κι αν συμβεί αυτό δεν θα σε ξαναδούμε και πολύ θα λυπηθώ».

«Ναι» είπε ο Κρίστιαν. «Θα κλαίω κάθε βράδυ πριν κοιμηθώ».

Αντιστάθηκα και δεν τον κλότσησα. «Κοίτα, άμα ήμουν Στριγκόι, δεν θα μπορούσα να σας επισκεφτώ, αλλά αν πέθαινα κανονικά, θα μπορούσα να εμφανίζομαι μπροστά σας ως φάντασμα».

Τι θλιβερό, σκέφτηκα μέσα μου. Είχα αρχίσει να κάνω και αστειάκια με τους ίδιους μου τους φόβους. Η Άλις όμως δεν το βρήκε καθόλου αστείο. Κούνησε το κεφάλι της.

«Δεν θα μπορούσες, θα σε εμπόδιζαν οι μαγικές ασπίδες».

«Αυτές είναι μόνο για τα Στριγκόι» της απάντησα γλυκά.

Ένα ανυπάκουο βλέμμα αντικατέστησε το θολωμένο ύφος της. «Οι ασπίδες κρατούν μακριά και τους νεκρούς και τους ζωντανούς νεκρούς».

«Πάει!» είπε ο Κρίστιαν.

«Τα προστατευτικά τείχη των ασπίδων δεν κρατούν τα φαντάσματα μακριά. Εγώ έχω δει φαντάσματα εδώ πέρα» της είπα.

Δεν είχα πρόβλημα να το συζητήσω με την Άλις ξέροντας πόσο ανισόρροπη ήταν. Για να είμαι ειλικρινής, ήταν κάπως αναζωογονητικό να μιλάω για όλα αυτά με κάποιον που δεν θα με κατέκρινε. Πράγματι, η Άλις μιλούσε λες και κάναμε κανονική συζήτηση.

«Αν λοιπόν είδες φαντάσματα, δεν είμαστε πια ασφαλείς».

«Όπως σου είπα και την προηγούμενη φορά, η ασφάλεια εδώ πέρα είναι πολύ καλή».

«Ίσως να κάνουν λάθος» απάντησε και φαινόταν να έχει πλήρη συναίσθηση του τι έλεγε. «Ίσως κάποιος να μην κατάλαβε κάτι. Στο κάτω κάτω οι ασπίδες έχουν φτιαχτεί με μαγικά. Τα μαγικά είναι ζωντανά. Τα φαντάσματα υποτίθεται ότι δεν μπορούν να τις περάσουν για τους ίδιους ακριβώς λόγους που δεν μπορούν και τα Στριγκόι: επειδή δεν είναι ζωντανά. Αν έχεις δει φάντασμα, πάει να πει ότι οι ασπίδες δεν λειτουργούν όπως θα 'πρεπε». Σταμάτησε για λίγο. «Ή ότι τρελάθηκες».

Ο Κρίστιαν γέλασε δυνατά. «Ορίστε, Ρόουζ. Το ακούς κι από την ίδια την πηγή». Τον κοίταξα άγρια. Χαμογέλασε στην Άλις. «Πρέπει όμως να πω ότι η Ρόουζ έχει δίκιο για τις ασπίδες. Το σχολείο τις ελέγχει διαρκώς. Είμαστε στον καλύτερα φυλασσόμενο χώρο μετά τη Βασιλική Αυλή. Και τα δύο αυτά μέρη είναι γεμάτα φύλακες. Σταμάτα να φοβάσαι τόσο».

Έσκυψε και τη δάγκωσε κι εγώ έστρεψα το βλέμμα μου αλλού. Δεν θα 'πρεπε ν' ακούσω την Άλις. Στο κάτω κάτω δεν ήταν και καμιά σοβαρή πηγή πληροφοριών, παρόλο που ήταν παλιά εκεί πέρα. Κι όμως… η παράξενη λογική της ξαφνικά έβγαζε νόημα. Αν οι ασπίδες πράγματι κρατούσαν τα Στριγκόι μακριά, γιατί να μην ισχύει το ίδιο και για τα φαντάσματα; Από την άλλη, τα Στριγκόι ήταν νεκροί που ξαναζούσαν στη γη, αλλά η Άλις είχε δίκιο: *όλοι* τους ήταν νεκροί. Κι εγώ κι ο Κρίστιαν όμως είχαμε δίκιο: οι ασπίδες της Ακαδημίας ήταν πολύ στέρεες. Δημιουργούνταν με την ένωση πολλών δυνάμεων. Δεν μπορούσαν να προστατεύσουν κάθε σπίτι όπου κατοικούσαν Μορόι, αλλά τα σχολεία και η Βασιλική Αυλή είχαν πολύ ισχυρή φύλαξη.

Η Βασιλική Αυλή…

Εκεί δεν είχα συναντήσει κανένα φάντασμα, είχα όμως

φοβερό άγχος. Αν τα φαντάσματα που έβλεπα προκαλούνταν από το στρες, τότε οι συναντήσεις μου με τον Βίκτορ και τη βασίλισσα στα ανάκτορα θα πρόσφεραν το κατάλληλο έδαφος για να ξαναεμφανιστούν. Το γεγονός ότι δεν είχα δει κάτι, μάλλον έδειχνε ότι δεν περνούσα κανένα μετατραυματικό σοκ. Δεν είχα δει φαντάσματα, μέχρις ότου προσγειωθούμε στο αεροδρόμιο του Μάρτινβιλ.

Κι αυτό το αεροδρόμιο δεν είχε ασπίδες.

Έμεινα με το στόμα ανοιχτό. Η Αυλή είχε ισχυρές ασπίδες. Δεν είχα δει φαντάσματα. Το αεροδρόμιο, που ανήκε στον κόσμο των ανθρώπων, δεν είχε ασπίδες. Εκεί είχα υποστεί επίθεση από φαντάσματα. Επίσης τα έβλεπα στιγμιαία και όση ώρα πετούσαμε, γιατί… δεν υπήρχαν ασπίδες γύρω μας.

Κοίταξα ξανά την Άλις και τον Κρίστιαν. Είχαν σχεδόν τελειώσει. Λες να είχε δίκιο; Λες όντως οι ασπίδες να κρατούσαν μακριά τα φαντάσματα; Αν ναι, τότε κάτι συνέβαινε με το σχολείο. Αν οι ασπίδες ήταν άθικτες, δεν θα έβλεπα τίποτε, όπως ακριβώς και στα ανάκτορα. Αν όμως τα μάγια τους είχαν σπάσει, θα με περικύκλωναν φαντάσματα, όπως στο αεροδρόμιο. Η Ακαδημία όμως βρισκόταν κάπου στη μέση. Έβλεπα φιγούρες μόνο περιστασιακά. Δεν έβγαζα κανένα νόημα.

Το μόνο που ήξερα στα σίγουρα ήταν ότι αν κάτι πήγαινε στραβά με τις ασπίδες της Ακαδημίας, τότε δεν βρισκόμουν μόνο εγώ σε κίνδυνο.

21

ΑΝΥΠΟΜΟΝΟΥΣΑ ΝΑ ΤΕΛΕΙΩΣΕΙ η μέρα μου. Είχα υποσχεθεί στη Λίζα ότι θα βρισκόμουν μαζί της και με τους υπόλοιπους μετά το μάθημα. Κανονικά θα έπρεπε να περνάω ωραία, αλλά εγώ ένιωθα ότι η ώρα δεν περνούσε με τίποτα. Ήμουν ανήσυχη. Όταν έφτασε η ώρα του σιωπητηρίου πήγα πίσω στον κοιτώνα μου. Ρώτησα την υπάλληλο στην είσοδο αν μπορούσε να καλέσει το δωμάτιο του Ντιμίτρι —πράγμα που κανονικά δεν επιτρεπόταν στους μαθητές— γιατί είχα κάτι επείγον να συζητήσω μαζί του. Σήκωσε το τηλέφωνο κι εκείνη ακριβώς τη στιγμή η Σελέστ ήρθε κατά τη μεριά μας.

«Δεν είναι στο δωμάτιό του» μου είπε. Είχε μια μελανιά στη μία πλευρά του προσώπου της. Προφανώς τις είχε αρπάξει από κάποιον μαθητευόμενο. Όχι από μένα πάντως. «Νομίζω ότι πηγαίνει στην εκκλησία. Θα πρέπει να περιμένεις μέχρι αύριο. Δεν θα προλάβεις να πας και να 'ρθεις μέχρι το σιωπητήριο».

Έγνεψα πειθήνια και έκανα ότι πηγαίνω προς την πτέρυγα των μαθητών. Αντί γι' αυτό, όμως, όταν δεν μπορούσε πια να με δει, βγήκα ξανά έξω και έτρεξα προς την εκκλησία. Είχε δίκιο. Δεν θα προλάβαινα να γυρίσω μέχρι το σιωπητήριο, αλλά ήλπιζα ότι ο Ντιμίτρι θα με βοηθούσε να γυρίσω χωρίς να μπω σε μπελάδες.

Οι πόρτες της εκκλησίας ήταν ανοιχτές όταν έφτασα. Μπήκα μέσα και είδα ότι τα κεριά ήταν αναμμένα και έστελναν το φως τους σε όλα χρυσά στολίδια της εκκλησίας κάνοντάς τα ν' αστράφτουν. Ο ιερέας προφανώς δούλευε ακόμη. Στην εκκλησία όμως δεν βρισκόταν ο ιερέας, αλλά ο Ντιμίτρι. Καθόταν στο τελευταίο στασίδι. Δεν προσευχόταν ούτε γονάτιζε. Απλώς καθόταν εκεί ήρεμος. Παρότι δεν συμμετείχε ουσιαστικά στην εκκλησία, μου είχε πει κάποτε ότι τον γαλήνευε πολύ. Του έδινε, λέει, την ευκαιρία να σκεφτεί για τη ζωή και τις πράξεις του.

Πάντοτε τον έβρισκα πολύ όμορφο. Εκείνη τη στιγμή, όμως, κάτι πάνω του με ακινητοποίησε τελείως. Ίσως να ήταν και το φόντο. Όλο αυτό το καλογυαλισμένο ξύλο και οι χρωματιστές εικόνες των αγίων. Ίσως και να 'ταν το φως των κεριών που έπεφτε πάνω στα σκούρα του μαλλιά. Ίσως απλώς εκείνη τη στιγμή να φαινόταν απροστάτευτος, σχεδόν εύθραυστος. Πάντοτε ήταν σε ένταση, έτοιμος για όλα... αλλά προφανώς κι εκείνος χρειαζόταν ένα διάλειμμα από όλα αυτά. Έλαμπε στα μάτια μου, όπως πάντοτε έλαμπε και η Λίζα. Η έντασή του επέστρεψε όταν με άκουσε να μπαίνω.

«Ρόουζ, είσαι καλά;» Έκανε να σηκωθεί αλλά του έκανα νόημα να καθίσει και γλίστρησα στο κάθισμα δίπλα του. Ο αέρας μύριζε λιβάνι.

«Εεε... κάπως. Δεν έπαθα καμιά κρίση, αν αυτό σε φοβίζει. Απλώς έχω μία απορία. Ή μάλλον έχω μία θεωρία».

Του μίλησα για τη συζήτηση με την Άλις και για τα όσα είχα συμπεράνει. Με άκουσε υπομονετικά, με ένα βλέμμα σκεπτικό.

«Την ξέρω την Άλις. Δεν είναι και καμιά έμπιστη πηγή» είπε όταν τελείωσα. Αυτό είχε πει και για τον Βίκτορ.

«Το ξέρω. Κι εγώ το ίδιο σκέφτηκα, αλλά πολλά απ' όσα είπε βγάζουν νόημα».

«Όχι ακριβώς. Όπως σου είχα πει, γιατί να βλέπεις φαντάσματα τόσο ακανόνιστα εδώ; Αυτό δεν κολλάει με τη θεωρία για τις ασπίδες. Κανονικά θα έπρεπε να αισθάνεσαι όπως αισθανόσουν και στο αεροπλάνο».

«Κι αν οι ασπίδες είναι αδύναμες;» ρώτησα.

Κούνησε το κεφάλι του. «Αποκλείεται. Οι ασπίδες φθείρονται μετά από πολλούς μήνες κι εδώ αντικαθιστώνται κάθε δύο εβδομάδες».

«Τόσο συχνά;» τον ρώτησα μην μπορώντας να κρύψω την απογοήτευσή μου. Ήξερα ότι η συντήρηση ήταν διαρκής, αλλά δεν είχα φανταστεί τέτοια συχνότητα. Η θεωρία της Άλις μου είχε προσφέρει μια πιθανή λογική εξήγηση, που αποδείκνυε ότι δεν ήμουν τρελή.

«Μπορεί να τις τρυπούν άνθρωποι με κοντάρια» είπα. «Έχει ξανασυμβεί αυτό».

«Υπάρχουν φύλακες που κάνουν περιπολίες κατά τη διάρκεια της μέρας. Αν υπήρχε κάποιο κοντάρι, θα το είχαμε δει».

Αναστέναξα.

Ο Ντιμίτρι έβαλε το χέρι του πάνω στο δικό μου. Ταράχτηκα. Το κράτησε εκεί και μάντεψε ακόμη μια φορά τις σκέψεις μου. «Νόμιζες πως αν η Άλις είχε δίκιο, θα μπορούσες να εξηγήσεις τα πάντα, έτσι δεν είναι;»

Έγνεψα ναι. «Δεν θέλω να είμαι τρελή».

«Δεν είσαι».

«Ναι, αλλά δεν πιστεύεις πως βλέπω στ' αλήθεια φαντάσματα».

Κοίταξε αλλού και τα μάτια του καρφώθηκαν στο φως των κεριών που τρεμόπαιζε στο ιερό. «Δεν ξέρω. Προσπαθώ να αντιμετωπίσω τα όσα μου λες θετικά. Απλώς να ξέρεις ότι το άγχος δεν είναι το ίδιο με την τρέλα».

«Το ξέρω» παραδέχτηκα νιώθοντας ακόμη τη ζεστασιά του χεριού του. Δεν έπρεπε να κάνω τέτοιες σκέψεις μέσα στην εκκλησία. «Ναι, αλλά... είναι και κάτι άλλο».

Του είπα για την περίπτωση της Άνα και την πιθανότητα να είχε «κολλήσει» την τρέλα του Βλαντιμίρ. Του μίλησα επίσης και για όλα όσα είχε παρατηρήσει ο Άντριαν για την αύρα μου. Με κοίταξε ξανά με σκεπτικό ύφος.

«Έχεις μιλήσει γι' αυτό σε κανέναν άλλο; Στη Λίζα; Στη σύμβουλο ίσως;»

«Όχι» του είπα χαμηλόφωνα. «Φοβόμουν. Δεν ήξερα τι θα σκεφτούν».

Μου έσφιξε το χέρι. «Πρέπει να σταματήσεις με αυτές τις φοβίες. Εδώ δεν φοβάσαι να αντιμετωπίσεις πολύ πιο σοβαρούς κινδύνους, φοβάσαι να μοιραστείς τις σκέψεις σου;»

«Δεν ξέρω» του είπα κοιτάζοντάς τον. «Μάλλον».

«Τότε, γιατί τα λες σ' εμένα;»

Χαμογέλασα. «Γιατί μου είπες ότι πρέπει να εμπιστεύομαι τους ανθρώπους, κι εσένα σε εμπιστεύομαι».

«Και τη Λίζα; Δεν την εμπιστεύεσαι αυτήν;»

Το χαμόγελό μου έσβησε. «Φυσικά και την εμπιστεύομαι. Απόλυτα. Αλλά δεν θέλω να της πω πράγματα που ίσως την ανησυχήσουν. Φαντάζομαι ότι έτσι προσπαθώ να την προστατεύσω. Είναι αντίστοιχο με το να την προστατεύω από τα Στριγκόι».

«Είναι πολύ πιο δυνατή απ' όσο νομίζεις» μου είπε «και θα έκανε ό,τι μπορεί για να σε βοηθήσει».

«Οπότε; Προτιμάς να μιλάω σ' εκείνη παρά σ' εσένα;»

«Όχι. Θέλω να μιλάς και στους δυο μας. Νομίζω ότι σου κάνει καλό. Σε ενοχλεί αυτό που έμαθες για την Άνα;»

«Όχι» απάντησα. «Με φοβίζει».

Η διαπίστωση αυτή μάλλον μας εξέπληξε και τους δύο. Εγώ τουλάχιστον δεν περίμενα να παραδεχτώ κάτι τέτοιο. Κι οι δυο μας παγώσαμε για λίγο και μετά ο Ντιμίτρι με αγκάλιασε και μ' έσφιξε στο στήθος του. Ένιωσα να ανεβαίνει μέσα μου ένα αναφιλητό. Ακούμπησα το μάγουλό μου στο δερμάτινο παλτό του και άκουσα το χτύπο της καρδιάς του.

«Δεν θέλω να είμαι έτσι» του είπα. «Θέλω να είμαι σαν όλους τους άλλους. Θέλω το μυαλό μου να είναι φυσιολογικό. Να είμαι η Ρόουζ. Δεν θέλω να χάνω τον έλεγχο. Δεν θέλω να γίνω σαν την Άνα και να αυτοκτονήσω. Μου αρέσει η ζωή. Θα τη θυσίαζα για να σώσω τους φίλους μου, αλλά εύχομαι να μη χρειαστεί να το κάνω. Εύχομαι να ζήσουμε όλοι πολλά κι ευτυχισμένα χρόνια. Όπως είχε πει κι η Λίζα. Σαν μεγάλη και χαρούμενη οικογένεια. Είναι τόσα τα πράγματα που θα 'θελα να κάνω. Αλλά φοβάμαι... φοβάμαι ότι θα γίνω σαν εκείνη... ότι δεν θα μπορέσω να το σταματήσω».

Με κράτησε ακόμη πιο σφιχτά. «Δεν πρόκειται να πάθεις τίποτα» μουρμούρισε. «Μπορεί να είσαι ατίθαση και παρορμητική, αλλά είσαι και ένας από τους πιο δυνατούς ανθρώπους που ξέρω. Ακόμη κι αν είσαι ίδια με την Άνα —που εγώ δεν το νομίζω— δεν θα έχεις την ίδια μοίρα μ' εκείνη».

Παράξενο. Τα ίδια πράγματα έλεγα κι εγώ στη Λίζα για εκείνη και τον Βλαντιμίρ. Δυσκολευόταν να με πιστέψει. Τώρα καταλάβαινα το γιατί. Εύκολα δίνεις συμβουλές αλλά δύσκολα τις ακολουθείς.

«Κι επίσης ξεχνάς κάτι» μου είπε περνώντας το χέρι του πάνω από τα μαλλιά μου. «Αν όντως κινδυνεύεις από τα μαγικά της Λίζα, τότε τουλάχιστον ξέρεις την αιτία των προβλημάτων σου. Η Λίζα μπορεί απλά να σταματήσει τα μαγικά και να τελειώσουν όλα».

Αποτραβήχτηκα ελαφριά για να τον κοιτάξω. Σκούπισα βιαστικά τα μάτια μου για να προλάβω τα δάκρυα που τυχόν είχαν κυλήσει.

«Ναι, αλλά μπορώ να της ζητήσω να κάνει κάτι τέτοιο;» τον ρώτησα. «Ξέρω πόσο όμορφα νιώθει με τα μαγικά της και δεν μπορώ να της στερήσω αυτή τη χαρά».

Με κοίταξε κατάπληκτος. «Ακόμη κι αν αυτό σημαίνει ότι θα θυσιάσεις τη ζωή σου;»

«Τα έργα του Βλαντιμίρ ήταν υπέροχα. Θα μπορούσε κι εκείνη να έχει την ίδια τύχη. Έτσι κι αλλιώς προηγούνται πάντα εκείνοι, έτσι δεν είναι;»

«Όχι πάντα».

Τον κοίταξα. Αυτή η φράση *προηγούνται πάντα εκείνοι* ηχούσε στο μυαλό μου διαρκώς, από την παιδική μου ηλικία. Μόνο τα νταμπίρ που αρνούνταν τα καθήκοντά τους δεν την τηρούσαν. Αυτό που είχε μόλις πει ήταν σαν προδοσία.

«Κάποιες φορές, Ρόουζ, πρέπει να μάθεις να βάζεις τον εαυτό σου πάνω απ' όλα».

Κούνησα το κεφάλι μου. «Όχι με τη Λίζα». Ήταν σαν να μιλούσα με την Ντέιρντρι ή τον Άμπροουζ. Μα γιατί όλοι ξαφνικά αμφισβητούσαν κάτι που θεωρούσα απόλυτη αλήθεια σ' όλη μου τη ζωή;

«Είναι φίλη σου. Θα σε καταλάβει». Για να στηρίξει το επιχείρημά του άπλωσε το χέρι του και τράβηξε το *chotki* που ξεπρόβαλλε από το μανίκι μου, χαϊδεύοντας με τις άκρες των δαχτύλων του τον καρπό μου.

«Δεν είναι μόνο αυτό» είπα δείχνοντας το σταυρό. «Κι αυτό το αποδεικνύει περίτρανα. Είμαι δεμένη μαζί της. Πρέπει να προστατεύσω τους Ντραγκομίρ, όποιο κι αν είναι το κόστος».

«Το ξέρω, αλλά...» Δεν τελείωσε. Ούτως ή άλλως τι θα μπορούσε να πει; Δεν θα καταλήγαμε πουθενά.

«Πρέπει να γυρίσω» είπα κοφτά. «Έχει περάσει η ώρα του σιωπητηρίου».

Ο Ντιμίτρι χαμογέλασε ειρωνικά. «Και μήπως τυχαίνει να θες τη βοήθειά μου για να γυρίσεις πίσω, γιατί αλλιώς θα βρεθείς σε μπελάδες;»

«Ε, για να είμαι ειλικρινής, υπέθετα ότι...»

Ξαφνικά ακούστηκε ένα τρίξιμο κοντά στην πόρτα του ιερού και αμέσως εμφανίστηκε η φιγούρα του πατήρ Άντριου. Έτσι τελείωσε και το τετ α τετ μας. Ετοιμαζόταν να κλείσει την εκκλησία. Ο Ντιμίτρι τον ευχαρίστησε και μετά οι δυο μας κατευθυνθήκαμε προς τον κοιτώνα των νταμπίρ. Κανείς μας δεν μιλούσε στη διαδρομή, αλλά η σιωπή μας ήταν καθησυχαστική. Ένιωθα ότι μετά το ξέσπασμά του έξω από την κλινική, κάτι μας είχε δέσει ακόμη περισσότερο, όσο απίθανο κι αν ακούγεται αυτό.

Ο Ντιμίτρι κι εγώ περάσαμε την υπάλληλο στην είσοδο και καθώς ήμουν έτοιμη να πάω προς την πτέρυγά μου πέρασε από μπροστά μας ένας άλλος φύλακας, ο Γιούρι. Ο Ντιμίτρι τον φώναξε.

«Εσύ δεν δουλεύεις στην ασφάλεια; Πότε βάλατε καινούργιες ασπίδες τελευταία φορά;»

Ο Γιούρι σκέφτηκε για λίγο. «Πριν από κάνα δυο μέρες. Γιατί;»

Ο Ντιμίτρι με κοίταξε όλο νόημα. «Έτσι από περιέργεια».

Έκανα νόημα στον Ντιμίτρι για να του δείξω ότι κατάλαβα και πήγα στο κρεβάτι μου.

Μετά από αυτό και για καμιά εβδομάδα τα πράγματα κύλησαν με τον ίδιο ρυθμό. Ακολουθούσα τον Κρίστιαν τρεις μέρες την εβδομάδα, συναντούσα τη θεραπεύτρια και έκανα προπονήσεις με τον Ντιμίτρι. Όλες τις μέρες που τον έβλεπα καταλάβαινα πόσο ανήσυχος ήταν. Με ρωτούσε συνεχώς πώς ένιωθα, χωρίς όμως να με πιέζει να μιλήσω για πράγματα που δεν ήθελα. Οι προπονήσεις μας ήταν κυρίως ασκήσεις φυσικής ενδυνάμωσης που δεν χρειάζονταν μεγάλη προσήλωση.

Το καλύτερο απ' όλα ήταν ότι δεν είχα δει τον Μέισον όλο αυτόν τον καιρό.

Επίσης δεν είχα δεχτεί καμία επίθεση, ούτε από τους Mână ούτε από τους φύλακες.

Η πρακτική άσκηση εξελισσόταν σε όλο της το μεγαλείο και όλοι μου οι συμμαθητές συμμετείχαν διαρκώς σε μάχες. Οι δοκιμασίες έγιναν πιο περίπλοκες και δύσκολες και όλοι έπρεπε να βρίσκονται σε εγρήγορση. Ο Έντι είχε να προστατεύσει τη Λίζα σχεδόν μέρα παρά μέρα από κάποιο φύλακα που έκανε το Στριγκόι, ποτέ όμως όταν ήμουν εγώ μαζί τους. Γενικώς καμία επίθεση δεν γινόταν όταν ήμουν εγώ μπροστά. Λίγες μέρες χρειάστηκαν για να καταλάβω τι συνέβαινε: Μου φέρονταν με το γάντι. Φοβόντουσαν ότι ίσως να μην το άντεχα.

«Και γιατί δεν με κόβανε από την πρακτική άσκηση;» μουρμούρισα εκνευρισμένη στον Κρίστιαν ένα απόγευμα. «Δεν κάνω τίποτα».

«Ναι, αλλά αν περάσεις ούτως ή άλλως, τι σε νοιάζει; Θες απλά να μπαίνεις καθημερινά σε μάχες;» Μετά κοίταξε προς τα πάνω απελπισμένος. «Μα τι λέω; *Φυσικά* και θέλεις».

«Δεν καταλαβαίνεις» του είπα. «Η δουλειά μου δεν είναι για λούφα. Θέλω να μου δοθεί η ευκαιρία να αποδείξω τι μπορώ να κάνω — και σ' εκείνους και σ' εμένα την ίδια. Ποτέ δεν είναι αρκετή η προπόνηση. Η ζωή της Λίζα απειλείται διαρκώς». Το ίδιο και το μέλλον μου ως φύλακά της. Μου αρέσει που ανησυχούσα από πριν μήπως με αντικαταστήσουν από φύλακά της. Κι όλα αυτά *πριν* νομίσουν ότι είμαι και τρελή από πάνω!

Είχε πια πλησιάσει η ώρα του σιωπητηρίου και τον πήγαινα στον κοιτώνα του. Κούνησε το κεφάλι του. «Ρόουζ, ιδέα δεν έχω αν είσαι τρελή ή όχι, πάντως έχω αρχίσει να πιστεύω ότι είσαι η καλύτερη φύλακας ή, μάλλον, μελλοντική φύλακας εδώ πέρα».

«Μου κάνεις κομπλιμέντο ή με γελάνε τ' αφτιά μου;» ρώτησα.

Μου γύρισε την πλάτη και κατευθύνθηκε προς τον κοιτώνα του. «Καληνύχτα».

Η ζωή μου ήταν ακόμη εντελώς χαώδης. Παρ' όλα αυτά χαμογελούσα ελαφρά καθώς πήγαινα προς τον κοιτώνα μου. Τα μονοπάτια της Ακαδημίας μού προκαλούσαν τρόμο γιατί φοβόμουν διαρκώς ότι θα δω μπροστά μου τον Μέισον. Αυτή τη φορά όμως ήταν κοντά μου κι άλλοι που έτρεχαν να προλάβουν το σιωπητήριο, και ο Μέισον συνήθως εμφανιζόταν όταν ήμουν τελείως μόνη, είτε γιατί προτιμούσε να τα λέμε κατ' ιδίαν είτε γιατί ήταν αποκύημα της φαντασίας μου.

Ο νους μου πήγε στα όσα είχα πει πριν για τη Λίζα και θυμήθηκα ότι δεν την είχα δει καθόλου. Άφησα το μυαλό μου να γλιστρήσει στο δικό της νιώθοντας άνετη και ικανοποιημένη, ενώ το σώμα μου συνέχιζε τη δική του πορεία.

Βρισκόταν στη βιβλιοθήκη και βιαζόταν να τελειώσει κάτι σημειώσεις. Ο Έντι στεκόταν κοντά της κοιτάζοντας τριγύρω. «Άντε τελείωνε» της είπε πειραχτικά. «Ετοιμάζεται να κάνει κι άλλο γύρο».

«Τώρα, τελειώνω» του είπε η Λίζα και σκάρωσε βιαστικά λίγες ακόμη λέξεις.

Έκλεισε το βιβλίο καθώς η βιβλιοθηκάριος ήρθε και τους είπε ότι έπρεπε να φύγουν αμέσως. Η Λίζα αναστέναξε ξαλαφρωμένη, έχωσε όπως όπως τα χαρτιά της στην τσάντα της και ακολούθησε τον Έντι. Εκείνος πήρε την τσάντα της και την πέρασε στον ώμο του καθώς έφευγαν.

«Δεν είναι ανάγκη να το κάνεις αυτό» είπε. «Δεν είσαι υπηρέτης μου».

«Θα την πάρεις όταν καταφέρεις να τελειώσεις μ' αυτό» είπε κι έδειξε κατά τη μεριά της. Πάλευε να φορέσει το παλτό της. Το είχε αρπάξει κι εκείνο προσπαθώντας να φύγει γρήγορα από τη βιβλιοθήκη. Γέλασε με την ανοργανωσιά της και έφτιαξε το μανίκι που ήταν μέσα-έξω.

«Σ' ευχαριστώ».

«Τίποτα».

Της Λίζα της άρεσε πολύ ο Έντι — όχι με ρομαντικό τρόπο φυσικά. Απλά τον συμπαθούσε. Έκανε πάντοτε πολύ γλυκές κινήσεις και τη βοηθούσε πολύ, ενώ παράλληλα ήταν και άψογος στη δουλειά του. Τα κίνητρά του δεν ήταν ρομαντικά. Ήταν απλώς ένας από τους λίγους άντρες που ήταν ευγενείς και σκληροτράχηλοι μαζί. Είχε κάνει σχέδια για εκείνον.

«Έχεις σκεφτεί ποτέ σου να ζητήσεις στη Ρόουζ να βγείτε;»

«Τι;» ρώτησε.

«*Τι;*» σκέφτηκα.

«Έχετε τόσα κοινά» του είπε, προσπαθώντας να ακουστεί όσο πιο φυσική γινόταν. Μέσα της ήταν ενθουσιασμένη. Πίστευε πως είχε την καλύτερη ιδέα στον κόσμο. Εγώ πάλι κάτι τέτοιες ώρες ένιωθα ότι το κακό με το δεσμό είχε παραγίνει. Θα προτιμούσα να κάθομαι δίπλα της εκείνη τη στιγμή για να την ταρακουνήσω και να τη φέρω στα συγκαλά της.

«Είναι φίλη μου» γέλασε παίρνοντας μία πολύ γλυκιά και ντροπαλή έκφραση. «Άσε που δεν νομίζω ότι ταιριάζουμε. Κι άσχετα από αυτό...» είπε και έκφρασή του εξαφανίστηκε. «Δεν θα 'βγαινα ποτέ με το κορίτσι του Μέισον».

Η Λίζα έκανε να του εξηγήσει όσα της είχα πει, ότι δηλαδή ποτέ δεν ήμουν το κορίτσι του Μέισον, αλλά της έκοψε και άφησε τον Έντι στην πλάνη του. «Πάντως πρέπει να προχωράμε στη ζωή».

«Ε, δεν έχει περάσει και τόσος καιρός. Ένας μήνας και κάτι. Κι έτσι κι αλλιώς, δεν είναι κάτι που ξεπερνιέται εύκολα» το βλέμμα του ήταν θλιμμένο και απόμακρο, που πλήγωνε τόσο τη Λίζα όσο κι εμένα.

«Λυπάμαι» του είπε. «Δεν ήθελα να το κάνω να φανεί ασήμαντο. Αυτό που είδες... ήταν απαίσιο... Το ξέρω».

«Ξέρεις τι είναι το πιο περίεργο; Δεν θυμάμαι και πολλά κι

αυτό για μένα ήταν το πιο απαίσιο. Ήμουν σε τέτοια κατάσταση νάρκης που δεν έχω ιδέα τι συνέβη. Αυτό είναι που σιχαίνομαι περισσότερο. Που ήμουν έτσι αβοήθητος. Είναι ό,τι χειρότερο».

Ένιωθα ακριβώς το ίδιο. Μάλλον θα ήταν κοινό χαρακτηριστικό των φυλάκων. Ο Έντι και εγώ δεν το είχαμε συζητήσει ποτέ. Ποτέ δεν αναφερόμασταν πολύ στο Σποκέιν.

«Δεν έφταιγες εσύ» του είπε η Λίζα. «Οι ενδορφίνες της δαγκωματιάς των Στριγκόι είναι πολύ ισχυρές. Δεν θα μπορούσες να παλέψεις εναντίον τους».

«Έπρεπε να προσπαθήσω περισσότερο» απάντησε ανοίγοντάς της την πόρτα του κοιτώνα της. «Αν είχα περισσότερη συναίσθηση... δεν ξέρω... ίσως ο Μέισον να ήταν τώρα ζωντανός».

Κατάλαβα ότι και ο Έντι κι εγώ έπρεπε να έχουμε αρχίσει θεραπεία αμέσως μόλις επιστρέψαμε από τις χειμερινές διακοπές. Είχα επιτέλους κατανοήσει γιατί όλοι μου λέγανε πως ήταν παράλογο να καταλογίζω το θάνατο του Μέισον στον εαυτό μου. Ο Έντι κι εγώ θεωρούσαμε τους εαυτούς μας υπεύθυνους για κάτι που δεν περνούσε καν από τα χέρια μας. Βασανίζαμε τους εαυτούς μας με ενοχές που δεν μας άξιζαν.

«Λίζα, για έλα λίγο».

Η σοβαρή αυτή συζήτηση διακόπηκε από τον Τζέσε και τον Ραλφ που της έκαναν νόημα από την άλλη άκρη του λόμπι του κοιτώνα. Οι άμυνές μου οξύνθηκαν και πάλι. Το ίδιο κι οι δικές της. Ούτε κι εκείνη τους συμπαθούσε.

«Τι θέλουν;» ρώτησε επιφυλακτικά ο Έντι.

«Δεν ξέρω» μουρμούρισε πηγαίνοντας προς τα εκεί «ελπίζω μόνο να μη με καθυστερήσουν».

Ο Τζέσε της έριξε ένα εκθαμβωτικό χαμόγελο, που κάποτε το έβρισκα πολύ σέξι. Τώρα βέβαια είχα συνειδητοποιήσει πόση ψευτιά κρυβόταν πίσω του. «Πώς πάει;» τη ρώτησε.

«Είμαι κουρασμένη και θέλω να πάω να κοιμηθώ» του απάντησε. «Για πες μου, τι θες;»

Ο Τζέσε κοίταξε τον Έντι. «Μας αφήνεις για λίγο μόνους;»

Ο Έντι κοίταξε τη Λίζα. Του έγνεψε «εντάξει» κι εκείνος απομακρύνθηκε τόσο ώστε να μην μπορεί να ακούει αλλά να έχει τη Λίζα στο οπτικό του πεδίο. Όταν έμειναν οι δυο τους, ο Τζέσε της είπε: «Έχω μια πρόσκληση για σένα».

«Τι; Γίνεται κάποιο πάρτι;»

«Κάπως έτσι... Είναι μια ομάδα...» πήγε να εξηγήσει ο Ραλφ, αλλά επειδή δεν τα κατάφερνε με τις λέξεις, ανέλαβε και πάλι ο Τζέσε.

«Δεν είναι απλώς μια ομάδα. Είναι μόνο για την αριστοκρατία». Έκανε μια κυκλική κίνηση με το χέρι του. «Εσύ, εγώ κι ο Ραλφ δεν είμαστε ίσα κι όμοια με τα υπόλοιπα Μορόι. Διαφέρουμε ακόμη και από πολλούς βασιλικούς γόνους. Έχουμε άλλες ανησυχίες και θέματα που πρέπει να επιλύσουμε». Το έβρισκα τόσο αστείο που συμπεριλάμβανε και τον Ραλφ στην ομάδα! Το γαλάζιο αίμα του Ραλφ προερχόταν από τη μητέρα του που ανήκε στην οικογένεια των Βόντα κι έτσι δεν είχε καν βασιλικό επίθετο, παρότι πρακτικά ήταν βασιλικός γόνος.

«Συγνώμη, αλλά δεν μου αρέσει να κάνω παρέα με ψηλομύτες» τους είπε. «Μην το πάρετε προσωπικά. Ευχαριστώ για την πρόσκληση, πάντως». Έτσι φερόταν πάντοτε η Λίζα. Ήταν ευγενική ακόμη και με καθάρματα σαν αυτούς τους δύο.

«Μα δεν κατάλαβες. Δεν βρισκόμαστε απλώς έτσι για να τα πούμε. Προσπαθούμε να κάνουμε διάφορα πράγματα. Προσπαθούμε...» δίστασε και μετά μίλησε πολύ απαλά «να εργαστούμε για να ακουστούμε περισσότερο, να κάνουμε τους ανθρώπους να στραφούν προς το μέρος μας και να τους αναγκάσουμε να δουν τον κόσμο με τα δικά μας μάτια».

Η Λίζα γέλασε αμήχανα. «Μιλάτε λες και χρησιμοποιείτε υποβολή».

«Και τι μ' αυτό;»

Δεν μπορούσα να δω το πρόσωπό της, αλλά καταλάβαινα ότι προσπαθούσε με νύχια και με δόντια να συγκρατηθεί. «Έχετε τρελαθεί τελείως; Η υποβολή απαγορεύεται. Κάνετε μεγάλο λάθος».

«Μόνο για μερικούς ισχύει αυτή η απαγόρευση. Προφανώς όμως όχι για σένα, γιατί, από ό,τι ξέρω, τα πας πολύ καλά με την υποβολή».

Η έκφρασή της σκλήρυνε. «Και πού το ξέρεις εσύ;»

«Κάποιος, για την ακρίβεια κάποιοι, το υπονόησαν». Κάποιοι; Προσπάθησα να θυμηθώ τι τους είχαμε πει στο δωμάτιο των τροφών. Δεν είχαμε αναφέρει το όνομά της, παρότι και οι δυο μας καυχιόμασταν πως είχαμε δει κάποιον να χρησιμοποιεί την υποβολή. Επίσης, ο Τζέσε είχε προφανώς καταλάβει κι άλλα πράγματα για αυτήν. «Εκτός αυτού όμως, δεν είναι δα και τόσο δύσκολο να το καταλάβει κανείς. Όλοι σ' αγαπάνε. Την έχεις γλιτώσει ατελείωτες φορές. Τώρα πια ξέρουμε το γιατί: όλο αυτόν τον καιρό χρησιμοποιείς την υποβολή σε ανθρώπους. Σε παρακολουθούσα και μέσα στην τάξη. Μια μέρα κατάφερες να πείσεις τον κύριο Χιλ να σε βάλει να συνεργαστείς με τον Κρίστιαν σε μια εργασία. Αλλιώς δεν υπήρχε περίπτωση να σας αφήσει».

Ήμουν μαζί τους στην τάξη εκείνη την ημέρα. Πράγματι, η Λίζα είχε υποβάλει το δάσκαλό της για να βοηθήσει τον Κρίστιαν. Μέσα στα πολλά παρακάλια της, είχε χρησιμοποιήσει και την υποβολή και στον κύριο Χιλ χωρίς καν να το καταλάβει. Ήταν μάλιστα πολύ ανίσχυρη υποβολή σε σχέση με άλλες που την είχα δει να κάνει. Κανείς δεν το είχε καταλάβει. Ή, μάλλον, σχεδόν κανείς.

«Άκου» του είπε η Λίζα με σοβαρό ύφος. «Δεν έχω ιδέα για τι πράγμα μου μιλάς. Θέλω να πάω για ύπνο».

Ο Τζέσε την κοίταξε ενθουσιασμένος. «Μη μας παρεξηγείς. Εμείς το βρίσκουμε καταπληκτικό αυτό που κάνεις. Θέλουμε μάλιστα να σε βοηθήσουμε ή, μάλλον, χρειαζόμαστε τη βοήθειά σου. Δεν καταλαβαίνω πώς δεν το είχα παρατηρήσει νωρίτερα. Είσαι πολύ καλή και θέλουμε να μας μάθεις κι εμάς. Επίσης, κανένα από τα παλιότερα *Mână* δεν είχε μέλος από την οικογένεια Ντραγκομίρ. Θα είμαστε οι πρώτοι που θα δουλέψουν με τη συμμετοχή όλων των βασιλικών οικογενειών».

Αναστέναξε. «Ρε παιδιά, αν ήξερα να χρησιμοποιώ την υποβολή, θα σας έκανα να φύγετε. Σας είπα, δεν μ' ενδιαφέρει καθόλου».

«Ναι, αλλά σε χρειαζόμαστε!» αναφώνησε ο Ραλφ. Ο Τζέσε τον κοίταξε αυστηρά και στράφηκε και πάλι στη Λίζα χαμογελώντας. Ένιωθα ότι προσπαθούσε να την υποβάλει, αλλά φυσικά δεν μπορούσε να κάνει τίποτα ούτε σ' αυτήν ούτε σ' εμένα που έβλεπα μέσα από τα μάτια της.

«Δεν θέλουμε μόνο τη βοήθειά σου. Οι ομάδες των *Mână* λειτουργούν σε όλα τα σχολεία» είπε ο Τζέσε. Έσκυψε πιο κοντά της και ξαφνικά έπαψε να είναι τόσο φιλικός. «Έχουν μέλη σε όλο τον κόσμο. Αν γίνεις κι εσύ μέλος, θα αποκτήσεις διασυνδέσεις που θα σου επιτρέψουν να κάνεις ό,τι θες στη ζωή σου. Κι αν μάλιστα μάθουμε όλοι μας πώς να χρησιμοποιούμε την υποβολή, θα μπορέσουμε να σταματήσουμε τις βλακείες που κάνει η κυβέρνηση των Μορόι και θα βεβαιωθούμε ότι η βασίλισσα και όλοι οι υπόλοιποι παίρνουν τις σωστές αποφάσεις. Δεν υπάρχει τίποτε το κακό σε όλο αυτό».

«Ευχαριστώ, τα καταφέρνω μια χαρά και μόνη μου» είπε κάνοντας ένα βήμα πίσω. «Και δεν είμαι απολύτως σίγουρη ότι γνωρίζετε τι είναι καλό για τα Μορόι».

«Τα καταφέρνεις μια χαρά; Μ' αυτό το Στριγκόι για γκόμενο και αυτό το πορνίδιο για φύλακα;» φώναξε ο Ραλφ. Μίλησε τόσο δυνατά που ο Έντι τον άκουσε και η έκφρασή του έδειχνε ότι κάθε άλλο παρά ευχαριστημένος ήταν.

«Πάψε» του είπε ο Τζέσε θυμωμένος. Γύρισε προς τη Λίζα. «Δεν έπρεπε να μιλήσει έτσι... αλλά δεν έχει κι άδικο. Το καλό όνομα της οικογένειάς σου στηρίζεται σ' εσένα και μ' αυτές τις επιλογές σου κανείς δεν σε παίρνει στα σοβαρά. Ήδη η βασίλισσα προσπαθεί να σε συνετίσει και να σε κρατήσει μακριά από τον Οζέρα. Θα φας τα μούτρα σου».

Η Λίζα είχε αρχίσει να θυμώνει όλο και περισσότερο. «Δεν ξέρεις τι λες. Και...» Έσμιξε τα φρύδια της. «Τι εννοείς; Πώς προσπαθεί να με απομακρύνει απ' τον Κρίστιαν;»

«Θέλει να σε παντρέψ...» ξεκίνησε να λέει ο Ραλφ και ο Τζέσε τον διέκοψε αμέσως.

«Αυτό ακριβώς προσπαθώ να σου πω» είπε ο Τζέσε. «Γνωρίζουμε πολλά πράγματα που σε αφορούν. Μπορούμε να σε βοηθήσουμε. *Και* εσένα και τον Κρίστιαν».

Κατάλαβα ότι ο Ραλφ ήθελε να αναφερθεί στα σχέδια της βασίλισσας για το γάμο της Λίζα και του Άντριαν. Αναρωτιόμουν πώς το ήξερε, αλλά μετά θυμήθηκα ότι ο Ραλφ είχε συγγένεια με τους Βόντα και ότι η Πρισίλα Βόντα ήταν η καλύτερη φίλη και σύμβουλος της βασίλισσας. Ήξερε όλα τα σχέδια της βασίλισσας και προφανώς είχε μιλήσει στον Ραλφ γι' αυτά. Θα πρέπει να 'χαν πολύ πιο στενές σχέσεις απ' ό,τι φανταζόμουν.

«Πες μου» απαίτησε να μάθει η Λίζα. Της πέρασε από το μυαλό να τον υποβάλει, αλλά δεν το έκανε. Δεν θα έπεφτε τόσο χαμηλά. «Τι ξέρεις για τον Κρίστιαν;»

«Δεν δίνουμε πληροφορίες έτσι δωρεάν» της είπε ο Τζέσε. «Έλα σε μία από τις συναντήσεις μας και θα μάθεις τα πάντα».

«Καλά, πείτε ό,τι θέλετε. Δεν με ενδιαφέρουν οι ελιτίστικες συνάξεις σας και δεν ξέρω τίποτα για την υποβολή». Παρά τα όσα έλεγε, πέθαινε να μάθει τι ήξεραν.

Έκανε να φύγει, αλλά ο Τζέσε την άρπαξε από το μπράτσο. «Πρέπει που να πάρει…»

«Η Λίζα θα πάει για ύπνο τώρα» είπε ο Έντι. Βρέθηκε στιγμιαία δίπλα της όταν την ακούμπησε ο Τζέσε. «Το καλό που σου θέλω τράβα το χέρι σου γιατί θα αναγκαστώ να σ' το βγάλω εγώ».

Ο Τζέσε τον κάρφωσε αγριεμένος. Όπως συμβαίνει πάντοτε σ' αυτές τις αναμετρήσεις νταμπίρ με Μορόι, ο Έντι ήταν πιο δυνατός και ο Τζέσε πιο ψηλός. Φυσικά, ο Τζέσε είχε και τον όγκο του Ραλφ για βοήθεια, αλλά αυτό δεν είχε καμία σημασία. Όλη η παρέα ήξερε ποιος θα νικούσε αν ξεκινούσαν τον καβγά. Το καλό ήταν ότι ο Έντι δεν θα έμπαινε καν σε μπελάδες αν έλεγε ότι το έκανε απλά και μόνο για να σώσει τη Λίζα.

Ο Τζέσε κι ο Ραλφ άρχισαν να κάνουν βήματα προς τα πίσω. «Σε χρειαζόμαστε» είπε ο Τζέσε. «Είσαι η μόνη που έχει απομείνει. Σκέψου το καλά».

Όταν είχαν πια φύγει, ο Έντι ρώτησε: «Πώς είσαι;»

«Εντάξει είμαι, σ' ευχαριστώ. Πολύ παράξενο αυτό που συνέβη». Προχώρησαν προς τις σκάλες.

«Τι ήθελαν;»

«Έχουν τρελαθεί με ένα κλαμπ βασιλικών γόνων που έχουν φτιάξει και θέλουν, λέει, να γίνω κι εγώ μέλος για να έχουν συμμετοχή απ' όλες τις βασιλικές οικογένειες. Κάνανε σαν τρελοί». Ο Έντι ήξερε για το πνεύμα, αλλά εκείνη δεν αισθανόταν άνετα να του υπενθυμίσει πόσο αστέρι ήταν στην υποβολή.

Της άνοιξε την πόρτα. «Όσο και να σε παρενοχλήσουν, δεν θα μπορέσουν να σε αναγκάσουν να κάνεις κάτι που δεν θες».

«Μάλλον». Μέσα της αναρωτιόταν αν πράγματι ήξεραν

κάτι για τον Κρίστιαν ή αν μπλόφαραν. «Απλώς εύχομαι να μη γίνουν ενοχλητικοί».

«Μην ανησυχείς» της είπε και η φωνή του σκλήρυνε. «Σου το εγγυώμαι εγώ. Δεν θα σε πειράξουν».

Ξαναγύρισα στο σώμα μου και άνοιξα την πόρτα του δικού μου κοιτώνα. Ανεβαίνοντας τις σκάλες συνειδητοποίησα ότι χαμογελούσα. Φυσικά και δεν θα 'θελα να παρενοχλήσουν τη Λίζα ο Τζέσε και ο Ραλφ, αλλά αν χρειαζόταν να τους δώσει ένα μαθηματάκι ο Έντι, καθόλου δεν θα με πείραζε. Στο κάτω κάτω έτσι θα πλήρωναν και για τα όσα έκαναν στους άλλους.

22

Η ΝΤΕΙΡΝΤΡΙ, Η ΣΥΜΒΟΥΛΟΣ ΜΟΥ, δεν πρέπει να είχε και καμιά φοβερή ζωή, γιατί το επόμενό μας ραντεβού το είχε κλείσει για την Κυριακή. Δεν μου άρεσε και πολύ η ιδέα γιατί αυτή ήταν η μόνη ελεύθερη μέρα που είχα και εγώ αλλά και οι φίλοι μου. Τι να 'κανα όμως; Οι διαταγές είναι διαταγές. Έτσι εμφανίστηκα κανονικά στη συνάντησή μας.

«Λάθος κάνατε» της είπα πριν προλάβω να καθίσω καλά καλά. Δεν είχαμε ακόμη προλάβουμε να ασχοληθούμε με τα ερωτήματα που μου είχε θέσει στην πρώτη μας συνεδρία, ενώ τις δύο προηγούμενες φορές τις είχαμε περάσει μιλώντας για τη μητέρα μου και για το πώς έβλεπα την πρακτική άσκηση.

«Για ποιο θέμα;» με ρώτησε. Φορούσε ένα αμάνικο εμπριμέ φόρεμα που μάλλον ήταν πολύ ελαφρύ για τέτοιο καιρό. Επίσης, είχε μια ανατριχιαστική ομοιότητα με τις φωτογραφίες της φύσης που κρέμονταν στους τοίχους του γραφείου της.

«Για τον τύπο που μ' αρέσει. Δεν μ' αρέσει μόνο και μόνο επειδή δεν μπορώ να τον αποκτήσω. Μ' αρέσει γιατί... γιατί είναι *αυτός* που είναι. Έκανα ένα πείραμα με τον εαυτό μου».

«Τι πείραμα ήταν αυτό;»

«Είναι ολόκληρη ιστορία» είπα με τόνο μυστικοπάθειας. Δεν ήθελα να της πω με λεπτομέρεια για τον Άντριαν και τη δοκιμή που έκανα με την υποβολή. «Πρέπει να μου έχετε εμπιστοσύνη».

«Και σχετικά με το άλλο ζήτημα που είχαμε πει ότι θα σκεφτείς;» με ρώτησε. «Πώς αισθάνεσαι σε σχέση με τη Λίζα;»

«Και σ' αυτό λάθος κάνατε».

«Έκανες και γι' αυτό πείραμα;»

«Όχι. Αυτό δεν είναι και κάτι που μπορώ να το διασταυρώσω τόσο εύκολα».

«Και τότε πώς είσαι τόσο σίγουρη;»

«Είμαι» αυτή ήταν η καλύτερη απάντηση που μπορούσα να της δώσω.

«Πώς τα πάτε τελευταία;»

«Τι εννοείτε;»

«Θέλω να πω, περνάτε χρόνο μαζί; Ξέρεις τι κάνει;»

«Ναι. Δηλαδή σχετικά. Δεν τη βλέπω και τόσο πολύ, αλλά ασχολείται με τα ίδια πράγματα που ασχολούνταν πάντοτε. Περνάει πολύ χρόνο με τον Κρίστιαν, παίρνει άριστα σ' όλα τα διαγωνίσματα και έχει σχεδόν απομνημονεύσει την ιστοσελίδα του Λεχάι».

«Του Λεχάι;»

Της εξήγησα την προσφορά που της είχε κάνει η βασίλισσα. «Τα μαθήματα αρχίζουν το φθινόπωρο αλλά εκείνη έχει δει όλα τα πιθανά μαθήματα που μπορεί να παρακολουθήσει και προσπαθεί να αποφασίσει τι θέλει να σπουδάσει».

«Κι εσύ;»

«Τι εγώ;»

«Εσύ τι θα κάνεις όσο εκείνη θα πηγαίνει στα μαθήματα;»

«Θα πηγαίνω μαζί της. Αυτό συμβαίνει συνήθως όταν ένα Μορόι και ο φύλακάς του είναι σχεδόν συνομήλικα. Μάλλον θα με γράψουν και εμένα στο πανεπιστήμιο».

«Θα κάνεις δηλαδή ακριβώς τα ίδια μαθήματα μ' εκείνη;»

«Ναι».

«Και μήπως εσύ θα προτιμούσες να παρακολουθήσεις κάτι διαφορετικό;»

«Πού θέλετε να ξέρω; Αφού δεν έχει ακόμη διαλέξει για να δω αν θέλω να τα παρακολουθήσω ή όχι».

«Και δεν σ' ενοχλεί αυτό;»

Είχα αρχίσει να χάνω την υπομονή μου. Δεν είχα καμία όρεξη να συζητήσω το συγκεκριμένο θέμα. «Όχι» της είπα κοφτά.

Καταλάβαινα ότι η Ντέιρντρι ήθελε να με κάνει να αναλύσω περισσότερο τις σκέψεις μου, αλλά αρνούμουν πεισματικά. Κοιταχτήκαμε κατάματα για λίγο. Ήταν σχεδόν λες και προκαλούσαμε η μία την άλλη θέλοντας να δούμε ποια θα υποχωρήσει πρώτη. Ίσως και να ήμουν υπερβολική. Κοίταξε το μυστήριο τετραδιάκι που πάντοτε κρατούσε και γύρισε τις σελίδες του. Τα νύχια της ήταν καλοσχηματισμένα και βαμμένα κόκκινα. Το βερνίκι στα δικά μου νύχια είχε αρχίσει να ξεφτίζει.

«Θα προτιμούσες να μιλήσουμε για κάτι άλλο και όχι για τη Λίζα σήμερα;» με ρώτησε στο τέλος.

«Μπορούμε να συζητήσουμε ό,τι εσείς θεωρείτε καλό να συζητήσουμε».

«Εσύ τι *θεωρείς* καλό;»

Να πάρει! Πάλι θα μ' έπρηζε με τις ερωτήσεις της. Αναρωτήθηκα αν κάποιο από τα διπλώματά της επιβεβαίωνε την εξειδίκευσή της σ' αυτόν τον τομέα.

«Νομίζω ότι θα ήταν καλό να σταματήσετε να μου μιλάτε λες και είμαι Μορόι, λες και μπορώ να επιλέξω τη ζωή που θέλω. Κάνετε λες και θα έπρεπε να αναστατωθώ για το πώς είναι η ζωή μου ή για τα μαθήματα που θα επιλέξω στο πανεπιστήμιο. Ωραία. Έστω ότι μπορούσα να διαλέξω τι θέλω να σπουδάσω. Σε τι θα με ωφελούσε; Μήπως θα ασχοληθώ ποτέ με τη Δικηγορία ή τη Θαλάσσια Βιολογία; Δεν υπάρχει λόγος να έχω το δικό μου πρόγραμμα. Η τύχη μου έχει ήδη αποφασιστεί».

«Κι εσύ το παίρνεις θετικά όλο αυτό». Θα μπορούσε κάλλιστα να είχε βάλει ένα ερωτηματικό στο τέλος, αλλά εκείνη το παρουσίασε ως διαπίστωση.

Σήκωσα τους ώμους μου. «Χαίρομαι που θα την προστατεύω και το ξεχνάτε συνεχώς αυτό. Όλες οι δουλειές έχουν τα αρνητικά και τα θετικά τους. Τώρα αν με ρωτάτε αν έχω όρεξη να παρακολουθώ Άλγεβρα μαζί της, η απάντηση είναι όχι. Είμαι αναγκασμένη να το κάνω όμως γιατί το υπόλοιπο κομμάτι της σχέσης μας είναι πολύ σημαντικό. Εσείς δηλαδή θέλετε να μου πείτε ότι σας αρέσει να αντιμετωπίζετε συνεχώς θυμωμένους εφήβους που απορρίπτουν τις προσπάθειές σας να τους προσεγγίσετε; Όχι. Είστε όμως αναγκασμένη να το κάνετε γιατί η ικανοποίηση που παίρνετε από την εργασία σας είναι τεράστια».

«Για να είμαι ειλικρινής» είπε απρόσμενα «αυτό το κομμάτι της δουλειάς μου απολαμβάνω περισσότερο».

Δεν μπορούσα να καταλάβω αν αστειευόταν, αλλά αποφάσισα να μη δώσω συνέχεια, κυρίως επειδή δεν μου είχε απαντήσει και πάλι κάνοντάς μου ερώτηση.

«Απλώς μου τη δίνει που όλοι έχουν αρχίσει να υπονοούν ότι γίνομαι φύλακας με το ζόρι».

«Ποιοι όλοι;»

«Εσείς και ένας τύπος που γνώρισα στα ανάκτορα... ένα νταμπίρ που λεγόταν Άμπροουζ. Είναι... πώς να το πω... αρσενική πόρνη αίματος. Δίνει αίμα στα Μορόι» επεξήγησα, λες και δεν είχε καταλάβει τι εννοούσα. Περίμενα να δω αν θα αντιδράσει με τον όρο που χρησιμοποίησα, αλλά εκείνη παρέμεινε ανέκφραστη. «Μου παρουσίαζε τα πράγματα λες και είμαι παγιδευμένη στη ζωή που ζω. Όμως εγώ αυτό θέλω. Είμαι πολύ καλή στο αντικείμενό μου. Ξέρω πώς να μάχομαι και ξέρω πώς να προστατεύω. Έχετε δει ποτέ σας Στριγκόι;»

Μου έγνεψε αρνητικά.

«Εγώ έχω δει. Και όταν σας λέω ότι θέλω να αφιερώσω τη ζωή μου στο να προστατεύω τα Μορόι και να σκοτώνω Στριγκόι, το εννοώ. Τα Στριγκόι είναι η προσωποποίηση της κακίας και πρέπει να τα εξολοθρεύσουμε. Θέλω πολύ να το κάνω και αν μάλιστα έχω την ευκαιρία να το κάνω ζώντας με την καλύτερή μου φίλη, ακόμα καλύτερα».

«Καταλαβαίνω, αλλά τι θα γίνει αν θελήσεις παράλληλα κι άλλα πράγματα; Πράγματα που δεν θα μπορέσεις να έχεις αν διαλέξεις αυτόν τον τρόπο ζωής;»

Σταύρωσα τα χέρια μου. «Θα σας δώσω την ίδια απάντηση. Υπάρχουν καλές και κακές πλευρές σε όλα τα πράγματα. Πρέπει λοιπόν να τα εξισορροπούμε όλα όσο καλύτερα μπορούμε. Γιατί, μήπως όλη η ζωή μας δεν είναι έτσι; Μήπως στην πραγματική ζωή δεν πρέπει να τα κάνουμε όλα στην εντέλεια, αλλιώς κάτι θα πάει στραβά με τον εαυτό μας;»

«Μα φυσικά και όχι» είπε και βολεύτηκε λίγο καλύτερα στην καρέκλα της. «Θέλω να έχεις μια γεμάτη ζωή, αλλά δεν περιμένω να είναι τέλεια. Κανείς ποτέ δεν θα το καταφέρει αυτό. Νομίζω όμως ότι έχει ενδιαφέρον να δούμε πώς αντιδράς και συμβιβάζεσαι κάθε φορά που έρχεσαι αντιμέτωπη με αντιφατικά κομμάτια της ζωής σου που σου υπαγορεύουν ότι η μία επιλογή αποκλείει την άλλη».

«Όλοι περνούν τέτοιες φάσεις». Ένιωθα ότι επαναλαμβανόμουν.

«Ναι, αλλά δεν βλέπουν όλοι φαντάσματα εξαιτίας αυτής της κατάστασης».

Τα λεπτά που πέρασαν μέχρι να συνειδητοποιήσω πού το πήγαινε μου φάνηκαν αιώνες. «Για σταθείτε. Θέλετε να μου πείτε ότι ο λόγος που βλέπω μπροστά μου τον Μέισον είναι ότι υποσυνείδητα μισώ τη Λίζα επειδή τη θεωρώ εμπόδιο στη ζωή μου; Πάει δηλαδή η μετατραυματική θεωρία; Εγώ νόμιζα ότι εξαιτίας αυτού βλέπω τον Μέισον».

«Νομίζω ότι τον Μέισον τον βλέπεις για πολλούς λόγους» είπε. «Κι αυτούς προσπαθούμε να ανακαλύψουμε».

«Κι όμως» είπα «δεν μιλάμε ποτέ για τον Μέισον».

Η Ντέιρντρι χαμογέλασε αγνά. «Έτσι πιστεύεις;»

Η συνεδρία μας είχε τελειώσει.

«Σου απαντάει κι εσένα πάντοτε με ερωτήσεις;» ρώτησα τη Λίζα αργότερα. Διασχίζαμε την αυλή και πηγαίναμε προς την τραπεζαρία για βραδινό. Μετά θα συναντούσαμε και τους υπόλοιπους και θα βλέπαμε ταινία. Είχαμε καιρό να βρεθούμε οι δυο μας και μου είχε λείψει πολύ.

«Δεν μας βλέπει η ίδια σύμβουλος» είπε γελώντας. «Κάτι τέτοιο θα αποτελούσε σύγκρουση συμφερόντων».

«Ε, τότε πες μου αν το κάνει η δική σου».

«Δεν το 'χω παρατηρήσει, να σου πω την αλήθεια. Η δική σου το κάνει, απ' ό,τι καταλαβαίνω».

«Ναι… είναι πραγματικά εντυπωσιακό».

«Ποιος θα μας το 'λεγε ότι θα ερχόταν η μέρα που θα συγκρίναμε τις ψυχοθεραπείες μας».

Γελάσαμε. Πέρασε λίγη ώρα και ξεκίνησε κάτι να μου λέει. Ήθελε να μου μιλήσει για τον Τζέσε και τον Ραλφ, χωρίς να έχει ιδέα ότι εγώ γνώριζα τα πάντα. Προτού όμως προλάβει να μου πει το οτιδήποτε, μας πλησίασε ο Ντιν Μπαρνς.

«Γεια σου, Ρόουζ. Εγώ και μερικοί άλλοι προσπαθούμε να καταλάβουμε τι συνέβη και κάνεις μόνο τη μισή πρακτική άσκηση».

Ωραία! Το 'ξερα ότι κάποιος θα με ρωτούσε αργά ή γρήγορα. Η αλήθεια είναι πως είχαν καθυστερήσει πάρα πολύ, αλλά προφανώς ήταν όλοι πολύ απασχολημένοι με τη δική τους πρακτική κι έτσι δεν το πολυσκέφτονταν. Είχα έτοιμη την απάντηση.

«Ήμουν άρρωστη και η Δρ. Ολέντζκι δεν ήθελε να κάνω ολόκληρη την άσκηση».

«Αλήθεια;» με ρώτησε ελαφρώς σαστισμένος. «Και να σκεφτείς ότι πάντοτε μας λένε πως στην πραγματική ζωή δεν υπάρχουν ποτέ μέρες ασθενείας για τους φύλακες».

«Ναι, αλλά ακριβώς επειδή εδώ δεν ζούμε ακόμη στον πραγματικό κόσμο, η γνώμη της Δρ. Ολέντζκι είναι αυτή που μετράει».

«Εγώ πάλι άκουσα ότι το έκαναν γιατί αποτελείς απειλή για τον Κρίστιαν».

«Μπα, πίστεψέ με, όχι». Μύριζε ολόκληρος αλκοόλ κι έτσι βρήκα την ευκαιρία να αλλάξω το θέμα. «Μήπως ήπιες;»

«Ναι, ο Σέιν κι εγώ μπορέσαμε να βρούμε μερικά μπουκάλια και μαζευτήκαμε με μια παρέα στο δωμάτιό του. Τι;»

«Τι;»

«Μη με κοιτάς μ' αυτό το ύφος».

«Πώς δηλαδή;»

«Λες και δεν εγκρίνεις τις πράξεις μου».

«Μα δεν τις εγκρίνω».

Η Λίζα χασκογέλασε. «Έλα τώρα, αφού τις εγκρίνεις».

Ο Ντιν πήρε ένα προσβεβλημένο ύφος. «Δηλαδή τι κακό έκανα; Στο κάτω κάτω έχω ρεπό σήμερα και ακόμη κι *αν* είναι Κυριακή δεν σημαίνει ότι...»

Κάτι κινούνταν δίπλα μας.

Δεν δίστασα ούτε λεπτό. Όλα είχαν γίνει τόσο γρήγορα και τόσο συγκαλυμμένα που δεν υπήρχε περίπτωση να πρόκειται για φιλικές κινήσεις. Οι φιγούρες που είδα να κινούνται δίπλα μας ήταν ντυμένες στα μαύρα. Μπήκα ανάμεσα στη Λίζα και τον αντίπαλό μου. Διέκρινα με δυσκολία μία φύλακα που δίδασκε συνήθως μαθητευόμενους του Δημοτικού. Την έλεγαν Τζέιν ή Τζοάν ή κάπως έτσι. Όχι, όχι, λεγόταν Τζιν. Ήταν πολύ πιο ψηλή από εμένα. Παρ' όλα αυτά κατάφερα να της ρίξω μια μπουνιά στο πρόσωπο. Παραπάτησε. Δίπλα της πλησίασε και μια δεύτερη μορφή. Ήταν ο Γιούρι. Πήδηξα από την άλλη πλευρά ώστε η Τζιν να βρεθεί ανάμεσά μας και την κλότσησα στο στομάχι. Έπεσε κατά τη μεριά του και αυτή τη φορά παραπάτησαν και οι δυο τους. Εκείνη ακριβώς τη στιγμή έβγαλα το κοντάρι μου και στόχευσα στην καρδιά της. Πέτυχα το σημείο που έπρεπε κι εκείνη απομακρύνθηκε καθώς θεωρητικά είχε μόλις «πεθάνει».

Ήμουν πια αντιμέτωπη με τον Γιούρι. Λίγο παραπέρα άκουσα έναν πνιχτό ήχο και κατάλαβα ότι και ο Ντιν μάλλον πάλευε με το δικό του αντίπαλο ή τους δικούς του αντιπάλους. Δεν μπορούσα να δω τι συνέβαινε. Έπρεπε πρώτα να ξεφορτωθώ τον Γιούρι, πράγμα δύσκολο καθώς ήταν πολύ πιο δυνατός από την Τζιν. Κινούμασταν κυκλικά και μία κάναμε παραπλανητικές κινήσεις, μία ρίχναμε αληθινά χτυπήματα. Όταν τελικά επιτέθηκε, ήμουν πολύ πιο γρήγορη και απέφυγα τη λαβή του. Μπόρεσα να κρατηθώ τόσο μακριά ώστε να έχω τη δυνατότητα να τον «σκοτώσω» κι εκείνον με το κοντάρι μου.

Μόλις απομακρύνθηκε ηττημένος, γύρισα προς τη μεριά του Ντιν. Η Λίζα είχε φύγει από το πεδίο της μάχης και παρακολουθούσε καθώς ο Ντιν κι ο αντίπαλός του έριχναν χτυπήματα ο ένας στον άλλο. Το θέαμα ήταν τουλάχιστον τραγικό. Μ' αρέσει που είχα πει ότι ο Ράιαν δεν τα κατάφερνε! Αυτός σε σχέση μ' αυτό που έβλεπα μπροστά μου εκείνη τη στιγμή ήταν άριστος. Το κοντάρι του Ντιν ήταν πεσμένο κάτω κι εκείνος έκανε νευρικές και ασταθείς κινήσεις. Σκέφτηκα ότι περισσότερο κακό παρά καλό έκανε προσπαθώντας να παλέψει. Όρμησα μπροστά και τον έβγαλα από τη μέση σπρώχνοντάς τον κατά τη μεριά της Λίζα. Ίσως και να τον είχα σπρώξει πάρα πολύ και να 'χε πέσει κάτω, αλλά δεν μ' ένοιαζε. Έπρεπε να φύγει από τη μέση.

Τα μάτια μου στράφηκαν κατά τον αντίπαλό μου. Ήταν ο Ντιμίτρι.

Ε, αυτό δεν το περίμενα. Μια φωνή μέσα μου μου 'λεγε ότι δεν θα μπορούσα να αντιμετωπίσω τον Ντιμίτρι. Αλλά αντιστάθηκα υπενθυμίζοντας στη φωνούλα όλη την προσπάθεια που είχα κάνει τους τελευταίους έξι μήνες. Ούτως ή άλλως εκείνη τη στιγμή δεν είχα μπροστά μου τον Ντιμίτρι, αλλά έναν εχθρό.

Έκανα ένα άλμα κατά τη μεριά του με το κοντάρι ελπίζοντας ότι θα τον έπιανα απροετοίμαστο. Αλλά τον Ντιμίτρι δεν τον έπιανε κανείς απροετοίμαστο. Ήταν γρήγορος. Πολύ γρήγορος. Φερόταν λες και ήξερε την επόμενη κίνησή μου. Σταμάτησε την επίθεσή μου με ένα αστραπιαίο χτύπημα στο πλάι του κεφαλιού μου. Ήξερα ότι αργότερα θα πονούσα πολύ, αλλά η αδρεναλίνη μου βρισκόταν σε τέτοια επίπεδα που δεν μπορούσα να δώσω σημασία εκείνη τη στιγμή.

Ένιωσα ότι γύρω μας είχε μαζευτεί κοινό, που παρακολουθούσε από μακριά. Ο Ντιμίτρι κι εγώ ήμασταν διασημότητες και η σχέση εκπαιδευτή και μαθητευόμενου που είχαμε έκανε την όλη διαδικασία ακόμη πιο ενδιαφέρουσα. Είχαμε γίνει θέαμα.

Τα μάτια μου όμως ήταν καρφωμένα αποκλειστικά στον Ντιμίτρι. Δοκιμάζαμε συνεχώς ο ένας τις δυνάμεις του άλλου κάνοντας και επίθεση και άμυνα. Προσπάθησα να θυμηθώ όλα όσα μου είχε διδάξει. Έκανα προπονήσεις μαζί του εδώ και αρκετούς μήνες. Τον ήξερα. Ήξερα τις κινήσεις του, όπως κι εκείνος γνώριζε τις δικές μου. Μπορούσα κι εγώ να διαβάσω το δικό του μυαλό. Μόλις άρχισα να χρησιμοποιώ αυτή μου τη γνώση, η μάχη μας έγινε ακόμη δυσκολότερη. Ταιριάζαμε πολύ στη μάχη, ήμασταν κι οι δύο πολλοί γρήγοροι. Η καρδιά μου κόντευε να σπάσει. Ο ιδρώτας κυλούσε πάνω στο δέρμα μου.

Τελικά, ο Ντιμίτρι ανέλαβε δράση. Όρμησε μπροστά με όλη τη δύναμη του κορμιού του θέλοντας να μου επιτεθεί. Προσπάθησα όσο μπορούσα να τον μπλοκάρω, αλλά ήταν τέτοια η δύναμή του, που ενώ τον απώθησα, παραπάτησα από την ορμή του. Δεν έχασε την ευκαιρία. Με έριξε στο πάτωμα και προσπάθησε να με ακινητοποιήσει. Αν ένα Στριγκόι με παγίδευε κατ' αυτόν τον τρόπο, σίγουρα θα με δάγκωνε ή θα μου έσπαγε το λαιμό. Δεν μπορούσα να το επιτρέψω αυτό.

Κι έτσι, παρόλο που ήμουν εγκλωβισμένη στο πάτωμα, κατάφερα να τον απομακρύνω με τον αγκώνα μου και να του γρατσουνίσω το πρόσωπο με τα νύχια μου. Τραβήχτηκε πίσω. Να η ευκαιρία! Τον έριξα κάτω και τον ακινητοποίησα. Πάλευε να με πετάξει πίσω κι εγώ αντιστεκόμουν, προσπαθώντας παράλληλα να χειριστώ καλά το κοντάρι μου. Εκείνος όμως παραήταν δυνατός. Ήμουν σίγουρη ότι δεν θα κατάφερνα να τον συγκρατήσω. Πάνω όμως που ήμουν έτοιμη να χάσω την πυγμή μου, το κοντάρι μου πέτυχε την καρδιά του. Όλα είχαν τελειώσει.

Πίσω μου διάφοροι άρχισαν να χειροκροτούν. Εγώ όμως είχα μάτια μόνο για τον Ντιμίτρι. Τα μάτια μου βυθίστηκαν στα δικά του. Βρισκόμουν ακόμη πάνω του. Τα χέρια μου πίεζαν το στήθος του. Ήμασταν και οι δυο ιδρωμένοι και ανασαίναμε βαριά. Με κοίταξε με περηφάνια… κι όχι μόνο. Ήταν τόσο κοντά μου. Τον επιθυμούσα μ' όλο μου το κορμί. Τον χρειαζόμουν για να νιώθω ολοκληρωμένη. Ο αέρας ανάμεσά μας ήταν θερμός και μεθυστικός. Και τι δεν θα 'δινα εκείνη τη στιγμή να μπορούσα να ξαπλώσω δίπλα του και να χαθώ στο αγκάλιασμά του. Η μάχη είχε πια τελειώσει αλλά η αδρεναλίνη και όλα τα ζωώδη ένστικτά μου δεν έλεγαν ακόμη να εξαφανιστούν.

Η Τζιν άπλωσε το χέρι της κατά τη μεριά μου και με βοήθησε να σηκωθώ. Κι εκείνη και ο Γιούρι έλαμπαν. Το ίδιο και οι θεατές που είχαν μαζευτεί. Ακόμη και η Λίζα ήταν ενθουσιασμένη. Ο Ντιν πάλι έδειχνε εντελώς μίζερος και όλοι καταλαβαίναμε το γιατί. Έλπιζα τα νέα για τις εκπληκτικές μου επιδόσεις να απλώνονταν σ' ολόκληρο το σχολείο με την ίδια ταχύτητα που είχαν εξαπλωθεί και τα κουτσομπολιά για μένα.

Και ο Ντιμίτρι σηκώθηκε. Κοίταξα επίτηδες τους άλλους δύο φύλακες γιατί ήμουν σίγουρη ότι αν τον κοίταζα, η έκφρασή μου θα πρόδιδε όλες μου τις κρυφές σκέψεις. Η αναπνοή μου ήταν ακόμη πολύ βαριά. «Ελπίζω να μην… τραυμάτισα κανέναν» είπα.

Όλοι γέλασαν. «Αυτό είναι δική μας δουλειά» είπε η Τζιν. «Μην ανησυχείς για μας. Είμαστε σκληρά καρύδια». Κοίταξε προς τον Ντιμίτρι. «Ποπό, σε χτύπησε για τα καλά με τον αγκώνα της».

Ο Ντιμίτρι έτριβε το πρόσωπό του κοντά στο ένα του μάτι. Δεν ήθελα να τον έχω χτυπήσει. «Ο μαθητής ξεπέρασε το δάσκαλο» είπε. «Ή μάλλον το κοντάρι του μαθητή».

Ο Γιούρι κοίταζε τον Ντιν αγριεμένος. «Δεν επιτρέπεται η κατανάλωση αλκοόλ στο χώρο της Ακαδημίας».

«Μα είναι Κυριακή!» αναφώνησε. «Σήμερα έχουμε ρεπό».

«Στην αληθινή ζωή δεν υπάρχουν κανόνες» είπε η Τζιν με δασκαλίστικο ύφος. «Αυτό ήταν κάτι σαν απροειδοποίητο διαγώνισμα. Ρόουζ, το πέρασες και μάλιστα τα πήγες και πολύ καλά».

«Ευχαριστώ. Τα ρούχα μου βέβαια δεν μπορώ να πω ότι τα πάνε και τόσο καλά». Ήμουν βρεγμένη και γεμάτη λάσπες. «Λιζ, πρέπει να πάω να αλλάξω. Θα σε βρω στην τραπεζαρία για βραδινό».

«Εντάξει» το πρόσωπό της άστραφτε. Ήταν τόσο περήφανη για μένα που με το ζόρι συγκρατούσε τον ενθουσιασμό της. Ένιωθα όμως ότι κάτι μου έκρυβε και αναρωτήθηκα μήπως ήθελε να μου κάνει καμιά έκπληξη αργότερα για να μου ευχηθεί για την επιτυχία μου.

«Εσύ αντίθετα» είπε ο Γιούρι «θα έρθεις μαζί μας μια βολτίτσα».

Το βλέμμα μου συνάντησε το βλέμμα του Ντιμίτρι. Μακάρι να έμενε εκεί και να μου μιλούσε. Η αδρεναλίνη μου ήταν ακόμη στα ύψη και ήθελα να το γιορτάσω. Τα 'χα καταφέρει! Επιτέλους! Μετά από τόση ντροπή και απαίσιες επιδόσεις είχα επιτέλους αποδείξει τι μπορούσα να κάνω. Ήθελα να αρχίσω να χορεύω. Δυστυχώς, ο Ντιμίτρι έπρεπε να ακολουθήσει τους υπόλοιπους. Ένα μικρό νεύμα που μου 'κανε με το κεφάλι του μ' έκανε να καταλάβω ότι ήθελε να 'ναι αλλιώς τα πράγματα. Αναστέναξα παρακολουθώντας τους να απομακρύνονται και πήγα μόνη μου προς τον κοιτώνα μου.

Όταν βρέθηκα στο δωμάτιό μου κατάλαβα πως η κατάστασή μου ήταν πολύ χειρότερη απ' ό,τι είχα φανταστεί. Όταν έβγαλα τα λασπωμένα μου ρούχα, παρατήρησα ότι έπρεπε να κάνω απαραιτήτως ένα ντους και να τριφτώ γερά προτού παρουσιαστώ ξανά μπροστά στον κόσμο. Όταν τελείωσα, είχε ήδη περάσει μια ώρα. Είχα χάσει το μισό δείπνο.

Ξαναγύρισα στην τραπεζαρία απορημένη που η Λίζα δεν μου είχε στείλει γκρινιάρικες σκέψεις. Συνήθιζε να το κάνει όταν αργούσα. Προφανώς θεωρούσε ότι χρειαζόμουν ένα διάλειμμα μετά το θρίαμβό μου. Ξανασκέφτηκα τα κατορθώματά μου και χαμογέλασα πλατιά. Μόλις όμως έφτασα στο διάδρομο που οδηγούσε στην τραπεζαρία, το χαμόγελο πάγωσε στα χείλη μου.

Στην άκρη του διαδρόμου είχε συγκεντρωθεί πολύς κόσμος, πράγμα που θεώρησα ως ένδειξη για καβγά. Ο Τζέσε και η ομάδα του συνήθως έριχναν ξύλο στα κρυφά κι έτσι θεώρησα ότι δεν ήταν εκείνοι που καβγάδιζαν. Στριμώχτηκα ανάμεσα στον κόσμο και μπόρεσα να φτάσω λίγο πιο μπροστά. Κοίταξα ανάμεσα στα διάφορα κεφάλια ποιοι στην ευχή είχαν καταφέρει να συγκεντρώσουν τέτοιο πλήθος και τι να δω;

Ήταν ο Άντριαν και ο Κρίστιαν.

Μαζί τους και ο Έντι, ο οποίος προφανώς τελούσε χρέη διαιτητή. Στεκόταν ανάμεσά τους προσπαθώντας να κρατήσει τον έναν μακριά από τον άλλο. Ξέχασα όλους τους καλούς μου τρόπους και έσπρωξα όλους όσους βρίσκονταν μπροστά μου. Έτρεξα στο πλευρό του Έντι.

«Τι στο διάολο συμβαίνει εδώ;» ρώτησα απαιτητικά.

Φάνηκε να ανακουφίζεται που με είδε. Μπορεί να ήταν απολύτως ικανός να αποκρούσει τους εχθρούς στη μάχη, αλλά αυτή εδώ η μάχη τον είχε μπερδέψει πάρα πολύ.

«Ιδέα δεν έχω».

Κοίταξα τους δύο αντιπάλους. Κανείς τους δεν φαινόταν χτυπημένος. Τουλάχιστον όχι ακόμη. Μάλιστα απ' ό,τι καταλάβαινα, ο Κρίστιαν ήταν εκείνος που έκανε την επίθεση.

«Για πόσο νόμιζες ότι θα μπορείς να το κάνεις χωρίς να σε καταλάβει κανείς;» φώναζε. Τα μάτια του έμοιαζαν γαλάζιες φωτιές. «Δηλαδή νόμιζες ότι θα συνεχίσουν όλοι να πιστεύουν το παραμύθι σου;»

Ο Άντριαν ήταν πολύ λακωνικός ως συνήθως. Παρά το νωθρό του χαμόγελο όμως ένιωθα ότι ήταν πιεσμένος. Δεν είχε καμία διάθεση να βρίσκεται σ' αυτή τη θέση και, όπως και ο Έντι, δεν ήξερε καν πώς είχε συμβεί όλο αυτό.

«Για να είμαι ειλικρινής» είπε ο Άντριαν «δεν έχω ιδέα για τι πράγμα μιλάς. Μήπως θα μπορούσαμε να πάμε κάπου και να το συζητήσουμε σαν άνθρωποι;»

«Φυσικά! Μα τι άλλο θα ζήταγες; Φοβόσουν αυτή τη στιγμή όσο τίποτα». Ο Κρίστιαν σήκωσε το χέρι του και μια πύρινη μπάλα πετάχτηκε από την παλάμη του. Ακόμη και κάτω από τις λάμπες φθορίου, τα χρώματα της πύρινης μπάλας άστραφταν: πορτοκαλί ολόγυρα και στη μέση ένας βαθυγάλαζος πυρήνας. Το πλήθος αναφώνησε. Εγώ μπορεί να είχα συνηθίσει στην ιδέα ότι τα Μορόι —και ιδιαίτερα ο Κρίστιαν— μπορούσαν να χρησιμοποιήσουν τη μαγεία στη μάχη, για τους περισσότερους όμως το θέμα αυτό ήταν ακόμη ταμπού. Ο Κρίστιαν χαζογέλασε. «Με τι θα με αντιμετωπίσεις τώρα; Με τα φυτά σου;»

«Αν είναι να αρχίσεις καβγά, κάν' το τουλάχιστον με τον παραδοσιακό τρόπο και ρίξε καμιά μπουνιά» είπε ο Άντριαν. Η φωνή του ακουγόταν ανάλαφρη, αλλά συνέχισε να νιώθει πολύ περίεργα. Μάλλον θεωρούσε ότι μπορούσε να τα καταφέρει καλύτερα στη μάχη σώμα με σώμα παρά στη μάχη πνεύμα με φωτιά.

«Όχι» διέκοψε ο Έντι. «Κανείς δεν θα βάλει φωτιές και κανείς δεν θα ρίξει μπουνιές. Έχει γίνει κάποιο τεράστιο λάθος».

«Τι τρέχει;» ρώτησα. «Τι συνέβη;»

«Ο φίλος σου από δω νομίζει ότι θέλω να παντρευτώ τη Λίζα και να την κάνω δική μου για πάντα» είπε ο Άντριαν. Απευθυνόταν σ' εμένα αλλά τα μάτια του συνέχιζαν να κοιτάζουν τον Κρίστιαν.

«Μη μας το παίζεις ανήξερος» γρύλισε ο Κρίστιαν. «Ξέρω τι συμβαίνει. Όλα αυτά είναι μέρος του σχεδίου σου με τη βασίλισσα. Εκείνη σε καλύπτει όλο αυτόν τον καιρό. Γύρισες στην Ακαδημία... προσποιείσαι ότι θέλεις να μελετήσεις μαγεία με τη Λίζα... κι όλα αυτά γιατί θες να την απομακρύνεις από μένα και να τη βάλεις στη δική σου οικογένεια».

«Έχεις ιδέα πόσο παρανοϊκός ακούγεσαι;» ρώτησε ο Άντριαν. «Η αδελφή του παππού μου, που τυχαίνει να είναι και βασίλισσα, είναι υπεύθυνη για το συντονισμό ολόκληρης της κυβέρνησης. Λες να τη νοιάζει ποιος βγαίνει με ποια στο Λύκειο; Ιδιαίτερα με την τωρινή κατάσταση! Άκου, λυπάμαι που περνάω τόσο καιρό μαζί της... Πάμε να τη βρούμε και να τα ξεκαθαρίσουμε όλα αυτά. Πραγματικά δεν προσπαθούσα να μπω ανάμεσά σας. Δεν υπάρχει καμία συνωμοσία πίσω από την πλάτη σου».

«Φυσικά και υπάρχει» είπε ο Κρίστιαν. Κοίταξε κατά τη μεριά μου με αγριεμένα. «Μάλιστα η Ρόουζ τα *γνωρίζει* όλα αυτά εδώ και κάποιες μέρες. Τα συζήτησε μάλιστα και με τη βασίλισσα».

«Τι γελοιότητες είναι αυτές;» είπε ο Άντριαν. Με κοίταξε έκπληκτος. «Έτσι δεν είναι, Ρόουζ;»

«Εεε…» ξεκίνησα να λέω ξέροντας πολύ καλά ότι τα πράγματα θα χειροτέρευαν πολύ γρήγορα. «Και ναι και όχι».

«Βλέπεις;» είπε θριαμβευτικά ο Κρίστιαν.

Η φωτιά πετάχτηκε από το χέρι του αλλά και εγώ και ο Έντι αναλάβαμε δράση την ίδια ακριβώς στιγμή. Οι παριστάμενοι ούρλιαξαν. Ο Έντι άρπαξε τον Κρίστιαν και η πύρινη σφαίρα του εκτινάχθηκε στο ταβάνι. Παράλληλα εγώ άρπαξα τον Άντριαν και τον έριξα κάτω. Καλά τα είχαμε καταφέρει στον καταμερισμό εργασιών. Ούτε που θα 'θελα να ξέρω τι θα γινόταν αν και εγώ και ο Έντι ορμούσαμε κατά το ίδιο πρόσωπο.

«Σ' ευχαριστώ για το ενδιαφέρον» μουρμούρισε ο Άντριαν κάνοντας έναν περίεργο μορφασμό καθώς σήκωσε το κεφάλι του από το πάτωμα.

«Χρησιμοποίησε τις δυνάμεις σου για να τον υποβάλεις» του ψιθύρισα καθώς τον βοηθούσα να σηκωθεί. «Πρέπει να βρούμε μια λύση χωρίς να ανάψουν άλλες φωτιές!»

Ο Έντι προσπαθούσε να συγκρατήσει τον Κρίστιαν για να μην πηδήξει μπροστά. Άρπαξα το ένα του χέρι για να τον βοηθήσω. Ο Άντριαν δεν ήθελε καθόλου να πλησιάσει, αλλά με υπάκουσε έτσι κι αλλιώς. Ο Κρίστιαν επιχείρησε να απελευθερωθεί, αλλά δεν μπορούσε να αντισταθεί και σ' εμένα και στον Έντι. Με μεγάλη δυσκολία ο Άντριαν έσκυψε πάνω από τον Κρίστιαν, σχεδόν βέβαιος ότι τα μαλλιά του θα έπιαναν φωτιά, γυρεύοντας να αποκτήσει οπτική επαφή μαζί του.

«Κρίστιαν, σταμάτα. Έλα να μιλήσουμε».

Ο Κρίστιαν πάλεψε λίγο με τις αντιστάσεις του, αλλά τελικά το βλέμμα του ηρέμησε και τα μάτια του απέκτησαν μια θαμπάδα.

«Ας το συζητήσουμε» είπε ο Άντριαν.

«Εντάξει» απάντησε ο Κρίστιαν.

Το πλήθος έβγαλε μια κραυγή απογοήτευσης. Ο Άντριαν είχε χρησιμοποιήσει αρκετά απαλά την υποβολή κι έτσι κανείς δεν είχε πάρει χαμπάρι τι πραγματικά συνέβαινε. Νόμιζαν ότι ο Κρίστιαν είχε πράγματι υπακούσει στη λογική. Καθώς το πλήθος διαλύθηκε, ο Έντι κι εγώ αφήσαμε τον Κρίστιαν να σηκωθεί και τον οδηγήσαμε σε μια απομακρυσμένη γωνιά ώστε να μιλήσουν με την ησυχία τους. Μόλις ο Άντριαν σταμάτησε την υποβολή, το πρόσωπο του Κρίστιαν γέμισε οργή και επιχείρησε και πάλι να επιτεθεί στον Άντριαν. Όμως ο Έντι κι εγώ τον κρατούσαμε ήδη. Δεν μπορούσε να κουνηθεί.

«Τι μου έκανες;» φώναξε ο Κρίστιαν. Ο κόσμος γύρισε και μας κοίταξε ελπίζοντας το δίχως άλλο ότι θα άρχιζε δεύτερος γύρος. Του φώναξα «Σκάσε» μέσα στ' αφτί του. Πετάχτηκε. «Άου» φώναξε.

«Σώπα. Κάποιο λάθος έχει γίνει και πρέπει να το ξεκαθαρίσουμε προτού κάνεις καμιά βλακεία».

«Αυτό που πάει στραβά» είπε ο Κρίστιαν καρφώνοντας τον Άντριαν «είναι ότι προσπαθούν να με χωρίσουν από τη Λίζα. Κι εσύ 'τα ήξερες όλα, Ρόουζ».

Ο Άντριαν με κοίταξε. «Αλήθεια λέει;»

«Ναι, είναι μεγάλη ιστορία». Ξαναστράφηκα στον Κρίστιαν. «Κοίτα, ο Άντριαν δεν έχει καμία σχέση μ' όλα αυτά. Τουλάχιστον όχι με τη θέλησή του. Όλα αυτά είναι ιδέα της Τατιάνα και μάλιστα δεν έχει κάνει τίποτα ακόμη για να περάσει στην πράξη. Πράγματι όμως, αυτό είναι το μακροπρόθεσμο σχέδιό της. Δικό της! Μόνο δικό της κι όχι του Άντριαν».

«Και τότε εσύ πώς το ξέρεις;» με ρώτησε επιτακτικά ο Κρίστιαν.

«Το ξέρω γιατί μου το είπε. Φοβόταν ότι *εγώ* τα έχω με τον Άντριαν».

«Αλήθεια; Και δεν μου λες; Υπερασπίστηκες τον έρωτά μας;»

«Σταμάτα» του είπα. «Κρίστιαν, θέλω να μου πεις ποιος σου το είπε».

«Ο Ραλφ» είπε αμήχανα.

«Καλά, κι εσύ αυτόν βρήκες να ακούσεις;» είπε ο Έντι. Το πρόσωπό του σκοτείνιασε στο άκουσμα του ονόματός του.

«Ναι, αλλά για πρώτη φορά ο Ραλφ πράγματι έλεγε την αλήθεια. Με τη μόνη διαφορά ότι ο Άντριαν δεν είχε ιδέα για όλα αυτά. Ο Ραλφ έχει συγγένεια με την καλύτερη φίλη της βασίλισσας».

«Τέλεια» είπε ο Κρίστιαν. Φαινόταν αρκετά ήρεμος, οπότε ο Έντι τον άφησε. «Ωραία κορόιδα μας έχουν πιάσει όλους».

Κοίταξα τριγύρω μου και ξαφνικά παρατήρησα κάτι έκπληκτη. «Πού είναι η Λίζα; Γιατί δεν σας σταμάτησε νωρίτερα;»

Ο Άντριαν ανασήκωσε το ένα του φρύδι κοιτώντας με. «Για πες μας εσύ. Πού είναι; Πάντως στο βραδινό δεν ήρθε».

«Δεν μπορώ…» είπα συνοφρυωμένη. Είχα βελτιωθεί τόσο στο να μπλοκάρω το δεσμό μας που πολλές φορές περνούσαν οι ώρες κι εγώ δεν λάμβανα κανένα μήνυμα από εκείνη. Αυτή τη στιγμή όμως δεν ένιωθα τίποτε γιατί εκείνη δεν έστελνε κανένα μήνυμα. «Δεν μπορώ να την αισθανθώ».

Τρία ζευγάρια μάτια με κοίταξαν απορημένα.

«Μήπως κοιμάται;» ρώτησε ο Έντι.

«Ξέρω πότε κοιμάται… Όχι. Κάτι άλλο συμβαίνει». Σιγά σιγά κατάλαβα πού περίπου ήταν. Με μπλόκαρε επίτηδες. Προσπαθούσε να μου κρυφτεί, αλλά τη βρήκα όπως πάντοτε. «Να τη. Ήταν… Θεέ μου».

Η κραυγή μου αντήχησε στο διάδρομο. Μαζί μου ούρλιαζε και η Λίζα, γιατί κάπου μακριά τη διαπερνούσε ένας φριχτός πόνος.

23

ΠΟΛΛΟΙ ΣΤΑΜΑΤΗΣΑΝ ΚΑΙ ΜΕ ΚΟΙΤΑΞΑΝ. Ένιωθα λες και κάποιος μόλις με είχε χτυπήσει στο πρόσωπο, μόνο που δεν ήταν το δικό μου πρόσωπο αλλά το πρόσωπο της Λίζα. Γλίστρησα στο μυαλό της και κατάλαβα αμέσως πού βρισκόταν και τι της συνέβαινε. Εκείνη ακριβώς τη στιγμή διάφορες πέτρες ανασηκώθηκαν από το έδαφος χτυπώντας τη στο πρόσωπο. Τις κυβερνούσε ένας πρωτοετής για τον οποίο το μόνο που γνώριζα ήταν ότι ανήκε στην οικογένεια των Ντρόζντοφ. Οι πέτρες μάς πονούσαν και τις δύο, αλλά αυτή τη φορά κατάφερα να συγκρατήσω το ουρλιαχτό μου και έσφιξα τα δόντια μου επιστρέφοντας στο διάδρομο με τους φίλους μου.

«Είναι στη βορειοδυτική πλευρά της Ακαδημίας ανάμεσα στο φράχτη και σε μια λιμνούλα με πολύ παράξενο σχήμα» τους είπα.

Και μ' αυτά τα λόγια τους άφησα πίσω μου και χίμηξα έξω από την πόρτα τρέχοντας όσο πιο δυνατά μπορούσα κατά τη μεριά που βρισκόταν αιχμάλωτη η Λίζα. Δεν μπορούσα να δω όλους όσους βρίσκονταν εκεί μέσα από τα μάτια της, αλλά αναγνώριζα μερικούς από αυτούς. Εκεί βρίσκονταν ο Τζέσε με τον Ραλφ, ο Μπράντον, ο Μπρετ, αυτός ο Ντρόζντοφ και κάποιοι άλλοι. Οι πέτρες συνέχιζαν να τη χτυπούν και να της πληγώνουν το πρόσωπο. Δεν ούρλιαζε, ούτε έκλαιγε. Τους έλεγε μόνο ξανά και ξανά να σταματήσουν, ενώ δύο τύποι την κρατούσαν ακινητοποιημένη ανάμεσά τους.

Στο μεταξύ ο Τζέσε της έλεγε συνεχώς να τους *κάνει* να σταματήσουν. Δεν μπορούσα να ακούσω όλα όσα έλεγε μέσα από τη Λίζα. Έτσι κι αλλιώς οι λόγοι δεν είχαν καμία σημασία. Είχα ήδη καταλάβει τι συνέβαινε. Θα τη βασάνιζαν μέχρις ότου έμπαινε στη λέσχη τους. Θα πρέπει να είχαν αναγκάσει με τον ίδιο τρόπο και τον Μπράντον και τους υπόλοιπους.

Ξαφνικά ένιωσα να μου κόβεται η ανάσα και παραπάτησα μην μπορώντας να αναπνεύσω. Το πρόσωπό μου βρισκόταν μέσα σε νερά. Έβαλα τα δυνατά μου και διαχώρισα το μυαλό μου από τη Λίζα. Εκείνη τα περνούσε όλα αυτά κι όχι εγώ. Τώρα κάποιος τη βασάνιζε με νερό και το χρησιμοποιούσε για να της κόψει την αναπνοή. Όποιος και να 'ταν, έκανε ό,τι έκανε με το πάσο του. Τη μία την έπνιγε στο νερό και την άλλη έπαιρνε το νερό πίσω, ξανά και ξανά. Προσπαθούσε να ανασάνει και να μιλήσει παράλληλα, ζητώντας τους να σταματήσουν όποτε της δινόταν η ευκαιρία.

Ο Τζέσε συνέχισε να την παρακολουθεί με βλέμμα σκεφτικό. «Μην τους το ζητάς. Κάν' τους να σταματήσουν».

Προσπάθησα να τρέξω πιο γρήγορα, αλλά δεν μπορούσα. Βρίσκονταν σε ένα από τα πιο απομακρυσμένα σημεία της Ακαδημίας. Είχα να καλύψω πολύ μεγάλη απόσταση και με κάθε εναγώνιο βήμα μου ένιωθα τον πόνο της Λίζα και γινόμουν όλο και πιο έξαλλη. Μα τι είδους φύλακας θα γινόμουν αν δεν κατάφερνα να εγγυηθώ την ασφάλειά της ακόμη και μέσα στην Ακαδημία;

Ακολούθησε κάποιος που χειριζόταν το στοιχείο του αέρα και ξαφνικά ήταν λες και πάλι τη βασάνιζε το πρωτοπαλίκαρο του Βίκτορ. Ο αέρας πάλι είτε σταματούσε τελείως κόβοντας την ανάσα της είτε την έπνιγε χτυπώντας τη στο πρόσωπο. Αγωνιούσε. Ζούσε ξανά όλες τις αναμνήσεις της αιχμαλωσίας της και τον τρόμο και τη φρίκη που προσπαθούσε να ξεχάσει. Ο βασανιστής της σταμάτησε, αλλά ήταν ήδη αργά. Κάτι μέσα της είχε σπάσει.

Όταν ο Ραλφ πήρε θέση για να χρησιμοποιήσει τη φωτιά βρισκόμουν τόσο κοντά που την είδα να τρεμοπαίζει στην παλάμη του. Εκείνος όμως δεν με είδε.

Κανείς τους δεν φύλαγε το γύρω χώρο και έκαναν τρομερό θόρυβο. Κανείς τους δεν με άκουσε. Έπιασα τον Ραλφ προτού η φωτιά πεταχτεί από το χέρι του, τραβώντας τον στο έδαφος και ρίχνοντάς του μια μπουνιά με μία επιδέξια κίνηση. Ορισμένοι από τους υπόλοιπους, και φυσικά ο Τζέσε, έτρεξαν να τον βοηθήσουν και να με τραβήξουν μακριά. Τουλάχιστον το προσπάθησαν, μέχρι που κατάλαβαν ποια ήμουν.

Όσοι είδαν το πρόσωπό μου έκαναν αμέσως πίσω. Όσοι δεν με είδαν κατάλαβαν ποια ήμουν στην πράξη όταν τους περιέλαβα και αυτούς. Την ίδια ημέρα είχα νικήσει τρεις πλήρως εκπαιδευμένους φύλακες. Σιγά να μη δυσκολευόμουν με ένα τσούρμο βασιλικών Μορόι. Η όλη κατάσταση είχε και μια δόση τραγικής ειρωνείας: έδειχνε πόσο απρόθυμα ήταν πραγματικά τα Μορόι να κάνουν κάτι για να υπερασπιστούν τους εαυτούς τους. Ενώ τα μέλη της λέσχης χρησιμοποιούσαν τα μαγικά τους για να βασανίζουν τη Λίζα, κανείς τους δεν σκέφτηκε να τα χρησιμοποιήσει εναντίον μου.

Οι περισσότεροι σκορπίστηκαν προτού καν προλάβω να τους πιάσω στα χέρια μου, κι εγώ δεν νοιαζόμουν να τους κυνηγήσω. Το μόνο που ήθελα ήταν να τους κρατήσω μακριά από τη Λίζα. Παραδέχομαι ότι έδωσα στον Ραλφ λίγες παραπάνω μπουνιές απ' ό,τι θα έπρεπε, γιατί τον θεωρούσα υπεύθυνο για την κατάσταση αυτή. Τελικά τον άφησα να κείτεται στο πάτωμα βογκώντας και σηκώθηκα ψάχνοντας για το δεύτερο συνεργό, τον Τζέσε. Τον βρήκα γρήγορα. Ήταν ο μόνος που είχε απομείνει.

Έτρεξα κατά τη μεριά του και σταμάτησα απορημένη. Στεκόταν εκεί κοιτώντας στο άπειρο με στόμα ορθάνοιχτο. Τον κοίταξα και προσπάθησα να καταλάβω πού κοιτάει. Μετά έστρεψα το βλέμμα μου κατά τη μεριά του.

«Αράχνες» είπε η Λίζα. Η φωνή της με ξάφνιασε. Στεκόταν παράμερα με μαλλιά βρεγμένα και πρόσωπο μελανιασμένο και κομμένο. Δεν φαινόταν να υποφέρει πια. Κάτω από το φως του φεγγαριού τα χλομά της χαρακτηριστικά την έκαναν να μοιάζει με το φάντασμα του Μέισον. Τα μάτια της ήταν καρφωμένα στον Τζέσε καθώς μου μιλούσε. «Νομίζει πως βλέπει αράχνες. Και πως περπατάνε πάνω του. Τι λες; Μήπως θα 'πρεπε να χρησιμοποιήσω φίδια;»

Κοίταξα τον Τζέσε. Η έκφραση στο πρόσωπό του μου προκάλεσε ανατριχίλα. Ήταν λες και ζούσε τον προσωπικό του εφιάλτη. Εκείνο όμως που ένιωσα μέσα από το δεσμό μας με τρόμαξε ακόμη περισσότερο. Συνήθως, όταν η Λίζα χρησιμοποιούσε τα μαγικά της, ήταν λαμπερά, ζεστά και υπέροχα. Εκείνη όμως τη φορά τα πράγματα δεν ήταν έτσι. Τα μάγια της ήταν μαύρα, αηδιαστικά, χοντροκομμένα.

«Νομίζω πως ήρθε η ώρα να σταματήσεις» είπα. Άκουσα κάποιους να τρέχουν προς το μέρος μας. «Πάει πια, τελείωσε».

«Ήταν μια τελετή μύησης» είπε. «Ή κάπως έτσι. Μου ζήτησαν να γίνω μέλος πριν από λίγες μέρες κι εγώ αρνήθηκα. Σήμερα όμως με ενόχλησαν και πάλι και μου έλεγαν διαρκώς ότι ξέρουν κάτι πολύ σημαντικό για τον Κρίστιαν και τον Άντριαν. Άρχισα να αναρωτιέμαι και... τελικά τους είπα ότι θα πήγαινα σε μία από τις συναντήσεις τους, λέγοντάς τους ότι δεν έχω ιδέα από υποβολή. Τους είπα ψέματα για να δω τι ξέρουν εκείνοι». Έκανε μια ανεπαίσθητη κίνηση με το κεφάλι της και κάτι προκάλεσε στον Τζέσε. Τα μάτια του άνοιξαν ακόμη περισσότερο καθώς συνέχιζε να ουρλιάζει σιωπηλά. «Παρότι δεν είχα συμφωνήσει ακόμη να το κάνω, με έβαλαν να κάνω την τελετή μύησης. Ήθελαν να δουν τι πραγματικά μπορούσα να κάνω. Με τον τρόπο αυτόν ελέγχουν πόσο δυνατός είναι κανείς στην υποβολή. Βασανίζουν τα θύματά τους ώσπου δεν αντέχουν άλλο και ξεσπούν προσπαθώντας να χρησιμοποιήσουν την υποβολή αναγκάζοντας τους επιτιθέμενους να σταματήσουν. Αν το θύμα καταφέρει να κάνει χρήση της υποβολής, τότε μπαίνει στη λέσχη». Κοίταξε προσεκτικά τον Τζέσε που βρισκόταν στο δικό του εφιαλτικό κόσμο. «Φαντάζομαι ότι μ' αυτό γίνομαι αυτομάτως πρόεδρός τους, έτσι;»

«Σταμάτα» είπα. Η διεστραμμένη μαγεία της μου προκαλούσε ναυτία. Θυμήθηκα που μιλούσε με τον Άντριαν για κάποιο μαγικό κόλπο που έκανε τους ανθρώπους να βλέπουν πράγματα που δεν υπήρχαν μπροστά τους. Το αποκαλούσαν αστειευόμενοι «απόλυτη» υποβολή και ήταν απαίσιο. «Δεν πρέπει να χρησιμοποιούμε το πνεύμα μ' αυτόν τον τρόπο. Γίνε ξανά αυτή που ήσουν. Μην το κάνεις αυτό το λάθος».

Ανέπνεε βαριά και στάλες ιδρώτα σχηματίζονταν στα φρύδια της. «Δεν μπορώ να σταματήσω» είπε.

«Μπορείς» της φώναξα. Άγγιξα το μπράτσο της. «Δώσ' τα σ' εμένα».

«Μα τι λες;» είπε. «Εσύ δεν μπορείς να χρησιμοποιήσεις τη μαγεία».

Συγκεντρώθηκα όσο περισσότερο μπορούσα στο δεσμό μας και στο μυαλό της Λίζα. Δεν μπορούσε να μου μεταφέρει τα μάγια της. Μπορούσε όμως να μου δώσει όλο το σκοτάδι που τα περιέβαλε. Κατάλαβα πως αυτό έκανα εδώ και αρκετό καιρό. Όποτε ανησυχούσα για εκείνη και ήθελα να ηρεμήσει και να καταπολεμήσει τα σκοτεινά συναισθήματά της, το κατάφερνα, τραβώντας μέσα μου όλες τις αρνητικές σκέψεις. Τις απορροφούσα όπως η Άνα απορροφούσε τις σκέψεις του Αγίου Βλαντιμίρ. Αυτό ακριβώς είχε δει και ο Άντριαν όταν μου είπε ότι ένιωσε πως το σκοτάδι πήδηξε από εκείνη σ' εμένα. Μάλιστα αυτή η κακή χρήση του πνεύματος για να βασανίσει κάποιον κι όχι για να αμυνθεί είχε πολύ άσχημη επίδραση επάνω της. Τη διέφθειρε. Έκανε μεγάλο λάθος και δεν μπορούσα να την αφήσω να υποφέρει. Όλες οι ανησυχίες μου μήπως τρελαθώ δεν είχαν πια καμία σημασία εκείνη τη στιγμή.

«Όχι» συμφώνησα. «Δεν μπορώ, αλλά μπορείς να με χρησιμοποιήσεις για να σταματήσεις. Συγκεντρώσου σ' εμένα. Άφησέ τα όλα πίσω. Κάνεις λάθος και δεν σου χρειάζεται κάτι τέτοιο».

Με ξανακοίταξε με μάτια ορθάνοιχτα και απεγνωσμένα. Βασάνιζε τον Τζέσε ακόμη και δίχως να τον κοιτάξει. Έβλεπα και παράλληλα ένιωθα τη μάχη μέσα της. Την είχε πληγώσει πολύ και ήθελε να τον κάνει να πληρώσει. Έπρεπε να τον κάνει να πληρώσει. Από την άλλη, ήξερε ότι είχα δίκιο. Αλλά δυσκολευόταν πάρα πολύ να σταματήσει...

Τέλος, τα καυτά, ολοσκότεινα μαγικά της εξαφανίστηκαν από το δεσμό και μαζί τους έφυγε και αυτή η αρρωστημένη αίσθηση. Κάτι ένιωσα να με χτυπάει. Κάτι σαν παγερός αέρας που μου φύσαγε το πρόσωπο. Παραπάτησα προς τα πίσω. Αναρίγησα. Κάτι παράξενο αναδευόταν στα σωθικά μου. Ήταν σαν φλόγες. Λες και μια ηλεκτρισμένη σπείρα έκαιγε μέσα μου. Και μετά σταμάτησε. Ο Τζέσε έπεσε στα γόνατα απαλλαγμένος από τον εφιάλτη του.

Η Λίζα ήταν εμφανώς ανακουφισμένη. Φοβόταν ακόμη και ήταν πολύ πληγωμένη με όλα όσα είχαν γίνει, αλλά τουλάχιστον δεν τη διακατείχε αυτός ο απαίσιος, καταστροφικός θυμός που την είχε κάνει να τιμωρήσει τον Τζέσε. Η ανάγκη αυτή είχε πια εξαφανιστεί.

Μόνο που πια είχε έρθει σ' *εμένα.*

Γύρισα κατά τον Τζέσε, νιώθοντας λες και δεν υπήρχε κανένας άλλος στον κόσμο εκτός από αυτόν. Είχε προσπαθήσει να με καταστρέψει στο παρελθόν. Είχε βασανίσει τη Λίζα και πριν από αυτήν πολλούς άλλους. Δεν γινόταν να κάτσω να τα δεχτώ όλα αυτά. Χίμηξα κατά τη μεριά του. Τα μάτια του μόλις που πρόλαβαν να ανοίξουν έκπληκτα. Το κεφάλι του πετάχτηκε προς τα πίσω και το αίμα ανάβλυσε από τη μύτη του. Άκουσα τη Λίζα που μου φώναζε να σταματήσω, αλλά δεν μπορούσα. Έπρεπε να πληρώσει για όλα όσα της είχε κάνει. Τον άρπαξα από τους ώμους και τον πέταξα με δύναμη στο έδαφος. Μου φώναζε κι εκείνος παρακαλώντας με να σταματήσω. Το βούλωσε όμως όταν τον ξαναχτύπησα.

Ένιωσα τα χέρια της Λίζα να με γραπώνουν. Προσπαθούσε να με τραβήξει αλλά δεν ήταν αρκετά δυνατή. Συνέχισα να τον χτυπάω. Καμία σχέση με τις στρατηγικές και ακριβείς κινήσεις που είχα χρησιμοποιήσει προηγουμένως με τους φίλους του και στη μάχη μου με τον Ντιμίτρι. Αυτή η επίθεση ήταν τελείως αυθόρμητη και πρωτόγονη. Με είχε κυριεύσει η τρέλα που μου είχε μεταδώσει η Λίζα. Μετά όμως δύο ακόμη χέρια με τράβηξαν μακριά του. Αυτά τα χέρια ήταν πολύ πιο δυνατά, χέρια νταμπίρ με μυς που είχαν χτιστεί μετά από προπονήσεις χρόνων. Ήταν ο Έντι. Προσπάθησα να απελευθερωθώ. Ήμασταν κι οι δύο πολύ δυνατοί, αλλά εκείνος ήταν πιο βαρύς.

«Άσε με» του φώναξα.

Τρομοκρατήθηκα μ' αυτό που εξελισσόταν μπροστά στα μάτια μου. Η Λίζα γονάτιζε δίπλα στον Τζέσε και τον περιεργαζόταν ανήσυχα. Δεν μπορούσα να καταλάβω. Πώς ήταν δυνατόν να το κάνει αυτό μετά από όσα μας είχε κάνει; Είδα τη συμπόνια να διαγράφεται στο πρόσωπό της και λίγο μετά αισθάνθηκα να με ζεσταίνει η γιατρειά της μαγείας της μέσα από το δεσμό μας. Απομάκρυνε τις πιο σοβαρές του πληγές.

«Μη!» φώναξα και τεντώθηκα προσπαθώντας να ξεφύγω από το κράτημα του Έντι. «Μην το κάνεις».

Και τότε εμφανίστηκαν και οι υπόλοιποι φύλακες, με πρώτους πρώτους τον Ντιμίτρι και τη Σελέστ. Ο Κρίστιαν κι ο Άντριαν δεν φαίνονταν πουθενά. Προφανώς δεν μπορούσαν να προφτάσουν τους υπόλοιπους.

Ακολούθησε χάος. Όσοι είχαν απομείνει από την αδελφότητα μαζεύτηκαν και πήγαν ομαδικά για ανάκριση. Το ίδιο συνέβη και με τη Λίζα, που την πήραν για να περιποιηθούν τις πληγές της. Το κομμάτι του πραγματικού εαυτού μου που είχε θαφτεί κάτω από τη δίψα μου για αίμα με έσπρωχνε να πάω μαζί της. Πρόσεξα ότι έπαιρναν μαζί και τον Τζέσε για ιατρική περίθαλψη. Ο Έντι συνέχιζε να με κρατάει παρά την προσπάθεια και τα παρακάλια μου. Οι περισσότεροι ενήλικες ήταν πολύ απασχολημένοι με τους υπόλοιπους και δεν με παρατηρούσαν μέχρι που ξεκίνησα να φωνάζω.

«Μην τον αφήσετε να φύγει! Μην τον αφήσετε!»

«Ρόουζ, ηρέμησε» είπε η Αλμπέρτα απαλά. Μα πώς ήταν δυνατόν να μην καταλαβαίνει τι συνέβαινε; «Τελείωσε».

«Δεν τελείωσε! Θα τελειώσει μόνο όταν τον πιάσω απ᾽ το λαιμό και τον πνίξω».

Η Αλμπέρτα και οι άλλοι καταλάβαιναν ότι μάλλον κάτι σοβαρό συνέβαινε, αλλά δεν φαίνονταν να συνειδητοποιούν ότι είχε να κάνει με τον Τζέσε. Όλοι με κοίταζαν λες και σκέφτονταν: Η Ρόουζ είναι τρελή. Το είχα μάθει πολύ καλά αυτό το βλέμμα τελευταία.

«Πάρτε την από δω» είπε η Αλμπέρτα. «Καθαρίστε την και ηρεμήστε τη λιγάκι». Δεν έδωσε άλλες οδηγίες. Ήταν σαφές ότι ο Ντιμίτρι θα με αναλάμβανε.

Ήρθε κατά τη μεριά μου και με πήρε από τον Έντι. Στο διάστημα που μεσολάβησε μέχρι να αλλάξω χέρια, προσπάθησα να απελευθερωθώ, αλλά ο Ντιμίτρι ήταν πολύ γρήγορος και δυνατός. Με έπιασε από το χέρι και με τράβηξε πίσω.

«Θα με ακολουθήσεις είτε με το καλό είτε με το κακό» είπε ο Ντιμίτρι καθώς περπατούσαμε ανάμεσα στα δάση. «Δεν υπάρχει περίπτωση να σε αφήσω να πας στον Τζέσε. Και εκτός των άλλων, είναι στην κλινική και δεν πρόκειται να σε αφήσουν να τον πλησιάσεις. Αν το καταλάβεις αυτό, θα σε αφήσω ελεύθερη. Αν όμως παρακούσεις, να ξέρεις ότι θα σε ξαναπιάσω.

Ζύγισα τις επιλογές μου. Το αίμα μου έβραζε ακόμη. Ήθελα να κάνω τον Τζέσε να υποφέρει, αλλά ο Ντιμίτρι είχε δίκιο. Τουλάχιστον προς το παρόν. «Εντάξει» του είπα. Δίστασε για μια στιγμή. Προφανώς αναρωτιόταν αν πράγματι έλεγα την αλήθεια. Μετά με άφησε. Όταν βεβαιώθηκε ότι δεν θα έφευγα, τον ένιωσα να ηρεμεί μια στάλα.

«Η Αλμπέρτα σου είπε να με καθαρίσεις» είπα ήρεμα. «Οπότε θα πάμε στην κλινική».

Ο Ντιμίτρι έκανε μια γκριμάτσα αποδοκιμασίας. «Καλή προσπάθεια! Δεν πρόκειται να σ' αφήσω να τον πλησιάσεις. Θα πάρω βοήθεια από κάπου αλλού».

Στρίψαμε από το πεδίο της επίθεσης, προς μία περιοχή που επίσης βρισκόταν στην άκρη της Ακαδημίας. Γρήγορα κατάλαβα πού με πήγαινε. Σε ένα φυλάκιο. Όταν η Ακαδημία είχε περισσότερους φύλακες, ορισμένοι έπρεπε να μένουν στα μικρά αυτά δώματα για να διασφαλίζουν την προστασία του σχολείου. Τα φυλάκια αυτά ήταν εγκαταλελειμμένα, εκτός από το συγκεκριμένο που είχε καθαριστεί όταν μας είχε επισκεφθεί η θεία του Κρίστιαν. Προτιμούσε να μένει εκεί παρά στον ξενώνα του σχολείου, όπου τα υπόλοιπα Μορόι την αντιμετώπιζαν ως εν δυνάμει Στριγκόι.

Άνοιξε την πόρτα. Το εσωτερικό ήταν σκοτεινό, αλλά διέκρινα ότι προσπαθούσε να βρει τα σπίρτα και να ανάψει μια λάμπα κηροζίνης. Δεν φώτιζε και πολύ, αλλά έκανε τη δουλειά της. Κοίταξα τριγύρω και παρατήρησα ότι η Τάσα είχε κάνει το χώρο πολύ όμορφο. Ήταν πεντακάθαρος, σχεδόν αναπαυτικός. Το κρεβάτι ήταν στρωμένο μ' ένα μαλακό πάπλωμα και δυο καρέκλες είχαν τοποθετηθεί μπροστά στο τζάκι. Υπήρχε ακόμα και φαγητό —κονσέρβες και κουτιά— στο κουζινάκι στην άκρη του δωματίου.

«Κάτσε κάτω» είπε ο Ντιμίτρι δείχνοντάς μου κατά το κρεβάτι. Κάθισα και σε ένα περίπου λεπτό είχε ανάψει φωτιά. Μόλις η φωτιά έπιασε για τα καλά, άρπαξε το κουτί Πρώτων Βοηθειών και ένα μπουκάλι νερό από τον πάγκο της κουζίνας και ήρθε προς το κρεβάτι τραβώντας μαζί του μια καρέκλα για να καθίσει απέναντί μου.

«Πρέπει να μ' αφήσεις να φύγω» ικέτευσα. «Δεν το καταλαβαίνεις ότι ο Τζέσε πρέπει επιτέλους να πληρώσει; Τη βασάνισε. Της έκανε απαίσια πράγματα».

Ο Ντιμίτρι έβρεξε μια γάζα και την ακούμπησε στο πλάι του μετώπου μου. Με έτσουξε. Προφανώς είχα κοπεί. «Θα τιμωρηθεί. Πίστεψέ με. Και αυτός και οι άλλοι».

«Πώς;» τον ρώτησα ειρωνικά. «Θα τον βάλετε τιμωρία; Αυτό είναι αντίστοιχο με αυτό που έκανε ο Βίκτορ Ντάσκοφ. Κανείς δεν κάνει *τίποτα* εδώ πέρα! Γίνονται εγκλήματα κι οι ένοχοι τη βγάζουν καθαρή. Πρέπει να *πονέσει.* Όλοι πρέπει να πονέσουν».

Ο Ντιμίτρι σταμάτησε να με καθαρίζει και με κοίταξε ανήσυχα. «Ρόουζ, το ξέρω ότι έχεις ταραχτεί αλλά ξέρεις πολύ καλά ότι δεν τιμωρούμε έτσι εδώ. Αυτό είναι βάναυσο...»

«Ναι; Και τι κακό έχει αυτό; Τουλάχιστον έτσι δεν θα ξανακάνουν τίποτα». Καθόμουν με δυσκολία. Έτρεμα ολόκληρη από θυμό. «Πρέπει να υποφέρουν για όλα αυτά που έκαναν και θέλω να είμαι *εγώ* αυτή που θα τους δώσει ένα μάθημα. Θέλω να τους σκοτώσω όλους». Έκανα να σηκωθώ νιώθοντας ότι θα εκραγώ. Τα χέρια του βρέθηκαν στους ώμους μου αστραπιαία. Με έσπρωξε κάτω. Οι πρώτες βοήθειες είχαν ήδη ξεχαστεί. Καθώς με κρατούσε κάτω, η έκφρασή του πρόδιδε ανησυχία και αγριάδα μαζί. Προσπάθησα να αντισταθώ, αλλά τα δάχτυλά του με έσπρωξαν περισσότερο.

«Ρόουζ! Σύνελθε» φώναξε κι εκείνος. «Δεν τα εννοείς όλα αυτά. Έχεις πολύ άγχος και αισθάνεσαι πιεσμένη κι έτσι βλέπεις αυτό το τραγικό συμβάν τελείως διογκωμένο».

«Σταμάτα» ούρλιαξα. «Συμπεριφέρεσαι όπως πάντα. Μου το παίζεις πάντα απολύτως λογικός, όσο άσχημα κι αν είναι τα πράγματα. Αν είναι έτσι, τότε τι έπαθες στη φυλακή και έλεγες πως θα σκοτώσεις τον Βίκτορ; Αυτό ήταν εντάξει τότε;»

«Αυτό ήταν απλώς μια υπερβολή. Το ξέρεις πολύ καλά. Αλλά τώρα… εδώ συμβαίνει κάτι άλλο. Κάτι πάει στραβά».

«Όχι όλα μια χαρά πάνε». Προσπαθούσα να του αντιμιλήσω ελπίζοντας ότι τα λόγια μου θα τον έκαναν να αφαιρεθεί. Αν κινούμουν γρήγορα, ίσως και να μπορούσα να τον περάσω. «Στο κάτω κάτω μόνο εγώ θέλω να κάνω κάτι για όλες τις παρανομίες που συμβαίνουν εδώ μέσα. Αν αυτό είναι τόσο κακό, τότε ζητάω συγνώμη. Περιμένεις από μένα κάτι το αδύνατο! Θες να είμαι το καλό παιδί! Ε, λοιπόν, δεν είμαι! Δεν είμαι αγία όπως εσύ».

«Κανείς μας δεν είναι άγιος» είπε ξερά. «Πίστεψέ με, εγώ…»

Με ένα άλμα βρέθηκα μπροστά σπρώχνοντάς τον πέρα. Κατάφερα να απελευθερωθώ, αλλά δεν έφτασα μακριά. Είχα δεν είχα κάνει δυο βήματα από το κρεβάτι όταν με έπιασε και με κράτησε στο έδαφος, αυτή τη φορά χρησιμοποιώντας όλο το βάρος του κορμιού του για να με ακινητοποιήσει. Έπρεπε να το

᾽χω καταλάβει ότι το σχέδιο απόδρασής μου ήταν απίθανο, αλλά δεν μπορούσα να σκεφτώ λογικά.

«Άσε με να φύγω» φώναξα για εκατοστή φορά προσπαθώντας να ελευθερώσω τα χέρια μου.

«Όχι» είπε με φωνή σχεδόν απεγνωσμένη. Όχι αν δεν συνέλθεις. Αυτό που βλέπω δεν είσαι εσύ».

Τα μάτια μου πλημμύρισαν καυτά δάκρυα. «Εγώ είμαι. Άσε με!»

«*Δεν είσαι εσύ!* Δεν είσαι! Όχι». Η φωνή του πρόδιδε την αγωνία του.

«Κάνεις λάθος! Εγώ είμαι...»

Σταμάτησα ξαφνικά. *Δεν είσαι εσύ.* Αυτό είχα πει και στη Λίζα βλέποντάς την έντρομη να χρησιμοποιεί τα μαγικά της για να βασανίσει τον Τζέσε. Στεκόμουν εκεί χωρίς να πιστεύω στα μάτια μου. Δεν είχε καταλάβει πως είχε χάσει τον έλεγχο και πως λίγο έλειπε να μετατραπεί σε τέρας. Και τώρα, βλέποντας τα μάτια του Ντιμίτρι, βλέποντας τον πανικό και την αγάπη του, καταλάβαινα τι μου συνέβαινε. Ήταν ακριβώς το ίδιο που συνέβαινε και σ᾽ εκείνη. Ήμουν τόσο τρελαμένη, τόσο τυφλωμένη από παράλογα συναισθήματα, που δεν αναγνώριζα καν τις ίδιες μου τις πράξεις. Ένιωθα λες και ξαφνικά δεν είχα εγώ τον έλεγχο αλλά κάποιος άλλος.

Προσπάθησα να το εμποδίσω, να αντισταθώ στα αισθήματα που σιγόβραζαν μέσα μου. Όμως ήταν πολύ δυνατά. Δεν μπορούσα. Δεν μπορούσα να απαλλαγώ από αυτά. Θα με κυρίευαν όπως ακριβώς είχαν κυριεύσει και την Άνα και την κα Καρπ.

«Ρόουζ» είπε ο Ντιμίτρι. Πρόφερε το όνομά μου με τέτοια ισχύ, με τόσο συναίσθημα... Είχε απόλυτη πίστη σ᾽ εμένα, στις δυνάμεις και στην καλοσύνη μου. Και είχε τέτοια δύναμη μέσα του. Δεν φοβόταν να τη μοιραστεί μαζί μου αν τη χρειαζόμουν. Η Ντέιρντρι μπορεί ίσως να είχε καταλάβει κάτι σχετικά με τα συναισθήματά μου απέναντι στη Λίζα, αλλά δεν είχε ιδέα για τα αισθήματά μου για τον Ντιμίτρι. Μεταξύ μας υπήρχε μόνο αγάπη. Κανείς μας δεν ήταν τέλειος, αλλά δεν είχε σημασία. Μαζί του θα νικούσα την οργή που με γέμιζε, γιατί εκείνος πίστευε ότι θα τη νικήσω. Και πράγματι.

Σιγά σιγά ένιωσα τη μαυρίλα να διαλύεται. Σταμάτησα να αντιστέκομαι. Το σώμα μου έτρεμε αλλά όχι από οργή. Μόνο από φόβο. Ο Ντιμίτρι κατάλαβε την αλλαγή και με άφησε.

«Θεέ μου» είπα ταραγμένη.

Το χέρι του ακούμπησε την άκρη του προσώπου μου. Ένιωσα τα δάχτυλά του απαλά στο μάγουλό μου. «Ρόουζ» αναστέναξε. «Είσαι καλά;»

Κατάπια κι άλλα δάκρυα. «Ν... νομίζω πως ναι. Τουλάχιστον για την ώρα».

«Πάει. Τελείωσε» είπε. Με ακουμπούσε ακόμη. Έβγαζε στοργικά τα μαλλιά μου από το πρόσωπό μου. «Τέλος. Όλα είναι μια χαρά».

Έγνεψα όχι. «Κάνεις λάθος. Δεν... δεν με καταλαβαίνεις. Όλοι μου οι φόβοι βγαίνουν αληθινοί. Θυμάσαι όσα σου είπα για την Άνα; Για την τρέλα που μου μεταδίδεται από το πνεύμα; Αυτό μου συμβαίνει, Ντιμίτρι. Η Λίζα έχασε τον έλεγχο με τον Τζέσε. Τη σταμάτησα γιατί ρούφηξα το θυμό της και τον μετέφερα στο δικό μου μυαλό. Είναι... απαίσιο. Νιώθω σαν... σαν μαριονέτα. Δεν μπορώ να συγκρατηθώ».

«Είσαι δυνατή» μου είπε. «Δεν θα ξανασυμβεί».

«Όχι» είπα. Άκουσα το σπάσιμο της φωνής μου καθώς προσπάθησα να ανασηκωθώ. «Θα ξανασυμβεί. Θα γίνω σαν την Άνα. Θα χειροτερεύω όλο και περισσότερο. Αυτή τη φορά γύρευα να χυθεί αίμα και ξεχείλιζα από μίσος. Ήθελα να τους καταστρέψω! Έπρεπε να τους καταστρέψω. Την επόμενη όμως; Δεν ξέρω. Μπορεί απλά να με χτυπήσει η τρέλα σαν την κα Καρπ.

Μπορεί και ήδη να 'χω τρελαθεί και γι' αυτό να βλέπω τον Μέισον μπροστά μου. Μπορεί απλώς να παθαίνω κατάθλιψη όπως η Λίζα. Θα πέφτω όλο και πιο βαθιά σ' αυτή την παγίδα και μετά θα γίνω σαν την Άνα και θα θέλω να αυτοκτ...»

«Όχι» με διέκοψε απαλά ο Ντιμίτρι. Έφερε το πρόσωπό του πιο κοντά στο δικό μου. Τα μέτωπά μας σχεδόν ακουμπούσαν το ένα το άλλο. «Δεν πρόκειται να σου συμβεί. Εσύ είσαι δυνατή. Θα το αντιμετωπίσεις όπως και αυτή τη φορά».

«Μα τώρα το αντιμετώπισα επειδή βρέθηκες εσύ μπροστά μου». Με αγκάλιασε. Το πρόσωπό μου βυθίστηκε στο στήθος του. «Δεν θα μπορέσω μόνη μου» ψιθύρισα.

«Θα μπορέσεις» είπε. Η φωνή του έτρεμε. «Είσαι δυνατή... πολύ δυνατή... Γι' αυτό και σ' αγαπώ τόσο».

Έκλεισα τα μάτια μου σφιχτά. «Δεν πρέπει να μ' αγαπάς. Θα καταντήσω μια τραγική φιγούρα. Ίσως και να είμαι ήδη». Σκέφτηκα τη συμπεριφορά μου τον τελευταίο καιρό. Το πώς θύμωνα εύκολα με τους πάντες. Το πώς είχα προσπαθήσει να τρομάξω τον Ράιαν και την Καμίλ.

Ο Ντιμίτρι απομακρύνθηκε για να μπορέσει να με κοιτάξει στα μάτια. Έκλεισε το πρόσωπό μου στις χούφτες του. «Δεν είσαι και δεν θα γίνεις» μου είπε. «Δεν θα σ' αφήσω εγώ, ό,τι και να γίνει δεν πρόκειται να σ' αφήσω».

Το κορμί μου ξεχείλισε και πάλι από συναισθήματα, μόνο που αυτή τη φορά δεν ήταν ούτε θυμός ούτε οργή. Πλημμύριζα ολόκληρη από μια ζεστασιά τόσο υπέροχη που έκανε την καρδιά μου να σκιρτήσει. Πέρασα τα χέρια μου γύρω από το λαιμό του και τα χείλη μας ενώθηκαν. Το φιλί μας ήταν αγνό, αγαπησιάρικο, γλυκό και μακάριο. Δεν είχε τίποτα το απελπισμένο ή το σκοτεινό. Σιγά σιγά όμως έγινε πιο έντονο. Η αγάπη υπήρχε ακόμη, αλλά όσο φιλιόμασταν τόσο μας κυρίευε κάτι λυσσαλέο, πανίσχυρο. Η σπίθα που είχε ανάψει μεταξύ μας όσο προσπαθούσα να αντισταθώ και να τον απομακρύνω προηγουμένως μας περιτύλιγε και πάλι.

Στο μυαλό μου ήρθαν εικόνες της νύχτας εκείνης που παρασυρμένοι από το ξόρκι του Βίκτορ αντιδρούσαμε δίχως να μπορούμε να ελέγξουμε τις αισθήσεις μας. Νιώθαμε σαν πεινασμένοι ή σαν ναυαγοί που λίγο ήθελαν για να πνιγούν. Μόνο ο ένας μπορούσε να δώσει στον άλλο παρηγοριά. Γραπώθηκα πάνω του. Το ένα μου χέρι παρέμεινε κολλημένο στο λαιμό του και με το άλλο έπιασα την πλάτη του με τόση δύναμη που τα νύχια μου σχεδόν βυθίστηκαν στη σάρκα του. Με ξάπλωσε και πάλι στο κρεβάτι. Τα χέρια του ήταν ακουμπισμένα στη μέση μου. Σε λίγο το ένα από αυτά γλίστρησε στο πίσω μέρος του γοφού μου ανασηκώνοντάς τον τόσο που το πόδι μου σχεδόν τον τύλιξε.

Και οι δυο μας τραβηχτήκαμε λιγάκι. Κι όμως ακόμη ήμαστε τόσο μα τόσο κοντά. Όλος ο κόσμος έμοιαζε μια στιγμή. Εκείνη η στιγμή που ζούσαμε.

«Δεν πρέπει…» μου είπε.

«Το ξέρω» συμφώνησα.

Τα χείλη μου ακούμπησαν και πάλι τα δικά του και αυτή τη φορά ήξερα ότι δεν θα υπήρχε επιστροφή. Κανένας τοίχος δεν υψωνόταν πια ανάμεσά μας. Τα σώματά μας αγκάλιασαν το ένα το άλλο. Μου έβγαλε το παλτό. Μετά έβγαλε την μπλούζα του και τη δική μου. Έμοιαζαν όλα τόσο με τη μάχη σώμα με σώμα που είχαμε δώσει στην αυλή. Ένιωθα το ίδιο πάθος, την ίδια φλόγα. Τελικά, μάλλον τα ένστικτα που προκαλούν τις μάχες και το σεξ δεν διαφέρουν και τόσο. Όλα προέρχονται από κάτι ζωώδες που κρύβεται μέσα μας.

Όμως καθώς όλο και περισσότερα ρούχα έπεφταν στο πάτωμα, το αίσθημα που μας κυρίευε δεν ήταν μόνο ζωώδες. Ήταν γλυκό και υπέροχο συνάμα. Κοίταξα βαθιά μέσα στα μάτια του και κατάλαβα ότι με αγαπούσε περισσότερο απ' οτιδήποτε στον κόσμο. Ότι εγώ ήμουν η σωτηρία του, όπως κι εκείνος η δική μου. Ποτέ μου δεν φανταζόμουν ότι η πρώτη μου φορά θα ήταν σε μια καμπίνα μέσα στο δάσος, αλλά κατάλαβα ότι το πού γινόταν δεν είχε καμία σημασία. Εκείνος με τον οποίο το μοιραζόμουν ήταν που μετρούσε. Αν αγαπάς κάποιον, οποιοδήποτε περιβάλλον είναι απλά υπέροχο. Και στο πιο πολυτελές κρεβάτι χάνει την αξία του αν το μοιράζεσαι με κάποιον που δεν αγαπάς.

Και, Θεέ μου, πόσο τον αγαπούσα. Τόσο πολύ που με πονούσε. Όλα τα ρούχα μας είχαν πλέον σχηματίσει ένα σωρό στο πάτωμα, αλλά το σώμα του πάνω στο δικό μου αρκούσε για να με κρατήσει ζεστή. Τα σώματά μας είχαν γίνει ένα κι εκείνη τη στιγμή κατάλαβα πως έτσι ήθελα να παραμείνουν για πάντα. Δεν ήθελα ποτέ μου να ζήσω μακριά του.

Μακάρι να μπορούσα να περιγράψω το πώς κάναμε έρωτα, αλλά τα λόγια δεν αρκούν για να μεταφέρω το πόσο υπέροχα ήταν. Ήμουν αγχωμένη και ενθουσιασμένη και χίλια άλλα πράγματα μαζί. Ο Ντιμίτρι ήξερε πολύ καλά τι έκανε. Και είχε αμέριστη υπομονή μαζί μου, όπως και στις προπονήσεις μας. Ακολουθούσα τις κινήσεις του σχεδόν φυσικά, αλλά με άφηνε με μεγάλη ικανοποίηση να πάρω τον έλεγχο. Ήμασταν επιτέλους ίσοι. Κάθε μας άγγιγμα ξεχείλιζε από δύναμη, ακόμη και οι άκρες των δαχτύλων του.

Όταν τελειώσαμε, η πλάτη μου αναπαύτηκε στο στήθος του. Όλο το σώμα μου πονούσε… όμως ένιωθα υπέροχα, ένιωθα γεμάτη ευτυχία και ικανοποίηση. Τι ωραία που θα ήταν να είχα ασχοληθεί με αυτή τη δραστηριότητα νωρίτερα! Κι όμως κάτι μέσα μου μου έλεγε ότι αυτή ήταν η κατάλληλη στιγμή.

Ακούμπησα το κεφάλι μου στο στήθος του Ντιμίτρι, απολαμβάνοντας τη ζεστασιά του. Με φίλησε στο μέτωπο και πέρασε το χέρι του μέσα απ' τα μαλλιά μου.

«Ρόζα, σ' αγαπώ». Με ξαναφίλησε. «Θα είμαι πάντοτε δίπλα σου. Δεν θα αφήσω τίποτα να σου συμβεί».

Τα λόγια του ήταν υπέροχα συνάμα κι επικίνδυνα. Δεν έπρεπε να μου τα λέει αυτά. Δεν έπρεπε να μου υπόσχεται ότι θα *με* προστατεύσει, γιατί υποτίθεται πως ο σκοπός του στη ζωή αυτή ήταν να προστατεύσει Μορόι όπως η Λίζα. Δεν μπορούσα να αποκτήσω την πρώτη θέση στην καρδιά του, όπως κι εκείνος δεν μπορούσε να πάρει αυτή τη θέση στη δική μου. Γι' αυτό κι εγώ δεν έπρεπε να του πω τα παρακάτω λόγια... αλλά το έκανα!

«Ούτε κι εγώ θα αφήσω να σου συμβεί τίποτα» του υποσχέθηκα. «Σ' αγαπάω». Με φίλησε ξανά, χωρίς να μ' αφήσει να μιλήσω άλλο.

Μείναμε ξαπλωμένοι για λίγο. Ο ένας στην αγκαλιά του άλλου, χωρίς να πολυμιλάμε. Θα 'θελα αυτή η στιγμή να διαρκέσει για πάντα, όμως κι οι δυο μας ξέραμε τι έπρεπε να κάνουμε. Οι υπόλοιποι θα άρχιζαν να μας ψάχνουν για να πάρουν και τη δική μου κατάθεση. Και αν μας έβρισκαν σ' αυτή τη στάση, τα πράγματα θα χειροτέρευαν ακόμη περισσότερο.

Κι έτσι ντυθήκαμε, πράγμα ιδιαίτερα δύσκολο καθώς διαρκώς σταματούσαμε για να φιλήσουμε ο ένας τον άλλο. Τελικά βγήκαμε διστακτικά από το φυλάκιο χέρι χέρι, γνωρίζοντας ότι σε λίγο δεν θα 'πρεπε να ακουμπάμε ο ένας τον άλλο.

Όταν θα φτάναμε πιο κοντά στο κέντρο της Ακαδημίας, όλα θα έπρεπε να συνεχίσουν κανονικά. Προς το παρόν, όμως, όλος ο κόσμος θα ήταν χρυσαφένιος και υπέροχος. Σε κάθε μου βήμα ένιωθα να με πλημμυρίζει η χαρά και ο αέρας έμοιαζε να μας συνοδεύει σιγοτραγουδώντας.

Φυσικά διάφορες ερωτήσεις στριφογυρνούσαν στο μυαλό μου. Τι είχαμε μόλις κάνει; Πού ήταν ο λεγόμενος αυτοέλεγχος των νταμπίρ; Προς το παρόν όμως δεν μ' ένοιαζε καθόλου. Το σώμα μου ήταν ακόμη ζεστό και τον αναζητούσε και... ξαφνικά σταμάτησα. Ένιωσα να με διακατέχει ένα ακόμη συναίσθημα, πολύ αρνητικό. Ήταν μια παράξενη αίσθηση… λες και αδύναμα και ανεπαίσθητα κύματα ναυτίας ανακατεύονταν με μικρά τσιμπήματα στο δέρμα μου. Ο Ντιμίτρι σταμάτησε αμέσως και με κοίταξε ανήσυχος.

Μια χλομή και ελαφρώς φωτεινή μορφή σχηματίστηκε μπροστά μας. Ήταν ο Μέισον. Ήταν ίδιος όπως πάντοτε. Ή μήπως όχι; Η θλίψη του ήταν πάντα παρούσα, αλλά αυτή τη φορά έβλεπα και κάτι άλλο κάτι που δεν μπορούσα να καταλάβω ακριβώς. Κάτι σαν πανικό ή ένταση. Θα έλεγα ότι ήταν κάτι σαν φόβος, αλλά τι στ' αλήθεια μπορεί να φοβάται ένα φάντασμα;

«Τι τρέχει;» με ρώτησε ο Ντιμίτρι.

«Τον βλέπεις;» ψιθύρισα.

Ο Ντιμίτρι κοίταξε κατά κει που κοιτούσα κι εγώ. «Ποιον;»

«Τον Μέισον».

Το ανήσυχο βλέμμα του Μέισον γινόταν όλο και πιο σκοτεινό. Ίσως να μην ήμουν σε θέση να τον καταλάβω απόλυτα, αλλά ήμουν σίγουρη ότι κάτι άσχημο συνέβαινε. Η ναυτία έγινε ακόμη πιο ισχυρή, αλλά ήξερα ότι δεν είχε να κάνει μ' εκείνον.

«Ρόουζ, πρέπει να γυρίσουμε σιγά σιγά» μου είπε μαλακά ο Ντιμίτρι. Ακόμη δεν είχε πιστέψει ότι έβλεπα φαντάσματα.

Εγώ όμως δεν κουνήθηκα. Ο Μέισον κάτι μου έλεγε ή τουλάχιστον προσπαθούσε κάτι να μου πει. Κάτι έτρεχε. Υπήρχε κάτι σημαντικό που έπρεπε να μάθω. Δεν μπορούσε όμως να μου το μεταδώσει.

«Τι;» τον ρώτησα. «Τι τρέχει;»

Η ταραχή καθρεφτιζόταν στο πρόσωπό του. Έδειξε κατά πίσω μου και μετά άφησε το χέρι του να πέσει.

«Πες μου» του έλεγα εξίσου ταραγμένη. Ο Ντιμίτρι κοιτούσε μία εμένα και μία τον Μέισον ή μάλλον το κενό εκεί που υποτίθεται ότι βρισκόταν ο Μέισον.

Ήμουν παντελώς αφοσιωμένη στον Μέισον για να κάτσω να ασχοληθώ με το τι σκεφτόταν ο Ντιμίτρι. Κάτι συνέβαινε, κάτι πολύ σοβαρό. Ο Μέισον άνοιξε ξανά το στόμα του θέλοντας όπως όλες τις προηγούμενες φορές να μιλήσει. Μόνο που αυτή τη φορά μετά από μερικές στιγμές αγωνίας το κατάφερε. Τα λόγια του ήταν σχεδόν ακατανόητα.

«Έρχονται...»

24

ΤΑ ΠΑΝΤΑ ΠΑΓΩΣΑΝ. Τέτοια ώρα μέσα στη νύχτα δεν ακούγονταν ούτε πουλιά ούτε κανένας άλλος ήχος. Ένιωθα όμως ότι η ησυχία ήταν πιο βαριά απ' ό,τι συνήθως. Ακόμη κι ο άνεμος είχε σωπάσει. Ο Μέισον με κοίταζε ικετευτικά. Η ναυτία και τα τσιμπήματα συνεχίστηκαν.

Τότε κατάλαβα.

«Ντιμίτρι» είπα αγχωμένα. «Υπάρχουν Στριγκ...»

Ήταν πολύ αργά. Ο Ντιμίτρι κι εγώ το είδαμε την ίδια ακριβώς στιγμή, μόνο που ο Ντιμίτρι ήταν πολύ πιο κοντά. Πρόσωπο χλομό και μάτια κατακόκκινα. Κινήθηκε κατά τη μεριά μας. Έμοιαζε λες και πετούσε κι ήταν όπως ακριβώς περιγράφουν οι μύθοι τους βρικόλακες. Ο Ντιμίτρι όμως ήταν το ίδιο γρήγορος και σχεδόν όσο δυνατός όσο εκείνο. Με το κοντάρι στο ένα χέρι —κανονικό κοντάρι κι όχι κοντάρι εξάσκησης— απέκρουσε την επίθεση του Στριγκόι. Ίσως το Στριγκόι να πίστεψε ότι θα μας έπιανε στον ύπνο. Ρίχτηκαν στη μάχη και για λίγη ώρα κανείς από τους δυο τους δεν φαινόταν να κερδίζει έδαφος. Κάποια στιγμή το χέρι του Ντιμίτρι ξεπρόβαλε και το κοντάρι του βυθίστηκε στην καρδιά του Στριγκόι. Τα κόκκινα μάτια άνοιξαν διάπλατα και το σώμα του Στριγκόι σωριάστηκε στο έδαφος.

Ο Ντιμίτρι γύρισε να δει αν ήμουν καλά και ανταλλάξαμε

χιλιάδες σιωπηλά μηνύματα μεταξύ μας. Μετά κοίταξε μακριά προσπαθώντας να διακρίνει ανάμεσα στα δέντρα, να δει μες στο απόλυτο σκοτάδι. Η ναυτία μου είχε γίνει ακόμη πιο έντονη. Δεν καταλάβαινα γιατί, αλλά ένιωθα ότι ήμασταν περικυκλωμένοι από Στριγκόι. Γι' αυτό ένιωθα τόσο ζαλισμένη. Ο Ντιμίτρι με κοίταξε μ' ένα βλέμμα που ποτέ μου δεν είχα ξαναδεί.

«Ρόουζ. Άκουσέ με. Τρέχα! Τρέξε όσο πιο γρήγορα μπορείς στον κοιτώνα σου και πες το στους φύλακες».

Έγνεψα ναι. Δεν υπήρχε χρόνος για αμφιβολίες.

Άπλωσε το χέρι του και έπιασε το μπράτσο μου. Το βλέμμα του καρφώθηκε πάνω μου λες και ήθελε να βεβαιωθεί ότι καταλαβαίνω τα λόγια του. «Μη σταματήσεις» μου είπε. «Ό,τι κι αν ακούσεις, ότι κι αν δεις *μην τυχόν* και σταματήσεις. Όχι προτού ειδοποιήσεις τους υπόλοιπους. Μη σταματήσεις, εκτός αν κάποιος σου επιτεθεί κατά μέτωπο».

Έγνεψα και πάλι. Άφησε το χέρι μου.

«Πες τους *buria*».

Έγνεψα ξανά.

«Τρέχα!»

Έτρεξα. Δεν ξαναγύρισα πίσω. Δεν ρώτησα τι θα έκανε εκείνος, γιατί ήξερα ήδη. Θα σταματούσε όσα περισσότερα Στριγκόι μπορούσε μέχρι να φέρω βοήθεια. Αμέσως μετά άκουσα μουγκρητά και χτυπήματα και κατάλαβα ότι είχε βρει κι άλλο. Για ένα κλάσμα του δευτερολέπτου ανησύχησα γι' αυτόν. Αν πέθαινε, ήμουν σίγουρη ότι θα πέθαινα κι εγώ. Μετά όμως σταμάτησα. Δεν είχα να σκεφτώ μόνο μία, αλλά εκατοντάδες ζωές που εκείνη τη στιγμή εξαρτιούνταν από μένα. Τα Στριγκόι είχαν μπει στο σχολείο μας. Αδύνατον! Δεν μπορούσα να το πιστέψω.

Τα πόδια μου χτυπούσαν δυνατά στο έδαφος σκορπίζοντας χιονόνερα και λάσπη ολόγυρα. Γύρω μου ένιωθα να ακούγονται φωνές κι έβλεπα περίεργες φιγούρες. Δεν ήταν τα φαντάσματα του αεροδρομίου, αλλά τα τέρατα που φοβόμουν εδώ και καιρό. Τίποτα δεν με σταματούσε. Όταν εγώ κι ο Ντιμίτρι είχαμε αρχίσει τις προπονήσεις μας, με έβαζε να τρέχω στο γήπεδο κάθε μέρα. Παραπονιόμουν αλλά εκείνος μου έλεγε συνεχώς ότι ήταν απαραίτητο, ότι έτσι θα αποκτούσα περισσότερη δύναμη. Είχε μάλιστα προσθέσει ότι θα ερχόταν μια στιγμή στη ζωή μου που δεν θα μπορούσα να παλέψω και θα αναγκαζόμουν να τρέξω για να ξεφύγω. Αυτή η στιγμή είχε έρθει.

Ο κοιτώνας των νταμπίρ εμφανίστηκε μπροστά μου. Τα μισά περίπου παράθυρα είχαν αναμμένο το φως. Όλοι πήγαιναν σιγά σιγά για ύπνο. Όρμησα μέσα ανοίγοντας διάπλατα τις πόρτες. Η καρδιά μου κόντευε να σπάσει από την εξάντληση. Ο πρώτος που συνάντησα ήταν ο Σταν και παραλίγο να τον ρίξω κάτω. Με έπιασε από τους καρπούς για να με συγκρατήσει.

«Ρόουζ, τι τρέχ…»

«Στριγκόι» είπα αναπνέοντας με δυσκολία. «Υπάρχουν Στριγκόι στην Ακαδημία».

Με κοίταξε και για πρώτη φορά στη ζωή μου τον είδα να μένει με το στόμα ανοιχτό. Μετά συνήλθε και κατάλαβα αμέσως τι σκεφτόταν. Πάλι ιστορίες με φαντάσματα μας λέει αυτή! «Ρόουζ, δεν καταλαβαίνω τι…»

«Δεν είμαι τρελή!» του φώναξα. Όλοι όσοι βρίσκονταν στο λόμπι του κοιτώνα γύρισαν και μας κοίταξαν. «Είναι εδώ. Στον περίβολο. Ο Ντιμίτρι παλεύει μαζί τους μόνος του. Πρέπει να τον βοηθήσετε». Τι μου είχε πει να τους πω ο Ντιμίτρι; Ποια λέξη ήταν αυτή; «*Buria.* Μου είπε να σας πω *buria*».

Ο Σταν έφυγε σαν αστραπή.

Πρώτη μου φορά έβλεπα συναγερμό για επιθέσεις Στριγκόι, όμως προφανώς ήταν κάτι που οι φύλακες έκαναν αρκετά συχνά. Δεν υπήρχε και περιθώριο για άλλη λύση. Όλοι οι φύλακες του κοιτώνα είχαν ξυπνήσει και είχαν βρεθεί στο λόμπι σε λίγα μόνο λεπτά. Τα τηλέφωνα χτυπούσαν διαρκώς. Στεκόμουν σ' ένα ημικύκλιο με τους υπόλοιπους μαθητευόμενους παρατηρώντας πώς οργανώνονταν οι μεγαλύτεροί μας με απόλυτη αποτελεσματικότητα. Κοίταξα στα πεταχτά γύρω μου και συνειδητοποίησα ότι δεν υπήρχαν άλλοι τελειόφοιτοι τριγύρω. Μα φυσικά… ήταν Κυριακή βράδυ και όλοι είχαν επιστρέψει από την πρακτική τους άσκηση θέλοντας να προστατεύσουν τα Στριγκόι. Ένιωσα μια περίεργη ανακούφιση. Στους κοιτώνες των Μορόι υπήρχε μια επιπλέον δύναμη άμυνας.

Τουλάχιστον στους εφήβους, γιατί το Δημοτικό δεν είχε καμία βοήθεια. Είχε τη συνηθισμένη φύλαξη και πολλές από τις άμυνες του δικού μας κοιτώνα, όπως κιγκλιδώματα στα παράθυρα του πρώτου ορόφου. Αυτές οι λύσεις δεν επαρκούσαν για να διώξουν τα Στριγκόι, αλλά σίγουρα θα τα καθυστερούσαν. Κανείς δεν είχε ποτέ σκεφτεί να κάνει κάτι παραπάνω. Δεν υπήρχε ανάγκη. Είχαμε τις μαγικές ασπίδες.

Η Αλμπέρτα είχε ήδη έρθει στη μάζωξη και έστελνε ομάδες σε ολόκληρη την Ακαδημία. Ορισμένοι στάλθηκαν για να ασφαλίσουν τα κτίρια, άλλοι σχημάτισαν ομάδες καταδίωξης που έψαχναν για Στριγκόι και προσπαθούσαν να καταλάβουν πόσα ήταν τριγύρω. Καθώς οι φύλακες άρχισαν να διασκορπίζονται, πλησίασα την Αλμπέρτα.

«Εμείς τι να κάνουμε;» τη ρώτησα.

Η Αλμπέρτα γύρισε κατά τη μεριά μου. Το βλέμμα της περιεργάστηκε εμένα και όσους στέκονταν γύρω μου. Ήταν από δεκατεσσάρων μέχρι λίγο μικρότεροι από εμένα. Κάτι διαγραφόταν στο πρόσωπό της. Θλίψη, φαντάστηκα.

«Να μείνετε εδώ, στον κοιτώνα» είπε. «Κανείς δεν μπορεί να φύγει, απαγορεύεται η κυκλοφορία στην Ακαδημία. Να πάτε στους ορόφους σας. Εκεί σας περιμένουν φύλακες που θα σας οργανώσουν σε ομάδες. Τα Στριγκόι δεν θα μπορέσουν εύκολα να ανέβουν εκεί από τον έξω χώρο... Αν όμως μπουν από εδώ...» Κοίταξε ολόγυρα όλους όσους έκαναν ελέγχους στις πόρτες και τα παράθυρα. Κούνησε το κεφάλι της. «Τέλος πάντων... Θα το αντιμετωπίσουμε».

«Μπορώ να σας βοηθήσω» είπα. «Το ξέρω».

Καταλάβαινα ότι πήγαινε να διαφωνήσει, αλλά μετά άλλαξε γνώμη. Προς μεγάλη μου έκπληξη, μου έδειξε τους υπόλοιπους λέγοντας: «Πάρ' τους πάνω και προστάτευσέ τους».

Πήγα να διαμαρτυρηθώ που μ' έκαναν νταντά, αλλά εκείνη έκανε κάτι πραγματικά απίστευτο. Έψαξε μέσα στο παλτό της και έβγαλε ένα ασημένιο κοντάρι. Ένα αληθινό κοντάρι!

«Φύγε» μου είπε. «Δεν πρέπει να βρίσκονται μέσα στη μέση».

Έκανα να φύγω και σταμάτησα. «Τι σημαίνει η λέξη *buria*;».

«Καταιγίδα» είπε απαλά. «Σημαίνει καταιγίδα στα ρώσικα».

Κατηύθυνα όλους τους μαθητευόμενους προς τις σκάλες καθοδηγώντας τους σε κάθε όροφο. Οι περισσότεροι ήταν τρομοκρατημένοι, πράγμα απολύτως κατανοητό. Ορισμένοι από αυτούς, ιδίως οι μεγαλύτεροι, σκέφτονταν τα ίδια μ' εμένα. Ήθελαν να κάνουν κάτι για να βοηθήσουν. Οτιδήποτε. Ήξερα καλά πως παρότι είχαν έναν ακόμη χρόνο για να αποφοιτήσουν μπορούσαν να γίνουν πολύ επικίνδυνοι. Τράβηξα μερικούς κατά μέρος.

«Ηρεμήστε τους υπόλοιπους και να 'χετε το νου σας» είπα χαμηλόφωνα. «Αν συμβεί κάτι στους μεγαλύτερους φύλακες, θα πρέπει να αναλάβετε δράση εσείς».

Με κοίταζαν με ύφος προσηλωμένο. Κουνούσαν το κεφάλι τους στις οδηγίες μου. Καταλάβαιναν απόλυτα. Ορισμένοι μαθητευόμενοι όπως ο Ντιν δεν καταλάβαιναν πόσο σοβαρές ήταν οι ζωές μας. Οι περισσότεροι όμως ήξεραν. Αναγκαζόμασταν να μεγαλώσουμε γρήγορα.

Πήγα στο δεύτερο όροφο θεωρώντας ότι εκεί θα ήμουν πολύ

πιο χρήσιμη. Αν κάποιο Στριγκόι περνούσε τον πρώτο όροφο, λογικά θα έφτανε εδώ μετά. Έδειξα το κοντάρι μου στους φύλακες λέγοντάς τους όσα μου είχε πει η Αλμπέρτα. Σεβάστηκαν τις επιθυμίες της αλλά καταλάβαινα ότι δεν ήθελαν να μπλεχτώ και πολύ στην όλη κατάσταση. Με κατεύθυναν σε ένα διάδρομο όπου υπήρχε ένα μικρό παράθυρο. Μόνο κάποιος στο ύψος μου ή κοντύτερος θα μπορούσε να περάσει, κι ήξερα πολύ καλά πως ήταν σχεδόν αδύνατον να ανέβει κανείς από αυτή την πλευρά του κτιρίου, εξαιτίας του εξωτερικού σχήματός της.

Παρ' όλα αυτά έμεινα εκεί, θέλοντας απεγνωσμένα να μάθω τι συνέβαινε. Πόσα Στριγκόι μας είχαν επιτεθεί; Πού βρίσκονταν; Τότε θυμήθηκα ότι είχα τρόπο να μάθω. Έχοντας ακόμη το νου μου στο παράθυρο όσο περισσότερο μπορούσα, άδειασα το μυαλό μου και γλίστρησα στο κεφάλι της Λίζα.

Βρισκόταν και εκείνη μαζί με μια ομάδα Μορόι στον πάνω όροφο του κοιτώνα της. Προφανώς, η απαγόρευση κυκλοφορίας ίσχυε για ολόκληρη την Ακαδημία. Στη δική της ομάδα υπήρχε περισσότερη ένταση απ' ό,τι στη δική μου, που οφειλόταν μάλλον στο γεγονός ότι δεν είχαν καμία εμπειρία, ενώ οι μαθητευόμενοι στη δική μου ομάδα ήξεραν τουλάχιστον πώς περίπου να αντιμετωπίσουν τα Στριγκόι. Τα Μορόι όμως δεν ήξεραν τίποτα, με μοναδική εξαίρεση τις πολιτικοποιημένες ομάδες Μορόι που ήθελαν να οργανώσουν προπονήσεις για τα Μορόι. Ακόμη όμως δεν είχε διευθετηθεί το θέμα αυτό.

Ο Έντι βρισκόταν στο πλευρό της Λίζα. Φαινόταν τόσο άγριος και σκληρός, που θα μπορούσε να νικήσει οποιοδήποτε Στριγκόι με το ένα χέρι του και μόνο. Αισθανόμουν φοβερή χαρά που απ' όλους τους συμμαθητές μου είχε αναλάβει τη Λίζα εκείνος.

Καθώς βρισκόμουν πια στο μυαλό της αισθανόμουν ό,τι ακριβώς ένιωθε κι εκείνη. Τα βασανιστήρια του Τζέσε έμοιαζαν πια παιχνιδάκι σε σχέση με την επίθεση των Στριγκόι. Είχε κάθε λόγο να είναι τρομοκρατημένη. Περισσότερο όμως φοβόταν για τον Κρίστιαν.

«Η Ρόουζ είναι μια χαρά» ακούστηκε μια φωνή από δίπλα. Η Λίζα γύρισε και είδε τον Άντριαν. Προφανώς βρισκόταν στον κοιτώνα κι όχι στον ξενώνα. Το πρόσωπό του απέπνεε τη συνηθισμένη του νωθρότητα, μόνο που αυτή τη φορά έβλεπα το φόβο να καθρεφτίζεται στα πράσινα μάτια του. «Μπορεί να τα βάλει με όλα τα Στριγκόι του κόσμου. Κι εκτός αυτού, ο Κρίστιαν είπε ότι ήταν με τον Μπελίκοφ. Μάλλον εκείνη είναι πιο ασφαλής από εμάς».

Η Λίζα έγνεψε θέλοντας απεγνωσμένα να τον πιστέψει. «Και ο Κρίστιαν;»

Ο Άντριαν ξαφνικά έκοψε τις ψευτοπαλικαριές και έστρεψε το βλέμμα του αλλού. Δεν μπορούσε να τη δει στα μάτια και να της πει καθησυχαστικά λόγια. Δεν χρειαζόμουν εξηγήσεις. Τις διάβαζα όλες από το μυαλό της Λίζα. Εκείνη και ο Κρίστιαν θέλησαν να συναντηθούν μόνοι τους και να μιλήσουν για όσα είχαν συμβεί στο δάσος. Είχαν πει να το σκάσουν και να βρεθούν στην κρυψώνα του στη σοφίτα της εκκλησίας. Δεν είχε προλάβει να τρέξει και την είχε πετύχει το σιωπητήριο πριν ακριβώς από την επίθεση. Εκείνη είχε μείνει στον κοιτώνα, ενώ ο Κρίστιαν είχε προλάβει να φύγει.

Ο Έντι κατάφερε να την παρηγορήσει. «Αν είναι στην εκκλησία, είναι ασφαλής. Για την ακρίβεια είναι πιο ασφαλής από εμάς. Τα Στριγκόι δεν μπορούν να μπουν σε ιερά μέρη».

«Εκτός κι αν την κάψουν» είπε η Λίζα. «Κάποτε το έκαναν κι αυτό».

«Τετρακόσια χρόνια πριν» είπε ο Άντριαν. «Νομίζω πως εδώ τριγύρω έχουν ευκολότερες επιλογές και δεν χρειάζεται να καταφύγουν σε μεσαιωνικές λύσεις».

Η Λίζα πετάχτηκε *ακούγοντας* τα λόγια του Άντριαν.

Ήξερε πως ο Έντι είχε δίκιο για την εκκλησία. Δεν μπορούσε όμως να σταματήσει να σκέφτεται ότι ο Κρίστιαν μπορεί και να επέστρεφε από την εκκλησία προς τον κοιτώνα και να τον έπιαναν στα μισά του δρόμου. Την έτρωγε η ανησυχία και αισθανόταν αβοήθητη. Δεν είχε τρόπο να μάθει, πόσο μάλλον να κάνει κάτι.

Επέστρεψα στο σώμα μου. Στεκόμουν ακόμη στο διάδρομο του δεύτερου ορόφου. Επιτέλους καταλάβαινα γιατί είναι σημαντικό να δουλέψω και ως φύλακας κάποιου με τον οποίο δεν έχω υπερφυσικό δεσμό. Για να λέμε τα πράγματα με το όνομά τους, ανησυχούσα για τη Λίζα περισσότερο απ' ό,τι για οποιοδήποτε άλλο Μορόι στην Ακαδημία. Για να σταματήσω να ανησυχώ θα έπρεπε να βρίσκεται χιλιόμετρα μακριά σε κάποιο μέρος γεμάτο φύλακες και μαγικές ασπίδες. Τουλάχιστον όμως ήξερα ότι εκείνη ήταν όσο πιο ασφαλής γινόταν εκείνη τη στιγμή. Κάτι ήταν κι αυτό.

Ο Κρίστιαν όμως; Γι' αυτόν δεν είχα καμία ιδέα. Δεν υπήρχε τρόπος να συνδεθώ μαζί του και να μάθω αν είναι ζωντανός ή νεκρός. Αυτό εννοούσε ο Ντιμίτρι. Οι κανόνες του παιχνιδιού άλλαζαν πάρα πολύ όταν δεν υπήρχε δεσμός — τα πράγματα γίνονταν πιο τρομακτικά.

Κοίταξα κατά το παράθυρο χωρίς καν να βλέπω μπροστά μου. Ο Κρίστιαν βρισκόταν κάπου και ήταν ο *προστατευόμενός* μου. Ακόμη και αν η πρακτική άσκηση ήταν τελείως υποθετική, τα αισθήματά μου δεν άλλαζαν. Ήταν Μορόι. Μπορεί να κινδύνευε κι εγώ ήμουν αυτή που υποτίθεται πως έπρεπε να τον φυλάει. Προηγούνταν πάντοτε εκείνοι.

Πήρα μια βαθιά ανάσα και πάλεψα πολύ πριν πάρω την απόφασή μου. Μου είχαν αναθέσει άλλους να προσέχω και οι φύλακες ακολουθούν πάντοτε εντολές. Με όλους αυτούς τους κινδύνους που μας περιτριγύριζαν, θα μπορούσαμε να παραμείνουμε οργανωμένοι και να αμυνθούμε αποτελεσματικά μόνο αν υπακούαμε τις εντολές μας. Αν κανείς έκανε του κεφαλιού του, θα μπορούσε να σπείρει άθελά του το θάνατο. Ο Μέισον το είχε αποδείξει αυτό κυνηγώντας Στριγκόι στο Σποκέιν.

Δεν ήμουν όμως η μοναδική που βρισκόταν αντιμέτωπη με τον κίνδυνο. Όλοι κινδυνεύαμε. Δεν θα υπήρχε ασφάλεια μέχρι να απομακρυνθούν όλα τα Στριγκόι από το πανεπιστήμιο και δεν είχα ιδέα πόσα ήταν. Με είχαν βάλει να φυλάω αυτό το παράθυρο για να με βγάλουν από τη μέση. Η αλήθεια ήταν πως πράγματι κάποιος θα μπορούσε να εισβάλει στο δεύτερο όροφο και τότε θα χρησίμευα κι εγώ. Επίσης, κάποιο Στριγκόι θα μπορούσε κάλλιστα να επιχειρήσει να μπει από το παράθυρο, πράγμα όμως αμφίβολο. Θα του ήταν πολύ δύσκολο και, όπως είχε πει και ο Άντριαν, τα Στριγκόι είχαν ευκολότερους τρόπους να βρουν τα θύματά τους.

Εγώ όμως μπορούσα να πηδήξω από το παράθυρο.

Ήξερα πως ήταν λάθος, ακόμη και τη στιγμή που άνοιξα το παράθυρο. Εξέθετα τον εαυτό μου στον κίνδυνο, αλλά τα συναισθήματά μου αντιμάχονταν το ένα το άλλο. Έπρεπε να υπακούσω στις διαταγές... Έπρεπε να προστατεύσω τα Μορόι.

Ήταν καθήκον μου να βεβαιωθώ πως ο Κρίστιαν ήταν καλά.

Ο κρύος νυχτερινός αέρας φύσηξε στο διάδρομο. Κανένας θόρυβος απέξω δεν φανέρωνε τα όσα συνέβαιναν. Είχα πηδήξει έξω από το παράθυρο του δωματίου μου αρκετές φορές και είχα μια σχετική εμπειρία. Το πρόβλημα όμως στη συγκεκριμένη περίπτωση ήταν ότι η πέτρα κάτω από το παράθυρο ήταν τελείως λεία. Δεν υπήρχε τρόπος να κρατηθώ. Υπήρχε βέβαια ένα στενό περβάζι στον πρώτο όροφο, αλλά η απόσταση ήταν πολύ μεγάλη για το ύψος μου και δεν μπορούσα απλώς να γλιστρήσω μέχρι κάτω. Αν κατάφερνα να φτάσω στο περβάζι όμως, θα μπορούσα να περπατήσω μέχρι τη γωνία του κτιρίου, η οποία κατέληγε σε ένα σκαλιστό διάκοσμο, και να κατέβω κάτω ευκολότερα.

Κοίταξα το περβάζι. Θα έπρεπε να πηδήξω εκεί. Αν τα κατάφερνα, μάλλον θα έσπαγα το λαιμό μου και θα γινόμουν εύκολο δόλωμα για τα Στριγκόι κατά τα λεγόμενα του Άντριαν. Έκανα μια προσευχή στα γρήγορα και την απηύθυνα σ' όποιον άκουγε, βγήκα έξω από το παράθυρο κρατώντας ακόμη με τα δυο μου χέρια το περβάζι και κρεμάστηκα προσπαθώντας να βρεθώ όσο πιο κοντά γινόταν στο κάτω περβάζι. Βρισκόμουν ακόμη μισό μέτρο μακριά. Μέτρησα μέχρι το τρία και αφέθηκα σέρνοντας τα χέρια μου στον τοίχο καθώς έπεφτα. Τα πόδια μου ακούμπησαν το περβάζι και πήγα να παραπατήσω. Ευτυχώς τα οξυμένα μου αντανακλαστικά με βοήθησαν. Ξαναβρήκα την ισορροπία μου και στάθηκα εκεί κρατώντας τον τοίχο. Τα είχα καταφέρει. Από κει και πέρα κινήθηκα με ευκολία κατά τη γωνία και κατέβηκα κάτω.

Μόλις βρέθηκα στο έδαφος παρατήρησα ότι είχα γδάρει τα χέρια μου. Στην αυλή γύρω μου επικρατούσε ησυχία, αν και από μακριά σαν να άκουγα κραυγές. Αν ήμουν Στριγκόι, δεν θα επιχειρούσα να τα βάλω με αυτόν εδώ τον κοιτώνα. Εδώ θα 'πρεπε να δώσουν μεγάλη μάχη και, ασχέτως από το αν τα περισσότερα Στριγκόι μπορούσαν μάλλον εύκολα να αντιμετωπίσουν μια ομάδα μαθητευόμενων, είχαν και ευκολότερες επιλογές. Τα Μορόι μάλλον δεν θα ρίχνονταν στη μάχη με τέτοια ευκολία και, ούτως ή άλλως, τα Στριγκόι προτιμούσαν το δικό τους αίμα κι όχι το δικό μας.

Κινήθηκα με μεγάλη προσοχή κατά την εκκλησία. Μπορεί να με βοηθούσε το σκοτάδι, αλλά τα Στριγκόι βλέπουν καλύτερα ακόμη κι από μένα. Χρησιμοποίησα τα δέντρα για να κρυφτώ. Κοιτούσα συνεχώς προς όλες τις κατευθύνσεις. Μακάρι να είχα μάτια και στο πίσω μέρος του κεφαλιού μου. Ηρεμία.

Μόνο αυτές οι απόμακρες κραυγές ακούγονταν ακόμη. Εκείνη τη στιγμή κατάλαβα ότι το αίσθημα ναυτίας που με κυρίευε λίγη ώρα πριν είχε πια περάσει. Προφανώς η ναυτία ήταν κάτι σαν σημάδι ότι υπήρχαν Στριγκόι τριγύρω. Δεν είχα φυσικά απόλυτη εμπιστοσύνη στο ένστικτό μου για να αρχίσω να περπατάω στα τυφλά, αλλά όπως και να το κάνουμε ένιωσα περισσότερη ασφάλεια γνωρίζοντας ότι είχα κάτι σαν φυσικό σύστημα συναγερμού στον οργανισμό μου.

Βρισκόμουν ήδη στα μισά της διαδρομής προς την εκκλησία, όταν είδα κάτι να κινείται πίσω από ένα δέντρο. Έκανα μια γρήγορη στροφή κρατώντας στο χέρι μου το κοντάρι και λίγο έλειψε να το μπήξω στην καρδιά του Κρίστιαν…

«Μα τι στην ευχή κάνεις;» γρύλισα.

«Προσπαθώ να γυρίσω στον κοιτώνα» μου είπε. «Τι τρέχει; Άκουσα κραυγές».

«Έχουν μπει Στριγκόι στην Ακαδημία» είπα.

«Τι; Πώς;»

«Δεν ξέρω. Πρέπει να γυρίσεις στην εκκλησία. Εκεί θα είσαι πιο ασφαλής». Η εκκλησία φαινόταν από μακριά. Θα μπορούσαμε να φτάσουμε πολύ εύκολα.

Ο Κρίστιαν και εγώ είχαμε τον ίδιο ατίθασο χαρακτήρα. Περίμενα λοιπόν ότι θα μου αρχίσει τις αντιρρήσεις. Κι όμως, δεν το έκανε. «Εντάξει. Θα έρθεις μαζί μου;»

Ξεκίνησα να του λέω πως θα τον ακολουθούσα όταν ξάφνου ένιωσα πάλι αυτό το αίσθημα ναυτίας. «Πέσε κάτω!» του φώναξα. Έπεσε στο έδαφος χωρίς να διστάσει ούτε λεπτό.

Δύο Στριγκόι κατευθύνονταν κατά τη μεριά μας. Και τα δυο τους κινούνταν προς το μέρος μου γνωρίζοντας ότι εγώ ήμουν ο εύκολος στόχος μιας και θα συνδύαζαν τις δυνάμεις τους για να με βγάλουν από τη μέση και να μπορέσουν μετά να ορμήσουν και στον Κρίστιαν. Ένα από τα δύο με χτύπησε πάνω σ' ένα δέντρο. Τα μάτια μου θόλωσαν για μια στιγμή, αλλά σύντομα συνήλθα. Την έσπρωξα κι εγώ με τη σειρά μου. Ήταν θηλυκή. Την είδα να παραπατάει με μεγάλη ικανοποίηση. Παράλληλα χίμηξε προς το μέρος μου και ο άλλος, που δεν ήταν Στριγκόι, αλλά άνθρωπος. Παραμέρισα και του ξέφυγα.

Μου θύμιζαν και οι δύο τον Αϊζάια και την Έλενα από το Σποκέιν, αλλά δεν ήταν ώρα για να αρχίσω τα ονειροπολήματα. Και οι δύο ήταν ψηλότεροι από μένα, η θηλυκή ήταν πιο κοντά στο ύψος μου. Προσποιήθηκα ότι κατευθυνόμουν προς εκείνον και όρμησα κατά τη μεριά της. Το κοντάρι μου καρφώθηκε στην καρδιά της. Και οι δυο μας απομείναμε έκπληκτες. Πρώτη φορά σκότωνα Στριγκόι με κοντάρι.

Ότι είχα προλάβει να βγάλω το κοντάρι μου, με χτύπησε από πίσω το άλλο Στριγκόι γρυλίζοντας. Έχασα ελαφρώς την ισορροπία μου. Προσπάθησα να τον δω καλά. Ήταν πιο ψηλός και πιο δυνατός. Ήταν όπως ακριβώς όταν πάλευα με τον Ντιμίτρι. Σίγουρα θα ήταν και πιο γρήγορος από μένα. Κινούμασταν κυκλικά. Πήδηξα και κατάφερα να τον κλοτσήσω. Ούτε που κινήθηκε. Όρμησε κατά τη μεριά μου και κατάφερα και πάλι να τον αποφύγω ψάχνοντας παράλληλα για το κατάλληλο άνοιγμα ώστε να μπορέσω να τον χτυπήσω με το κοντάρι μου. Το μικρό του παραστράτημα δεν τον πτόησε καθόλου. Με έριξε στο έδαφος και ακινητοποίησε τα χέρια μου. Προσπάθησα να τον βγάλω από πάνω μου αλλά δεν κουνήθηκε στάλα. Καθώς έσκυψε κατά το πρόσωπό μου το σάλιο του έσταζε από τους κυνόδοντές του. Αυτό το Στριγκόι δεν ήταν σαν τον Αϊζάια που έχανε τον καιρό του με ανόητα λογύδρια. Αυτός εδώ θα με σκότωνε πίνοντας το αίμα μου και μετά το αίμα του Κρίστιαν. Ένιωσα τα δόντια του να ακουμπούν το λαιμό μου. Θα πέθαινα. Τι απαίσιο αίσθημα. Ήθελα να ζήσω τόσο πολύ... αλλά δυστυχώς θα τελείωναν όλα. Με όσες δυνάμεις μου είχαν απομείνει άρχισα να φωνάζω στον Κρίστιαν να φύγει, αλλά ξαφνικά το Στριγκόι λαμπάδιασε ολόκληρο σαν δάδα. Πετάχτηκε πίσω κι εγώ μπόρεσα να κυλήσω μακριά του.

Το σώμα του ήταν καλυμμένο με φλόγες και έκρυβε τα χαρακτηριστικά του. Ήταν μια φωτιά σε σχήμα ανθρώπου. Έβγαλε μερικές πνιχτές κραυγές και σιώπησε τελείως. Έπεσε κάτω με σπασμούς, κυλίστηκε στο έδαφος και στο τέλος έμεινε τελείως ακίνητος. Καπνοί υψώνονταν στο σημείο που η φωτιά είχε αγγίξει το χιόνι και σιγά σιγά οι φλόγες έσβησαν αφήνοντας μόνο στάχτες πίσω τους.

Κοίταξα τα αποκαΐδια. Λίγο πριν νόμιζα πως θα πεθάνω και τώρα ο αντίπαλός μου κείτονταν νεκρός. Ζαλίστηκα μόλις κατάλαβα πόσο κοντά στο θάνατο είχα βρεθεί. Η ζωή και ο θάνατος είναι παντελώς απρόβλεπτα. Τόσο κοντά το ένα στο άλλο. Ζούμε στιγμή τη στιγμή, δίχως να γνωρίζουμε ποιος από μας θα φύγει από τον κόσμο αυτόν. Εγώ μόλις που τα 'χα καταφέρει. Ήμουν ακόμη ζωντανή. Σήκωσα το βλέμμα μου από τις στάχτες. Όλα γύρω μου έμοιαζαν γλυκά, όμορφα. Τα δέντρα, τα αστέρια, το φεγγάρι... Ήμουν ζωντανή και χαρούμενη που ζούσα.

Γύρισα κατά τον Κρίστιαν που είχε λουφάξει στο έδαφος.

«Ποπό!» του είπα βοηθώντας τον να σηκωθεί. Εκείνος ήταν ο σωτήρας μου.

«Ναι, *ποπό*» επανέλαβε. «Δεν ήξερα ότι είχα τέτοια δύναμη». Κοίταξε τριγύρω του με σώμα άκαμπτο. Ήταν σε μεγάλη υπερένταση.

«Όχι...» του είπα.

«Πώς είσαι τόσο σίγουρη;»

«Να... Ξέρω ότι θα σου φανεί περίεργο, αλλά τα νιώθω. Μη με ρωτήσεις πώς» του είπα και τον είδα να απομένει με το στόμα ανοιχτό. «Απλά αποδέξου το. Νομίζω ότι είναι κάτι αντίστοιχο με τα φαντάσματα. Προφανώς και αυτό επίδραση του "φιλιού της νύχτας" είναι. Τέλος πάντων, άσ' το. Πάμε πίσω στην εκκλησία».

Έμεινε ακίνητος. Με κοίταζε με ένα παράξενο ύφος, λες και προσπαθούσε να καταλάβει τι σκεφτόμουν. «Ρόουζ... θες πραγματικά να κρυφτούμε στην εκκλησία;»

«Τι θες να πεις;»

«Άκου, μόλις σκοτώσαμε δύο Στριγκόι» είπε δείχνοντας το ματωμένο και το καμένο σώμα που κείτονταν δίπλα μας.

Τον κοίταξα κατάματα. Τα λόγια του με άγγιζαν βαθιά. Μπορούσα να αισθανθώ την παρουσία των Στριγκόι. Εκείνος μπορούσε να τα συντρίψει με τις δυνάμεις της φωτιάς κι εγώ μπορούσα να τα σκοτώσω με το κοντάρι μου. Αν δεν πετυχαίναμε καμιά μεγάλη ομάδα, θα μπορούσαμε να τους καταφέρουμε ένα γερό χτύπημα. Μετά όμως προσγειώθηκα στην πραγματικότητα.

«Δεν μπορώ» του είπα αργά. «Δεν μπορώ να θέσω τη ζωή σου σε κίνδυνο...»

«Ρόουζ. Ξέρεις πολύ καλά τι είμαστε ικανοί να κάνουμε. Το βλέπω στο πρόσωπό σου. Αξίζει να διακινδυνεύσεις τη ζωή ενός Μορόι —και τη δική σου— για να εξοντώσεις μερικά Στριγκόι».

Θα έβαζα ένα Μορόι σε κίνδυνο. Θα πάλευα μαζί του ενάντια στα Στριγκόι. Πήγαινα τελείως ενάντια σε όλα όσα είχα διδαχτεί. Ξαφνικά όμως σε μια στιγμή διαύγειας γύρισε στο μυαλό μου η χαρά που ήμουν ζωντανή. Μπορούσα να σώσω τις ζωές τόσων. Έπρεπε να τους σώσω. Θα πολεμούσα όσο πιο σκληρά μπορούσα.«Μη χρησιμοποιείς όλη σου τη δύναμη» του είπα. «Δεν χρειάζεται να τους αποτεφρώνεις σε λίγα δευτερόλεπτα. Μπορείς απλά να τους περικυκλώνεις με φωτιά για να τους αποσπάσεις την προσοχή. Θα τους αποτελειώνω εγώ. Έτσι δεν θα σπαταλήσεις όλες σου τις δυνάμεις».

Το πρόσωπό του φωτίστηκε. «Πάμε για κυνήγι;»

Ποπό. Θα έμπλεκα άσχημα, αλλά η ιδέα ήταν τόσο ελκυστική, τόσο θελκτική. Ήθελα να αμυνθώ. Να προστατεύσω όλους όσους αγαπούσα. Αυτό που θα ήθελα πάνω απ' όλα βέβαια ήταν να πάω στον κοιτώνα της Λίζα και να προστατεύσω εκείνη και μόνο, αλλά κάτι τέτοιο δεν θα ήταν καθόλου αποτελεσματικό. Τη Λίζα άλλωστε την προστάτευαν οι συμμαθητές μου. Άλλοι όμως δεν είχαν την ίδια τύχη μ' αυτήν. Το μυαλό μου πήγε σε διάφορους άλλους μαθητές, μαθητές όπως η Τζιλ.

«Πάμε στο κτίριο του Δημοτικού» του είπα.

Ξεκινήσαμε τρέχοντας ελαφρά και ακολουθώντας μια διαδρομή που θεώρησα ότι δεν θα μας έφερνε μπροστά σε δυσάρεστες εκπλήξεις και Στριγκόι. Συνέχιζα να μην έχω ιδέα πόσα ήταν και με κυρίευε η αγωνία. Είχαμε σχεδόν φτάσει στο Δημοτικό όταν ένιωσα και πάλι ναυτία. Μόλις που πρόλαβα να προειδοποιήσω τον Κρίστιαν κι εκείνη τη στιγμή τον γράπωσε ένα Στριγκόι. Ο Κρίστιαν όμως αντέδρασε γρήγορα. Οι φλόγες περιτριγύρισαν το κεφάλι του Στριγκόι. Ούρλιαξε και άφησε τον Κρίστιαν, προσπαθώντας απεγνωσμένα να σβήσει τις φλόγες. Δεν με είδε που το πλησίασα με το κοντάρι. Η όλη διαδικασία πήρε δεν πήρε ένα λεπτό. Ο Κρίστιαν και εγώ ανταλλάξαμε έντονες ματιές.

Ζήτω! Ήμασταν σκληροί και γενναίοι!

Το Δημοτικό είχε γίνει το κέντρο των επιθέσεων. Στριγκόι και φύλακες μάχονταν γύρω από τις εισόδους του ενός κοιτώνα. Για μια στιγμή πάγωσα. Υπήρχαν τουλάχιστον είκοσι Στριγκόι και άλλοι τόσοι φύλακες. Τόσο πολλά Στριγκόι μαζεμένα... Μέχρι πρόσφατα δεν είχαμε ποτέ ακούσει για τέτοιου είδους πολυάριθμους συνδυασμούς. Είχαμε θεωρήσει πως η μεγαλύτερη τέτοια ομάδα είχε διαλυθεί με το θάνατο του Αϊζάια, αλλά προφανώς είχαμε άδικο. Δεν ήταν ώρα για δισταγμούς και εκπλήξεις. Ορμήσαμε στο κακό.

Ο Εμίλ βρισκόταν κοντά στην πλαϊνή είσοδο εμποδίζοντας τρία Στριγκόι. Ήταν χτυπημένος και μελανιασμένος και στα πόδια του κείτονταν το σώμα ενός τέταρτου Στριγκόι. Χίμηξα σε μία θηλυκή. Δεν με είχε δει και κατάφερα να τη σκοτώσω με το κοντάρι μου σχεδόν χωρίς να προφτάσει να αντισταθεί. Ήμουν τυχερή. Στο μεταξύ ο Κρίστιαν έβαλε φωτιά στους άλλους δύο. Το πρόσωπο του Εμίλ φανέρωνε την κατάπληξή του. Παρ' όλα αυτά σκότωσε εκείνος το ένα Στριγκόι και εγώ το άλλο με τα κοντάρια μας.

«Δεν έπρεπε να τον φέρεις εδώ» μου είπε ο Εμίλ καθώς κινούμασταν για να βοηθήσουμε και άλλους φύλακες. «Τα Μορόι δεν πρέπει να μπλέκονται μαζί μας στη μάχη».

«Τα Μορόι θα 'πρεπε να συμμετέχουν στις μάχες εδώ και καιρό» είπε ο Κρίστιαν ανάμεσα απ' τα δόντια του.

Δεν μιλήσαμε πολύ μετά από αυτό. Όλα γίνονταν αστραπιαία. Ο Κρίστιαν και εγώ κινούμασταν από μάχη σε μάχη συνδυάζοντας τα μαγικά του με το κοντάρι μου. Δεν ήταν όλοι οι σκοτωμοί τόσο εύκολοι όσο οι πρώτοι. Ορισμένες μάχες ήταν μακρόσυρτες. Ο Εμίλ έμεινε κοντά μας. Είχα χάσει το μέτρημα. Δεν ήξερα πόσα Στριγκόι είχαμε αφανίσει.

«Σε ξέρω εσένα».

Τα λόγια του με ξάφνιασαν. Σε όλη αυτή την αιματοχυσία κανένας δεν πολυμιλούσε, ούτε φίλος ούτε εχθρός. Ήταν ένα Στριγκόι που έμοιαζε συνομήλικό μου, αλλά μάλλον ήταν δέκα φορές μεγαλύτερο. Είχε μακριά μαλλιά μέχρι τον ώμο, ενώ δεν μπορούσα να προσδιορίσω το χρώμα των ματιών του. Έτσι κι αλλιώς δεν είχε σημασία. Το μόνο που μετρούσε ήταν ότι ήταν βυθισμένα σ' ένα κόκκινο χρώμα.

Η μόνη μου απάντηση ήταν να του επιτεθώ με το κοντάρι μου. Με απέφυγε. Ο Κρίστιαν έβαζε φωτιά σε κάτι άλλα Στριγκόι, οπότε έπρεπε να τα βγάλω πέρα μόνη μου.

«Κάπως περίεργη σε βλέπω τώρα, αλλά σε θυμάμαι. Σε είδα πριν από πολλά χρόνια. Πριν από το κάλεσμά μου». Προφανώς δεν ήταν δέκα φορές μεγαλύτερός μου. Όχι αν με θυμόταν από τότε που ήταν Μορόι. Ήλπιζα ότι θα ξεχνιόταν στην κουβέντα του. Ήταν πολύ γρήγορος για τόσο νέο Στριγκόι. «Ήσουν πάντα μ' αυτή την ξανθιά, την Ντραγκομίρ». Τον χτύπησα με το πόδι μου, απομακρύνοντάς το αμέσως για να μην προλάβει να το γραπώσει. Έμεινε σχεδόν ακλόνητος. «Οι γονείς της ήθελαν να γίνεις η φύλακάς της προτού σκοτωθούν, έτσι δεν είναι;»

«Είμαι η φύλακάς της» γρύλισα. Το κοντάρι μου τον πλησίασε επικίνδυνα.

«Αυτό πάει να πει ότι είναι ακόμα ζωντανή... Κυκλοφορούσαν κάτι φήμες ότι πέθανε πέρσι...» Διέκρινα έναν τόνο έκπληξης μέσα στην κακία της φωνής του. «Δεν μπορείς να φανταστείς τι ανταμοιβή θα πάρω αν νικήσω την τελευταία Ντραγκ... Αaa!»

Είχε καταφέρει και πάλι να αποφύγει το κοντάρι μου, αλλά αυτή τη φορά είχα καταφέρει να σκίσω το πρόσωπό του με την άκρη του κονταριού μου. Δεν θα τον σκότωνα μ' αυτή την κίνηση, αλλά ακόμη και η επαφή με ένα κοντάρι —γεμάτο με τόσα μαγικά ζωής— έσταζε δηλητήριο στις καρδιές των ζωντανών νεκρών. Ούρλιαξε, αλλά δεν έχασε τη σβελτάδα του.

«Θα γυρίσω να σε καθαρίσω αφού αποτελειώσω αυτήν πρώτα» μου είπε οργισμένος.

«Δεν θα καταφέρεις καν να την πλησιάσεις».

Κάποιος με έσπρωξε από το πλάι. Ήταν ένα Στριγκόι που πάλευε με τον Γιούρι. Παραπάτησα αλλά κατάφερα να μπήξω το κοντάρι μου στην καρδιά του προτού προλάβει να βρει την ισορροπία του. Ο Γιούρι μου είπε ευχαριστώ ανάμεσα από βαθιές ανάσες και ξεφυσήματα. Στραφήκαμε κι οι δυο σε άλλα πεδία μάχης. Το ξανθό Στριγκόι είχε φύγει. Δεν τον έβλεπα πουθενά.

Τη θέση του είχε πάρει ένα άλλο και καθώς έκανα να κινηθώ κατά το μέρος του, το είδα να τυλίγεται στις φλόγες και μπόρεσα πολύ εύκολα να το ξεπαστρέψω. Ο Κρίστιαν είχε επιτέλους γυρίσει.

«Κρίστιαν ήταν ένα Στριγκόι…»

«Το άκουσα» είπε λαχανιασμένος.

«Πρέπει να πάμε κοντά της!»

«Σε κορόιδευε. Η Λίζα βρίσκεται στην άλλη άκρη της Ακαδημίας και είναι περικυκλωμένη από μαθητευόμενους και φύλακες. Είναι ασφαλής».

«Ναι, αλλά…»

«Μας χρειάζονται εδώ πέρα».

Ήξερα πως είχε δίκιο και ήξερα πόσο δυσκολευόταν να μου πει αυτά που έλεγε. Ήθελε όπως κι εγώ να τρέξει στη Λίζα. Παρά την άριστη απόδοσή του εκεί που βρισκόμασταν, θα προτιμούσε να στερέψει απ' όλα του τα μάγια προστατεύοντας τη Λίζα, κρατώντας την ασφαλή γύρω από έναν πύρινο τοίχο για να μην μπορεί κανένα Στριγκόι να την ακουμπήσει. Δεν είχα χρόνο να μπω κανονικά στο μυαλό της, αλλά ένιωσα τα βασικά: ήταν ζωντανή και δεν πονούσε.

Έτσι έμεινα και πάλεψα παρέα με τον Κρίστιαν και τον Γιούρι. Ένιωθα τη Λίζα στο πίσω μέρος του μυαλού μου. Ο δεσμός μας με ειδοποιούσε ότι ήταν καλά. Πέρα από αυτό, όμως, ήμουν απόλυτα δοσμένη στη μάχη. Είχα ένα και μόνο στόχο: να σκοτώσω Στριγκόι. Δεν μπορούσα να τ' αφήσω να μπουν στον κοιτώνα, ούτε και να μετακινηθούν αλλού και ενδεχομένως να φτάσουν στον κοιτώνα της Λίζα. Είχα χάσει την αίσθηση του χρόνου. Το μόνο που είχε σημασία ήταν το Στριγκόι που αντιμετώπιζα εκείνη τη συγκεκριμένη στιγμή. Μόλις σκότωνα το ένα, περνούσα στο άλλο.

Μέχρι που κάποια στιγμή δεν είχαν απομείνει άλλα.

Πονούσα. Ήμουν εξαντλημένη. Η αδρεναλίνη είχε κυριεύσει όλο μου το κορμί. Ο Κρίστιαν στεκόταν δίπλα μου λαχανιασμένος. Δεν είχε δοθεί στη μάχη σώμα με σώμα όπως εγώ, αλλά είχε χρησιμοποιήσει τις μαγικές του δυνάμεις και αυτό τον είχε εξαντλήσει. Κοίταξα τριγύρω μου.

«Πρέπει να βρούμε κι άλλα» είπα.

«Δεν υπάρχουν άλλα» είπε μια γνώριμη φωνή.

Γύρισα και είδα το πρόσωπο του Ντιμίτρι. Ήταν ζωντανός. Ξαφνικά όλος ο φόβος μου, που τον κρατούσα μαζεμένο, ξεχείλισε και χύθηκε σ' όλο μου το κορμί. Ήθελα να ορμήσω πάνω του και να τον αγκαλιάσω όσο πιο σφιχτά μπορούσα. Ήταν ζωντανός. Χτυπημένος και ματωμένος, αλλά ζωντανός.

Το βλέμμα του καρφώθηκε για λίγο στο δικό μου, και ο νους μου ταξίδεψε στα όσα είχαν συμβεί στο φυλάκιο. Ένιωθα λες και είχε περάσει ένας αιώνας, αλλά μια ματιά και μόνο αρκούσε για να μου δείξει όλη την αγάπη και την ανησυχία, μαζί και την ανακούφισή του. Κι εκείνος είχε ανησυχήσει για μένα. Μετά γύρισε και έδειξε κατά την ανατολή. Ακολούθησα την κίνησή του. Ροδοκόκκινα και μαβιά χρώματα στόλιζαν τον ορίζοντα. Ο ήλιος κόντευε να ανατείλει.

«Είτε έχουν πεθάνει είτε το 'χουν απλά βάλει στα πόδια» μου είπε. Κοίταζε μία εμένα και μία τον Κρίστιαν. «Αυτό που κάνατε…»

«Ήταν βλακεία» του είπα διστακτικά.

Κούνησε το κεφάλι του. «Ήταν ένα από τα πιο υπέροχα πράγματα που έχω δει ποτέ μου. Φάγατε τους μισούς».

Κοίταξα πίσω κατά τον κοιτώνα συνειδητοποιώντας έκπληκτη πόσα πτώματα κείτονταν στο έδαφος. Είχαμε σκοτώσει Στριγκόι. Πολλά Στριγκόι. Ο θάνατος και ο σκοτωμός ήταν απαίσιες καταστάσεις… αλλά μου άρεσαν αυτά που μόλις είχα καταφέρει. Είχα μπορέσει να νικήσω τα τέρατα που θέλησαν να σκοτώσουν εμένα και όσους αγαπούσα.

Μετά όμως ένιωσα ένα περίεργο συναίσθημα. Ένιωσα και πάλι ναυτία. Αυτή τη φορά όμως η ναυτία μου δεν είχε καμία σχέση με την προηγούμενη φορά. Κάτι άλλο μου την είχε προκαλέσει. Γύρισα στον Ντιμίτρι.

«Δεν βλέπω μόνο σώματα Στριγκόι εδώ πέρα» είπα χαμηλόφωνα.

«Το ξέρω» είπε. «Χάσαμε πολλούς…»

«Τι εννοείς;» ρώτησε συνοφρυωμένος ο Κρίστιαν.

Το πρόσωπο του Ντιμίτρι ήταν σκληρό μαζί και θλιμμένο. «Τα Στριγκόι σκότωσαν και Μορόι και νταμπίρ… και μερικούς τους πήραν μαζί τους».

25

ΕΙΤΕ ΕΙΧΑΝ ΠΕΘΑΝΕΙ ΕΙΤΕ ΤΟΥΣ ΕΙΧΑΝ ΠΑΡΕΙ μαζί τους.

Δεν έφτανε που τα Στριγκόι μας είχαν επιτεθεί, σκοτώνοντας Μορόι και νταμπίρ, είχαν πάρει και μερικά μαζί τους. Τα Στριγκόι συνήθιζαν τις απαγωγές. Ακόμη κι εκείνα δεν άντεχαν τις μεγάλες ποσότητες αίματος. Έτσι, πολλές φορές έπαιρναν αιχμαλώτους για να τους κρατήσουν για αργότερα. Ορισμένες φορές, επίσης, κάποιο δυνατό Στριγκόι που δεν ήθελε να κάνει τη σκληρή δουλειά, έστελνε τα τσιράκια του στη μάχη για να του φέρουν λεία. Κάποιες φορές έπαιρναν αιχμαλώτους και για να τους κάνουν Στριγκόι. Όποιος και να ήταν ο λόγος πάντως, το ζήτημα ήταν ότι ορισμένοι από τους δικούς μας μπορεί να βρίσκονταν ακόμη στη ζωή.

Οι μαθητές, Μορόι και νταμπίρ, συγκεντρώθηκαν σε κτίρια όπου είχε διαπιστωθεί ότι δεν υπήρχαν Στριγκόι. Οι ενήλικες Μορόι μαζεύτηκαν επίσης στο ίδιο σημείο, ενώ οι φύλακες διασκορπίστηκαν για να εκτιμήσουν τη ζημιά που είχε συμβεί. Ήθελα απεγνωσμένα να συμμετάσχω στην έρευνά τους, να τους βοηθήσω κι εγώ με τον τρόπο μου. Δυστυχώς μου εξήγησαν πως είχα ήδη βοηθήσει αρκετά. Δεν μπορούσα να κάνω τίποτα σ' εκείνη τη φάση, εκτός από το να περιμένω και να ανησυχώ μαζί με τους άλλους. Όλα φαίνονταν σαν παραμύθι. Τα Στριγκόι είχαν επιτεθεί στο σχολείο μας. Πώς ήταν δυνατόν να συμβεί κάτι τέτοιο; Η Ακαδημία ήταν ασφαλής. Πάντοτε έτσι μας έλεγαν. Έπρεπε να είναι ασφαλής. Γι' αυτό και τα χρόνια της εκπαίδευσής μας είχαν τόσο μεγάλη διάρκεια. Γι' αυτό και οι οικογένειες των Μορόι δέχονταν τον αποχωρισμό από τα παιδιά τους για το μεγαλύτερο διάστημα του έτους: επειδή τα παιδιά τους βρίσκονταν σε κάποιο ασφαλές μέρος.

Τώρα όμως όλα αυτά είχαν πάψει να ισχύουν.

Τους πήρε καμιά δυο ώρες για να μετρήσουν τις απώλειες, αλλά η αναμονή μου φάνηκε αιώνας. Και οι αριθμοί... οι αριθμοί ήταν πολύ σκληροί. Είχαμε χάσει δεκαπέντε Μορόι και δώδεκα φύλακες. Γύρω στα δεκατρία άτομα, Μορόι και νταμπίρ, είχαν απαχθεί. Σύμφωνα με τις εκτιμήσεις των φυλάκων, τα Στριγκόι ήταν περίπου πενήντα. Είχαν βρει εικοσιοκτώ σώματα Στριγκόι. Τα υπόλοιπα είχαν μάλλον φύγει έχοντας πάρει μαζί τους τα θύματά τους.

Με βάση τον αριθμό των Στριγκόι, είχαμε πολύ λιγότερες απώλειες απ' ό,τι θα περίμενε κανείς. Πολλά πράγματα είχαν παίξει ρόλο στη σωτηρία μας. Καταρχάς, η έγκαιρη προειδοποίηση. Τα Στριγκόι μόλις που είχαν προλάβει να μπουν στα ενδότερα του σχολείου όταν ειδοποίησα τον Σταν. Δεύτερον, η απαγόρευση κυκλοφορίας είχε μπει άμεσα σε εφαρμογή και, τρίτον, το γεγονός ότι όλοι βρίσκονταν ήδη στους κοιτώνες τους για το σιωπητήριο είχε επίσης βοηθήσει. Τα περισσότερα θύματα των Στριγκόι —είτε νεκροί είτε ζωντανοί— ήταν όσοι βρίσκονταν έξω όταν ήρθαν τα Στριγκόι.

Τα Στριγκόι δεν κατάφεραν ποτέ να μπουν στους κοιτώνες του Δημοτικού, πράγμα που όπως μας πληροφόρησε ο Ντιμίτρι ήταν έργο δικό μου και του Κρίστιαν. Παρ' όλα αυτά είχαν καταφέρει να περάσουν την άμυνα σε έναν από τους κοιτώνες των Μορόι, τον κοιτώνα της Λίζα. Η καρδιά μου πήγε να σπάσει μόλις το άκουσα αυτό. Ενώ ένιωθα ότι ήταν μια χαρά μέσα από το δεσμό μας, το μόνο που έβλεπα μπροστά μου ήταν το ξανθό Στριγκόι με το ειρωνικό του χαμόγελο και τις απειλές του ότι τάχα θα αφάνιζε τους Ντραγκομίρ. Δεν είχα ιδέα τι είχε απογίνει. Ευτυχώς, οι εισβολείς δεν είχαν καταφέρει να μπουν σε ολόκληρο το κτίριο, αλλά υπήρξαν θύματα.

Ένα από αυτά ήταν και ο Έντι.

«*Τι πράγμα*;» φώναξα όταν μου το ανακοίνωσε ο Άντριαν.

Τρώγαμε στην καφετέρια. Δεν ήξερα καν ποιο γεύμα ήταν αυτό, γιατί η ζωή στην Ακαδημία συνεχιζόταν παρόλο που είχε μπει για τα καλά το φως της μέρας. Στην καφετέρια δεν υπήρχε το συνηθισμένο βουητό και όλες οι συζητήσεις γίνονταν χαμηλόφωνα. Οι μαθητές μπορούσαν να φύγουν από τους κοιτώνες τους μόνο για τα γεύματα. Αργότερα θα πραγματοποιούνταν και μία συνάντηση φυλάκων, στην οποία είχα κληθεί να συμμετάσχω κι εγώ, αλλά προς το παρόν ήμουν κι εγώ υπό περιορισμό όπως οι φίλοι μου.

«Μα ήταν μαζί σας» είπα. Επικεντρώθηκα στη Λίζα. «Τον είδα μαζί σου, μέσα από τα μάτια σου» της είπα σαν να την κατηγορούσα.

Σήκωσε το βλέμμα της από το δίσκο με το φαγητό. Δεν ήθελε ούτως ή άλλως να φάει. Το πρόσωπό της ήταν κατάχλομο και θλιμμένο. «Όταν τα Στριγκόι μπήκαν στο ισόγειο, εκείνος και κάποιοι άλλοι μαθητευόμενοι κατέβηκαν κάτω για να βοηθήσουν».

«Δεν έχουν βρει το πτώμα του» είπε ο Άντριαν. Για πρώτη φορά το πρόσωπό του δεν έκρυβε καμία ειρωνεία. «Είναι ένας από αυτούς που πήραν».

Ο Κρίστιαν αναστέναξε και έγειρε στην καρέκλα του. «Σαν να λέμε δηλαδή ότι είναι νεκρός».

Η καφετέρια ξαφνικά χάθηκε από τα μάτια μου. Δεν τους έβλεπα πια μπροστά μου. Το μόνο που έβλεπα εκείνη τη στιγμή ήταν το δωμάτιο όπου ήμασταν κλεισμένοι στο Σποκέιν. Είχαν τραυματίσει τον Έντι τόσο που λίγο έλειψε να πεθάνει. Η εμπειρία αυτή τον είχε αλλάξει ολοκληρωτικά επηρεάζοντας και τις αντιδράσεις του ως φύλακα. Είχε αφοσιωθεί πλήρως στο επάγγελμά του και είχε χάσει κάτι από τη χαρά και το γέλιο του.

Και τώρα να που και πάλι το ίδιο του συνέβαινε. Ο Έντι βρισκόταν και πάλι αιχμάλωτος. Είχε παλέψει με όλη του την ψυχή για να σώσει τη Λίζα και τους άλλους βάζοντας σε κίνδυνο τη δική του ζωή στην επίθεση. Δεν ήμουν καν κοντά στον κοιτώνα των Μορόι όταν συνέβαιναν όλα αυτά, αλλά ωστόσο ένιωθα υπεύθυνη. Ένιωθα ότι θα έπρεπε να τον προσέχω. Το χρωστούσα στον Μέισον. Τον Μέισον που είχε χάσει τη ζωή του προφυλάσσοντάς με και που ακόμη και ως φάντασμα με είχε προειδοποιήσει, ενώ εγώ δεν είχα μπορέσει καν να τον σώσω. Κι όχι μόνο αυτό… τώρα ένιωθα υπεύθυνη και για το χαμό του καλύτερού του φίλου.

Πετάχτηκα από την καρέκλα μου και έσπρωξα μακριά το δίσκο μου. Η σκοτεινή οργή που λίμναζε μέσα μου με πλημμύρισε. Αν βρίσκονταν κοντά μου Στριγκόι εκείνη τη στιγμή, θα μπορούσα να τα κάψω χωρίς τη βοήθεια των μαγικών του Κρίστιαν.

«Τι συμβαίνει;» με ρώτησε η Λίζα.

Την κοίταξα απορημένη. «Τι συμβαίνει; *Τι συμβαίνει;* Μα καλά σοβαρολογείς;» Η φωνή μου αντήχησε σαν καμπάνα στη σιωπή της καφετέριας. Όλοι γύρισαν και με κοίταξαν.

«Ρόουζ, ξέρεις τι εννοεί» είπε ο Άντριαν με ασυνήθιστα ήρεμη φωνή. «Όλοι είμαστε ταραγμένοι. Κάτσε κάτω. Όλα θα πάνε καλά».

«Δεν θα πάει τίποτα καλά αν δεν κάνουμε κάτι γι' αυτό».

«Δεν μπορούμε να κάνουμε τίποτα» είπε ο Κρίστιαν. Η Λίζα

δίπλα του σιωπούσε πληγωμένη ακόμη από τον τρόπο που της είχα μιλήσει.

«Αυτό θα το δούμε» είπα.

«Ρόουζ, περίμενε» μου φώναξε. Ανησυχούσε για μένα και φοβόταν πολύ. Ήξερε καλά πόσο μικροπρεπής και εγωίστρια ήταν εκείνη τη στιγμή, αλλά δεν ήθελε να την αφήσω. Είχε συνηθίσει την παρουσία μου. Αισθανόταν ασφαλής μαζί μου. Εγώ όμως δεν μπορούσα να μείνω. Όχι εκείνη τη στιγμή.

Πετάχτηκα έξω από το κτίριο στο εκτυφλωτικό φως της μέρας. Η συνάντηση των φυλάκων θα γινόταν σε κανένα δίωρο, αλλά δεν μπορούσα να περιμένω. Έπρεπε να μιλήσω σε κάποιον εκείνη τη στιγμή. Έτρεξα κατά το κτίριο των φυλάκων. Τη στιγμή που πήγαινα να μπω μέσα, κάποιος άλλος προσπάθησε να κάνει το ίδιο. Έπεσα πάνω του.

«Ρόουζ;»

Η οργή μου μετατράπηκε σε έκπληξη. «Μαμά;»

Η διάσημη φύλακας και μαμά μου, Τζανίν Χάθαγουεϊ, στεκόταν δίπλα στην πόρτα. Ήταν ακριβώς ίδια με την τελευταία φορά που την είχα δει το βράδυ της Πρωτοχρονιάς. Τα σγουρά της μαλλιά ήταν κοντοκουρεμένα και το πρόσωπό της ήταν ταλαιπωρημένο από τον ήλιο. Τα καστανά της μάτια όμως ήταν πολύ πιο σκοτεινά από την προηγούμενη φορά, κι αυτό κάτι σήμαινε.

«Τι κάνεις εδώ πέρα;» ρώτησα.

Όπως είχα πει και στην Ντέιρντρι, η σχέση μου με τη μητέρα μου ήταν πολύ ταραγμένη κατά το μεγαλύτερο μέρος της ζωής μου, κυρίως εξαιτίας της απόστασης που αναπόφευκτα δημιουργούνταν όταν κανείς είχε γονείς φύλακες. Για πολλά χρόνια τη μισούσα που δεν βρισκόταν κοντά μου. Και τώρα δηλαδή, δεν είχαμε έρθει και πολύ κοντά, αλλά μου είχε συμπαρασταθεί μετά το θάνατο του Μέισον. Είχα την εντύπωση πως και οι δυο μας ελπίζαμε να καλυτερέψουν τα πράγματα στη σχέση μας τα επόμενα χρόνια. Είχε φύγει μετά την Πρωτοχρονιά και, απ' ό,τι είχα μάθει, είχε γυρίσει στην Ευρώπη κοντά στο Μορόι από την οικογένεια των Ζέλσκι που προστάτευε.

Άνοιξε την πόρτα και την ακολούθησα. Είχε έναν τρόπο αψύ και αυστηρά επαγγελματικό όπως πάντα. «Ήρθα για αντικατάσταση. Κάλεσαν βοήθεια για να ενισχύσουν τη φύλαξη της Ακαδημίας».

Αντικατάσταση. Είχε έρθει για να αντικαταστήσει τους φύλακες που είχαν σκοτωθεί. Όλοι οι νεκροί —Στριγκόι, Μορόι και νταμπίρ— είχαν απομακρυνθεί, αφήνοντας πίσω τους ένα δυσαναπλήρωτο κενό. Έκλεινα τα μάτια μου και τους έβλεπα όλους ζωντανούς. Ξαφνικά κατάλαβα ότι εκείνη θα μπορούσε ίσως να με βοηθήσει. Την έπιασα απότομα από το μπράτσο, πράγμα που την εξέπληξε.

«Πρέπει να τους κυνηγήσουμε» είπα. «Να σώσουμε εκείνους που πιάστηκαν αιχμάλωτοι».

Με κοίταξε προσεκτικά και συνοφρυώθηκε. «Δεν μπορούμε να το κάνουμε αυτό και το ξέρεις. Πρέπει να προστατεύσουμε αυτούς που βρίσκονται εδώ».

«Και τι θα γίνει μ' αυτούς τους δεκατρείς που πιάστηκαν; Αυτοί δηλαδή δεν χρειάζονται προστασία; Κι εσύ κάποτε πήγες σε μια αποστολή διάσωσης».

Κούνησε το κεφάλι της. «Άλλο αυτό. Εκεί ξέραμε τη διαδρομή. Ακόμη και να θέλαμε να εντοπίσουμε τα Στριγκόι τώρα, δεν θα ξέραμε από πού να αρχίσουμε».

Είχε δίκιο. Τα Στριγκόι δεν θα είχαν αφήσει ίχνη πίσω τους αυτή τη φορά. Κι όμως... ξαφνικά είχα μια αναλαμπή.

«Ξανάφτιαξαν τις ασπίδες, έτσι δεν είναι;» ρώτησα.

«Ναι, σχεδόν αμέσως, Δεν έχουμε καταλάβει ακόμη πώς τις εξουδετέρωσαν. Δεν χρησιμοποίησαν κοντάρια για να τις χτυπήσουν».

Ξεκίνησα να της λέω τη θεωρία μου για τα όσα είχαν συμβεί, αλλά δυσκολευόταν να παρακολουθήσει την ιστορία μου με τα φαντάσματα. «Ξέρεις πού είναι ο Ντιμίτρι;»

Έδειξε προς διάφορες ομάδες φυλάκων που έτρεχαν πέρα δώθε. «Κάπου εκεί θα είναι. Όλοι τους προς τα κει βρίσκονται. Τώρα, με συγχωρείς, πάω να γραφτώ στη λίστα. Ξέρω ότι σε έχουν καλέσει στη συνάντηση των φυλάκων, αλλά έχουμε ώρα μέχρι τότε. Μην κάθεσαι έτσι μέσα στη μέση».

«Το ξέρω. Θα φύγω... αλλά πρώτα πρέπει να βρω τον Ντιμίτρι. Είναι πολύ σημαντικό, μπορεί να επηρεάσει την εξέλιξη της συνάντησης».

«Τι συμβαίνει;» με ρώτησε καχύποπτα.

«Δεν μπορώ να σου το εξηγήσω ακόμη... Είναι περίπλοκο. Θα μας πάρει πολλή ώρα. Βοήθησέ με να τον βρω και θα σου πω μετά».

Δεν χάρηκε καθόλου με την απάντησή μου. Στο κάτω κάτω η Τζανίν Χάθαγουεϊ δεν ήταν τύπος που εύκολα δέχεται αρνητικές απαντήσεις. Ωστόσο με βοήθησε να βρω τον Ντιμίτρι. Νομίζω ότι μετά τα γεγονότα των χειμερινών διακοπών είχε καταλάβει πως δεν ήμουν απλώς μια τυχαία κοπέλα στην εφηβεία. Βρήκαμε τον Ντιμίτρι μαζί με κάποιους άλλους φύλακες. Μελετούσαν ένα χάρτη της Ακαδημίας σχεδιάζοντας πώς θα διαχωρίσουν τους νεοφερμένους φύλακες. Ευτυχώς ήταν μεγάλη ομάδα και κατάφερε να ξεγλιστρήσει.

«Τι τρέχει;» με ρώτησε τραβώντας με λίγο απόμερα στην άκρη του δωματίου. Ακόμα και τώρα, μέσα στην κρίση και την ταραχή, καταλάβαινα ότι ένα κομμάτι του εαυτού του ανησυχούσε απλά και μόνο για μένα. «Είσαι καλά;»

«Νομίζω ότι θα πρέπει να ξεκινήσουμε μια αποστολή διάσωσης».

«Ξέρεις καλά ότι...»

«…συνήθως δεν το κάνουμε αυτό. Ναι, ναι! Και ξέρω ότι δεν γνωρίζουμε πού μπορεί να βρίσκονται. Μόνο που εγώ… ίσως και να ξέρω».

Ξαφνιάστηκε. «Πώς;»

Του είπα ότι ο Μέισον μας είχε προειδοποιήσει το προηγούμενο βράδυ. Δεν μας είχε δοθεί η ευκαιρία να μιλήσουμε οι δυο μας από εκείνη τη στιγμή και δεν είχαμε μιλήσει για τα όσα συνέβησαν κατά τη διάρκεια της επίθεσης. Επίσης, δεν είχαμε καν την ευκαιρία να μιλήσουμε για τα όσα είχαν συμβεί στο φυλάκιο… Ένιωθα περίεργα γιατί στην πραγματικότητα το μόνο που ήθελα ήταν να σκέφτομαι τα γεγονότα του φυλακίου, αλλά δεν μπορούσα. Έτσι, προσπαθούσα συνεχώς να διώξω μακριά όσες σκέψεις είχαν να κάνουν με το σεξ χωρίς να τα καταφέρνω για πολύ. Συνεχώς ξύπναγαν μέσα μου και μπερδεύονταν περισσότερο με τα συναισθήματά μου.

Ανέλυσα περισσότερο τις ιδέες μου θέλοντας να πιστεύω ότι μιλούσα με τρόπο καθηλωτικό και αξιόπιστο. «Τώρα ο Μέισον δεν μπορεί να μπει γιατί έχουν υψωθεί ξανά οι ασπίδες, αλλά νομίζω… πως μπορεί να μας δείξει πού βρίσκονται». Το βλέμμα του Ντιμίτρι μου έδειχνε ότι είχε τις αμφιβολίες του για τα όσα του έλεγα. «Έλα τώρα! Πρέπει να με πιστέψεις μετά από όλα όσα έχουν συμβεί!»

«Δυσκολεύομαι ακόμη» παραδέχτηκε. «Αλλά εντάξει. Ας υποθέσουμε ότι έχεις δίκιο. Πιστεύεις πως θα μας οδηγήσει στα Στριγκόι; Δηλαδή θα του ζητήσεις να μας πει πού είναι και θα το κάνει;»

«Ναι» του είπα. «Νομίζω πως μπορώ. Τόσο καιρό προσπαθούσα να τον απωθήσω, αλλά νομίζω ότι θα πρέπει να προσπαθήσω να συνεργαστώ μαζί του. Θα με βοηθήσει. Αυτό επιχειρούσε να κάνει από την αρχή, νομίζω. Ήξερε ότι οι ασπίδες είχαν εξασθενήσει κι ότι τα Στριγκόι καρτερούσαν για να μας επιτεθούν. Δεν θα έχουν πάει πολύ μακριά... Θα σταμάτησαν κάπου για να αποφύγουν το φως της μέρας. Μπορεί και να τους προφτάσουμε προτού πεθάνουν οι αιχμάλωτοί τους. Κι αν τα πλησιάσουμε, τότε μπορώ να τα εντοπίσω εγώ». Του εξήγησα ότι ένιωθα ναυτία κάθε φορά που βρισκόμουν κοντά σε Στριγκόι. Ο Ντιμίτρι δεν το αμφισβήτησε αυτό. Προφανώς ήταν τόσο πολλά τα μυστήρια σ' αυτή την υπόθεση που δεν μπορούσε να αναρωτηθεί και γι' αυτό.

«Ο Μέισον όμως δεν είναι εδώ. Εσύ είπες πως δεν μπορεί να περάσει τις ασπίδες. Πώς θα του ζητήσεις βοήθεια τότε;» με ρώτησε.

Το είχα σκεφτεί ήδη. «Πήγαινέ με στην είσοδο της Ακαδημίας».

Αφού μίλησε στα πεταχτά με την Αλμπέρτα και της είπε πως ήθελε «κάτι να ελέγξει», ο Ντιμίτρι με οδήγησε έξω από το κτίριο και περπατήσαμε μαζί μέχρι την είσοδο του σχολείου. Κανείς μας δεν μιλούσε καθώς περπατούσαμε. Ακόμη κι εκείνη τη στιγμή, ο νους μου πετούσε στο φυλάκιο. Θυμόμουν πόσο όμορφα ένιωθα στην αγκαλιά του. Για κάποιο λόγο μόνο έτσι μπορούσα να αντιμετωπίσω όλη αυτή τη φρίκη. Κι είχα την αίσθηση πως κι εκείνος το ίδιο σκεφτόταν.

Η είσοδος του σχολείου αποτελούνταν από έναν τεράστιο φράχτη που ήταν τοποθετημένος πάνω από τις ασπίδες. Ο δρόμος που ανέβαινε στριφογυριστός από τον αυτοκινητόδρομο, ο οποίος βρισκόταν 30 χιλιόμετρα μακριά, έφτανε μέχρι την πύλη, που σχεδόν πάντοτε έμενε κλειστή. Οι φύλακες είχαν στήσει ένα μικρό φυλάκιο κοντά της και η περιοχή φυλασσόταν εικοσιτέσσερις ώρες το εικοσιτετράωρο.

Εξεπλάγησαν με αυτό που τους ζητούσαμε, αλλά ο Ντιμίτρι επέμεινε ότι θα έπαιρνε λίγα μόνο λεπτά. Η βαριά πόρτα άνοιξε ελαφρά, τόσο που μόνο ένας ένας μπορούσαμε να περάσουμε.

Ο Ντιμίτρι κι εγώ βγήκαμε έξω. Αμέσως ξεκίνησε και πάλι ο πονοκέφαλος. Τα μάτια μου πονούσαν φριχτά και σε ελάχιστο διάστημα ήμουν περικυκλωμένη από περίεργα πρόσωπα και σχήματα. Ήταν ακριβώς όπως στο αεροδρόμιο. Όταν βρισκόμουν έξω από την περιοχή ισχύος των ασπίδων, έβλεπα μπροστά μου διάφορα πνεύματα. Τώρα πια όμως ήξερα! Δεν έπρεπε να τα φοβηθώ, αλλά να τα ελέγξω.

«Φύγετε» είπα στις γκρίζες, σκοτεινές μορφές που με περιέβαλλαν. «Δεν έχω χρόνο να ασχοληθώ μαζί σας. Φύγετε». Χρησιμοποίησα όλη μου τη θέληση και μίλησα όσο πιο αυστηρά μπορούσα. Έκπληκτη παρατήρησα ότι τα φαντάσματα είχαν εξαφανιστεί. Ένα ελαφρύ μουρμουρητό συνέχισε να μ' ενοχλεί και να μου θυμίζει ότι ακόμη εκεί βρίσκονταν και ήξερα πολύ καλά ότι, αν αφηνόμουν έστω και για ένα λεπτό, θα με κυρίευαν και πάλι. Ο Ντιμίτρι με παρατηρούσε ανήσυχος.

«Είσαι καλά;»

Έγνεψα ναι και κοίταξα τριγύρω μου με προσοχή. Μόνο ένα φάντασμα πρόσμενα να βρω.

«Μέισον» είπα. «Σε χρειάζομαι». Τίποτα. Προσπάθησα να μιλήσω με την ίδια αποφασιστικότητα που είχα χρησιμοποιήσει για να διώξω τα φαντάσματα προηγουμένως. «*Μέισον.* Σε παρακαλώ, έλα».

Δεν έβλεπα τίποτε πέρα από το δρόμο μπροστά μας που στροβιλιζόταν στους χιονισμένους λόφους. Ο Ντιμίτρι με κοίταζε με το βλέμμα της περασμένης νύχτας, ανήσυχος για την ψυχική μου υγεία. Πράγματι, κι εγώ κόντεψα ν' ανησυχήσω. Η προειδοποίηση της προηγούμενης νύχτας ήταν για μένα η απόδειξη ότι ο Μέισον πράγματι υπήρχε. Τώρα όμως…

Λίγο αργότερα η μορφή του σχηματίστηκε και πάλι μπροστά μου. Έμοιαζε λίγο πιο χλομός απ' ό,τι πριν. Πρώτη μου φορά χαιρόμουν που τον έβλεπα μπροστά μου από τότε που είχαν ξεκινήσει όλα αυτά. Εκείνος φυσικά ήταν θλιμμένος, όπως πάντα.

«Επιτέλους. Γιατί μ' άφησες να δίνω κακή εντύπωση;» Με κοίταζε ανέκφραστος και αμέσως αισθάνθηκα τύψεις που τόλμησα ν' αστειευτώ. «Συγνώμη. Θέλω τη βοήθειά σου και πάλι. Πρέπει να τους βρούμε. Πρέπει να σώσουμε τον Έντι».

Έγνεψε ναι.

«Μπορείς να μου δείξεις πού είναι;»

Μου έγνεψε για μία ακόμη φορά και γύρισε δείχνοντας ακριβώς πίσω μου.

«Ήρθαν από την πίσω μεριά της Ακαδημίας, ε;»

Έκανε και πάλι ένα νεύμα. Με αυτόν τον τρόπο μπόρεσα σιγά σιγά να καταλάβω πώς είχαν μπει τα Στριγκόι, αλλά δεν είχα χρόνο να ασχοληθώ περαιτέρω. Γύρισα στον Ντιμίτρι. «Πρέπει να βρούμε ένα χάρτη» του είπα.

Μπήκε ξανά μέσα στο σχολείο και μίλησε με έναν από τους φύλακες που ήταν στη σκοπιά. Λίγο μετά γύρισε μ' ένα χάρτη και τον άνοιξε μπροστά μου. Έδειχνε την ίδια την Ακαδημία και τους δρόμους και τις εκτάσεις τριγύρω της. Του τον πήρα και τον έδειξα στον Μέισον προσπαθώντας να τον κρατήσω ίσιο παρά το δυνατό άνεμο.

Ο μόνος κανονικός δρόμος που ξεκίναγε από το σχολείο βρισκόταν ακριβώς μπροστά μας. Η υπόλοιπη Ακαδημία περιτριγυριζόταν από δάση και απότομους γκρεμούς. «Από δω μπήκαν, έτσι δεν είναι; Από δω έσπασαν τις ασπίδες για πρώτη φορά;»

Ο Μέισον έγνεψε καταφατικά. Έδειξε με το χέρι του χωρίς να ακουμπήσει το χάρτη και ακολούθησε μια διαδρομή μέσα στα δάση που κατέληγε στις παρυφές ενός μικρού βουνού. Αν ακολουθούσε κανείς αυτό το μονοπάτι για αρκετή ώρα, έφτανε τελικά σε ένα χωματόδρομο που κατέληγε στον αυτοκινητόδρομο πολλά χιλιόμετρα παραπέρα. Ακολούθησα το δάχτυλό του, αλλά σιγά σιγά άρχισα να έχω τις αμφιβολίες μου για το αν θα 'πρεπε να τον χρησιμοποιήσω για οδηγό.

«Ε... δεν γίνεται» του είπα. «Δεν είναι δυνατόν. Αυτό το σημείο του δάσους δίπλα στο βουνό δεν έχει δρόμο. Αυτό σημαίνει ότι ήρθαν με τα πόδια. Θα τους έπαιρνε πολλή ώρα να γυρίσουν από το σχολείο με τα πόδια μέχρι το δρόμο. Δεν είχαν τόσο χρόνο στη διάθεσή τους. Θα τους έπιανε η μέρα».

Ο Μέισον κούνησε το κεφάλι του θέλοντας να μου δείξει ότι διαφωνεί και διέγραψε ξανά και ξανά τη διαδρομή. Συγκεκριμένα, έδειχνε διαρκώς προς ένα σημείο όχι πολύ μακριά από το χώρο της Ακαδημίας. Τουλάχιστον όχι στο χάρτη. Ο χάρτης μας δεν ήταν πολύ λεπτομερής και φαντάστηκα πως το σημείο βρισκόταν λίγα χιλιόμετρα μακριά. Το δάχτυλό του στάθηκε εκεί και ο Μέισον ξανακοίταξε κάτω.

«Δεν μπορεί να βρίσκονται εκεί τώρα» είπα. «Αυτό είναι ακριβώς απέξω. Μπορεί να ήρθαν από την πίσω πλευρά, αλλά λογικά έφυγαν από μπροστά. Θα είχαν κάποιο όχημα, δεν μπορεί».

Ο Μέισον έγνεψε όχι.

Κοίταξα τον Ντιμίτρι ενοχλημένη. Αισθανόμουν ότι ο χρόνος λιγόστευε επικίνδυνα και η μυστήρια επιμονή του Μέισον ότι τα Στριγκόι βρίσκονταν λίγα μόνο χιλιόμετρα μακριά σε εξωτερικό χώρο παρότι ήταν μέρα, με μπέρδευε. Πραγματικά δεν μπορούσα να τα φανταστώ να κατασκηνώνουν σε σκηνές κάπου τριγύρω!

Υπάρχει κάποιο κτίριο ή κάτι άλλο εδώ τριγύρω;» ρώτησα επιτακτικά δείχνοντας προς το σημείο που ο Μέισον μας είχε δείξει. «Λέει πως βγήκαν από εδώ και κατευθύνθηκαν προς αυτόν το δρόμο. Δεν γίνεται όμως να βρέθηκαν εκεί πριν από το ξημέρωμα. Ο Μέισον υποστηρίζει ότι βρίσκονται εδώ».

Τα μάτια του Ντιμίτρι έγιναν μια λεπτή γραμμή καθώς σκεφτόταν. «Εγώ τουλάχιστον δεν γνωρίζω τίποτα». Πήρε το χάρτη και πήγε να ρωτήσει και τους υπόλοιπους φύλακες. Καθώς μιλούσαν εγώ κοίταξα τον Μέισον.

«Ελπίζω να έχεις δίκιο» τον προειδοποίησα.

Έγνεψε.

«Τους... τους έχεις δει; Τα Στριγκόι και τους αιχμάλωτους;»

Έγνεψε και πάλι.

«Είναι ακόμα ζωντανός ο Έντι;»

Έγνεψε ναι. Ο Ντιμίτρι ήρθε κατά τη μεριά μας.

«Ρόουζ...» Η φωνή του είχε έναν περίεργο τόνο. Κρατούσε ακόμη το χάρτη. «Ο Στίβεν λέει ότι υπάρχουν κάτι σπηλιές ακριβώς στις παρυφές του βουνού εκείνου» είπε, χωρίς να πιστεύει καν ο ίδιος αυτά που έλεγε.

Τα μάτια μου συνάντησαν τα δικά του. Ήμουν κι εγώ τόσο έκπληκτη όσο εκείνος. «Κι είναι αρκετά...»

«Αρκετά μεγάλες ώστε να κρυφτούν εκεί τα Στριγκόι μέχρι να πέσει η νύχτα;» Ο Ντιμίτρι μου έγνεψε. «Ναι. Κι είναι μόνο οχτώ χιλιόμετρα μακριά».

26

ΔΥΣΚΟΛΕΥΟΜΟΥΝ ΝΑ ΤΟ ΠΙΣΤΕΨΩ. Τα Στριγκόι βρίσκονταν σχεδόν δίπλα μας, περιμένοντας να πέσει η νύχτα για να αποδράσουν. Προφανώς μέσα στον πανικό της επίθεσης κάποια Στριγκόι είχαν κρύψει τα ίχνη τους, ενώ άλλα απλώς έδωσαν την εντύπωση ότι έφυγαν από διάφορες πλευρές της Ακαδημίας. Οι δικοί μας, από την άλλη, ήταν τόσο απασχολημένοι με την αξιολόγηση των ζημιών, που δεν ασχολήθηκαν με τον τρόπο διαφυγής τους. Οι ασπίδες είχαν χτιστεί και τα Στριγκόι δεν βρίσκονταν πια στην Ακαδημία. Αυτό είχε σημασία.

Τώρα όμως βρισκόμασταν αντιμέτωποι με μία πολύ παράξενη κατάσταση. Σε κανονικές συνθήκες —δηλαδή αν δεχόμασταν επίθεση από λιγότερα Στριγκόι— δεν θα τους παίρναμε στο κατόπι. Όσοι απάγονταν από Στριγκόι συνήθως θεωρούνταν νεκροί και, όπως είχε πει η μητέρα μου, οι φύλακες σπανίως ήξεραν πού θα μπορούσε να βρίσκεται ο εχθρός. Αυτή τη φορά όμως ξέραμε. Τα Στριγκόι ήταν ουσιαστικά παγιδευμένα κι εμείς βρισκόμασταν μπροστά σ' ένα πολύ περίεργο δίλημμα.

Δηλαδή για μένα δεν ήταν δίλημμα. Για να είμαι ειλικρινής, δεν καταλάβαινα γιατί δεν βρισκόμασταν ήδη στις σπηλιές για να ξετρυπώσουμε τα Στριγκόι και να ψάξουμε για τους επιζώντες. Εγώ και ο Ντιμίτρι τρέξαμε πίσω ανυπομονώντας να μεταδώσουμε τα νέα, αλλά χρειάστηκε να περιμένουμε μέχρι να μαζευτούν όλοι οι φύλακες.

«*Μην* τους διακόψεις!» μου είπε ο Ντιμίτρι καθώς μπαίναμε στην αίθουσα της συνάντησης όπου θα καθοριζόταν η επόμενή μας κίνηση. Σταθήκαμε κοντά στην πόρτα μιλώντας χαμηλόφωνα. «Ξέρω πώς νιώθεις. Ξέρω τι θέλεις να κάνεις. Αλλά αν τους πάρεις απ' τα μούτρα δεν θα το πετύχεις».

«Αν τους πάρω από τα μούτρα;» φώναξα, ξεχνώντας τελείως ότι έπρεπε να μιλήσω πιο σιγά.

«Το βλέπω» είπε. «Έχει ανάψει πάλι μέσα σου αυτή η οργή. Θες να εκδικηθείς. Αυτό είναι που σ' έκανε τόσο σκληρή και στη μάχη. Τώρα όμως δεν βρισκόμαστε σε μάχη. Οι φύλακες έχουν όλες τις πληροφορίες και θα κάνουν τη σωστή επιλογή. Δεν έχουμε παρά να περιμένουμε».

Είχε δίκιο. Κατά την προετοιμασία της συνάντησης δώσαμε όλες τις πληροφορίες ερευνώντας λίγο περισσότερο την υπόθεση. Η έρευνα απέδειξε ότι πριν από πολλά χρόνια κάποιοι δάσκαλοι Μορόι είχαν διδάξει Γεωλογία στη γύρω περιοχή και είχαν χαρτογραφήσει τις σπηλιές, παρέχοντάς μας έτσι όλες τις απαραίτητες πληροφορίες. Η είσοδός τους βρισκόταν στα πέντε μίλια από τα σύνορα της Ακαδημίας. Η μεγαλύτερη από τις σπηλιές ήταν περίπου ενάμισι χιλιόμετρο, ενώ στην ακριανή πλευρά τους υπήρχε ένα άνοιγμα τριάντα περίπου χιλιόμετρα μακριά από το χωματόδρομο, σύμφωνα με το χάρτη. Στην Ακαδημία πίστευαν ότι και οι δύο είσοδοι είχαν μπλοκαριστεί λόγω εδαφικών καθιζήσεων, αλλά τώρα συνειδητοποιούσαμε ότι τα Στριγκόι με τη δύναμή τους θα μπορούσαν να ανοίξουν περάσματα.

Παρ' όλα αυτά δεν ήμουν σίγουρη ότι εμπιστευόμουν τα λόγια του Ντιμίτρι, ότι δηλαδή οι φύλακες θα έκαναν την κατάλληλη επιλογή. Λίγα λεπτά προτού ξεκινήσει η συνάντηση, παρακάλεσα τη μητέρα μου.

«Σε παρακαλώ» της είπα. «Πρέπει να το κάνουμε».

Με κοίταξε. «Αν γίνει διάσωση, εσύ να μην υπολογίζεις ότι θα συμμετάσχεις».

«Γιατί; Μήπως επειδή οι ομάδες των φυλάκων ήταν τόσο αποτελεσματικές που δεν είχαμε καμία απώλεια;» Πετάχτηκε πίσω. «Ξέρεις πολύ καλά πως μπορώ να βοηθήσω. Ξέρεις τι έκανα. Σε μια εβδομάδα έχω γενέθλια και σε μερικούς μήνες αποφοιτώ. Δηλαδή πιστεύεις ότι τότε θα μεταμορφωθώ με τρόπο μαγικό σε φύλακα; Δεν αντιλέγω, έχω ακόμη να μάθω κάποια πράγματα, αλλά δεν νομίζω πως αυτά με καθιστούν ανίκανη να βοηθήσω. Χρειάζεστε όση βοήθεια γίνεται και υπάρχουν και διάφοροι μαθητευόμενοι που θα μπορούσαν να βοηθήσουν. Αν μάλιστα φέρετε και τον Κρίστιαν, δεν θα μας σταματήσει τίποτα».

«Όχι» είπε αμέσως. «Αυτόν όχι. Δεν θα 'πρεπε να έχεις μπλέξει ένα Μορόι σ' αυτή την ιστορία. Και ιδιαίτερα ένα τόσο νεαρό Μορόι».

«Ναι, αλλά είδες τι μπορεί να κάνει».

Δεν έφερε αντίρρηση. Είδα το δισταγμό να διαγράφεται στο πρόσωπό της. Κοίταξε το ρολόι της και αναστέναξε. «Κάτσε να ελέγξω κάτι δυο λεπτά».

Δεν ήξερα πού πήγε, αλλά άργησε περίπου ένα τέταρτο να έρθει στη συνάντηση. Στο μεταξύ, η Αλμπέρτα είχε ενημερώσει τους φύλακες για όσα είχαμε μάθει. Ευτυχώς δεν αναφέρθηκε στο πώς είχαμε μάθει όλες αυτές τις πληροφορίες, οπότε δεν χάσαμε πολύτιμο χρόνο προσπαθώντας να εξηγήσουμε το μυστήριο των φαντασμάτων. Η διαμόρφωση των σπηλιών μελετήθηκε λεπτομερώς και ακούστηκαν πολλές ερωτήσεις. Τέλος, ήρθε επιτέλους η ώρα των αποφάσεων. Η μάχη κατά των Στριγκόι βασιζόταν πάντοτε στην άμυνα. Επιθέσεις πραγματοποιούσαμε μόνο όταν δεχόμασταν επιθέσεις από εκείνα. Όσες απόψεις περί επιθέσεων είχαν διατυπωθεί παλιότερα απορρίπτονταν πάντοτε. Περίμενα να συμβεί το ίδιο και τώρα.

Μόνο που είχα άδικο.

Ένας προς έναν, όλοι οι φύλακες σηκώνονταν και δήλωναν έτοιμοι για την αποστολή διάσωσης και καθώς τους παρατηρούσα κατάλαβα τι εννοούσε ο Ντιμίτρι όταν μου μιλούσε για τη φλόγα που σιγοκαίει στους φύλακες. Όλοι ήταν έτοιμοι για τη μάχη. Όλοι αυτό επιζητούσαν. Τα Στριγκόι το είχαν παρακάνει. Στον κόσμο μας, λίγα μόνο μέρη ήταν ασφαλή: τα ανάκτορα και οι ακαδημίες μας. Όλα τα παιδιά πήγαιναν σε μέρη όπως η Ακαδημία του Αγίου Βλαντιμίρ γιατί οι γονείς τους ήταν ήσυχοι ότι εκεί θα ήταν ασφαλή. Η βεβαιότητα αυτή είχε καταρρακωθεί με την επίθεση, και δεν υπήρχε περίπτωση να το ανεχτούμε, ιδίως τώρα που ακόμη μπορούσαμε να σώσουμε ζωές. Στο στήθος μου πετάρισε ο πόθος της νίκης.

«Ε, τότε λοιπόν» είπε η Αλμπέρτα κοιτώντας ολόγυρα «θα καταστρώσουμε ένα σχέδιο δράσης και θα βγούμε. Έχουμε ακόμη περίπου εννιά ώρες στη διάθεσή μας μέχρι να πέσει η νύχτα και να μπορέσουν να φύγουν». Έμοιαζε κι εκείνη να εκπλήσσεται όσο εγώ, παρόλο που κι αυτή είχε ταχθεί υπέρ της επίθεσης.

«Μισό λεπτό» είπε η μητέρα μου και σηκώθηκε όρθια. Όλοι κοίταξαν κατά τη μεριά της, αλλά εκείνη δεν φάνηκε να πολυνοιάζεται που όλα τα μάτια ήταν στραμμένα πάνω της. Φαινόταν σκληρή και επιδέξια και μέσα μου αισθάνθηκα μεγάλη περηφάνια για εκείνη. «Νομίζω ότι θα πρέπει να σκεφτούμε και κάτι ακόμη. Θεωρώ πως πρέπει να έρθουν μαζί μας οι μαθητευόμενοι».

Τα λόγια της προκάλεσαν αντιδράσεις, που παρ' όλα αυτά δεν προέρχονταν παρά από τη μειοψηφία. Η μητέρα μου προέβαλε τα επιχειρήματα που της είχα πει εγώ πριν από λίγη ώρα.

Είπε επίσης πως οι μαθητευόμενοι δεν χρειαζόταν να συμμετάσχουν στην πρώτη γραμμή, αλλά θα χρησίμευαν ως οπισθοφυλακή σε περίπτωση που κάποιο Στριγκόι κατάφερνε να ξεφύγει. Οι φύλακες είχαν σχεδόν αποφανθεί υπέρ αυτής της άποψης, όταν τους πέταξε και μία ακόμη βόμβα.

«Νομίζω επίσης ότι πρέπει να πάρουμε και μερικά Μορόι μαζί μας».

Η Σελέστ πετάχτηκε όρθια. Η μελανιά που είχα δει πάνω της τις προάλλες ωχριούσε μπροστά στη βαθιά πληγή που είχε σχηματιστεί στο πλάι του προσώπου της. «Τι; Έχεις τρελαθεί τελείως;»

Η μητέρα μου την κοίταξε με ήρεμο ύφος. «Όχι. Όλοι μας ξέρουμε τι κατάφεραν η Ρόουζ και ο Κρίστιαν Οζέρα. Ένα από τα μεγαλύτερα προβλήματά μας με τα Στριγκόι είναι ότι δεν έχουμε την ίδια δύναμη και ταχύτητα μ' εκείνα, ώστε να μπορέσουμε να πραγματοποιήσουμε επιθέσεις και να τα σκοτώσουμε. Αν όμως χρησιμοποιήσουμε Μορόι που χειρίζονται τη φωτιά, θα καταφέρουμε να τους αποσπάσουμε την προσοχή και να αποκτήσουμε πλεονέκτημα. Έτσι θα μπορέσουμε να τα ανακόψουμε».

Ξέσπασε μεγάλη συζήτηση. Επιστράτευσα όλες μου τις δυνάμεις για να μην πεταχτώ κι εγώ στη συζήτηση. Θυμήθηκα τα λόγια του Ντιμίτρι που μου είχε ζητήσει να μην παρέμβω. Ωστόσο καθώς άκουγα, όλο και ταραζόμουν. Κάθε λεπτό που περνούσε, ήταν ένα λεπτό καθυστέρησης για τη διάσωση του Έντι και των υπολοίπων. Ήταν ένα λεπτό που μπορεί να κόστιζε τη ζωή σε κάποιον.

Γύρισα κατά τον Ντιμίτρι που καθόταν δίπλα μου. «Μα είναι δυνατόν να ασχολούνται με τέτοιες βλακείες;» ψιθύρισα.

Τα μάτια του ήταν καρφωμένα στην Αλμπέρτα που συζητούσε με ένα φύλακα που συνήθως δούλευε στο Δημοτικό. «Δεν έχεις δίκιο» μουρμούρισε. «Άκου προσεκτικά. Μπροστά σου εκτυλίσσεται κάτι το ανεπανάληπτο. Κάποτε όλοι θα θυμούνται αυτή τη μέρα ως την ημέρα της αλλαγής».

Και είχε δίκιο. Για ακόμη μία φορά οι φύλακες άρχισαν να υποστηρίζουν την ιδέα. Είχα την εντύπωση πως όλα αυτά συνέβαιναν ακριβώς επειδή ήταν τόσο αποφασισμένοι να παλέψουν. Έπρεπε να εκδικηθούμε τα Στριγκόι, και η μάχη αυτή δεν ήταν αποκλειστικά δική μας. Ήταν και των Μορόι. Όταν η μητέρα μου είπε ότι είχε πείσει ορισμένους δασκάλους να συμμετάσχουν —δεν υπήρχε περίπτωση να πάρουν μαθητές— η απόφαση πάρθηκε. Οι φύλακες θα έκαναν την επίθεση στα Στριγκόι συνοδευόμενοι από Μορόι και μαθητευόμενους.

Ένιωσα ότι είχα πετύχει θριαμβευτική νίκη. Ο Ντιμίτρι είχε δίκιο. Εκείνη τη στιγμή ο κόσμος βίωνε μία συγκλονιστική αλλαγή.

Περιμέναμε τουλάχιστον τέσσερις ακόμα ώρες.

«Περιμένουμε ενισχύσεις και από άλλους φύλακες» μου είπε ο Ντιμίτρι όταν του εξέφρασα για ακόμη μια φορά το θυμό μου.

«Σε τέσσερις ώρες τα Στριγκόι μπορεί να αποφασίσουν να την κάνουν».

«Χρειαζόμαστε πολλές ενισχύσεις» μου είπε. «Όσες περισσότερες μπορούμε να αποκτήσουμε. Ναι, πράγματι τα Στριγκόι μπορεί να σκοτώσουν κάνα-δυο ακόμη μέχρι να φτάσουμε εκεί και, πίστεψέ με, δεν το θέλω. Αν όμως πάμε απροετοίμαστοι, μπορεί να χάσουμε πολύ περισσότερες ζωές».

Το αίμα μου έβραζε. Ήξερα πως είχε δίκιο και πως δεν μπορούσα να κάνω κάτι για να αλλάξω την κατάσταση. Απεχθανόμουν αυτή την αίσθηση. Δεν μου άρεσε να νιώθω αβοήθητη.

«Έλα» μου είπε κάνοντάς μου νόημα κατά την έξοδο. «Πάμε μια βολτίτσα».

«Πού;»

«Δεν έχει σημασία. Θέλω να ηρεμήσεις, γιατί αλλιώς δεν θα μπορέσεις να πολεμήσεις».

«Α, ναι; Φοβάσαι μήπως ξαναδείς να αναδύεται το σκοτεινό και αποτρελαμένο κομμάτι του εαυτού μου;»

«Όχι, απλώς φοβάμαι τις αντιδράσεις της φυσιολογικής Ρόουζ Χάθαγουεϊ που ορμάει χωρίς να σκέφτεται όταν θεωρεί πως έχει δίκιο».

Τον κοίταξα στραβά. «Δηλαδή υπάρχει διαφορά;»

«Ναι. Η δεύτερη Ρόουζ, που μόλις σου περιέγραψα, με τρομάζει».

Αντιστάθηκα και δεν του έριξα αγκωνιά. Για μισό δευτερόλεπτο ευχήθηκα να μπορούσα να κλείσω τα μάτια μου και να ξεχάσω όλο τον πόνο και το αίμα που είχαν σκορπιστεί γύρω μας. Ήθελα μόνο να ξαπλώσουμε δίπλα δίπλα. Να αρχίσουμε τα πειράγματα και τα γελάκια κι όλες μας οι ανησυχίες να έχουν να κάνουν μόνο μ' εμάς. Όμως η πραγματικότητα ήταν τελείως διαφορετική, ήταν αυτή που ζούσαμε τώρα.

«Δεν σε χρειάζονται εδώ πέρα;» τον ρώτησα.

«Όχι. Αυτή τη στιγμή δεν κάνουν και τίποτα. Απλά περιμένουν τους υπόλοιπους και ήδη υπάρχουν αρκετοί ώστε να σχεδιαστεί η επίθεση. Η μητέρα σου είναι υπεύθυνη για το σχεδιασμό».

Ακολούθησα το βλέμμα του προς τα κει που στεκόταν η μαμά μου, στο κέντρο μιας ομάδας φυλάκων, δείχνοντας με απότομες και σθεναρές κινήσεις κάτι έγγραφα που μάλλον ήταν χάρτες. Συνήθως όποτε βρισκόμουν κοντά της αισθανόμουν να ακινητοποιούμαι και να ενοχλούμαι από την παρουσία της. Αυτή τη φορά όμως δεν ένιωθα το ίδιο.

«Εντάξει» του είπα. «Πάμε».

Με πήρε και πήγαμε μια βόλτα τριγύρω. Τα απομεινάρια της μάχης ήταν ακόμα εμφανή. Η μεγαλύτερη ζημιά φυσικά δεν είχε γίνει στην ίδια την Ακαδημία, αλλά στους ανθρώπους της.

Παρ' όλα αυτά τα σημάδια της επίθεσης ήταν ακόμη εμφανή: ζημιές στα κτίρια, αίμα ακόμη και στα πιο περίεργα μέρη κ.λπ. Το βασικότερο όλων όμως ήταν η διάθεσή μας. Παρά το φως της μέρας, γύρω μας ήταν λες κι είχε πέσει βαθύ σκοτάδι. Μια θλίψη τόσο βαριά, τόσο πραγματική που ένιωθα ότι μπορώ να απλώσω το χέρι μου και να την ακουμπήσω. Την έβλεπα ζωγραφισμένη στα μάτια όσων πετυχαίναμε στο δρόμο μας.

Μέσα μου ήλπιζα ότι ο Ντιμίτρι θα με πήγαινε στους τραυματίες, αλλά το απέφυγε και καταλάβαινα το γιατί. Η Λίζα βρισκόταν εκεί και βοηθούσε χρησιμοποιώντας τα μαγικά της σε μικρές δόσεις για να γιατρέψει τους τραυματίες. Το ίδιο και ο Άντριαν, παρόλο που ούτε τα μισά από όσα έκανε η Λίζα δεν μπορούσε να κάνει. Είχαν επιτέλους αποφασίσει ότι είχε έρθει η ώρα να χρησιμοποιήσουν τις ιδιότητες του πνεύματος. Η κατάσταση είχε πάρει τραγικές διαστάσεις και είχαν ακουστεί τόσα πράγματα για το πνεύμα, που τα νέα έτσι κι αλλιώς θα κυκλοφορούσαν όπου να 'ναι.

Ο Ντιμίτρι δεν ήθελε να βρίσκομαι κοντά στη Λίζα όση ώρα χρησιμοποιούσε τα μάγια της, πράγμα που μου κέντρισε την προσοχή. Δεν ήξερε ακόμη αν όντως μου μετέδιδε την τρέλα της, αλλά προφανώς δεν ήθελε να πάρει ρίσκα.

«Μου είπες ότι είχες μία θεωρία για το σπάσιμο των ασπίδων» είπε. Είχαμε ξεμακρύνει λίγο και βρισκόμασταν εκεί που είχε συναντηθεί η λέσχη του Τζέσε το προηγούμενο βράδυ.

Το είχα σχεδόν ξεχάσει. Όταν άρχισα να συνδέω τα σπασμένα κομμάτια όμως, όλα έβγαλαν νόημα. Κανείς δεν είχε ερευνήσει το θέμα. Τουλάχιστον όχι ακόμη. Το βασικότερο ήταν να υψώσουμε καινούργιες ασπίδες και να φροντίσουμε τους δικούς μας. Στη συνέχεια όμως θα γινόταν και κανονική έρευνα.

«Η ομάδα του Τζέσε έκανε εδώ τις τελετές μύησης, κοντά στις ασπίδες. Ξέρεις πως τα κοντάρια έχουν ακυρωτική αλληλεπίδραση με τις ασπίδες γιατί η επαφή μεταξύ ίδιων στοιχείων αναιρεί τη δύναμή τους; Νομίζω ότι και σ' αυτή την περίπτωση συνέβη κάτι αντίστοιχο. Στις τελετές μύησης χρησιμοποιούσαν όλα τα στοιχεία».

«Ναι, αλλά στην Ακαδημία χρησιμοποιούμε συνεχώς τα μάγια. Και μάλιστα με όλα τα στοιχεία. Γιατί δεν μας συνέβη ποτέ κάτι αντίστοιχο;»

«Γιατί τα μαγικά δεν γίνονταν ποτέ ακριβώς εκεί που είναι οι ασπίδες. Οι ασπίδες συνήθως βρίσκονται στις παρυφές της Ακαδημίας κι έτσι δεν μπλέκονται ποτέ μ' αυτές τις δυνάμεις. Επίσης, νομίζω ότι ο τρόπος χρήσης των στοιχείων παίζει μεγάλο ρόλο. Τα μάγια είναι συνδεδεμένα με τη ζωή και γι' αυτό όχι μόνο εμποδίζουν τα Στριγκόι αλλά και τα καταστρέφουν. Τα μαγικά στα κοντάρια χρησιμοποιούνται ως όπλα. Το ίδιο συνέβη και με τα μάγια που χρησιμοποιήθηκαν στα βασανιστήρια. Όταν τα μάγια χρησιμοποιούνται για κακούς σκοπούς ακυρώνουν τα καλά μάγια». Ανατρίχιασα. Στο μυαλό μου ήρθε ξανά αυτό το αρρωστημένο συναίσθημα που είχα νιώσει όταν η Λίζα είχε χρησιμοποιήσει το πνεύμα για να βασανίσει τον Τζέσε. Αυτός ο τρόπος χρήσης των δυνάμεών της δεν ήταν ο φυσιολογικός.

Ο Ντιμίτρι απόμεινε να κοιτάζει το σπασμένο φράχτη που όριζε τα σύνορα της Ακαδημίας. «Απίστευτο. Ποτέ μου δεν το φανταζόμουν, αλλά βγάζει νόημα. Η λογική που το διέπει είναι ακριβώς ίδια με τη λογική των κονταριών». Μου χαμογέλασε. «Τα σκέφτηκες πολύ όλα αυτά».

«Δεν ξέρω, απλώς ξαφνικά όλα έβγαλαν νόημα». Εξαγριώθηκα καθώς σκέφτηκα τον Τζέσε και την ηλίθια ομάδα του. Δεν φτάνει που είχαν κάνει όσα είχαν κάνει στη Λίζα (ήδη ήθελα να τους κάνω να πληρώσουν για αυτό, χωρίς πια να θέλω να τους σκοτώσω — κάπως είχα *μάθει* να συγκρατούμαι από το προηγούμενο βράδυ), είχαν ανοίξει δρόμο και στα Στριγκόι για να μπουν στο σχολείο. Πώς ήταν δυνατόν κάποιος να κάνει κάτι τόσο χαζό και μικροπρεπές με τόσο καταστροφικές συνέπειες; Αν τουλάχιστον ήξερα ότι το έκαναν επίτηδες, θα καταλάβαινα, τώρα όμως; Όλο αυτό δεν ήταν παρά μια χαζή αναζήτηση της χαμένης τους δόξας. «Τι ηλίθιοι» μουρμούρισα.

Ο άνεμος έγινε πιο δυνατός. Ανατρίχιασα και αυτή τη φορά δεν ήταν από την ταραχή μου αλλά από την αλλαγή της θερμοκρασίας. Η άνοιξη ήταν προ των πυλών, αλλά σίγουρα δεν είχε έρθει ακόμη.

«Για πάμε πίσω σιγά σιγά» είπε ο Ντιμίτρι.

Γυρίσαμε και καθώς προχωρούσαμε προς την καρδιά του Γυμνασίου είδα να εμφανίζεται και πάλι μπροστά στα μάτια μου το φυλάκιο. Κανείς μας δεν πήγε πιο αργά κι ούτε γύρισε να κοιτάξει κατά εκεί, αλλά ήξερα πολύ καλά ότι κι αυτός τα ίδια σκεφτόταν. Το απέδειξε μάλιστα μ' αυτά που είπε μετά από λίγο.

«Ρόουζ, άκου, σχετικά με αυτό που συνέβη...»

Γρύλισα. «Το 'ξερα. *Το 'ξερα* ότι θα 'ρθει αυτή η ώρα».

Με κοίταξε έκπληκτος. «Ποια ώρα;»

«*Αυτή*. Η ώρα που θα άρχιζες τη διάλεξη σχετικά με το λάθος που κάναμε και που θα μου έλεγες πως δεν έπρεπε να το έχουμε κάνει και πως δεν πρέπει να ξανασυμβεί». Μόνο όταν του τα είπα όλα αυτά συνειδητοποίησα πόσο φοβόμουν μήπως μου τα πει όλα αυτά.

Φαινόταν ακόμη πολύ σοκαρισμένος. «Μα γιατί να νομίσεις κάτι τέτοιο;»

«Γιατί ξέρεις πολύ καλά πως έτσι έχουν τα πράγματα» του είπα. Ίσως ακουγόμουν κάπως υστερική. «Εσύ πάντοτε θες να κάνεις το σωστό και όταν τύχει να κάνεις κάποιο λάθος τρέχεις να το διορθώσεις. Και ξέρω πολύ καλά πως θα μου πεις ότι αυτό που κάναμε δεν έπρεπε να είχε συμβεί κι ότι πολύ θα ήθελες να...»

Το μυαλό μου σταμάτησε καθώς τύλιξε το χέρι του στη μέση μου και με τράβηξε πίσω από τη σκιά ενός δέντρου. Τα χείλη μας συναντήθηκαν. Χάθηκα στο φιλί του ξεχνώντας όλες μου τις ανησυχίες και τους φόβους, ότι δήθεν θα μου έλεγε πως όλα ήταν ένα λάθος. Όσο απίστευτο κι αν φαίνεται, για μια στιγμή ξέχασα ακόμη και τους θανάτους και τις καταστροφές που προκάλεσαν τα Στριγκόι.

Όταν σταματήσαμε να φιλιόμαστε, συνέχισε να με κρατάει κοντά του. «Δεν θεωρώ ότι κάναμε λάθος» μου είπε απαλά. «Ίσα ίσα που χαίρομαι που το κάναμε. Και το χρόνο να μπορούσα να γυρίσω πίσω, το ίδιο θα 'κανα».

Κάτι μέσα στο στήθος μου φτερούγισε. «Αλήθεια; Πώς και άλλαξες γνώμη;»

Άλλαξα γνώμη γιατί δεν μπορώ να σου αντισταθώ» είπε διασκεδάζοντας με την έκπληξή μου. «Και... θυμάσαι τι μου είπε η Ρόντα;»

Δεύτερη έκπληξη στη σειρά. Τι δουλειά είχε αυτή; Ξαφνικά όμως θυμήθηκα το βλέμμα του καθώς άκουγε τις προβλέψεις της και τα όσα μου είχε πει για τη γιαγιά του. Προσπάθησα να θυμηθώ τα λόγια της.

«Σου είπε ότι θα χάσεις κάτι...» Προφανώς δεν θυμόμουν και πολύ καλά.

«Θα χάσεις ό,τι πολυτιμότερο έχεις, γι' αυτό φύλαξέ το όσο μπορείς».

Φυσικά εκείνος θυμόταν τα λόγια της λέξη προς λέξη. Όταν τα πρωτοάκουσα είχα στραβομουτσουνιάσει, τώρα όμως προσπαθούσα να τα αποκωδικοποιήσω. Στην αρχή αισθάνθηκα μια απερίγραπτη χαρά. Ώστε *εγώ* ήμουν ό,τι πολυτιμότερο είχε. Μετά όμως τον κοίταξα ξαφνιασμένη. «Περίμενε. Νομίζεις πως θα πεθάνω; Γι' αυτό κοιμήθηκες μαζί μου;»

«Όχι, όχι, φυσικά και όχι. Έκανα ό,τι έκανα επειδή... πίστεψέ με, δεν το 'κανα γι' αυτό. Άσχετα με τις λεπτομέρειες —ή από το αν έλεγε αλήθεια— είχε δίκιο σ' ένα πράγμα. Όλα αλλάζουν πολύ γρήγορα. Προσπαθούμε να κάνουμε το σωστό ή αυτό που οι άλλοι θεωρούν σωστό, όμως κάποιες φορές πηγαίνουμε κόντρα στη δική μας θέληση και… πρέπει να διαλέξουμε. Ακόμα και πριν από την επίθεση των Στριγκόι παρατηρούσα πόσο πάλευες να αντιμετωπίσεις τα προβλήματα που σε βασάνιζαν και κατάλαβα τι σημαίνεις για μένα. Ξαφνικά όλα άλλαξαν. Ανησυχούσα για σένα. Ανησυχούσα πολύ. Δεν έχεις ιδέα πόσο πολύ. Και δεν υπήρχε λόγος να προσπαθώ να πείσω τον εαυτό μου ότι η ζωή των Μορόι είναι πιο σημαντική από τη δική σου. Δεν πρόκειται ποτέ να γίνει κάτι τέτοιο, όσο κι αν οι άλλοι λένε ότι είναι λάθος. Έτσι, αποφάσισα να αποδεχτώ τα όσα νιώθω. Κι όταν πήρα αυτή την απόφαση… ε, τότε τίποτα δεν μας σταματούσε». Δίστασε για μια στιγμή και ξανασκέφτηκε τα λόγια μου βγάζοντας τα μαλλιά μου από το πρόσωπό μου. «Ήθελα να πω, τίποτα δεν με *σταματούσε.* Μιλάω για τον εαυτό μου. Δεν θέλω να ακούγομαι λες και ξέρω για ποιο λόγο το έκανες εσύ».

«Το έκανα γιατί σ' αγαπάω» του είπα λες κι έλεγα το πιο προφανές πράγμα στον κόσμο. Και πραγματικά έτσι ένιωθα.

Γέλασε. «Συνοψίζεις με μία μόνο πρόταση όλα όσα έλεγα τόση ώρα».

«Μα είναι απλό. Σ' αγαπώ και δεν θέλω να προσποιούμαι ότι δεν είναι αλήθεια».

«Ούτε κι εγώ». Το χέρι του άφησε το πρόσωπό του και κατευθύνθηκε προς το δικό μου χέρι. Τα δάχτυλά μας δέθηκαν αναμεταξύ τους και ξεκινήσαμε και πάλι να περπατάμε. «Φτάνουν πια τα ψέματα».

«Και τώρα τι θα γίνει μ' εμάς; Όταν όλα αυτά τελειώσουν, όταν περάσει ο κίνδυνος με τα Στριγκόι;»

«Όσο και να μη θέλω να ενισχύσω τους φόβους σου, είχες δίκιο σ' ένα απ' όσα είπες. Δεν μπορούμε να είμαστε ξανά μαζί, όχι μέχρι να τελειώσει η χρονιά. Θα πρέπει να κρατήσουμε τις αποστάσεις μας».

Αισθάνθηκα λιγάκι απογοητευμένη, αλλά ήξερα πολύ καλά πως είχε δίκιο. Μπορεί να μην προσπαθούσαμε πια να κρύψουμε τα συναισθήματά μας, αλλά δεν μπορούσαμε και να διατυμπανίζουμε τη σχέση μας όσο ήμουν ακόμη εκπαιδευόμενή του.

Πατήσαμε πάνω σε μια λακκούβα και τα νερά πετάχτηκαν τριγύρω. Κάποια πουλιά κελαηδούσαν σκόρπια εδώ κι εκεί, έκπληκτα που έβλεπαν τόση κινητικότητα στην περιοχή κατά τη διάρκεια της ημέρας. Ο Ντιμίτρι έστρεψε το βλέμμα του κατά τον ουρανό σκεφτικός. «Αφού αποφοιτήσεις και σου αναθέσουν τη Λίζα...» δεν τελείωσε. Άργησα λίγο, αλλά κατάλαβα τι πήγαινε να πει. Η καρδιά μου σταμάτησε.

«Θα ζητήσεις να σε αναθέσουν σε κάποιον άλλο, έτσι δεν είναι; Δεν θα είσαι πια φύλακάς της».

«Μόνο έτσι θα μπορούμε να είμαστε μαζί».

«Ναι, αλλά στην ουσία δεν θα είμαστε μαζί» του είπα.

«Αν όμως γίνουμε κι οι δύο φύλακές της, θα έχουμε το ίδιο πρόβλημα. Εγώ θα ανησυχώ περισσότερο για σένα απ' ό,τι για εκείνη, και της αξίζουν δύο φύλακες που θα είναι απόλυτα αφοσιωμένοι σ' *αυτήν*. Αν καταφέρω να με αναθέσουν σε κάποιον στην Αυλή, θα είμαστε πολύ κοντά ο ένας στον άλλον. Άσε που σ' ένα τόσο ασφαλές περιβάλλον το πρόγραμμα των φυλάκων είναι πολύ πιο χαλαρό».

Ήθελα να γκρινιάξω και να φερθώ εγωιστικά, να του πω πόσο απαίσιο ήταν το σχέδιό του, αλλά συγκρατήθηκα. Καμία επιλογή μας δεν θα ήταν ιδανική. Η κάθε λύση απαιτούσε δύσκολες αποφάσεις. Ήξερα πως του ήταν δύσκολο να αποχωριστεί τη Λίζα. Ενδιαφερόταν για το καλό της αλλά έπρεπε να κάνει αυτή τη θυσία ως ένδειξη σεβασμού προς το καθήκον του.

«Ναι» είπα καταλαβαίνοντας. «Ίσως αν φυλάμε διαφορετικούς ανθρώπους να μπορέσουμε να βλεπόμαστε πιο συχνά. Τουλάχιστον θα μπορούμε να παίρνουμε μαζί ρεπό. Αν είμαστε κι οι δύο με τη Λίζα, θα έχουμε εναλλασσόμενες βάρδιες και θα είμαστε πάντοτε χώρια».

Τα δέντρα μπροστά μας άρχισαν να λιγοστεύουν και αισθάνθηκα θλίψη που σε λίγο θα έπρεπε να αφήσω το χέρι του. Από την άλλη, μια σπίθα ελπίδας και χαράς είχε αρχίσει να ανάβει στην καρδιά μου. Τα συναισθήματά μου δεν ταίριαζαν με τον απόηχο αυτής της τραγωδίας, αλλά δεν μπορούσα να κάνω κι αλλιώς.

Μετά από τόσο χρόνο και τόσες δυσκολίες ο Ντιμίτρι κι εγώ θα βρίσκαμε μια λύση. Υπήρχε περίπτωση να μην αναλάβει καν κάποιον προστατευόμενο στα ανάκτορα, αλλά ακόμη κι έτσι να ήταν τα πράγματα, θα καταφέρναμε να περνάμε λίγο καιρό μαζί κάθε τόσο. Η ζωή μακριά του θα ήταν αγωνιώδης, αλλά θα τα καταφέρναμε. Και σίγουρα θα ήταν καλύτερα τα πράγματα από το να συνεχίσουμε να ζούμε σ' ένα ψέμα.

Ναι, όλα θα γίνονταν πραγματικότητα. Όλες οι ανησυχίες της Ντέιρντρι για μένα και για τη δυσκολία μου να συμβιβαστώ με τα αντιτιθέμενα κομμάτια του εαυτού μου θα αποδεικνύονταν εσφαλμένες. Θα τα κέρδιζα όλα. Και τη Λίζα και τον Ντιμίτρι. Η σκέψη και μόνο ότι θα ήμουν και με τους δυο τους θα μ' έκανε δυνατή. Θα με βοηθούσε να αντιμετωπίσω την επίθεση των Στριγκόι. Θα την κρατούσα στο πίσω μέρος του μυαλού μου σαν φυλαχτό.

Δεν μιλούσαμε για λίγη ώρα. Όπως πάντα, δεν χρειαζόταν. Ήξερα ότι ένιωθε όπως εγώ, αλλά εξωτερικά παρέμενε απολύτως ψύχραιμος. Είχαμε σχεδόν βγει από το δάσος και πλέον μπορούσαν να μας δουν διάφορα μάτια. Τότε ξαναμίλησε.

«Θα γίνεις δεκαοχτώ σε λίγο, αλλά και πάλι...» Αναστέναξε. «Όταν μαθευτούν τα νέα, θα δυσαρεστηθούν πολλοί».

«Ναι; Δικαίωμά τους». Τις διαδόσεις και τα κουτσομπολιά θα κατάφερνα να τα αντιμετωπίσω.

«Επίσης, έχω την αίσθηση ότι η μητέρα σου θα μου κάνει μια πολύ, μα πάρα πολύ σοβαρή κουβέντα».

«Καλά, εδώ έχουμε να αντιμετωπίσουμε τα Στριγκόι κι εσύ κάθεσαι και φοβάσαι τη μαμά μου;»

«Είναι κι αυτή μια δύναμη με την οποία θα πρέπει να αναμετρηθώ. Από πού νομίζεις ότι έχεις πάρει εσύ;»

Γέλασα. «Απορώ πώς ασχολείσαι μαζί μου τότε».

«Το αξίζεις, πίστεψέ με».

Με φίλησε ξανά, εκμεταλλευόμενος τις τελευταίες σκιές του δάσους για κάλυψη. Σε φυσιολογικές συνθήκες, αυτός θα ήταν απλά ένας ρομαντικός πρωινός περίπατος μετά από μια νύχτα έρωτα. Δεν θα προετοιμαζόμασταν για μάχες κι ούτε θα ανησυχούσαμε για τους αγαπημένους μας. Θα γελούσαμε και θα πειράζαμε ο ένας τον άλλο σχεδιάζοντας κρυφά την επόμενη ρομαντική μας απόδραση.

Εμείς όμως δεν ζούσαμε σε φυσιολογικές συνθήκες. Αλλά μ' αυτό το φιλί μπορούσα εύκολα να τα φανταστώ όλα αυτά.

Χωριστήκαμε μουδιασμένα και απομακρυνθήκαμε από το δάσος. Κατευθυνθήκαμε προς το κτίριο των φυλάκων. Κοντοζύγωναν σκοτεινές στιγμές, αλλά, με το φιλί του να καίει ακόμη πάνω στα χείλη μου, ένιωθα ότι θα μπορούσα να κάνω τα πάντα.

Ακόμη και να τα βάλω με μια ορδή Στριγκόι.

27

ΚΑΝΕΙΣ ΑΠΟ ΤΟΥΣ ΥΠΟΛΟΙΠΟΥΣ δεν είχε καταλάβει την απουσία μας. Πράγματι, είχαν παρουσιαστεί ακόμη περισσότεροι φύλακες και τώρα ήμασταν περίπου πενήντα. Ήμασταν πλέον κανονικός στρατός και, όπως ακριβώς συνέβη και με τα Στριγκόι, ο αριθμός μας ήταν πρωτοφανής, αν εξαιρέσει κανείς τους παλιούς μύθους για επικές μάχες μεταξύ των δύο στρατοπέδων στην Ευρώπη. Στην Ακαδημία φυσικά υπήρχαν περισσότεροι φύλακες, αλλά ορισμένοι έμειναν πίσω για να προστατεύσουν το σχολείο. Πολλοί από τους συμμαθητές μου είχαν επιλεγεί γι' αυτή τη δουλειά, αλλά εγώ είχα τοποθετηθεί στην ομάδα των δέκα περίπου μαθητευόμενων που θα συνόδευαν τους φύλακες στις σπηλιές.

Μια ώρα πριν από την αναχώρηση ξανασυναντηθήκαμε για να συζητήσουμε το σχέδιο. Στο ακριανό άνοιγμα των σπηλιών υπήρχε ένας μεγάλος θάλαμος και λογικά τα Στριγκόι θα κρύβονταν εκεί, για να μπορέσουν να φύγουν κατευθείαν όταν θα έπεφτε η νύχτα. Θα πραγματοποιούσαμε επίθεση κι από τις δύο πλευρές. Δεκαπέντε φύλακες θα έμπαιναν από κάθε πλευρά, ενώ η κάθε ομάδα θα συνοδευόταν από τρία Μορόι. Στην κάθε είσοδο θα έμεναν δέκα φύλακες για να αναχαιτίσουν τυχόν αποδράσεις των Στριγκόι. Εγώ είχα τοποθετηθεί στην ακριανή είσοδο των σπηλιών, ενώ ο Ντιμίτρι και η μητέρα μου θα πολεμούσαν στο πλευρό των ομάδων εισβολής. Μακάρι να μπορούσα κι εγώ να πολεμήσω στο πλευρό τους. Από την άλλη, τυχερή ήμουν που μου δινόταν η ευκαιρία να συμμετάσχω. Άλλωστε σε μια τέτοια αποστολή όλα τα καθήκοντα ήταν πολύ σημαντικά.

Ο μικρός στρατός μας ξεκίνησε με βήμα γοργό για να καλύψει την απόσταση των οχτώ χιλιομέτρων. Υπολογίσαμε ότι θα μας έπαιρνε λίγο παραπάνω από μια ώρα και ότι το φως της μέρας θα έφεγγε και κατά τη διάρκεια της μάχης αλλά και στην επιστροφή. Δεν θα υπήρχαν Στριγκόι έξω για να φυλάνε τις εισόδους κι έτσι θα φτάναμε μέχρι τις σπηλιές χωρίς να μας δει κανείς. Τη στιγμή όμως που οι δικοί μας θα έμπαιναν μέσα, η οξυμένη ακοή των Στριγκόι θα τα έκανε να καταλάβουν αμέσως ότι πρόκειται για επίθεση.

Καθώς πλησιάζαμε δεν μιλούσε σχεδόν κανείς. Κανείς δεν είχε όρεξη για κουβέντα, ενώ όποιος μίλαγε, αναφερόταν σε πρακτικά θέματα. Περπατούσα μαζί με τους μαθητευόμενους ενώ κάθε λίγο και λιγάκι γυρνούσα για να συναντήσω το βλέμμα του Ντιμίτρι. Μεταξύ μας υπήρχε πια ένας αόρατος δεσμός, τόσο δυνατός και έντονος που αναρωτιόμουν πώς και δεν μας πρόσεχαν όλοι. Το πρόσωπό του ήταν σοβαρό, όπως είναι φυσικό πριν από μια μάχη, αλλά τα μάτια του χαμογελούσαν.

Η ομάδα μας χωρίστηκε όταν φτάσαμε στην πιο κοντινή είσοδο της σπηλιάς. Ο Ντιμίτρι και η μητέρα μου θα έμπαιναν εκεί. Καθώς τους κοίταξα στα πεταχτά για μια τελευταία φορά, τα αισθήματά μου δεν ήταν καθόλου ίδια με πριν. Τώρα αισθανόμουν μόνο φόβο, φόβο μήπως δεν τους ξαναδώ. Έπρεπε να υπενθυμίσω στον εαυτό μου ότι ήταν πολύ δυνατοί, ότι ήταν δύο από τους καλύτερους φύλακες. Αν κατάφερνε κανείς να βγει από τη σπηλιά, θα ήταν εκείνοι. Εγώ αντίθετα, θα έπρεπε να προσέχω περισσότερο και καθώς περπατούσαμε το μισό μίλι γύρω από τους πρόποδες του βουνού, προσπάθησα να θάψω μέσα μου όλα αυτά τα συναισθήματα. Θα τα αντιμετώπιζα και πάλι όταν όλα θα τελείωναν. Η μάχη κόντευε να αρχίσει και δεν μπορούσα να αφήσω τα συναισθήματά μου να με κυριεύσουν.

Καθώς είχαμε φτάσει κοντά στην είσοδο, έπιασα με την άκρη του ματιού μου μια ασημένια λάμψη. Είχα καταφέρει να μπλοκάρω όλα τα φαντάσματα που με περιέβαλλαν από τη στιγμή που βρέθηκα έξω από την περιοχή των ασπίδων, όμως αυτό εδώ ήθελα να το δω. Γύρισα και είδα τον Μέισον. Στεκόταν εκεί δίχως να μιλάει, φορώντας όπως πάντα τη θλιμμένη του μάσκα. Ήταν ασυνήθιστα χλομός. Καθώς η ομάδα μας περνούσε από μπροστά του, σήκωσε το χέρι του, λες κι ήθελε να μας χαιρετήσει ή να μας ευλογήσει.

Στην είσοδο της σπηλιάς, η ομάδα μας χωρίστηκε. Η Αλμπέρτα και ο Σταν οδήγησαν την ομάδα μέσα στη σπηλιά. Στάθηκαν αγέρωχα στην είσοδο της σπηλιάς περιμένοντας να φτάσει η συμφωνημένη ώρα της επίθεσης. Η κα Κάρμακ, η δασκάλα μαγείας, ήταν ανάμεσα στα Μορόι που θα πήγαιναν μαζί τους. Έμοιαζε αγχωμένη μαζί και αποφασισμένη.

Όταν έφτασε η στιγμή, οι ενήλικες εξαφανίστηκαν. Οι υπόλοιποι σταθήκαμε σε ένα ημικύκλιο γύρω από την είσοδο της σπηλιάς. Ο ουρανός ήταν γεμάτος γκρίζα σύννεφα. Ο ήλιος είχε αρχίσει τη νυχτερινή του διαδρομή, αλλά είχαμε ακόμη πολύ χρόνο μέχρι να δύσει.

«Θα είναι εύκολη επίθεση» μουρμούρισε η Μέρεντιθ, μία από τις άλλες τρεις τελειόφοιτες μαθητευόμενες. Μιλούσε με αβεβαιότητα, απευθυνόμενη περισσότερο σ' εκείνη την ίδια παρά σ' εμένα. «Θα τους πιάσουν στον ύπνο και θα τους καταστρέψουν προτού καν καταλάβουν τι τους γίνεται. Εμείς δεν θα χρειαστεί να κάνουμε τίποτα».

Μακάρι να είχε δίκιο. Ήμουν έτοιμη να παλέψω, αλλά ήλπιζα να μη χρειαστεί, γιατί αυτό θα σήμαινε ότι όλα είχαν πάει κατ' ευχήν.

Περιμέναμε. Δεν είχαμε και τίποτε άλλο να κάνουμε. Κάθε δευτερόλεπτο έμοιαζε αιώνας. Μέχρι που ακούσαμε τις κραυγές: κραυγές πολέμου. Πνιχτές φωνές και μουγκρητά. Εδώ κι εκεί ακουγόταν κι ένα ουρλιαχτό. Όλοι μας ήμασταν σε ένταση. Τα σώματά μας τόσο σφιγμένα που κόντευαν να σπάσουν. Ο Εμίλ ήταν ο αρχηγός μας και στεκόταν κοντά στην είσοδο με το κοντάρι στο χέρι του. Στα φρύδια του σχηματιζόταν ιδρώτας καθώς κοιτούσε μέσα στο σκοτάδι για Στριγκόι.

Λίγα λεπτά αργότερα ακούσαμε βήματα να πλησιάζουν κατά το μέρος μας. Τα κοντάρια μας ετοιμάστηκαν. Ο Εμίλ κι ένας άλλος φύλακας πλησίασαν περισσότερο την είσοδο, έτοιμοι να ορμήσουν και να σκοτώσουν τα Στριγκόι που επιχειρούσαν να αποδράσουν.

Όμως δεν ήταν Στριγκόι. Ήταν η Άμπι Μπαντίκα. Ήταν γρατσουνισμένη και λερωμένη αλλά ήταν ζωντανή. Στο πρόσωπό της, πρόσωπο αλλόφρονα, τα δάκρυα σχημάτιζαν λεπτές γραμμές. Στην αρχή ούρλιαξε που μας είδε όλους μαζί. Αλλά μετά κατάλαβε ποιοι ήμασταν και έπεσε στην αγκαλιά της πρώτης που βρήκε μπροστά της, της Μέρεντιθ.

Η Μέρεντιθ παρά την έκπληξή της την αγκάλιασε σφιχτά προσπαθώντας να την καθησυχάσει. «Όλα είναι μια χαρά» της είπε. «Μην ανησυχείς. Είσαι στον ήλιο»

Άφησε απαλά απαλά την Άμπι και την οδήγησε σε ένα δέντρο που βρισκόταν εκεί τριγύρω. Η Άμπι κάθισε κοντά στον κορμό του και επέστρεψε στη θέση της. Ήθελα να πάω κοντά της και να την παρηγορήσω. Νομίζω πως όλοι μας το ίδιο θέλαμε, αλλά δεν γινόταν εκείνη τη στιγμή.

Είχε δεν είχε περάσει ένα λεπτό, όταν εμφανίστηκε ένα

ακόμη Μορόι, ο κος Έλσγουορθ, ο δάσκαλος που είχα στην πέμπτη τάξη. Κι εκείνος φαινόταν συντετριμμένος ενώ στο λαιμό του φαίνονταν τα σημάδια από τις δαγκωματιές. Τα Στριγκόι τον είχαν χρησιμοποιήσει ως τροφή, αλλά δεν τον είχαν σκοτώσει. Παρά τη φρίκη που είχε ζήσει ο κος Έλσγουορθ ήταν ήρεμος, ενώ το βλέμμα του παρέμεινε ζωηρό κι άγρυπνο. Κατάλαβε τι συνέβαινε κι αμέσως βγήκε από τη μέση του κύκλου.

«Τι γίνεται μέσα;» ρώτησε ο Εμίλ με το βλέμμα του στραμμένο πάντα κατά τη σπηλιά. Κάποιοι από τους φύλακες μέσα στη σπηλιά φορούσαν ακουστικά, αλλά φαντάζομαι ότι μέσα στον πυρετό της μάχης ήταν δύσκολο να επικοινωνήσουν.

«Χαμός» είπε ο κος Έλσγουορθ. «Αλλά οι αιχμάλωτοι βγαίνουν και από τις δύο μεριές. Δεν καταλαβαίνω ποιος παλεύει με ποιον. Τα Στριγκόι τα έχουν χάσει. Είδα και κάποιον...» έσμιξε τα φρύδια του. «Είδα κάποιον να χρησιμοποιεί τα μαγικά της φωτιάς στα Στριγκόι».

Κανείς μας δεν απάντησε. Ήταν πολύ περίπλοκο το θέμα για να το συζητήσουμε εκείνη τη στιγμή. Προφανώς το κατάλαβε και απομακρύνθηκε πηγαίνοντας κοντά στην Άμπι που ακόμη έκλαιγε.

Δύο ακόμη Μορόι και ένα νταμπίρ που δεν γνώριζα ακολούθησαν την Άμπι και τον κο Έλσγουορθ. Κάθε φορά που κάποιος έβγαινε προσευχόμουν να είναι ο Έντι. Είχαμε πέντε αιχμάλωτους μέχρι στιγμής και φαντάστηκα ότι πολλοί είχαν βγει από την έξοδο που βρισκόταν πιο κοντά στο σχολείο.

Πέρασε αρκετή ώρα και κανείς άλλος δεν βγήκε. Η μπλούζα μου ήταν μούσκεμα από τον ιδρώτα. Έπρεπε να αλλάζω διαρκώς χέρι στο κοντάρι μου. Το κρατούσα τόσο σφιχτά που τα χέρια μου αγκυλώνονταν. Ξαφνικά είδα τον Εμίλ να ταράζεται. Κατάλαβα ότι κάποιος του μιλούσε από τα ακουστικά. Ήταν απόλυτα συγκεντρωμένος. Κάτι μουρμούρισε κι εκείνος και μετά έστρεψε το βλέμμα του κατά τη μεριά μας, δείχνοντας τρεις μαθητευόμενους.

«Πηγαίνετέ τους πίσω στο σχολείο» είπε δείχνοντας τα θύματα των Στριγκόι. Μετά γύρισε σε τρεις ενήλικους φύλακες λέγοντας. «Μπείτε μέσα. Οι περισσότεροι αιχμάλωτοι δραπέτευσαν, αλλά οι δικοί μας έχουν παγιδευτεί σ' ένα αδιέξοδο». Οι φύλακες κινήθηκαν χωρίς δισταγμό και λίγα λεπτά αργότερα οι μαθητευόμενοι και οι προστατευόμενοί τους αποχώρησαν.

Είχαμε μείνει τέσσερις. Δύο ενήλικες, ο Εμίλ και ο Στίβεν, και δύο μαθητευόμενοι, εγώ κι ο Σέιν. Η έντασή μας ήταν τόσο μεγάλη που αναπνέαμε με δυσκολία. Κανείς δεν έβγαινε. Κανείς δεν μιλούσε από τα ακουστικά. Ο Εμίλ κοίταξε ανήσυχα κατά πάνω. Ακολούθησα το βλέμμα του. Είχε περάσει πολύ περισσότερη ώρα απ' όση νόμιζα. Ο ήλιος είχε κατέβει πολύ χαμηλά. Ξαφνικά ο Εμίλ ταράχτηκε από ένα ακόμη μήνυμα.

Μας κοίταξε με βλέμμα ανήσυχο. «Χρειαζόμαστε τρία άτομα για να καλύψουν την άλλη έξοδο. Δεν πρέπει να χάσαμε πολλούς, απλώς ακόμη υπάρχει πρόβλημα με την υποχώρηση».

Είχε πει δεν χάσαμε *πολλούς*. Δεν είχε πει πως δεν υπήρχαν *απώλειες*. Ένιωσα να με λούζει κρύος ιδρώτας.

«Στίβεν, εσύ θα πας μέσα» είπε ο Εμίλ. Δίστασε. Καταλάβαινα τι σκεφτόταν λες και ήταν ανοιχτό βιβλίο. Ήθελε να πάει κι εκείνος μέσα, αλλά ως αρχηγός της πλευράς αυτής έπρεπε να παραμείνει εκεί μέχρι την τελευταία στιγμή. Κατάλαβα ότι ήταν έτοιμος να παρακούσει τις εντολές. Σκεφτόταν μήπως έπρεπε να πάει κι εκείνος μέσα μαζί με τον Στίβεν αφήνοντας εμένα και τον Σέιν έξω. Από την άλλη, δεν μπορούσε να αφήσει μόνους τους δύο μαθητευόμενους, από φόβο μήπως συμβεί κάτι απρόσμενο. Πήρε μια βαθιά ανάσα, μας ξανακοίταξε και είπε: «Ρόουζ, πήγαινε μαζί του».

Δεν έχασα ούτε στιγμή. Ακολουθώντας τον Στίβεν γλίστρησα μέσα στη σπηλιά και αμέσως αισθάνθηκα να με κυριεύει και πάλι το αίσθημα ναυτίας. Έκανε κρύο κι έξω αλλά καθώς κινούμασταν όλο και πιο βαθιά, το κρύο γινόταν όλο και πιο έντονο. Το ίδιο και το σκοτάδι. Τα μάτια μου άντεχαν στο σκοτάδι, αλλά σιγά σιγά όλο και πύκνωνε. Άναψε ένα μικρό φακό που κρεμόταν από το μπουφάν του.

«Μακάρι να μπορούσα να σου δώσω οδηγίες, αλλά δεν ξέρω τι μας περιμένει» μου είπε. «Να είσαι έτοιμη για όλα».

Το σκοτάδι μπροστά μας άρχισε να μειώνεται, ενώ οι θόρυβοι όλο και ζωήρευαν. Κινηθήκαμε ακόμη πιο γρήγορα κοιτώντας προς όλες τις κατευθύνσεις. Ξαφνικά βρεθήκαμε στο μεγάλο άνοιγμα που είχα δει στο χάρτη. Μια φωτιά έκαιγε στη γωνία —προφανώς την είχαν ανάψει τα Στριγκόι, δεν ήταν μαγική— κι έτσι φωτιζόταν ο χώρος. Κοίταξα τριγύρω μου και κατάλαβα αμέσως τι είχε συμβεί.

Ένα τμήμα του τοίχου είχε καταρρεύσει και είχε δημιουργήσει μία στοίβα από πέτρες. Κανείς δεν είχε συντριβεί από κάτω τους, αλλά το άνοιγμα προς την άλλη πλευρά της σπηλιάς είχε μπλοκαριστεί σχεδόν τελείως. Δεν ήξερα αν το είχαν προκαλέσει τα μάγια ή η μάχη. Ίσως και να 'ταν απλή σύμπτωση. Όποιος και να 'ταν ο λόγος πάντως, εφτά φύλακες —μαζί με τον Ντιμίτρι και την Αλμπέρτα— είχαν πιαστεί αιχμάλωτοι από δέκα Στριγκόι. Δεν υπήρχαν Μορόι από αυτή την πλευρά, αλλά από τις σπίθες και το φως που έβλεπα να πετάγονται καταλάβαινα πως και στην απέναντι μεριά η μάχη συνεχιζόταν ακόμη. Είδα κάποια πτώματα να κείτονται στο έδαφος. Δύο ήταν Στριγκόι αλλά τα άλλα δύο δεν καταλάβαινα τι ήταν.

Το πρόβλημα ήταν σαφές. Για να μπει κάποιος μέσα από το άνοιγμα έπρεπε να συρθεί κι έτσι θα βρισκόταν εκτεθειμένος στον κίνδυνο. Τούτο σήμαινε πως τα Στριγκόι έπρεπε να απομακρυνθούν προτού μπορέσουν να δραπετεύσουν οι φύλακες.

Ο Στίβεν κι εγώ θα βοηθούσαμε να πραγματοποιηθεί το σχέδιο αυτό. Βρισκόμασταν πίσω από τα Στριγκόι, αλλά τρία από αυτά μας κατάλαβαν και γύρισαν προς το μέρος μας. Δύο όρμησαν στον Στίβεν και το τρίτο ήρθε προς τη μεριά μου.

Χίμηξα αμέσως στη μάχη, κυριευμένη από οργή και ταραχή. Λόγω του μεγέθους της σπηλιάς η μάχη με τους αντιπάλους ήταν σώμα με σώμα. Μπόρεσα να αποφύγω την επίθεσή του. Ο περιορισμένος χώρος μάλλον λειτουργούσε θετικά για μένα, γιατί το Στριγκόι ήταν τεράστιο και δεν μπορούσε με ευκολία να σκύψει και να κάνει άλματα. Την περισσότερη ώρα τον απέφευγα, αλλά κατάφερε να με πιάσει και να με πετάξει με ορμή στον τοίχο. Δεν αισθάνθηκα καν τον πόνο. Συνέχισα να κινούμαι προσπαθώντας να περάσω στην αντεπίθεση. Απέφυγα και την επόμενη επίθεσή του και έριξα κι εγώ μερικά χτυπήματα. Καθώς ήμουν κοντύτερη από αυτόν κατάφερα να γλιστρήσω και να τον σκοτώσω με το κοντάρι μου προτού κάνει την επόμενή του κίνηση. Τράβηξα το κοντάρι μου και πήγα να βοηθήσω τον Στίβεν. Κι εκείνος είχε νικήσει έναν από τους εχθρούς του και συνεργαστήκαμε για να αποτελειώσουμε και τον τρίτο.

Έτσι είχαν απομείνει εφτά Στριγκόι. Όχι, έξι. Οι παγιδευμένοι φύλακες, που δεν μπορούσαν να κάνουν και πολλά στη θέση που βρίσκονταν, είχαν καταφέρει να σκοτώσουν έναν ακόμη. Ο Στίβεν κι εγώ πετάξαμε το Στριγκόι που βρισκόταν πιο κοντά μας έξω από τον κύκλο. Ήταν σκληρός —πολύ γέρος και πολύ δυνατός— και παρόλο που ήμασταν δύο, δυσκολευτήκαμε να τον νικήσουμε. Τελικά τα καταφέραμε. Καθώς ο αριθμός των Στριγκόι μειωνόταν, οι άλλοι φύλακες μπόρεσαν πιο εύκολα να φτάσουν τους υπόλοιπους. Είχαν αρχίσει να απελευθερώνονται από το μέρος όπου βρίσκονταν παγιδευμένοι — και μόνο ο αριθμός τους αποτελούσε μεγάλη βοήθεια.

Όταν έμειναν δύο μόνο Στριγκόι, η Αλμπέρτα μας φώναξε

να αρχίσουμε να απομακρυνόμαστε. Η τοποθέτησή μας στο χώρο είχε αλλάξει. Πλέον εμείς περικυκλώναμε τα δύο Στριγκόι, κι έτσι τρεις ακόμη φύλακες μπόρεσαν να διαφύγουν από εκεί που είχαμε μπει κι εμείς. Στο μεταξύ ο Στίβεν σύρθηκε μέσα από την τρύπα στην άλλη πλευρά. Ο Ντιμίτρι κατάφερε να σκοτώσει με το κοντάρι του ένα από τα δύο Στριγκόι ενώ το άλλο έφυγε. Ο Στίβεν έβγαλε το κεφάλι του και είπε κάτι στην Αλμπέρτα. Δεν άκουσα τι. Εκείνη, ο Ντιμίτρι και δύο ακόμα πλησίασαν το τελευταίο Στριγκόι.

«Ρόουζ» φώναξε ο Στίβεν κάνοντάς μου νόημα.

Ακολουθούσαμε εντολές. Μόνο αυτό κάναμε. Έφυγα από τη μάχη και όντας πιο μικροκαμωμένη πέρασα μέσα από την τρύπα με μεγαλύτερη ευκολία απ' ό,τι εκείνος. Με ακολούθησε ένας ακόμη φύλακας. Κανείς δεν βρισκόταν στην άλλη μεριά της σπηλιάς. Η μάχη είτε είχε σταματήσει είτε είχε μεταφερθεί αλλού. Τα πτώματα που ήταν σκορπισμένα παντού έδειχναν πως η μάχη ήταν πολύ σκληρή. Τα περισσότερα ήταν Στριγκόι. Είδα όμως και ένα γνωστό πρόσωπο: τον Γιούρι. Κοίταξα βιαστικά προς τον Στίβεν που βοηθούσε έναν ακόμη φύλακα. Ήταν η Αλμπέρτα.

«Σκοτώθηκαν». Απ' ό,τι καταλαβαίνω, υπάρχουν μερικά ακόμη που εμποδίζουν την έξοδο. Ας τελειώνουμε πριν πέσει η νύχτα».

Ο Ντιμίτρι πέρασε από το άνοιγμα τελευταίος. Ανταλλάξαμε γρήγορες ματιές ανακουφισμένοι και συνεχίσαμε. Αυτό ήταν και το μεγαλύτερο μέρος του τούνελ. Κινούμασταν γοργά, θέλοντας να ελευθερώσουμε όσους απέμεναν. Στην αρχή δεν είδαμε τίποτε. Στη συνέχεια όμως καταλάβαμε από τις σπίθες φωτιάς που φάνηκαν μπροστά μας ότι η μάχη συνεχιζόταν. Η κα Κάρμακ και η μητέρα μου πάλευαν με τρία Στριγκόι. Η ομάδα μου τους πλησίασε και σύντομα τα σώματά τους κείτονταν στο έδαφος.

«Τελειώσαμε και μ' αυτή την ομάδα» είπε λαχανιασμένα η μητέρα μου. Ένιωθα τέτοια αγαλλίαση που ήταν κι εκείνη ζωντανή! «Νομίζω όμως ότι είναι περισσότερα απ' ό,τι νομίζαμε. Πρέπει ορισμένα να έμειναν στη σπηλιά καθώς τα υπόλοιπα έκαναν την επίθεση στην Ακαδημία. Οι υπόλοιποι —όσοι επιβίωσαν— έχουν ήδη βγει έξω».

«Η σπηλιά έχει διάφορα παρακλάδια» είπε η Αλμπέρτα. «Μπορεί να κρύβονται κι εκεί τα Στριγκόι».

Η μητέρα μου συμφώνησε. «Ίσως. Ορισμένα ξέρουν ότι υπερέχουμε και θα προσπαθήσουν να κρυφτούν μέχρι να μπορέσουν να ξεφύγουν αργότερα. Άλλα πάλι ίσως επιχειρήσουν να μας κυνηγήσουν».

«Τι θα κάνουμε;» ρώτησε ο Στίβεν. «Θα τα αποτελειώσουμε ή θα οπισθοχωρήσουμε;»

Γυρίσαμε στην Αλμπέρτα. Αποφάσισε στα γρήγορα. «Οπισθοχώρηση. Σκοτώσαμε όσους μπορούσαμε. Ο ήλιος πέφτει. Πρέπει να πάμε πίσω στην περιοχή των ασπίδων».

Ξεκινήσαμε. Η νίκη πλησίαζε καθώς το φως του ήλιου όλο και λιγόστευε. Ο Ντιμίτρι βρισκόταν δίπλα μου καθώς προχωρούσαμε. «Ο Έντι κατάφερε να βγει;» Δεν είχα δει πουθενά το πτώμα του. Όχι ότι είχα δώσει και μεγάλη προσοχή.

«Ναι» είπε ο Ντιμίτρι με βαριά ανάσα. Ένας θεός ήξερε πόσα Στριγκόι είχε σκοτώσει εκείνη τη μέρα. «Χρειάστηκε να τον πιέσουμε. Ήθελε να μείνει και να παλέψει». Αναμενόμενη αντίδραση για κάποιον σαν τον Έντι.

«Τη θυμάμαι αυτή τη στροφή» είπε η μητέρα μου καθώς στρίβαμε. «Δεν είμαστε μακριά. Σύντομα θα βγούμε στο φως». Μέχρι εκείνη τη στιγμή, το μοναδικό φως που είχαμε προερχόταν από τους φακούς στα μπουφάν μας.

Ένιωσα ξανά ναυτία κι ένα δευτερόλεπτο μετά μας επιτέθηκαν. Σε μία διασταύρωση σε σχήμα Τ όρμησαν μπροστά μας εφτά Στριγκόι. Οι προηγούμενοι τους είχαν ξεφύγει, αλλά περίμεναν εμάς, τρεις από τη μία και τέσσερεις από την άλλη πλευρά. Ένας φύλακας, ο Άλαν, δεν τα είδε καν να πλησιάζουν. Ένα Στριγκόι τον άρπαξε και του δάγκωσε το λαιμό τόσο γρήγορα που έμοιαζε λες και δεν κατέβαλε καμία προσπάθεια. Και ίσως έτσι να είχαν τα πράγματα. Όσα έβλεπα ήταν τόσο ίδια με όσα είχαν συμβεί στον Μέισον που σχεδόν πάγωσα. Αντί να μείνω εκεί όμως έκανα πίσω βήματα και μπήκα στη μάχη.

Βρισκόμασταν στο πιο στενό σημείο του τούνελ και δεν μπορούσαμε όλοι μας να φτάσουμε στα Στριγκόι. Η κα Κάρμακ βρισκόταν μαζί μου και είχε αρκετή ευκρίνεια ώστε να πυρπολήσει δύο Στριγκόι, διευκολύνοντας έτσι τους φύλακες να τα σκοτώσουν με τα κοντάρια τους. Η Αλμπέρτα γύρισε σ' εμένα και σε μερικούς άλλους φύλακες. «Ξεκινήστε την επιστροφή» φώναξε.

Κανείς μας δεν ήθελε να φύγει, αλλά εκεί που βρισκόμασταν δεν μπορούσαμε να κάνουμε και πολλά. Είδα ένα φύλακα να πέφτει και η καρδιά μου πήγε να σπάσει. Δεν τον ήξερα αλλά δεν είχε καμία σημασία. Σε δευτερόλεπτα η μητέρα μου βρέθηκε κοντά στο Στριγκόι που τον είχε ρίξει κάτω καρφώνοντας το κοντάρι της στο στήθος του.

Καθώς έστριψα στη γωνία μαζί με άλλους τρεις φύλακες δεν μπορούσα πια να δω τη μάχη. Πιο κάτω στο διάδρομο είδα ένα θαμπό μαβί χώμα. Ήταν η έξοδος. Διέκρινα τα πρόσωπα των υπόλοιπων φυλάκων που μας πρόσμεναν με ανυπομονησία. Τα είχαμε καταφέρει. Οι υπόλοιποι όμως;

Τρέξαμε στην έξοδο και βγήκαμε στον καθαρό αέρα. Η ομάδα μου συγκεντρώθηκε δίπλα στην έξοδο περιμένοντας με αγωνία. Παρατήρησα με μεγάλη απογοήτευση ότι ο ήλιος κόντευε να πέσει. Η ναυτία δεν έλεγε να μ' αφήσει, άρα υπήρχαν κι άλλα Στριγκόι.

Λίγα λεπτά αργότερα η ομάδα της μητέρας μου έτρεξε προς τα έξω με ορμή. Ήταν λιγότεροι. Είχαν χάσει ένα ακόμη άτομο. Όλοι γύρω μου περίμεναν με αγωνία. Ήθελαν λίγο, πολύ λίγο ακόμη για να βγουν από τη σπηλιά.

Κι όμως, δεν ήταν και τόσο κοντά όσο νόμιζα. Σε μία εσοχή της σπηλιάς είχαν στήσει καρτέρι τρία Στριγκόι. Κι εμείς είχαμε περάσει από εκεί, αλλά μας είχαν αφήσει να φύγουμε. Όλα συνέβησαν τόσο γρήγορα που κανένας δεν πρόλαβε να αντιδράσει. Ένα από τα Στριγκόι άρπαξε τη Σελέστ. Το στόμα και οι κυνόδοντές του κατευθύνθηκαν προς το πλάι του προσώπου της. Ακούστηκε μια πνιχτή κραυγή και το αίμα πετάχτηκε παντού. Ένα από τα Στριγκόι όρμησε κατά την κα Κάρμακ, αλλά η μητέρα μου την έσπρωξε με δύναμη κατά τη μεριά μας.

Το τρίτο Στριγκόι έπιασε τον Ντιμίτρι. Πρώτη μου φορά τον έβλεπα να τρεκλίζει. Ήταν πάντοτε πιο γρήγορος και δυνατός από όλους τους άλλους. Αυτή τη φορά όμως όχι. Το Στριγκόι αυτό είχε καταφέρει να τον ξαφνιάσει και χρειάστηκε μόνο μια μικρή εσοχή για να το καταφέρει.

Κοίταζα με αγωνία. Ήταν το ξανθό Στριγκόι. Αυτό που μου μιλούσε στη μάχη.

Άρπαξε τον Ντιμίτρι και τον τράβηξε στο έδαφος. Πάλευαν με όλη τους τη δύναμη. Κάποια στιγμή είδα να ξεπροβάλλουν οι κυνόδοντές του και να βυθίζονται στο λαιμό του Ντιμίτρι. Τα κόκκινα μάτια του ανασηκώθηκαν και συνάντησαν τα δικά μου.

Άκουσα μία ακόμα κραυγή. Αυτή τη φορά ήταν η δική μου.

Η μητέρα μου άρχισε να πισωπατάει προς αυτούς που είχαν πέσει κάτω, αλλά ξαφνικά εμφανίστηκαν πέντε Στριγκόι ακόμα. Επικρατούσε χάος. Δεν μπορούσα να δω τον Ντιμίτρι. Δεν μπορούσα να δω τι απέγινε. Η μητέρα μου έμοιαζε τελείως αβέβαιη. Δεν μπορούσε να αποφασίσει αν έπρεπε να μείνει και να παλέψει ή να αποδράσει. Τελικά, με πρόσωπο γεμάτο θλίψη, έτρεξε προς τη μεριά μας. Παράλληλα, εγώ έκανα να τρέξω προς τα μέσα, αλλά κάποιος με τράβηξε. Ήταν ο Σταν.

«Τι κάνεις, Ρόουζ; Έρχονται κι άλλα».

Μα δεν καταλάβαινε; Ο Ντιμίτρι βρισκόταν εκεί μέσα. Έπρεπε να τον βρω και να τον φέρω πίσω.

Η μητέρα μου και η Αλμπέρτα πετάχτηκαν έξω, σέρνοντας μαζί τους την κα Κάρμακ. Μία ομάδα Στριγκόι έτρεχε στο κατόπι τους. Σταμάτησαν απότομα μόλις ήρθαν σε επαφή με το χλομό φως του ήλιου. Προσπαθούσα ακόμη να ξεφύγω από τον Σταν. Παρόλο που δεν χρειαζόταν βοήθεια, η μητέρα μου με έπιασε και με τράβηξε πίσω.

«Ρόουζ, πρέπει να φύγουμε από δω!»

«Μα είναι μέσα!» ούρλιαξα προσπαθώντας να ξεφύγω με όλες μου τις δυνάμεις. Μα πώς ήταν δυνατόν να έχω σκοτώσει τόσα Στριγκόι και να μην μπορώ να ξεφύγω από αυτούς τους δύο; «Ο Ντιμίτρι είναι ακόμα μέσα. Πρέπει να πάμε να τον βρούμε. Δεν μπορούμε να τον αφήσουμε εκεί!»

Μονολογούσα υστερικά, λέγοντάς τους ότι πρέπει να τρέξουμε για να σώσουμε τον Ντιμίτρι. Η μητέρα μου με ταρακούνησε δυνατά και έγειρε κοντά μου, αφήνοντας μια στάλα κενό μεταξύ μας.

«Πέθανε, Ρόουζ! Δεν μπορούμε να γυρίσουμε πίσω. Ο ήλιος θα πέσει σε δεκαπέντε λεπτά και μας περιμένουν. Το σκοτάδι θα πέσει προτού καν προλάβουμε να φτάσουμε στις ασπίδες. Το κάθε δευτερόλεπτο είναι πολύτιμο. Μπορεί και να μην τα καταφέρουμε».

Έβλεπα τα Στριγκόι συγκεντρωμένα στην έξοδο. Τα κόκκινα μάτια τους έλαμπαν με προσμονή. Είχαν γεμίσει το άνοιγμα τελείως. Ήταν γύρω στα δέκα. Ίσως και περισσότερα. Η μαμά μου είχε δίκιο. Ήταν τόσο γρήγορα που ακόμη κι ένα τέταρτο πιο νωρίς να ξεκινούσαμε, μπορεί και να μην τα καταφέρναμε.

Κι όμως, εγώ δεν μπορούσα να κάνω βήμα. Το βλέμμα μου ήταν καρφωμένο στη σπηλιά, εκεί που βρισκόταν ο Ντιμίτρι, η ψυχή μου. Δεν γινόταν να πεθάνει. Αν πέθαινε, θα πέθαινα μαζί του.

Η μητέρα μου με χαστούκισε, ο πόνος με έκανε να συνέλθω.

«Τρέξε!» μου φώναξε. «*Είναι νεκρός*! Δεν θα σ' αφήσω να πεθάνεις κι εσύ!»

Είδα τον τρόμο στα μάτια της. Έτρεμε μήπως με χάσει, μήπως χάσει την κόρη της. Θυμήθηκα τον Ντιμίτρι που έλεγε ότι προτιμούσε να πεθάνει παρά να με δει νεκρή. Αν συνέχιζα να στέκομαι εκεί σαν κολόνα, θα τους απογοήτευα και τους δύο.

«Τρέξε!» μου φώναξε ξανά.

Έτρεξα, μαζί με τα δάκρυα που έτρεχαν ποτάμι στο πρόσωπό μου.

28

ΟΙ ΕΠΟΜΕΝΕΣ ΔΩΔΕΚΑ ΩΡΕΣ ήταν οι πιο βασανιστικές της ζωής μου.

Η ομάδα μας κατάφερε να γυρίσει στην Ακαδημία ασφαλής. Γυρίσαμε πίσω τρέχοντας, πράγμα καθόλου εύκολο με τόσους τραυματίες. Ένιωθα συνεχώς ναυτία. Αυτό μάλλον σήμαινε ότι κοντά μας υπήρχαν Στριγκόι. Αν όντως στέκονταν κοντά μας, πώς δεν κατάφεραν ποτέ να μας πιάσουν; Μπορεί φυσικά να ένιωθα έτσι μόνο και μόνο εξαιτίας των όσων είχαν συμβεί στη σπηλιά.

Όταν βρεθήκαμε πίσω από τις ασπίδες, εγώ και οι υπόλοιποι μαθητευόμενοι αφεθήκαμε στη μοίρα μας. Ήμασταν πια ασφαλείς και οι μεγάλοι είχαν πολλά πράγματα στο νου τους. Όλοι οι αιχμάλωτοι, όσοι δεν είχαν βρει το θάνατο από τα Στριγκόι, ήταν ζωντανοί. Όπως φοβόμουν, τα Στριγκόι είχαν αποφασίσει να φάνε έναν προτού προλάβουμε να φτάσουμε στις σπηλιές. Τούτο σήμαινε πως είχαμε σώσει δώδεκα. Έξι φύλακες, συμπεριλαμβανομένου και του Ντιμίτρι, είχαν χαθεί. Οι απώλειες δεν ήταν και τόσο μεγάλες αν σκεφτεί κανείς πόσα Στριγκόι είχαμε αντιμετωπίσει, αλλά αν λαμβάναμε υπόψη τη διαφορά, είχαμε σώσει μόνο έξι ζωές. Άξιζε να χαθούν τόσες ζωές φυλάκων για αυτό;

«Δεν μπορείς να το βλέπεις έτσι» μου είπε ο Έντι καθώς κατευθυνόμασταν προς την κλινική. Όλοι, αιχμάλωτοι και εισβολείς, είχαμε κληθεί για υποχρεωτική εξέταση. «Δεν μετράνε μόνο οι ζωές που χάθηκαν. Καταφέρατε να σκοτώσετε τριάντα περίπου Στριγκόι, συν τα όσα σκοτώσατε στην Ακαδημία. Σκέψου πόσους θα σκότωναν αν έμεναν ζωντανά. Στην ουσία σώσατε και όλους αυτούς».

Η λογική μου μου έλεγε πως είχε δίκιο, αλλά πώς να λειτουργήσω λογικά ξέροντας πως ο Ντιμίτρι μπορεί να ήταν νεκρός; Φερόμουν εγωιστικά, το ήξερα, αλλά ήθελα να ανταλλάξω όλες αυτές τις ζωές με τη δική του. Ξέρω όμως πως εκείνος δεν θα το 'θελε. Τον ήξερα καλά.

Ίσως και να υπήρχε μια ελπίδα, μια τόση δα μικρή πιθανότητα να βρίσκεται ακόμη στη ζωή. Παρότι το δάγκωμα φαινόταν αρκετά βαθύ, το Στριγκόι θα μπορούσε να τον έχει απλώς εξουδετερώσει και να είχε εξαφανιστεί. Μπορεί να 'ταν ακόμη ζωντανός μέσα στις σπηλιές, να αργοπέθαινε και να είχε ανάγκη από ιατρική φροντίδα. Τρελαινόμουν στη σκέψη ότι ίσως βρισκόταν σε μια τέτοια κατάσταση κι εμείς δεν μπορούσαμε να τον βοηθήσουμε. Όμως, δεν υπήρχε περίπτωση να γυρίσουμε πίσω. Τουλάχιστον όχι μέχρι να ξαναέρθει η μέρα. Τότε μία άλλη ομάδα θα πήγαινε στο πεδίο της μάχης για να φέρει τους νεκρούς ώστε να μπορέσουν να ταφούν. Μέχρι να έρθει εκείνη η ώρα, όμως, έπρεπε να περιμένω.

Η Δρ. Ολέντζκι μου έριξε μια ματιά και αφού απεφάνθη ότι δεν είχα πάθει διάσειση, μου είπε να πάω να φροντίσω μόνη μου τις πληγές μου. Υπήρχαν πολλοί άλλοι ασθενείς που βρίσκονταν σε πολύ χειρότερη κατάσταση.

Ήξερα πως το καλύτερο πράγμα που είχα να κάνω ήταν να πάω στον κοιτώνα μου ή στη Λίζα. Χρειαζόμουν ύπνο και την άκουγα να με καλεί κοντά της μέσα από το δεσμό. Ανησυχούσε. Φοβόταν. Ήξερα όμως ότι θα μάθαινε τα πάντα, ούτως ή άλλως. Δεν με χρειαζόταν και δεν ήθελα να τη δω. Δεν ήθελα να δω κανέναν. Αντί όμως να πάω στον κοιτώνα μου, πήγα στην εκκλησία. Έπρεπε να βρω κάτι να κάνω μέχρι να ελεγχθούν οι σπηλιές, και σκέφτηκα την προσευχή ως λύση.

Συνήθως η εκκλησία ήταν άδεια στη μέση της ημέρας, αυτή τη φορά όμως όχι. Θα 'πρεπε να το περιμένω. Αν αναλογιζόταν κανείς το θάνατο και την τραγωδία της προηγούμενης μέρας, ήταν φυσικό όλοι να αναζητούν παρηγοριά. Μερικοί κάθονταν μόνοι τους, άλλοι σε ομάδες. Έκλαιγαν, γονάτιζαν, προσεύχονταν. Κάποιοι κοιτούσαν χαμένοι στο διάστημα, μη θέλοντας να πιστέψουν αυτά που είχαν συμβεί. Ο πατήρ Άντριου μιλούσε με πολλούς από αυτούς.

Βρήκα ένα άδειο στασίδι στην πίσω γωνία και κάθισα. Τράβηξα ψηλά τα γόνατά μου και πέρασα τα χέρια μου γύρω τους. Στους τοίχους οι εικόνες των αγίων μάς παρατηρούσαν.

Όχι, δεν μπορούσα να πιστέψω πως ο Ντιμίτρι ήταν νεκρός. Δεν υπήρχε περίπτωση να έχει πεθάνει. Αν είχε πεθάνει, θα το 'χα νιώσει. Δεν ήταν δυνατόν να τελειώσει έτσι μια ζωή. Δεν γινόταν κάποιος που μ' αγκάλιαζε την προηγούμενη μέρα να έχει φύγει. Ήμασταν τόσο ζεστοί, τόσο ζωντανοί. Δεν γινόταν να ακολουθήσει ο θάνατος μετά απ' όλα αυτά.

Το *chotki* της Λίζα ήταν τυλιγμένο γύρω από τον καρπό μου. Πέρασα τα δάχτυλά μου πάνω από το σταυρό και τις χάντρες. Προσπάθησα απεγνωσμένα να βάλω τις σκέψεις μου σε μια σειρά, να πω μια προσευχή, αλλά δεν ήξερα πώς. Αν ο Θεός υπήρχε πράγματι, θα είχε τη δύναμη να καταλάβει τι ήθελα χωρίς να πρέπει να σκεφτώ τις κατάλληλες λέξεις.

Οι ώρες περνούσαν. Κόσμος πήγαινε κι ερχόταν. Κουράστηκα να κάθομαι και τελικά απλώθηκα πάνω στα στασίδια. Ακόμη περισσότεροι άγιοι και άγγελοι με κοιτούσαν από τη χρυσαφένια οροφή. Τόση θεϊκή βοήθεια και τίποτα δεν γίνεται, σκέφτηκα.

Ούτε κατάλαβα πώς με πήρε ο ύπνος. Με ξύπνησε η Λίζα. Στεκόταν κι εκείνη από πάνω μου σαν άγγελος, με τα χλομά μαλλιά της να πέφτουν μακριά και ελεύθερα γύρω από το πρόσωπό της. Τα μάτια της ήταν τόσο γλυκά και συμπονετικά όσο και των αγίων.

«Ρόουζ» μου είπε. «Σε ψάχνουμε παντού. Εδώ ήσουν όλη αυτή την ώρα;»

Σηκώθηκα. Ήμουν κουρασμένη και τα μάτια μου είχαν θολώσει. Λογικό αν σκεφτεί κανείς ότι δεν είχα κοιμηθεί την προηγούμενη μέρα και είχα συμμετάσχει σε μια επιδρομή.

«Πάνω-κάτω ναι» της είπα.

Κούνησε το κεφάλι της. «Έχουν περάσει τόσες ώρες. Πρέπει να φας κάτι».

«Δεν πεινάω». *Είχαν περάσει τόσες ώρες.* Της έσφιξα το χέρι. «Τι ώρα είναι; Έχει ανατείλει ο ήλιος;»

«Όχι. Μένουν ακόμη περίπου πέντε ώρες».

Πέντε ώρες. Μα πώς θα περίμενα τόσο πολύ;

Η Λίζα ακούμπησε το πρόσωπό μου. Ένιωσα τα μάγια της μέσα από το δεσμό μας και στη συνέχεια πέρασαν στο δέρμα μου σαν κύμα, μια ζεστό κα μια κρύο. Μελανιές και χτυπήματα εξαφανίστηκαν σε μια στιγμή.

«Δεν πρέπει να το κάνεις αυτό» της είπα.

Ένα απαλό χαμόγελο σχηματίστηκε στα χείλη της. «Μα αυτό κάνω όλη μέρα. Βοηθούσα τη Δρ. Ολέντζκι».

«Το 'μαθα. Παράξενο δεν είναι; Τόσο καιρό το κρατούσαμε κρυφό».

«Δεν έχει σημασία. Τώρα το ξέρουν όλοι» είπε ανασηκώνοντας τους ώμους της. «Μετά από όσα συνέβησαν, έπρεπε να βοηθήσω, είναι τόσο πολλοί οι τραυματίες. Τι σημασία έχει που αποκαλύφθηκε το μυστικό μου; Κάποτε θα γινόταν γνωστό έτσι κι αλλιώς. Κι ο Άντριαν με βοήθησε πολύ, αν και δεν μπορεί να κάνει και πολλά».

Τότε μου ήρθε μια φαεινή ιδέα.

«Λιζ. Εσύ θα τον σώσεις. Εσύ μπορείς να βοηθήσεις τον Ντιμίτρι».

Το πρόσωπό της κι ο δεσμός μας γέμισαν θλίψη. «Ρόουζ» είπε ήρεμα. «Λένε πως ο Ντιμίτρι είναι νεκρός».

«Όχι» της είπα. «Δεν μπορεί να πέθανε. Δεν καταλαβαίνεις... Νομίζω πως απλώς τραυματίστηκε. Μάλλον πολύ άσχημα. Αν όμως είσαι παρούσα όταν τον φέρουν πίσω, μπορείς να τον θεραπεύσεις». Με διαπέρασε μια τρελή σκέψη. «Κι αν... αν όντως πέθανε...» Τα λόγια με πονούσαν. «Θα μπορούσες να τον ξαναφέρεις στη ζωή. Όπως έκανες και μ' εμένα. Θα είναι κι αυτός νυχτοφιλημένος σαν κι εμένα».

Το πρόσωπό της βυθίστηκε ακόμη περισσότερο στη θλίψη! Αυτή τη φορά λυπόταν για μένα. «Δεν μπορώ να το κάνω αυτό. Η ανάσταση νεκρών με αποδυναμώνει πολύ και εκτός αυτού δεν νομίζω να μπορώ να ξαναφέρω στη ζωή κάποιον που έχει πεθάνει εδώ και τόση ώρα. Τα μαγικά πιάνουν όταν κάποιος έχει μόλις φύγει απ' τη ζωή».

Άκουσα την απελπισία στη φωνή μου. «Πρέπει να προσπαθήσεις».

«Δεν μπορώ...» ξεροκατάπιε. «Άκουσες τι είπα στη βασίλισσα. Το εννοώ. Δεν μπορώ να ξαναφέρνω όλους τους νεκρούς στη ζωή. Δεν μπορώ να καταχραστώ τα μαγικά μου όπως ήθελε ο Βίκτορ. Γι' αυτό και το κρατούσαμε μυστικό τόσον καιρό».

«Και θα τον αφήσεις να πεθάνει; Σου πάει η καρδιά; Κάν' το για μένα». Δεν φώναζα αλλά η φωνή μου ήταν πολύ δυνατή για το χώρο στον οποίο βρισκόμασταν. Είχαν φύγει πια σχεδόν όλοι και στο κάτω κάτω ήταν τέτοιος ο πόνος εκείνη τη μέρα που κανείς δεν θα παρεξηγούσε ένα ακόμη ξέσπασμα. «Εγώ θα έκανα τα πάντα για σένα. Το ξέρεις αυτό. Εσύ δεν μπορείς να το κάνεις αυτό για μένα;» Ήμουν έτοιμη να βάλω τα κλάματα.

Η Λίζα με επεξεργάστηκε. Στο κεφάλι της στριφογυρνούσαν χιλιάδες σκέψεις. Ζύγισε τα λόγια μου, το πρόσωπο, τη φωνή μου και τελικά κατάλαβε. Κατάλαβε ότι τα αισθήματά μου για τον Ντιμίτρι ξεπερνούσαν τη σχέση μαθητή-δασκάλου. Τώρα τα συνειδητοποιούσε όλα. Αμέτρητες συνδέσεις φύτρωσαν στο μυαλό της: τα σχόλια που έκανα, το πώς φερόμασταν εγώ κι ο Ντιμίτρι όταν βρισκόμασταν κοντά... Καταλάβαινε. Καταλάβαινε πράγματα που δεν παρατηρούσε τόσον καιρό. Ήθελε να με ρωτήσει χιλιάδες πράγματα, αλλά ούτε ρώτησε ούτε καν τόλμησε να μου πει όσα είχε μόλις καταλάβει. Αντί γι' αυτό, κράτησε το χέρι μου στο δικό της και με τράβηξε κοντά.

«Λυπάμαι, Ρόουζ. Λυπάμαι πάρα, μα πάρα πολύ. Δεν μπορώ».

Την άφησα να με οδηγήσει. Μάλλον με πήγαινε για φαγητό. Όταν όμως κάθισα στην τραπεζαρία, κοίταξα το δίσκο μου και η σκέψη και μόνο ότι θα βάλω κάτι στο στόμα μου μου προκάλεσε ακόμη μεγαλύτερη ναυτία από αυτή που ένιωθα όταν βρισκόμουν κοντά σε Στριγκόι. Η Λίζα ήξερε ότι δεν θα άλλαζε τίποτε αν δεν μάθαινα τι είχε συμβεί με τον Ντιμίτρι. Πήγαμε στο δωμάτιό της. Κάθισε κοντά μου. Δεν ήθελα να μιλήσω και σύντομα αποκοιμήθηκα και πάλι.

Όταν ξύπνησα, δίπλα μου καθόταν η μητέρα μου.

«Ρόουζ, θα πάμε να ελέγξουμε τις σπηλιές. Δεν μπορείς να μπεις μέσα αλλά μπορείς να έρθεις μέχρι τα όρια του σχολείου αν θες».

Ήταν ό,τι καλύτερο μπορούσα να κάνω. Έτσι τουλάχιστον θα μάθαινα για τον Ντιμίτρι λίγο πιο νωρίς απ' ό,τι αν καθόμουν εδώ. Η Λίζα ήρθε μαζί μου. Ακολουθούσαμε την ομάδα των φυλάκων. Ήμουν ακόμη πληγωμένη από την άρνησή της να θεραπεύσει τον Ντιμίτρι, αλλά μέσα μου πίστευα ότι αν τον έβλεπε δεν θα μπορούσε να συγκρατηθεί. Οι φύλακες είχαν συγκεντρώσει μια μεγάλη ομάδα για τον έλεγχο, για κάθε ενδεχόμενο. Ήμασταν όμως σχεδόν βέβαιοι ότι τα Στριγκόι είχαν φύγει. Είχαν χάσει το πλεονέκτημά τους και σίγουρα καταλάβαιναν πως, αν επιστρέφαμε για να πάρουμε τους νεκρούς μας, θα επιστρέφαμε με περισσότερες δυνάμεις. Όσοι είχαν επιζήσει θα είχαν φύγει.

Οι φύλακες πέρασαν τις ασπίδες, ενώ οι υπόλοιποι που τους είχαμε ακολουθήσει περιμέναμε στα όρια του σχολείου. Σχεδόν κανείς μας δεν μιλούσε. Θα περνούσε κανένα τρίωρο μέχρι να ξαναγυρίσουν. Προσπαθούσα να αγνοήσω το σκοτεινό και βαρύ αίσθημα που με κυρίευε. Κάθισα στο έδαφος και ακούμπησα το κεφάλι μου στον ώμο της Λίζα. Μακάρι κάποιος να πήγαινε μπροστά το χρόνο. Ένα Μορόι άναψε μια φωτιά με τα μάγια του και έτσι μπορέσαμε να ζεσταθούμε λιγάκι.

Δυστυχώς ο χρόνος δεν έτρεχε, αλλά κυλούσε. Τελικά κάποιος φώναξε ότι οι φύλακες επέστρεφαν. Φορεία, πολλά φορεία και πάνω τους τα πτώματα. Νεκροί φύλακες με πρόσωπα χλομά, μάτια που δεν έβλεπαν πια. Ένα από τα Μορόι που στεκόταν μαζί μας έτρεξε σ' ένα θάμνο και έκανε εμετό. Η Λίζα έβαλε τα κλάματα. Ένας ένας οι νεκροί παρέλασαν μπροστά μας. Κοιτούσα νιώθοντας κρύα και άδεια. Αναρωτιόμουν αν θα έβλεπα τα φαντάσματά τους την επόμενη φορά που θα βρισκόμουν έξω από τις ασπίδες.

Τέλος όλη η ομάδα πέρασε από μπροστά μας. Πέντε πτώματα... Έμοιαζαν πεντακόσια. Ένα όμως δεν ήταν ανάμεσά τους. Δεν έβλεπα το πτώμα εκείνου που μ' ενδιέφερε περισσότερο. Έτρεξα στη μητέρα μου. Βοηθούσε στη μεταφορά ενός φορείου. Δεν με κοιτούσε. Το δίχως άλλο ήξερε τι ήθελα να τη ρωτήσω.

«Πού είναι ο Ντιμίτρι;» ζήτησα να μάθω. «Είναι...» Δεν μπορούσα καν να το πιστέψω. «Είναι ζωντανός;» Θεέ μου!

Μπορεί να είχαν εισακουστεί οι προσευχές μου. Μπορεί πράγματι να κείτονταν στη σπηλιά τραυματισμένος, περιμένοντας βοήθεια.

Η μητέρα μου δεν απάντησε αμέσως. Τρόμαξα να αναγνωρίσω τη φωνή της όταν τελικά απάντησε.

«Δεν ήταν εκεί, Ρόουζ».

Παραπάτησα στο ανισόπεδο έδαφος και χρειάστηκε να βιαστώ για να την προφτάσω. «Τι σημαίνει αυτό; Μπορεί να τραυματίστηκε και να έφυγε για να ζητήσει βοήθεια...»

Συνέχιζε να μη με κοιτάει. «Ούτε η Μόλι ήταν εκεί».

Η Μόλι ήταν από τα Μορόι που είχαν δαγκώσει προτού προλάβουμε να πάμε. Ήταν στην ηλικία μου, ψηλή και όμορφη. Είχα δει το σώμα της στη σπηλιά, χωρίς καθόλου αίμα. Ήταν σίγουρα νεκρή. Δεν υπήρχε περίπτωση να είχε τραυματιστεί και να είχε βγει έξω από τη σπηλιά. Τα σώματα της Μόλι και του Ντιμίτρι έλειπαν.

«Μη μου πεις!» είπα ασθμαίνοντας. «Μη μου πεις πως νομίζεις ότι...»

Ένα δάκρυ κύλησε από τα μάτια της μητέρας μου. Δεν την είχα ξαναδεί έτσι. «Δεν ξέρω τι να σκεφτώ, Ρόουζ. Αν επέζησε, είναι πολύ πιθανόν... να τον φύλαξαν για αργότερα».

Δεν μπορούσα να περιγράψω πώς ένιωσα στη σκέψη ότι ο Ντιμίτρι θα γινόταν το επόμενο «μεζεδάκι» τους, όμως και η άλλη εναλλακτική ήταν ακόμη χειρότερη. Το ξέραμε κι οι δύο.

«Δεν γίνεται να πήραν τη Μόλι για μετά. Είχε πεθάνει εδώ κι αρκετή ώρα».

Η μητέρα μου με κοιτούσε. «Λυπάμαι, Ρόουζ. Δεν μπορούμε να είμαστε σίγουροι. Το πιο πιθανό είναι να έχουν πεθάνει και οι δύο και τα Στριγκόι να έχουν μεταφέρει τα πτώματά τους κάπου».

Έλεγε ψέματα. Πρώτη φορά στη ζωή μου έβλεπα τη μητέρα

μου να λέει ψέματα για να με προστατεύσει. Δεν ήταν του χαρακτήρα της να λέει παρηγορητικά λόγια. Δεν ήταν τύπος που θα άρχιζε να λέει όμορφες ιστορίες για να φτιάξει το κέφι κάποιου. Πάντοτε έλεγε την ωμή αλήθεια.

Αυτή τη φορά όμως όχι.

Σταμάτησα να περπατάω και η λιτανεία συνέχισε δίπλα μου. Η Λίζα με πρόλαβε αγχωμένη και μπερδεμένη.

«Μα τι συμβαίνει;» ρώτησε.

Δεν απάντησα. Αντί να της μιλήσω, γύρισα κι άρχισα να τρέχω προς τα πίσω. Έτρεξε πίσω μου φωνάζοντας τ' όνομά μου. Κανείς δεν μας πρόσεξε. Στο κάτω κάτω, ποιος θα ήταν τόσο χαζός ώστε να περάσει τις ασπίδες μετά απ' όσα είχαν συμβεί;

Εγώ. Παρότι ήταν ακόμη μέρα, δεν είχα τίποτα να φοβηθώ. Πέρασα μπροστά από το μέρος όπου της είχε επιτεθεί η ομάδα του Τζέσε. Πέρασα τις αόρατες γραμμές που όριζαν τα σύνορα της Ακαδημίας. Η Λίζα δίστασε ένα λεπτό και μετά βρέθηκε δίπλα μου. Είχε λαχανιάσει προσπαθώντας να με προλάβει.

«Ρόουζ, τι...»

«Μέισον!» φώναξα. «Μέισον, σε χρειάζομαι».

Του πήρε λίγη ώρα μέχρι να εμφανιστεί μπροστά μου. Αυτή τη φορά δεν φαινόταν απλά χλομός. Τρεμόπαιζε κιόλας, σαν ένα κερί που ετοιμάζεται να σβήσει. Στεκόταν εκεί και με κοιτούσε και παρόλο που η έκφρασή του ήταν ίδια κι απαράλλαχτη, είχα την αίσθηση ότι ήξερε τι ήθελα να τον ρωτήσω. Δίπλα μου η Λίζα κοιτούσε μια εμένα και μια το σημείο κατά το οποίο μιλούσα.

«Μέισον, είναι νεκρός ο Ντιμίτρι;»

Ο Μέισον έγνεψε όχι.

«Είναι ζωντανός;»

Έγνεψε και πάλι όχι.

Ούτε νεκρός ούτε ζωντανός. Ο κόσμος γύρω μου σαν να επέπλεε. Σπίθες χρωμάτων χόρευαν μπροστά στα μάτια μου.

Ήμουν νηστική και ζαλιζόμουν. Ήμουν έτοιμη να λιποθυμήσω. Έπρεπε όμως να κρατήσω τον έλεγχο και να ρωτήσω την επόμενη ερώτηση. Απ' όλα τα θύματα... απ' όλους τους νεκρούς που μπορούσαν να διαλέξουν, δεν ήταν δυνατόν να διαλέξουν εκείνον.

Οι επόμενες λέξεις κολλούσαν στο λαιμό μου και έπεσα στα γόνατα καθώς τις πρόφερα.

«Έχει... Έχει γίνει Στριγκόι;»

Ο Μέισον δίστασε για μια στιγμή, λες και φοβόταν να απαντήσει, και μετά έγνεψε ναι.

Η καρδιά μου έσπασε. Ο κόσμος μου έγινε χίλια κομμάτια.

Θα χάσεις ό,τι πολυτιμότερο έχεις...

Δεν μιλούσε για μένα η Ρόντα. Δεν μιλούσε καν για τη ζωή του Ντιμίτρι.

Ό,τι πολυτιμότερο...

Μιλούσε για την ίδια του την ψυχή.

29

ΣΧΕΔΟΝ ΜΙΑ ΕΒΔΟΜΑΔΑ ΜΕΤΑ, στεκόμουν έξω από την πόρτα του Άντριαν.

Μετά την επίθεση δεν είχαμε μαθήματα, παρ' όλα αυτά οι ώρες σιωπητηρίου ίσχυαν κανονικά. Ήταν σχεδόν ώρα για ύπνο. Η έκφρασή του έδειχνε πόσο έκπληκτος ήταν που με έβλεπε μπροστά του. Ήταν η πρώτη φορά που τον αναζητούσα εγώ αντί αυτός.

«Μικρό μου νταμπίρ!» είπε κάνοντας στην άκρη. «Πέρνα μέσα».

Μπήκα μέσα. Καθώς περνούσα δίπλα του η ανάσα του βρομούσε αλκοόλ. Οι ξενώνες της Ακαδημίας ήταν όμορφοι, αλλά ο Άντριαν δεν ήταν και κανένα τέρας καθαριότητας. Είχα την αίσθηση ότι έπινε συνεχώς από την ημέρα της επίθεσης και μετά. Η τηλεόραση ήταν ανοιχτή και στο μικρό τραπεζάκι δίπλα στον καναπέ υπήρχε ένα άδειο μπουκάλι βότκας. Το σήκωσα και διάβασα την ετικέτα. Ήταν στα ρώσικα.

«Σ' ενοχλώ μήπως;» ρώτησα βάζοντάς το στη θέση του.

«Ποτέ δεν μ' ενοχλείς» μου είπε με προσποιητή αβρότητα. Το πρόσωπό του φαινόταν καταβεβλημένο. Συνέχιζε να είναι εκθαμβωτικά όμορφος, αλλά κάτω από τα μάτια του είχαν σχηματιστεί μαύροι κύκλοι λες και δεν κοιμόταν καλά. Μου έκανε νόημα να καθίσω στην πολυθρόνα κι εκείνος απλώθηκε στον καναπέ. «Χαθήκαμε, τελευταία».

Ακούμπησα πίσω. «Δεν ήθελα να δω κανέναν» παραδέχτηκα.

Δεν είχα μιλήσει σχεδόν σε κανέναν μετά την επίθεση. Περνούσα πολύ χρόνο μόνη μου ή με τη Λίζα. Ένιωθα ήρεμη όταν βρισκόμουν κοντά της, παρότι δεν μιλούσαμε και πολύ. Καταλάβαινε ότι χρειαζόμουν χρόνο για να επεξεργαστώ τα όσα είχαν συμβεί και απλώς καθόταν μαζί μου χωρίς να με πιέζει για πράγματα που δεν ήθελα να συζητήσω, έστω κι αν εκείνη ήθελε να με ρωτήσει χίλια πράγματα.

Η μνήμη των νεκρών της Ακαδημίας τιμήθηκε σε ένα ομαδικό μνημόσυνο, αν και οι οικογένειές τους οργάνωσαν την κηδεία του καθενός ξεχωριστά. Εγώ πήγα στην ομαδική τελετή. Η εκκλησία ήταν γεμάτη κόσμο και μόνο όρθιος μπορούσες να σταθείς. Ο πατήρ Άντριου είχε διαβάσει τα ονόματα των νεκρών αναφέροντας τον Ντιμίτρι και τη Μόλι ανάμεσά τους. Κανείς δεν μιλούσε για το τι πραγματικά είχε συμβεί. Κανείς δεν ήξερε καν πώς η Ακαδημία θα μάζευε τα κομμάτια της και θα ξανάρχιζε να λειτουργεί.

«Φαίνεσαι σε χειρότερη κατάσταση από μένα» είπα στον Άντριαν. «Δεν φανταζόμουν ότι κάτι τέτοιο ήταν δυνατόν».

Έφερε το μπουκάλι στα χείλη του και ήπιε μια μεγάλη γουλιά. «Μπα… για μένα είσαι πάντοτε μια κούκλα. Εγώ πάλι… δεν μπορώ να σου το εξηγήσω… Οι αύρες έχουν αρχίσει να με επηρεάζουν. Υπάρχει τόση θλίψη εδώ πέρα. Όλοι εκπέμπουν θλιμμένα συναισθήματα. Είναι εξουθενωτικό. Να φανταστείς, η δική σου σκοτεινή αύρα έχει αρχίσει να φαντάζει χαρούμενη σε σύγκριση μ’ όλο αυτό».

«Για αυτό πίνεις;»

«Ναι. Ευτυχώς, έτσι καταφέρνω να μπλοκάρω αμέσως τις αύρες, γι’ αυτό και σήμερα δεν θα μπορέσω να σου δώσω αναφορά για τη δική σου». Μου πρόσφερε το μπουκάλι. Του έγνεψα όχι κι εκείνος ανασήκωσε τους ώμους του πίνοντας ακόμη μια γουλιά. «Για πες μου λοιπόν, Ρόουζ. Τι μπορώ να κάνω για σένα. Έχω την αίσθηση ότι δεν βρίσκεσαι εδώ απλά για να δεις τι κάνω».

Είχε δίκιο. Ένιωθα λίγο άσχημα για το λόγο που μ' έφερνε εκεί. Χιλιάδες σκέψεις είχαν περάσει από το νου μου την τελευταία εβδομάδα. Μου είχε φανεί δύσκολο να επεξεργαστώ το χαμό του Μέισον. Στην πραγματικότητα δεν είχα καταφέρει να τον αντιμετωπίσω όταν άρχισε η ιστορία με τα φαντάσματα. Και τώρα έπρεπε και πάλι να θρηνήσω. Δεν είχε χαθεί μόνο ο Ντιμίτρι. Είχαν πεθάνει πολλοί: δάσκαλοι, φύλακες και Μορόι... Δεν είχα χάσει κανέναν στενό μου φίλο, αλλά τους ήξερα όλους από τα μαθήματα. Φοιτούσαν στην Ακαδημία όσο καιρό φοιτούσα κι εγώ, και μου φαινόταν παράξενο που δεν θα τους έβλεπα ποτέ ξανά. Τόσες χαμένες ζωές, τόσοι αποχαιρετισμοί.

Ο Ντιμίτρι όμως... Εκείνος ήταν τελείως άλλη υπόθεση. Στο κάτω κάτω πώς να αποχαιρετήσεις κάποιον που δεν έχει πραγματικά πεθάνει; Αυτό ήταν το πρόβλημά μου.

«Χρειάζομαι χρήματα» είπα στον Άντριαν, χωρίς να του παρουσιάσω καν το λόγο.

Σήκωσε το ένα φρύδι του. «Δεν το περίμενα αυτό, από εσένα τουλάχιστον. Άλλοι μου ζητούν συνεχώς λεφτά, αλλά εσύ... Για πες μου λοιπόν, για ποια δραστηριότητα σου χρειάζεσαι χρηματοδότηση;»

«Θα φύγω από την Ακαδημία» είπα στο τέλος.

«Κι αυτό απροσδόκητο! Έχουν μείνει λίγοι μόνο μήνες από την αποφοίτησή σου».

Τον κοίταξα στα μάτια. «Δεν έχει σημασία. Έχω άλλες προτεραιότητες αυτή τη στιγμή».

«Ποτέ μου δεν φαντάστηκα ότι θα τα παρατούσες. Θα πας στις πόρνες αίματος;»

«Όχι» είπα. «Φυσικά και όχι».

«Καλά, μην προσβάλλεσαι και τόσο. Δεν είναι και εντελώς τρελή η ερώτησή μου. Αν δεν γίνεις φύλακας, πού αλλού θα πας;»

«Σου είπα. Έχω να κανονίσω κάποιες δουλειές».

Συνοφρυώθηκε και πάλι. «Τι δουλειές; Δουλειές που θα σε βάλουν σε μπελάδες;»

Σήκωσα τους ώμους μου κι εκείνος γέλασε.

«Μα τι χαζή ερώτηση. Εσύ ό,τι κι αν κάνεις, σε μπελάδες βρίσκεσαι». Έβαλε τον αγκώνα του στο χέρι του καναπέ και ακούμπησε το σαγόνι του στο χέρι του. «Και γιατί ήρθες σ' εμένα για λεφτά;»

«Γιατί ξέρω πως έχεις».

Γέλασε και πάλι. «Και γιατί να σου τα δώσω;»

Δεν είπα τίποτε. Τον κοίταξα απλώς προσπαθώντας να επιστρατεύσω όλη τη γυναικεία μου γοητεία στις εκφράσεις μου. Το χαμόγελό του εξαφανίστηκε και τα πράσινα μάτια του έγιναν μια λεπτή γραμμή. Είχε φοβερή ένταση. Έστρεψε το βλέμμα του αλλού.

«Να πάρει! Μην το κάνεις αυτό, Ρόουζ. Όχι τώρα. Παίζεις με τα αισθήματά μου για σένα. Δεν είναι δίκαιο». Κατέβασε ακόμη περισσότερη βότκα.

Είχε δίκιο. Είχα έρθει σ' εκείνον επειδή ήξερα πως μπορούσα να βασιστώ στον έρωτά του για μένα για να πάρω αυτά που ήθελα. Είχα πέσει πολύ χαμηλά, αλλά δεν είχα κι άλλη επιλογή. Σηκώθηκα και κάθισα δίπλα του. Πήρα το χέρι του στο δικό μου.

«Σε παρακαλώ, Άντριαν» είπα. «Σε παρακαλώ, βοήθησέ με. Δεν έχω πού αλλού να στραφώ για βοήθεια».

«Δεν φέρεσαι σωστά» επανέλαβε χάνοντας λιγάκι τα λόγια του. «Με κοιτάς μ' ένα βλέμμα λες και με ποθείς, αλλά ξέρω πως δεν είναι αλήθεια. Ποτέ δεν ήταν. Πάντα τον Μπελίκοφ ήθελες και ένας θεός ξέρει τι θα κάνεις τώρα που έφυγε».

Και γι' αυτό είχε δίκιο. «Θα με βοηθήσεις;» ρώτησα, παίζοντας ακόμη το χαρτί των θέλγητρών μου. «Μόνο σ' εσένα μπορώ να μιλήσω. Μόνο εσύ με καταλαβαίνεις πραγματικά...»

«Θα γυρίσεις πίσω;» ρώτησε.

«Κάποια στιγμή».

Έκανε πίσω το κεφάλι του και άφησε μια βαθιά εκπνοή. Τα μαλλιά του, πάντα επιμελώς ατημέλητα, σήμερα ήταν τελείως απεριποίητα. «Ίσως και να 'ναι καλύτερα που φεύγεις. Ίσως έτσι να τον ξεπεράσεις πιο εύκολα. Στο κάτω κάτω, κακό δεν θα σου κάνει να απομακρυνθείς από την αύρα της Λίζα για κάποιο διάστημα. Μπορεί έτσι να καθυστερήσεις λίγο το σκοτάδι που πάει να καλύψει τη δική σου. Ίσως έτσι να καταφέρεις να ελέγξεις την οργή σου. Πρέπει να ζήσεις πιο χαρούμενα και να σταματήσεις να βλέπεις φαντάσματα».

Η γοητεία μου βρήκε στον τοίχο για μια στιγμή. «Δεν φταίει η Λίζα που βλέπω φαντάσματα. Δηλαδή φταίει, αλλά όχι έτσι όπως νομίζεις. Τα φαντάσματα τα βλέπω επειδή είμαι νυχτοφιλημένη. Είμαι δεμένη με τον κόσμο των νεκρών. Όσους περισσότερους σκοτώνω τόσο θα δυναμώνει ο δεσμός μου με τους νεκρούς. Γι' αυτόν το λόγο βλέπω νεκρούς και νιώθω περίεργα όποτε βλέπω Στριγκόι γύρω μου. Τα νιώθω και τώρα. Είναι κι εκείνα συνδεδεμένα μ' αυτόν τον κόσμο».

Έσμιξε τα φρύδια του. «Δηλαδή λες ότι οι αύρες δεν σημαίνουν τίποτα; Ότι δεν συγκεντρώνονται σ' εσένα οι παρενέργειες από τη χρήση του πνεύματος;»

«Όχι. Κι αυτό συμβαίνει. Όλα είναι τόσο μπερδεμένα. Εγώ νόμιζα ότι ήμουν αντιμέτωπη με ένα μόνο πρόβλημα, αλλά στην πραγματικότητα ήταν δύο. Βλέπω φαντάσματα επειδή είμαι νυχτοφιλημένη. Εκνευρίζομαι και θυμώνω... γίνομαι κακιά... επειδή μεταφέρεται σ' εμένα η σκοτεινή πλευρά της Λίζα. Γι' αυτό και συννεφιάζει διαρκώς η αύρα μου. Γι' αυτό είμαι τόσο οργισμένη τελευταία. Προς το παρόν είναι μόνο αρνητική διάθεση…» Συνοφρυώθηκα και θυμήθηκα το βράδυ εκείνο που ο Ντιμίτρι με σταμάτησε και δεν μπόρεσα να κυνηγήσω τον Τζέσε. «Αλλά δεν ξέρω τι θα απογίνω στο μέλλον».

Ο Άντριαν πήρε μια βαθιά ανάσα. «Γιατί όλα να είναι τόσο περίπλοκα μ' εσένα;»

«Θα με βοηθήσεις; Σε παρακαλώ, Άντριαν». Τα δάχτυλά μου κύλησαν πάνω στο χέρι του. «Σε παρακαλώ, βοήθησέ με».

Είχα πέσει χαμηλά, πολύ χαμηλά, αλλά εκείνη τη στιγμή δεν μ' ένοιαζε τίποτε άλλο. Μόνο ο Ντιμίτρι.

Τέλος, ο Άντριαν γύρισε και με κοίταξε. Για πρώτη φορά φαινόταν ευάλωτος. «Όταν γυρίσεις, θα μου δώσεις μια ευκαιρία;»

Προσπάθησα να κρύψω την έκπληξή μου. «Τι εννοείς;»

«Έτσι είναι τα πράγματα. Ποτέ σου δεν με θέλησες, ποτέ σου δεν με πήρες στα σοβαρά. Τα λουλούδια, το φλερτ… απλώς σε προσπερνούσαν. Είχες τρέλα μαζί του και κανείς, μα κανείς δεν το 'χε παρατηρήσει. Αν λοιπόν φύγεις και κάνεις όσα έχεις να κάνεις, θα μου δώσεις μια ευκαιρία όταν γυρίσεις;»

Τον κοίταξα αποσβολωμένη. Δεν το περίμενα. Αρχικά πήγα να του πω όχι, να του εξηγήσω ότι ποτέ μου δεν θα αγαπούσα κανέναν όπως είχα αγαπήσει τον Ντιμίτρι, ότι η καρδιά μου είχε σπάσει σε χίλια κομμάτια και ο Ντιμίτρι είχε πάρει ένα κομμάτι της ψυχής μου. Ο Άντριαν όμως με κοιτούσε τόσο σοβαρός. Δεν αστειευόταν όπως συνήθως. Εννοούσε την κάθε του κουβέντα. Κατάλαβα ότι η αγάπη του προς εμένα δεν ήταν απλώς ένα αστείο, όπως την παρουσίαζε συνήθως. Η Λίζα είχε δίκιο όταν μου έλεγε πως ο Άντριαν πράγματι ένιωθε πολλά για μένα.

«Λοιπόν;» επανέλαβε.

Ένας θεός ξέρει τι θα κάνω τώρα που τον έχασα.

«Φυσικά». Δεν ήμουν ειλικρινής, αλλά η κατάσταση απαιτούσε διπλωματικούς χειρισμούς.

Ο Άντριαν κοίταξε προς την άλλη πλευρά και ήπιε λίγη ακόμη βότκα. Το μπουκάλι είχε σχεδόν αδειάσει. «Πότε φεύγεις;»

«Αύριο».

Ακούμπησε το μπουκάλι στο τραπέζι, σηκώθηκε και πήγε προς την κρεβατοκάμαρα. Επέστρεψε κρατώντας στο χέρι του ένα πάκο χαρτονομίσματα. Αναρωτήθηκα αν τα είχε κρυμμένα κάτω από το στρώμα του ή κάτι τέτοιο. Μου τα έδωσε χωρίς να πει κουβέντα. Μετά έκανε ορισμένα τηλεφωνήματα. Ο ήλιος είχε ήδη ανατείλει και ο κόσμος των ανθρώπων, που διαχειριζόταν και τα χρήματα των Μορόι, είχε πια ξυπνήσει.

Προσπάθησα να δω τηλεόραση όση ώρα μιλούσε στο τηλέφωνο, αλλά δεν μπορούσα να συγκεντρωθώ. Ήθελα συνεχώς να ξύσω το πίσω μέρος του λαιμού μου. Επειδή ούτε εγώ ούτε οι υπόλοιποι ξέραμε πόσα ακριβώς Στριγκόι είχαμε σκοτώσει, αυτή τη φορά δεν μας είχαν κάνει *molnija* αλλά ένα διαφορετικό τατουάζ. Είχα ξεχάσει πώς το έλεγαν, αλλά έμοιαζε με μικρό αστέρι. Υποδήλωνε ότι όσοι το είχαν κάποτε βρέθηκαν σε μάχη και σκότωσαν πολλά Στριγκόι.

Όταν τελικά τελείωσε τα τηλεφωνήματά του, ο Άντριαν μου έδωσε ένα χαρτί. Είχε το όνομα και τη διεύθυνση μιας τράπεζας στη Μισούλα.

«Να περάσεις από κει» μου είπε. «Φαντάζομαι ότι θα πρέπει ούτως ή άλλως να πας πρώτα εκεί για να βγεις στον πολιτισμό. Έφτιαξα για σένα ένα λογαριασμό κι έχω βάλει πολλά χρήματα μέσα. Μίλησε με τους υπαλλήλους. Πρέπει να τακτοποιήσετε κάποιες γραφειοκρατικές διαδικασίες».

Σηκώθηκα και έβαλα τα χαρτονομίσματα στο μπουφάν μου. «Σ' ευχαριστώ» του είπα.

Χωρίς δεύτερη σκέψη τον αγκάλιασα σφιχτά. Η μυρωδιά της βότκας με χτυπούσε κατακέφαλα, αλλά ένιωθα πως του χρωστάω μεγάλη χάρη. Εκμεταλλευόμουν τα αισθήματά του για μένα για να πετύχω τους δικούς μου σκοπούς. Με αγκάλιασε κι εκείνος χωρίς να μπορεί να μ' αφήσει για λίγο. Τα χείλη μου άγγιξαν απαλά το μάγουλό του και όταν επιτέλους χωριστήκαμε, φοβήθηκα μήπως του κοπεί η ανάσα.

«Δεν θα το ξεχάσω ποτέ αυτό που κάνεις για μένα» μουρμούρισα στ' αφτί του.

«Φαντάζομαι πως δεν θες να μου πεις πού έχεις σκοπό να πας» μου είπε.

«Όχι» του απάντησα. «Λυπάμαι».

«Το μόνο που θέλω είναι να κρατήσεις την υπόσχεσή σου και να γυρίσεις πίσω».

«Ποτέ δεν είπα ότι *υπόσχομαι*» του επεσήμανα.

Χαμογέλασε και με φίλησε στο μέτωπο. «Δίκιο έχεις. Θα μου λείψεις, μικρό μου νταμπίρ. Να προσέχεις. Αν ποτέ χρειαστείς κάτι, να μου το πεις. Θα είμαι εδώ και θα σε περιμένω».

Τον ευχαρίστησα και πάλι και έφυγα, χωρίς να του πω ότι μπορεί και να με περίμενε για πάρα πολύ καιρό. Υπήρχε μια σοβαρή πιθανότητα να μη γυρίσω ποτέ μου πίσω.

Την επόμενη μέρα σηκώθηκα νωρίς, προτού καν ξυπνήσει η υπόλοιπη Ακαδημία. Δεν είχα κοιμηθεί σχεδόν καθόλου. Έβαλα ένα σακίδιο στον ώμο μου και πήγα στο κεντρικό γραφείο που βρισκόταν στο διοικητικό κτίριο. Το γραφείο δεν είχε ανοίξει ακόμη και έτσι κάθισα στο πάτωμα έξω στο διάδρομο. Καθώς περίμενα κοίταξα τα χέρια μου και παρατήρησα δύο μικρές χρυσαφένιες φλούδες που είχαν απομείνει από το μανικιούρ μου. Μετά από είκοσι περίπου λεπτά εμφανίστηκε η γραμματέας. Άνοιξε με τα κλειδιά της και με άφησε να μπω.

«Πώς μπορώ να σε βοηθήσω;» με ρώτησε αφού κάθισε στο γραφείο της.

Της έδωσα ένα μάτσο χαρτιά που κρατούσα στα χέρια μου λέγοντάς της «Αποσύρομαι».

Άνοιξε διάπλατα τα μάτια της. «Τι; Πώς; Δεν γίνεται...»

Έδειξα τα χαρτιά και είπα: «Φυσικά και μπορώ. Έχω συμπληρώσει όλα μου τα χαρτιά».

Συνέχισε να χάσκει και τελικά κατάφερε να μου πει να περιμένω ανάμεσα από τα δόντια της και βγήκε από το δωμάτιο αναστατωμένη. Λίγα λεπτά αργότερα επέστρεψε με την Κίροβα, τη διευθύντριά μας. Προφανώς είχε ενημερώσει την Κίροβα, η οποία μου έριχνε αποδοκιμαστικές ματιές πάνω από τη μύτη της που έμοιαζε με ράμφος.

«Δεσποινίς Χάθαγουεϊ, τι σημαίνουν όλα αυτά;»

«Φεύγω» της είπα. «Παραιτούμαι, τα παρατάω, πείτε το όπως θέλετε».

«Δεν μπορείτε να το κάνετε αυτό» μου είπε.

«Προφανώς και μπορώ. Στο κάτω κάτω εσείς έχετε αφήσει έντυπα αποχώρησης στη βιβλιοθήκη. Όλα έχουν συμπληρωθεί όπως πρέπει».

Ο θυμός της ξαφνικά μεταβλήθηκε σε θλίψη, αγωνία. «Έχουν συμβεί πολλά τελευταία κι όλοι μας δυσκολευόμαστε να προσαρμοστούμε. Αυτό όμως δεν είναι λόγος να πάρετε βεβιασμένες αποφάσεις. Τώρα είναι που σας χρειαζόμαστε περισσότερο από ποτέ». Με παρακαλούσε σχεδόν, πράγμα απίστευτο αν σκεφτεί κανείς ότι ο ίδιος άνθρωπος ήθελε να με αποβάλει πριν από έξι μήνες.

«Δεν είναι βεβιασμένη η απόφασή μου» είπα. «Το έχω σκεφτεί πολύ».

«Αφήστε με τουλάχιστον να φωνάξω τη μητέρα σας για να το συζητήσουμε».

«Έφυγε για την Ευρώπη πριν από λίγες μέρες, αλλά έτσι κι αλλιώς δεν κάνει καμία διαφορά». Της έδειξα το κουτάκι στην πρώτη γραμμή της αίτησης που έλεγε *Ημερομηνία Γέννησης*. «Σήμερα έγινα δεκαοχτώ κι έτσι ο λόγος της μητέρας μου δεν περνάει πια. Η επιλογή είναι δική μου. Παρακαλώ σφραγίστε την αίτησή μου, εκτός αν σκέφτεστε να με εμποδίσετε. Πιστεύω πως μάλλον θα κατάφερνα να σας νικήσω αν αρχίζαμε τον καβγά. Τι λέτε, Κίροβα;»

Σφράγισαν απρόθυμα τα χαρτιά μου. Η γραμματέας έκανε ένα αντίγραφο της επίσημης δήλωσής μου ότι δεν ήμουν πλέον μαθήτρια της Ακαδημίας του Αγίου Βλαντιμίρ. Έπρεπε να φύγω από την κυρίως πύλη.

Ήταν αρκετό περπάτημα. Ο ουρανός είχε γίνει κατακόκκινος κατά τη μεριά που έδυε ο ήλιος. Ο καιρός είχε ζεστάνει πια, ακόμη και τη νύχτα, κι έτσι δεν θα δυσκολευόμουν στο περπάτημα. Είχα πολύ δρόμο μπροστά μου μέχρι τον αυτοκινητόδρομο. Από κει θα έκανα ωτοστόπ μέχρι τη Μισούλα. Ήξερα πως αυτή η μέθοδος δεν ήταν και η πιο ασφαλής, αλλά είχα το ασημένιο κοντάρι μου στην τσέπη του μπουφάν μου κι έτσι αισθανόμουν πιο ασφαλής απέναντι στους κινδύνους. Κανείς δεν μου το είχε πάρει όταν τελείωσε η μάχη. Θα με βοηθούσε είτε οι εχθροί μου ήταν άνθρωποι είτε Στριγκόι.

Μόλις που είχα αρχίσει να διακρίνω τις πύλες όταν την αισθάνθηκα κάπου κοντά. Σταμάτησα να περπατάω και κοίταξα προς μία συστάδα από δέντρα γεμάτα ανθούς. Στεκόταν ανάμεσά τους εντελώς ακίνητη και είχε καταφέρει να κρύψει τις σκέψεις της τόσο καλά που δεν είχα καν καταλάβει ότι βρισκόταν σχεδόν δίπλα μου. Τα μαλλιά και τα μάτια της έλαμπαν στο θαμπό φως του ηλιοβασιλέματος και ήταν τόσο όμορφη και αιθέρια. Δεν ταίριαζε μ' αυτό το ζοφερό τοπίο.

«Γεια» της είπα.

«Γεια». Τύλιξε τα χέρια της στο ίδιο της το σώμα. Κρύωνε παρόλο που φορούσε το παλτό της. Τα Μορόι δεν είχαν τις ίδιες αντοχές στις αλλαγές της θερμοκρασίας με τα νταμπίρ. Εγώ ένιωθα ότι ο καιρός είχε ζεστάνει και η άνοιξη πλησίαζε, ενώ εκείνη ακόμη κρύωνε. «Το 'ξερα» είπε. «Από τη μέρα που έμαθες ότι το σώμα του δεν είχε βρεθεί κάτι σαν να μου 'λεγε ότι θα αποφάσιζες να φύγεις. Απλώς περίμενα το πότε».

«Τι, τώρα διαβάζεις και το μυαλό μου;»

«Όχι, απλώς σε ξέρω πολύ καλά. Επιτέλους. Δεν το πιστεύω πόσο τυφλή ήμουν όλο αυτόν τον καιρό. Πώς είναι δυνατόν να μην το παρατηρήσω; Το σχόλιο του Βίκτορ... είχε δίκιο». Κοίταξε κατά τον ήλιο και μετά έστρεψε το βλέμμα της προς τη μεριά μου. Ένιωθα το θυμό στα συναισθήματά της και τον έβλεπα στα μάτια της. «Γιατί δεν μου το 'πες;» φώναξε. «Γιατί δεν μου είπες πως αγαπούσες τον Ντιμίτρι;»

Την κάρφωσα με το βλέμμα μου. Δεν θυμόμουν ποια ήταν η τελευταία φορά που την είχα δει να φωνάζει έτσι. Ίσως το προηγούμενο φθινόπωρο, όταν η τρέλα του Βίκτορ είχε φανερωθεί σ' όλο της το μεγαλείο. Συνήθως εγώ ξέσπαγα και φώναζα δυνατά κι όχι εκείνη. Ακόμη και τη στιγμή που βασάνιζε τον Τζέσε, το έκανε με μια νεκρική σιωπή.

«Δεν μπορούσα να το πω σε κανέναν» της είπα.

«Ρόουζ, είμαι η καλύτερή σου φίλη. Έχουμε περάσει τόσα μαζί. Πιστεύεις πραγματικά ότι θα πρόδιδα το μυστικό σου; Ποτέ!»

Κοίταξα στο έδαφος. «Το ξέρω ότι δεν θα το 'λεγες πουθενά, απλά... δεν ξέρω. Δεν μπορούσα να το συζητήσω με κανέναν... ούτε καν μ' εσένα. Δεν μπορώ να το εξηγήσω».

«Πόσο...» Δίστασε, αλλά η ερώτηση είχε ήδη σχηματιστεί στο μυαλό της. «Πόσο σοβαρό ήταν; Μόνο εσύ τον αγαπούσες ή...»

«Αγαπιόμασταν» της είπα. «Κι εκείνος το ίδιο ένιωθε, αλλά ξέραμε πως δεν θα ήμασταν μαζί. Ήταν η ηλικία, ήταν και το γεγονός ότι θα έπρεπε να σε προστατεύσουμε».

Η Λίζα συνοφρυώθηκε. «Τι θες να πεις;»

«Ο Ντιμίτρι μου έλεγε διαρκώς πως αν κάναμε σχέση θα επιδιώκαμε να προστατεύσουμε ο ένας τον άλλο κι εσύ θα έπαυες να είσαι η προτεραιότητά μας. Δεν μπορούσαμε να το κάνουμε αυτό».

Τη διαπέρασε ενοχή μόλις κατάλαβε ότι εκείνη ήταν η αιτία που μας κρατούσε μακριά.

«Δεν φταις εσύ» είπα γρήγορα.

«Μα σίγουρα θα υπήρχε κάποιος τρόπος... Δεν θα υπήρχε πρόβλημα...»

Ανασήκωσα τους ώμους μου, μη θέλοντας να θυμηθώ ή να αναφερθώ στο τελευταίο φιλί μας στο δάσος, τότε που ο Ντιμίτρι κι εγώ νομίζαμε ότι θα βρίσκαμε τη λύση στο πρόβλημά μας.

«Δεν ξέρω» είπα. «Απλώς προσπαθούσαμε να μείνουμε ο ένας μακριά από τον άλλο. Μερικές φορές τα καταφέρναμε, άλλες όχι».

Είχε χαθεί στον ανεμοστρόβιλο των συναισθημάτων της. Με λυπόταν, αλλά παράλληλα ήταν θυμωμένη. «Έπρεπε να μου το έχεις πει. Νιώθω πως δεν με εμπιστεύεσαι».

«Φυσικά και σ' εμπιστεύομαι».

«Γι' αυτό το σκας έτσι στα κρυφά;»

«Αυτό δεν έχει να κάνει με την εμπιστοσύνη» παραδέχτηκα. «Έχει να κάνει μ' εμένα. Δεν μπορούσα να σου πω ότι φεύγω ή να σου εξηγήσω τους λόγους».

«Τους ξέρω ήδη» μου είπε. «Τους έχω καταλάβει».

«Πώς;» τη ρώτησα. Η συμπεριφορά της ήταν όλο εκπλήξεις εκείνη τη μέρα.

«Ήμουν κι εγώ εκεί το περασμένο φθινόπωρο που πηγαίναμε με το φορτηγάκι στη Μισούλα. Θυμάσαι; Τότε που είχαμε πάει για ψώνια. Εσύ κι ο Ντιμίτρι συζητούσατε και λέγατε ότι όταν κάποιος γίνεται Στριγκόι ο χαρακτήρας του μετατρέπεται σε κάτι αρρωστημένο και κακό... πως η πραγματική προσωπικότητα του ανθρώπου μεταβάλλεται και οδηγείται στο να κάνει άθλιες πράξεις. Είχα ακούσει να λέτε ότι...» Δυσκολευόταν να μιλήσει κι εγώ δυσκολευόμουν να την ακούσω. Τα μάτια μου είχαν γεμίσει δάκρυα. Η ανάμνηση αυτή ήταν τόσο σκληρή. Η σκέψη ότι καθόμουν δίπλα του τότε που πρωτοερωτευόμασταν με αρρώσταινε. Η Λίζα κατάπιε και συνέχισε. «Σας άκουσα και τους δυο που λέγατε ότι θα προτιμούσατε να πεθάνετε παρά να καταντήσετε έτσι».

Έπεσε σιωπή. Ο άνεμος ξεσηκώθηκε και μαζί του και τα μαλλιά μας, μαύρες και ξανθές τούφες χόρεψαν τρελά στο φύσημά του.

«Πρέπει να το κάνω, Λιζ. Ξέρω πως θα το 'θελε».

«Όχι» είπε κοφτά. «Δεν πρέπει. Δεν του υποσχέθηκες τίποτα».

«Δεν υποσχέθηκα με τα λόγια, όχι, αλλά... Δεν με καταλαβαίνεις».

«Καταλαβαίνω ότι προσπαθείς να αποδεχτείς αυτό που σου συνέβη κι ότι είναι κι αυτός ένας τρόπος. Θα πρέπει όμως να βρεις κάποιον άλλον τρόπο για να τον ξεπεράσεις».

Έγνεψα όχι. «Πρέπει να το κάνω».

«Ακόμη κι αν αυτό σημαίνει ότι θα μ' αφήσεις πίσω;»

Ο τρόπος που το είπε, ο τρόπος που με κοιτούσε... Θεέ μου. Με πλημμύρισαν ένα σωρό αναμνήσεις. Η παιδική μας ηλικία. Τότε που ήμασταν αχώριστες. Δεμένες. Κι όμως... και με τον Ντιμίτρι ήμουν δεμένη. Να πάρει! Γιατί να πρέπει να διαλέξω ανάμεσά τους;

«Πρέπει να το κάνω, Λιζ» της είπα ξανά. «Λυπάμαι».

«Μα υποτίθεται ότι θα είσαι η φύλακάς μου και θα έρθεις μαζί μου στο πανεπιστήμιο» είπε. «Είσαι νυχτοφιλημένη. Πρέπει να είμαστε για πάντα μαζί. Αν μ' αφήσεις...»

Μια τρομακτική σπείρα σκότους άρχισε και πάλι να στροβιλίζεται στο στήθος μου. Η φωνή μου έβγαινε πιεσμένη. «Αν σ' αφήσω, θα σου βρουν άλλο φύλακα. Δύο φύλακες. Είσαι η τελευταία των Ντραγκομίρ. Θα σε προστατεύσουν καλά».

«Ναι, αλλά δεν θα είναι το ίδιο με σένα, Ρόουζ» είπε. Τα φωτεινά καταπράσινα μάτια της κοίταξαν τα δικά μου. Ο θυμός μέσα μου καταλάγιασε. Ήταν τόσο όμορφη, τόσο γλυκιά και έμοιαζε τόσο λογική. Είχε δίκιο. Της το χρωστούσα. Έπρεπε να το κάνω.

«Σταμάτα!» φώναξα κι έστρεψα το βλέμμα μου αλλού. Προσπαθούσε να μου κάνει μάγια. «Μη χρησιμοποιείς την υποβολή πάνω μου. Είσαι φίλη μου. Οι φίλοι δεν το κάνουν αυτό».

«Οι φίλοι δεν εγκαταλείπουν ο ένας τον άλλον» μου απάντησε αμέσως. «Αν ήσουν πραγματική φίλη, δεν θα μ' άφηνες».

Γύρισα και πάλι κατά τη μεριά της προσπαθώντας να μην την κοιτάζω πολύ στα μάτια, μπας και προσπαθούσε να μου ξανακάνει μαγικά. Ξέσπασα.

«Δεν είσαι εσύ το θέμα στη συγκεκριμένη περίπτωση, το καταλαβαίνεις; Όλα αυτά έχουν να κάνουν μ' εμένα κι όχι μ' εσένα. Σ' όλη μου τη ζωή, Λίζα... σ' όλη μου τη ζωή τα ίδια ακούω. *Προηγούνται εκείνοι.* Έζησα τη ζωή μου με βάση τις δικές σου ανάγκες. Έχω εκπαιδευτεί να γίνω η σκιά σου, αλλά να σου πω κάτι; Θέλω κι εγώ να φανώ. Τώρα για πρώτη φορά θα πρέπει να κοιτάξω τον εαυτό μου. Βαρέθηκα να προσέχω όλους τους άλλους και να βάζω στην άκρη τα δικά μου θέλω. Αυτό κάναμε και με τον Ντιμίτρι και να τι συνέβη. Τον έχασα. Του το χρωστάω αυτό που κάνω και λυπάμαι αν πληγώνεσαι, αλλά είναι επιλογή μου!»

Φώναζα συνεχώς, δίχως να πάρω ανάσα, ελπίζοντας πως η φωνή μου δεν θα έφτανε μέχρι τους φύλακες που είχαν βάρδια στην πύλη. Η Λίζα με κοίταζε έκπληκτη και πληγωμένη. Δάκρυα κυλούσαν από τα μάτια της και μέσα μου ένιωσα βαθιά θλίψη που έκανα τέτοιο κακό στο πρόσωπο που είχα ορκιστεί να προστατεύω.

«Τον αγαπάς περισσότερο από μένα» είπε χαμηλόφωνα. Ακουγόταν σαν παιδάκι.

«Με χρειάζεται».

«Εγώ σε χρειάζομαι. Ξέχνα τον, Ρόουζ. Χάθηκε!»

«Όχι» είπα. «Δεν χάθηκε, αλλά κινδυνεύει να χαθεί». Σήκωσα το μανίκι μου και έβγαλα το *chotki* που μου είχε δώσει τα Χριστούγεννα. Το κράτησα κατά τη μεριά της. Δίστασε και μετά το πήρε.

«Γιατί μου το επιστρέφεις;» με ρώτησε.

«Δεν μπορώ να το φορέσω. Αυτό είναι αποκλειστικά για τους φύλακες των Ντραγκομίρ. Θα το ξαναπάρω όταν...» λίγο έλειψε να πω *αν* αντί για *όταν*. Μάλλον το κατάλαβε. «Όταν γυρίσω».

Τα χέρια της κράτησαν σφιχτά τις χάντρες. «Σε παρακαλώ, Ρόουζ. Σε παρακαλώ, μη μ᾽ αφήνεις».

«Λυπάμαι» είπα. Δεν είχα άλλες λέξεις να της προσφέρω. «Λυπάμαι».

Την άφησα να κλαίει και περπάτησα προς την πύλη. Ένα κομμάτι της ψυχής μου χάθηκε όταν είδα τον Ντιμίτρι να πέφτει. Τώρα που της γυρνούσα την πλάτη, ένιωθα λες και είχε χαθεί ένα ακόμη κομμάτι. Σε λίγο θα έχανα τα πάντα.

Οι φύλακες στην πύλη έδειξαν την ίδια έκπληξη με τη γραμματέα και την Κίροβα, αλλά δεν μπορούσαν να κάνουν και τίποτα. *Χρόνια μου πολλά!* Σκέφτηκα πικραμένη. Επιτέλους ήμουν δεκαοχτώ. Φυσικά, τα πράγματα πλέον ήταν πολύ πιο διαφορετικά απ᾽ ό,τι τα φανταζόμουν.

Άνοιξαν τις πύλες και πέρασα. Πέρασα τις ασπίδες και βγήκα από το έδαφος του σχολείου. Οι γραμμές ήταν αόρατες, αλλά εγώ αισθάνθηκα απίστευτα ευάλωτη κι εκτεθειμένη, λες και είχα πέσει στο κενό. Παράλληλα όμως ένιωσα ελεύθερη και ικανή να πάρω την τύχη μου στα χέρια μου. Άρχισα να περπατάω στο στενό δρομάκι. Ο ήλιος είχε σχεδόν χαθεί. Σε λίγο θα έπρεπε να βασιστώ μόνο στο θαμπό φως του φεγγαριού.

Όταν πια βρισκόμουν αρκετά μακριά από τους φύλακες, σταμάτησα και μίλησα. «Μέισον».

Χρειάστηκε να περιμένω αρκετή ώρα. Όταν εμφανίστηκε, τον έβλεπα μετά δυσκολίας. Ήταν σχεδόν αόρατος.

«Ήρθε η ώρα σου, έτσι δεν είναι; Θα φύγεις... επιτέλους θα πας...»

Ιδέα δεν είχα πού θα πήγαινε. Δεν ήξερα τι υπήρχε μετά. Δεν ήξερα αν ήταν όπως τα περιέγραφε ο πατήρ Άντριου ή αν ο κόσμος που είχα κι εγώ επισκεφτεί ήταν τελείως διαφορετικός. Κι όμως, ο Μέισον κατάλαβε και μου έγνεψε ναι.

«Πάντως οι σαράντα μέρες έχουν περάσει, οπότε φαντάζομαι πως έχεις καθυστερήσει πολύ» μουρμούρισα. «Χαίρομαι για σένα. Θέλω να πω... ελπίζω να αναπαυτείς γαλήνια πια. Ήλπιζα βέβαια ότι θα με πήγαινες κοντά του».

Ο Μέισον κούνησε το κεφάλι του. Δεν χρειαζόταν να μιλήσει για να καταλάβω τι ήθελε να μου πει: *Είσαι μόνη σου πια, Ρόουζ.*

«Καταλαβαίνω. Θες να γαληνέψει η ψυχή σου. Άσε που ξέρω από πού να αρχίσω». Τα 'χα σκεφτεί όλα την εβδομάδα εκείνη. Αν ο Ντιμίτρι ήταν εκεί που νόμιζα, είχα πολύ δρόμο μπροστά μου. Η βοήθεια του Μέισον θα ήταν φυσικά ανεκτίμητη, αλλά δεν ήθελα να τον ταλαιπωρώ. Αρκετές έγνοιες είχε.

«Γεια σου» του είπα. «Σ' ευχαριστώ για τη βοήθειά σου... Θα μου λείψεις».

Η μορφή του όλο και ξεμάκραινε. Προτού εξαφανιστεί τελείως, διέκρινα κάτι σαν μειδίαμα. Εκείνο το πονηρό χαμογελάκι του που τόσο αγαπούσα. Ήταν η πρώτη φορά που η σκέψη του Μέισον δεν με έκανε κουρέλι. Λυπόμουν βαθιά και θα μου έλειπε πολύ, αλλά ήξερα πως θα πήγαινε κάπου που θα ήταν καλά... πολύ καλά. Δεν ένιωθα ένοχη πια.

Έστρεψα το βλέμμα μου κατά το μακρύ δρόμο που κυλούσε στριφογυριστός μπροστά μου. Αναστέναξα. Το ταξίδι μου θα ήταν μεγάλο.

«Ε, τότε τι περιμένεις; Κουνήσου!» μουρμούρισα και ξεκίνησα για να σκοτώσω τον άντρα που αγαπούσα.

ΕΥΧΑΡΙΣΤΙΕΣ

Όπως πάντοτε, θα ήθελα να εκφράσω την ευγνωμοσύνη μου στους φίλους και συγγενείς που μου παραστέκονται στις καλές και τις κακές στιγμές που συνεπάγεται η συγγραφή ενός βιβλίου — και ιδιαίτερα ενός τόσο συναισθηματικά φορτισμένου έργου. Ευχαριστώ τον David και την Christina για τη γρήγορη ανάγνωση του βιβλίου μου, τον I.A. Gordon και τη Sherry Kirk για τη βοήθειά τους με τα ρώσικα, τη Synde Korman για τη βοήθειά της με τα ρουμάνικα, τον ατζέντη μου Jim McCarthy που και είναι σοφός και κάνει όλες τις δύσκολες δουλειές αντί για μένα, τους εκδότες Jessica Rothenberg Ben Schrank για την καθοδήγηση που μου πρόσφεραν, την Ομάδα Συγγραφέων του Σιάτλ που και με βοηθούσαν να ξεφύγω και μου έφτιαχναν τη διάθεση και τον Jay για την ατέρμονη υπομονή του και… τα καλά αστεία που έλεγε πού και πού.

ΤΟ ΒΙΒΛΙΟ ΤΗΣ RICHELLE MEAD

ΦΙΛΙ ΤΗΣ ΣΚΙΑΣ

ΤΥΠΩΘΗΚΕ ΣΤΟ ΕΡΓΟΣΤΑΣΙΟ ΓΡΑΦΙΚΩΝ ΤΕΧΝΩΝ

StarPrint

ΧΙΟΥ 18, ΑΣΠΡΟΠΥΡΓΟΣ, ΤΗΛ. 210 558 4341-2

ΤΟΝ ΙΑΝΟΥΑΡΙΟ ΤΟΥ 2011

ΓΙΑ ΛΟΓΑΡΙΑΣΜΟ ΤΗΣ ΕΤΑΙΡΕΙΑΣ

«Π ΕΚΔΟΤΙΚΗ»,

ΚΑΤΕΧΑΚΗ 61Α, ΑΘΗΝΑ 115 25

ΤΗΛ. 210 330 7003, FAX: 210 691 2023